Das Buch

Nichtsahnend sitzt die Historikerin Sara Farnese in einer Bibliothek im Vatikan über alten Texten, als plötzlich ein verwirrter Mann mit einer blutigen Tasche erscheint. Er geht zu Saras Schreibtisch und will ihr etwas zeigen ... Kurz darauf wird im Campanile der Kirche des Hl. Bartholomäus etwas Grauenhaftes entdeckt: ein Mann, an einen Balken gefesselt und offensichtlich bei lebendigem Leibe gehäutet – genau wie es der Überlieferung nach mit dem Hl. Bartholomäus geschehen war. Aber damit nicht genug. Der Killer schlägt wieder zu: In der Kirche von San Clemente wird ein Mann mit einem Anker um den Hals gefunden – zu Tode gekommen wie einst der Hl. Clemens. Offenbar hat es die römische Polizei mit einem Serienmörder zu tun. Aber warum ereignen sich diese bizarren Tötungen ausgerechnet in Sara Farneses Bekanntenkreis? Nic Costa, der junge Polizist, der sich auch bestens mit den Kunstschätzen der ewigen Stadt auskennt, versucht hinter das Geheimnis dieser Ritualmorde zu kommen und weitere zu verhindern ...

Der Autor

David Hewson arbeitete als Reisejournalist und freischaffender Reporter für zahlreiche Zeitungen, unter anderem für *The Independent* und *The Times*. Für seinen ersten Roman *Semana Santa* erhielt er den renommierten WHSmith Fresh-Preis und wurde auch von der deutschen Kritik gefeiert. David Hewson lebt mit seiner Frau in England und Rom.

In unserem Hause sind von David Hewson bereits erschienen:

Epiphanias
Luzifers Schatten
Semana Santa
Sonnwende
Die Strohpuppe

David Hewson

Das Blut der Märtyrer

Roman

Aus dem Englischen
von Hedda Pänke

Ullstein

Besuchen Sie uns im Internet:
www.ullstein-taschenbuch.de

Umwelthinweis:
Dieses Buch wurde auf chlor- und säurefreiem Papier gedruckt.

Ungekürzte Ausgabe im Ullstein Taschenbuch
1. Auflage September 2005
2. Auflage 2005

Titel der englischen Originalausgabe: *A Season for the Dead*
(Macmillan Publishers, London)
Umschlaggestaltung: Büro Hamburg
Titelabbildung: © Special Photographers/photonica
Satz: Dörlemann Satz, Lemförde
Gesetzt aus der Sabon
Druck und Bindearbeiten: Ebner & Spiegel, Ulm
Printed in Germany
ISBN-13: 978-3-548-26238-3
ISBN-10: 3-548-26238-4

Eins

Die Hitze war unerträglich. Sara Farnese saß im Leseraum der Vatikanischen Bibliothek, blickte in den rechteckigen Hof hinaus und versuchte sich zu konzentrieren. Die wabernde Hitze ließ das Bild vor ihren Augen verschwimmen, und der gelbe, trockene Rasen wirkte wie ein Spiegelbild der gnadenlosen Sonne. Jetzt war es zwei Uhr. In einer Stunde würden draußen vor den Fenstern vierzig Grad herrschen. Rom war im August ein leerer Hochofen, der vom Seufzen ausgedörrter Geister widerhallte. Der laute Klang ihrer Schritte in den Fluren der ausgestorbenen Universität in San Lorenzo hatte Sara heute früh die Flucht ergreifen lassen. Die Hälfte der Geschäfte und Restaurants waren geschlossen. Leben fand nur in Museen und Parks statt, in denen vereinzelte Gruppen hitzemüder Touristen verzweifelt Schatten suchten.

Jeder, der seine fünf Sinne beisammen hatte, kehrte der Stadt in diesen Tagen den Rücken. Aber sie war geblieben, und jetzt zweifelte sie an ihrer Entscheidung. Hugh Fairchild hatte seinen Besuch aus London angekündigt. Der gut aussehende, kluge Hugh, ein Mann, der die Titel aller frühchristlichen Handschriften in sämtlichen Museen Europas aus dem Gedächtnis aufzählen konnte und sie wahrscheinlich auch gelesen hatte. Bei pünktlicher Landung des Flugzeugs musste er um zehn Uhr in Fiumicino angekommen sein und hatte inzwischen vermutlich seine Suite im Inghilterra bezogen. Für mich hat er noch keine Zeit, dachte Sara und verdrängte den Gedanken, dass in seinem Notizbuch noch weitere Namen stehen könnten, andere Kandidatinnen für sein Bett. Hugh war ein viel beschäftigter Mann. Von seinen fünf Tagen in Rom würden zwei Abende allein ihr gehören. Dann wollte er nach Istanbul weiterreisen, um an einer Juristentagung teilzunehmen.

Vermutlich bin ich nicht die Einzige, dachte sie. Nein, wahrscheinlich. Immerhin lebt er in London. Er hatte seine akademische Laufbahn aufgegeben, um in den Diensten der EU Karriere zu machen. Inzwischen verbrachte er eine von vier Wochen auf Reisen, flog nach Rom, New York, Tokio. Sie trafen sich höchstens einmal im Monat. Er war fünfunddreißig Jahre alt und auf eine fast zu perfekte Art attraktiv. Er hatte einen hoch gewachsenen, athletischen Körper, ein gut geschnittenes, ungemein sympathisches Gesicht und einen Wust widerspenstiger blonder Haare. Es war unvorstellbar, dass er nicht mit anderen Frauen schlief, und das schon bei der ersten Begegnung. Genau wie mit mir, dachte sie mit flüchtigen Gewissensbissen, während der Konferenz über die Konservierung alter Kunstschätze vor vier Monaten in Amsterdam.

Sara bereute es nicht. Sie waren beide erwachsen und unverheiratet. Und er ging bei aller Leidenschaft beim Sex kein Risiko ein. Hugh Fairchild war ein ungemein methodischer Mann, der in unregelmäßigen Abständen bei ihr auftauchte – ein Arrangement, das sie beide sehr befriedigte. Nach einem Essen in ihrer Wohnung nahe dem Vatikan würden sie heute Abend die Engelsbrücke überqueren, um irgendwo im *Centro storico* einen Kaffee zu trinken, und gegen Mitternacht zu ihr nach Hause zurückkehren, bis ihn morgen früh wieder Termine in Anspruch nahmen. Das verspricht eine höchst reizvolle Mischung aus intellektueller Anregung, angenehmer Gesellschaft und Erfüllung physischen Verlangens, dachte sie. Genügend jedenfalls, um die Zweifel verstummen zu lassen.

Sie versuchte, sich auf das Buch vor ihr auf dem Mahagoni-Schreibtisch zu konzentrieren. Der kostbare Foliant unterschied sich von den Bänden, die Sara Farnese für gewöhnlich in der Vatikanischen Bibliothek studierte. Es war *De Re Coquinaria*, das berühmte Kochbuch von Marcus Apicius, in einer Abschrift aus dem zehnten Jahrhundert. Sie hatte vor, Hugh ein Essen nach Rezepten aus dem Rom der Kaiserzeit zuzubereiten: *Isicia omentata* (gebratene Fleischklöße mit Pinienkernen), *Pullus fiusilis* (mit Kräutern gefülltes Hähnchen) und *Tiropatinam* (mit Honig gesüßter Auflauf). Damit wollte sie ihn weder beeindrucken noch ihre Beziehung auf eine neue Ebene heben. Im August hatten die besten Restaurants nun einmal geschlossen. Es war die einfachste Lösung, und darüber hinaus kochte sie gern. Er würde es verstehen oder zumindest nichts dagegen haben.

»Apicius?« Die plötzliche Frage hinter ihr ließ sie zusammenzucken.

Sara drehte sich um. Hinter ihr stand Guido Fratelli. Wie üblich lächelte er sie an. Sie versuchte, auch freundlich zu sein, obwohl sich ihre Freude über seinen Anblick in Grenzen hielt. Der Schweizergardist tauchte immer auf, wenn sie vorbeikam. Er schien genauestens über ihre Besuche informiert zu sein und besaß genügend Kenntnisse über ihre Arbeit, um ihr unerwünschte Unterhaltungen aufzudrängen. Er war etwa in ihrem Alter, neigte zur Korpulenz und wirkte unbändig stolz auf seine blaugelbe Uniform und den breiten Pistolengürtel aus schwarzem Leder. Aber seine Befugnisse beschränkten sich auf den Vatikan, in dem kaum etwas passierte. Schon der Petersplatz fiel in den Amtsbereich der römischen Polizisten. Und die waren von anderem Kaliber als dieser ruhige, fast furchtsame Mann. Inmitten der Alkoholiker und Drogenabhängigen rund um die Stazione Termini würde es Guido Fratelli keinen Tag lang aushalten.

»Ich habe Sie gar nicht hereinkommen gehört«, sagte Sara mit einem Hauch von Vorwurf in der Stimme. Sie schätzte die Stille in dem leeren Lesesaal und wollte nicht, dass sie durch Gespräche gestört wurde.

»Tut mir Leid.« Unbewusst strich er über sein Pistolenhalfter. »Uns wurde beigebracht, möglichst lautlos zu sein. Man kann schließlich nie wissen.«

»Sicher.« Wenn Sara sich nicht irrte, war es im Verlauf von zwei Jahrhunderten im Vatikan zu gerade einmal drei Mordfällen gekommen: 1988 wurden der Kommandant der Schweizergarde und seine Frau aus persönlichen Motiven von einem Unteroffizier der Garde erschossen, und 1848 fiel der Governatore des Papstes dem Anschlag eines politischen Gegners zum Opfer. Da die städtische Polizei die Menge auf dem Petersplatz im Auge behielt, brauchte sich Guido Fratelli im schlimmsten Fall um anspruchsvolle Einbrecher zu sorgen.

»Sie lesen da ja etwas ganz anderes als sonst.«

»Ich habe vielseitige Interessen.«

»Ich auch.« Er spähte weiter neugierig über ihre Schulter. Guido suchte stets fieberhaft nach Gesprächsthemen. Vielleicht hielt er das für ein Training seiner detektivischen Fähigkeiten. »Ich lerne jetzt Griechisch, müssen Sie wissen.«

»Das da ist Latein.«

Sein Gesicht verdüsterte sich. »Oh. Üblicherweise lesen Sie Griechisch.«

»Üblicherweise.« Sie konnte eine gewisse Erheiterung über seine trübselige Miene nicht unterdrücken. Wahrscheinlich fragte er sich: Muss ich jetzt etwa beide Sprachen lernen?

»Vielleicht können Sie mir bei Gelegenheit einmal sagen, ob ich gut vorankomme?«

Sie zeigte auf ihr Computer-Notebook, in das sie die Hälfte der Rezepte bereits übertragen hatte. »Irgendwann einmal. Aber jetzt nicht, Guido. Ich habe zu tun.«

Sara wandte den Kopf ab und blickte wieder zum Fenster hinaus. Seine Gestalt spiegelte sich in der hohen Scheibe. Noch war Guido nicht zum Aufgeben bereit.

»Gut«, sagte er schließlich, nickte ihr im Fenster zu, drehte sich um und ging zur Tür. Sara hörte gedämpftes Lachen aus den Galerien im Stockwerk über ihr. Touristen. Mit genügend Einfluss, um Zugang zu diesen nicht öffentlichen Räumen zu erhalten. Wussten sie eigentlich, wie glücklich sie sich schätzen konnten? In den letzten Jahren verbrachte Sara mehr und mehr Zeit in der Bibliothek, nicht nur aus beruflichem Interesse als Dozentin für die Frühzeit des Christentums, sondern auch zu ihrem privaten Vergnügen. Sie hatte Blätter mit Zeichnungen und Gedichten berührt, die von Michelangelos Hand stammten. Die Liebesbriefe von Heinrich VIII. an Anne Boleyn ebenso gelesen wie seine *Assertio Septem Sacramentorum* gegen Luther, die dem englischen König zwar den Titel »Verteidiger des Glaubens« durch Leo X. einbrachte, ihn aber dennoch nicht im Schoß der römisch-katholischen Kirche halten konnte.

Vom beruflichen Standpunkt aus waren es die frühen Codices – die Handschriften und Inkunabeln –, die im Zentrum ihrer Aufmerksamkeit standen. Allerdings konnte sie auch ihrem Drang nicht widerstehen, sich in in die Sammlungen über Personen aus dem Mittelalter zu vertiefen. Es gab ihr das faszinierende Gefühl, Petrarca und Thomas von Aquin hören zu können. Ihre Stimmen hatten sich erhalten wie die Worte auf dem trockenen Velin. Und die gelegentlichen Tintenflecken auf den Blättern machten sie irgendwie menschlich, was Sara als wohltuend empfand. Denn bei aller Weisheit, bei aller Wortgewandtheit wären sie nichts ohne diese Menschlichkeit, auch wenn ihr Hugh Fairchild da wahrscheinlich widersprechen würde.

Sie hörte ein Geräusch von der Tür her, eine Art Schrei, nicht sehr laut, aber in dieser Umgebung irritierend. Im Leseraum der Vatikanischen Bibliothek schreit man nicht.

Sara hob den Kopf und stellte fest, dass ein ihr bekannter Mann auf sie zukam. Er durchquerte die durch die Fenster einfallenden Lichtstreifen mit zügigen, entschlossenen Schritten, die hier unangemessen wirkten. Die Klimaanlage begann zu dröhnen. Ein kalter Luftzug traf Sara, und sie fröstelte. Den Ausdruck auf seinem runden, bärtigen Gesicht konnte sie nicht deuten: Zorn oder Angst, vielleicht auch eine Mischung aus beidem. Überrascht blickte sie ihm entgegen. Stefano Rinaldi, ihr Professorenkollege von der Universität, hielt eine große, offenbar gefüllte Plastiktüte in der Hand. Wie üblich trug er Schwarz, aber sein Hemd und die Hosen wirkten unordentlich, und es sah aus, als wären auf beidem feuchte Flecken. Seine Augen funkelten sie an.

Plötzlich empfand Sara Farnese eine unerklärliche Furcht vor dem Mann, den sie vor geraumer Zeit gut gekannt hatte.

»Stefano ...«, sagte sie, aber so leise, dass er es vielleicht gar nicht hörte.

Der Tumult hinter ihm nahm zu. Sie sah Leute wild mit den Armen fuchteln, einige begannen dem schwarz gekleideten Mann mit der Supermarkttüte in der rechten Hand nachzulaufen. In seiner rechten Hand bemerkte Sara jetzt etwas noch Verblüffenderes. Es schien eine Waffe zu sein, eine kleine, schwarze Pistole. Stefano Rinaldi, ein Mann, den sie nicht anders als gleich bleibend freundlich kannte, für den sie sogar einmal Zuneigung empfunden hatte, kam mit einer Waffe zielstrebig auf sie zu, und sie konnte sich den Grund dafür nicht einmal ansatzweise erklären.

Sara streckte die Arme aus, umfasste die hintere Kante des Schreibtischs mit beiden Händen und drehte ihn um neunzig Grad. Die Holzbeine quietschten auf dem Marmorfußboden, kreischten wie ein verwundetes Tier. Sie zerrte den Tisch an sich heran, bis ihr Rücken gegen das Fenster stieß. Sie wusste, dass sie sitzen bleiben, dem Mann die Stirn bieten musste, dass dieser alte Schreibtisch mit der Abschrift eines antiken römischen Kochbuchs und einem Notebook auf ihm einen gewissen Schutz vor der unbegreiflichen Gefahr bot, die sich ihr näherte.

Er war schneller bei ihr, als sie gedacht hatte, und rang keuchend nach Atem. Ein sonderbarer Glanz lag in seinen dunkelbraunen Augen.

Er setzte sich ihr gegenüber auf einen Stuhl und sah ihr ins Gesicht. Sara spürte, dass sie sich ein wenig entspannte. Im

Moment hatte sie keine Angst. Er war nicht gekommen, um ihr etwas anzutun. Das wusste sie mit einer Sicherheit, die sie sich nicht erklären konnte.

»Stefano ...«, wiederholte sie.

Hinter ihm tauchten Gestalten auf. Sie entdeckte Guido Fratelli unter ihnen und fragte sich unwillkürlich, wie gut er seine Pistole beherrschte und ob sie vielleicht durch die zitternde Hand eines unerfahrenen Schweizergardisten sterben würde, der seine Waffe auf einen ihrer früheren Geliebten richtete, der aus unerfindlichen Gründen in der ehrwürdigsten Bibliothek von Rom durchgedreht war.

Stefanos linker Arm wischte über den Schreibtisch, fegte kurzerhand alles – die kostbare Apicius-Handschrift und ihren teuren Laptop – auf den Marmorboden.

Sara wartete schweigend. Sein Blick sagte ihr, dass er es so wollte.

Er hob die Plastiktüte und entleerte den Inhalt auf die Schreibtischplatte. »Das Blut der Märtyrer ist die Saat der Kirche«, sagte er mit lauter Stimme, die halb wahnsinnig und halb leblos klang.

Sara betrachtete das Etwas auf dem Schreibtisch. Es hatte die Konsistenz von noch feuchtem Pergament. Es war ein Material, auf dem Apicius geschrieben hätte, wäre es trocken gewesen.

Die Pistole noch immer in der linken Hand, begann Stefano das weiche Etwas vor ihr auszubreiten, streckte und straffte das sonderbare Material, bis es den ganzen Schreibtisch bedeckte, über die Kanten hinabhing und Ähnlichkeit mit etwas bekam, was Sara bekannt, aber in dieser Form auch fremd war.

Sie zwang sich, die Augen offen zu halten, versuchte krampfhaft, ihre Gedanken zu ordnen. Das Etwas, das Stefano so sorgfältig mit der flachen rechten Hand glättete wie eine kostbare Tischdecke, war die Haut eines Menschen. Eine helle Haut, leicht gebräunt und noch feucht, als wäre sie vor kurzem gewaschen worden. Sie war am Hals, den Handgelenken, Knöcheln und Genitalien, entlang der Wirbelsäule und an den Beinen durchschnitten worden, um sie in einem Stück abziehen zu können. Sara musste sich zusammenreißen, um sie nicht zu berühren. Nur um sich zu vergewissern, dass es kein böser Traum war.

»Was willst du?«, fragte Sara so ruhig, wie es ihr möglich war.

Die braunen Augen musterten sie, wandten dann den Blick ab. Stefano hatte Angst bei dem, was er da tat. Er fürchtete sich, schien aber auch fest entschlossen zu sein. Er war ein intelligenter Mann, keineswegs stur, aber voll und ganz auf seine Arbeit konzentriert, die sich, wie Sara sich jetzt erinnerte, um Tertullian drehte, den frühchristlichen Theologen und Polemiker, dessen berühmtes Dictum er gerade zitiert hatte.

»Welche Märtyrer?«, fragte Sara. »Was hat das alles zu bedeuten?«

Er war wieder ganz bei sich. Das sah sie an seinen Augen. Stefano dachte nach, suchte nach einer Erklärung.

Er beugte sich vor. »Sie ist noch da, Sara«, sagte er mit seiner tabakrauen Stimme. Aber er sprach so leise, dass niemand sonst seine Worte hörte. »Wir müssen uns beeilen. Sieh dir das an.« Er starrte die Haut auf dem Tisch an. »Ich wage nicht, mir vorzustellen …« Entsetzen überzog sein Gesicht. »Denk an Bartholomäus. Du weißt doch Bescheid.«

Und dann wiederholte er noch einmal, lauter und mit einem wahnhaften Hauch in der Stimme, Tertullians Worte: »Das Blut der Märtyrer ist die Saat der Kirche.«

Mit irrlichternden Augen hob Stefano Rinaldi die Pistole, bis der kurze, schmale Lauf auf ihr Gesicht zeigte.

»In Deckung!«, schrie der Schweizergardist. »*In Deckung*!«

Guido Fratelli ist ein kompletter Schwachkopf, dachte Sara. Er hat nicht die geringste Ahnung, was hier vorgeht.

»Nein!« Abwehrend hob Sara eine Hand und sah mit Schrecken, dass Stefano die Hand mit der Waffe höher hob. »Schluss jetzt! Alle beide!«

Guido Fratelli riss den Mund auf und kreischte etwas Unverständliches. Er hatte die Beherrschung verloren. Total. Und Stefano sah sie nur stumm an, starrte sie mit seinen wehmütigen, verzweifelten Augen an, in denen so viel Fatalismus lag, dass es Sara ganz kalt überlief.

»Schnell«, sagte er. Mehr nicht.

»Nein, nicht«, sagte sie zu beiden Männern, wusste aber, dass es sinnlos war.

Guidos Pistole explodierte förmlich, und Saras Ohren schmerzten unerträglich. Stefano Rinaldis Schädel öffnete sich, Blut und Gewebe spritzten heraus. Fratelli tänzelte um den Toten herum und wünschte, er würde es wagen, die Leiche zu berühren. Die Pistole in seiner Hand zuckte, als hätte sie ein Eigenleben.

Sara schloss die Augen, hörte die Explosion, die Schüsse in dem sonst so stillen Raum, dem Hort unvergleichlicher Schätze.

Als es vorbei war, öffnete Sara Farnese die Augen wieder. Stefano lag noch immer auf dem Boden. Einer der Aufseher drückte laut schreiend seine Hände gegen den Magen, als hätte er Angst, etwas könnte aus ihm herausquellen, wenn er sie sinken ließ.

Sie betrachtete Stefanos Kopf. Er ruhte auf der mittelalterlichen Apicius-Abschrift. Dickes, dunkles Blut tropfte auf das Pergament.

Zwei

Sie standen im Schatten der Kolonnaden auf dem Petersplatz, und Luca Rossi fragte sich, wie sehr die Sonne ihm heute bereits den kahlen Schädel verbrannt hatte. Als Folge des Bier- und Pizza-Gelages gestern Abend rumorte es bedenklich in seinem Magen. Und als wäre das alles nicht schon schlimm genug, hatte man ihm heute früh auch noch den Jungen als Dienstpartner für die nächsten vier Wochen verpasst. Es war eine Art Strafe, für sie beide, nahm er an. Keiner von ihnen konnte im Moment als Werbung für die römische Polizei bezeichnet werden, und das aus unterschiedlichen Gründen. In seinem Fall war es einem sehr direkten, eindeutigen und für ihn verständlichen Umstand zuzuschreiben. Der Junge dagegen sah einfach nicht richtig aus, Punkt. Und wusste es nicht einmal.

Er betrachtete seinen Partner und seufzte. »Also gut. Ich weiß, dass du sonst keine Ruhe lässt. Also erzähl schon. Was ist der Trick?«

Nic Costa lächelte, und Rossi wünschte, er würde nicht so verdammt jung aussehen. Mitunter mussten sie zwielichtige Gestalten in der Umgebung des Platzes festnehmen. Und er fragte sich, von welchem Nutzen der schmale, pubertär wirkende Jüngling dann wohl wäre.

»Es ist kein Trick.« Noch nie waren sie gemeinsam Streife gelaufen. Sie kamen von verschiedenen Revieren. Rossi vermutete, dass der Junge nicht einmal wusste, warum ein älterer, korpulenter Polizist sein neuer Partner war. Er hatte nie danach gefragt. Er schien es einfach zu akzeptieren, er schien alles zu akzeptieren. Aber Rossi wusste einiges über ihn. Wie alle anderen auch. Nic Costa war einer von jenen Polizisten, den seine Kollegen für nicht wahr hielten. Er trank kaum. Er aß nicht einmal Fleisch. Er hielt sich fit und hatte sich einen Ruf als Marathonläufer erworben. Und er war der Sohn dieses verdammten Roten, über den die Zeitungen immer wieder berichteten und der seinem Sprössling eine höchst ungewöhnliche Leidenschaft vererbt hatte. Nic Costa war in Gemälde vernarrt, vor allem in die Bilder eines bestimmten Malers. Er kannte Aufenthaltsort und Herkunft jedes einzelnen Caravaggio in Rom.

»Für mich hört es sich an wie ein Trick.«

»Es ist eine Sache des Wissens.« Einen Moment lang sah Costa so alt aus, wie er war – siebenundzwanzig Jahre. Vielleicht, dachte der ältere Mann, steckt mehr in ihm, als auf Anhieb ersichtlich war. »Keine Taschenspielerei, sondern reine, echte Magie.«

»Na gut, Magie. Da drüben …«, Rossi nickte zu den Mauern des Vatikan hinüber, »da hängen bestimmt Dutzende von den Dingern.«

»Nein. Nur ein Bild, die ›Grablegung‹. Es wurde ursprünglich für die Chiesa Nueva gemalt, von dort aber entfernt, und kam erst über Paris wieder nach Rom. Im Vatikan hat man Caravaggio nie sonderlich geschätzt. Er war dem Klerus immer zu revolutionär, nicht prächtig genug. Auf seinen Bildern haben die Menschen schmutzige Füße. Die Apostel hat er gemalt wie ganz normale Sterbliche, denen man auch auf der Straße begegnen kann.«

»Ist es das, was du an ihm magst? Das hast du von deinem alten Herrn, nehme ich an.«

»Es ist nicht das Einzige, was mir an ihm gefällt. Und ich bin ich, niemand anders.«

»Klar.« Rossi dachte an Costas Vater. Er war ein echter Unruhestifter, der seine Anschauungen konsequent vertrat und nie irgendwelche Bestechungen annahm, was ihn zu einem sehr ungewöhnlichen Politiker machte. »Also wo hängen noch Bilder von ihm?«

Der Junge nickte Richtung Fluss. »Sechs Minuten entfernt in der Kirche Sant' Agostino. Das Gemälde hat zwei Titel: ›Die Madonna von Loreto‹ oder ›Die Madonna der Pilger‹.«

»Ist es gut?«

»Ihre Füße sind unübersehbar schmutzig. Der Vatikan fand es scheußlich. Es ist ein wunderbares Bild, aber ich kenne bessere.«

Rossi wirkte nachdenklich. »Für Fußball interessierst du dich wohl nicht, oder? Schade, sonst hätten wir ein prima Gesprächsthema.«

Sein Kollege schaltete den Funkscanner ein und griff nach den Ohrstöpseln. Rossi hob schnuppernd den Kopf.

»Riechst du die Kanalisation?«, knurrte er. »Da haben sie jede Menge Geld ausgegeben, um die größte Kirche auf Erden zu bauen. Der Papst residiert nur ein paar Meter entfernt. Aber es stinkt immer noch wie in den finstersten Gassen von Trastevere. Vielleicht zerhacken sie Leichen und spülen sie durch die Toiletten. Aber das werden wir nicht rauskriegen.«

Costa hantierte weiter am Funkgerät. Sie wussten beide, dass über ein Verbot dieser Geräte nachgedacht wurde.

»Hör mal, das geht mir langsam auf die Nerven«, murrte Rossi. »Wenn Falcone mitkriegt, dass du an dem Ding herumspielst, verpasst er dir einen Arschtritt.«

Costa zuckte lächelnd mit den schmalen Schultern. »Ich wollte nur Fußballnachrichten für dich finden. Na und?«

Lachend warf Rossi seine großen Hände hoch. »Eins zu null für dich. Ich gebe mich geschlagen.«

Sie blickten zu den wenigen Touristen hinüber, die matt über den weiten Platz schlurften. Selbst für die Handtaschenräuber ist es zu heiß, dachte Rossi. Die hohen Temperaturen senkten die Verbrechensrate in Rom wirksamer, als es ein paar

Polizisten vermochten. Er konnte Costa nicht verübeln, am Scanner herumzuspielen. Es gefiel ihnen beiden nicht, dass es in der Stadt Orte gab, an denen sie nicht willkommen waren. Vielleicht hatte Costa etwas Antiklerikales in den Genen, obwohl er immer wieder beteuerte, im Gegensatz zu seinem Vater absolut apolitisch zu sein. Und der Vatikan war ein Bestandteil der Stadt, trotz gegenteiliger Beteuerungen der Politiker. Eine absurde Vorstellung, irgendein mieser kleiner Dieb könnte sich eine Handtasche schnappen, sich unter die Besucher in der Peterskirche mischen und plötzlich unberührbar werden, weil nur die Päpstliche Schweizergarde in ihren komischen blauen Uniformen und Kniestrümpfen zugreifen durfte.

Etwas Wichtiges würde Costa über seinen Scanner kaum hören. Dafür passierte einfach zu wenig im Vatikan. Aber schon das Hantieren mit ihm war ein Protest an sich. Wir sind da, lautete die Botschaft.

Rossi musterte eine lange Schlange schwarz gekleideter Ordensschwestern, die einer Frau mit einem roten Fähnchen am Stock folgte. Er blickte auf seine Armbanduhr und wünschte, die Zeiger würden sich schneller drehen.

»Geschafft«, verkündete er, fühlte aber zu seiner Überraschung plötzlich Costas Hand auf seinem Arm. Der junge Polizist lauschte ebenso intensiv wie aufgeregt.

»Jemand ist erschossen worden«, erklärte Costa. »Im Leseraum der Bibliothek. Weißt du, wo der ist?«

»Aber klar«, nickte der ältere Mann. »Für uns in der Mongolei.«

Costas braune Augen blickten ihn flehend an. »Da ist ein Mensch erschossen worden. Da werden wir doch nicht etwa tatenlos zusehen, oder?«

Rossi seufzte abgrundtief. »Noch einmal, zum Nachsprechen: ›Der Vatikan ist exterritoriales Gelände.‹ Wenn du willst, kann es Falcone dir noch deutlicher sagen.« Sehr deutlich! Rossi wollte sich die Unterhaltung nicht einmal vorstellen. Er schätzte sich glücklich, die letzten fünf Jahre außerhalb Falcones Reichweite verbracht zu haben. Er wünschte nur, es wäre noch länger gewesen.

»Stimmt. Aber das heißt doch nicht, dass wir uns nicht umsehen dürfen. Es gibt für uns kein Verbot, den Vatikan zu betreten. Wir dürfen nur niemanden festnehmen.«

Rossi dachte nach. Der Junge hatte Recht, bis zu einem gewissen Punkt.

»Mehr hast du nicht gehört? Nur, dass jemand erschossen wurde?«

»Reicht das nicht? Willst du etwa zur Dienststelle zurück und Falcone sagen, dass wir nicht einmal unsere Hilfe angeboten haben?«

Rossi tastete nach seiner Pistole und sah, dass Costa das Gleiche tat. Sie blickten die Via di Porta Angelica entlang zum Eingang der Päpstlichen Privatgemächer. Die Schweizergardisten, die dort sonst die Ausweise der Besucher kontrollierten, waren nirgendwo zu sehen, hielten sich vermutlich am Ort des Geschehens auf. Zwei römische Polizisten konnten einfach so hineinspazieren, ohne dass ihnen irgendwelche Fragen gestellt wurden. Es wirkte wie eine Einladung.

»Aber ich renne nicht«, murrte Rossi. »Nicht in dieser Gluthitze.«

»Ganz wie du willst.« Nic Costa nahm die Beine in die Hand, flitzte über den Platz und verschwand schon bald im Gebäude.

»Dieses junge Volk ...« Luca Rossi schüttelte den Kopf.

Drei

Als Rossi etliche Minuten später die Bibliothek erreichte, hatte sich Nic Costa bereits davon überzeugt, dass der Mann auf dem Fußboden tatsächlich tot war und sein Kopf mindestens drei Einschüsse aufwies. Es war ihm nicht entgangen, dass der verletzte Aufseher von zwei verstört wirkenden Medizinern fortgeführt wurde. Und er hatte unauffällig ein paar Nachforschungen angestellt. Im Raum herrschte das nackte Chaos, was Costa sehr gelegen kam. Der verschreckte Guido Fratelli hielt Costa offenbar für einen Angehörigen der Vatikanverwaltung, was auch auf die drei weiteren Schweizergardisten zutraf, die den Raum betreten und festgestellt hatten, dass keine unmittelbare Gefahr bestand. Nun schienen sie auf Anordnungen von ihm zu warten. Costa sah keinen Grund, sie voreilig zu enttäuschen. In seinen vier Jahren bei der Polizei hatte er schon etliche Tote gesehen und auch ein paar Todesopfer von Schießereien. Aber ausgerechnet im Vatikan die Leiche eines Menschen und die Epidermis eines anderen zu finden, war eine ganz neue Erfahrung und eine, die er sich nicht entgehen lassen wollte.

Seine Gedanken überschlugen sich. Die fieberhaften Überlegungen verdrängten den Geruch im Raum fast aus seinem Bewusstsein, machten den penetranten Gestank nach Blut und die Art und Weise, wie er sich mit der durch die geöffneten Fenster eindringenden heißen Luft mischte, ein wenig erträglicher.

Er hörte sich Fratellis wirre Schilderung der Ereignisse an und konnte während der ganzen Zeit keinen Blick von der Frau wenden, die an der Wand auf einem Stuhl saß und alles beobachtete. Sie musste knapp dreißig sein und trug ein schlichtes, graues Kostüm. Sie hatte schulterlange, dunkle Haare, große grüne Augen und ein klassisch geschnittenes Gesicht, wie man es manchmal auf mittelalterlichen Gemälden sieht. Nein, nicht von Caravaggio, dafür war sie zu schön. Die Gesichter seiner Frauen verfügten nicht über diesen strahlenden Glanz, nicht einmal die Madonnen. Und diese Frau sah aus, als würde sie sich sehr beherrschen, um nicht zu explodieren.

Als der Gardist seine Schilderung beendet hatte, stand sie auf und kam zu ihm. Costa bemerkte, dass ihr graues Kostüm blutbespritzt war. Es schien sie nicht zu kümmern. Schock, dachte er. Aber lange konnte es nicht mehr dauern, bis ihr bewusst wurde, dass sie nur knapp dem Tod entgangen, dass direkt vor ihr ein Mann erschossen worden war. Die Haut lag noch auf dem Schreibtisch wie das abgelegte Kostüm irgendeiner schauerlichen Gruselparty. Nic Costa konnte sich nur schwer vorstellen, dass sie einmal einem Menschen gehört hatte.

»Sie sind von der römischen Polizei?«, fragte sie mit leichtem englischen oder amerikanischen Akzent.

»Ja.«

»Das dachte ich mir.«

Verdutzt und unwillig blickten die Schweizergardisten einander an, aber noch fehlte ihnen der Mut zum Protest. Sie warteten erst einmal ab.

Luca Rossi lächelte ihnen zu. Er hatte absolut nichts dagegen, dass der Junge die Initiative ergriffen hatte. Er ließ ihm gern den Vortritt. Schön, es entsprach vielleicht nicht ganz den Regeln, aber immerhin war Costa als Erster am Tatort gewesen und schien bereits alles im Griff zu haben.

»Ich glaube, Stefano wollte mir etwas mitteilen«, sagte die Frau zu seinem jungen Kollegen.

»Stefano? Der Mann, der Sie töten wollte?«

Sie schüttelte den Kopf, und Nic Costa bewunderte den Schwung ihrer schimmernden Haare. »Er wollte mich nicht töten. Der Schwachkopf da …«, sie nickte zu Guido Fratelli hinüber, »hat die Situation offenkundig völlig falsch verstanden. Stefano Rinaldi wollte, dass ich mit ihm irgendwo hingehe. Aber zu ausführlichen Erklärungen kam er nicht mehr.«

Der Gardist wurde blutrot, murmelte etwas Unverständliches, verstummte dann wieder.

»Und *was* hat er zu Ihnen gesagt?«, erkundigte sich Costa.

»Er sagte …« Sie brach kurz ab und dachte angestrengt nach. Kein Wunder, dachte Costa, dass sie Schwierigkeiten mit dem Erinnern hat. Sie hat zu vieles in zu kurzer Zeit erlebt. »Er sagte, dass sie noch immer da wäre. Dass ich an Bartholomäus denken soll. Und dass wir uns beeilen müssen.«

Nic Costa überlegte, ob er seinen ersten Eindruck von ihr revidieren musste. Vielleicht stand sie gar nicht unter Schock. Vielleicht war sie immer so kühl und distanziert.

Costa wollte gerade fragen, wohin dieser Rinaldi so schnell wollte, als ein bulliger Mann im schwarzen Anzug hastig auf sie zukam und ihm auf die Schulter tippte. »Wer zum Teufel sind Sie?«

»Polizei«, antwortete Costa absichtlich vage.

»Ihr Dienstausweis?«

Er zog ihn aus der Tasche und zeigte ihn dem Mann.

»Verschwinden Sie«, befahl der Schwarzgekleidete. »Sofort!«

Costa sah seinen Partner an. Die leichte Röte auf Rossis Wangen verriet seine Empörung über das anmaßende Vorgehen.

Luca Rossi machte einen Schritt auf den Neuankömmling zu und fragte: »Und mit wem haben wir die Ehre?«

Er sah aus wie ein Boxer, der zu Gott gefunden hat, dachte Costa unwillkürlich, mit seinem breiten, geröteten Gesicht, den pockennarbigen Wangen und der gebrochenen Nase. Am Revers seines schwarzen Sakkos steckte ein Kruzifix.

»Hanrahan«, knurrte er, und Costa versuchte erneut, einen Akzent zu identifizieren. Diesmal kam er auf halb Irisch, halb Amerikanisch. »Vom Wachschutz des Vatikan. Aber nun schiebt ab, Jungs. Überlasst die Sache uns.«

Costa schlug dem Mann leicht auf die Schulter, und die Verärgerung in dessen grauen Augen überraschte ihn. »Interesse an unseren Erkenntnissen, Mister Hanrahan? Wir wollten nichts anderes als hilfreich sein. Immerhin wurde im Vatikan ein Mensch erschossen. Und nehmen Sie es mir nicht übel, aber Sie haben sich mit Ihrem Auftritt reichlich Zeit gelassen. Unter Umständen konnten wir Schlimmeres gerade noch verhindern.«

Die Frau musterte die drei Männer aufgebracht. Sie fragte sich, ob es der richtige Zeitpunkt war, über Kompetenzen zu streiten, zuckte es Costa durch den Kopf. Und nicht zu Unrecht.

»Das ist eine Angelegenheit, die nur den Vatikan etwas angeht«, erklärte Hanrahan. »*Wir* sorgen für Aufklärung. Wenn wir Ihre Unterstützung brauchen sollten, werden wir Sie rufen.«

»Dieser Fall lässt sich keineswegs vatikanintern regeln«, widersprach Costa. »Er geht auch uns etwas an.«

Hanrahan stieß ein einziges Wort hervor. »Zuständigkeit.«

»Verstehe ich Sie richtig?«, erkundigte sich Costa. »Ihr unfähiger Schweizergardist hat einen Mann erschossen, und Sie beharren auf Ihrer Zuständigkeit?«

Hanrahan sah Guido Fratelli an. »Wenn es so war.«

Costa ging die paar Meter zum Schreibtisch und fasste die Haut an. Das Stück, das einmal einen Arm bedeckt hatte. Es fühlte sich klamm und kühl an. Mehr nach Mensch, als er angenommen hatte.

»Und was ist damit?«

Hanrahan starrte ihn finster an. »Worauf wollen Sie hinaus?«

»Worauf ich hinauswill?« Costa machte sich bewusst, dass der Mann nicht einmal Mitglied der Schweizergarde war, denn die trat nie ohne Uniform auf. Vielleicht gehörte er tatsächlich zur Security, aber er verteidigte sein Revier und schien am zeitraubenden Prozess der Indiziensuche und Wahrheitsfindung nicht interessiert. »Darauf, dass es irgendwo einen Körper geben muss, der dazu passt. Und ich bin mir ziemlich sicher, dass der nicht in den Mauern des Vatikan zu finden ist.«

»Commissario …«, mischte sich die Frau ein.

»Entschuldigen Sie, Signora, nur noch einen Moment. Damit will ich sagen, Mister Hanrahan, dass wir es hier mit zwei Mordfällen zu tun haben. Und ich biete Ihnen eine Wette über jede x-beliebige Summe an, dass einer von beiden in *unseren* Zuständigkeitsbereich fällt, in dem wir über fähige und gut ausgebildete Mitarbeiter verfügen. Im Gegensatz zu Ihnen.« Er bedachte den armen Guido Fratelli, der inzwischen den Tränen nahe schien, mit einem vernichtenden Blick. »Wir sind zu verständnisvoller Kooperation bereit. Wie ist es, dürfen wir auf ein wenig Entgegenkommen von Ihnen hoffen?«

Hanrahan schüttelte den Kopf. »Sie haben nicht die geringste Ahnung, worum es hier geht.«

»Na, nun geben Sie sich schon einen Ruck.« Costa legte Hanrahan eine Hand auf die Schulter. »Wollen wir nicht dasselbe?«

»Nein.« Hanrahan verzog das Gesicht. »Ganz und gar nicht. Und jetzt …«

Die Frau drängte sich zwischen die beiden Männer und sah Nic Costa direkt in die Augen. »Sind Sie mit dem Auto hier?«

»Selbstverständlich.«

»Er wollte, dass wir uns beeilen. Können wir vielleicht gleich losfahren?«

Wieder überraschte Costa ihre Ruhe. Während sie miteinander stritten, hatte sie angestrengt nachgedacht und versucht, das Rätsel zu lösen, das der Tote ihr hinterlassen hatte.

»Wissen Sie denn wohin?«

»Ich glaube schon. Es war dumm von mir, nicht sofort darauf zu kommen. Können wir los? Bitte.«

Nic Costa tätschelte Hanrahans Schulter. »Sehen Sie? Man muss nur die richtigen Fragen stellen.«

Vier

Costa grübelte über die wirre Geschichte nach, die ihnen Sara Farnese erzählt hatte. Sie warf so viele Fragen auf, dass er sich Gedanken über ihren Geisteszustand machte. Vielleicht stand sie doch unter Schock, und das ganze Unternehmen war sinnlos.

»Warum zur Tiber-Insel?«, fragte er.

»Das habe ich Ihnen doch gesagt. Wir müssen zur Kirche auf der Insel.«

Rossi warf ihm vom Fahrersitz aus einen sonderbaren Blick zu, und Costa fragte sich, ob sein Kollege kalte Füße bekommen hatte. Wahrscheinlich wäre es klüger gewesen, sich mit ihren Vorgesetzten in Verbindung zu setzen. Aber er hatte bislang keinerlei Beweise dafür, dass im Zuständigkeitsbereich der städtischen Polizei ein Verbrechen begangen worden war. Abgesehen davon wirkte die Frau sehr bestimmt, sie wollte offenbar so schnell wie möglich in diese Kirche. Costa hoffte darauf, sich bei Falcone ein paar Pluspunkte verdienen zu können.

»Und warum, wenn ich fragen darf?«

Sie seufzte so ungehalten, als wäre er ein begriffsstutziges Kind. »Stefano Rinaldi erwähnte Bartholomäus. Den Heiligen, der bei lebendigem Leibe gehäutet wurde. Stefano arbeitete auf diesem Gebiet, er kannte sich aus. Die Kirche auf der Tiberinsel wurde zum Gedenken an Bartholomäus errichtet. Etwas anderes fällt mir nicht ein.«

»Das ist alles?« Costa sah seine Hoffnungen schwinden.

»Das ist alles«, bestätigte sie spitz. »Es sei denn, Sie haben eine bessere Idee.«

Die beiden Polizisten sahen sich an. Der spärliche Verkehr ermöglichte ein zügiges Vorankommen am Flussufer entlang. Schon bald fuhren sie über den Ponte Cestio auf die kleine Isola Tiberina.

»Dieser Stefano Rinaldi war Ihr Freund?«, fragte Rossi, als sie vor der Kirche hielten.

Sara Farnese würdigte ihn keiner Antwort und sprang aus dem Wagen, bevor er ganz hielt.

»Außer sich vor Angst«, murmelte Rossi kopfschüttelnd. Auch die beiden Männer stiegen aus und blickten zur Kirche hinüber. Die Insel inmitten des Flusses war uraltes, unverfälschtes Rom. Kaum vorstellbar, dass hier irgendetwas nicht stimmen sollte. Sie standen auf einer kopfsteingepflasterten Piazza, auf der man abseits vom Verkehrslärm auf Bänken im Schatten sitzen konnte.

»Was meinst du? Sollten wir vielleicht Meldung machen?«, erkundigte sich Rossi.

Costa zuckte mit den Schultern. »Weshalb? Sie werden uns noch früh genug die Hammelbeine langziehen.«

»Hast Recht. Mal sehen, ob ich irgendwo einen Küster auftreiben kann. Wir brauchen bestimmt Schlüssel.«

Die Frau stand bereits vor dem Portal.

»Moment«, rief Costa. »Warten Sie.«

Aber sie drückte die Tür auf und war verschwunden. Fluchend rannte Costa ihr hastig hinterher und schrie Rossi zu, ihm zu folgen.

Das Gotteshaus war leer. Costa stand im Mittelgang, blickte auf die Reihen schimmernder Säulen und fühlte sich wie immer in Kirchen: unbehaglich. Er führte das auf seine Erziehung zurück. Kirchen hatten für ihn häufig etwas Unheimliches.

Sie spähten in die schwach beleuchteten Seitenkapellen und öffneten einige Türen, die in pechfinstere Nebengelasse führten.

»Hier ist nichts«, erklärte Sara Farnese.

Costa sah sich um, dachte nach. Sie wirkte enttäuscht, wie um eine Hoffnung betrogen.

»Es war den Versuch wert«, versicherte er. »Sie brauchen sich keine Vorwürfe zu machen.«

»Die mache ich mir bereits«, entgegnete sie leise. »Aber hier muss es weitere Räumlichkeiten geben. Wir waren schon einmal hier, im Zusammenhang mit unserer Tätigkeit. Die Kirche wurde auf einem Äskulaptempel errichtet. Vielleicht unterirdisch, in Kellergewölben.«

»Äsku ...?«

»Äskulap, der Gott der Heilkunst.« Sie sah ihn an. »Das wäre doch ein weiterer Hinweis. Oder?«

»Kann sein.« Costa resignierte. Im Kopf dieser Frau ging mehr vor, als er begreifen konnte. Er fragte sich, ob sie ihre Logik selbst noch verstand.

Rossi betrat das Kirchenschiff und schwenkte ein großes Schlüsselbund. Plötzlich verspürte Costa Verlegenheit darüber, an Rossi vorbei die Initiative an sich gerissen zu haben. Sein Kollege war älter. Besaß mehr Erfahrung.

»Wir haben uns schon überall umgesehen, denn es steht alles offen«, sagte Costa. »Nichts.«

»Dann sollten wir besser das Revier informieren.« Rossi schien erleichtert, die Verantwortung an andere abtreten zu können.

Wie gebannt starrte Sara Farnese auf eine kleine Tür links vor dem Altar. »Da drüben.«

»Da haben wir bereits nachgesehen«, wandte Costa ein.

»Nein. Es gibt hier einen Campanile. Wir haben den Zugang zum Glockenturm noch nicht gefunden.«

Costa lief zur Tür und schob sie auf. Der Raum dahinter war klein und dunkel. Costa zog seine Taschenlampe hervor und sah in ihrem Schein, was ihnen zunächst entgangen war. Die Treppe befand sich hinter einem mit einem Vorhängeschloss versehenen Gitter in der hinteren Ecke. Rossi stöhnte erst, suchte dann aber nach dem passenden Schlüssel, öffnete das Gitter und stieg in der Finsternis die Stufen hinauf.

»Großer Gott! Was war denn das?«

Rossis Entsetzensschreie hallten von den Mauern wider.

Costas tastende Hand fand einen Schalter. Eine Glühbirne erleuchtete das Erdgeschoss des Campanile und die steinerne Wendeltreppe, die in die Höhe führte.

Immer noch schreiend kam Rossi die Treppe heruntergestolpert. Sein kahler Schädel war rot von Blut. Es lief ihm über die Schläfen, in die Augen. Er zwinkerte heftig, wischte sich krampfhaft mit einem Taschentuch über den Kopf – und schrie unaufhörlich. Zum ersten Mal in seiner Polizeilaufbahn wurde Nic Costa plötzlich übel. Er befand sich jetzt dicht vor den Stufen, und im engen Schacht der Wendeltreppe roch es ekelerregend süßlich nach Fleisch, nach verwesendem Fleisch. Er richtete den Lichtstrahl seiner Taschenlampe nach oben. Von der Holzdecke über der Treppe tropfte langsam, aber unablässig Blut.

»Wir brauchen dringend Unterstützung.« Costa zog das Funkgerät aus der Tasche.

Er blickte Sara Farnese an und wollte seinen Augen nicht trauen. Sie drängte sich hastig an Rossi vorbei und eilte die Treppe hinauf. »Nein. Bleiben Sie hier!«, schrie er. »Rühren Sie da oben bloß nichts an! Auf keinen Fall! Hören Sie? Allmächtiger …!«

Sein Partner wirkte wie von Sinnen. Er wischte sich fieberhaft das Gesicht, als wäre das Blut eine giftige Säure, die ihm die Haut zerfraß. Costa schaltete das Gerät ein und schickte einen Notruf. Er forderte Rossi auf, unten zu bleiben und auf seine Rückkehr zu warten. Der Ausdruck auf dem Gesicht des älteren Mannes gefiel ihm gar nicht. Er hatte etwas Wahnsinniges, etwas, das von übermenschlichem Grauen sprach. Nic Costa empfand ähnlich, aber Sara Farnese hatte die Stufen bereits bewältigt, und er wollte nicht, dass sie da oben allein war.

Er hörte, dass oben ein Schalter angeknipst wurde. Schummriges Licht fiel auf die Treppenstufen. Dann gab Sara Farnese ein Geräusch von sich, etwas zwischen Keuchen und Schreien. Es war ihre erste wirkliche Gefühlsäußerung seit dem Blutbad in der Vatikanischen Bibliothek vor einer halben Stunde.

»Verdammt«, fluchte Costa und nahm zwei Stufen auf einmal.

Sie war zu Boden gesunken und lehnte mit dem Rücken an der Wand. Sie hatte die Hand vor dem Mund, ihre grünen Augen wirkten riesig und schreckensstarr. Costa folgte ihrem Blick. Eine einsame Glühbirne beleuchtete die Toten, und Costa hatte Mühe, seinen Mageninhalt bei sich zu behalten.

Es befanden sich zwei Leichen im Raum. Die Frau war mit einem dunklen Rock und einer roten Bluse bekleidet. Sie hing an einem Seil von einem Deckenbalken. In der Nähe ihrer Beine lag ein alter Holzstuhl – entweder unter ihren Füßen umgestoßen oder von selbst umgestürzt, als sie versucht hatte, sich zu retten. Costa vermied allzu neugierige Blicke in ihr Gesicht, aber sie schien Mitte dreißig zu sein, mit strähnigen, blonden Haaren und lederähnlicher Haut.

Die zweite Leiche war zwei Meter entfernt an einen senkrechten Balken gefesselt: ein Mann mit goldblonder Haarmähne und vom Schmerz eines schrecklichen Todes verzerrten Gesichtszügen. Ein Knebel zwischen den Zähnen verzog seine blutleeren Lippen und schneeweißen Zähne zu einem ironischen Lächeln. Seine Arme waren hoch über dem Kopf an den altersschwarzen Balken gebunden. Seine Füße baumelten ein paar Zentimeter über dem Holzboden. Nur Kopf, Hände, Füße und Lenden waren durch Haut geschützt.

Fliegen umsurrten das nackte Fleisch. Ihr Summen erfüllte den kleinen, kreisrunden Raum. Und an die Wände war immer wieder und mit dem Blut des Toten der Satz geschrieben, den Sara Farnese heute zweimal aus Stefanos Mund in der Vatikanischen Bibliothek gehört hatte: »Das Blut der Märtyrer ist die Saat der Kirche«. Und genau hinter dem Mordopfer zwei Zeilen in englischer Sprache. Die Worte lasen sich wie der Anfang eines Gedichtes:

As I was going to St. Ives
I met a man with seven wifes.

Nic Costa schluckte krampfhaft und warf einen Blick auf Sara Farnese. Sie konnte die Augen nicht von der blutigen, geschundenen Leiche losreißen. Sie sah aus, als würde sie jeden Moment den Verstand verlieren.

Mit zwei Schritten war er neben ihr, kniete sich zwischen sie und den Toten und griff nach ihrer Hand.

»Sie müssen hier weg. Unbedingt. Sofort.«

Sie versuchte, um ihn herum wieder die Leiche zu betrachten. Costa umfasste ihr Gesicht und zwang sie, ihn anzusehen.

»Das ist nichts für Sie. Sehen Sie nicht mehr hin. Bitte.«

Als Sara Farnese sich noch immer nicht rührte, hob er sie auf die Arme und trug sie so behutsam wie möglich die Treppe hinunter.

Rossi hatte den Treppenvorraum verlassen. Als Costa mit Sara Farnese vorbeikam, murmelte er, dass Verstärkung unterwegs sei. Costa trug sie ins Kirchenschiff und setzte sie in die erste Bank. Sie starrte blicklos auf den Altar. In ihren Augen standen Tränen.

»Ich muss dringend noch etwas erledigen«, sagte er. »Warten Sie hier auf mich?«

Sie nickte.

Costa bat Rossi, bei der Frau zu bleiben, holte tief Luft und lief wieder die Stufen in den ersten Stock des Glockenturms hinauf. Der Ausweis der Frau steckte in ihrer Handtasche. Die Kleidungsstücke des Mannes lagen auf einem unordentlichen Haufen neben seiner Leiche. In einer Sakkotasche fand Costa einen britischen Pass und einen Bordkartenabschnitt. Offenbar war er erst am Morgen aus London eingeflogen.

Zehn Minuten später trafen die Fachleute ein: Spurensicherer, Kriminaltechniker, Rechtsmediziner, ein ganzes Geschwader von Männern und Frauen in weißen Plastikanzügen, die ihn aus dem Weg haben wollten, um ihre Arbeit tun zu können. Angeführt von Teresa Lupo, der Pathologin, die alle Polizisten insgeheim bewunderten. Natürlich, es war vorhersehbar, dass Crazy Teresa sich einen solchen Fall nicht entgehen ließ. Vermutlich wusste sie, dass der Alte auch erscheinen würde. Der Revierklatsch besagte, dass zwischen den beiden neuerdings etwas lief.

Leo Falcone musterte die gehäutete Leiche so versonnen, als wäre sie ein Ausstellungsobjekt in einem Museum. Wie immer sah der Inspektor aus wie aus dem Ei gepellt. Er trug eine rote Seidenkrawatte über dem blütenweißen Hemd, einen hellbraunen Anzug und spiegelblank geputzte Schuhe. Mit total kahlem Schädel, walnussbraunem Teint und einem silbernen, sogfältig gestutzten Spitzbart sah er aus wie ein Schauspieler, der auf der Bühne den Teufel verkörpert. Er musterte Costa und sagte mit anzüglicher Bosheit: »Ich habe Sie losgeschickt, um Handtaschendiebstähle zu verhindern. Was hat das hier zu bedeuten?«

Eines Tages würde er vor allen Leuten ausrasten, dachte Costa. Irgendwann würde Falcone ihn dazu bringen.

»Die Frau war mit dem Toten aus der Bibliothek verheiratet«, sagte er. »Ich habe in ihrer Handtasche nachgesehen. Sie befindet sich bei den Kleidungsstücken des anderen Opfers.«

»Und der andere Tote?«, wollte Falcone wissen.

Am liebsten hätte Nic Costa ihn angebrüllt. Er hatte sich nicht um den Fall gerissen. Er konnte sich angenehmere Ermittlungen vorstellen. Vor allem wollte er nicht, dass Sara Farnese langsam, aber sicher den Verstand verlor, wenn sie zu begreifen begann, was sich vor ihren Augen ereignet hatte.

»Muss noch identifiziert werden«, antwortete er, drehte sich um und lief die Treppe hinunter.

Zu seiner Enttäuschung war Rossi nicht bei Sara Farnese geblieben. Costa machte ihn draußen vor der Kirche ausfindig, wo er im Schatten eines Baumes stand und gierig an einer Zigarette zog.

»Hat sie irgendetwas gesagt?«, fragte Costa.

Rossi schwieg. Das Verbrechen war schauerlich genug, aber Costa spürte, dass die fassungslose Erschütterung seines Kollegen nicht allein auf den Schock zurückzuführen war. Von seinem Kollegen ging etwas aus, das er sich nicht erklären konnte.

»Kein Wort«, äußerte Luca Rossi schließlich, sah Costa aber nicht an. Er verzog das Gesicht. »Ich hatte eine Heidenangst da drinnen. Ich habe mich echt nicht in den Raum da oben getraut. Mist …«

»Die Sache würde doch niemanden kalt lassen.«

»Blödsinn!«, zischte Rossi. »Du bist da reinmarschiert, als mache es dir überhaupt nichts aus.« Er zeigte auf die Tatortermittler, die vor der Kirchentür standen und rauchten. »Mit ihnen ist es das Gleiche.«

»Sie sind genauso durcheinander. Glaub mir. Wir sind alle erschüttert.«

»Erschüttert?«, wiederholte Rossi höhnisch. »Falcone sieht aus, als könnte er neben der Leiche da oben in Seelenruhe sein Frühstück verputzen.«

»Luca …« Costa verstummte kurz, fuhr dann aber entschlossen fort: »Was ist eigentlich los? Warum sind wir ein Team? Warum hat man dich zu uns versetzt?«

Bedrückt sah der ältere Mann ihn an. »Sie haben es dir also nie gesagt?«

»Nein.«

»Himmel.« Mit fahriger Hand drückte Rossi seine Zigarette aus und suchte sofort nach einer neuen. »Du willst es also unbedingt wissen, ja? Irgendwann wurde ich zu einem Verkehrsunfall geschickt. Passiert immer wieder, wie du weißt. Aber diesmal war es ein bisschen anders. Der Vater saß hinter dem

Steuer, sturzbetrunken. Und vor ihm auf der Fahrbahn lag sein Kind. Glatt durch die Windschutzscheibe geschleudert. Tot. Sehr tot.«

Rossi schüttelte den massigen Kopf. »Aber weißt du, was die größte Sorge dieses Vaters war? Sich herauszureden. Er wollte mir allen Ernstes vormachen, er hätte keinen Tropfen getrunken.«

»Die Straßen sind voll von Idioten. Was wäre daran so neu?«

»Das werde ich dir sagen. Ich packte den Idioten am Kragen und nahm ihn mir vor. Gründlich. Wäre die Verkehrsstreife nicht gewesen, hätte ich den Mistkerl wahrscheinlich umgebracht.«

Costa warf einen Blick in die Kirche, überzeugte sich, dass Sara Farnese noch vor dem Altar saß. Als er zurückkam, blickten Rossis traurige Augen ihn durchdringend an.

»Ich wurde versetzt, weil man verhindern wollte, dass er Anzeige gegen mich erstattet. Ehrlich gesagt, macht es mir nichts aus, jedenfalls nicht mehr. Ich bin achtundvierzig, unverheiratet und nicht gerade gesellig. Meine Abende verbringe ich mit Bier und Pizza vor dem Fernseher, und bis zu dem Moment war es mir gleich. Völlig egal. Doch manchmal fällt es einem aus den überraschendsten Gründen wie Schuppen von den Augen. Mir ist das passiert. Und dir wird es irgendwann auch passieren. Vielleicht kommst du nicht mehr so mit wie früher, und es ärgert dich, dass irgendein superschlauer Neuer dir die Butter vom Brot nehmen will, und du erkennst, was für ein Mist das alles eigentlich ist. Vielleicht öffnen dir auch ernstere Dinge die Augen. Aber eines Tages begreifst du, dass es nicht nur ein Spiel ist. Menschen sterben absolut sinn- und grundlos. Und irgendwann bist du dran.«

»Nie habe ich gedacht, es könnte anders sein«, entgegnete Costa. Er glaubte, in Rossis Stimme persönliche Ressentiments gegen ihn zu hören. Das gefiel ihm nicht. »Geh nach Hause, Luca. Leg dich ein bisschen aufs Ohr. Ich komme hier schon klar.«

»Den Teufel wirst du. Glaubst du denn, ich will mir morgen Falcones Strafpredigt anhören?«

Costa griff in die Jackentasche seines Partners und zog die Zigarettenschachtel heraus. Sie war fast leer. »Nun, dann rauch noch eine. Wir können später weiterreden.«

Rossi nickte zur Kirche hinüber. »Und willst du noch etwas wissen? Ich werde es dir sagen. Aber ich bezweifle, dass du es hören willst.«

»Was?«

»*Sie* jagt mir Angst ein. Die Frau da drinnen. Wie kann sie nur so ruhig bleiben. Das ist doch nicht normal. Sie ist heute fast gestorben. Sie hat die Toten da oben gesehen ... Nein, erspar mir die Einzelheiten. Ich will nicht, dass Menschen ohne Haut durch meine Träume geistern. Es würde mir den Schlaf rauben. Aber sie macht den Eindruck, als ließe sie das alles völlig kalt. Als müsste es so sein.«

»Du hast sie da oben nicht erlebt, Luca«, schwang sich Nic Costa zu Sara Farneses Verteidigung auf. »Du kannst es nicht beurteilen. Und ich schätze, du warst auch nicht lange genug mit ihr in der Kirche. Du hast nicht erlebt, wie sie nicht wusste, wohin sie blicken sollte, und am liebsten in Tränen ausgebrochen wäre. Bei manchen Leuten dauert es länger. Das solltest du eigentlich wissen.«

Luca Rossi stieß ihm mit dem Zeigefinger derb gegen die Brust. »Du hast Recht. Ich habe es nicht gesehen.«

Crazy Teresa trat aus der Kirche, entdeckte sie, kam zu ihnen herüber und bettelte Rossi um eine Zigarette an. Er nickte ein bißchen mürrisch, und sie schlüpfte aus ihrem weißen Kunststoff-Overall. Sie war eine üppige Frau in den Dreißigern mit einem langen, schwarzen Pferdeschwanz. Irgendwie sah sie aus wie Rossi, ein bisschen durch den Wind. Sie trug die geräumigsten Jeans, die Costa je zu Gesicht bekommen hatte, und ein zerknautschtes pinkfarbenes T-Shirt. Teresa steckte sich die Zigarette an, blies eine Rauchwolke in die glutheiße Nachmittagsluft und setzte ein geradezu seliges Lächeln auf.

»Tage wie heute lassen einen die Arbeit wieder schätzen. Findet ihr nicht auch, Jungs?«

Costa verdrehte die Augen und kehrte in die Kirche zurück.

Sie kniete vor dem Altar und betete mit weit offenen Augen, ihre Hände vor ihrem blutbespritzten Rock gefaltet. Costa wartete ein paar Minuten, bis sie fertig war. Er wusste, was ihre Blicke anzog. Hinter einer goldenen Ikone mit einem Christuskopf hing ein größeres Gemälde an der Wand. Es zeigte Bartholomäus kurz vor dem Märtyrertod. Seine Hände waren hoch über seinem Kopf an einen Holzbalken gefesselt, genau wie bei der Leiche im Glockenturm. Neben ihm stand ein finsterer Henker mit einem Messer und blickte ihm in die Augen, als wüsste er nicht recht, wo er anfangen sollte.

Schließlich stand Sara Farnese auf und setzte sich neben ihn auf die Bank.

»Wir können uns auch Zeit lassen«, sagte er. »Es braucht nicht sofort zu sein.«

»Stellen Sie ruhig Ihre Fragen. Ich möchte es lieber hinter mich bringen.«

»Das verstehe ich.«

Sie wirkte wieder ganz ruhig, und Costa dachte an Rossis Worte. Sara Farnese war wirklich eine ungemein beherrschte Frau.

»Was verband Sie mit diesem Stefano Rinaldi?«, fragte er. »In welcher Beziehung standen Sie zu ihm?«

Sie zögerte, aber nur kurz. »Er war Professor und gehörte meiner Fakultät an. Ich hatte eine Affäre mit ihm. Wollten Sie das hören? Aber nur kurz. Die Beziehung ist seit Monaten beendet.«

»Und die Tote im Campanile, seine Frau …«

»Mary. Sie ist Engländerin.«

»Das habe ich den Ausweispapieren in ihrer Handtasche entnommen. Wusste sie davon?«

Sara Farnese sah ihn an. »Sie wollen alles sofort und auf der Stelle hören?«

»Nur wenn es Ihnen recht ist. Wir können es auch verschieben. Ich überlasse Ihnen die Entscheidung.«

Sara Farnese betrachtete wieder das Gemälde hinter dem Altar. »Sie kam dahinter. Damit endete unsere Affäre. Ich weiß nicht recht, warum sie überhaupt begann. Es war Freundschaft, aus der plötzlich mehr wurde. Stefano und Mary führten keine besonders glückliche Ehe. Aber das lag nicht an mir.«

Costa zog eine Plastikhülle aus der Sakkotasche. In ihr befand sich ein handbeschriebener Zettel. »Ich versuche lediglich Licht in die Vorgänge zu bringen. Urteile kommen mir nicht zu, und ich maße sie mir auch nicht an. Das hier habe ich in der Kleidung des anderen Toten gefunden. Offenbar eine Nachricht, die ihm heute früh auf dem Flughafen übergeben wurde. Sie besagt, dass Sie sich so schnell wie möglich hier in der Kirche mit ihm treffen wollen. Es sei sehr wichtig. Stammt die Nachricht von Ihnen?«

Sie schüttelte den Kopf. »Nein.«

»Woher wusste Rinaldi, dass er nach Rom kommen würde?«

»Keine Ahnung. Vielleicht habe ich in der Uni eine Andeutung gemacht. Ich weiß es wirklich nicht.«

»War der andere Mann Ihr Geliebter?«

Das Wort ließ sie zusammenzucken. »Wir … haben uns hin und wieder getroffen. Er heißt Hugh …«

»Fairchild. Ich weiß. Er hatte seinen Pass bei sich. Wollen Sie ihn sehen?«

»Warum?«

»Aus ihm geht hervor, dass er verheiratet ist.«

»Nein«, sagte sie kühl. »Der Pass interessiert mich nicht.«

»War Ihnen das bekannt?«

»Ist das wichtig?«

Was ist nur mit mir los, fragte sich Costa. Warum will ich das wissen? »Wahrscheinlich nicht. An die Wände wurde mehrmals dieser Spruch über das Blut der Märtyrer geschrieben. Und dann diese anderen Zeilen. Wer ist dieser Sankt Ives? Ein weiterer Heiliger?«

»Nein. Ein Ort in England.«

»Und sieben Frauen?«

»Ich wusste ja nicht einmal, dass er eine hat«, entgegnete sie bitter.

»Was hat sich Ihrer Meinung nach hier abgespielt?«

Sara Farneses grüne Augen funkelten ihn zornig an. »Sie sind der Polizist. Sagen Sie es mir.«

Costa hasste voreilige Schlüsse, aber genau das schien die Frau von ihm zu erwarten. Er zuckte mit den Schultern. »Jedem, der diese Nachricht sieht, bietet sich eine Erklärung förmlich an. Ihr Exfreund hat von Ihrem neuen Geliebten erfahren und beschlossen, ihn umzubringen und seine Frau gleich mit. Möglicherweise sogar auch Sie.«

»Ich habe Ihnen doch schon gesagt, dass Stefano mich nicht töten wollte. Und nennen Sie sie nicht ›Geliebte‹. Es waren Männer, mit denen ich gelegentlich geschlafen habe. In Stefanos Fall ist das Monate her.«

Costa konnte es nicht fassen. Selbst jetzt, kalkweiß, geschockt und mit tiefen Schatten unter den Augen, war Sara Farnese eine wunderschöne Frau. Er begriff nicht, warum jemand wie sie ein so oberflächliches, sinnloses Leben führen konnte.

»Menschen drehen aus den unterschiedlichsten Gründen durch«, sagte er. »Und aus den überraschendsten.« Männer gehen eine Treppe hinauf, und es tropft das Blut von Toten auf ihren Schädel. Menschen, die man liebt, verlassen morgens das Haus und kommen abends mit der Diagnose einer tödlichen Krankheit zurück.

»Mag sein.« Sie wirkte nicht überzeugt.

»Ich bedauere, dass ich Ihnen diese Fragen stellen musste. Aber Sie verstehen, dass es nötig war?«

Sie schwieg, blickte wie gebannt auf das Gemälde hinter dem Altar.

»Es ist nicht eindeutig bewiesen«, stellte sie sachlich fest.

»Was?«

»Dass Bartholomäus gehäutet wurde. Er starb den Märtyrertod, das ist sicher, aber vermutlich auf weniger drastische Weise. Enthaupten war die übliche Methode. Die frühe Kirche schmückte die Heiligenlegenden aus, um Zweifler bei der Stange zu halten. Um den Glauben in den noch jungen Gemeinden zu stärken.«

»Daher also der Spruch ›Das Blut der Märtyrer ist die Saat der Kirche‹?«

Sie sah ihn an. Überrascht, wie Costa fand.

»Gibt es Verwandte, die ich anrufen könnte? Freunde?«, fragte er.

»Niemanden, danke.«

»Niemanden? Und Ihre Eltern?«

»Meine Eltern sind lange tot.«

»Es gibt Fachleute, die in Situationen wie dieser helfen können. Psychiater.«

»Falls ich das für nötig halte, werde ich es Sie wissen lassen.«

Wieder musste er an Rossis Worte denken. In der Frau steckte mehr, als der erste Augenschein vermuten ließ.

»Beten Sie hin und wieder?«, fragte sie unvermittelt.

Costa zuckte mit den Schultern. »In unserer Familie ist es eher unüblich. Und ich weiß nie, um was ich bitten soll.«

»Oh, um eine Antwort auf die noch immer offenen Fragen. Warum Gott, wenn es ihn gibt, zulässt, dass guten Menschen Böses angetan wird, beispielsweise.«

»Gute Menschen? Der Engländer und der, der ihn getötet hat?«

Sie dachte nach. »Jedenfalls waren es keine schlechten Menschen, wenn Sie das meinen.«

»Hören Sie«, sagte Costa, ohne nachzudenken. »Sie können sich glücklich schätzen, keine Polizistin zu sein. Wir stellen uns diese Frage ständig, und nicht nur die. Warum sind die Reichen so reich und die Armen so arm? Warum durfte Stalin in seinem Bett sterben? Mein Vater ist Kommunist. Als Junge habe ich ihn das ständig gefragt und bekam ebenso regelmäßig eins hinter die Ohren.«

Nic Costa staunte. Der leise Anflug eines Lächelns überzog Sara Farneses Gesicht. Es veränderte sie völlig. Sie wirkte jünger, mädchenhafter, inniger, war nicht mehr die kühle, abgeklärte, elegante Frau, die sie gewöhnlich der Welt vorspielte. Plötzlich konnte er verstehen, dass sich ein Mann leidenschaftlich in sie verliebte.

»Familie ist unverzichtbar«, stellte Costa fest. »Sie schützt gegen die Welt. Ich beneide niemanden, der sich ganz allein gegen diesen ganzen Mist behaupten muss.«

»Ich würde jetzt gern gehen.« Sara Farnese stand auf und lief über den Mittelgang auf die Tür zu, hinter der die Sonne endlich etwas von ihrer Glut verlor und der Tag seinem Ende zuging.

Nic Costa folgte ihr.

Fünf

Am nächsten Morgen um acht wurden Costa und Rossi in Falcones Büro zitiert. Der Inspektor wirkte mürrischer denn je, seine Stirn zeigte Dauerfalten. Jeder fürchtete sein Temperament, niemand räumte ihm sonderliche Führungsqualitäten ein. Aber Falcone war ein fähiger Mann, und davon gab es nicht genug in den oberen Polizeirängen. Er hatte etliche schwierige Fälle gelöst, was ihm große Beachtung in den Zeitungen einbrachte. Sein Einfluss reichte über die Polizei hinaus. Respekt war ihm in der Questura gewiss, aber nur wenig Sympathie.

Vor ihm auf dem Schreibtisch lagen die bisherigen Ermittlungsergebnisse im Fall Rinaldi.

Falcone hob die Papiere und wedelte ihnen damit vor den Gesichtern herum. »Dürftig«, knurrte er.

»Wir arbeiten bereits an einem umfassenderen Bericht«, erklärte Nic Costa. »Gegen zehn haben Sie ihn auf dem Tisch.«

Unbehaglich rutschte Rossi auf seinem Stuhl hin und her. Falcone starrte ihn an, als wollte er sagen: Jetzt spricht der Junge also schon für Sie?

»Haben Sie irgendetwas über diese Farnese?«, erkundigte sich Falcone.

Costa schüttelte den Kopf. »Was meinen Sie damit? Ob sie aktenkundig ist, ob Vorstrafen bekannt sind?«

»Genau das meine ich.«

»Sie ist sauber«, sagte Rossi. »Ich habe mich gestern Abend

in unserer Datei überzeugt. Offenbar ist sie nicht einmal irgendwann zu schnell gefahren.«

Falcone beugte sich vor und zwang Costa, ihm in die Augen zu blicken. »Sie dürfen diese Dinge nicht außer Acht lassen.«

»Ich weiß. Tut mir Leid.«

»Wie stellt sich der Fall dar?« Falcone lehnte sich zurück. »Der abgeschobene Freund beseitigt den neuen Freund und bringt seine Frau gleich mit um die Ecke?«

»Sieht ganz danach aus«, sagte Costa.

Falcone hob die Schultern. »Ich stimme Ihnen zu. Es sieht ganz so aus. Ich habe vorhin mit denen von der Spurensicherung gesprochen. Sie haben keine Hinweise darauf gefunden, dass sich außer den beiden Opfern und Rinaldi noch jemand im Glockenturm aufgehalten hat.«

»Und wo liegt dann das Problem?«

»Das Problem?« Falcone nickte Rossi zu. »Fragen Sie ihn.«

Costa sah seinen Partner an. Die gestrige Auseinandersetzung stand immer noch zwischen ihnen. Wir müssen uns unbedingt aussprechen, dachte er. Er schätzte den älteren Kollegen. Er wollte ihre Zusammenarbeit nicht mit Unstimmigkeiten belasten.

»Nun, Luca?«, fragte er.

Rossi runzelte die Stirn. »Das Problem ist der Zeitpunkt. Rinaldis Beziehung mit der Farnese endete vor drei, vier Monaten. Also warum jetzt?«

»Vielleicht hat er erst vor kurzem von dem Engländer erfahren«, spekulierte Costa. »Er musste sich anhören, wie sehr sie ihn mag, und bei ihm ist die Sicherung durchgeknallt.«

Falcone hob eine Hand. »Woher wollen Sie das wissen? In Ihrem Bericht steht nichts davon.«

Costa erinnerte sich an die Unterhaltung mit Sara Farnese. »Nein.«

»Wir müssen uns die Frau noch einmal vorknöpfen«, ordnete Falcone an. »Um Einzelheiten über die Beziehung zu erfahren. Wir brauchen Daten, Fakten, Motive.«

Costa nickte. »In Ordnung.« Rossi sah aus dem Fenster, kramte in seiner Jackentasche nach einer Zigarette. Wir haben ausführlich über die Sache gesprochen, dachte Costa. Es kann keine andere Erklärung geben.

»Warum ist er so makaber planmäßig vorgegangen?«, wollte Falcone wissen. »Warum hat er dem Mann die Haut abgezogen? Neben seiner Frau lag ein umgekippter Stuhl. Wollte er, dass die Farnese sie lebend antrifft? Und dann die mit Blut geschriebenen Sprüche an den Wänden ...«

»Er war wahnsinnig«, erklärte Costa bestimmt. »Wer einen Menschen auf diese Weise umbringt, muss verrückt sein.«

Falcone schnaubte verächtlich. »Zu einfach. Und selbst wenn – glauben Sie etwa, dass nicht auch dem Wahn eine gewisse Rationalität zugrunde liegt? Wollen Sie behaupten, dass alles völlig grundlos geschieht? Dieser Mann hat an der Universität gelehrt. Er war intelligent, logisch, überlegt. Er konnte dem Engländer vormachen, im Glockenturm auf der Insel würde seine Freundin auf ihn warten. Es gelang ihm, seine Frau in den Campanile zu bringen und dort aufzuknüpfen. Dann brachte er den Engländer um, zog ihm die Haut ab und begab sich in die Bibliothek ... Oder umgekehrt? Tötete er erst den Engländer und dann seine Frau? Wie wäre das möglich? Sie hätte doch die Leiche des Mannes gesehen. Wie ging er vor? Und in welcher Reihenfolge? Erklären Sie mir das. Und dieser Fairchild war ein großer, kräftiger Mann. Er hat doch nicht einfach die Hände gehoben, um sich von Rinaldi fesseln zu lassen. Was ist da vorgefallen?«

»Drogen«, sagte Rossi. »Ich habe vorhin mit Crazy Teresa gesprochen. Sie glauben, Spuren von Betäubungsmitteln gefunden zu haben.«

»Von welchen Betäubungsmitteln?«, fragte Falcone. »Wieso läuft ein Universitätsprofessor mit Sedativa in der Tasche herum, wenn ihm gerade danach ist, einem anderen das Fell abzuziehen? Und woher zum Teufel wusste er eigentlich, wie man das macht? Und *warum*? Das ist die Frage, die ich mir immer wieder stelle: Warum tötete er auf diese dramatische Weise?«

»Sara Farnese ist Professorin an derselben Fakultät wie Rinaldi. Von ihr weiß ich, dass der Spruch an den Wänden das Zitat eines frühchristlichen Theologen ist«, erläuterte Costa. »Vielleicht hielt er ihn für passend.«

»*Passend*?«, wiederholte Falcone, als wäre es das Dümmste, das er jemals gehört hatte. »Sie meinen, er wollte der Farnese eine Botschaft übermitteln? Nach dem Motto: ›Du hast uns alle zu Märtyrern gemacht, du Schlampe. Und hier ist der Beweis.‹? Ich begreife es nicht. Was wollte er damit erreichen? Es hätte doch mehr Sinn gemacht, sie auch zu töten. Aber Sie beharren ja darauf, dass das nicht seine Absicht war. Er wollte mit ihr so schnell wie möglich zu dem Ort, an dem er seine Frau – noch lebend – zurückgelassen hatte. Zu welchem Zweck?«

Hilfesuchend blickte Costa auf Rossi. Der blickte noch immer aus dem Fenster und zog gelegentlich an seiner Zigarette. Es war wieder ein heißer, wolkenloser Tag. Nic Costa fragte sich, was Falcone eigentlich von ihm erwartete.

»Und Sie schätzen die Zusammenarbeit zwischen Rinaldi und Farnese möglicherweise falsch ein«, fuhr Falcone fort. »Meinen Nachforschungen zufolge gehörte Rinaldi zwar derselben Fakultät an, aber nicht ihrem Fachbereich. Sein Arbeitsgebiet war die Kurie, das katholische Kirchenrecht, das nach Überzeugung des Vatikan auch heute noch für uns maßgebend sein sollte.«

»Könnte das für den Fall von Belang sein?«, erkundigte sich Rossi.

»Keine Ahnung. Vor vier Monaten fungierte Rinaldi als Gutachter bei einem Gerichtsverfahren, in dem es um die diplomatische Immunität von Vatikanbeamten ging. Die Kirchenväter wollten mehr, die Regierung weniger. Rinaldi vertrat in seinem Gutachten die Auffassung, dass die Forderungen des Vatikan rechtlich begründet sind, nach einem uralten Recht jedenfalls. Aber was zum Teufel hat das mit Märtyrern zu tun?«

»Wollen Sie damit andeuten, dass meine Schlüsse falsch sind? Dass Rinaldi nicht für die Taten verantwortlich ist?«

»Natürlich nicht«, erwiderte Falcone, ohne zu zögern. »Eine andere Erklärung ist eher unwahrscheinlich.«

»Sollte uns nicht reichen, dass Rinaldi die Morde begangen hat? Manchmal bleiben die Motive nun einmal im Dunkel. Damit müssen wir uns abfinden.«

Finster funkelte Falcone ihn an. »Nicht so voreilig. Ich bin nun einmal schrecklich neugierig. Das bringt mich in Schwung. Wie jeden guten Polizisten. Wenn Sie nicht wissbegierig sind, werden Sie nie etwas erfahren. Ich möchte, dass Sie mir ein paar der Fragen beantworten, die mir keine Ruhe lassen. Ich brauche keine Ermittler, die sich für Heinzelmännchen in der Werkstatt des Weihnachtsmannes halten und alles hübsch verpacken und mir mit den passenden Bändern versehen auf den Schreibtisch legen, um nach einem anerkennenden Klaps auf die Schulter nach weiteren Spielzeugen Ausschau zu halten, mit denen sie sich vergnügen können. So funktioniert unser Job leider nicht.«

»Das ist mir bekannt«, antwortete Costa. »Zumindest wurde mir noch nie auf die Schulter geklopft.«

Seufzend drückte Rossi seine Zigarette aus und steckte sich sofort eine neue an.

Falcone lächelte fein. Er hatte ihnen gezeigt, wo es langgeht, und Costa verfluchte sich, so töricht gewesen zu sein. »Himmel, seid ihr *empfindsam*, Jungs«, lachte der Inspektor. »Ich glaube, Sie haben die richtigen Schlüsse gezogen. Mir gefällt nur Ihre Methode nicht besonders. Zu schnell, zu direkt.«

»Wie Sie meinen …«, murmelte Costa.

»Und noch etwas«, fügte Falcone hinzu. »Es wäre schön, wenn Sie hin und wieder zuhören könnten. Mir ist klar, dass Sie zu der Generation gehören, die jeden über dreißig für schwachsinnig halten …«

»Ich bin siebenundzwanzig, Signor Falcone.«

»Schon gut, schon gut. Ich wünschte nur, Sie würden sich

entsprechend benehmen. Und ich wünsche mir auch, Sie könnten endlich einsehen, dass wir nur aus dem Wissen und den Erfahrungen älterer Kollegen lernen können. Vergessen Sie den Blödsinn von der Polizei-Akademie. Wir haben es bei unserer Arbeit mit Menschen zu tun. Mit Menschen, die uns in den meisten Fällen belügen und hinters Licht führen wollen. Sie sollten weniger reden und mehr zuhören, Junge.«

Costa verzog das Gesicht. »Signor, ich …«

»Genug jetzt«, beschied ihn Falcone barsch. »Erinnern Sie sich an die zwei anderen Zeilen, die er an die Wand geschrieben hat? Über St. Ives?«

»Komplett verrückt.« Rossis Interesse schien zu erwachen.

»Kann sein«, räumte Falcone ein. »Aber ich weiß, was es ist. Ich habe mich informiert.«

Er griff nach einem Ausdruck und las laut vor:

»As I was going to St. Ives
I met a man with seven wives.
Every wife had seven sacks,
Every sack had seven cats,
Every cat had seven kits,
Kits, cats, sacks and wives,
How many were going zu St. Ives?«

Verdutzt sahen die beiden Polizisten sich an. Costa nahm den Taschenrechner vom Schreibtisch und hämmerte auf die Tasten ein.

»Es ist ein Rätsel«, schmunzelte Falcone. »Wie lautet die Antwort?«

Costa schrieb Zahlen auf seinen Notizblock. »Sieben Frauen. Neunundvierzig Säcke. Dreihundertdreiundvierzig Katzen. Zweitausendvierhundertundein Kätzchen. Ergibt die Summe von zweitausendachthundert.« Er dachte an den winzigen Raum im Glockenturm und den süßlichen Fleischgeruch. »Aber was hat das zu bedeuten?«

Der Inspektor musterte ihn finster. »Es bedeutet, dass Sie das Rätsel nicht verstanden und gerade eine Menge Zeit mit der falschen Antwort vergeudet haben. ›*I met a man with seven wifes* …‹ Also ging nur einer nach St. Ives. Der Erzähler. Sie haben sich von ihm in die Irre führen lassen. Nicht immer ist die offensichtliche Antwort auch die richtige.«

Nic Costa schüttelte den Kopf. »Auf so etwas kann doch nur ein Irrer kommen.«

»Und nur die ersten beiden Zeilen an die Wand schreiben?«, erkundigte sich Falcone. »Warum sollte Rinaldi ein unvollständiges Rätsel stellen? Können Sie mir das sagen?«

Costa konnte es nicht.

»Ich möchte, dass Sie sich in Rinaldis Wohnung umsehen«, ordnete Falcone an. »Es waren schon ein paar Leute da, aber vielleicht ist ihnen etwas entgangen. Versuchen Sie herauszubekommen, was für ein Mann er war, ob es irgendetwas gibt, was die Tat erklären könnte. Und verärgern Sie mir Hanrahan nicht wieder. Er hat sich bereits zweimal telefonisch bei mir beschwert. Sie scheinen einen beachtlichen Eindruck hinterlassen zu haben.«

»Hanrahan? Sie kennen ihn?«, fragte Costa verblüfft.

»Oh, wir sind die besten Freunde.« Costa hoffte, dass Falcone das ironisch meinte, aber da konnte man sich nie sicher sein. »Und jetzt …«

Er stand auf, wandte ihnen den Rücken zu, betrachtete den Verkehr auf der Straße und dachte nach – zumindest wollte er, dass sie das glaubten. Es war eins seiner Rituale. Die beiden Polizisten wussten, dass ihre Audienz beendet war.

Rossi verließ als Erster den Raum.

Sechs

Die Eigentumswohnung der Rinaldis war ein großes Apartment in einem renovierten Gebäude aus dem 19. Jahrhundert an der Via Mecenate, einer ruhigen Wohnstraße an einem Park, die von der Via Merulana zum Colosseum führt. Zum eleganteren und älteren Wohnviertel des Caelius-Hügels war es ein Fußweg von wenigen Minuten. Hundert Meter vom Eingang des Wohnkomplexes entfernt, erstreckten sich Reste von Neros Domus Aurea. Die Wohnung war modern eingerichtet, großzügig geschnitten und ruhig, da sie auf den ausgedehnten Innenhof hinausführte und nicht zur belebten Straße. Dennoch wurde Nic Costa den Verdacht nicht los, dass die Rinaldis nicht gerade im Geld schwammen. Die Via Merulana galt als Straße, um die man wegen ihrer Nähe zum verwahrlosten Milieu der Stazione Termini nach Einbruch der Dunkelheit lieber einen Bogen machte. Wenn er sich aufmerksam umsah, würde er jede Menge Hinweise finden: Spritzen im Rinnstein, Kondome in den Hauseingängen. Abends wurde der Park zum Treffpunkt von Strichjungen. Keine optimale Adresse für einen Universitätsprofessor, fand Costa. Es handelte sich um eine der Gegenden, die immer »im Kommen« sind, aber dieses Ziel nie erreichen.

Die Wohnung war bereits gründlich gefilzt worden. Costa und Rossi lasen den Durchsuchungsreport: geringe Mengen Cannabis, keine Nachrichten auf dem Anrufbeantworter, keine belastenden Briefe, nichts von Belang in dem einfachen

Computer im kleinen Arbeitszimmer neben dem Schlafraum. Costa fragte sich, warum Falcone glaubte, sie könnten etwas Neues zutage fördern.

Rossi entdeckte Rinaldis Bankauszüge ganz hinten in einer Schreibtischschublade, und Costas Verdacht erwies sich als begründet. Das Ehepaar hatte getrennte Konten unterhalten, aber beide waren überzogen, das von Stefano Rinaldi um rund 250 000 Euro. Es gab eindeutige Briefe von der Bank. Falls sich die Rinaldis nicht etwas einfallen ließen, um von ihren Schulden herunterzukommen, liefen sie Gefahr, das bescheidene Apartment an der Via Mecenate zu verlieren.

Aber machte das aus Stefano Rinaldi einen mehrfachen Mörder? Eine derart fadenscheinige Begründung würde Falcone nie akzeptieren. Wo lagen die wirklichen Motive? Costa nahm sich vor, noch einmal die Nachbarn zu befragen. Im Bericht standen die für familiäre oder eheliche Dramen üblichen Aussagen, in denen die Opfer als ruhiges, zurückgezogen lebendes Ehepaar mit nur wenigen Freunden beschrieben wurden. Niemand hatte Spuren von Misshandlungen an Mary Rinaldi bemerkt. Bei keinem hatte sie sich über ihren Mann beklagt. Die Aussagen zeichneten das Bild eines unauffälligen, kinderlosen Allerwelts-Ehepaars, das sich nach der Decke strecken musste wie Millionen anderer auch. Falcone hatte Recht. Die Kontoauszüge und die Briefe von der Bank waren mit Sicherheit Hinweise auf irgendein Geheimnis in Rinaldis Leben.

Dem Bericht zufolge war Mary Rinaldi nicht berufstätig gewesen. Aber Rinaldo musste von der Universität ein anständiges Gehalt bezogen haben. Damit hätten sie doch auskommen müssen. Dennoch standen sie bei der Abzahlung ihres Apartments tief in der Kreide. Wohin war das Geld geflossen? Rossi und Costa nahmen sich erneut die Auszüge vor und fanden die Antwort. Stefano Rinaldis Nettogehalt betrug fast sechstausend Euro im Monat. Damit sollte selbst bei pünktlicher Tilgung der Hypotheken genügend übrig bleiben. Die

Auszüge erzählten eine andere Geschichte. Sofort nach Eingang seines Gehalts überwies Rinaldi ein Viertel auf das Konto seiner Frau, laufende Unkosten verschlangen zwei weitere Viertel, und der Rest ging für die Bezahlung von Kreditkartenrechnungen drauf oder wurde bar abgehoben, gelegentlich in Summen von bis zu tausend Euro in der Woche.

Nic Costa lebte nicht hinter dem Mond. Er wusste, dass es nur wenige Gründe gab, derentwegen ein Mann Geld in diesen Mengen in der Hand haben wollte. Vor allem waren das Frauen, Alkohol und Drogen. Möglicherweise hatte die Beziehung zu Sara Farnese einiges gekostet, was er allerdings bezweifelte. Die Frau wirkte zu unabhängig, um sich von einem Mann wie Rinaldi finanziell abhängig zu machen. Vielleicht hatte inzwischen eine andere ihren Platz eingenommen. Aber warum war Rinaldi dann so zornig auf Sara, dass er ihren augenblicklichen Freund töten wollte?

Es musste überzeugendere Antworten geben. Während sich Rossi den Anrufbeantworter vornahm, ging Costa ins Bad. Spiegel sollten räumliche Größe vortäuschen, aber es blieb winzig und enthielt lediglich Toilette, Handwaschbecken und in der Ecke eine Duschkabine. Er öffnete das Medizinschränkchen über dem Waschbecken und warf einen Blick hinein. Kopfschmerztabletten, ein Damen-Rasierapparat, eine Packung Abführmittel und zwei Reihen weißer Plastikbehälter mit Mittelchen aus dem Bioladen: Nachtkerzenöl, Ginseng, Gingko biloba und Leimkraut. Acht Präparate insgesamt. Wer war der Naturapostel gewesen? Mary oder Stefano Rinaldi? Beide?

Costa griff nach dem Behälter mit der Aufschrift Nachtkerzenöl und schraubte ihn auf. Nur noch etwa zehn gelbe, glänzende Kapseln lagen auf einem Wattepolster. Costa hasste Watte. Sie klebte immer an seinen Fingernägeln fest. Das Gefühl ließ ihn erschauern wie andere das Quietschen von Kreide auf einer Schiefertafel. Darüber hinaus war es völlig überflüssig. Angeblich soll die Watte Pillen vor Beschädigungen schützen. Aber Gelatinekapseln sind flexibel, so leicht zerbrechen sie nicht. Costa schüttete den Inhalt des Behälters ins Waschbecken, griff mit spitzen Fingern hinein und zog vorsichtig die Watte heraus.

Darunter entdeckte er einen kleinen Plastikbeutel mit einem weißen Pulver. Das erste Durchsuchungsteam hatte mehr als oberflächlich gearbeitet. Er bereitete Kollegen nur ungern Schwierigkeiten, doch in diesem Fall war es kaum zu vermeiden. Costa öffnete den Beutel und kostete das weiße Pulver. Kokain. Damit lag die Ursache von Rinaldis Finanzproblemen klar auf der Hand. Vielleicht hatte er die Taten im Drogenrausch begangen? Allerdings waren bei der Autopsie bisher keine Spuren davon nachgewiesen worden.

Costa fluchte unterdrückt. Dennoch war es ein wichtiger Fund, der bislang einzige von Bedeutung.

Er ging ins Wohnzimmer und zeigte Rossi das Kokain. »Und das sollen kluge, gebildete Leute gewesen sein?«, knurrte sein Partner. »Warum sind sie ins Gassenmilieu gesunken?«

»Keine Familie«, erwiderte Costa. Er fand es erstaunlich, wie oft ihm dieser Faktor bei seiner Arbeit begegnete. Dabei hatte jeder Abhängige so etwas wie Familie, eine Bezugsperson: den Menschen, der ihn oder sie mit Stoff versorgte. In der gehobenen Mittelschicht erfolgten die Kontakte so regelmäßig wie Arztbesuche. Dafür sprachen auch die wöchentlichen Abhebungen von Rinaldis Konto. Irgendwo in der Stadt gab es den Dealer, der sie kannte, der nur mit Stammkunden handelte, nie Risiken einging und seine Tätigkeit vermutlich mit irgendeiner abstrusen Philosophie rechtfertigte.

In der nächsten Stunde riefen die beiden Männer jede Nummer aus Mary Rinaldis Adressbuch an und sprachen mit Friseuren, Ärzten, Bekannten und Angestellten von Reisebüros. Von jedem erhofften sie sich klärende Informationen, bekamen aber keine. Dann druckten sie die Namen und Adressen aus, die in Rinaldis Computer gespeichert waren, vierzig insgesamt, hauptsächlich Universitätskontakte. Später konnten die Jungs vom Drogendezernat die Liste überprüfen, ob ihnen einige Namen bekannt waren.

Rinaldi hatte den Computer ausgiebig genutzt. Die Dateien waren voller wissenschaftlicher Abhandlungen, Aufsätze und Briefe, meistens an die Bank. Costa klickte das E-Mail-Programm an und rechnete damit, dass es mit einem Paßwort gesichert war. Zu seiner Überraschung ließ es sich problemlos öffnen und enthielt drei Nachrichten, alle vor zwei Tagen eingegangen: eine war eine Werbesendung, die zweite eine Einladung zu einer wissenschaftlichen Tagung in Florida.

Mit offenem Mund starrte Costa auf die dritte Nachricht. »Geld kein Problem. Kommen Sie um zehn Uhr.« Name und E-Mail-Adresse des Absenders waren aus unbekannten Gründen gelöscht. Aber am unteren Rand des Bildschirms stand die Nummer eines römischen Telefonanschlusses.

Rossi blickte Costa über die Schulter. »Und das haben sie übersehen? Falcone wird platzen.«

Costa zog sich das Telefon heran und wählte die Nummer. Es meldete sich eine Frauenstimme. »Guten Tag. Sie sprechen mit dem Büro von Kardinal Denney.«

»Entschuldigung. Ich habe mich verwählt.«

Gespannt sah Rossi ihn an. »Und?«

»Das war das Büro eines gewissen Kardinal Denney.«

Sein Partner riss die Augen auf. »Kardinal Denney?«

»Wieso? Sagt dir der Name irgendwas?«

Rossi marschierte zur Tür. »Ich muss dringend was trinken. Bevor die nächste Bombe platzt. Sofort.«

Sieben

Costa hatte darauf bestanden, in eine Bar zu gehen, die er kannte. Jetzt betrachtete Rossi argwöhnisch das nur halb gefüllte Glas vor ihm. Er schnupperte, nahm einen winzigen Schluck und verzog das Gesicht. Missmutig klatschte er sich ein Stück Käse auf eine Scheibe Weißbrot und biss so heftig zu, dass Krümel durch die Gegend flogen. Sie saßen auf Hockern an einem niedrigen Tisch in der Weinbar, die Costa gelegentlich aufsuchte, da sie in der Nähe seiner kleinen Wohnung am Campo dei Fiori lag. Sie waren die einzigen Gäste. Die Besitzerin hatte ihren Schrubber kurz beiseite gestellt, um sie zu bedienen.

»Warum können wir nicht in ein anständiges Lokal gehen und Bier trinken wie jeder normale Mensch?«, maulte Rossi. »Kannst du nicht rechnen? Warum müssen wir hier Unsummen dafür hinblättern, dass wir unsere Brote selbst zubereiten, wenn ich um die Ecke die dreifache Menge für den halben Preis bekommen kann? Und dort wird Bier ausgeschenkt.«

Behutsam tätschelte Costa Rossis kolossalen Bauch. Der ältere Mann duldete die vertrauliche Geste wie ein Löwe die Streicheleinheiten seines Dompteurs.

»Bier macht dick«, erklärte Costa. »Nach Bier musst du furzen. Du kannst mir glauben. Ernährung ist extrem wichtig, Onkel Luca. Besonders für einen Mann deines Alters und deiner … Kondition.«

»Ich habe an mir nichts auszusetzen, vielen Dank. Außerdem bin ich nicht dein Onkel, verdammt noch mal.« Rossi seufzte abgrundtief. »Und was soll diese stinkfeine Bleibe am Campo? Das ist doch keine Wohngegend für einen Polizisten. Deshalb finde ich mich jetzt in einer aufgeblasenen *enoteca* wieder …«

»Wieso stinkfein. Ich wohne dort nun einmal gern. Das ist alles.«

»Damit du den jungen Touristinnen gleich an die Wäsche kannst, wenn sie einen über den Durst getrunken haben?«

»Nein. Weil mir die Gegend gefällt.«

»Unbegreiflich. Und wo hängt das nächste Gemälde von diesem Caravaggio?«

»Es gibt zu viele, um sie aufzuzählen.« Rossi sah Costa an, als wollte er sagen: Jetzt ist mir klar, warum du hier wohnst.

»Von dem Unfall wusste ich wirklich nichts, Luca. Tut mir Leid.«

»Ich habe Schlimmeres gesehen«, wehrte sein Partner ab. »Und du auch. Gestern beispielsweise. Manchmal erwischt es einen eben. Da denkt man häufig, so übel ist es doch gar nicht, ich werde den Tag schon überstehen. Aber dann biegt man um die Ecke und stolpert plötzlich über etwas, was einen erkennen lässt, dass es das Böse immer gegeben hat und immer geben wird und man sich etwas vormacht, wenn man glaubt, es könnte anders sein.«

»Es gibt in der Nähe ein Gemälde zu diesem Thema. Ich könnte es dir zeigen, wenn du magst.«

Fast hätte Rossi laut gelacht. »Ich? Ich soll mir ein Gemälde ansehen?«

»Warum denn nicht?«

»Bleibt es unter uns? Manche unserer Kollegen würden sich vor Lachen in die Hosen pissen.«

»Abgemacht. Aber zunächst würde ich gern etwas über Kardinal Denney erfahren.«

Rossi packte Costas Arm. »Um Himmels willen. Nicht so laut!«

Sein Partner hob die Brauen. Außer ihnen war nur die Frau in der Bar, und die konnte sie unmöglich hören.

»Man kann nie wissen«, verteidigte sich Rossi.

»Was wissen?«

Rossi schüttelte seinen Kopf. »Offenbar interessierst du dich nicht für die Gespräche auf der Dienststelle?«

»Zu viel zu tun.«

»Allmächtiger«, murmelte Rossi. »Der Junge ist ein Heiliger. Sagt dir die Banca Lombardia etwas?«

»Sicher. Ich habe gelesen, dass sie in Schwierigkeiten steckt. Hat angeblich falsch investiert. Probleme mit den Behörden. Es war von Geldwäsche die Rede. Aus Quellen des organisierten Verbrechens. In Italien. In den Staaten.«

»Kluges Kind. Mein vorletzter Partner war ein Typ, der einfach seine Klappe nicht halten konnte. Hat vermutlich noch im Schlaf weitergequasselt. Aber das Komische war, es lohnte sich, ihm zuzuhören. Er war eine Zeit lang zum Finanzministerium abgestellt und plauderte wie ein Wasserfall über seine geheimen Überwachungsaufträge und die selbstlosen Politiker, die sich die Taschen vollstopften. Er kannte die Namen all der Leute, die hinter den Kulissen die Strippen zogen, ohne dass sie jemand zu Gesicht bekam. Und weißt du was? Einer von denen trug einen scharlachroten Hut. Er heißt Michael Denney, und wenn er sich nicht in sein Versteck zurückziehen könnte, würden wir ihn auf der Stelle hinter Gitter bringen.«

»Im Vatikan?«

»Wo sonst?« Rossi schien darauf zu warten, dass bei Costa der Groschen fiel. »Die Bankiers waren nur Strohmänner. Es ging um ein kleines Privatgeschäft, das Denney unter Ausnutzung tatsächlicher Vatikan-Transaktionen aufzog, ohne jemandem etwas davon zu sagen.« Er griff nach seinem Glas und leerte es mit einem Zug. »Und jetzt droht ihm die Pleite. Liquiditätsprobleme. Niemand weiß, ob es noch irgendwie zu retten ist.«

»Jaaah«, meinte Costa gedehnt. »Ich glaube, davon habe ich gelesen.«

»Du hast nichts gelesen. Gar nichts. Dieser Denney hatte seine klerikalen Finger in Dingen, die man nicht einmal mit der Kneifzange anfassen sollte, am allerwenigsten ein Priester. Er bot Auslandsanleihen an Orten an, an denen es gar keine Auslandsanleihen gab. Jeder konnte dort sein Geld deponieren, ohne dass die Steuerbehörden oder die Geheimdienste die leiseste Ahnung hatten. Scharen von Leuten brennen darauf, ihn danach zu befragen. Wir. Das Justizministerium. Das FBI. Und nach allem, was ich höre, die Mafia auch. Die sieht es gar nicht gern, wenn der Mann aus dem Vatikan das Geld falsch wäscht. Zum Glück für ihn kann er sich hinter den Vatikanmauern verstecken und versuchen, uns dazu zu bewegen, ihm diplomatische Immunität zu garantieren, falls er irgendwann das Verlangen verspürt, den Heiligen Stuhl zu verlassen.« Rossi machte eine kurze Pause. »Weißt du noch, was Falcone gesagt hat? Über Rinaldi?«

Costa erinnerte sich. Der Tote hatte vor wenigen Monaten ein Expertengutachten zur Immunität von Vatikanangehörigen abgegeben.

»Glaubst du, er hat Rinaldi bestochen, damit das Gutachten günstig für ihn ausfällt?«

Rossi vergewisserte sich mit einem Blick über die Schulter, dass niemand die Bar betrat. »Wenn, dann hat es nicht geklappt. Vielleicht war Denney deshalb stocksauer auf ihn. Er ist seit Jahren kein Mann der Kirche mehr, kümmert sich nur noch um finanzielle Dinge. Wenn er diplomatische Immunität will, hätte er sich anders entscheiden müssen. Jetzt, wo Geld vermisst wird, ist es zu spät, ein Klagelied anzustimmen. Eine Menge Geld, übrigens. Ich habe die Akten gelesen.«

Costa blickte nicht ganz durch. »Warum sollte er sich auf kriminelle Weise bereichern? Warum ist ein solcher Mann scharf auf Geld?«

»Angeboren, nehme ich an. Denney entstammt einer irischamerikanischen Familie in Boston. Sie waren zur Zeit der Prohibition groß im Alkoholschmuggel tätig, zeitweise zusammen mit Joe Kennedy. Machten sich dann einen Namen in Politik und Großfinanz. Konnten und wollten sich offenbar nichts entgehen lassen. Es liegt ihnen einfach im Blut. Michael Denney war von Anfang an für den Dienst in der Kirche vorgesehen, was er zunächst auch tat, und nicht einmal schlecht. Er arbeitete in den irischen Ghettos von Boston, ist ein Fürsprecher der Armen und Benachteiligten. Dann fällt er die Treppe hinauf und kommt nach Europa. Mit dreißig hat er ein Amt im Vatikan, mit fünfundvierzig wird er Kardinal, und plötzlich geht es um anderes als um das Gebot der Nächstenliebe. Er leitet diese Bank und investiert das Geld des Papstes überall, wo es ihm gewinnträchtig erscheint. Er steckt es in IBM und General Motors. Und nach einer Weile auch in andere, mitunter gar nicht existierende Unternehmen. Und dann ist es nicht mehr nur das Geld des Papstes, sondern es kommt nun von überall her und soll gewaschen werden.«

Rossi starrte in sein leeres Weinglas. »Zum Teufel, was rede ich hier eigentlich?«

»Du erzählst mir von den Gerüchten um Denney.«

»Richtig. Und dann bricht das neue Jahrtausend an, und meinem Gewährsmann zufolge geht es Denneys Bank nicht anders als anderen – schlecht. Er hatte voll auf diese Dotcom-Spinner gesetzt. Um die Verluste auszugleichen, steigt er nun groß bei Airlines und den Telekom-Leuten ein. Kurz gesagt: Er beginnt durchzudrehen. An einem Tag im September schaltet er den Fernseher an und sieht zwei Passagiermaschinen in zwei Wolkenkratzer fliegen. Und jetzt wird es richtig schlimm. Schlimm? Katastrophal! Wenn die Bank in Konkurs geht, muss Denney mit strafrechtlicher Verfolgung rechnen, bei der mit Sicherheit auch seine Machenschaften ans Tageslicht kommen. Nicht sehr angenehm für ihn und die Jungs vom organisierten Verbrechen, die bislang glaubten, ihr Geld quasi mit dem Segen des Heiligen Geistes zu verwahren. Jetzt stellt sich heraus, dass es Leute sind, die höchst ungern ihren Zaster verlieren.«

»Dein Informant weiß erstaunlich gut Bescheid«, stellte Costa fest.

»Er war ein schlauer Kopf. Was sage ich da? Er *ist.*«

»Und er äußert sich offenbar sehr überzeugend. Was macht er eigentlich jetzt?«

»Vermutlich arbeitet er mit irgendeinem neunmalklugen Grünschnabel zusammen, der ihm kein Wort glaubt. Drücke ich mich verständlich genug aus?«

»Auf eine ganz eigene Art. Konnte er Festnahmen veranlassen?«

»Wie denn? Offiziell ist die Lombardia nicht pleite. Sie hat nur den Zahlungsverkehr ›vorübergehend eingestellt‹. Alle Gelder liefen über Liechtenstein und die Cayman-Inseln. Versuch mal, das nachzuverfolgen. Die Finanzbehörden hatten einen eher unbedeutenden Bankangestellten im Visier, der möglicherweise geredet hätte, wenn sie ihm einen Deal angeboten hätten. Aber als sie ihn aufsuchten, lag er mit dem Gesicht nach unten in der Badewanne seiner Wohnung in Testaccio. Todesursache Herzschlag. Sehr praktisch. Wer weiß. Vielleicht wurde er in Denneys Auftrag erledigt. Vielleicht ist er auf den Geschmack gekommen und schickt nun Leute ins Jenseits, die zwar Geld nahmen, aber nichts lieferten.«

»Rinaldi hat geliefert. Sein Gutachten bestätigte die Auffassung des Vatikan.«

»Hat nicht viel geholfen, oder? Ein weiterer guter Grund für Denney, sich hinter den Mauern zu verstecken, wo niemand an ihn herankann. Jedenfalls nicht, bis sie im Vatikan ihre Hände in Unschuld waschen und das schwarze Schaf aus ihren Reihen ausstoßen. Dass ich nicht lache! Als könnte das jemals passieren.«

»Warum bist du dir da so sicher?«, fragte Costa verblüfft. »Warum sollte die Kirche derartige Machenschaften tolerieren?«

Rossi sah ihn an, genau wie manchmal Falcone. Seine Miene

besagte: Bist du so naiv, Junge, oder tust du nur so? »Hier geht es nicht um die Kirche, sondern um den Vatikan. Um ein exterritoriales Gebiet, ein anderes Land. Von uns so weit entfernt wie die Mongolei. Solange es nicht in ihrem Interesse liegt, sind sie zu keinen Konzessionen uns gegebenüber bereit. Vielleicht ist Denney in Ungnade gefallen, seitdem sie über seine finanziellen Transaktionen Bescheid wissen. Vielleicht auch nicht. Für uns ist das eine so irrelevant wie das andere. Er wird keinen Fuß vor die Tore des Vatikan setzen. Er weiß, dass wir ihn auf der Stelle festnehmen würden. Er weiß, dass einige seiner zwielichtigen Freunde plaudern könnten. Sie sind viel zu sehr auf ihre eigenen Vorteile bedacht, um ihn zu schonen. Aber ich schätze, dass ihm die Rolle des schlichten, genügsamen Gottesdieners nicht sonderlich gefällt. Wir reden über einen Mann, der sich gern mit den Großen dieser Welt umgab. So wie es jetzt aussieht, könnte er seine Tage als einsamer, isolierter Greis in einem zugegeben komfortablen Gefängnis beschließen. Es sei denn, er erleichtert sein Gewissen und erzählt uns alles, was wir wissen wollen. Was ich jedoch offen gestanden für sehr unwahrscheinlich halte.«

»Wir sollten das alles überprüfen. Licht ins Dunkel bringen.«

Rossi drohte mit dem Zeigefinger. »Nein! Hat sich Falcone nicht deutlich genug ausgedrückt? Ich hätte dir das alles gar nicht erzählen dürfen. Du gehst mir nicht noch einmal auf eigene Faust in den Vatikan. Verstanden?«

»Es sind Gerüchte, hast du gesagt. Ich werde andere Quellen auftun.«

»Und was ist mit dem Bild?«, wechselte Rossi das Thema.

»Willst du es denn noch immer sehen?«

»Mein Glas ist leer. Und ich wette, du brennst darauf, es mir zu zeigen.«

Costa ging mit Rossi aus der Bar, über die belebte Hauptstraße und in das Straßengewirr zwischen dem Pantheon und der Piazza Navona. In einer kleinen Gasse betrat er eine unscheinbare Kirche, sein Partner folgte ihm.

»Und in dieser schäbigen Düsternis soll ein Meisterwerk hängen?« Missmutig blickte Rossi sich um. »In Neapel habe ich eindrucksvollere Kirchen gesehen.«

»Wir sind in San Luigi dei Francesi, Luca. Hier findest du zwei der großartigsten Bilder, die Caravaggio je gemalt hat. Und das am Ort ihres Entstehens. Er hat sie für diese Kirche geschaffen.«

»Und ich bekomme beide zu sehen?« Er klang wenig begeistert.

»Eins nach dem anderen.« Costa warf ein paar Münzen in einen Schlitz, und Glühbirnen flammten auf. Zwinkernd betrachtete Rossi das große Gemälde vor ihm. Um einen Tisch saßen Männer in mittelalterlicher Kleidung und zählten Geld. Der größte Teil der Darstellung lag im Schatten. Drei der Männer wandten die Köpfe und blickten zwei Gestalten an, die rechter Hand standen. Ein strahlendes Licht hinter den beiden tauchte die überraschten, fast demütigen Gesichter der drei Männer in einen hellen Schein.

»›Die Berufung des heiligen Matthäus‹«, sagte Costa. »Er ist der in der Mitte, der auf sich zeigt, als wolle er fragen: ›Wer? Ich?‹«

»Und wer sind die beiden rechts?«

»Der mit der ausgestreckten Hand ist Jesus. Er teilt Matthäus gerade seine Berufung zum Apostel mit. Und neben ihm steht Petrus, der die Kirche symbolisiert, die aufgrund des Matthäus-Evangeliums entstehen wird.«

»Und was hat das nun mit mir und dem Unfall zu tun? Denn darum geht es dir doch, oder?«

Costa nickte. »Achte auf die Kleidung. Die Männer um den Tisch tragen die Mode, die bei Entstehen des Bildes üblich war. Jesus und Petrus sehen aus wie einer biblischen Szene entsprungen. Caravaggio erhielt den Auftrag, eine bestimmte Episode zu malen, setzte sie aber in einen größeren Zusammenhang. Es geht um den Augenblick der Erkenntnis, in dem man – in diesem Fall Matthäus – erkennt, dass es im Leben Wichtigeres gibt, als Geld zu zählen.«

»Du hörst dich an wie ein Priester«, murrte Rossi.

»Tut mir Leid. Das war nicht meine Absicht.«

Rossi zeigte auf das Gemälde. »Und daraus beziehst du deinen Ansporn, deinen Elan?«

»So würde ich es nicht nennen.« Costa dachte kurz nach. »Es geht vielmehr darum, einen Sinn im Leben zu suchen und zu finden. Nicht nur morgens aufzustehen, seine Arbeit zu tun und froh zu sein, wenn es Abend wird.«

»Ich bin damit eigentlich ganz zufrieden.«

»Mag sein. Bis du durch irgendetwas begreifst, dass das nicht reicht.«

Rossi seufzte. Es ist angekommen, dachte Costa. Er hat verstanden.

»Dann bist du also Katholik? Trotz deiner atheistischen Erziehung?«

»Nein. Ganz und gar nicht. Ich suche nur gern nach Gründen, nach einem Sinn. Eine Art Hobby von mir, wenn du so willst.«

Zwei Touristen setzten die Beleuchtung eines weiteren Gemäldes in Betrieb. Wieder diese krassen Gegensätze von Schatten und Licht, stellte Rossi fest. Aber die Darstellung war sehr viel dramatischer. Ein Greis lag offenbar sterbend auf dem Boden, während sich ein anderer Mann mit blutigem Schwert über ihn beugte. Das Gemälde erschreckte durch seine atmosphärische Dichte, die Intensität der Gefühle.

»›Der Tod des heiligen Matthäus‹«, sagte Costa leise. »Aber das ist eine andere Geschichte. Für ein anderes Mal.«

»Ich habe nie begriffen, warum es in einer Religion, deren Botschaft Liebe und Frieden ist, so viel Mord und Totschlag gibt«, brummte Rossi. »Weißt du die Antwort darauf? Oder muss man katholisch sein, um es verstehen zu können?«

»Es geht um Martyrium. Darum, sich selbst für irgendein höheres Ziel zu opfern. Das kann die Kirche sein. Für meinen Vater vielleicht Hammer und Sichel.«

»Hört sich für mich töricht und einfältig an«, murmelte Rossi und wischte sich mit dem Ärmel über den Mund.

Costa verstand die Geste. Rossi sehnte sich nach einem Bier. Er folgte seinem Partner aus der Kirche.

»Hör mal ...« Nachdenklich sah Rossi seinen jungen Kollegen an. »Wenn du mehr erfahren willst, hätte ich da eine Idee.«

»Tatsächlich?«

»Ja. Wir sind mit Crazy Teresa zum Abendessen verabredet. Es könnte etwas bringen.«

»Wir? *Wir* sind mit Teresa verabredet?«

Rossi sah ihn an, als wollte er sagen: Na und?

»Wir kennen uns doch kaum«, wandte Costa ein.

»Jeder kennt Teresa.«

»Ich meine, *wir* kennen uns kaum.«

Rossi wirkte gekränkt. »Ich weiß, unsere Partnerschaft hatte nicht den besten Start. Aber ich will dir meinen guten Willen beweisen, Junge. Ich tue mein Bestes. Abgesehen davon hat es noch andere Gründe. Sie will offenbar plaudern. Ich kenne die Gerüchte, die die Runde machen. Ein paar Körnchen Wahrheit stecken dahinter, aber nicht so viele, wie manche meinen. Ich esse heute Abend jedenfalls nicht allein mit Teresa.«

Costa wollte seinen Ohren nicht trauen. »Allmächtiger. Und warum sollte ich mit von der Partie sein?«

»Sie will es. Frag mich bloß nicht, warum. Sie ist einfach höflich. Ressortübergreifende Harmonie und so weiter.«

»Großartig.«

Costa fehlte die Energie zu weiteren Protesten. Er hatte keine anderen Pläne. Vielleicht war Crazy Teresa eine ganz andere Frau, wenn sie nicht im Dienst war.

»Ist das ein Ja?«

»Kommt darauf an«, entgegnete Costa verschmitzt. »Stehen wir noch in Verhandlungen?«

Acht

Sara Farnese lebte im Borgo, dem Stadtteil zwischen Tiber und den Mauern des Vatikan, im weltlichen Rom, das säkularer Rechtsprechung unterlag. Und doch war es unmöglich, die Nähe des Papststaates zu ignorieren. Ihre Wohnung lag am Vicolo delle Palline, einer kleinen, kopfsteingepflasterten Straße zwischen der Via dei Corridori und dem Borgo Pio. Il Pasette, der Korridor, der den Vatikan direkt mit der Engelsburg verband, grenzte an Sara Farneses ockerfarbenes Wohnhaus aus dem Mittelalter. Wenn hochrangige Besucher den Korridor in den Fußstapfen längst verstorbener Päpste entlanggeführt wurden, konnte sie deren Stimmen mitunter durch die Wand hören. Die hektische Betriebsamkeit des Petersplatzes und das Touristengewusel seiner Umgebung lagen nur wenige Minuten entfernt, aber in den kleinen Straßen und Gassen, die Sara Farnese bevorzugte, bewegten sich die Menschen in einem anderen Tempo. Es war ein ruhiges, angenehm altmodisches Viertel, das von den Auswüchsen städtischer Modernisierung größtenteils verschont blieb. Wohnungen wurden in den meisten Fällen von einer Generation an die nächste weitergegeben.

Sie hatte das Apartment im ersten Stock vor vier Jahren für eine beträchtliche Summe gekauft, als sie im Alter von dreiundzwanzig Jahren nach Rom zog, ihre Position als Universitätsdozentin antrat und schon bald danach älter und seriöser aussah, als sie sich fühlte. Das Studium in London und den

Vereinigten Staaten war inzwischen kaum mehr als eine blasse Erinnerung. Ihre in Internaten überall in Europa und schließlich in Montreux verbrachten Teenagerjahre wirkten so fern, als hätte sie diese Zeit gar nicht erlebt. Sie erinnerte sich, dass sie oft einen der Dampfer bestiegen hatte und ganz allein auf dem Genfer See herumgefahren war, um der aufdringlichen Neugier ihrer Mitschülerinnen zu entgehen, die sie für spröde und unzugänglich hielten. Sie saß stundenlang an Deck, beobachtet nur von den Gipfeln der Berge am östlichen Seeufer, die auf sie herabblickten wie Gott aus dem Himmel: ein allgegenwärtiger Wächter über ihr Leben, losgelöst von der emotionslosen Langeweile ihres Alltags.

Sara Farneses lebhafteste Erinnerungen betrafen vor allem fassbare, geographische Dinge. Das Grün von Harvard. Die quadratischen Innenhöfe der Colleges in Oxford. Ein paar uralte Straßen hinter der Blauen Moschee in Istanbul, in denen sie sich auf den Spuren der verworrenen Geschichte von Byzanz für Stunden verlieren konnte, sich in die ersten prägenden Jahre unter Konstantin versetzte und erkannte, dass sie für das Studium des frühen Christentums – von dem sie nicht sicher war, ob sie es erwählt hatte oder umgekehrt – eine besondere Begabung hatte.

Nur wenige, mit Menschen verbundene Emotionen waren in Sara Farneses Gedächtnis gespeichert. Eine Ausnahme betraf eine ihrer frühesten Erinnerungen überhaupt: an Schwester Annette aus der Klosterschule in Paris, die sie an einem sonnigen Junimorgen beiseite genommen hatte. Zweiundzwanzig Jahre war das jetzt her. Und doch konnte sie sich noch sehr genau an das hagere, verhärmte Gesicht der Ordensschwester erinnern. Die gestärkte Haube mit dem Schleier umrahmte es wie ein Bild, das darauf wartete, an die Wand gehängt zu werden.

Sie gingen in einen kleinen Raum, den Sara nicht kannte. Durch das einzige Buntglasfenster – es zeigte Jesus mit einem Lamm auf den Armen – strömte gedämpftes Sonnenlicht herein. Das Dröhnen der Glocken von Saint-Eustache mischte sich mit den Klängen einer Reggae-Band vor dem Shopping-Center von Les Halles. Es roch muffig, als würde der Raum nur selten genutzt, aber er war sauber und einfach eingerichtet, wie alles im Konvent. Sie setzten sich auf harte Holzstühle und legten ihre Hände auf eine abgegriffene Bibel.

Schwester Annette ist nicht so alt, wie sie aussieht, dachte die kleine Sara. Manchmal stellte sie sich das Gesicht der Ordensschwester ohne Falten vor, ohne die Verspannung, die von irgendeiner inneren Qual herzurühren schien. Ohne die Haube und Habit, gekleidet wie die Leute, die sie auf der Straße sah. Dann wurde Schwester Annette für Sara ein ganz anderer Mensch, jünger, lebhaft, voller Schwung. Irgendwie normal. Die Schwester aus ihrer Phantasie und die, die jetzt neben ihr saß, waren einander nur in einem Punkt ähnlich. Sie hatten beide sehr intensive, blaue Augen, die die reale Schwester Annette nun dem Kind zuwandte und ihm keine Fluchtmöglichkeit ließ.

Bei Erinnerungen geht es um die Allgemeingültigkeit, nicht um Details. Das wusste sogar schon Sara und versuchte nie, sich jedes einzelne Wort ganz genau einzuprägen. Der Sinn, die innere Bedeutung zählten, und daran, sagten die Augen der Nonne, konnte es keinen Zweifel geben.

Sie hatten über Gottes unerklärliches Wirken gesprochen, und dass niemand, nicht einmal der klügste, weiseste Mensch, der je gelebt hatte, seine Absichten ergründen konnte. Nicht Schwester Annette, auch nicht der freundliche Priester mit dem ausländischen Akzent, der von Zeit zu Zeit ins Kloster kam und Predigten hielt, die Sara nicht verstand. Dann strich er jedem Kind über den Kopf, bevor er wieder in die helle, bunte Welt hinter den Konventtoren hinaustrat.

Sogar dem Heiligen Vater selbst blieben die letzten Einzelheiten der Ziele des Herrn verborgen, sagte Schwester Annette. Das überraschte Sara sehr, denn man hatte ihr zu verstehen gegeben, dass die entrückte, weiß gekleidete Gestalt im Vatikan auf irgendeine unerklärliche Weise das himmlische Wirken verkörperte.

Gelegentlich könne der Anschein entstehen, dass Gott grausam sei, fuhr die Schwester fort. Es würde Momente geben, in denen niemand seine Absichten erkennen könne. Der Unschuldige müsse vielleicht mehr erdulden als der Sünder. Und manchmal ist das Leid so groß, dass ein Mensch nicht begreift, nicht begreifen kann, wie ein gütiger Gott es überhaupt zulässt. Doch diese Fragen gibt uns der Teufel ein, er flüstert sie uns im Moment größter Schwäche ins Ohr. Obwohl manchmal unverständlich, erlöst und befreit uns Gottes Güte. Wir schaffen uns unsere Kerker selbst. Wir – und nicht Gott – verdammen uns zur Hölle. Durch unsere Leiden zeigt Er uns seine Liebe und wird uns letztlich erlösen. Sobald wir auf dem Weg zu Ihm sind. Sobald wir den Weg ins Paradies gefunden haben.

Das Leben ist ein Geheimnis, sagte Schwester Annette, eine Gabe. Und wie alle Leihgaben, kann sie einem auch wieder genommen werden. Wenn dieser Augenblick kommt, beklagen sich wahrhaft Gläubige nicht. Vielmehr danken sie Gott, dass ihnen die Gabe überhaupt gewährt wurde, und fügen sich seinem Ratschluss. Sie lieben Ihn umso mehr und finden in dieser Liebe Trost.

Sara hatte in die blauen Augen geblickt und versucht zu verstehen. Sie liebte Schwester Annette aus ganzem Herzen. Seit sie in der Schule lebte, war die Ordensschwester für sie wie eine Mutter. Ihre eigenen Eltern waren unregelmäßige Besucher, die nicht lange blieben. Sie hatten viel und Wichtigeres zu tun. Sara schätzte sich glücklich, dass sie überhaupt die Zeit fanden, sie zu besuchen. Wenn sie kamen, küssten sie Sara auf die Wangen und ließen ebenso viele Geschenke wie Versprechen zurück. Aber das lag nicht etwa daran, dass sie ihr Kind nicht liebten. In diesem Punkt stimmte Schwester Annette ihr zu, und Sara wusste, dass sie nie log. Sie lebten in einer anderen Welt, in der ein stilles, fünfjähriges Kind, das selten sprach und seine Tage lieber mit Träumen verbrachte, die es keiner Menschenseele anvertrauen würde, niemals glücklich sein konnte. Sie taten das zu Saras Bestem, und eines Tages würde sie ihnen dafür dankbar sein.

»Die Wege des Herrn sind unergründlich«, sagte Schwester Annette. »Sie entziehen sich unserem Verständnis.«

Die Schwester zögerte. Sie hat doch etwas, dachte das Kind. Eine Erkältung. Vielleicht eine Grippe. Schwester Annette ist krank. Der Gedanke ließ Sara die Hand der Nonne auf der Bibel noch fester drücken. Eine Welt ohne die Schwester konnte sie sich nicht vorstellen.

»Sara …«, begann Schwester Annette schließlich. »Gott hat deine Mutter und deinen Vater zu sich gerufen. Sie hatten gestern in Amerika einen Unfall.«

Sie erinnerte sich, dass ihr bei diesen Worten der Mund ganz trocken wurde, wie ihr etwas Hartes, Schmerzhaftes die Kehle zusammenschnürte, dass sie kaum noch atmen konnte.

»Sie leben jetzt bei Ihm im Himmel. Dort wirst du sie eines Tages wiedersehen, wenn du weiter so gut und brav bleibst wie jetzt. Gott liebt dich, Sara. Wir alle haben dich lieb. Und wir werden dich lieben, bis der Herr irgendwann auch uns zu sich ruft, und geduldig darauf warten, mit dir wieder vereint zu werden. Deine Eltern. Wir alle.«

Schwester Annette verstummte. Ihre Augen wirkten glasig. »Du brauchst dich nicht zu fürchten, Kind. Wir sorgen für dich. Für immer, wenn du das magst. Du kannst aber auch in die Welt hinausgehen, wenn dir das lieber ist. Du kannst tun, was immer du willst. Um finanzielle Dinge brauchst du dir keine Gedanken zu machen.«

Die Ordensschwester zog das Mädchen an sich und umarmte es. Sara konnte sich noch immer an den Geruch erinnern. Sie roch alt, vertrocknet, welk – wie etwas, das dem Tod nahe war. Innerhalb eines Jahres würde Schwester Annette mit ihrem Herrgott vereint werden, sich der großen Prozession zu den Pforten des Himmels anschließen und wahrscheinlich mit einem Lächeln auf den Lippen sterben.

»Trauere um deine Eltern«, sagte Schwester Annette. »Aber vergiss auch die Freude nicht. Verhalte dich klug. Und dankbar. Du hast Grund, für vieles dankbar zu sein.«

»Das werde ich«, erwiderte das Mädchen und fragte sich, ob es den Mut aufbrachte, das Versprechen auch wahr zu machen.

Die Schwester lächelte. »Das weiß ich. Du bist ein gutes Kind, meine kleine Sara. Das wird immer so bleiben. Und eines Tages wirst du dafür belohnt. Eines Tages wirst du in deinem Leben ein großes Glück, eine große Freude erfahren.«

An die letzten Worte erinnerte sich Sara genau. Sie war ganz sicher, dass Schwester Annette sie so ausgesprochen hatte. Und doch erinnerte sie sich an etwas, was so gar nicht zu der Vorhersage zu passen schien. Schwester Annette liefen bei ihren Worten dicke Tränen über die Wangen, so langsam und schwerfällig, dass ihr Gesicht dem der Marienstatue in der Kapelle ähnelte. Und deren Tränen waren aus Perlmutt.

Sara Farnese blickte auf ihre Armbanduhr und wunderte sich über die Macht von Erinnerungen. Manchmal stellen sie sich der Gegenwart in den Weg, dachte sie, bieten wohlfeile Ausreden für mangelnde Aktivität und fehlende Entscheidungen. Was würde Schwester Annette zu ihrem jetzigen Leben sagen? Sie kannte die Antwort und verdrängte sie schnell.

Es war drei Minuten vor halb drei, und draußen vor den Fenstern gab die Presse noch immer keine Ruhe. Sie war die Zettel leid, die unter ihrer Tür durchgeschoben wurden. Sie hatte den Hörer neben den Telefonapparat gelegt. Aber immer noch belagerten die Medienvertreter ihr Haus. Belästigten sie.

Sara Farnese setzte eine Sonnenbrille auf und trat ans Fenster. Draußen auf der schmalen Straße zuckten Blitzlichter auf, Rufe wurden laut. TV-Crews rangelten miteinander um den günstigsten Blick auf die Frau, die sie alle ablichten wollten. Eine Frau, die in den Medien bereits als finstere Verführerin geschildert wurde, als Verantwortliche für ein Verbrechen, bei dem ihr Ex-Geliebter seine Ehefrau und den jetzigen Partner seiner früheren Freundin auf unvorstellbar grausame Weise ermordet hatte.

Passanten zögerten und blieben stehen, um das Presseaufgebot im Schatten des päpstlichen Korridors zu begaffen. Würden sie toleranter sein? Verständnisvoller? Sara Farnese bezweifelte es. Bestenfalls konnte sie von der breiten Öffentlichkeit Desinteresse erhoffen, doch da sich die Medien auf diese Geschichte nur so stürzten, war das ein ziemlich unrealistischer Wunsch.

Zwei Minuten später ging Sara Farnese in ihr Schlafzimmer und öffnete das mit einem Zahlenschloss gesicherte Fach in ihrem Nachttisch. Das Handy trug noch den Aufkleber des Geschäftes in Monaco. Im Gegensatz zu italienischen Fabrikaten konnten Gespräche über dieses Handy nicht rückverfolgt werden. Er besaß das gleiche Modell. Wenn sie zu vorher vereinbarten Zeiten über diese Handys miteinander telefonierten, waren ihre Gespräche wie nie geführt.

Sie schaltete das Gerät ein und wartete. Um Punkt halb drei klingelte es.

Diesmal war er nicht ungehalten über sie. Dankbar lauschte Sara Farnese seiner Stimme, die ihr voller Wärme und Überzeugung versicherte, alles würde gut. Sie müsse nur die Ruhe bewahren und nicht mehr sagen, als unbedingt nötig, vor allem nicht der Polizei.

Sie konnte die Tränen nicht zurückhalten und weinte ein bisschen. Sie erzählte ihm auch von den Tieren auf der Türschwelle, und dass sie das Gefühl hatte, sie würden in ihren Kopf eindringen.

»Du bekommst ein Geschenk von mir«, versprach er.

Sie sprachen nicht mehr als vier Minuten miteinander. Aber nach dieser kurzen Zeit kehrte Sara Farnese in die Welt zurück, mit der Schwester Annette einverstanden wäre, selbst wenn sie einiges davon für fragwürdig gehalten hätte.

Kurz nach drei ging sie wieder zum Fenster, aber gerade so weit, um sehen zu können, ohne selbst bemerkt zu werden.

Die Straßenreinigung war auf dem Weg durch das Borgo Pio, einen Tag verfrüht, obwohl die Straßen in der Urlaubszeit nur staubig waren und nicht abfallübersät wie sonst. Zwei Wagen rückten an, ließen die kreisrunden Bürsten rotieren und sprühten alles großzügig mit Wasser ein. Dann bogen sie in den Vicolo delle Palline ein, eine Gasse, die noch niemals ein Reinigungsfahrzeug gesehen hatte, und fuhren auf die Menschenmenge unter Sara Farneses Fenster zu. Die Medienmeute stob auseinander, sie brachten ihre Kameras in Sicherheit und fluchten laut über die Fahrzeuge, die direkt auf sie zuhielten.

Sara Farnese wünschte, sie könnte lachen. Sie hatte schon großzügigere Geschenke erhalten, aber keins, das so willkommen oder zeitlich passender gewesen wäre. Allerdings konnte die Ruhe nicht lange anhalten.

Schon bald strömten die Reporter wieder zusammen, und mit ihnen kamen zwei inzwischen bekannte Gestalten, eine große und eine kleinere, schmalere. Sie erkannte die Polizisten, die sie gestern befragt hatten, und überlegte genau, was sie sagen würde.

Neun

Jay Gallo saß in der Nähe der Via Mecenate auf dem ausgedörrten Rasen des Esquilin und aß eine mit Zucchiniblüten, Anchovis und Mozzarella gefüllte Calzone aus der Pizzeria um die Ecke. Wieder einmal waren die Ausgrabungen ins Stocken geraten. Er fragte sich, wie lange es noch dauern konnte, bis irgendein besorgter Produzent in New York die neueste Kostenrechnung las und den Geldhahn zudrehte. Nichts wäre ihm lieber. Es brachte weit mehr ein, reiche Touristen durch die Stadt zu lotsen und ihnen phantastische, mitunter gewagte Geschichten aufzutischen. Er hasste TV-Teams. Ihre gigantischen Egos. Ihre organisatorische Inkompetenz. Vor allem aber ihre Unredlichkeit. Früher einmal, bevor Alkohol und Drogen seinem Leben eine andere Richtung gaben, war Gallo ein viel versprechender Harvard-Stipendiat gewesen. Er war ein Fachmann auf seinem Wissensgebiet – der Spätzeit des Kaiserlichen Rom –, auch wenn er sich nun seine Brötchen als Übersetzer und Fremdenführer verdiente. Zusehen zu müssen, wie diese Pseudoarchäologen Mauerbrocken ausbuddelten, die Reste des Domus Aurea sein konnten oder auch nicht, und jeder Tonscherbe, jedem rostigen Eisennagel eine mehr als dubiose Bedeutung zumaßen, war die reine Qual. Bei allen persönlichen Unzulänglichkeiten hielt Jay Gallo viel von intellektueller Exaktheit und erkannte sofort, wenn sie nur vorgetäuscht wurde, um Geld zu scheffeln.

Scipio Campion – allein schon der Name ließ Gallo mit den

Zähnen knirschen – verkörperte diesen Frevel an der Wissenschaft geradezu perfekt. Der drittklassige Oxford-Professor mit fliehendem Kinn und einem Akzent, der Glas schneiden konnte, entsprach genau dem bizarren Bild, das man sich in US-Fernsehsendern von einem britischen Akademiker machte. Der Sendereihe zufolge hatte Campion – innerhalb einer einzigen Staffel – das Lager gefunden, von dem aus die Truppen des Spartacus Pompeji ausspähten, die Überreste eines Palastes in Glastonbury entdeckt, den er aufgrund von Wandmalereien kurzerhand als wahrscheinliches Avalon ausgab, sowie am Rand von Alexandria das Grab von Cäsarion ausgegraben, in dem sich noch immer das kopflose Skelett des Sohnes von Julius Cäsar und Cleopatra befand. Wie grotesk das alles war. Wie unwürdig. Er hatte Campion bei laufender Kamera beobachtet. Ein Scharlatan! Jay Gallo wusste, dass er es besser könnte, wenn man ihm nur die Chance geben würde. Aber die Produzentin hatte ihm ins Gesicht gelacht, als er das beiläufig erwähnte.

Er steckte sich den letzten Bissen Calzone in den Mund und lauschte der Auseinandersetzung zwischen Campion, der Produzentin und dem Kamerateam, bei der es vor allem um die Ausleuchtung des Stars unter den Archäologen ging.

»Idioten«, knurrte Gallo und wünschte, er hätte bessere Laune. Seit einiger Zeit gingen die Geschäfte schlecht. Er sah sich gezwungen, den Laufburschen für Leute zu spielen, die er nicht ausstehen konnte, um Pakete mit fragwürdigem Inhalt an Adressen zu liefern, die er eigentlich nie wieder aufsuchen wollte. Es ist besser, bei den Dreharbeiten einer lausigen TV-Sendung herumzuhängen als hinter Gittern, dachte er. Wenn auch nur wenig. Das Handy in seiner Hemdtasche vibrierte. Er zog es heraus, stand auf und entfernte sich ein paar Schritte, damit sie ihn nicht anschrien, weil er am Set telefonierte.

»Signor Gallo? Hier Delgado. Ich arbeite für eine Firma im Borgo, die Rundfahrten veranstaltet, und sitze in der Klemme. Sind Sie zufällig frei?«

»Zur Zeit nicht. Leider.« Die Antwort war Programm. Auftraggeber durften nicht glauben, man stünde auf ein Fingerschnippen zur Verfügung. Sie mussten einem dankbar sein, das machte sie großzügig.

»Oh. Schade. Na, vielleicht klappt es ein anderes Mal.«

»Zur Zeit, habe ich gesagt«, fauchte Gallo. »Das heißt nicht, dass ich unabkömmlich bin.«

»Aber wir brauchen sofort jemanden. Eine der Agenturen hat uns übel im Stich gelassen. Eine ziemlich bedeutende Gruppe hat einen Besuch in Ostia gebucht. Ich brauche innerhalb einer Stunde einen englischsprachigen Begleiter.«

»Und?«

»Was und?«

»Welchen Schwerpunkt hat die Tour? Worüber soll ich reden?«

»Über die Funde aus der Kaiserzeit. Den Hafen. Geben Sie einen allgemeinen Überblick, ohne tief schürfend zu werden.«

Gallo grinste zum ersten Mal an diesem Tag. »Hören Sie. Ich liefere so viele Details, wie Sie wollen. War mein Fachgebiet in Harvard.«

Der Mann schien zu zögern. »Das ist mir bekannt. Sie sind also frei?«

Gallo sah, dass der Fisch an seiner Angel zappelte. »Ich will ganz offen zu Ihnen sein. Ich habe einen wichtigen privaten Termin. Wenn ich den absage, kostet es das Doppelte. Sechshundert für den ganzen Tag.«

»Das ist eine Menge Geld.«

Er kann schließlich ablehnen, dachte Gallo. Morgen wären die Dreharbeiten ohnehin beendet. Er hatte seinen Lohn im Voraus erhalten. Normalerweise zog Gallo seine Auftraggeber nicht über den Tisch, aber diesmal wäre es ihm ein Vergnügen.

»Ich zwinge Sie zu nichts …«

»Kann ich Sie in einer halben Stunde abholen? Wo?«

»Am Tresen der Osteria Capri. Via Labicana, kurz vor dem Colosseum.«

»Bei einem Kaffee?«

»Bei einem Kaffee«, bestätigte Gallo verblüfft. Klatschten die Leute etwa über ihn?

»In dreißig Minuten bin ich dort.« Der Mann beendete das Gespräch, bevor Gallo fragen konnte, woran sie einander erkannten.

Er ging zum Team zurück. Campion hielt eine Scherbe in die Kamera und dachte laut darüber nach, ob sie der Rest eines Weinkelches war, den einst Neros Finger umklammert hatten.

Gallo trat auf Campion zu und nahm ihm das Tonfragment aus der Hand.

»Beenden wir diese Märchenstunde mit ein paar harten Fakten«, sagte Gallo und lächelte in die Kamera. »Nero hat hier höchstens zwei oder drei Jahre gelebt, bevor er sich von seinem Sklaven töten ließ, um nicht von den Römern in Stücke gerissen zu werden. Die Kaiser Roms hatten nicht den Geschmack mediterraner Bauern. Sie speisten von edlen Tellern, tranken aus fein geschliffenen Gläsern. Dieses Zeug hier ist nie aus der Küche herausgekommen. Selbst die Sklaven hätten sich geschämt, von so was zu essen. Sie haben imperiale Tupperware ausgegraben, guter Mann. Wagen Sie nicht, Ihren Zuschauern etwas anderes vorzumachen.«

Jay Gallo fühlte sich großartig. Vielleicht würde er sich ein schnelles Bier gönnen, bevor der Tour-Mann auftauchte. Eins konnte schließlich nichts schaden.

Die Produzentin, eine kleine Frau mit verkniffenem, düsterem Gesicht, zeigte mit dem Finger auf ihn. »Sie sind gefeuert, Mister.«

»Oh, was für eine verheerende Katastrophe«, feixte Gallo und lief fröhlich pfeifend den Hügel hinunter.

Bis zur Ankunft des Mannes blieb Zeit für zwei Bier. Ein anziehendes Lächeln lag auf Gallos Gesicht. Wenn ihm danach war, konnte er sehr liebenswürdig sein. Dann fand ihn jedermann ungemein sympathisch.

Sie verließen die Osteria und fuhren in einem großen, schwarzen Mercedes davon. Mit einer Zulassungsnummer des Vatikan, wie sich Gallo zu erinnern glaubte. Aber das wäre doch zu unwahrscheinlich gewesen.

Zehn

Die durchnässte Reporterschar vor der Tür wirkte mürrisch und finster entschlossen – irgendwie lächerlich.

Abfällig blickte Luca Rossi in ihre Richtung. »Ich fasse nicht, dass ich mich habe breitschlagen lassen.«

»Wir haben eine Abmachung. Schon vergessen?«

»Ja, dass ich mitkomme. Nun, das habe ich getan. Jetzt gehst du allein zu der Frau. Mich kann sie ohnehin nicht ausstehen. So wirst du vermutlich mehr aus ihr herausbekommen.«

»Lockt dich das Bier?«

»Haha. Einen der Reporter da kenne ich. Er hat sich in der Vergangenheit als recht nützlich erwiesen. Ich möchte ein paar Takte mit ihm reden. Mitunter wissen diese Schreiberlinge Dinge, die wir nicht einmal ahnen. Einverstanden?«

Costa zuckte mit den Schultern. Er fragte sich, ob Rossi ihm etwas vorenthielt. In Stefano Rinaldis Wohnung hatte es Momente gegeben, in denen sein Partner verblüfft und nachdenklich wirkte, auch wenn er später kein Wort darüber verlor. »Tu, was du nicht lassen kannst.«

»Danach marschiere ich zur Dienststelle zurück. Wir können uns beim Abendessen ausführlich unterhalten.«

Costa wünschte, sich vor der Einladung drücken zu können. »Sie ist scharf auf dich, Onkel Luca. Eine andere Erklärung gibt es nicht.«

Der massige Mann wirkte pikiert. »Teresa sieht nicht übel aus. Da kenne ich ganz andere.«

»Ich möchte nur ihre Aufmerksamkeit nicht von dir ablenken – jung, schlank und attraktiv, wie ich nun einmal bin.«

Nicht gerade sanft tätschelte Rossis Pranke Costas Wange. »Wir treffen uns im Caligula in Testaccio. Via Alberoni dreizehn. Um acht. Sei pünktlich. Die Rechnung geht auf mich.«

»Großartig.«

Rossi ging auf die Menge zu und grinste einen Mann an, der Costa vage bekannt vorkam. Vermutlich würden die beiden gleich um die Ecke verschwinden, um ein Glas zu heben. Vielleicht gab es wirklich etwas zu bereden. Auszuschließen war es nicht. Dann dachte er an Falcones Rat, stets nach der einfachen Lösung zu suchen. Sein Kollege wollte nur Sara Farnese nicht begegnen. Das war alles.

Absurd, dachte Costa, als sie ihm die Tür öffnete. Sie trug eine dunkelrote Baumwollbluse und ausgeblichene Designer-Jeans. Ihre Haare waren im Nacken zusammengefasst. Ihre großen, intelligenten, grünen Augen hatten einen ganz neuen Glanz. Sie war ungefähr so groß wie er und ebenso schlank. Sie bewegte sich kontrolliert, als würde sie jeden ihrer Schritte zuvor überdenken.

Die Wohnung war mit dem Geschmack eingerichtet, den Costa mit Menschen in guten Verhältnissen und mittleren Jahren assoziierte: elegante Stilmöbel, in der Mitte ein polierter Esstisch und viele Gemälde, Landschaften, mittelalterliche Porträts, und ein paar moderne, abstrakte Bilder, die sich aber perfekt einfügten. An den Wänden die aufwändigen Tapeten, die man in Mehr-Sterne-Hotels sieht. Und Regale voller Bücher, alle gebunden, viele mit Lederrücken. Ein Fernsehgerät gab es nicht, nur eine teuer aussehende Stereoanlage und daneben ein Stapel CDs mit klassischer Musik. Costa stand vor einem Rätsel. Abgesehen von den Jeans und ihrem faszinierenden Aussehen hatte es den Anschein, als würde diese Frau – die nicht älter als dreißig sein konnte – das Leben einer wohlhabenden, alten Jungfer von mindestens fünfzig führen.

Er deutete aus dem Fenster. »Das da draußen erfüllt den Tatbestand der Belästigung. Wenn Sie wollen, rufe ich die Carabinieri.«

Sie setzte sich auf einen Armsessel, der ausgesprochen unbequem wirkte. »Irgendwann werden sie wieder verschwinden, oder? Ich weiß noch immer nicht, was sie eigentlich wollen.«

Ihr Bild, dachte Costa. Sie wollen es auf Titelblättern und TV-Bildschirmen verbreiten: Seht her, das ist die Frau, die einen Universitätsprofessor so verrückt machte, dass er ihren jetzigen Freund, seine Ehefrau und sich selbst umbrachte.

Er sank auf eine niedrige Couch, die in dieser Umgebung seltsam fehl am Platz wirkte. »Sie wollen Ihr Foto. Sie.«

»Da können sie lange warten. Der Mann, der unter mir wohnt, ist so freundlich, für mich einzukaufen. Von der Universität habe ich mich beurlauben lassen, bis dieses Theater vorüber ist. Meinetwegen können sie eine Woche lang da draußen kampieren. Mich werden sie nicht sehen.«

Leicht gesagt, dachte Costa. Sie hat keine Ahnung, wie schnell man unter dieser ständigen Belagerung zusammenbricht. Und dass die Medien genau darauf spekulieren.

»Verzeihung, aber mir ist Ihr Name entfallen. Oder haben Sie ihn mir noch gar nicht genannt?«

»Costa. Nic Costa.«

»Was möchten Sie wissen, Signor Costa?«

Er zog seinen Notizblock hervor. »Ich würde von Ihnen gern ein paar persönliche Daten erfahren. Das heißt, wenn Sie nichts dagegen haben.«

»Absolut nichts.«

Fünf Minuten später wusste er mehr über sie. Sara Farnese war siebenundzwanzig, ein bisschen jünger, als von ihm angenommen, besaß aufgrund der Nationalitäten ihrer verstorbenen Eltern einen italienischen und einen britischen Pass und nahm an der Universität die Stelle einer Professorin von mittlerem Rang ein. Ihre Affäre mit Rinaldi hatte nach wenigen

Wochen geendet. Sie erinnerte sich nicht, Fairchilds bevorstehenden Besuch Rinaldi gegenüber erwähnt zu haben, konnte aber nicht ausschließen, dass er auf irgendeine Weise davon erfahren hatte. Sie wusste nichts von Rinaldis Geld- und Drogenproblemen, beides schien sie – aufrichtig, wie Costa glaubte – zu überraschen.

Sie nannte ihm den Verfasser des Spruches über das Blut der Märtyrer, konnte sich aber nicht erklären, warum der Mörder die Worte an die Wand geschrieben hatte. Beiläufig zitierte Costa den vollständigen St.-Ives-Text.

»Es ist also einfach ein Rätsel?«, fragte sie nachdenklich.

»Sie greifen nicht nach dem Taschenrechner?«

»Warum sollte ich? Liegt die Lösung nicht auf der Hand? Nur ein Mann geht nach St. Ives. Der Rest in die entgegengesetzte Richtung.«

Er begann Rossis Unbehagen in Gegenwart dieser Frau zu verstehen. Sie war zu klug, zu kühl, zu distanziert. Sie gab ihm das Gefühl, unbedeutend und töricht zu sein, aber nicht mit kalkulierter Absicht, sondern einfach durch ihr Auftreten, ihre Art zu sprechen. Irgendeine sonderbare Aura von Einsamkeit umgab sie, und das zeigte sich auch in der aseptischen, perfekten Einrichtung ihres Apartments, das sie Zuhause nannte.

»Kannte Professor Rinaldi viele Leute im Vatikan?«

»Nicht mehr als wir alle, soweit ich weiß. Die Akademiker. Und die Leute, die den Zugang zur Bibliothek überwachen.«

»Um problemlos dorthin zu gelangen, braucht man doch sicher eine Zugangsberechtigung? Einen Pass oder Ausweis, um nicht mit den Touristen Schlange stehen zu müssen.«

Sara Farnese griff nach der kleinen, blauen Lederhandtasche neben ihrem Sessel. Wie alles im Raum war auch die Tasche zu konservativ für sie. Nach kurzem Stöbern zog sie eine kunststoffbeschichtete Karte mit ihrem Namen und ihrem Foto hervor.

»Selbstverständlich. Die Bibliothek besitzt mehr Zeugnisse und Dokumente über das frühe Christentum als irgendeine andere Institution auf der Welt. Aus diesem Grund kam ich nach Rom.«

Costa studierte die Karte. »Aber sie gewährt allgemeinen Zugang zum Vatikan. Nicht ausdrücklich zur Bibliothek.«

Sie zögerte nur kurz. »Manchmal muss man Dokumente einsehen, die anderswo deponiert sind. Dieser Ausweis spart Zeit.«

Mit Ausnahme der Vatikan-Angestellten kannte Nic Costa niemanden, der über einen solchen Pass verfügte. »Besaß Stefano Rinaldi eine entsprechende Karte?«

»Das glaube ich nicht. Vielleicht ist das eine Erklärung für die Aufregung bei seinem Eindringen in der Bibliothek. Mit einer Ausweiskarte hätte es keine Probleme gegeben.«

Erstaunlich. Sara Farnese kam vor drei Jahren an die Universität und besaß einen der wertvollen Ausweise. Rinaldi, der der Fakultät seit mehr als zwanzig Jahren angehörte, musste zusammen mit den Japanern Schlange stehen.

»Warum hatte er keine Karte? Wenn sie so wichtig ist?«

»Das entzieht sich meiner Kenntnis. Tut mir Leid. Wir gehörten zwar zur selben Fakultät, arbeiteten jedoch auf unterschiedlichen Wissensgebieten. Vielleicht hielt er es nicht für notwendig. Man kann sich mittlerweile eine Menge Material im Internet beschaffen. Ich ziehe die Originalquellen vor, da ich Wert auf Authentizität lege.«

»Er nicht?«

»Wie ich schon sagte …« Ihre Stimme klang eine Spur gereizt. »Ich hatte lediglich eine kurze Affäre mit dem Mann. Es wäre unangemessen zu behaupten, ich hätte ihn besonders gut gekannt.«

Und doch hatte Stefano Rinaldi offenbar geglaubt, Sara Farnese gut genug zu kennen, um vor ihr einen Selbstmordversuch zu begehen und sich darauf zu verlassen, dass sie – was tat? Als Gegenleistung für den Tod ihres Liebhabers Rinaldis Ehefrau rettete?

Costa fiel eine Passage ihrer Unterhaltung vom Tag zuvor ein. »Wie Sie gestern erwähnten, hat Rinaldi in deutlich unterschiedlicher Lautstärke mit Ihnen gesprochen, Signorina Farnese.«

Es war ihr entfallen. Das sah Costa ihrem Gesicht an. Die Erinnerung schien sie zu verwirren.

»Das stimmt. Als er Tertullian zitierte, klang es wie eine Erklärung, eine Mitteilung, die jedermann hören sollte.« Sie dachte nach. »Über Mary äußerte er sich sehr viel leiser. Das war nur für mich bestimmt.«

Costa zermarterte sich das Hirn nach einer möglichen Erklärung. »War sonst noch jemand im Raum, den Sie kennen? Abgesehen von dem Schweizergardisten, der ihn erschossen hat?«

»Nein. Nur Fremde.«

»Aber es muss doch einen Grund haben, dass er erst laut und dann betont leise sprach. Als hätte es einen Zeugen gegeben, der seine ersten Worte hören sollte, die nächsten aber nicht. Versuchen Sie sich zu erinnern. Bitte. Ist das möglich?«

Wieder dachte Sara Farnese nach. »Tut mir Leid. Es ging alles so schnell. Als er vom Blut der Märtyrer sprach, war er längst an allen anderen vorbei. Trotz seiner lauten Stimme konnten sie kaum etwas mitbekommen. Seine nächsten Worte waren … anders.«

Nic Costa dachte an die finanziellen Möglichkeiten des Vatikan, an die Gelder, die man dort für Sicherheitsmaßnahmen ausgeben konnte, und verspürte den plötzlichen Drang, in den Raum zurückzukehren, in dem Hugh Fairchilds Haut auf einem Mahagoni-Schreibtisch gelegen hatte.

»Verstehe. Entschuldigung. Meine Fragen müssen Ihnen ziemlich töricht vorkommen.«

»Ganz und gar nicht. In Anbetracht der Umstände finde ich sie sogar sehr klug. Ich wünschte nur, ich könnte mehr zur Lösung des Falls beitragen.«

Costa musste Rossi Recht geben. Seine Anwesenheit hätte die Unterhaltung vermutlich schwieriger gestaltet. Sara Farnese schien eine seltsame Mischung aus Stärke und Furchtsamkeit zu sein. Je mehr Menschen anwesend waren, desto weniger würde sie preisgeben.

Costa steckte seinen Notizblock ein und stand auf.

»Darf ich Ihnen eine Tasse Kaffee anbieten, Signor Costa?«

»Vielen Dank.« Er lächelte. »Aber ich habe leider eine dringende Verabredung.«

»Werden Sie noch einmal wiederkommen?«

»Ich hoffe, die Sache bis morgen aufzuklären. Eigentlich dürfte kein weiteres Gespräch nötig sein.«

Costa kritzelte seine Privatnummer und die seines Handys auf die Rückseite seiner Karte, reichte sie Sara Farnese und nickte zum Fenster. »Vergessen Sie nicht, was ich gesagt habe. Wenn Ihnen der Tumult da draußen zu viel wird, rufen Sie an. Ich sorge für Abhilfe.«

Sie warf einen Blick auf die Karte und steckte sie in ihre Handtasche. »Vielen Dank. Ich überlege es mir.«

»Gut. Oh …« Es war ein uralter Trick, aber nichtsdestotrotz manchmal wirksam. »Kennen Sie zufällig einen gewissen Kardinal Denney? Aus dem Vatikan?«

Sie schüttelte den Kopf und lächelte. Es war das rückhaltloseste Lächeln, das Costa bisher an ihr gesehen hatte. »Tut mir Leid. Aber diesen Namen habe ich noch nie gehört.«

»Macht nichts. Es war nur eine Frage.«

Fast sehnsüchtig sah Sara Farnese zum Fenster.

»Wollen Sie nicht doch ein bisschen hinausgehen?«, fragte Nic Costa. »Einen kleinen Spaziergang machen? Sie können nicht ewig in Ihren vier Wänden bleiben.«

Sie runzelte die Stirn. »Ich bin mir nicht sicher, ob ich die Welt da draußen im Moment ertrage.«

Costa sah sie an. »Vielleicht …«

Elf

Zehn Minuten später öffnete sich die Tür am Vicolo delle Palline, und die Presse drehte förmlich durch. Die Frau, die aus dem Haus trat, trug trotz der Hitze einen langen Regenmantel. Eine große Sonnenbrille verbarg ihre Gesichtszüge, ein Tuch bedeckte ihren Kopf. Wortlos und mit gesenktem Kopf versuchte sie, dem Gedränge zu entkommen, und hob abwehrend die Hände gegen die Mikrofone, die vor sie geschoben wurden.

Kameraverschlüsse klickten, Blitzlichter flammten auf. Unter Einsatz von Armen und Ellbogen kämpften die Reporter um die günstigste Position. Ein heftiger Stoß in die Rippen schickte den Vertreter eines Massenblattes zu Boden. Flüche und Schreie wurden laut. Ein Fotoreporter wehrte sich mit Fausthieben gegen einen Kameramann, der ihn ruppig zur Seite drängen wollte. Die schlanke Gestalt inmitten des Tumults konnte zwar nicht verhindern, fotografiert zu werden, schob sich aber weiter energisch durch die Menge, die Blicke entschlossen auf den Boden gerichtet.

Das Zentrum des Getümmels verlagerte sich. Energisch durchbrach der Regenmantel die letzte Barriere drängelnder Journalisten und erreichte die kopfsteingepflasterte Fahrbahn. Das Geschrei verstummte. Verblüfft, wie es schien. So etwas hatte die Reportermeute noch nicht erlebt. Normalerweise gaben ihre Opfer schließlich auf. Sie ließen sich ablichten und äußerten sogar ein paar Worte, erlagen der Macht der

Medien. Dass jemand so konsequent und erfolgreich Widerstand leistete, war höchst ungewöhnlich. Zwei oder drei Reporter fragten sich, was davon zu halten war, aber für lange Überlegungen blieb keine Zeit.

Sara Farnese begann zu rennen. Die Ärmel des Regenmantels schwangen hin und her. Füße trommelten auf den Boden. Die Gestalt unterquerte *Il Pasette*, erreichte die dahinter liegende breitere Straße und lud die Reporter förmlich ein, ihr zu folgen.

Nach einem kurzen Moment der Verblüffung setzte die Meute ihr nach. In der Nähe eines Eisstands auf der Via dei Corridori hatten die ersten Verfolger die Frau fast erreicht. Aber sie beschleunigte ihr Tempo und entkam – bis die Ampel auf der Piazza Pia auf Rot sprang. Mit quietschenden Reifen fuhren Autos an, Hupen dröhnten, Fahrer schrien einander an, und eine solide Blechlawine blockierte ihr den Weg.

Die Gestalt blickte sich kurz nach der Meute um, die wild entschlossen schien, sie in aller Öffentlichkeit zu stellen und so lange auf sie einzuschreien, bis sie ihr Täuschungsmanöver aufgab und sich äußerte, irgendein Wort der Erklärung dafür fand, warum ihretwegen drei Menschen sterben mussten, und das auch noch auf so grauenhafte Weise.

Der erste Reporter stürzte sich auf die Gestalt und krallte ihr eine Hand in die Schulter. Das war ein Fehler. Ein blitzschneller Faustschlag gegen die Rippen nahm ihm den Atem. Vor Schmerz keuchend, krümmte er sich zusammen und hörte einen unterdrückten Fluch.

Der Verkehr staute sich auf der weiten Piazza. Fahrzeuge schickten Abgaswolken in die schwüle Luft. Die Frau ließ den Rest der Meute näher kommen, machte einen Satz auf die Motorhaube eines Lexus und sprang behende von Auto zu Auto über die Fahrbahn.

Verdutzt und erschöpft blickten die Verfolger ihr nach. Reporter rangen nach Atem, Fotografen konnten kaum noch ihre Kameras halten. Von der Last ihrer Geräte behindert, hinkten die Fernsehteams hinterher und erkannten die neue Situation erst, als ihr Opfer längst Dutzende von Autodächern und Kofferraumhauben überwunden hatte.

Sara Farnese, die ihres Wissens eine Universitätsprofessorin war, eine vergeistigte Akademikerin, entwickelte die Energie einer Leistungssportlerin. Sie legte nun eine schnellere Gangart ein als auf der Via dei Corridori, ein Tempo, das ihr mehr entsprach. Im Sprintschritt, mit rhythmisch kreisenden Armen und wehendem Mantel verschwand sie hinter dem prachtvollen Rundbau des Castel Sant'Angelo.

Fünf Minuten später sah eine verhärmte, junge Frau aus dem Kosovo überrascht einen Mann auf sich zu kommen, einen schlanken Mann, der den Regenmantel einer Frau trug. Mit ihrem zehn Monate alten Kind auf den Armen saß sie vor einem behelfsmäßigen Zelt am Tiberufer, nahe dem Ponte Cavour. Er schmunzelte in sich hinein und schien ein bisschen außer Atem zu sein.

Sie drückte ihr Kind fester an sich und zog sich verschüchtert in den Schatten des kleinen Zeltes zurück. Aber dieser Mann war bestimmt kein Polizist, der sie davonjagen würde. Polizisten trugen keine Frauenregenmäntel. Und sie lächelten auch nicht so vergnügt und freundlich.

Der Mann blieb stehen, ging neben ihr in die Hocke und betrachtete das Kind. Er streifte seinen Mantel ab und streckte ihn ihr entgegen, zusammen mit einem Kopftuch und einer teuer aussehenden Sonnenbrille.

»Können Sie das vielleicht gebrauchen?«, fragte er.

Sie nickte.

Der Mann griff in seine Jackentasche und zog einen Fünfzig-Euro-Schein hervor. Sie glaubte zu wissen, was das bedeutete.

»Was wollen Sie von mir?« fragte sie in gebrochenem Italienisch. »Ich werde nicht …« Sie verstummte. Es war eine Menge Geld.

»Keine Angst. Ich erfülle nur einen Wunsch meines Vaters. Er will, dass ich zweimal am Tag etwas verschenke«, sagte er mit ruhiger, freundlicher Stimme. »Vielleicht wünsche ich mir, dass auch mir irgendwann einmal jemand etwas gibt, wenn ich es nötig habe.«

Sie konnte den Blick nicht von dem Schein losreißen. »Das ist sehr viel Geld«, sagte sie leise.

»Wie gesagt, zweimal am Tag. Bisher bin ich noch nicht dazu gekommen. Gut für Sie. Sie erhalten beides.«

Sie lächelte scheu. »Ein großes Glück.«

Nic Costa fragte sich, wie alt sie war. Wahrscheinlich nicht älter als siebzehn.

»Aber Sie müssen mir etwas versprechen.« Er riss eine Seite von seinem Notizblock und schrieb etwas darauf.

»Was?« Die junge Frau griff nach dem Zettel.

»Gehen Sie zu dieser Adresse. Das ist ein Wohnheim. Dort wird man Ihnen helfen.«

»Gut.« Das kam tonlos, nicht sehr überzeugend.

»Ich komme nicht oft hier entlang«, sagte er. »Also gehen Sie unbedingt dorthin.«

Dann drehte er sich um, lief zu den Stufen zurück, über die man zur Straße hinaufgelangte, und zur Brücke, die zum Vatikan führte.

Als er die Treppe hinaufstieg, klingelte sein Handy.

»Ich stehe tief in Ihrer Schuld, Signor Costa«, sagte Sara Farnese, und die Erleichterung in ihrer Stimme war unüberhörbar.

»Nic, bitte. Es war mir ein Vergnügen. Aber auf Ihren Mantel müssen Sie verzichten, fürchte ich. Tut mir Leid.«

Sie lachte. Es war das erste Mal, dass er sie lachen hörte. Das ist die wahre Sara Farnese, dachte er, nicht die Frau, die der Welt ein Bild von sich vorgaukelt. »Das macht nichts. Es tat gut, die Meute zu beobachten, wie sie Ihnen nachjagte ... Nic.«

»Sie sind also entkommen?«

Sie schwieg. Es war eine direkte Frage, und in der gegebenen Situation verständlich. Wahrscheinlich überlegte sie, ob er sie persönlich oder beruflich gemeint hatte. Nic Costa hätte zu gern gewusst, wo sie sich jetzt aufhielt. Er verfluchte seine unprofessionelle Zuneigung zu Sara Farnese und wünschte, er hätte sie beschatten lassen.

»Rufen Sie doch irgendwann einmal an, Nic, wenn Sie mögen«, sagte sie und legte auf.

Zwölf

Der Mann trug einen schwarzen Anzug und eine Sonnenbrille. Er war in mittleren Jahren und kräftig gebaut, obwohl sich die Muskeln unter seiner korrekten Kleidung nur vermuten ließen. Erfolglos grübelte Gallo über den leichten Dialekt in seiner Stimme nach. Aus dem Süden? Sizilianisch vielleicht? Fragen wollte er nicht. Der Mann hatte etwas Abweisendes an sich, etwas, das unmissverständlich sagte: Kümmere dich um deine Arbeit, mach sie gut, nimm dein Geld und verschwinde.

Der Mercedes quälte sich durch den dichten Verkehr zur Autostrada, die zum Flughafen in Fiumicino führte und weiter zur Küste. Jazzklänge erfüllten den Wagen: Weather Report. Wayne Shorters Saxophon schluchzte wie eine Todesfee. Gallo kannte sich in Ostia gut aus. Er hatte bereits viele Gruppen über das Hafengelände und durch die Ruinen der Stadt aus der römischen Kaiserzeit geführt.

»Um wen handelt es sich eigentlich?«, fragte er.

»Bei wem?«, blaffte der Mann zurück.

»Bei den Leuten, die ich unterhalten soll.«

»Um auswärtige Hochschulprofessoren. Keine Archäologen, aber an Ausgrabungen interessiert. Ich hoffe, Sie wissen, was Sie zu sagen haben.«

»Null Problemo.«

Das Auto bog vorzeitig von der Autobahn ab.

»Fahren wir denn nicht in die Stadt?«, erkundigte sich Gallo überrascht.

»Geduld. Zunächst geht es zum *Fiume morto.* Sie kennen das Gebiet doch, oder?«

»Nein.« Gallos Laune sank. Für den vor etlichen hundert Jahren durch eine Flut abgeschnittenen »toten Fluß« interessierten sich nur unerschütterliche Ausgräber. Dort gab es nichts als Schlamm und Mücken. »Das hätten Sie mir sagen müssen.«

Die dunklen Augengläser musterten ihn. »Wie ich hörte, sind Sie ein schlaues Kerlchen. Das sich notfalls etwas einfallen lässt. Keine Angst. Es wird nicht lange dauern. Danach fahren wir zur Stadt. Da übernehmen Sie dann.«

»Okay.« Er blickte zum Fenster hinaus auf die flache Ebene der Tibermündung. Über die Klimaanlage drang der scharfe, penetrante Geruch nach Sumpf herein, machte seine Kehle schmerzhaft eng. Weit und breit war kein Mensch zu sehen, kein Bus, nicht einmal ein einsames Auto. Gallo wandte sich wieder dem Mann hinter dem Steuer zu. Trotz der Hitze trug er schwarze Lederhandschuhe. Eigenartig.

»Sagt Ihnen der Name Tertullian etwas?«, fragte der Fahrer.

Gallo lachte trocken auf. »Himmel, das war ein richtiger Schatz. Sprühte geradezu vor Lebensfreude und Sinnenlust. Was sagte er doch gleich über Frauen? *Tu es ianua diaboli* – ›du bist die Türschwelle des Satans.‹ Junge, die Feministinnen überschlagen sich vor Begeisterung. Was für ein irrer Typ.«

Der Mann hinter dem Steuer musterte ihn durch die Sonnenbrille. Jay Gallo fand, dass eine kalte Strenge von ihm ausging, eine unbeugsame Härte.

»Ich dachte vielmehr an einen anderen Ausspruch von ihm.«

»Welchen?«

»›Das Blut der Märtyrer ist die Saat der Kirche.‹«

Gallo sah den Mann an. Vielleicht war er doch nicht so alt, wie er angenommen hatte. Er verströmte die gelassene Selbstsicherheit eines Menschen in Gallos Jahren. Der Anzug und die Brille sollten ihn offenbar reifer erscheinen lassen.

Die Tourismusbranche, dachte Jay Gallo. Was für eine Art, seinen Lebensunterhalt zu verdienen. Die Erwähnung von Tertullian munterte ihn jedoch auf. Er bekam nur selten die Chance, sein Wissen gegenüber jemandem anzubringen, der es unter Umständen zu schätzen wusste.

»Wissen Sie, was mich an den ersten Christen immer wieder verwundert? Was hat die Leute dazu gebracht, sich dieser Sache anzuschließen?«

»Sie fragen sich, weshalb Tertullian für den Märtyrertod plädiert hat?«

»Nein! Ich würde gern wissen, warum die gutgläubigen Trottel seinem Aufruf gefolgt sind. Warum waren sie bereit, für eine … Idee zu sterben?«

Die dunklen Augengläser wirkten nachdenklich. »Kennen Sie den Caravaggio in Santa Maria del Popolo? Die ›Kreuzigung Petri‹?«

Natürlich kannte Gallo die Kirche, einen Stern zweiter Ordnung am Firmament römischer Sehenswürdigkeiten, mit einer Kapelle von Raffael, Bezügen zu den Borgias und zwei berühmten Caravaggio-Gemälden. Bei Touristen war die Kirche vor allem wegen ihres Standorts auf dem Renaissanceplatz beliebt, weil der den Abschluss der Einkaufsstraße Via Corso bildete.

»Ja.« Er erinnerte sich an ein eindrucksvolles Gemälde, auf dem Petrus mit dem Kopf nach unten gekreuzigt wird. Das Kreuz wird von drei Männern aufgerichtet, die aussehen, als kämen sie geradewegs aus einer Taverna des 16. Jahrhunderts. Petrus betrachtet den Nagel in seiner linken Handfläche mit einer fast stolzen Gewissheit, die Gallo wohl nie verstehen würde.

»Das sagt Ihnen alles. Die Henker glauben, das Gerüst für seinen grausamen Tod zu errichten. In Wahrheit verstärken sie mit dem Kreuz die Fundamente der Kirche, was dem Heiligen zweifellos bewusst ist.«

Gallo hob die Hand. Hielt der Mann ihn etwa für einen unwissenden Banausen? »Ja, ja. Er war ein Märtyrer …«

»Darüber hinaus«, fuhr der Mann fort, »ist er vom Licht der Gnade umstrahlt, das sich sogar auf seine Mörder erstreckt. Petrus erfüllt eine Aufgabe, und er geht freudig in den Tod, weil er sicher ist, dass im Paradies ein besseres Leben auf ihn wartet. Er *weiß*, dass er in den Himmel eingeht.«

»Absurd ...« Gallo schüttelte den Kopf.

Die dunklen Augengläser blickten durch die Windschutzscheibe zum leeren Horizont.

Jay Gallo lächelte und dachte an ein anderes Caravaggio-Gemälde in der Galleria Borghese und seine Geschichte, die bei Amerikanern immer gut ankam. »Caravaggio hat diesen ganzen Mist doch selbst nicht geglaubt. Denken Sie daran, wie er dem abgeschlagenen Kopf des Goliath seine eigenen Gesichtszüge gab. Und als er das Bild malte, war er selbst vom Tod bedroht, weil er während eines Duells einen gewissen Tomassoni getötet hatte. Er stellte sich als Goliath dar, um die Macht deutlich zu machen, die der Papst über ihn hatte, und um seine Vergebung zu erflehen. Es gab gute, praktische Gründe für ihn, Angst zu haben. Und er hatte Angst. Auf dem David-Gemälde erwartet er keine Gnade. Nur das Grab. Und das Vergessen.«

»Sie sind ein kultivierter Mann«, stellte der Mann zu Gallos Genugtuung fest. »Und was wurde aus dem Maler?«

»Er erhielt Straferlass. Und starb auf dem Rückweg nach Rom. Nicht ohne Ironie, was?«

»Vielleicht. Oder angemessen. Möglicherweise war das seine Strafe.«

Aber Gallo hörte nicht hin. Er musste noch etwas loswerden, etwas Wichtiges. »Und dann noch eins. Tertullian befolgte seinen eigenen Rat nicht. Er war kein Märtyrer. Er sagte sich von der Kirche los und starb als Greis in seinem eigenen Bett. Der alte Heuchler.«

Er erinnerte sich an das Zulassungsschild des Mercedes und fügte schnell hinzu: »Natürlich kenne ich mich in religiösen Fragen nicht sonderlich aus.«

»Nur in Geschichte?«

»So ist es.«

Jay Gallo blickte sich um. Sie hielten neben einem verschlammten Flussarm. Nirgendwo war eine Menschenseele in Sicht. Oder eine Sehenswürdigkeit. Alle Punkte von touristischem Interesse waren kilometerweit entfernt. Er wünschte, es gäbe zumindest einen Kiosk, an dem er ein Bier oder einen starken Kaffee mit einem Schuss Grappa kaufen könnte. Er wünschte, es würde nicht so infernalisch nach Chemikalien und Abwässern stinken.

»Sie müssen gleich hier sein«, sagte der Mann, als könne er Gallos Gedanken lesen. Die Jazzklänge verhallten. Der Mann drückte auf eine Taste des Abspielgeräts, nahm die CD heraus und verwahrte sie sorgfältig in ihrer Hülle, die auf dem Armaturenbrett lag. Das brachte Gallo auf den Gedanken, dass der Mercedes ihm vielleicht gar nicht gehörte. »Wir sollten unser interessantes Gespräch fortsetzen, während wir warten. Ihre Einschätzung von Caravaggio ist berechtigt, denke ich. Er hatte wirklich gute Gründe, sich zu fürchten. Aber Sie sollten nicht ausschließen, dass es sich bei ihm, bei Tertullian oder jedem von uns, um Werkzeuge in Gottes Auftrag handeln könnte. Das wäre ziemlich vermessen, selbst für den, der nichts von Religion versteht, finden Sie nicht auch?«

»Tatsächlich?«

»Oh, Sie glauben, Gott lässt seinen Willen nur von jenen ausführen, die an ihn glauben? Was ist mit Pilatus? Oder Herodes?«

Erst in diesem Moment begann Jay Gallo ernsthaft über seine Lage nachzudenken. Er befand sich an einem gottverlassenen Uferstreifen des Tiber, neben einem Mann, den er nicht kannte, und wartete auf eine Gruppe, die … Ja, aber was wollte sie sich eigentlich ansehen? Soweit er wusste, gab es weit und breit keine antiken Überreste. Vielleicht entpuppten sich die angeblichen Hobbyhistoriker als Vogelfreunde.

Er musterte den Mann hinter dem Steuer verstohlen. Wenn

es drauf ankommt, sind wir ebenbürtige Gegner, dachte Gallo. Der Fremde war kräftiger gebaut, aber älter. Darüber hinaus hatte Gallo im Laufe der Jahre einschlägige Erfahrungen bei Kneipenschlägereien gesammelt. Er wusste, wie man sich zur Wehr setzte.

»Was soll das Theater?«, fragte er den Mann mit der dunklen Brille.

»Wie bitte?«

»Ist das hier eine Art Witz?«

Der Mann schien nachzudenken. »›Das Blut der Märtyrer ist die Saat der Kirche.‹ Klingt das etwa wie ein Witz?«

Gallo unterdrückte einen Fluch. Der Mann begann ihn echt zu nerven. »Warum sagen Sie immer wieder diesen Mist? Was zum Teu …«

Eine schwarze Faust schoss hart und schnell vor und traf seine Schläfe. Jay Gallos Kopf flog nach hinten, ihm wurde schwarz vor Augen. Er spürte keinen Schmerz, eigentlich fühlte er gar nichts. Vage nahm er wahr, dass erneut etwas Schwarzes auf sein Gesicht zuflog. Er hörte Knochen brechen. Langsam und warm rann ihm Blut über Kinn und Hals.

Dreizehn

Aus den Räumen von Kardinal Michael Denney überblickte man den Cortile di San Damaso, einen intimen Platz, der sich hinter der westlichen Säulenreihe des Petersplatzes vor den Augen der Welt verbarg. Ursprünglich war der Vatikan nicht als Wohnresidenz gedacht, und Denneys Apartment gehörte zu den rund zweihundert Wohnquartieren, die erst im Laufe der Zeit innerhalb der Palastmauern geschaffen wurden. Auf der anderen Seite des Platzes lagen die Unterkünfte der Schweizergarde. Auf Denneys Seite drängten sich hohe Vatikanangestellte um den besten Blick auf die Kolonnaden von Bernini. Unter Denneys Nachbarn befanden sich einige der mächtigsten Mitglieder des Apostolischen Stuhls. Der *Camerlengo*, der Kardinal-Kämmerer, der im Fall des Todes des Heiligen Vaters die Sedisvakanz bis zur Wahl eines Papstes überwachen würde, wohnte nur ein paar Türen weiter auf demselben Stockwerk. In letzter Zeit wechselten sie kaum noch ein Wort miteinander. Denney war sich bewusst, dass er zur *persona non grata* geworden war, zu einem Gefangenen im goldenen Käfig. Manchmal verbrachte er Stunden damit, Gemälde zu betrachten, die Kronleuchter aus Muranoglas und die vergoldeten Spiegel, bis endlich einer der weltlichen Angestellten auf seinen Ruf reagierte. Und das musste anders werden. Unter diesen Umständen konnte ein Mensch seinen Verstand verlieren.

Die für den Wandel benötigten Verbündeten waren jetzt um den schimmernden Esstisch aus Nussbaum vor den Fenstern aus dem 18. Jahrhundert versammelt, die auf den Cortile hinausführten. Es hatte Denney etliche Wochen gekostet, die drei Männer dazu zu bewegen, nach Rom zu kommen. Gemeinsam verkörperten sie eine machtvolle Trinität von Interessen, die mit ein wenig Überredung und den richtigen Anreizen der Banca Lombardia ihre Geschäftsfähigkeit und Michael Denney etwas von seinem guten Ruf wiedergeben konnten. Zumindest so viel, wie er hoffte, um nach Hause zurückkehren und den Rest seines Lebens unbehelligt und in Würde verbringen zu können.

Zwei der anwesenden Männer glaubte er bereits in der Tasche zu haben. Robert Aitcheson, der sauertöpfische US-amerikanische Anwalt, der die Geschäfte der Bank von den Bahamas aus regelte, hatte ebenso viel Interesse an einer Klärung der Dinge wie Denney. Die Bundesbehörden saßen Aitcheson bereits aufgrund von Gaunereien mit heißen Devisen im Nacken, die nach dem 11. September ans Licht kamen, als mithilfe von Schecks offenbar Geld gewaschen werden sollte. Er musste sie dringend abschütteln. Ähnlich ging es Arturo Crespi, einem Schreibtisch-Banker, der das Kapital beaufsichtigte, das über Fonds in die Bank strömte. Das Finanzministerium stellte ihm schon jetzt zu viele und unangenehme Fragen. Offiziell war er der Bankpräsident, blieb jedoch bei allen Entscheidungen auf Denney angewiesen, der das vielmaschige Netzwerk von Offshore Trusts im Laufe der Zeit und seit den legitimen Anfängen des finanziellen Unternehmens geknüpft hatte. Crespi war fügsam und respektabel. Das hatte für Denney seinerzeit den Ausschlag gegeben. Crespi erhielt den Auftrag, für überdurchschnittliche Gewinne des ihm anvertrauten Geldes zu sorgen. Es blieb ihm kaum eine andere Wahl, und es gab, zumindest zu Beginn, kaum gesetzliche Bestimmungen, die das verhindert hätten.

Der dritte Mann stand am Fenster, blickte auf den Cortile und schniefte wegen einer Sommergrippe. Emilio Neri war fast einsneunzig groß, ein Riese von Mann etwa Mitte sechzig, der langsam zur Schwammigkeit neigte. Er hatte graue, ausdruckslose Augen, ein vorspringendes Kinn und eine makellos frisierte, silbergraue Haarmähne. Wie immer war er perfekt gekleidet, mit einem dünnen, hellen Seidenanzug, der unter den Armen allerdings dunkle Schweißflecke zeigte. Er lächelte selten und sprach nur, wenn er wirklich etwas zu sagen hatte. Der äußeren Erscheinung nach war Neri war ein erfolgreicher römischer Unternehmer. Er besaß ein luxuriöses Penthouse an der Via Giulia, eine hübsche junge Frau, drei Landhäuser und ein Apartment in New York. Er war ein bekannter Mäzen des Teatro La Fenice in Venedig, für dessen Wiederaufbau er eifrig Spenden sammelte, und gehörte zahllosen karitativen Organisationen an, die sich bemühten, das Los armer Katholiken zu verbessern.

Nur einmal erhielt sein Image als Mann ohne Fehl und Tadel ein paar Kratzer. Das war Mitte der siebziger Jahre, als es in Rom noch eine von Parteiinteressen unabhängige Presse gab. Der intrigante Reporter eines kurzlebigen Anti-Establishment-Blattes hatte ein Porträt von Neri gezeichnet, das auf Klatsch in Polizeikreisen beruhte. Es war eine Geschichte, die viele kannten, von der aber nur wenige etwas wissen wollten. In dem Artikel wurde seine Kindheit als Sohn eines lokalen Mafia-Don auf Sizilien ebenso geschildert wie seine Lehrjahre in der anrüchigen Welt des Tabakschmuggels und der Prostitution und sein schließlicher Aufstieg zum wichtigen Verbindungsmann zwischen korrupten Regierungsvertretern, Kirchenleuten und dem organisierten Verbrechen, das damals wie heute hinter der feinen Fassade der italienischen Gesellschaft existierte. Der Bericht beschuldigte Neri keiner kriminellen Machenschaften. Auf gewisse Weise war er sogar etwas wie eine Verbeugung vor dem Mann, der sich zu einem echten Kunstliebhaber gemausert hatte und sowohl auf allen bedeutenden Vernissagen als auch in seiner Loge bei allen wichtigen Opern- und Ballettpremieren gesehen wurde.

Drei Wochen nach Erscheinen des Artikels wurde der Verfasser in seinem Auto auf einem Feldweg nahe dem Flughafen Fiumicino aufgefunden. Seine Augen waren aus den Höhlen gedrückt, seine Zunge herausgerissen. An allen Fingern und beiden Daumen fehlten die obersten Glieder. Er überlebte blind und stumm, zu keiner Kommunikation fähig oder auch nur bereit. Bald ging das Gerücht um, was sich aufgrund von Denneys Nachforschungen als absolut wahr erwies, dass sich Neri in einem ihm gehörenden Lagerhaus persönlich an dem Schreiberling gerächt hatte. Danach war er vor seinem bedauernswerten Opfer in seinen Smoking gestiegen und mit einem Privatflugzeug nach Venedig geflogen, um Pavarotti in einer Neuinszenierung von *Turandot* zu sehen und danach als Ehrengast an der Premierenfeier teilzunehmen.

Nachdem er den Mann näher kannte, fragte sich Denney, warum er sich überhaupt diese Mühe gemacht hatte. Emilio Neri konnte einen anderen Menschen allein mit seinen Blicken töten. Aber danach berichteten die Zeitungen nur noch über Neris Aktivitäten im Dienste der Wohltätigkeit.

Denney betrachtete Neris breiten Rücken vor dem Fenster und überlegte, was ihm wohl durch den Kopf ging. Vermutlich nur eins: Wie er das Geld zurückbekam, das er Denney anvertraut hatte. Sobald das geschehen war, würde zwischen ihnen wieder das beste Einvernehmen herrschen.

Die Tür ging auf und Brendan Hanrahan trat ein, in seinen Händen ein Tablett mit Kaffee. Neri warf ein Pfefferminzdragee in seinen Mund und drehte sich um.

»Stellt man Ihnen neuerdings kein Personal mehr zur Verfügung, Michael?«, fragte er.

»Ich helfe nur aus«, versicherte Hanrahan schnell. »Schließlich handelt es sich um eine private Zusammenkunft, meine Herren. Ich kann mir kaum vorstellen, dass Sie Ihre Anwesenheit an die große Glocke hängen wollen.«

»Als könnte in diesen Tagen im Vatikan irgendetwas geheim bleiben«, bemerkte Neri verächtlich. Er warf einen Blick aus dem Fenster und sah dann Denney an. »Es überrascht mich, dass Sie noch immer einen der besten Ausblicke genießen. Die Mutter Kirche ist nachsichtig.«

»Es wäre schön, wenn wir zur Sache kommen könnten, meine Herren«, nörgelte Aitcheson. »Mein Flugzeug startet um zehn. Ich möchte es unbedingt erreichen.«

»Nichts dagegen«, äußerte Crespi.

Neri setzte sich dem kleinen Bankier gegenüber an den Tisch und grinste ihn an. »Haben Sie schon einen Nachfolger für Ihren Buchhalter gefunden, Crespi? Für den, der sich um Kopf und Kragen geredet hat.«

Der kleine Banker erblasste. »Meine Angestellten sind vertrauenswürdig. Jeder von ihnen. Darauf gebe ich Ihnen mein Wort.«

»Sie werden mir noch sehr viel mehr geben, lieber Freund«, entgegnete Neri. »Aber lassen wir das. Sie kennen meine Überzeugung. Ihre Leute plaudern. Und nun möchte ich endlich erfahren, warum wir hier sind.«

»Vielleicht bringt uns das weiter.« Hanrahan reichte jedem eine bedruckte DIN-A-4-Seite.

Neri blickte auf das Papier. »Hier steht kein Wort darüber, wann ich mein Geld zurückerhalte.«

»Leider kann ich nicht zaubern, Emilio«, sagte Denney so freundlich, wie es ihm möglich war. »Wir wollen alle unser Geld wiederhaben. Und das ist auch möglich, glaube ich. Aber von nichts kommt nichts. Wir müssen neu anfangen.«

Aitcheson hatte nicht zugehört. Seine Blicke klebten an den gedruckten Zahlen. »So viel Kapital ist noch da? Warum erfahre ich das erst jetzt?«

Crespi hob beide Hände. »Seit rund achtzehn Monaten lösen wir Guthaben auf. Unauffällig. Unter der Hand. Manchmal … wussten wir nicht einmal, ob Zahlungen eingehen würden. Ich wollte keine unerfüllbaren Hoffnungen wecken. Das alles ist ziemlich komplex, meine Herren. Wir hatten unglaublich viele Konten. An den unterschiedlichsten Orten. Wenn ich Ihnen alle aufgezählt hätte, wären Sie vor Langeweile gestorben, lieber Freund. Und wozu auch? Sie wollten über die Gewinne informiert werden und nicht, woher sie kamen.« Er warf Neri einen Blick zu. »Das wollte doch jeder. Das ist ein Grund, weshalb wir jetzt in der Tinte sitzen.«

Jetzt interessierte sich auch Neri für die Zahlen. »Wer weiß noch von diesem Geld? Und wo genau ist es eigentlich?«

»Außerhalb dieses Raumes weiß niemand davon.« Hanrahan sah Neri direkt in die Augen. »Ich möchte niemandem zu nahe treten, aber in letzter Zeit sind wir nicht sehr diskret gewesen. Wo sich das Kapital befindet, ist meine Sache.«

Die US-Behörden hatten rund drei Milliarden Dollar beschlagnahmt und das mit Steuerhinterziehung und Geldwäsche begründet. Das ärgerte Denney maßlos. Ohne diese Maßnahme hätten sich alle Probleme bewältigen lassen. Crespis fieberhafte Auflösung von Guthaben und ihre Verlagerung auf neue, bisher unentdeckte Konten, bedeutete zumindest so etwas wie einen Rettungsring. Jetzt musste er nur noch Aitcheson und Neri davon überzeugen, nach ihm zu greifen.

»Also sind wir gar nicht so arm wie die Kirchenmäuse«, stellte Neri fest. »Als ich diesen Raum betrat, glaubte ich, dass das gesamte Geld den Bach hinunter ist. Und nun höre ich, dass irgendwo sechzig bis siebzig Millionen Dollar liegen, die wir uns jederzeit schnappen können. Wie war das denn nur möglich?«

»Ich glaube nicht, dass Sie das wirklich wissen wollen«, murrte Hanrahan finster.

»Wir sind nicht untätig geblieben«, erläuterte Denney. »Wir mussten Leute überreden und von der Profitabilität unserer Pläne überzeugen. Leicht war es nicht.«

Neri zog die Nase hoch. »Mir ist zu Ohren gekommen, dass Sie eine Menge Geld ausgegeben haben. Der Preis einer römischen Hure stieg in den letzten sechs Monaten um zehn Prozent, Michael. Ist das vielleicht Ihr Werk?«

»Machen Sie sich doch nicht lächerlich.«

»Und Sie versprechen sich keine persönlichen Vorteile? Eine elegante Rehabilitierung vielleicht und eine gesicherte Rückkehr nach Amerika?«

Denneys Hand wanderte über den Tisch und legte sich auf Neris Arm. Verächtlich starrte der Hüne ihn an.

»Ich habe das alles für uns getan, Emilio«, versicherte Michael Denney. »Uns bietet sich die Chance, wieder ins Geschäft zu kommen. Wir können ein paar Leute einsetzen, die die Bankenaufsicht überzeugen, die Risiken für uns zu tragen. Wir halten uns zurück und ziehen im Hintergrund die Fäden, wie ich es schon immer hätte tun sollen. Es war für uns alle ein Lernprozess. Aber diese Krise kann uns nur stärker machen. Reicher. Einflussreicher. Und schließlich werde ich in der Tat den Vatikan und Rom als freier Mann verlassen können, weil bis dahin ganz neue Leute in unserer Schuld stehen.«

Neri lächelte Aitcheson an. »Haben Sie das gehört? Wir bauen eine neue Bank auf. Alles, was wir dazu brauchen, sind sechzig bis siebzig Millionen Dollar.«

»Zu wenig«, knurrte Aitcheson. »Das wissen Sie genau.«

Sie hatten nicht kurzerhand abgelehnt. Sie waren interessiert. Das spürte Denney. Er sah die Gier in ihren Augen leuchten. »Dann bringen wir noch mehr auf. Wir verfügen schließlich noch immer über Kontakte, die ihr Geld gewinnbringend anlegen wollen. Wir haben die Lombardia nicht ruiniert. Wir waren Opfer des Marktes und von Gesetzen, die es noch nicht einmal gab, als wir mit unseren Geschäften begannen. Wir machen reinen Tisch, fangen ganz neu an und sind damit den anderen einen Schritt voraus.«

Denney legte eine kurze, aber effektvolle Pause ein. »Das verlangt natürlich auch persönliche Investitionen. Ich werde jeden Cent einbringen, den ich besitze. Das ist eine Menge Geld. Mein gesamtes Vermögen. In welcher Höhe Sie sich beteiligen, bliebt ganz Ihnen überlassen. Wir kennen die Branche, meine Herren. Wir sind nicht nur gut. Wir sind die Besten. Wir werden am Markt gebraucht.«

Neri lachte tief und dröhnend. Er klopfte Denney auf die Schulter. »Donnerwetter, Michael. Sie lassen sich wohl von nichts unterkriegen, was? Wir sind wieder im Geschäft. Sie sind ein brillanter Finanzier. Ein toller Bursche.«

»Wir sind wieder im Geschäft«, wiederholte Denney.

Hanrahans Handy klingelte. Er lauschte, und seine Miene wurde finster. Mit einer Entschuldigung verließ er den Raum.

»Nun, was sagen Sie dazu?«, fragte Denney. Er konnte es nicht vermeiden, einen Blick aus dem Fenster zu werfen und an die Welt hinter den Scheiben zu denken.

Vierzehn

Es gab zwei Möglichkeiten, dachte Nic Costa. Entweder Falcone war von seiner Idee begeistert oder er würde glatt an die Decke gehen – es sei denn, Costas Plan ging auf. Angesichts von beweiskräftigen Resultaten würde der Inspektor vermutlich fast alles verzeihen.

Die Schlange war noch immer mindestens fünfzig Meter lang, obwohl die Vatikanischen Museen in einer Stunde schlossen. Costa zückte seinen Polizeiausweis, marschierte an den Wartenden vorbei Richtung Kasse, steckte ihn dann diskret ein und kaufte sich eine Eintrittskarte. Er ging zum Bibliotheksflügel, wedelte dem abwesend wirkenden Türsteher mit seinem Ausweis vor der Nase herum und betrat den Lesesaal, bevor ihn jemand aufhalten konnte.

Das harte Licht des Nachmittags strömte vom Innenhof herein, fiel auf Reihen leerer Lesetische. Ein scharfer Geruch nach Reinigungsmitteln lag in der Luft. Offenbar war gründlich saubergemacht worden. Zunächst ging Costa zu dem Tisch, auf dem am Tag zuvor Hugh Fairchilds Haut gelegen hatte wie die abgeworfene Hülle irgendeines riesigen Reptils. Ihm war klar, dass der Bibliotheksdiener bereits telefonierte. Die tiefe Stimme des Mannes hallte in dem hohen, leeren Raum wider. Lediglich ein Buch befand sich außerhalb der Schränke und Regale. Es lag auf einem Tisch, der drei von dem entfernt war, an dem Sara Farnese gesessen hatte. Costa warf einen Blick hinein: irgendetwas Unverständliches in mittelalterlicher Schrift. Dieser Ort war vorgesehen für eine ganz bestimmte Spezies der Menschheit, und die beendete gerade ihre Arbeit, bereitete sich auf das Wochenende vor.

Nic Costa lief zwischen den Lesetischen entlang und blickte sich um. Wie nicht anders zu erwarten, hingen überall Überwachungskameras. Kleine, matte Augen starrten ihn von der Decke, aus Raumecken und von den Fensterrahmen her an. Er war zwar kein Akademiker, kannte aber den Grund für diese Vorsicht genau. Die Bibliothek war eine Schatzkammer unermesslicher Kulturgüter. Um Zugang zu erhalten, bedurfte es einer besonderen Genehmigung, die offenbar selbst einem langjährigen Dozenten wie Stefano Rinaldi nicht so ohne weiteres gewährt wurde. Hier lagerten unersetzliche Schätze, die nur wenigen Privilegierten in die Hand gegeben wurden, die sie respektvoll und dankbar berührten, bewunderten und wieder zurückgaben. Die damit verbundenen Risiken mussten so klein wie möglich gehalten werden. Jeder Zutritt zum Raum, jede Ausleihe, jede Handhabung der Bände wurden Tag um Tag, Stunde um Stunde aufgezeichnet. Derjenige, der die Videobänder aufbewahrte, würde genau wissen, wie Stefano Rinaldi aussah, wie er sich seit dem Überschreiten der Schwelle im Lesesaal benommen hatte.

Hatte der Mann deshalb geflüstert? Oder befand sich jemand im Lesesaal, den er fürchtete?

In beiden Fällen könnten die Kameras Aufschluss liefern. Dennoch blieb Falcones Frage: Warum? Weil Rinaldi Sara dazu bringen wollte, seine Frau zu retten, lautete die auf der Hand liegende Antwort. Und er Angst hatte, jemand im Raum oder mit Zugang zu den Bändern könnte das verhindern, wenn er von dieser Absicht erfuhr. Aber hätte er seine Frau einfach so auf dem Stuhl im Kirchturm zurückgelassen? Er musste doch wissen, wie leicht sie abrutschen und sich erhängen konnte. Hatte er auf dem Weg von der Tiber-Insel zum Vatikan vielleicht seine Meinung geändert und spontan beschlossen, Mary Rinaldi doch zu retten? Das hieße, die Theorie von Rinaldis Geistesverwirrung allzu weit zu treiben. Außerdem erklärte es nicht, warum Rinaldi mit Sara Farnese geflüstert hatte. Im Fall einer Änderung seiner Absichten hätte er umdrehen und seine Frau aus der Schlinge befreien können. Costa begann Falcones Zweifel zu verstehen. Die banale Logik, die die Ereignisse zu einem Akt blutiger Rache reduzierte, begann bei genauerem Nachdenken über die Details zu zerbröseln. Für Costa gab es inzwischen nur eine These, die alle Vorfälle erklären konnte, und zwar eine, die ihn zutiefst beunruhigte.

Und wenn Rinaldi nun kein Einzeltäter, sondern der Komplize in einem größer angelegten Verbrechen war? Oder sogar selbst ein Opfer? Und wenn er nun verzweifelt Hilfe im Vatikan gesucht hatte, weil da noch jemand im Turm war, jemand, der ihm, seiner Frau und dem bedauernswerten Fairchild eine Falle gestellt hatte? Jemand, der das Ehepaar unter Hinweis auf seine Schulden in die Kirche gelockt hatte, den Engländer vor ihren Augen ermordete, Mary Rinaldi mit einer Schlinge um den Hals auf den Stuhl stellte und ihrem Mann mit ihrem Tod drohte, wenn er nicht unverzüglich Sara Farnese auf die Tiber-Insel holte? Jemand, der den Mann mit Hugh Fairchilds Haut in einer Supermarkttüte losschickte und ihm befahl, sie im Lesesaal auszubreiten und Sara Farnese gegenüber diese absurden Bemerkungen zu machen – wohl wissend, dass die Schweizergardisten Rinaldi für einen durchgeknallten Irren halten würden.

Und dieser Jemand musste die Umstände von Rinaldis Auftritt in der Bibliothek genau gekannt haben. Weil er entweder einen Komplizen oder Zugang zu den Videobändern hatte, noch bevor Rinaldi in den Lesesaal kam. Doch diese Überlegung verwarf Costa gleich wieder. Das wäre nur realistisch, wenn jemand im Vatikan in direktem Kontakt zu dem Unbekannten im Kirchturm stand. Nein, die gegebenen Umstände – die Pistole, die Tragetüte mit Fairchilds Haut, die wiederholten und wirren Äußerungen – waren der beabsichtigte Anlass für die bewaffneten Wächter des Vatikan, mit aller ihnen gebotenen Gewalt vorzugehen, weil sie die Situation als äußerst bedrohlich empfanden. Und die Absicht konnte nur gewesen sein, Rinaldi und möglicherweise auch Sara Farnese unter allen Umständen zu töten.

Das war eine These, mit der sich Nic Costa nur zögernd anfreundete. Seine Jahre bei der Polizei hatten ihn gelehrt, dass die einfachen Lösungen selten die richtigen sind. Die Bänder sind der Schlüssel, sagte sich Costa, als er eine schwere Hand auf seiner Schulter spürte. Er drehte sich um und blickte wie erwartet in die kalten, wässrigen Augen von Hanrahan. Wie beim letzten Mal trug er einen schwarzen Anzug und ein Kruzifix am Revers.

Costa lächelte freundlich. Heute waren die Umstände anders. Er sah den Mann an, der vor ihm stand und ihm den Weg zur Tür verstellte. Er war nicht wütend, eher erschöpft, vielleicht auch ein wenig neugierig.

»Es ist doch zu dumm«, sagte Hanrahan schließlich. »Haben Sie denn überhaupt keine Ahnung von den Regeln, die unsere Arbeitsbereiche klar und eindeutig abgrenzen?«

Die Stimme klang heiser, leicht grob und irgendwie vertraut. Plötzlich erinnerte sich Costa. Er hatte in der Rugbymannschaft der Polizei gespielt, bis er erkannte, dass ihm die relative Einsamkeit des Mittelstreckenläufers besser gefiel. Kurze Zeit war das Team von einem Iren trainiert worden. Der Mann hatte die gleiche Stimme und Sprache, sah Hanrahan sogar ähnlich.

»Ich glaube, ich habe mich noch gar nicht ausgewiesen«, sagte Costa, zog seine offizielle Karte hervor und streckte sie Hanrahan entgegen. Dann deutete er auf die schiefe Nase des Mannes. »Ich weiß, wo Sie sich die gebrochen haben. Auf dem Spielfeld, stimmt's? Beim Rugby.«

Hanrahan las die Karte und steckte sie in die Tasche. »Früher, als ich jung war. Als ich noch glaubte, nichts auf der Welt könnte mir Schaden zufügen.«

»Ich habe auch ein bisschen gespielt.«

Hanrahan musterte ihn skeptisch.

»Als Flügelhalbstürmer«, fuhr Costa fort. »Und ohne mich rühmen zu wollen – nicht einmal schlecht.«

»Falcone hat mir erzählt, dass Sie laufen. Das wäre eines Ihrer Talente, sagte er.«

Costa nickte.

»Ich glaube, er sagte, das wäre Ihr einziges Talent«, schickte der Ire hinterher.

»Klingt ganz nach dem Inspektor.«

»Als Läufer kann ich Sie mir gut vorstellen, Signor Costa. Vermutlich sind Sie ganz hervorragend. Aber irgendwann müssen Sie sich umdrehen und kämpfen. Wie gut sind Sie darin?«

»Offen gestanden nicht so berühmt«, lachte Nic Costa. »Das ist eine Frage des Körperbaus.«

»Nein, durchaus nicht«, entgegnete Hanrahan. »Was wollen Sie?«

Costa hob den Kopf und warf einen Blick auf eine der Kameras. »Ich würde mir gern einmal die Bänder ansehen. Sie müssen unseren toten Professor doch von dem Moment an aufgenommen haben, in dem er die Bibliothek betrat. Diese Videos interessieren mich brennend.«

Scheinbar erstaunt schüttelte Hanrahan den Kopf. »Für wen halten Sie sich?«

»Ich bin nur ein Polizist, der begreifen möchte, warum drei Menschen gestorben sind. Für wen halten Sie sich?«

Hanrahan überlegte einen Moment und zog dann seine eigene Karte hervor. »Ich bin Berater in Fragen der Sicherheit, Signor Costa. Ich bin nicht befugt, Ihnen die Bänder zu geben …«

»Dann machen Sie mich mit jemandem bekannt, der dazu befugt ist.«

»Warum sollte ich das tun?«

Langsam näherte sich Costas Geduld ihrem Ende. »Finden Sie nicht, dass Sie eine gewisse Verpflichtung haben, uns bei der Aufklärung des Falles zu helfen? Drei Menschen sind tot, Hanrahan. Ich weiß, dass keiner von ihnen Bürger des Vatikan war, aber trotzdem.«

Gereizt fuchtelte der Ire mit der Hand. »Verschonen Sie mich mit diesem Mist, Söhnchen. Für Sie sind wir Angehörige eines anderen Staates. Hier geht es nicht um polizeiliche Ermittlungen, sondern um Diplomatie.« Die durchdringenden, wässrigen Augen wurden ganz schmal. »Was können Sie mir dafür anbieten, dass ich mit dem Mann spreche, der für die Bänder zuständig ist?«

Costa wusste, was Luca Rossi jetzt sagen würde. Mit solchen Leuten verhandelt man nicht. Du brauchst dir gar nicht die Mühe zu machen, gegen Bestimmungen zu verstoßen, weil es immer eine Ausflucht gibt, ein Hintertürchen, von dem du erst erfährst, wenn es zu spät ist.

Aber Rossi war irgendwo, freute sich auf das Abendessen mit Crazy Teresa. Alle wichtigen Informationen befanden sich hier in diesem winzigen Staat, der sich hinter hohen Mauern im Herzen von Rom verschanzte. Wenn er sich nicht auf einen wie immer gearteten Handel einließ, würde er vielleicht nie etwas erfahren.

Abgesehen davon sagte ihm eine kleine, innere Stimme, dass es eine günstige Gelegenheit war. Ein Moment, in dem man einen Stein ins Wasser werfen und abwarten konnte, welche Kreise er zog. Manchmal musste man eben ein Risiko eingehen.

Nic Costa holte seinen Notizblock hervor und schrieb die Telefonnummer auf einen Zettel, die er am Morgen in Rinaldis Computer entdeckt hatte. Er gab den Zettel Hanrahan, der ihn mit steinerner Miene betrachtete.

»Jemand aus dem Vatikan, jemand aus den Amtsräumen eines gewissen Kardinal Denney hat mit Rinaldi telefoniert. Am Tag der Tat.«

Hanrahan wirkte aufrichtig überrascht. »Kennen Sie den Grund?«

»Vielleicht sollte ich Kardinal Denney danach fragen.«

Zu seiner Verblüffung begann Hanrahan zu lachen, so schallend und intensiv, dass Costa schon befürchtete, er könnte letzten Endes in Tränen ausbrechen.

Der Ire schlug ihm derb mit der Hand auf die Schulter.

»Sie sind ein zu komischer Mann, Signor Costa«, sagte er. »Aber ich bringe es einfach nicht übers Herz, wieder Falcone anzurufen. Nicht noch einmal. Aber jetzt möchte ich Sie dringend bitten, mir einen Gefallen zu tun.«

»Welchen?«

»Verschwinden Sie. Gehen Sie meinetwegen zur Hölle. Und schließen Sie diesen Fall ab. Wir wissen doch beide, was geschehen ist. Es kam zu einer sehr bedauerlichen, privaten Tragödie wegen einer wunderschönen, jungen Frau mit recht laxen Moralbegriffen. Wecken Sie deswegen doch keine schlafenden Hunde. Davon kann ich Ihnen nur dringend abraten, denn manchmal können die beißen.«

Fünfzehn

»Was ich dazu sage? Oh, Michael, Michael.«

Neri konnte nicht aufhören zu lachen und schlug Denney immer wieder auf die Schulter.

»Sie geben einen guten Kardinal ab. Warum kamen Sie auf den Gedanken, Sie könnten auch ein guter Bankier sein?«

»Das wurde von mir erwartet«, entgegnete Denney scharf. »Ich kenne meine Pflichten.«

Neris großflächiges Gesicht wurde ernst. »Und ich meine. Glauben Sie wirklich, dieses Geld, dieser geheime Schatz wäre eine Überraschung für mich?«

Erstaunt wandte sich Denney Crespi zu. »Ich habe nichts gesagt«, protestierte der errötend. »Er schießt ins Blaue, um sich wichtig zu machen.«

»Das habe ich nicht nötig«, knurrte Neri. »Dazu bin ich inzwischen zu reich. In Rom kann niemand etwas für sich behalten. Ich kenne Ihr kleines Geheimnis seit Wochen, Michael. Und hatte genügend Zeit, sorgfältig darüber nachzudenken und mit meinen Partnern zu sprechen. Was ich Ihnen jetzt zu sagen habe, ist unangenehm, aber es muss sein.«

Die Tür öffnete sich, und Hanrahan trat ein. Bedrückt sah Denney ihn an. Die Sache lief schief. Neri wusste seit langem Bescheid. Und er konnte nicht einmal ahnen, woher und was er daraus machen würde.

»Ich stehe vor einer sehr einfachen Frage«, fuhr Neri fort. »Was ist leichter zu verschmerzen? Der Verlust eines Freundes oder eines Vermögens? Soll ich wegen der alten Zeiten gutes Geld schlechtem hinterherwerfen? Oder nehme ich mit Dank an, was ich bekommen kann?«

»Es wären Brosamen«, wandte Denney ein. »Ein Bruchteil dessen, was wir mit neuen Geschäften verdienen könnten. Und Sie brauchen eine Bank, Emilio. Wie wollen Sie ohne existieren?«

»Banken, Banken.« Abfällig wedelte Neri mit der Hand. »Sie leben in der Vergangenheit, Michael. Es ist kein Geheimnis, dass kleine Finanzunternehmen von den Juristen sehr viel genauer unter die Lupe genommen werden. Warum sollten wir unsere Zeit und unser Geld mit derlei verschwenden, wenn es problemloser ist, uns einfach an jemanden zu wenden, der etablierter ist, und gegen eine kleine Gegenleistung bei ihm einzusteigen? Es lässt sich nun einmal nicht leugnen, dass Männer wie wir heutzutage in aller Öffentlichkeit am wenigsten auffallen. Mit Geschäften in irgendwelchen dunklen Ecken ziehen wir nur unerwünschte Aufmerksamkeit auf uns. Leider scheint das für einen Mann wie Sie irgendwie ganz natürlich zu sein. Vielleicht liegt das an Ihrem Werdegang. Vielleicht eine Folge Ihrer Zugehörigkeit zu den vatikanischen Kreisen. Wenn Letzteres zutrifft, kann ich Sie nur bedauern, Michael, denn man hat seine Hand von Ihnen abgezogen. Selbst wenn Ihnen das noch nicht klar ist.«

»Und?« Denney wusste, dass er in Ungnade gefallen war. Aber mit neuen, erfolgreichen Finanzgeschäften könnte er einige seiner Schulden begleichen und beginnen, seinen guten Ruf wiederherzustellen.

»Ich bestehe auf meinem Anteil an dem Geld«, erklärte Aitcheson. »Ich möchte ihn sofort und entsprechend unseren ursprünglichen Investitionen.«

»Auf diese Weise geben Sie sich mit Pfennigen zufrieden«, warnte Denney.

»So bekomme ich wenigstens etwas. Hören Sie, Michael. Erst gestern habe ich mit jemandem aus dem Justizministerium telefoniert. Der momentane Schwebezustand ist nicht von Dauer. Man wird die Lombardia endgültig schließen und uns nicht nur einfach suspendieren. Es ist eine Anklage in Vorbereitung. Gegen Sie. Bisher gegen niemanden von uns, und wenn Sie mich fragen, wird sich daran auch nichts ändern.«

Verbittert funkelte Denney die Männer an. »Das haben Sie gewusst? Alle? Und haben es nicht für nötig gehalten, mich darüber zu informieren?«

Crespi starrte die Tischplatte an. Neri wirkte gelangweilt.

Aitcheson seufzte. »Sie haben in den letzten sechs Monaten doch in einer Traumwelt gelebt, Michael. Waren fest überzeugt, sich mit Bestechung aus dem Schlamassel ziehen zu können. Aber das wird nicht klappen. Und selbst wenn es Ihnen gelänge, hat Emilio Recht. Wenn wir Ihnen erneut Geld anvertrauen würden, könnten wir es gleich in ein Fass ohne Boden werfen. Sie sind erledigt. Finden Sie sich damit ab. Jede weitere Diskussion ist überflüssig. Ich habe mit Ihnen nichts mehr zu schaffen.«

Neri sah Hanrahan an, nickte. »Wir auch nicht. Weiß er das denn nicht?«

Zornig und verwirrt blickte Denney Hanrahan in die Augen, sah die Zukunft in Scherben gehen.

»Was?«, fragte Hanrahan. »Es gibt keine Übereinkunft? Nach all diesen Bemühungen? Trotz unserer großen Anstrengungen?«

Neri schüttelte den Kopf. »Bitte, mein irischer Freund, tun Sie doch nicht so überrascht. Sehen wir denn aus wie Idioten?« Er machte eine kurze, genüssliche Pause. »Nun, sagen Sie es ihm …«

Hanrahan verzog das Gesicht und holte sein Handy hervor. Denney hörte, wie er die Hausverwaltung anrief und bat, ein paar Männer vorbeizuschicken. »Dass es zu keiner Einigung kam«, sagte er dann, »verändert die Situation natürlich beträchtlich.«

»Was soll das?«, erregte sich Denney. »Was zum Teufel geht hier vor?«

Lächelnd sah Neri sich um, bewunderte die Murano-Lüster, die Spiegel, die Gemälde. »Nicht schlecht«, schmunzelte er. »Es wird ein wahres Hauen und Stechen darum geben, wer als Nächster hier einzieht.«

Sechzehn

Teresa Lupo saß vor einem Teller mit diversen tierischen Innereien: Kalbsherz, Thymusdrüsen und Streifen von Kuheuter. Sie aß mit sichtlichem Appetit, wie auch Luca Rossi, der ein Lazio-Baseballcap trug, deren Schirm er nach hinten gedreht hatte. Es war Rossis Lieblingsessen der *cucina romana*, eine traditionelle Arme-Leute-Mahlzeit aus den Resten, die von den Tischen des Klerus im Vatikan abfielen.

Bei dem Restaurant handelte es sich um einen erschwinglichen Klon des Checchino dal 1887, des römischen Gourmettempels für das Verspeisen von Eingeweiden und Drüsen, der um die Ecke lag. Seine sechzehn Tische waren gut besetzt und bogen sich unter der Last gekochter Innereien, die Nic Costa nicht einmal ansatzweise identifizieren konnte. Offenbar zeigte sich der besondere Humor seines Kollegen darin, einen Vegetarier in ein Lokal zu locken, in dem das Verspeisen von obskurem Fleisch quasi Religion war. Aber vielleicht hatte er darüber nicht nachgedacht. Costa entging nicht, wie Rossi Crazy Teresa ansah, während sie in Kutteln und Knorpeln schwelgten, und er fragte sich, ob der Beginn einer wundervollen Liebesbeziehung in der Luft lag.

Sie gaben ein sonderbares Pärchen ab. Rossi mit seinem breiten, melancholischen Gesicht und massigen Körper sah aus wie ein Mann, der sein Leben lang Junggeselle bleiben würde, und er wusste vermutlich nicht mehr, wann er das letzte Mal mit einer Frau geschlafen hatte. Hinter Teresa lagen zahllose Affären in den verschiedensten Polizeiabteilungen. Alle von kurzer Dauer und ausnahmslos Begegnungen, die die Männer kraftlos und mit glasigen Augen zurückließen. Sie war ein wenig kleiner als Nic Costa, üppig gebaut, mit einem hübschen Gesicht, das ständig zu lächeln schien. Sie war eine ungemein fähige Pathologin, die Karriere als Chirurgin in einem Krankenhaus gemacht hatte, bevor etwas – ihren Worten zufolge die Lust auf Abenteuer und Spannung – sie an den Seziertisch trieb. Aber das hatte Costa ihr nie ganz abgenommen. Ihre Arbeit war nicht spannend. Teresa Lupo nahm ihre Aufgaben so ernst und genau, dass sie oft genug bis zur Erschöpfung arbeitete, um auch die letzten Spuren und Beweise zu sichern. Die Leichen, die sie ihre »Kunden« nannte, blieben für sie trotz ihrer lockeren Sprache die sterblichen Überreste menschlicher Wesen. Ihr Interesse an ihnen war nicht nur forensischer Natur. Gelegentlich kam sie zu Erkenntnissen, die den besten Polizisten verschlossen blieben, und das war es nach Costas Überzeugung, was sie antrieb. Sie spielte gern Detektiv und häufig sehr erfolgreich.

Rossi und die Pathologin saßen ihm gegenüber, stopften Essen in sich hinein, schlürften billigen roten Hauswein und qualmten Zigaretten, sobald eine kleine Pause zwischen den Gängen das gestattete. Costa hatte sich absichtlich verspätet. Er wartete, bis die Serviererin, ein mürrisches junges Mädchen mit Ringen in Nase und Ohrläppchen mit einem Block neben ihm auftauchte, und bestellte dann einen Salat und ein Glas Cala Viola, einen jungen sardischen Wein, den einzigen Weißen, den er auf der Karte entdeckte.

»Mit Hühnerbruststreifen?«, wollte das Mädchen wissen.

»Einen einfachen Salat.«

»*Einfachen* Salat führen wir nicht«, fauchte die Kellnerin. »Sie können die Hühnerstreifen ja liegen lassen.«

Costa seufzte. »Wie wäre es, wenn Sie sie gar nicht erst bringen?«

»Ha! Damit Sie sich dann über die Rechnung beschweren? Halten Sie mich für blöde?«

Rossi beugte sich vor und sah sie streng an. »Moment! Notfalls esse ich das Huhn. Er ist nun mal Vegetarier. Alles klar?«

Der Nasenring bewegte sich. Plötzlich sah sie fast mitfühlend aus. »Tut mir Leid. Auch ich esse kein Fleisch. Großer Gott, wir haben uns echt den falschen Laden ausgesucht, was?«

Als die Serviererin mit einer Portion Rucola und Salatblättern sowie einem Glas gut gekühltem Wein zurückkehrte, war Teresa gerade dabei, die Funktion der Drüsen zu erläutern, die mit Knoblauch und Sellerie gedünstet auf ihrem Teller lagen.

»Können wir vielleicht das Thema wechseln?«, flehte Costa.

»Sind Sie etwa empfindlich?« Teresa Lupo wirkte erstaunt. »Ausgerechnet Sie? Nach allem, was gestern passiert ist?«

Luca Rossi kam seinem Kollegen zu Hilfe. »Vielleicht wegen der gestrigen Vorfälle. Ich esse das Zeug wirklich gern. Aber um ganz ehrlich zu sein, würde ich lieber nicht zu genau wissen, was es ist.«

»Meinetwegen.« Sie zuckte mit den Schultern, wackelte dann aber mit einem kräftigen Zeigefinger vor Costas Gesicht herum. »Aber Sie sollten Ihre Essgewohnheiten überdenken. Eine vegetarische Lebensweise ist eine Modeerscheinung, die vom medizinischen Standpunkt durch nichts zu begründen ist. Und darüber hinaus gefährlich. Es sei denn, Sie ernähren sich wirklich ausgewogen.«

Nic Costa betrachtete den Teller voller undefinierbarer Fleischstücke, die Zigarettenkippen im Aschbecher und die fast leere Weinkaraffe vor ihr und fragte sich, wie ausgerechnet Teresa Lupo dazu kam, Ratschläge in Sachen gesunder Ernährung zu erteilen.

»Er ist schneller als jeder andere in der Questura«, sprang ihm Rossi zur Seite. »Und es heißt, da hätte man ihn erst einmal auf dem Rugbyfeld sehen sollen.«

»Das habe ich, bevor er sich für die Lauferei entschied. Er ist in der Tat schnell, aber das heißt keineswegs, dass er nicht noch schneller sein könnte, wenn er hin und wieder Fleisch essen würde. Denk an den Typen, der als Hakler spielt.«

Teresa war ein Rugby-Fan. Das wusste jeder.

»Lamponi?«, fragte Rossi, nicht ohne einen Hauch von Eifersucht.

»Ja. Sieh dir seinen Bizeps an, die muskulösen Oberschenkel.« Sie zeigte mit der Gabel auf ein paar Kaldaunen. »Fleisch gibt Kraft. Es macht einen Mann erst zum Mann.«

Luca Rossi warf seinem Partner einen schlauen Blick zu. »Er ist schwul.«

»Was?«

»Lamponi ist homosexuell«, wiederholte Rossi.

»Allmächtiger!«

»Vielleicht liegt das an seiner Ernährung«, mutmaßte Costa. »Zu viele weibliche Hormone in den Tierdrüsen, die er ständig isst.«

»Durchaus möglich«, stimmte Rossi zu. »Dadurch beginnen Sachen zu wachsen, die bei einem Mann nicht wachsen sollten. Während andere schrumpfen …« Er zuckte mit den Schultern.

Teresa knallte die leere Karaffe auf den Tisch, um neuen Wein zu bestellen, steckte sich eine Zigarette an und funkelte sie verärgert an. »Blutige Ignoranten. Ihr habt doch keine Ahnung.«

Nic Costa blickte auf seine Armbanduhr. Er musste heute noch einen Besuch abstatten und wollte nicht zu spät kommen. »Hatten Sie nicht vor, mit uns über etwas Bestimmtes zu sprechen, Teresa? Aus irgendeinem Grund ging ich davon aus.«

Sie schob mit der Gabel die Reste ihres Essens auf dem Teller herum. Costa machte sich bewusst, wie sehr ihm diese Frau gefiel. Sie war klug, witzig, aber auch von ernster Nachdenklichkeit.

»Die Tatsache, dass einem Opfer die Haut abgezogen wurde?«, fragte sie. »Sind Sie zufrieden mit der Art und Weise, wie sich die Sache aufgeklärt hat? Dass alles ordentlich unter Dach und Fach zu sein scheint?«

»Der Fall ist nicht abgeschlossen«, wandte Costa ein. »Keineswegs, obwohl ich Ihrem Bericht nichts entnehmen konnte, was zu neuen Überlegungen Anlass gibt.«

»Zur Hölle mit dem Bericht. Darin steht nur, was ich mit Sicherheit weiß. Manchmal gehen einem Dinge durch den Kopf, die vielleicht gar nichts zu bedeuten haben, aber Sie sollten sie sich dennoch anhören.«

Rossi verschränkte die Arme vor der Brust und sah sie an. »Wir sind ganz Ohr.«

»Der Professor zum Beispiel. Verfügte er eigentlich über medizinisches Wissen? Hat er vielleicht irgendwann in einem Schlachthaus gearbeitet?«

Costa zuckte mit den Schultern. »Nicht dass wir wüssten. Er war Geisteswissenschaftler. Kaum vorstellbar, dass er sich auf ärztlichem Gebiet oder sogar als Schlächter betätigt hat. Warum?«

Teresa Lupo wirkte unschlüssig. »Ich weiß nicht. Vielleicht sind meine Überlegungen absurd, aber es kommt mir sonderbar vor, dass jemand ohne alle Vorkenntnisse einen Menschen auf Anhieb perfekt häuten kann.«

Rossi zog ein skeptisches Gesicht. »Ist das denn so schwer? Ich hatte einen Onkel auf dem Land. Nachdem der ein Kaninchen geschlachtet hatte, kerbte er den Nacken mit dem Messer ein, schüttelte das Tier dann auf eine spezielle Weise, und die Haut ließ sich abziehen wie ein Handschuh. Ganz einfach und ohne jedes Problem.«

Fassungslos sah Teresa Lupo ihn an. »Du vergleichst Menschen mit Nagetieren? Ist das dein Ernst? Was du einfach so ›Haut‹ nennst, ist ein kompliziertes, mehrschichtiges lebendes Gewebe, das aus der Epidermis, der Lederhaut und der Subcutis besteht. Du kannst bei einem leblosen Menschen nicht irgendwo einen Schnitt machen, ihn herumschleudern und erwarten, dass seine Haut herunterrutscht wie irgendeine Gummihülle. Absurd …«

Sie beobachtete, wie die Kellnerin am Nebentisch Essen servierte.

»Einen Moment. Ich bin gleich wieder da.«

Teresa Lupo stand auf und marschierte in Richtung Küche. Unbehaglich betrachtete Rossi seinen Kollegen.

»Die Rechnung geht auf mich«, sagte er.

»Oh, das ist mir klar, Onkel Luca.«

»Sie hält es für wichtig, Nic.«

Und wahrscheinlich ist es das auch, dachte Costa. Vielleicht sogar wichtiger, als Luca Rossi ahnen kann.

Mit einem Stück Schweinebauch und einem kleinen Küchenmesser kehrte Teresa Lupo zurück. Sie warf das ungekochte Fleisch auf den Tisch und sah, dass andere Gäste die Hälse reckten.

»Keine Bange«, rief die Pathologin ihnen zu. »Wir haben nicht vor, es roh zu vertilgen.«

»Das beruhigt mich ungeheuer«, grinste Costa.

»In ihrer Hautstruktur weisen Schweine gewisse Ähnlichkeit mit dem Menschen auf«, erläuterte Teresa Lupo. »Deshalb wird Schweinehaut hin und wieder für Transplantationen benutzt. Vielleicht sollte ich auch erwähnen, dass man uns in einigen Kannibalenkulturen ›große Schweine‹ nennt, und das aus physiologischen wie geschmacklichen Gründen. Hier, nimm.«

Sie streckte Rossi das Messer entgegen.

»Versuch mal, ob du es häuten kannst. Viel Glück.«

Mit einem tiefen Schnitt durchtrennte er die schwartenähnliche Haut und packte dann fest zu, um sie vom Fleischgewebe zu ziehen. Es gelang ihm nicht.

»Die Fettschicht macht es unmöglich«, beklagte er sich. »Bei Menschen ist das anders.«

Teresa sah ihn an. »Nicht bei allen. Du wärst verblüfft, wie viele wirklich dicke Leichen ich schon auf dem Tisch hatte. Aber du hast Recht, es bestehen entscheidende Unterschiede. Mir geht es lediglich darum, euch zu zeigen, dass man einem Menschen nicht einfach so die Haut über die Ohren ziehen kann. Ich habe mich im Internet ein bisschen über diesen Bartholomäus informiert und mir Gemälde über sein Martyrium angesehen. Fast alle Maler zeigen den Henker mit nachdenklichem, nahezu ratlosem Gesichtsausdruck. Als wüssten sie nicht recht, wie die Aufgabe am besten zu bewerkstelligen sei.«

Costa dachte an das Bild in der Kirche. Um einem Menschen die Haut abzuziehen, bedurfte es mehr als nur Kraft und Entschlossenheit. Man benötigte auf jeden Fall ein bestimmtes anatomisches Grundwissen.

»Und wie ist es ihm gelungen?«, fragte Costa.

Teresa nahm das Messer, stand auf, stellte sich hinter Rossi und forderte ihn auf, die Arme zu heben.

»Ich nehme an, er trat hinter den Mann und vollführte einen kreisförmigen Schnitt rund um den Hals ...«

Rossi ließ die Arme sinken. »Er hat ihm die Kehle durchschnitten?«

»Nicht ganz«, entgegnete Teresa. »Denn noch durfte er nicht sterben. In allen Quellen über das Häuten von Menschen wird betont, wie wichtig es ist, dass das Opfer möglichst lange bei Bewusstsein bleibt. In manchen nordamerikanischen Kulturen galt es als hohe Kunst, die Haut großflächig und intakt abzulösen, um sie dem Opfer kurz vor seinem Tod zeigen zu können.«

»Und was geschah dann?«, erkundigte sich Costa.

»Es handelt sich um reine Spekulationen«, warnte Teresa. »Ich habe versucht, die genaue Abfolge der Ereignisse theoretisch genau nachzuvollziehen, doch das ist unmöglich. Ich schätze, er drehte den Mann irgendwie auf die Seite, fuhr mit dem Messer beiderseits der Wirbelsäule entlang und trennte vorsichtig die Haut vom Körper, bis dann der größte Teil des Rückens frei lag.«

Halblaut murmelnd standen die Gäste am Nebentisch auf und riefen nach der Kellnerin, um zu zahlen.

»Und er lebte noch immer?«, ächzte Rossi.

Sie zuckte mit den Schultern. »Wenn er Glück hatte, wurde er wegen der Schmerzen ohnmächtig. Aber später ist er vermutlich wieder zu sich gekommen. Danach waren die Lenden an der Reihe, die Beine und Arme. Alles sehr langsam und behutsam, bis er die Haut vorn auf der Brust zusammenschlagen konnte wie eine Decke.«

Schaudernd schob Rossi seinen Teller beiseite.

»Wie lange hat es gedauert?«, fragte Costa. »Insgesamt?«

»Eine Stunde, vielleicht mehr. Und man braucht nicht nur einen widerstandsfähigen Magen, sondern auch körperliche Kraft. Dieser Rinaldi befand sich in ausgesprochen schlechter Verfassung. Er ernährte sich miserabel, trank zu viel. Er hatte eine Leber wie eine französische Stopfgans. Ich weiß nicht, vielleicht liege ich falsch, aber ...«

Gespannt sahen Costa und Rossi sie an. Crazy Teresa war dabei, das zu äußern, was sie schon die ganze Zeit sagen wollte.

Sie beugte sich über den Tisch und dämpfte ihre Stimme. »Ein durchschnittlicher Chirurg wäre meiner Meinung nach für so etwas nicht kräftig genug. Aber vielleicht jemand, der in einem Schlachthof tätig war. Möglicherweise auch jemand, der im Krankenhaus bei Transplantationen zugesehen hat. Aber ein schwammiger Professor, der alles andere als fit war? Nie im Leben. Dafür fehlen mir zwar alle handfesten Beweise, aber ich glaube es nicht. Nicht für einen Moment. Tut mir Leid ... Ich weiß, ihr habt geglaubt, ihr könntet den Fall abschließen.«

Die beiden Männer blickten sich an.

»Aber jetzt, da ihr Crazy Teresa zugehört habt, könnt ihr vielleicht einiges davon in Betracht ziehen.«

Schockiert legte ihr Rossi eine Hand auf den Arm. »Wie kommst du darauf? Warum sagst du ›Crazy Teresa‹?«

Sie füllte ihr Weinglas. »Ich glaube, so werde ich von einigen genannt.«

»Was?«, empörte sich Rossi. »Sag mir sofort von wem! Nenn Namen!«

Costa schwieg und wünschte, er bräuchte nicht mehr zu fahren, wünschte, er könnte sich noch ein Glas Weißwein bestellen.

»Wir sind eine anständige Behörde«, fuhr Rossi fort. »Abfälliges Verhalten gegenüber Kollegen dulden wir nicht, oder?«

Nic Costa prostete dem Kollegen mit seinem leeren Glas zu.

»Lieb von dir«, lächelte Teresa. »Aber jetzt entschuldigt mich bitte für einen Moment. Ich habe etwas Dringendes zu erledigen.«

Sie sahen der hoch gewachsenen Gestalt nach, wie sie sich zwischen den Tischen hindurchdrängte und zu einer Tür im hinteren Bereich des Restaurants ging.

»Ich glaube, du hast die perfekte Partnerin gefunden, Onkel Luca«, stellte Costa fest. »Eine, die gleichzeitig trinken, rauchen und essen kann.«

Rossi war gekränkt. »Sie ist eine prachtvolle Frau, Nic. Also achte darauf, was du sagst. Und sie ist auch nicht verrückt.«

Nic Costa griff nach dem kleinen Messer und schnitt an dem rohen Schweinebauch herum. Die Haut ließ sich nicht lösen. Teresa Lupos Überlegungen hatten etwas für sich. Die Servierein näherte sich.

»Fertig, Signor?«, fragte sie Rossi. »Oder soll ich es einpacken, damit Sie es mitnehmen können? Immerhin steht es auf der Rechnung.«

Stumm sah Rossi zu, wie sie den Tisch abräumte. Als sie gegangen war, blickte er Costa an.

»Was hältst du davon?«

Der jüngere Polizist runzelte die Stirn. »Ich hoffe bei Gott, dass sie sich irrt.«

»Ja.« Rossi nickte. »Die ganze Arbeit wäre umsonst. Und Falcone wird uns ganz schön die Hölle heiß machen.«

»Das meine ich nicht.«

»Was dann?«

Die Veränderung in ihrer Beziehung zueinander schien dauerhaft zu sein. Aus irgendeinem Grund verließ sich der Hüne auf ihn und seine Inspirationen. Vielleicht war er trotz seiner weitaus größeren Erfahrung in diesem Fall absolut ratlos und überfordert.

»Wenn ein anderer der Täter war, fehlt uns jeder Hinweis auf seine Motive, Luca. Und wenn wir nicht wissen, warum er getötet hat, gibt es keinen Grund zur Annahme, dass er nicht wieder zuschlägt.«

Er schwieg kurz. Rossis Gesicht wurde lang und länger.

»Alles, was wir haben«, setzte Costa schließlich hinzu, »ist die Telefonnummer des Mannes im Vatikan.«

Teresa Lupo kehrte vom WC zurück und bestellte am Tresen lächelnd eine Grappa. Rossi hatte Recht. Sie war eine prachtvolle Frau. Intelligent und ganz und gar nicht verrückt. Und ihre Analyse war zutreffend. Das sagten Costa seine Instinkte.

Siebzehn

Als Jay Gallo zu sich kam, war es finstere Nacht. Er lag auf dem harten Sand und sah über sich die Lichter der in Fiumicino landenden Flugzeuge, hörte das Dröhnen ihrer Triebwerke. Es war das einzige Geräusch. Er wusste genau, wo er war: am Ufer des nach Chemikalien stinkenden Flussarms und meilenweit von jeder Zivilisation entfernt. Vor ihm lag ein langer, beschwerlicher Weg zur Straße und vermutlich ein noch längeres Warten darauf, dass ein Autofahrer hielt und ihn mitnahm. Gallo befand sich in einem jämmerlichen Zustand. Sein Mund war voller Blut. Sein Schädel fühlte sich an wie gespalten. Sein Nasenbein war zertrümmert, und sein Gesicht schmerzte wie die Hölle. Aber er lebte. Behutsam betastete er seinen Körper nach gebrochenen Gliedern. Er konnte nur mit einem Auge sehen, schmeckte das schale, faulige Flusswasser in seinem Mund.

»Mistkerl«, zischte Jay Gallo durch gebrochene Zähne und überlegte, wer von den zahllosen Menschen, die er im Laufe der Jahre in die Pfanne gehauen hatte, ihm diese Lektion erteilt haben könnte.

Nach und nach kehrten seine Sinne zurück. Sein Sehvermögen besserte sich so weit, dass er die Lichter der Küste bei Ostia erkennen konnte. Er hörte Möwen kreischen, das ferne Tuckern eines Motorbootes.

Und das Atmen eines Menschen. Hinter ihm.

»O Gott«, entfuhr es Gallo. Mühsam drehte er sich um.

Der Mann saß noch immer am Ufer und sah aus, als hätte er stundenlang geduldig gewartet. Die Sonnenbrille hatte er ebenso abgelegt wie den dunklen Sakko. Verständlich, dachte Gallo. Die Nacht war so drückend heiß, dass man kaum Luft bekam. Dann verfluchte er seine Naivität. Der Mann hatte seine Jacke ausgezogen, weil sie Teil seiner Verkleidung war, weil er im Beisein von anderen seine Identität nicht preisgeben wollte. Jetzt waren sie miteinander allein, und er brauchte sie nicht mehr.

Gallo betrachtete die Gestalt vor ihm genauer. Der Mann wirkte wesentlich jünger, als er zunächst angenommen hatte, vermutlich ungefähr so alt wie er. Er war kräftig gebaut und zeigte die Muskeln, die man bei regelmäßigem Training im Fitness-Center bekam. Sonderbarerweise lag auf seinen Zügen fast so etwas wie Mitleid, als würde etwas in ihm die Situation bedauern.

Es war ein Gesicht, das ihm irgendwie bekannt vorkam, was Gallo überraschte, aber auch irritierte.

»Wer zum Teufel sind Sie?«, ächzte er heiser.

Die sitzende Gestalt musterte ihn intensiv. Gallo ließ sich von dem Ausdruck von Mitgefühl nicht täuschen. »Nur ein kleines Schräubchen im Getriebe«, sagte der Mann. »Nur ein Rädchen im Mechanismus.«

»Wir sind uns schon einmal begegnet.« Sein Kopf schmerzte zu sehr, um klar denken zu können. Aber da war eine verschwommene, vage Erinnerung. Er hatte mit diesem Mann zu tun gehabt. Vielleicht ein Päckchen abgeholt. Oder eins geliefert.

»Falls ich Sie auf irgendeine Weise beleidigt haben sollte …« Er wollte den Mann besänftigen, obwohl er wusste, dass es sinnlos war. Dann kam ihm ein anderer Gedanke und wurde immer übermächtiger. Wenn der Mann ihn töten wollte, und einen anderen Grund für ihren Ausflug in diese unwirtliche Gegend konnte Gallo sich nicht vorstellen, warum wartete er dann noch? Warum hatte er stundenlang neben ihm im Sand gesessen und riskiert, dass er bemerkt wurde, nur um darauf zu warten, dass er zu sich kam? Wollte er etwas von ihm? Etwas, das Gallo ihm geben konnte, vielleicht zu seinem Vorteil?

»Können wir vielleicht verhandeln?«, fragte Gallo.

Der Mann wandte leicht den Kopf, und seine Züge wurden vom harten Mondlicht beschienen. Es war ein ausdrucksstarkes Gesicht, eins, das durch eine simple Veränderung des Lichts hässlich werden konnte. Er hatte dunkle, wache Augen, die im Mondschein funkelten, einen bleichen Teint und einen vollen, brutalen Mund. Er sah aus wie ein Glücksspieler auf einem Bild von Caravaggio, schoss es Gallo unwillkürlich durch den Kopf.

»Was gäbe es zu verhandeln?«

»Sagen Sie es mir.«

»Nichts.«

Zu Gallos Entsetzen stand der Mann auf.

Er versuchte sich hochzurappeln, aber sein Schädel tat zu weh, in seinem Kopf drehte sich alles.

»Etwas würde mich schon interessieren«, sagte Gallo, um Zeit zu gewinnen, um das offenbar Unvermeidliche hinauszuschieben. »Warum haben Sie so lange gewartet. *Warum*?«

Das merkwürdige Gesicht lag halb im Schatten, halb im Mondlicht. Es wirkte schockiert über die Frage. »Glauben Sie denn, ich töte Leute, die ohnmächtig sind?«

Verzweifelt hob Gallo die Arme, streckte beide Handflächen aus, um die dunkle Gestalt über ihm abzuwehren.

»Glauben Sie«, wiederholte der Mann, und seine Stimme wurde immer lauter, »ich lasse Sie in die Ewigkeit eingehen, ohne dass es Ihnen bewusst ist?«

»Tun Sie es nicht«, wimmerte Jay Gallo. »Ich mache alles, was Sie wollen.«

Die schwarze Gestalt nickte. »Ich weiß«, sagte er, nun wieder leiser.

Die blasse Scheibe des Mondes verfinsterte sich. Eine steinharte Faust kam aus der Dunkelheit und schlug zu. Vor Gallos

Augen verschwamm alles. Er schmeckte Blut, hörte Knochen splittern. Er spürte, dass er von zwei kräftigen Armen hochgehoben wurde.

Dann fast so etwas wie Erleichterung: Er fiel in kalte Nässe, in etwas, das nach Verwesung stank, ihn aber hellwach werden ließ.

Voller Ekel schluckte Jay Gallo fauliges Wasser und fragte sich, ob es ihm bald besser oder noch schlechter gehen würde. Dann sank sein Kopf unter dem unbarmherzigen Druck der Hände auf seinen Schultern unter Wasser, und seine Augen starrten in schwarze Leere.

Dann begann die giftige Brühe seine Lungen zu füllen, obwohl er sich erbittert gegen die Hände wehrte, obwohl er versuchte, Lippen und Nase fest zusammenzupressen.

Die Kälte des Flusses erfasste seinen Körper. Jay Gallo wehrte sich, solange es ihm möglich war, aber er musste atmen, auch wenn es hier keinen Sauerstoff, sondern nur Wasser gab. Als er befürchtete, seine Lungen würden bersten, hustete er einmal kurz und krampfhaft, spürte, wie die Kälte ihn besiegte, und rührte sich nicht mehr.

Achtzehn

Teresa Lupo saß gerade fünf Minuten wieder am Tisch, als Costa sich verabschiedete. Rossi hatte Recht behalten, es war sinnvoll gewesen, sich zu dritt zusammenzusetzen. Allerdings gab es auch einen unausgesprochenen Grund, wie Costa nicht entging. Rossi und die Frau begannen, einander näher zu kommen, als Costa mit ansehen wollte.

Er fuhr durch den dichten Feierabendverkehr, über helle Straßen ins relative Dunkel am Rand der Stadt. Es war ein sternenklarer, mondheller Abend. Selbst bei heruntergelassenen Fenstern war es im Innern des alten Fiat noch immer unangenehm schwül. Der Wagen umkurvte die beleuchtete Porta San Sebastiano und bog auf die Via Appia ein. Nach rund anderthalb Kilometern erreichte Nic Costa die schmale Straße, die zum Haus führte, und hielt wenig später unter den Weinranken der windschief an der Hausmauer lehnenden Pergola, die als Autounterstand diente. Er stieg aus und atmete den Geruch nach sommertrockenen Sträuchern und Thymian tief ein. Im Gras unter seinen Füßen zirpten Grillen. Mit lautlosen Flügelschlägen schossen Fledermäuse unter dem dunklen Abendhimmel dahin.

Das Haus war ein altes, allein stehendes Bauernhaus auf dem öden, unbebauten Gebiet zwischen der Via Appia Antica und der Via Appia Nuova, einer verkehrsreichen Ausfallstraße. Nic Costa dachte an das, was er vor dem Altar in der Kirche auf der Tiber-Insel gesagt hatte. Eine Familie ist eine eingeschworene Gemeinschaft, ein Bollwerk gegen den Wahnsinn der Welt. Ein Leben ohne Familie vermochte und wollte er sich nicht vorstellen. Er konnte nicht begreifen, wie jemand ohne einen Zufluchtsort wie diesem existieren konnte, einen sicheren, geschützten Hafen, in dem sich Freude und Hoffnung, Sorgen und Tragödien abwechselten, aber durch die Liebe und Zuneigung der Familienmitglieder zueinander leichter zu bewältigen waren.

Im Vorderzimmer brannte noch Licht. Marco Costa war in einem Sessel eingeschlafen. Zu einem Ball zusammengerollt lag Pepe, der lebhafte, kleine Terrier, den sein Vater so sehr liebte, neben seinen Füßen. Nic erinnerte sich, dass Pepe kurz nach dem Tod seiner Mutter als junger Welpe ins Haus gekommen war. Zunächst hatte er befremdet und ablehnend auf den Kauf reagiert, aber die Voraussicht seines Vaters bald eingesehen. Das Bedürfnis des Hundes nach Liebe und Zuwendung sowie seine spontane Dankbarkeit für beides machten die dunklen Monate erträglicher. Jetzt forderte das Alter von beiden seinen grausamen Tribut.

In der Küche hatte seine Schwester Giulia einen Zettel hinterlassen. Sie musste aus beruflichen Gründen eine Woche in Mailand verbringen. Ihr älter Bruder Marco Junior hatte aus Washington angerufen. Für ihn war es am härtesten. Sein Anwaltsberuf und die Arbeitsbedingungen in den Vereinigten Staaten ließen ihm wenig Zeit für Besuche zu Hause. Der langsame Prozess des Sterbens war schon schwer genug zu begreifen und zu begleiten, wenn man nur wenige Kilometer entfernt wohnte, von jenseits des Atlantik war es unmöglich. Aber während der kommenden Woche schien das Problem gelöst. Wann immer möglich, würde Nic seinen Vater besuchen. Bea, Marco Costas frühere Sekretärin aus seinen Anfangsjahren in der Politik und noch immer eine gute Freundin, würde ihn tagsüber versorgen und darüber hinaus immer dann, wenn Nic verhindert war. Giulia fiel es nicht leicht, nach Mailand zu fliegen, aber sie musste auch einmal kurz abschalten. Nic las die letzten Sätze ihrer Nachricht. Marco Costa hatte seine Tabletten nur mit Widerwillen und unter den üblichen Protesten genommen. Seine Stimmung unterlag heftigen Schwankungen. Die Ärzte sagten …

Bei den letzten Worten hatte ihre Hand gezittert, sie waren kaum zu lesen: *ein paar Wochen vielleicht noch, auf keinen Fall Monate.*

Nic schloss die Augen und hätte am liebsten laut geschrien. Sein Vater war einundsechzig Jahre alt, einen halben Kopf größer als er und war früher ein Schrank von einem Mann, der die bulligsten Gewerkschaftsbosse von Turin das Fürchten gelehrt hatte. Jetzt wirkte er wie ein hohler Schatten seiner selbst und wurde Tag um Tag von dieser heimtückischen Krankheit aufgezehrt. Es schien so unverdient und grausam zu sein – ganz gleich, was die Ärzte über die Gewohnheiten des alten Mannes auch sagten. In nur einem Jahr körperlich so zu verfallen, war für Marco Costa und die, die ihn liebten, eine furchtbare Veränderung. Dass die Mediziner die Krankheit für unheilbar erklärten, war etwas, womit sich sein Sohn nicht abfinden konnte.

Er hörte ein Geräusch aus der Küche. Bea kam mit zwei Weingläsern ins Zimmer. Sie war noch immer eine attraktive Frau mit kurzen, kastanienbraunen Haaren, blitzenden blauen Augen und, wenn nötig, einer scharfen Zunge. Wie immer trug sie farbenfrohe Kleidung, jetzt eine orangefarbene Seidenbluse zu cremefarbenen Hosen. Gold schimmerte an ihrem braun gebrannten Hals und um die schmalen Handgelenke. Sie war ein bisschen jünger als Marco Costa, Mitte fünfzig, und hatte nie geheiratet. Das erstaunte ihn immer wieder, und er erinnerte sich an Vorkommnisse in seiner Kindheit, die nahe legten, dass Bea für seinen Vater mehr als eine Freundin gewesen sein könnte. Jetzt, während seiner Krankheit, für ihn da zu sein, war eine Aufgabe, vor der sie sich nie drücken würde. Sie winkte ihn in die Küche, damit ihr Vater sie nicht hören konnte, falls er erwachte.

»Du brauchst nicht alles zu glauben, was du liest«, sagte sie im Hinblick auf Giulias Nachricht.

Er nahm ihr ein Weinglas ab, stellte es auf den Tisch und goss sich Wasser ein. »Bea, die Ärzte …«

»Sind nichts als eine Bande von Quacksalbern und Scharlatanen.«

»Aber …« Hilflos deutete er auf den Zettel.

»Nichts aber. Mein Vater hatte die gleiche Krankheit und eine ähnliche Energie. Natürlich wird sie ihn irgendwann umbringen. Aber eins will ich dir sagen, Nic. Ein Mann wie dein Vater stirbt erst, wenn er den Zeitpunkt für gekommen hält, wenn er keinen Anlass für sein Weiterleben mehr sieht.«

»Sicher.«

Offenbar kam seine Antwort zu schnell, denn sie musterte ihn streng. »Du glaubst wohl, ich mache mir etwas vor? Hör auf meine Worte. Wenn Marco nicht mehr leben will, können wir ihn morgen in einen Sarg betten. Aber wenn ihn etwas auf der Welt hält, und das ist im Moment der Fall, wird er mit uns zusammen Weihnachten feiern.«

Bea besaß eine winzige Wohnung in Trastevere, die sie eines Tages verkaufen würde, wie sie immer sagte, um in ihre Heimat Apulien zurückzukehren. In den letzten Monaten hatte Nic begriffen, wann das sein würde: nach Marco Costas Tod.

Er griff nach ihren Händen und drückte sie. »Ich kann dir gar nicht genug danken, Bea.«

»Dann lass es bleiben. Kümmere dich um ihn, Nic, sei ganz für ihn da. An diese Zeit wirst du dich immer erinnern. Es gibt Dinge, die jetzt ausgesprochen werden sollten, oder du wirst es dein ganzes Leben lang bereuen. Dinge, die vielleicht nicht nur gesagt, sondern auch getan werden müssen. Was weiß ich? Eine Frau kann die Beziehung zwischen einem Sohn und seinem Vater wohl nie ganz verstehen. Leider geht das den meisten von ihnen ähnlich.«

Sie griff nach ihrer Tasche und holte die Autoschlüssel heraus.

»Und damit beende ich meinen Vortrag. Morgen bin ich wie gewohnt wieder da.«

Nic Costa sah ihr nach, und Bilder aus der Vergangenheit stiegen in ihm auf. Damals war Bea hinreißend gewesen, eine strahlend schöne, berückende Persönlichkeit. Mit sieben oder acht Jahren hatte er sich glühend in sie verliebt. Sie trug wie früher dieses intensive Parfum, das in Nic tausend Erinnerungen weckte. Sie hatte noch immer ihre irgendwie exotische Aura, die sein Vater nie zu bemerken schien. Bea war ein Geheimnis. Nie hatte sie einen Mann erwähnt, schien auch keinen zu vermissen. Ihr Leben waren Marco Costa und die Sache, und nun starb der eine, und die andere war bereits tot.

Er ging in das Zimmer zurück, in dem Marco Costa schlief. Es war schon spät. Er beugte sich über seinen Vater, hob ihn vorsichtig hoch und bemerkte erschreckt, wie leicht er war.

Auf dem Weg zum Schlafzimmer veränderten sich die Atemzüge des alten Mannes. Langsam öffnete er die grauen Lider. Nic sah einen Anflug von Freude auf den vertrauten Zügen, die ausgezehrt und runzlig waren wie die eines Achtzigjährigen.

»Warum machst du nicht die Stadt unsicher und stellst den Frauen nach?«, fragte sein Vater mit einer Stimme, die lebenslangen Tabakkonsum verriet.

Nic trug ihn zum Bett und legte ihn behutsam auf das weiße, von Bea gebügelte Laken. »Das habe ich.«

»Unsinn.« Ein kaum wahrnehmbares Schmunzeln überzog sein Gesicht. »Man hat dir nachgestellt. Schließlich sehe ich fern, wie du weißt. Ich kenne den Laufstil meines Sohnes, selbst wenn er einen Frauenmantel trägt.«

Marco Costa war hinfällig und schwach, aber sein Verstand offensichtlich scharf wie immer.

»Haben sie es etwa auch mitbekommen?«, fragte Nic. »Die Reporter meine ich. Merkten sie, dass es nicht Sara Farnese war?«

»Nein. Vielleicht sollte ich anrufen und ihnen einen kleinen Tipp geben. Unter Umständen zahlen sie gut. Keine Ahnung, woher du diesen Hang zum Theatralischen hast. Von mir jedenfalls nicht.«

Nic wollte seinen Vater ausziehen, aber der schob sanft seine Hände fort.

»Lass das, das kann ich selbst. Ich bin kein Krüppel. Das muss ich Bea auch immer wieder sagen.«

»Nein, du bist kein Krüppel«, lächelte Nic. »Und das ist auch Bea klar.«

Sein Vater seufzte. »Bea weiß alles, Nic. Sie gehört jetzt zur Familie. Eigentlich schon immer, auch wenn ich so töricht war, es ihr nie zu sagen.«

»Ich denke, das ist ihr bewusst. Du behandelst sie schlecht genug.«

»Wenn ihr mich unbedingt verhätscheln wollt, kann ich euch doch nicht enttäuschen, sondern muss mich entsprechend verhalten.«

Er gab nie auf, ließ sich nie unterkriegen. Darin lag ein Teil seines Charmes, aber auch seines Problems. »Was dir hervorragend gelingt.«

Marco Costa wurde ernst. »Bea *gehört* zur Familie. Und wenn es so weit ist, möchte ich sie in meiner Nähe haben. Das sage ich jetzt schon, weil ich später vielleicht nicht mehr dazu komme.«

»Sie wird hier sein.« Nic spürte das vertraute Brennen hinter den Augen. Er wandte sich ab und ordnete ein paar Papiere auf dem Schreibtisch, um seine Gefühle zu verbergen.

Der Raum war das Arbeitszimmer der Familie gewesen, bis Marco Costas Krankheit und seine Unfähigkeit, Treppen zu steigen, es zu seinem Schlafzimmer machten. Die Einrichtung hatte sich seit Nics Kindheit nicht verändert. Noch immer gab es hier die aufrüttelnden, kommunistischen Plakate und Aufrufe, die Büste von Antonio Gramsci, dem Helden seines Vaters, und das Bild, auf dem seine Mutter bestanden hatte: Es zeigte den klassischen Kopf eines gut aussehenden Mannes, der sich mit entschlossenem Gesichtsausdruck umwendet, als wolle er einem unsichtbaren Feind die Stirn bieten. Viel von Nics Leben hatte sich hier abgespielt. Hier waren alle Costa-Kinder privat unterrichtet worden, da ihre Eltern den umfassenden Einfluss der katholischen Kirche auf öffentliche Schulen strikt ablehnten. Hier hatten die drei Geschwister gelernt, eine unausgesprochene Abneigung gegen die kompromisslose politische Einstellung ihrer Eltern entwickelt und Klassiker wie moderne Schriftsteller gelesen, Homer und Jack London. Und später Marcos wertvollsten Besitz, eine Erstausgabe von Gramscis *Lettere dal carcere*, die ein Jahrzehnt nach seinem Tod veröffentlicht worden war.

In diesem Raum war Anna Costa vor zehn Jahren gestorben, weil sie sich standhaft weigerte, ein Krankenhaus aufzusuchen. Nic Costa hatte sie gefunden, als er vom Laufen zurückkam, über den Schreibtisch gebeugt, als würde sie lesen. Vor ihr eine aufgeschlagene linke Zeitschrift. Ihre grauen Haare, die sie so lang trug wie in ihrer Jugend, waren auf die Seiten gefallen. Nic erinnerte sich genau an das schmerzhaft bittere Gefühl von Ungerechtigkeit, das er damals empfand. Vielleicht hatte ihn das sogar irgendwie und wider alle Logik bewogen, zur Polizei zu gehen. Es hatte ein Jahr gedauert, bis sein Vater sich endlich verzieh, nicht da gewesen zu sein. Er war in Mailand, um vor einer Konferenz eine Rede zu halten. Danach war nichts mehr wie zuvor. Marco Costas Karriere ging dem Ende entgegen, es wurde kalt in ihrem Leben. Die sonnige, unbeschwerte Zeit der Kindheit war vorüber, eine Kindheit, die Marco Costa zusammen mit seinen Kindern genossen hatte. Die wirkliche Welt rief, und sie war voller einsamer Erwachsener.

Marco Costa hob einen Arm und strich seinem Sohn lächelnd über die Wange.

»Konntest du zwischen Verkleidung und sportlicher Betätigung heute noch irgendwelche Leute schikanieren?«

»Nicht so viele, wie ich gehofft hatte. Aber morgen ist auch noch ein Tag.«

Sein Vater lachte. »Natürlich. Es gibt immer ein Morgen.«

Sie hatten darüber gesprochen, nur einmal, und weil sein Vater es so wollte. Denn Marco Costas Sterben war lästig wie ein Taxi, das eine halbe Stunde vor dem vereinbarten Termin erscheint und so lange hupt, bis der Fahrgast widerwillig vor die Tür tritt. Er empfand keine Angst vor dem Tod, aber mehr aus praktischen Erwägungen heraus denn aus Tapferkeit. Die meisten Menschen sterben nun einmal, bevor sie dazu bereit sind, erklärte er. Marco Costa hatte nicht alle seine Ziele erreicht, aber mehr als die meisten anderen. Und er hatte gute Kinder: Zwei Söhne und eine Tochter, die als Polizist, Anwalt und Malerin Betätigungen ausübten, die seinem eigenen Beruf so fern waren, dass er nichts anderes als Stolz empfinden konnte. Er sorgte sich nicht um die Lücke, die er hinterlassen würde. Er bedauerte nur, dass seine unerledigten Aufgaben nun Fremden zufallen würden, Leuten außerhalb der Familie Costa.

Sein Sohn empfand da anders. Obwohl er seit einem Jahr von Marco Costas Krankheit wusste, konnte er sich die Welt ohne seinen Vater einfach nicht vorstellen. Das war das einzige Geheimnis, das er dem alten Mann nicht anzuvertrauen wagte, und das machte alles noch schwerer erträglich.

Neunzehn

Das Telefon klingelte, nachdem er seinem Vater das Frühstück gebracht hatte: etwas Obst, frisch gepressten Orangensaft und diverse Tabletten. Marco Costa ließ ihn während des Gesprächs nicht aus den Augen.

»Mach dir keine Sorgen um mich«, sagte er, sobald Nic den Hörer aufgelegt hatte. »Bea muss gleich kommen. Ich bin nicht hilflos. Ich werde es überstehen.«

»Danke.«

»Worum geht es?«

Sein Vater erkundigte sich nie nach seiner Arbeit. Darüber bestand zwischen ihnen eine feste Absprache. Es verwunderte Nic Costa, dass sein Vater sie brach.

»Es hat sich ein neuer Mordfall ereignet.«

»Na und? Bist du der einzige Ermittler, den sie haben?«

»Natürlich nicht.« Er dachte nach. »Aber es scheint da einen Zusammenhang zu geben.« Er war auf dem besten Wege, seine ursprünglichen Thesen fallen zu lassen. Also sollte ihn diese neue Entwicklung eigentlich nicht überraschen. »Vielleicht haben wir aus den Ereignissen im Vatikan falsche Schlüsse gezogen. Möglicherweise …« Der alte Mann musterte ihn unverwandt. Marco Costa wusste, wenn etwas nicht stimmte. »… ist alles noch viel übler, als zunächst angenommen.«

»Erzähl mir Genaueres«, forderte sein Vater. »Wenn du willst. Nach deiner Rückkehr. Moment …« Er nahm ein Brötchen vom Tablett. »Iss das unterwegs. Von Obst allein kann kein Mensch leben. Nicht einmal du.«

Fünfzehn Minuten später parkte Nic Costa vor der kleinen, alten Kirche in der Nähe des Colosseum, an der schmalen Straße, die zum Lateranspalast führt, dem Sitz der Päpste im Mittelalter. Es war ein Stadtviertel, in dem sich Nic Costa immer ein wenig verloren vorkam. Das Colosseum war nur zwei Minuten entfernt. Im Norden rauschte der Verkehr über die belebte Via Labicana. Nach kurzem Fußweg würde er die leere Wohnung der Rinaldis an der Via Mecenate erreichen. Mächtige Wohnbauten aus dem 19. Jahrhundert überragten die kopfsteingepflasterten, engen Straßen der Umgebung. Es gab einen winzigen Markt, der vermutlich bereits auch schon vor tausend Jahren hier existierte. Es war eine ruhige Wohngegend, in die sich Touristen nur selten verirrten. Und in ihr unvermittelt ein verblüffender Anblick: Kirchen, Höfe und Plätze, die aus einer ganz anderen Stadt zu stammen schienen.

Sara Farnese würde sich hier umfassend auskennen, dessen war er sich sicher, könnte hier auf eine Mauer, dort auf eine Krypta verweisen und ihren Platz in der römischen Geschichte genau bestimmen. Nic Costa ging in das von ionischen Säulen umgebene Atrium von San Clemente, in dem geschäftiges Treiben herrschte. In der Mitte standen Reihen billiger Stühle vor einem niedrigen, hölzernen Podium. Der Boden war mit computergedruckten Programmen übersät. Am Abend zuvor hatte ein Amateur-Orchester Werke von Vivaldi und Corelli aufgeführt. Das machte die Entdeckung am heutigen Morgen umso merkwürdiger. Um Viertel nach acht hatte ein irischer Dominikaner namens Bernard Cromarty, ein Angehöriger des Ordens, in dessen Obhut die Kirche seit fast dreihundertfünfzig Jahren stand, die Türen geöffnet, um die Kapelle für die Morgenmesse vorzubreiten. Was er vorfand, ließ ihn laut schreiend wieder ins Freie rennen.

Nic Costa sah sich im Säulenhof um, betrachtete die Überreste des gestrigen Konzerts, holte tief Luft und betrat die

Kirche, ein eindrucksvolleres und älteres Gotteshaus als San Bartolomeo auf der Tiber-Insel, mit einer Innengestaltung von feierlicher Würde und mit prachtvollen Fresken. Gedämpft hallten Männerstimmen von den Wänden wider wie das Geflüster von Mönchen. Zwischen den beiden hohen Kanzeln in der Mitte des Kirchenschiffs stehend, wanderte Nics Blick am mittelalterlichen Chor vorbei zu einem schwach beleuchteten Altar. Dort beugten sich ein paar vertraute Gestalten über etwas, was er noch nicht erkennen konnte. Falcone stand hoch aufgerichtet. Er trug Designer-Jeans, deren Bügelfalten selbst aus der Ferne erkennbar waren, und ein schneeweißes Hemd. Es war Sonntag. Vermutlich hatte man ihn von irgendeinem gesellschaftlichen Ereignis fortgeholt. Seine Ehe war vor Jahren geschieden worden, und jetzt tuschelte man auf den Fluren der Questura, dass er nichts anbrennen ließ.

Das kühle, bärtige Gesicht zeigte nachdenkliche Konzentration. Costa trat neben Luca Rossi und an Falcones Seite. Unter dem Altartisch stand ein von Säulen umgebener, kleiner Sarg, doch auf den achtete jetzt niemand. Vor dem Sarg und inmitten flackernder Kerzen, die fast heruntergebrannt waren, lag ein nackter Mann auf der Seite. Seine Knie waren angezogen, seine Arme nach oben gestreckt und die Hände wie im Gebet aneinander gelegt. Seine Augen standen offen wie auch sein Mund. Das gab seinem Gesicht den Ausdruck stummen Erstaunens, als hätte ihn nachts etwas überrascht, etwas, das ihm das Leben genommen hatte.

Sein blondes Haar klebte feucht an seinem Schädel. Sein Gesicht zeigte Spuren von Misshandlungen: blau verfärbte Prellungen, ein geschwollenes Auge und etliche Wunden. Ein Tau schlang sich um seinen Hals, an dessen Ende ein kleiner, rostiger Anker befestigt war, der hinter seinem Rücken auf dem Mosaikfußboden lag.

Teresa Lupo beugte sich über den Toten, steckte ihm einen Finger in den Mund, zog ihn wieder heraus, schnupperte daran und rümpfte die Nase. Vorsichtig versuchte sie, einen Arm zu bewegen, doch es gelang ihr nicht.

»Und?«, fragte Falcone. Neben ihm stand ein Priester, ein Mann von siebzig Jahren oder mehr, mit weißer Haarmähne und grauen, melancholischen Augen. Er verfolgte die Vorgänge so bedrückt, als wäre die Kirche und alles in ihr sein persönliches Eigentum.

»Brackiges Wasser«, erklärte die Pathologin. »Mit einem nicht geringen Salzgehalt. Hätte er im Tiber gelegen, würde er nicht so riechen. Er muss woanders ums Leben gekommen sein, vielleicht im Mündungsgebiet eines Flusses. Wenn ich ihn gründlicher untersucht habe, kann ich Ihnen mehr sagen.«

Falcone blickte dem Toten ins Gesicht. »Wann?«

»Vor mehreren Stunden«, erwiderte sie. »Die Leichenstarre hat bereits eingesetzt. Vermutlich ist er in der Nacht oder am frühen Morgen hierher gebracht worden.«

Düster starrte Rossi die Leiche an. »Wie war das möglich, Pater? Ich denke, hier hat gestern Abend ein Konzert stattgefunden. Wie kann dann ein Toter hier so einfach abgelegt werden?«

»Es fand ein Konzert statt«, bestätigte der Priester, angetan von der unerwarteten Höflichkeit in Rossis Frage. »Es war bis auf den letzten Platz ausverkauft. Ich bin bis ein Uhr morgens geblieben, um beim Aufräumen zu helfen.«

»Haben Sie denn gar nichts bemerkt?«, wollte Falcone wissen.

Der Priester schüttelte den Kopf und sah ratlos zu Boden. Costa drehte sich um, blickte durch die offen stehenden Türen in den sonnenüberfluteten Säulenvorhof. An einer Mauer lehnte ein schwarzer Gegenstand. »Was ist das da? Hat etwa einer der Musiker sein Instrument vergessen?«

Rossi verließ die Kirche, ging zu dem Kasten und hob ihn auf die Arme, ohne den Griff zu berühren. So wie er das Ding trug, konnte es nicht viel wiegen. Er kehrte zurück und legte den Instrumentenkasten auf den Boden. Falcone ging in die

Knie, nahm eine kleine Feile aus einem ledernen Werkzeugbehälter und fuhr mit ihr vorsichtig am Rand des Deckels entlang, bis die Schlösser aufsprangen. Dann öffnete er den Kasten. Er war leer. Die klatschnasse Samtauskleidung verströmte einen scharfen, fauligen Geruch.

»Ich begreife es immer noch nicht«, rief Falcone. »Der Täter konnte doch kaum unbemerkt eine nackte Leiche hier abladen, während Sie hier aufräumten. Und danach wurde die Kirche doch sicher abgeschlossen?«

»Selbstverständlich«, sagte der Priester. »Schließlich befinden sich in ihr Wertgegenstände.«

»Kameras?«, erkundigte sich Costa hoffnungsvoll. Der Mann schüttelte den Kopf.

Teresa Lupo gab den Männern am Kirchenportal ein Zeichen, dass sie den Toten abtransportieren konnten. Räder quietschten laut und fast schmerzhaft über den Steinfußboden. Sie stellte sich neben Rossi und starrte in den leeren Basskasten.

»Nun?«, fragte sie.

»Was *nun*?«, knurrte Falcone gereizt.

»Will denn niemand von mir wissen, wie er gestorben ist?«

Die Männer sahen sich an. Lag das nicht auf der Hand?

»Der arme Kerl ist zusammengeschlagen worden, oder?«, bequemte sich Rossi.

»Sicher. Aber ich glaube nicht, dass das der Grund für seinen Tod war. Aber ich könnte mich irren. Nach der Autopsie weiß ich mehr.« Sie zog die Plastikhandschuhe aus, lächelte Rossi und Costa an. »Ihr seid wirklich beispiellos. Niemand sonst liefert mir so interessantes Material.«

»Was soll das heißen?«, knirschte Falcone.

»Er ist ertrunken«, sagte Teresa Lupo. »Oder besser: Er wurde ertränkt. In seichtem Wasser. Dafür spricht die Menge von Schlamm in seinem Mund, die es uns auch erleichtern sollte, den Ort seines Todes zu bestimmen. Jemand hat ihn ertränkt und hierher gebracht. Erst dann wurde ihm das Seil um den Hals geschlungen. Eine andere Reihenfolge schließe ich aus, weil der kleine Anker zum Runterziehen eines Menschen zu leicht und das Tau für die Wassertiefe, von der ich spreche, zu lang ist. Nein, das muss irgendeine symbolische Bedeutung haben. Um das Bild zu vervollständigen, das wir hier vor uns sehen.«

Costa sah den Priester an. Er bekreuzigte sich mit geschlossenen Augen und bewegte die Lippen im Gebet.

»Hochwürden?«, fragte er, als der Mann fertig war.

»Ja?«, erwiderte er mürrisch.

Nic Costa zeigte um sich. »Es gibt hier noch weitere Anker, wie ich bemerkt habe. Sie wurden in die Säulen geschnitzt, sind auf den Wandgemälden zu sehen. Was haben sie zu bedeuten?«

»Weiß es niemand von Ihnen?«, erkundigte sich der Priester. »Wirklich nicht?«

Falcone musterte ihn ungehalten. »Wenn Sie über Informationen verfügen, die uns weiterhelfen könnten, Pater …«

Der alte Mann schüttelte den Kopf. »Erstaunlich unwissend, muss ich schon sagen. Wir befinden uns in der Kirche des heiligen Clemens, des dritten Nachfolgers Petri.« Er deutete auf den Sarkophag unter dem Altartisch. »Dort ruhen seit fast zwei Jahrtausenden seine Gebeine. Der heilige Clemens erlitt das Martyrium, indem er mit einem Anker um den Hals im Meer versenkt wurde.«

Mit kaum beherrschtem Zorn starrte der Dominikaner die nackte Leiche auf dem Mosaikfußboden an. »Diese – verabscheuenswürdige Tat ist eine vorsätzliche Verunglimpfung seines Andenkens. Das Werk eines Wahnsinnigen.«

Wenn der Mord von einem Wahnsinnigen verübt wurde, dann von einem mit präzisen theologischen Kenntnissen, dachte Nic Costa. Und darüber hinaus hatte die Art der Präsentation bei aller Brutalität fast etwas Ehrfürchtiges.

»Haben Sie vielleicht eine Ahnung, wer der Tote sein könnte?«, fragte Falcone.

»Nicht die geringste«, knurrte der Priester. Luca Rossi zuckte mit den breiten Schultern. Die anderen Mitglieder des Ermittlungsteams blickten genauso ratlos.

Falcone funkelte Nic Costa finster an. »Wir kommen keinen Schritt weiter. Rufen Sie an. Fordern Sie sie auf, herzukommen. Notfalls unter Androhung von Zwangsmaßnahmen.«

»Wen?«

»Diese Sara Farnese. Ich will, dass sie sich das hier ansieht. Bevor irgendetwas verändert wird. Ich will wissen, ob sie ihn kennt. Ich will wissen, was sie – *denkt.*«

Nic Costa wollte protestieren und suchte nach überzeugenden Worten. Falcones Überlegungen waren nicht falsch. Auf jeden Fall musste Sara Farnese ein Foto des Toten gezeigt werden. Es gab erstaunliche Übereinstimmungen mit dem anderen Fall. Aber er konnte nicht erkennen, welchen Sinn es haben sollte, die arme Frau unbedingt an den schrecklichen Ort des Geschehens zu zitieren.

»Verzeihung, aber warum kann ich sie nicht einfach bitten, ins Leichenschauhaus zu kommen? Erreichen wir damit nicht das Gleiche?«

»Sie hörten, was ich gesagt habe.« Abrupt machte Falcone auf dem Absatz kehrt, marschierte ins sonnige Atrium und griff nach seinem Handy.

Dann war er verschwunden, und Costa bemerkte, dass sein Kollege Luca Rossi unbehaglich von einem Fuß auf den anderen trat.

»Wir haben es wohl gründlich vermasselt, was?«, murrte der bullige Polizist. »Wir sind dem Täter auf den Leim gegangen – genau wie er es wollte.«

Dabei hätten wir es durchaus besser wissen können, dachte Nic Costa. Der entscheidende Hinweis war schließlich da, im düsteren, vom Geruch nach Blut und Tod erfüllten Glockenturm auf der Tiber-Insel. *I met a man with seven wives …*

»Vermutlich.« Er konnte den Gedanken nicht abschütteln, dass Rossi von Anfang an damit gerechnet hatte.

»Weißt du was?« Rossi runzelte die Stirn. »Wir meinen, immer nur nach handfesten Fakten suchen zu müssen. Aber das ist nur ein Teil unseres Jobs. Der andere besteht darin, die Lügen zu erkennen und die Gründe, warum sie uns aufgetischt werden.«

»Ich brauche nicht mehr als eine halbe Stunde«, erklärte Costa. »Sag das Falcone.«

Er trat ins Freie, spürte, dass die Nachmittagssonne langsam ihre Kraft verlor, und überlegte, was er ihr sagen sollte.

Zwanzig

»Warum tun Sie das?«

Sara Farnese trug schwarze Leinenhosen und ein schwarzes T-Shirt. Sie wirkte jünger und sehr auf der Hut. Die Medien hatten offenbar noch keinen Wind von den Vorgängen in San Clemente bekommen, aber die Bettler waren da wie immer: Kosovo-Albaner und Afrikaner. Ohne nachzudenken, hatte Nic Costa einem jungen Schwarzen mit großen, verzweifelten Augen ein wenig Geld in die Hand gedrückt. Es schien Sara Farnese zu überraschen, dass sie nicht einfach an den Bettlern vorbeigingen, ohne sie zu beachten.

»Aus Gewohnheit«, erwiderte Costa. »Jeden Tag eine gute Tat, wenn möglich zwei. Für den Fall …«

»Für welchen Fall?«

»Dass – es etwas ändert, schätze ich.« Er hatte nie groß darüber nachgedacht. Es ging um vergleichsweise bescheidene Summen, und sie waren von klein auf daran gewöhnt. Für seinen Vater war es eine Sache der Überzeugung, ein weiterer Beweis für Nic, dass Marco Costas Kommunismus eine Art verkappter Religion war.

Vor dem Säulenvorhof der Kirche blieben sie stehen. »Sie brauchen es sich nicht anzutun, Sara. Wir können auch einen Termin im Leichenschauhaus vereinbaren. Möglicherweise ist es ohnehin reine Zeitverschwendung.«

Ihre grünen Augen sahen ihn forschend an. »Und warum musste ich dann herkommen?«

»Eine Idee meines Chefs«, sagte er, ohne zu zögern, denn er wollte nicht lügen. »Für ihn ist der Fall komplexer, als er sich darstellt. Er glaubt, dass wir längst nicht alles wissen, was wir wissen sollten.«

Sie verstand sofort, was er damit meinte, schwieg aber und spähte durch die Säulen ins Atrium von San Clemente.

»Ich habe hier gelegentlich Konzerte besucht. Sie auch?«

»Ich muss gestehen, dass mir Musik nicht sonderlich viel gibt.«

»Was mögen Sie dann?«

»Malerei. Ich laufe gern. Und versuche, mir gewisse Dinge zu erklären. Wie oft waren Sie schon hier?«

»Vielleicht drei- oder viermal.«

Costa nickte nachdenklich.

Sie seufzte gereizt. »Ist denn selbst das wichtig für Sie? Müssen Sie jede meiner Äußerungen auf die Goldwaage legen und nach irgendeinem verborgenen Inhalt untersuchen?«

»Keineswegs. Ich glaube nicht, dass bislang überhaupt jemand weiß, was hier eigentlich vorgeht. Aber es scheint irgendwie eine Verbindung zu geben, die zu Ihnen führt. Mit wem waren Sie hier, Sara? Das könnte vielleicht wichtig sein.«

»Also wirklich …«, murmelte sie und zeigte die Straße San Giovanni in Laterano hinauf. Ein kleiner Oberleitungsbus bewegte sich über das Kopfsteinpflaster hügelan, auf das Krankenhaus auf der Anhöhe zu. »Haben Sie von der Päpstin Johanna gehört?«

»Ich dachte, das wäre eine Sage.«

»Vielleicht. Einer Chronik zufolge soll sie während einer Prozession zum Lateran in einem Haus an der Straße dort ein Kind zur Welt gebracht haben. Als man erkannte, wer sie war, wurden sie und das Kind vom aufgebrachten Pöbel getötet. Sage oder nicht – bis zum sechzehnten Jahrhundert gab es in einem Haus in der Nähe das Bild einer Frau mit nackten Brüsten und einem Kind in den Armen. Dann wurde es auf Anordnung des Vatikan zerstört, wie auch ein Porträt von ihr in Siena.«

»Warum erzählen Sie mir das alles?«

Sie zuckte mit den Schultern. »Ich weiß nicht. Vielleicht glaubte ich, Sie würden verstehen, warum. Die Päpstin Johanna hat nie existiert. Ihre Geschichte ist ebenso unbewiesen wie die Schicksale einiger frühen Märtyrer, aber darauf kommt es nicht an. Es geht um den Glauben. Darum, dass etwas erfunden und doch wahr sein kann. In Johannas Fall besteht diese Wahrheit in einer Aussage über den Platz, der Frauen in dieser Welt zugewiesen wird. Dass wir entweder als Metzen oder Heilige betrachtet werden, als Jungfrauen oder Huren. Man kommt gar nicht auf den Gedanken, dass es Zwischentöne geben könnte. Dass wir vielleicht beides sind oder keins von beidem. Oder auch etwas ganz anderes.«

»Sie hören sich an wie mein Vater«, murmelte Nic Costa. »Verzeihung, ich wollte Ihnen nicht zu nahe treten. Ich bin nur ziemlich nervös und beunruhigt. Über das, was da drinnen ist, und was das alles zu bedeuten hat.«

»Zeigen Sie es mir«, sagte Sara Farnese. Sie betraten die Kirche und gingen auf die Gruppe um den Toten zu, der inzwischen mit einem Tuch bedeckt war.

Gespannt blickte Falcone ihr entgegen. Tabakgeruch umgab ihn. An seinem weißen Hemd klebte Asche. Sie hatte die Farbe seines grauen Bartes. Neben Luca Rossi standen ein paar Polizisten in Zivil, die Costa nicht kannte. Teresa Lupo hielt sich ein wenig abseits und beobachtete schweigend. Costa schätzte sie immer mehr. Sie war offen und aufrichtig. Und verfügte über ein Einfühlungsvermögen, das den Männern abging.

»Signorina Farnese ...« Mit ausgestreckter Hand kam Falcone auf sie zu. »Ich danke Ihnen für Ihr Kommen. Es wird nicht lange dauern.« Er nickte der Pathologin zu. »Bitte.«

Teresa beugte sich vor und zog langsam das Tuch vom Gesicht des Toten. Sara Farneses Hand fuhr an ihren Mund. Sie schloss die Augen, stöhnte unterdrückt auf und sank auf eine Kirchenbank. Costa sah Falcone an. Er schien die Szene zu genießen, als würde Sara Farneses Schock eine Information enthalten, die sich nur ihm erschloss. Auch Costa bemerkte den Hauch von Theatralik in ihrer Reaktion. Unwillkürlich fragte er sich, ob sie unter dem Tuch eine andere Leiche vermutet hatte. Ob ihr Entsetzen nicht in Wahrheit Erleichterung war.

Er ging in die kleine Sakristei, holte ein Glas Wasser, setzte sich neben sie und reichte es ihr. Dankbar trank sie einen Schluck. Falcone und die anderen ließen sie nicht aus den Augen.

»Tut mir Leid«, sagte Costa.

Sie öffnete die Augen und sah ihn an. Lag da so etwas wie Verbitterung in ihrem Blick?

»Weshalb entschuldigen Sie sich? Ich weiß, wer er ist. Haben Sie mich nicht deshalb hierher gebracht?«

Falcone trat einen Schritt näher. »So ist es. Seinen Namen bitte.«

»Jay Gallo. Er war Amerikaner und arbeitete als Fremdenführer.«

»Seine Anschrift?« Falcone bedeutete Costa, die Informationen aufzunehmen.

»Er wohnte irgendwo in der Via Trastevere. Die Nummer weiß ich nicht. Er hatte eine kleine, billige Wohnung über dem Supermarkt.«

»Sie kannten ihn?«, erkundigte sich Falcone. »Wie gut?«

Seufzend sah sie Costa an. Als hätte das irgendeine Bedeutung für die Ermittlungen. »Wir waren eine Zeitlang Kommilitonen an der Harvard University. Als er nach Rom kam, haben wir unsere Freundschaft erneuert.«

Falcone wartete vergebens, dass sie noch etwas hinzufügte. »Was heißt das genau?«, fragte er schließlich.

»Das heißt, dass wir vor etwa vier Monaten ein paar Wochen miteinander geschlafen haben«, entgegnete sie eisig. »Das wollten Sie doch wissen, oder?«

»Ich möchte alles erfahren, was für die Aufklärung wichtig sein könnte. Bis jetzt mussten vier Menschen sterben. Drei der

Toten waren Ihre Liebhaber. Wie passt dieser Jay Gallo ins Bild? Könnte er die anderen gekannt haben?«

Sara Farnese schien das für eine verständliche Frage zu halten. Sie überlegte. »Nein. Er hatte keine Verbindung zur Universität. Stefano ist ihm nie begegnet. Hugh kam erst viel später.«

»Aber vielleicht haben Sie ihn den anderen gegenüber erwähnt.«

Sie wirkte überrascht. »Aus welchem Grund? Welchen Anlass hätte ich dazu? Ich war mit Jay ein paar Wochen lang liiert, aber dann beschlossen wir, nur noch Freunde zu sein. Ich habe ihn seit Monaten nicht mehr gesehen. Er besaß einen gewissen Charme, war amüsant und anregend, hatte jedoch irgendwie den Halt verloren. Er trank zu viel. Er war für den Job, mit dem er sein Geld verdiente, bei weitem zu intelligent. Er unterforderte sich selbst, und das war ihm bewusst. Wie gesagt, er hatte durchaus Charme, aber auf die Dauer ist das nicht genug.«

Falcone blickte Costa triumphierend an, als wollte er sagen: Da sehen Sie, was für ein Früchtchen sie ist. Sobald sie eines ihrer Gespielen überdrüssig wird, schickt sie sie gnadenlos in die Wüste. Und jetzt schlägt einer von ihnen zurück.

»Womit haben wir es Ihrer Meinung nach hier zu tun, Signorina Farnese?«, fragte Falcone.

Sie wirkte verblüfft. »Ich habe keine Ahnung. Was soll die Frage?«

»Warum werden Ihre Ex-Liebhaber auf diese Weise umgebracht? Als wären es gewissermaßen Märtyrer?«

»Das kann ich nicht einmal vermuten. Für mich ist das ebenso rätselhaft wie für Sie.«

»Und doch müssen Sie den Täter kennen. Es handelt sich um jemanden, der sich mit Ihrem Privatleben ziemlich genau auskennt. Verstehen Sie, was ich meine?«

»Das kann jeder«, mischte sich Teresa Lupo unerschrocken ein. »Das ergibt sich aus der Art Ihrer Fragen. Ich würde vorschlagen, dass Sie ein paar Ermittlerinnen hinzuziehen. In meinen Ohren haben Ihre Fragen etwas Lüsternes.«

»Vielen Dank«, schnappte Falcone. »Sie können die Leiche jetzt fortbringen lassen, Doktor Lupo. Ihren Bericht erwarte ich so bald wie möglich auf meinem Schreibtisch.«

Seufzend rief die Pathologin nach ihrem Team. Räder quietschten. Schweigend sah Sara Farnese zu, wie der Tote auf die fahrbare Bahre gehoben und aus der Kirche geschoben wurde. Das Seil und den Anker hatte man entfernt. Sie lagen auf dem alten Mosaikfußboden.

»San Clemente«, sagte Sara plötzlich. »Warum bin ich nicht gleich darauf gekommen? War das Tau mit dem Anker um seinen Hals geschlungen, als man ihn fand?«

»Als wäre er ein Märtyrer«, sagte Costa und musterte sie scharf.

»Ich habe es Ihnen doch gesagt«, fauchte sie. »Die meisten dieser Legenden sind genau das – Legenden. In Clemens' Fall mit Sicherheit. Wenn der Täter Tertullian kennt, und davon bin ich überzeugt, müsste er das wissen. Tertullian hat ein Buch über Clemens Romanus verfasst, aber mit keinem Wort ein Martyrium erwähnt. Es handelt sich um ein Märchen, das erst im vierten Jahrhundert entstanden ist.«

Verständnislos sah Costa sie an. »Na und? Was macht es schon aus, ob er weiß, dass es sich um eine Erfindung handelt?«

»Das ist eine Frage der Glaubwürdigkeit«, mischte sich Falcone lächelnd ein. »Wir sehen uns diese Verbrechen an und halten sie für die Tat eines Menschen von wahnhafter Religiosität. In Wahrheit …«

»In Wahrheit haben Sie keine Ahnung«, unterbrach Teresa Lupo, die wieder in die Kirche zurückgekehrt war. »Der Himmel bewahre uns vor psychelnden Polizisten. Wir wissen doch wohl alle, dass sich jemand, der einen anderen Menschen häuten kann, nicht für billige Freud'sche Analysen eignet. Unser Täter kann sehr wohl zwei absolut widersprüchliche Vorstellungen in seinem Kopf haben, ohne dass die beiden miteinander in Konflikt geraten. Ich habe es Rossi und Costa gestern Abend schon gesagt und wiederhole es hier noch einmal. Bei dem Täter handelt es sich um jemanden, der kräftig und zu allem entschlossen ist. Um einen Mann, der über anatomische Kenntnisse verfügt oder in einem Schlachthaus gearbeitet hat. Versuchen Sie nicht zu ergründen, was in seinem Kopf vorgeht, weil er eine eigene Logik hat und Sie so verrückt sein müssten wie er, um die zu verstehen. Halten Sie sich an greifbare Beweise.«

Costa sah Sara Farnese durchdringend an. »Kennen Sie einen solchen Mann?«

»Nein.« Dankbar sah sie die langhaarige Frau im weißen Kittel an. »Wer immer er auch sein mag, er kennt Tertullian. Das haben Sie vergessen.«

»In der Tat«, räumte die Pathologin ein. »Sieht so aus, als hätte ich hier den leichtesten Job.« Sie drehte sich um und griff im Fortgehen in ihre Kitteltasche, suchte nach ihren Zigaretten.

»Wollen Sie sonst noch etwas von mir?«, fragte Sara Farnese, als Teresa Lupo und ihr Team die Kirche verlassen hatten.

Falcone dachte nach. »Die Namen und Adressen von allen, mit denen Sie seit Ihrer Ankunft in Rom eine Beziehung hatten.«

Sie schüttelte den Kopf. »Verzeihung, aber das lehne ich ab. Sie können nicht erwarten, dass ich mein gesamtes Intimleben preisgebe.«

Falcone rückte so nahe an sie heran, dass sich ihre Gesichter fast berührten. »Signorina Farnese«, begann er leise, »jeder, mit dem Sie geschlafen haben, ist verdächtig. Jeder, mit dem Sie ins Bett gegangen sind, ist ein mögliches Opfer. Wir brauchen ihre Namen. In ihrem Interesse wie in unserem. Das sehen Sie doch sicher ein, oder?«

»Einige von ihnen sind verheiratet. Das ist doch absurd. Wie würden Sie sich fühlen, wenn Sie einer von denen wären?«

Falcone hob die Brauen. »Vielleicht wäre ich glücklich, noch am Leben zu sein.«

Sie schwieg. Sanft berührte Costa ihren Arm und wunderte sich erneut über die sonderbaren Brüche, die es in ihrem Leben zu geben schien. »Es ist wichtig, Sara. Wir können dafür sorgen, dass Sie von Polizistinnen befragt werden. Alle Informationen bleiben absolut vertraulich.«

»Das glauben Sie doch selbst nicht. Bitte …«

Er konnte ihr nicht widersprechen. Natürlich würden die Identitäten letztlich bekannt werden. Er hatte zwar keine Ahnung, wie viele Namen Sara in ihrem Kopf hatte, aber er konnte den Männern keine Vertraulichkeit garantieren, sobald ihre Namen in der Questura Centrale aktenkundig waren. Das Medieninteresse war schon jetzt beträchtlich, und mit diskreten Tipps und Hinweisen war eine Menge Geld zu verdienen.

»Wir brauchen die Namen auch zu Ihrem Schutz«, erklärte Falcone energisch. »Der Täter weiß offensichtlich alles über Sie. Vielleicht will er Sie mit diesen Verbrechen beeindrucken. Vielleicht sind sie als Warnung gedacht. Aber über eins bin ich mir sicher. Irgendwann wird er begreifen, dass seine Taten nicht die erwünschte Wirkung haben. Und dann sind Sie sein nächstes Opfer. Die Ursache seiner Verzweiflung.«

Sie sah ihm direkt in die Augen. »Wer dieser Mann auch sein mag … Ich bin nicht die Ursache seiner Verzweiflung. Ich habe nichts damit zu tun.«

»Seiner Ansicht nach, hätte ich hinzufügen sollen«, räumte Falcone ein. Eine deutlichere Entschuldigung ließ sein Stolz nicht zu. »Wen kennen Sie eigentlich im Vatikan?«, fragte er beiläufig. Costa zuckte zusammen. Er hatte Falcone von seinen Überlegungen zu den Vorgängen in der Bibliothek berichtet, aber nicht geahnt, dass seine vagen Vermutungen so schnell zu direkten Fragen führen würden.

»Wie bitte?«

»Es ist bewiesen, dass Rinaldi mit jemandem im Vatikan telefoniert hat. Bestimmte Hinweise lassen uns vermuten, dass Rinaldi glaubte, überwacht zu werden, entweder elektronisch oder von jemandem im Raum. Durch Ihre Tätigkeit müssen Sie doch viele Leute kennen. Es ist wichtig, dass wir ihre Namen erfahren.«

»Ich unterhalte zu niemandem im Vatikan eine besondere Beziehung.« Ihr Gesicht war blass und kalt, eine Maske.

»Schade …« Falcone zuckte mit den Schultern. »Ich fürchte, es wird zu weiteren Verbrechen kommen. Ich kann keinen Grund erkennen, warum er aufhören sollte. Wir brauchen die Namen. Alle.« Fast beschwörend sah er ihr in die Augen. »Wir müssen alle Details Ihres Lebens erfahren.«

»Scheren Sie sich zum Teufel«, zischte sie.

Falcone lächelte. Es machte ihm Spaß, den Widerstand von Menschen zu brechen, dachte Costa. Er glaubte sich am Ziel. »Ich kann Sie zu Aussagen zwingen, Signorina Farnese. Sie unter Eid aussagen lassen. Sie in Schutzhaft nehmen.«

»Verzeihung«, mischte sich Costa ein und erntete prompt einen finsteren Blick von Falcone. »Das geht zu schnell. Vielleicht überlegt es sich Signorina Farnese, wenn wir ihr ein wenig mehr Zeit geben. Wenn wir eine Ermittlerin mit ihr sprechen lassen.«

»Wenn, wenn …«, knurrte Falcone.

Er zog Falcone beiseite, damit Sara Farnese ihn nicht hören konnte. »Bitte. Wenn Sie die Frau unter Druck setzen, wird sie gar nichts sagen. Lassen Sie mich irgendwo anders mit ihr sprechen. In einer Atmosphäre, in der sie noch einmal gründlich nachdenken kann.«

Falcones Miene erstarrte einen Moment lang. Dann nickte er. »Vielleicht braucht sie tatsächlich jemanden, dem sie vertrauen kann. Vielleicht …«

Er beobachtete Costa nachdenklich. »Mittlerweile sind draußen jede Menge Reporter. Gehen Sie mit ihr hinaus. Trinken Sie irgendwo einen Kaffee. Bringen Sie sie in etwa einer Stunde zurück. Aber durch die Hintertür.«

»In Ordnung.« Costa überlegte. Da war noch etwas, aber untypischerweise hütete sich Falcone, damit herauszurücken.

»Signor Falcone?«

»Sie haben Recht«, schmunzelte er. »Mir ist da so eine Idee gekommen. Dabei kommt es auf Ihr Schauspieltalent an,

Junge. Die Medientypen da draußen glauben, eine leichtfertige Frau im Visier zu haben. Bestärken wir sie ein bisschen darin. Gehen Sie draußen auf Tuchfühlung mit ihr. Erwecken Sie den Eindruck, als hätte sich zwischen Ihnen – etwas angebahnt.«

»Sie verlangen von mir, dass ich …«, begann Costa wütend.

»Dass Sie ein Signal aussenden«, fiel ihm Falcone ins Wort. »Ich möchte, dass dieser Wahnsinnige Sie sieht und für Sara Farneses neuesten Freund hält. Wir könnten noch Monate lang vergeblich nach ihm fahnden, wenn wir weitermachen wie bisher. Es wäre sehr viel einfacher, wenn er sich uns präsentieren würde. Oder genauer gesagt, Ihnen.«

»Wie bitte?«

»Keine Angst, Junge«, strahlte Falcone. »Wir werden Sie nicht aus den Augen lassen. Sie haben doch hoffentlich Vertrauen in Ihre Polizei, oder?«

Nic Costa würdigte ihn keiner Antwort und bat Sara Farnese mit einem Kopfnicken, ihm zur Tür zu folgen. Draußen waren die Medien in Mannschaftsstärke angerückt, drängte stoßend und rempelnd in den Säulenvorhof, von uniformierten Polizisten mühsam in Schach gehalten. Sobald sie ins Freie traten, begann das Gebrüll, aber die Fragen und Forderungen gingen im allgemeinen Stimmengewirr unter. Beschützend legte Nic Costa einen Arm um die junge Frau und bahnte sich mit ihr einen Weg durch die tobende Menge, vorbei an Dutzenden von Kameras und Mikrofonen.

Sara Farnese hielt den Kopf gesenkt. Nic Costa behielt sie fest im Arm, blickte in die Kameras, lächelte sogar zwei- oder dreimal, sah Sara Farnese hin und wieder fast zärtlich an, mit einer liebevollen Zuneigung, die er nicht einmal vorzutäuschen brauchte.

Er erinnerte sich an ihre Geschichte über die Päpstin Johanna und dass man sie nicht weit von hier in Stücke gerissen hatte, dass das alles vielleicht nicht stimmte, aber eigentlich auch gar nicht so wichtig war. Nic Costa bahnte sich seinen Weg durch die Meute, rücksichtslos wie früher bei einem entscheidenden Rugbyspiel, drückte Sara Farnese fest an sich, spürte ihren schlanken Körper und, nach einer Weile, einen Arm um seine Taille.

Als sie sein kleines Auto erreicht hatten, verschaffte er ihr und sich mit ein paar derben Ellbogenstößen genügend Platz zum Einsteigen und zerrte wenig später aufatmend die Wagentür hinter sich zu.

Er blickte in ihr blasses und furchtsames Gesicht und dachte an das Schauspiel, das er den Kameras geboten, an die Schnelligkeit, mit der er sich Falcones Forderungen gefügt hatte.

Verwirrt sah sie ihn an. »Was geschieht eigentlich, Nic? Was geht hier vor?«

»Ich weiß es nicht«, sagte er. »Aber keine Angst. Ich bringe es wieder in Ordnung. Irgendwie.«

Sara Farnese blickte zum Fenster hinaus in den heißen, drückenden Nachmittag. Costa betrachtete sie und hatte das Gefühl, in einem Meer von Lügen zu schwimmen.

Einundzwanzig

Gino Fosse wohnte in einem dreigeschossigen Turm, der ihm vorkam, als stamme er aus einem Märchenbuch. Er war aus honigfarbenen Ziegelsteinen errichtet und lag auf dem Caelius-Hügel an der alten, imperialen Straße Clivus Scauri. Gegenüber stand die Basilika Santi Giovanni e Paolo, zu deren Priestern er gehörte, auch wenn er seine meiste Zeit im zehn Minuten entfernten Krankenhaus San Giovanni verbrachte. Das ließ sich nicht ganz mit einer Arbeit im Vatikan vergleichen, aber die Kirche wusste, was sie tat.

Fosse fühlte die Verpflichtung, etwas über die Geschichte seiner Umgebung in Erfahrung zu bringen. Der Turm, in dem er seit einem Monat lebte, gehörte zur antiken Stadtmauer, die Kaiser Aurelian im dritten Jahrhundert bauen ließ und die sich noch immer, nahezu völlig erhalten, um das innere Stadtzentrum zog. Häufig folgte Fosse im Jogginganzug, um seinen Priesterstand zu kaschieren, dem Verlauf der Aurelianischen Mauer zur Porta San Sebastiano und lief dann weiter über die Via Appia.

Ursprünglich war der Turm ein kleiner römischer Verteidigungsposten, der im Mittelalter ausgebaut wurde, um den ständig wachsenden Klerus der großen und bedeutenden Basilika zu beherbergen. Obwohl den meisten Touristen kaum bekannt, war Santi Giovanni e Paolo für Fosse eine der interessantesten römischen Kirchen. Mit Ausnahme des romanischen Glockenturms, der nachmittags seinen Schatten in Fosses

Fenster im ersten Stock warf, wies das Äußere des Gotteshauses nur wenig Bemerkenswertes auf. Aber unter der Kirche ruhten Zeugnisse aus vielen Jahrhunderten und die Erinnerung an eine Geschichte, die Fosse nicht mehr losließ, seit er sie zum ersten Mal gehört hatte.

Die Legende von den Märtyrern Johannes und Paulus wurde jahrhundertelang von jenen als apokryph bezeichnet, die den Mut hatten, das offen auszusprechen. Sie betrifft zwei christliche Palastbeamte am Hof Kaiser Konstantins, die sich nach der Machtübernahme von Julian Apostata im Jahr 361 weigerten, den heidnischen Göttern zu opfern. Daraufhin wurden sie zusammen mit einer Bedienerin in ihrem Haus auf dem Caelius-Hügel enthauptet, auf dem später die Basilika entstand.

Der Legende zufolge wurde bereits im Jahr 389 eine erste Kirche gegründet. Jahrhunderte emsigen Bauens und Umbauens führten zu dem mächtigen Gotteshaus, das nun den Ausblick aus Fosses Turm beherrschte. Als Archäologen 1887 in der Kirche Ausgrabungen vornahmen, entdeckten sie unter den Fundamenten die Überreste eines gut erhaltenen römischen Hauses. Und drei christliche Grabstätten sowie eindeutige Hinweise darauf, dass sie bereits gegen Ende des vierten Jahrhunderts Gegenstand der Verehrung waren.

Gelegentlich führte Fosse privilegierte Besucher in die Räume unter der Kirche und zeigte ihnen die Wandgemälde. Das war stets eine erhebende Erfahrung, eine unausgesprochene Predigt über die Geheimnisse zwischen Himmel und Erde sowie die Unverlässlichkeit dessen, was die klugen Leute an den Universitäten »Fakten« nennen.

Seit dem 15. Jahrhundert diente der einstige römische Wachtturm den Dienern der Gemeinde Santi Giovanni e Paolo als bescheidene Unterkunft. Der erste Stock umfasste einen Wohnraum, ein Schlafzimmer und ein winziges Bad, während das Erdgeschoss als Speicher diente. Unter dem Dach gab es einen kleinen achteckigen Raum, den Fosse als sein persönliches Refugium betrachtete, der selbst jenen Besuchern unzugänglich blieb, die zu seinem Verdruss den Turm betreten durften.

Gegen Ende des 15. Jahrhunderts war er die letzte Wohnstätte des Komponisten di Cambio gewesen, von dessen Hand ein Chorwerk stammte, das der »wankelmütige« Papst Alexander VI. als »Klänge der himmlischen Heerscharen im Paradies« bezeichnet hatte. Dieser historisch verbürgte Vergleich – den Fosse verblüffend fand, als er das eintönige Werk hörte, das zu di Cambios Todestag in Santi Giovanni e Paolo aufgeführt wurde –, hatte dazu geführt, dass der Turm auf der Liste jener antiken Bauwerke stand, für die eine Besuchsgenehmigung im Vatikan eingeholt werden konnte. Demzufolge sah sich Fosse mehrmals wöchentlich gezwungen, das ignorante Geschnatter von Touristen über sich ergehen zu lassen, vornehmlich Amerikaner, die aus Begeisterung über die Räumlichkeiten förmlich außer sich gerieten. Dann starrten sie durch die vier schmalen, mittelalterlichen Fenster auf den Clivus Scauri und begannen verstohlen auf ihre Armbanduhren zu schauen.

Niemand kam auf den Gedanken, sich auch nur zu erkundigen, was sich im obersten Geschoss befand. Zutritt wäre ihnen ohnehin nicht gewährt worden. Fosse hatte durchgesetzt, dass dieser letzte Raum den Augen der Öffentlichkeit verschlossen blieb. Als Zugeständnis für das, was er als Exil betrachtete. Durch diese Abgeschiedenheit eignete sich der Turmraum hervorragend für die neuen und dringenden Aufgaben, die vor ihm standen.

Es war Sonntag und sieben Uhr morgens. Seine mehr als dreihundert Jazz-CDs lagen auf dem Fußboden des achteckigen Raums verstreut. Manchmal fiel es ihm nicht leicht, sich zu entscheiden. Schon bald musste er aufbrechen, um den Kranken und Sterbenden im Krankenhaus Trost zu spenden, um den Ärzten und Schwestern bei Operationen geistigen Beistand zu gewähren. Aber ebenso bald wäre er gezwungen, an andere Dinge zu denken, an die Namen, die er gesammelt hatte, und auf welche Weise ihre Träger ihr Leben verlieren sollten.

Während Gino Fosse »Giant Steps« von John Coltrane lauschte, verspürte er so etwas wie Verwunderung und Erstaunen. Die Fotografien an der Wand erinnerten ihn unablässig an seine Pflicht. Wie auch die Werkzeuge seines neuen Metiers: die Seile, die Betäubungsmittel und Gifte, die er aus dem Krankenhaus für den Fall entwendet hatte, dass seine eigenen, beträchtlichen Kräfte nicht ausreichten, die M9-Beretta Automatic, die er bei einem Besuch im Armee-Lazarett gestohlen hatte, und die Messer – große und kleine, breite und schmale, alle so haarfein geschliffen, dass sie alles durchschnitten, was sich ihnen in den Weg stellte.

Während des Vormittags hatte das Krankenhaus Anspruch auf seine Dienste. Aber von Mittag an war er frei, und es gab viel zu tun.

Zweiundzwanzig

Das Bild in der Öffentlichkeit zählte. Das war Alicia Vaccarini zwei Monate nach ihrer Wahl zur Parlamentsabgeordneten für die Lega Nord in Bologna klar. So lange hatte es gedauert, bis ein Lokalblättchen die Wahrheit über sie herausfand: Dass es sich bei der früheren Universitätsdozentin um eine Lesbe mit zahllosen Gespielinnen handelte, von denen einige nur zu bereit waren, gegen ein paar Scheine den Mund aufzumachen. Die Lega Nord vertrat strikte moralische Auffasssungen. Sie duldete keine »anomalen Neigungen«. Innerhalb weniger Wochen wurde Alicia Vaccarini von der gefeierten Wahlsiegerin zu einer Verfemten in ihrer eigenen Partei.

»Warum haben Sie mich nicht gefragt?«, klagte sie verbittert, als der Wahlkampforganisator in ihr Büro marschiert kam, um ihr mitzuteilen, dass sie nach dem Ende ihrer dreijährigen Amtszeit nicht wieder aufgestellt werden würde.

Der Mann hatte sie nur kühl gemustert. »Warum haben Sie nichts gesagt?«

Jetzt hatte sie nur noch ein Jahr vor sich, dann drohten ihr Arbeitslosigkeit, das Absinken in die Bedeutungslosigkeit, vielleicht sogar Armut, und das im Alter von achtundvierzig Jahren. Aber Alicia war eine kluge Frau, Professorin für Wirtschaftskunde, eine Kennerin des Systems. Sie wusste, wie man Zuschüsse aus Brüssel bekommt. Sie war geduldig genug, in Ausschüssen zu sitzen und auf den richtigen Moment zum Eingreifen zu warten. Emsig um die Sicherung ihrer Zukunft bemüht, hatte sie einer Vielfalt kommunaler und juristischer Körperschaften angehört, sogar einer Vorbereitungskommission für den Zusammenschluss der Carabinieri mit der staatlichen Polizei. Dabei waren Kompromisse erforderlich, besonders dann, wenn sie feststellte, dass ihre Entscheidungen den Interessen einflussreicher Leute zuwiderliefen, die sich andere Ergebnisse wünschten. Dann und wann kam es zu Vereinbarungen, die bei strenger Auslegung der Gesetze illegal genannt werden mussten. Doch das, sagte sie sich, war nun einmal der Preis politischer Durchsetzbarkeit. Auch wenn die Lega Nord mittlerweile nicht mehr viel von ihr hielt, ihre Wähler in Bologna hatten ihr ein Mandat erteilt, es war ihre Pflicht, ihnen und ihrer eigenen Karriere zu dienen. Was sich nicht unbedingt widersprach. Alicia Vaccarini hatte äußerste Vorsicht walten lassen. Bei keiner der aktuellen Ermittlungen in Sachen Korruption kam man ihr auch nur nahe, und es stand nicht zu befürchten, dass das jemals der Fall sein könnte. Bei all ihren Interventionen hatte sie stets darauf geachtet, dass ihr der Lohn diskret zuteil wurde: Eine kleine Gefälligkeit, ein wertvolles Geschenk oder eine Zahlung auf ein Auslandskonto. Sie hatte neue Freundschaften geknüpft und pflegte sie, Leute, die sich ihr nie genähert hätten, wäre sie weiterhin ein Hätschelkind der Lega Nord geblieben. Leute von der politischen Rechten wie der Linken, in den Führungsetagen von Polizei und Sicherheitsdiensten. Sogar im Vatikan. Die Welt war voller Leute, die gelegentlich Hilfe brauchten und bereit waren, sich dafür erkenntlich zu zeigen. Es entsprach vernünftigem Pragmatismus, diese sichtbaren Mängel der Fassade der Gesellschaft zu erkennen und zum eigenen Vorteil zu nutzen.

Dennoch drohte jetzt die Erwerbslosigkeit. Sie hatte auf eine Position in Brüssel gehofft, möglicherweise sogar einen kleinen Kommissarsposten. Aber danach sah es nicht aus, und ihre PR-Berater glaubten den Grund zu wissen. Es lag an ihrem Image. Für die Öffentlichkeit war sie weiterhin die Lesbierin aus Bologna, die sich ins Parlament geschwindelt hatte.

Ihre wache Intelligenz ließ sich nicht bestreiten, sie kannte sich im System aus. In vielerlei Hinsicht war sie eine hart arbeitende und einsatzfreudige italienische Politikerin. Aber ihre sexuellen Neigungen und die Tatsache, dass sie diese zum persönlichen Vorteil verschwiegen hatte, prägten ihr Bild in der Öffentlichkeit. Ohne eine positive Presse würden sich ihre Träume von einer Fortsetzung ihrer politischen Karriere nicht erfüllen.

Diese Erkenntnis war der Grund, der einzige, aus dem Alicia Vaccarini jetzt im Martinelli saß, dem Restaurant um die Ecke vom Parlament, das unter der Woche von Abgeordneten, Journalisten und Lobbyisten frequentiert wurde.

»Ich wusste gar nicht, dass hier auch sonntags geöffnet ist«, sagte sie und zündete sich eine Zigarette an.

Der Journalist hatte erklärt, er arbeite für das *Time Magazine.* Jetzt, da sie ihm gegenübersaß, fragte sich Alicia Vaccarini, ob es nicht besser gewesen wäre, das nachzuprüfen. Es liefen alle möglichen Witzbolde herum. Leute mit versteckten Mikrofonen, die einen zu den blödsinnigsten Kommentaren verlockten, um sie dann beim Fernsehen und Rundfunksendern zu verhökern. Nun gut, das war eine Nachlässigkeit, aber vermutlich keine Besorgnis erregende. Die Täuscher und Trickser behaupteten meistens, von kleineren Regionalblättern zu kommen, nicht von den großen römischen und mailändischen Zeitungen, wo man ihre falsche Identität leicht überprüfen konnte. Die Behauptung einer *Time*-Zugehörigkeit war mit Sicherheit zu kühn, um etwas anderes als zutreffend zu sein. Sie schätzte den Mann auf etwa dreißig. Er trug ein blassrosa Hemd zu blauen Hosen und hatte ein gut aussehendes, wenn auch irgendwie ausdrucksloses Gesicht mit dunklen Augen und einem leicht nervösen Lächeln. Nur etwas an ihm war auffällig: Er schien für seine Kleidung zu kräftig zu sein. Seine Muskeln zeichneten sich deutlich unter den Hemdsärmeln ab, und er hielt sich steif aufrecht. Er sah aus wie jemand, der sich regelmäßig einem Konditionstraining unterwarf, um seinem von der Anlage her schmächtigen Körper zu athletischer Stärke zu verhelfen. Und ein sonderbarer Geruch ging von ihm aus. Wie nach Krankenhaus, nach Einreibemitteln und Tinkturen.

»Normalerweise ist sonntags auch geschlossen«, antwortete er mit kultivierter Stimme. »Sie sehen die Macht der amerikanischen Presse.«

Lachend sah sie sich um. Außer ihnen war nur noch ein Tisch in einiger Entfernung besetzt. »Ich bin geneigt, das zu glauben.«

»Ich ging davon aus, dass Sie eine gewisse Ungestörtheit bevorzugen«, sagte er.

»Wie kommen Sie darauf?«, fragte sie. »Ich habe es Ihnen schon am Telefon gesagt. Wenn Sie auf eine Lesbenbeichte aus sind, wenn Sie glauben, ich würde meine Gefühle und Neigungen preisgeben, dann muss ich Sie enttäuschen. Dieser Aspekt meines Lebens ist erschöpfend recherchiert, und dabei würde ich es gern belassen.«

Er hob sein Weinglas. »Ich auch.«

Sie trank auch einen Schluck Rotwein. Er schmeckte nicht schlecht. Alicia Vaccarini erkannte, dass ihr nach ein paar Gläsern Wein war. Sie hatte sonst nichts weiter zu tun. Es war zu heiß, um klar denken zu können. Das Parlament befand sich in den Ferien. Die Privatangelegenheit, die sie in die Stadt geführt hatte, war abgeschlossen. Sie konnte es sich leisten, faul zu sein.

»Ich möchte mich nur ein wenig mit Ihnen unterhalten. Um etwas über Sie zu erfahren. Über die wahre Alicia Vaccarini. Über Ihre Vorstellungen, Ihre Ziele. Wie Sie Ihr Leben gestalten wollen, wenn Ihre Zeit als Parlamentarierin zu Ende ist.«

»Und das interessiert die Leser des *Time Magazine*?«, erkundigte sie sich überrascht.

Er runzelte die Stirn und goss ihnen Wein aus der Karaffe nach. Der Kellner erschien und stellte zwei Teller mit Pasta auf den Tisch. »Da haben Sie mich, Signora Vaccarini. Ich bin ein Schwindler. Allerdings nur bis zu einem bestimmten Punkt.

Meine Redaktion plant eine Veröffentlichung darüber, dass Homosexualität in Europa kein öffentliches Ärgernis mehr ist. Und dafür brauchen wir Beispiele und Hintergründe. Beispielsweise interessiert mich die Frage, wie Ihr Leben als Heterosexuelle verlaufen wäre? Sähe Ihr Alltag als Politikerin anders aus, wenn Sie geheiratet und Kinder bekommen hätten?«

»Verstehe.«

Der Mann holte einen kleinen Kassettenrecorder hervor und stellte ihn auf den Tisch. Dann beugte er sich vor und legte seine Hand auf ihre. Eine ziemlich kräftige Hand, wie Alicia Vaccarini fand.

»Leute wie wir müssen zusammenhalten, Alicia.«

Sie machte große Augen. »Sie sind homo?«

»Haben Sie das denn nicht auf Anhieb gemerkt?«

»Nein. Oder vielleicht doch.« Alicia Vaccarini fühlte sich verwirrt. Er schien ein Mensch zu sein, der andere leicht aus der Fassung brachte. Möglicherweise war er tatsächlich schwul, aber leicht fiel ihr diese Vorstellung nicht, und sie fragte sich, ob es sich nicht um einen Trick handelte. Ob er nicht vielmehr eine Art Chamäleon war, das sein Erscheinungsbild nach Belieben wechselte.

Er schaltete den Recorder ein, und sie beobachtete, wie sich das Band drehte.

»Erzählen Sie ein wenig von sich. Das, was Sie für wichtig halten. Über Ihren Werdegang, Ihre Werte, Ihre Überzeugungen. Und Ihre Konfession.«

»Meine Konfession?«

»Jeder Mensch glaubt an irgendetwas, Alicia. Auch wenn wir das unterschiedlich benennen. Wie ich weiß, kommen Sie aus einer katholischen Familie. Irgendwann einmal müssen Sie doch geglaubt haben.«

Sie nickte. Der Wein half ihr beim Erinnern. Es hatte eine Zeit gegeben, in der sie an die alten Geschichten fest glaubte, in der sie sich von ihnen in den einsamen, dunklen Nächten der Kindheit getröstet und beschützt fühlte.

»Bestimmt. Aber dann wird man älter.«

»Und klüger?«

»Das habe ich nicht gesagt.«

»Dann wird man noch älter und findet mitunter zum Glauben zurück.« Er legte eine kleine Pause ein. »Meinen Sie, bei Ihnen könnte das auch der Fall sein?«

»Wer weiß?« Sie spürte, dass ihr der Wein in den Kopf stieg. Sie empfand Sympathie für diesen sonderbaren jungen Mann, der wahrscheinlich nicht homosexuell, aber sehr geschickt darin war, das Gespräch nach seinen Vorstellungen zu steuern.

»Zweifel ist der Weisheit Anfang, sagte schon Descartes«, stellte er fest, als ihr Essen serviert wurde: gegrillte Lammkoteletts mit Artischocken. »Es ist besser zu glauben als zu wissen.«

Alicia Vaccarini lachte. »Was Sie nicht sagen. Aber hören Sie, sind Sie wirklich Journalist?«

»Was sollte ich denn sonst sein?«

»Ein Priester, denke ich. Ja, ich kann Sie mir durchaus in Schwarz vorstellen. Bei der Abnahme der Beichte.«

Er hörte auf zu essen und dachte nach. »Vielleicht könnte ich Priester sein. Aber nicht heute und nicht jetzt. Und ich möchte keine Beichte hören, Alicia. Das hat immer etwas Weinerliches.« Er sah sie direkt an. »Und Lippenbekenntnisse bringen einen nicht weiter. Das kann nur die Wahrheit.«

»Nur die Wahrheit macht frei!« Sie beschloss, sich einen kleinen Rausch anzutrinken. Ihr war danach.

»So ist es.« Plötzlich wirkte er sehr ernst. »Aber nun reden Sie, bitte. Über sich selbst. Über Ihre Wünsche für die Zukunft.«

Neuer Wein wurde gebracht. Zum Dessert gab es Zabaglione und Grappa, aber Alicia Vaccarini hatte das Gefühl, dass sie mehr trank als er. Sie begann zu reden, offenherziger als zu irgendeinem Menschen in letzter Zeit, ohne jede Rücksicht auf den Kassettenrecorder. Der junge Mann mit seinem aufmerksamen, sonderbar priesterlichen Gebaren war ein angenehmer Zuhörer, der hin und wieder kritische Anmerkungen machte, ihr jedoch auch zustimmte, wenn er es für angebracht hielt.

Die Stunden vergingen wie im Flug. Als er zahlte, war es fast vier Uhr. Alicia Vaccarini fühlte sich leicht und beschwingt, wie von einer unsichtbaren Last befreit.

Sie traten vor die Tür. Die drückende Hitze des Tages begann nachzulassen, doch weit und breit war kein Mensch zu sehen. Alicia verspürte nicht die geringste Lust, in ihr enges, kleines Apartment an der Via Cavour zurückzukehren.

Der Mann zeigte auf eine kleine Gasse neben dem Restaurant.

»Es ist ein so schöner Nachmittag, Alicia. Dort steht mein Wagen. Wie ist es, wollen wir nicht zum Fluss fahren und einen kleinen Spaziergang machen? Irgendwo einen Kaffee trinken oder ein Eis essen? Was halten Sie davon? Bitte, tun Sie mir doch den Gefallen.«

Sie nickte und folgte ihm in die schummerige kleine Straße. Unvermittelt wurde es kühl, irgendwie klamm. Schließlich entdeckte sie ihn neben seinem Auto, einem Van mit Fenstern in der Rückfront. Ohne zu lächeln, blickte er ihr entgegen.

Sie lief auf ihn zu und fragte sich, was die Veränderung bewirkt hatte, warum er sie so eigentümlich ansah. Voller Verachtung.

Der Fremde steckte eine Hand in die Tasche und holte einen kleinen Plastikbeutel mit irgendeinem weißen Stoff hervor. Da war wieder dieser Geruch nach Krankenhaus, nach Arzneimitteln.

Sie wollte flüchten, war aber zu unsicher auf den Beinen. Sie wollte schreien, aber wer hätte sie gehört?

Das weiße Tuch wurde auf ihr Gesicht gedrückt, und sie rang verzweifelt nach Atem. Einfältig fragte sich Alicia Vaccarini, warum die Luft jeden Sauerstoff verloren hatte. Schwärze bahnte sich ihren Weg mit einem dröhnenden Rauschen in ihren Kopf, und ihr Bewusstsein schwand.

Als sie wieder zu sich kam, befand sie sich in einem kleinen, hell erleuchteten, fast runden Raum, an einen Stuhl gefesselt und umgeben von Fotos und Gemälden, einige davon so absonderlich, dass sie kaum wagte, sie anzublicken. Hinter ihr spielte harte, rhythmische Musik. Jemand summte die komplexe Tonfolge Note für Note mit.

In ihrem Mund steckte ein Knebel. Die Hände waren auf ihrem Rücken zusammengebunden, ihre Fußknöchel mit Stricken an die Stuhlbeine gefesselt.

Sie versuchte zu sprechen, aber nur ein unverständliches Grunzen kam über ihre Lippen. Der Mann trat vor sie. In seiner rechten Hand hielt er ein langes Fleischermesser. In seiner linken einen Wetzstahl, mit dem er behände die Messerklinge schärfte.

»Oh, Sie sind wach«, sagte er und nickte zufrieden. »Gut. Wir haben viel zu besprechen und noch mehr zu tun.«

Dreiundzwanzig

Finster starrte Falcone auf die drei Namen in Costas Bericht. Er hatte ein sechsköpfiges Team für die Ermittlungen zusammengestellt, ausnahmslos Männer. Sie saßen im Besprechungsraum, rauchten und tranken Kaffee. Ächzend bemühte sich die Klimaanlage, der Hitze Herr zu werden. Die Atmosphäre war gespannt, denn sie wussten, dass sie kaum etwas in der Hand hatten.

»Ist das alles?«, wollte Falcone von Costa wissen.

»Mit wie vielen haben Sie denn gerechnet?« Falcone musste einsehen, dass Druck nicht alles war. Es gibt andere Möglichkeiten, ans Ziel zu gelangen, dachte Costa. Unter Umständen sehr viel wirksamere.

»Keine Ahnung«, knurrte Falcone. »Hat sie die Wahrheit gesagt? Was meinen Sie?«

Nic Costa überlegte. »Ich glaube nicht, dass sie lügt.« Sara Farnese hatte Namen und Adressen der Männer nur zögernd genannt und kurz den Verlauf ihrer Beziehung geschildert. Zwei von ihnen waren verheiratet. Sie hatte alle im Zusammenhang mit ihrer Tätigkeit kennen gelernt, als gäbe es für sie kein Privatleben. Keine Affäre hatte mehr als ein paar Wochen gedauert. Aber am erstaunlichsten fand Costa, dass sie das überhaupt nicht zu verwundern schien, als hielte sie ein derart leeres und auf den Beruf fixiertes Leben für absolut normal.

»Das habe ich nicht gefragt«, rügte Falcone.

»Ich weiß. Ich wollte damit nur zum Ausdruck bringen, dass diese Männer als Täter vermutlich nicht in Frage kommen. Wir haben mit ihnen gesprochen. Sie bestätigten ihre Beziehung zu Sara Farnese. Auch die verheirateten. Alle haben Alibis für die Stunden, die der Täter auf der Tiber-Insel verbracht haben muss. Ich behaupte nicht, dass sie grundsätzlich als Tatverdächtige ausfallen, aber auf mich machen sie eher den Eindruck von Opfern. Was ihre schnelle Bereitschaft zu bestätigen scheint, sich von uns bewachen zu lassen.«

Mit gerunzelter Stirn sah Falcone Rossi an. »Und Sie? Was sagen Sie dazu? Ihr junger Kollege redet ja neuerdings wie ein Buch.«

»Ich stimme mit ihm überein«, brummte Luca Rossi. »In allen Punkten.«

Wieder blickte Falcone auf die Namen. »Ein Richter. Ein Bürokrat aus dem Finanzministerium. Und der letzte hier? Da fehlt die Berufsangabe.«

»Toni Ferrari?« Nic Costa zog seine Notizen zu Rate. »Ein Schmalspur-Börsenmakler. Ein mieser kleiner Bursche. Glauben Sie mir, er wäre zu so etwas gar nicht fähig. Hat sich fast in die Hosen gemacht, als wir ihn warnten, er könnte der Nächste sein.«

Falcone verzog das Gesicht. »Warum ausgerechnet diese Männer? Was haben sie gemein?«

»Sie haben sich mit ihr verabredet.« Costa zuckte mit den Schultern. »Und sie hat Ja gesagt.«

»Bestehen Kontakte zu Denney? Das hier sind genau die Leute, mit denen er für gewöhnlich Umgang pflegt.«

»Darüber konnten wir nichts in Erfahrung bringen«, antwortete Costa. »Mit Sicherheit bestanden keine engen Beziehungen wie im Fall Rinaldi. Nach unseren Erkenntnissen gibt es auch weder Verbindungen zur Banca Lombardia, noch gehörten sie irgendwelchen Untersuchungsgremien an.«

»Das ist alles? Sie lernt die Männer kennen, schläft kurze Zeit mit ihnen, und dann trennt man sich wieder?«

Rossi hob die Hand. »Auf Initiative der Männer. Das hat jeder betont, mit dem ich gesprochen habe. Irgendwann verloren sie die Lust. Sie tauchte nicht zu Verabredungen auf. Sie lächelte und redete die ganze Zeit. Sie schlief zwar mit ihnen, und ich hatte den Eindruck, dass das sogar recht gut lief. Aber offenbar fehlte etwas. Einer von ihnen hat gesagt … Moment.«

Er blätterte in seinen Notizen. »Der Typ aus dem Finanzministerium meinte, nach einer gewissen Zeit wäre es ihm vorgekommen, als träfe er sich mit einer Frau, die er über eine Kontaktagentur kennen gelernt hatte. Genauso unpersönlich. Auf die Dauer ist das selbst einem Mann zu wenig.«

»Könnte das eine Erklärung sein?«, warf Falcone in den Raum. »Dass unsere Universitätsprofessorin nebenbei als Edelnutte tätig ist?«

Nic Costa stöhnte unterdrückt auf. »Warum sollte sie so etwas tun? Ihre Wohnung hat sie mit dem Geld bezahlt, das sie mit einundzwanzig von ihren Eltern erbte. Sie hat keine finanziellen Sorgen. Also warum? Weil es ihr Spaß macht?«

»Auszuschließen ist es nicht«, wandte Luca Rossi ein. »Woher willst du wissen, was in ihrem Kopf vorgeht?«

Costa schwieg.

»Dennoch möchte ich, dass das überprüft wird. Es muss Leute geben, die darüber Bescheid wissen. Und was ist mit One-Night-Stands?«, fragte Falcone. »Hat sie darüber etwas gesagt?«

Diesen Punkt hatte Costa nicht vertieft. Sie wollte sich dazu nicht äußern und er nichts darüber hören. »Kein Wort. Ich glaube aber nicht, dass es dazu gekommen ist.«

»Fassen wir zusammen«, äußerte Falcone. »Wir haben es mit einer Frau zu tun, die einen eher lockeren Lebenswandel führt. Einer attraktiven Frau, mit der man sich gern sehen lässt. Dann verlieren die Männer die Lust oder bekommen es mit der Angst zu tun und ziehen sich zurück. Nur einer nicht. Er bleibt in sie vernarrt und will das Ende ihrer Affäre nicht akzeptieren, oder zumindest alles dafür tun, dass sie ihn nicht vergisst. Notfalls sogar töten. Und das auf eine Weise, die ihre Ex-Freunde wie Märtyrer aussehen lässt. Aber …«

»Sie hat nicht Schluss gemacht«, erinnerte Rossi. »Die Männer haben sich von ihr getrennt. Hat sie das nicht gesagt?«

»Ja«, bestätigte Costa.

Falcone schleuderte Costas Bericht quer über den Schreibtisch. »Dann lügt sie. Sie muss lügen. Alle diese Männer, zumindest die, von denen wir wissen, wollen nichts mehr mit ihr zu tun haben. Da muss noch mehr sein. Was hat sich in ihrer Wohnung ergeben?«

Verdutzt sah Costa ihn an. »In ihrer Wohnung?«

»Nichts, um darüber in Begeisterungsstürme auszubrechen«, antwortete Furillo, einer der Polizisten, die Falcone in die Kirche San Clemente begleitet hatten.

»Sie haben Sara Farneses Wohnung durchsuchen lassen? Während ich mit ihr zusammen war? Warum?«

Düster sah Falcone ihn an. »Wir haben es hier mit einem Serienmörder zu tun, Junge. Für höfliche Rücksichtnahme fehlt uns die Zeit.«

»Wenn Sie Signorina Farnese gefragt hätten …«

»Wäre sie möglicherweise nicht einverstanden gewesen. Und wir hätten eine Durchsuchungsgenehmigung beantragen müssen. Das dauert, wie Sie wissen. In zwei Tagen haben vier Menschen ihr Leben verloren. Vielleicht schlägt er in dieser Minute irgendwo erneut zu.«

Costa konnte Falcone nicht widersprechen.

»In einer Schublade der Wohnung haben wir übrigens ein Handy gefunden«, schob Furillo nach. »Ihr normales Telefon kann es nicht sein. Wir haben ihre Nummer angerufen, aber das Ding klingelte nicht und machte ganz den Eindruck, als wäre es mit einem Code gesichert. Die Techniker konnten ihn nicht knacken. Es gibt auch keinen Nummernspeicher, sodass wir nicht wissen, wen sie angerufen hat oder von wem sie angerufen wurde. Nicht schlecht, wenn man seine Gespräche geheim halten will.«

Rossi blieb gelassen. »Ein Handy in einer Schublade? Vielleicht ist es alt und sie hat es weggelegt, weil sie inzwischen ein neues besitzt.«

»Es ist aufgeladen«, erläuterte Furillo. »Ein Aufkleber auf der Rückseite besagt, dass es in Monaco gekauft wurde. Warum versteckt man ein Handy aus Monaco in der Nachttischschublade?«

Falcone zog eine Grimasse. »Das ist alles? Mehr nicht?«

»Nein.«

Falcone musterte sie schweigend, wartete auf Vorschläge. Aber niemand war bereit, sein Spiel mitzuspielen. Wenn Sara Farnese etwas vor ihnen verbarg, konnten sie es kaum aus ihr herausprügeln.

»Ich nehme sie in Schutzhaft«, verkündete Falcone schließlich. »Bringe sie irgendwo in einer sicheren Wohnung unter. Nicht allzu komfortabel. Ich will nicht, dass sie sich zu wohl fühlt.«

»Damit werden Sie nichts erreichen«, wandte Costa ein.

»Warum nicht?«

»Weil …« Costa wusste die Antwort. Sie lag auf der Hand. Auch Falcone kannte sie. »Weil sie uns nur erzählen wird, was sie für richtig hält. Sie wird nicht zusammenbrechen, nur weil wir den Druck erhöhen. Dafür ist sie zu diszipliniert.«

»Er hat Recht«, stimmte Luca Rossi zu. »Ich habe die Frau beobachtet, seit ich ihr in der Bibliothek erstmals begegnet bin. Sie behält alles für sich und gibt es erst preis, wenn sie es für angebracht hält. Je schwerer wir ihr das Leben machen, desto unbeugsamer wird sie.«

»Und was schlagen Sie vor?«, wollte Falcone wissen. »In ihre Wohnung kann sie nicht zurück. Die wird von den Medien belagert. Und sie ist gefährdet, ob uns das nun gefällt oder nicht.«

Costa dachte an seinen Vater und daran, dass dessen gelassene Ruhe wahrscheinlich das war, was jetzt am dringendsten gebraucht wurde. Das Haus an der Via Appia verfügte über genügend Platz. Es lag abgelegen. Es wäre einfach perfekt.

»Sie wollen den Täter doch auf mich hetzen, stimmt's?«

»Die ersten Fernsehaufnahmen waren nicht berauschend«, beklagte Falcone. »Vielleicht gibt es in einem anderen Sender bessere Bilder. Sie hätten sie aber auch ein bisschen enger an sich ziehen, es eindeutiger machen können.«

»Wie auch immer. Ich möchte Ihnen einen Vorschlag machen, bei dem wir zwei Fliegen mit einer Klappe schlagen können. Lassen Sie Sara Farnese für eine Zeit lang bei meinem Vater wohnen. Ich könnte mich auch dort aufhalten. Wenn er sie verfolgt, wird er das bald herausfinden. Gibt es eine größere Chance, ihn herauszufordern? Ihn zur Unvorsichtigkeit zu verleiten?«

»Sie reden vom Roten Marco, oder? Dem Kommunisten mit dem großen Landgut vor den Toren der Stadt.«

»Das er größtenteils mit seinen eigenen Händen wieder aufgebaut hat, wenn Sie es genau wissen wollen …« Costa konnte die absurden Behauptungen in der Presse nicht unwidersprochen lassen, die Falcone da unbedacht von sich gab.

Falcone lächelte. Es stimmte niemanden im Raum fröhlicher. »Oh, das hört sich nicht schlecht an. Wir könnten es den Medien stecken. Ihn praktisch auf Ihre Fährte setzen. Es ist noch nicht zu spät für die Abendnachrichten. Sind Haus und Grundstück gut zu überwachen? Meine Instinkt sagt mir, dass wir bei diesem Wahnsinnigen nur eine Chance haben, und die möchte ich nutzen.«

Nic Costa dachte an das von baufälligen Zäunen umgebene Gelände. Es war nicht ideal, aber machbar. »Wir werden jede Menge Leute brauchen.«

»Auch das noch«, nörgelte Falcone. »Ich hoffe nur, der Aufwand lohnt sich.«

Sie warteten auf die Entscheidung.

»Also gut. Machen Sie es«, sagte Falcone. »Erzählen Sie dieser Signorina Farnese, dass Sie sie einladen, vorübergehend im

Haus Ihres Vaters zu wohnen. Wenn Sie Recht haben, braucht sie einen Menschen ihres Vertrauens, dem sie vielleicht endlich irgendetwas erzählt. Sorgen Sie dafür, dass Sie das sind.«

Costa nickte.

»Und Furillo?«

Der Ermittler sah ihn an.

»Nutzen Sie die Zeit, und nehmen Sie sich die Wohnung noch einmal vor. Gründlich, bis Sie etwas gefunden haben. An die Arbeit!«

Die sieben Männer standen auf. Als Costa und Rossi den Raum verlassen wollten, hielt Falcone sie zurück. »Kommen Sie beide doch noch auf einen Sprung in mein Zimmer. Da gibt es noch etwas.«

Als sie über den Flur zu Falcones kleinem, penibel aufgeräumtem Büro liefen, fragte sich Costa, wie er Sara Farnese seinen Vorschlag schmackhaft machen sollte. Falcone schloss die Tür hinter ihnen und ging zu seinem Schreibtisch. Er zog eine Schublade auf und entnahm ihr eine Videokassette.

»Die kam heute früh, Costa. Zu Ihren Händen. Ich habe mir erlaubt, das Päckchen zu öffnen. Um Ihnen Unannehmlichkeiten zu ersparen.«

Costa betrachtete die Kassette. Sie trug weder ein Etikett noch irgendeinen Hinweis darauf, von wem sie kam. Falcone streckte sie ihm entgegen und deutete auf den VCR in der Ecke. Dann sahen sie sich das Band an: Es lief drei Minuten, aber jede einzelne Sekunde war so packend, dass Costa keinen Blick vom Videorecorder wenden konnte. Als es endete, sah er Luca Rossi an. Der Mann war kalkweiß.

Das Band enthielt mehrere zusammengeschnittene Szenen, von mindestens vier verschiedenen Kameras aufgenommen, und sie zeigten Stefano Rinaldis Aufenthalt in der Vatikanischen Bibliothek, von dem Moment, in dem er sie betrat, bis zu seinem Tod. Sara Farneses Annahme war zweifellos richtig. Er hatte sie nicht töten wollen, sondern richtete die Pistole in seiner Hand auf seinen eigenen Kopf. Rinaldi hatte eindeutig vor, auf Anordnung eines anderen Selbstmord zu begehen, irgendeines Unbekannten, der ihn über das Überwachungssystem im Auge behielt und seine Frau im Austausch gegen sein Leben – vielleicht – verschonen würde. In jeder Szene suchten seine dunklen, verzweifelten Augen die Kamera. Und einmal, beim Hereinkommen, nickte er ihr sogar zu.

»Nun?«, fragte Falcone. »Was sagt uns das?«

»Dass er niemanden im Lesesaal überzeugen wollte, sondern jemanden an den Aufnahmegeräten«, entgegnete Costa sofort. »Ständig vergewisserte er sich der Kameraposition. Aber als er mit Sara flüsterte, wandte er ihr absichtlich den Rücken zu.«

»Genau. Also glaubte er – berechtigt oder unberechtigt –, dass jemand mit Zugang zum Überwachungssystem wissen würde, ob er das Richtige tat oder nicht. Und?«

In Costas Kopf drehte sich alles. Er konnte nicht klar denken, und Rossi war auch keine große Hilfe. Entsetzt starrte ihn der massige Hüne an.

»Sagen Sie es ihm«, schnauzte Falcone Rossi an.

»O Gott, Junge«, ächzte Rossi. »Denk doch nach. Du hast an Orten herumgestöbert, die uns nichts angehen. Jemand im Vatikan weiß etwas. Und jemand im Vatikan scheint dich zu mögen. Jedenfalls genug, um dir dieses Band zu schicken. Handelt es sich dabei um dieselbe Person? Oder sind es zwei Leute mit unterschiedlichen Interessen? Was hast du getan, nachdem wir uns gestern getrennt haben?«

»Ich war in der Bibliothek, um noch einmal mit Hanrahan zu sprechen«, gab Costa zu. »Und warum auch nicht? Schließlich war er Zeuge der Ereignisse.«

»Sie werden Hanrahan mir überlassen«, befahl Falcone. »Ich rede mit dem Mann, wenn ich es für nötig halte. Zu meinen Bedingungen. Also keine heimlichen, nicht abgesprochenen Besuche mehr. Verstanden?«

Costa nickte und fragte sich, warum Falcone noch vor seinem Eingeständnis so sicher gewirkt hatte, dass er noch einmal in den Vatikan zurückgekehrt war, um ein paar Worte mit Hanrahan zu wechseln.

Falcone kam auf Costa zu und legte ihm eine Hand auf den Arm. Es war eine unerwartete, fast vertrauliche Geste. »Immer schön eins nach dem anderen, Nic«, sagte er. »Kümmern Sie sich um die Frau. Reden Sie mit ihr. Sorgen Sie dafür, dass sie Ihnen vertraut. Geben Sie ihr das Gefühl, ihr Freund zu sein. Sie muss jemanden im Vatikan kennen. Verstanden?«

»Ja«, murmelte Nic, aber Falcone nahm es gar nicht zur Kenntnis. Er hatte einen Nachrichtenkanal eingeschaltet und blickte wie gebannt auf den Bildschirm. Er zeigte Costa und Sara Farnese beim Verlassen von San Clemente diesen Morgen, während der Sprecher seine Story abspulte. Die Kamera konzentrierte sich auf Sara Farnese und wollte unbedingt ihr Gesicht einfangen, obwohl sie den Kopf gesenkt hielt und der zudringlichen Meute zu entkommen suchte. Dann richtete sich die Kamera schwankend auf Costa. Beim besten Willen konnte er sich an diesen Moment nicht erinnern. Er hatte seinen Arm zärtlich um sie gelegt. Sie schmiegte sich an ihn. Sie sahen aus wie ein Liebespaar.

Für etwa eine Sekunde, die seinem Gedächtnis entfallen war, lächelte er in die Kamera. Aber es war nicht sein Lächeln, sondern das eines Schauspielers und eins, das an seiner Bedeutung wenig Zweifel ließ. Wissend, besitzergreifend. Diese verzweifelte Frau gehört mir, besagte es, und ich kann mit ihr tun, was ich will.

Costa betrachtete sich auf dem Bildschirm und verabscheute, was er da sah. Er fragte sich, was sie davon halten würde und wie er sich bei ihr angemessen entschuldigen konnte.

»Na bitte«, dröhnte Falcone triumphierend. »Das ist doch gar nicht schlecht. Das kann endlich etwas Bewegung in die Sache bringen.«

Vierundzwanzig

Er hatte ihr ein Stück Brot gegeben, ein wenig Wasser und ihr erlaubt, die Toilette aufzusuchen, wenn auch unter seiner Überwachung. Wobei er ihr ein wenig zu intensiv zuschaute, wie sie fand. Dann hatte er sie zurückgeführt, den Stuhl mit dem Fuß quer durch den Raum bis zu einem Stützbalken geschoben, und ihre Arme fest an die Lehne gefesselt. Ihre Hände blieben während der ganzen Zeit zusammengebunden, und ein Strick um ihre Knöchel verhinderte jeden möglichen Fluchtversuch. Daran wäre ohnehin nicht zu denken gewesen. Sie befanden sich in einem sonderbar altertümlichen Raum, einer achteckigen Kammer irgendwo unter dem Dach, die mit allem möglichen Kram angefüllt war: Büchern, Videokassetten, CDs, Kleidung. An den Wänden hingen Fotos, darunter etliche von einer Frau, die sie zu erkennen glaubte.

Die Bilder flößten Alicia Vaccarini Angst ein. Sie weigerte sich, sie genauer zu betrachten.

In einer Ecke führte eine schmale Wendeltreppe in das darunter liegende Stockwerk, aus dem Gebäude und in die Freiheit. Sobald er ihr den Knebel aus dem Mund genommen hatte, begann sie zu schreien, rief immer wieder gellend um Hilfe, bis ihre Lungen schmerzten. Er beobachtete sie, weder amüsiert noch verärgert, und wartete darauf, dass ihre Wut verebbte. Als sie nicht mehr schreien konnte, keine Luft mehr in den Lungen hatte, schüttelte er den Kopf. »Es kann Sie niemand hören, Alicia.«

Da riss sie erneut den Mund auf und schrie, bis ihre Stimme nicht mehr war als ein heiseres Krächzen. Er achtete kaum auf sie, sondern schien irgendwo hinter ihr einen Film im Fernsehen zu verfolgen. Sie erkannte ihn an der Musik: *Das 1. Evangelium – Matthäus* von Pasolini. Das Spiritual »Sometimes I Feel Like a Motherless Child« untermalte die Ankunft der Heiligen Drei Könige. Die Szene schien ihn tief zu berühren, und sie überlegte, wie sie das zu ihrem Vorteil nutzen konnte. Um möglicherweise lebend aus diesem Turm zu entkommen.

Dann schaltete er auf einen anderen Sender um, der ein Fußballspiel übertrug. Es war ein bewusster Entschluss. Er bedeutete, dass etwas getan werden musste.

Gino Fosse griff nach einem Holzhocker, stellte ihn vor ihr auf, setzte sich und umfasste ihr Gesicht mit beiden Händen.

»Sie hielten mich für einen Priester, Alicia.«

Sie war zu verängstigt, um etwas zu sagen, zu verwirrt, um seine Absichten zu erkennen.

»Nun?«, bohrte er nach.

Er schien zu warten. Vielleicht würde ihr Schweigen ihn nur zornig machen.

»Diesen Eindruck hatte ich«, murmelte sie. »Eine kurze Zeit.«

»Dann beichten Sie«, sagte er. »Gestehen Sie alles.«

»Was wollen Sie wissen?«

»Die Wahrheit.«

Er war wahnsinnig, daran konnte kein Zweifel bestehen. Aber sein Verhalten schien einer abstrusen Logik zu folgen. Wenn sie hinter die kam, gab es vielleicht Hoffnung auf ihr Überleben.

»Ich habe gesündigt, Pater«, begann sie.

»*Nennen Sie mich nicht Pater!*« Gino Fosses Gebrüll hallte von den Wänden des kleinen, achteckigen Raums wider. Sein Gesicht war wutverzerrt. Stumm wartete Alicia Vaccarini darauf, dass er sich wieder in den Griff bekam.

»Tut mir Leid«, sagte sie leise.

»Keine Ursache. Mein Zorn richtete sich nicht gegen Sie. Reden Sie endlich, Alicia. Gestehen Sie.«

Tränen brannten in ihren Augen. Verzweifelt zermarterte sie sich den Kopf, welche Äußerung ihn befriedigen könnte.

»Ich habe unnatürliche Handlungen begangen.«

»Gewiss«, sagte er. »Und sie werden Ihnen vergeben werden. Aber das sind lässliche Sünden.«

Was meint er nur, fragte sie sich. Niemand ist frei von Lastern, von Schuld. Jeder hat irgendein Geheimnis, das er für sich behalten will. »Helfen Sie mir. Bitte.«

Er nickte, verstand sofort, was sie meinte. »Vor vier Monaten gehörten Sie einem Ausschuss an, bei dem es um die Gewährung diplomatischer Immunität für bestimmte Leute ging. Erinnern Sie sich?«

»Ja.«

»Dabei wurden Beschlüsse getroffen. Basierte Ihre Entscheidung auf streng sachlichen Erwägungen oder wurde Ihre Stimme gekauft?«

»Denney.« Ihr wurde ganz kalt.

»Keine Namen!«

»Mir war nicht bekannt, dass die anderen anders stimmen würden. Ich dachte … Mir wurde zu verstehen gegeben, dass sie ähnliche Vergünstigungen erhielten. Um entsprechend zu entscheiden.«

Seine dunklen Augen musterten sie verächtlich. »Richter und Abgeordnete, Anwälte und *Staatsdiener* …« Das letzte Wort spuckte er förmlich aus, weißer Geifer trat auf seine Lippen. Ein tief sitzender, innerer Hass brach sich vehement in Gino Fosse Bahn, und in diesem Moment erkannte Alicia Vaccarini, dass es keine Hoffnung gab. Er würde sein Vorhaben durchführen, weil er sich fest dazu entschlossen hatte. Der Rest war Show, eine Beruhigung seines Gewissens.

»Ich habe mein Versprechen gehalten«, sagte sie. »Für das Verhalten anderer bin ich nicht verantwortlich.«

»Es gab eine Belohnung, Alicia. Für Sie und die anderen. Worin bestand die?«

»In Geld. Aber fragen Sie mich nicht nach der Höhe. Ich kann mich nicht erinnern. Viel war es nicht, glaube ich.«

»Und weiter?«

Er wusste Bescheid. Er musste sich irgendwo informiert haben. Das überraschte Alicia Vaccarini. Sie hatte fest auf Diskretion vertraut. Sie dachte an die Fotos an den Wänden. Vielleicht ...

»Mir wurde ein privates Vergnügen gewährt.«

Seine Brauen hoben sich. »Ein privates Vergnügen? Etwas genauer bitte.«

»Man schickte mir eine Frau. Für eine Liebesnacht. Sie hatte nichts dagegen. Aber was geht Sie das an?«

Seine Hand schoss hoch und schlug ihr heftig auf die Wange.

»Was mich das angeht?«, wiederholte er. »Ich habe sie zu Ihnen gefahren, Alicia. Ich war an dem Arrangement beteiligt. Ich glaubte zu verstehen, was vor sich ging. Aber das war nicht der Fall. So wie auch Sie nichts verstehen, nichts bereuen und kein Bedauern über das empfinden, was Sie getan haben. Ich sehe den Mann, den Sie vorhin erwähnten, noch immer nicht auf der Straße, kann mich ihm nicht nähern. Ihre Gefälligkeit hat einiges gekostet. Sie nahmen viel und gaben nichts.«

»Es tut mir Leid«, sagte sie. »Es tut mir aufrichtig Leid. Vielleicht kann ich versuchen, etwas gutzumachen. Das Geld zurückzahlen ...«

»Geld.« Fast mitleidig sah er sie an. »Wie wichtig Sie es nehmen. Sie haben keine Ahnung, wie erbärmlich Sie sind. Und wie dankbar Sie mir noch sein werden. Schon bald.«

Gino Fosse stand auf, ging zum Bücherregal in der Ecke und zog zwei dicke Fotobände heraus. Er kam zurück, schlug einen auf und hielt ihn vor ihr Gesicht. Die Abbildung zeigte eine Kirche.

»Santa Cecilia in Trastevere«, sagte er. »Ist sie Ihnen bekannt?«

Alicia Vaccarini versuchte seinen Blick einzufangen. »Lassen Sie mich gehen«, flehte sie. »Ich werde niemandem etwas erzählen. Das verspreche ich Ihnen.«

Er runzelte die Stirn. Er hat ein Schauspielergesicht, dachte sie, das von einer Sekunde zur anderen von Passivität in höchste Konzentration übergehen kann, durch ein Zucken des Augenlids, ein kaum spürbares Verziehen der Lippen.

»Sie sollten mir gut zuhören, denn es ist wichtig. Cecilia stammte aus einem Adelsgeschlecht und war die Frau des Valerianus, der sich während der Verfolgungen unter Diokletian zum Christentum bekannte. Ihr Haus lag unter der hier abgebildeten Kirche ...«

Finster funkelte er sie an. »Sie hören mir nicht zu. Ich tue das alles zu Ihrem Wohl, aber Sie hören mir einfach nicht zu.«

Alicia Vaccarini begann hilflos zu schluchzen.

Eindringlich beugte er sich vor. »Sie war eine Märtyrerin, Alicia. Sie wird Sie von Ihren Sünden reinwaschen.« Er deutete auf das Buch. »Hier ist sie gestorben und glorreich in die Ewigkeit eingegangen.«

Sein Finger zeigte auf das Bild einer mädchenhaften Frau, die sie versonnen anblickte.

»Erst sperrte man sie in den Thermen unter dem Haus ein, damit sie erstickte – ein einer Adeligen angemessener Tod. Als sie auch nach drei Tagen noch lebte, wurden ihr drei Schläge mit der Axt zugefügt. Doch auch die töteten sie nicht. Das ist das Wunder, der Beweis. Senatoren und Patrizier kamen und sahen sie verletzt auf ihrem Bett liegen. Sie sang Choräle, bekannte sich zu Jesus Christus und starb. Später ernannte man sie aufgrund ihrer tapferen Leidensfähigkeit zur Schutzheiligen der Musik, Alicia ...«

Er schlug das zweite Buch auf und hielt es ihr vor das Gesicht. Als sie nicht hinsehen wollte, griff er ihr grob ins Haar und zwang sie, auf die Seite zu blicken. Auf ihr war die weiße

Marmorstatue einer liegenden, jungen Frau abgebildet, die ihr Gesicht halb vom Betrachter abwandte.

»Im sechzehnten Jahrhundert öffnete man ihren Sarg«, fuhr er fort, »und die heilige Cecilia war auch tausenddreihundert Jahre nach ihrem Tod noch unverwest und wunderschön in ihrer goldenen Robe. Künstler haben sie gemalt, Alicia, und Stefano Maderno schuf diese Statue, die sich unter dem Altar ihrer Kirche befindet.«

»Bitte«, keuchte Alicia Vaccarini. »Bitte ...«

Er ergriff ihre Hand. »Keine Angst. Sie werden noch heute Abend dort sein. Sie werden vor ihr liegen und ihrem Martyrium Ihre Reverenz erweisen. Dadurch leisten Sie Wiedergutmachung und helfen mir, das Unrecht zu beseitigen, an dem Sie beteiligt waren.«

»Nein!«

Seine Züge veränderten sich, wurden hart und entschlossen.

»Es ist Zeit.« Er ging zu einem der Fenster, holte ein Kissen aus einer Kiste und drückte es ihr auf den Mund.

Alicia Vaccarini atmete den klammen, modrigen Geruch des Kissens ein. Sie hustete und würgte. Er zog das Kissen fort und wartete, bis sie wieder normal atmen konnte.

»Das ist der erste Schritt.«

Das Kissen senkte sich wieder auf ihr Gesicht. Sie spürte, wie es von einem Strick umschlungen wurde, den er an ihrem Hinterkopf festzog und verknotete, aber nicht so stramm, dass sie keine Luft mehr bekam.

»Gut«, sagte die Stimme hinter ihr.

Der Stoff wurde feucht und klebrig durch ihren Speichel. Mit jedem Atemzug schien die Luft knapper zu werden. Sie keuchte, würgte und spürte, dass er das Kissen fester zurrte.

So fest, dass es in ihren Mund drang, an ihrem Gaumen klebte. Sie erbrach Gallebitteres und musste wieder husten. Da lockerte sich der Strick. Gino Fosse zog das stinkende Kissen von ihrem Gesicht. Ächzend rang sie nach Luft.

»Gut«, sagte er noch einmal. Jetzt hielt er ein langes Schwert in der Hand. Es schimmerte wie ein Objekt aus einem Militärmuseum. Scheinbar mühelos hob er es an ihren Hals und durchtrennte mit einem Schnitt ihre Haut.

Alicia Vaccarini schrie laut auf. Sie fühlte, wie Blut ihren Hals hinab auf die Baumwollbluse lief, die sie für das Mittagessen im Martelli angezogen hatte. Der Schnitt schmerzte, aber er war nicht tief. Er testete sich. Jetzt stand er über ihr und dachte offenbar über den nächsten Hieb nach. Wie tief er gehen konnte, ohne sie zu töten.

»Ich flehe Sie an«, schluchzte sie. »Ich mache alles, was Sie wollen. Aber bringen Sie mich nicht um.«

Sie blickte ihm in die Augen und sah so etwas wie Unsicherheit. Vielleicht berechtigte das zu Hoffnungen. Er konzentrierte sich nicht mehr auf sie, fragte sich nicht länger, wie heftig er mit der scharfen, glänzenden Waffe auf ihren Hals schlagen konnte.

Gino Fosses Aufmerksamkeit galt dem Fernsehapparat an der Wand hinter ihr. Es wurden Nachrichten gesendet. Der Sprecher berichtete von einem Mordfall und einer Frau, einer leichtfertigen Frau, die allen ihr nahe stehenden Männern den Tod zu bringen schien, einen grauenhaften Tod.

Er konnte seine Blicke nicht von dem TV-Gerät wenden. Sie hörte, dass er den Atem anhielt. Er legte das Schwert beiseite, zog ein weißes sauberes Taschentuch hervor und wischte ihr das Blut vom Hals.

»Verzeihen Sie, Alicia«, sagte er. »Ich war abgelenkt.«

»Binden Sie mich los«, bettelte sie, »lassen Sie mich gehen. Ich erzähle keiner Menschenseele etwas.«

Er blickte sie an, und so etwas wie Mitgefühl lag in seinen Augen. »Morgen werden Sie Ihren gerechten Lohn erhalten.«

Dann verließ er den Raum und ließ Alicia Vaccarini mit ihren Gedanken und der Erinnerung an die Abbildung im Buch zurück: an eine Tote aus weißem Marmor, die in ein zartes Gewand gehüllt war und mit abgewandtem Kopf auf ihre Auferstehung wartete.

Fünfundzwanzig

Als sie die Alternative kannte – eine sichere Wohnung irgendwo in einem der trostlosen Neubauviertel –, nahm Sara Farnese die Einladung in das Landhaus schnell an. Bevor sie aufbrachen, zeigte ihr Nic Costa eine Aufzeichnung der TV-Nachrichten, da er verhindern wollte, dass sie zufällig davon Kenntnis erhielt. Er wollte ihr auch erklären, dass ihnen die Pressemeute zum Haus seines Vaters folgen würde, wo Falcones Leute sie erwarten und genau im Auge behalten wollten.

Sie reagierte auf das Video mit der für sie typischen Passivität. »Es ist schließlich Ihr Job, oder?«, meinte sie, als er sich für sein Verhalten entschuldigen wollte. »Allerdings kann ich Ihre Zuversicht nicht unbedingt teilen, dass er sich zeigen wird. In Anwesenheit der Polizei wäre das doch absolut töricht.«

»Es ist ein Glücksspiel«, entgegnete er. »Wir verlassen uns einfach darauf, dass er der Verlockung nicht widerstehen kann.«

Große Chancen rechnete Costa sich nicht aus. Für ihn griff Falcone nach Strohhalmen. Oder hatte er irgendetwas in der Hinterhand?

Während der Fahrt erzählte er ihr von Marco Costa. Sie blickte ihn an, und zu seiner Überraschung entdeckte er in ihren Augen einen ganz neuen Ausdruck, Sympathie und vielleicht sogar noch etwas mehr: Mitgefühl.

»Wie soll ich mich ihm gegenüber verhalten? Was raten Sie mir?«, fragte sie.

»Schwer zu sagen. Jedenfalls bin ich mir da manchmal selbst nicht sicher. Tun Sie so, als wäre alles völlig normal. Ich glaube, das gefällt ihm. Er unterhält sich ausnehmend gern und liebt Scherze.«

Für den Rest der Fahrt schwieg Sara Farnese. Nach einer guten Viertelstunde bogen sie von der Via Appia auf die Landstraße ab und passierten wenig später die Medienkohorten vor dem Tor.

Bea erwartete sie vor dem Scheunentor. Sie trug eine lebhaft geblümte Bluse zu cremefarbenen Hosen. Ihre gebräunten Arme hatte sie verschränkt. Ihre Haltung drückte Ambivalenz gegenüber der Fremden aus.

»Wie geht es ihm?«, fragte Nic.

»Er hat Hunger. Jedenfalls behauptet er das. Du kommst spät.«

»Tut mir Leid.« Er nickte in Richtung Sara. »Wir haben Besuch.«

»Das ist nicht zu übersehen.« Sie streckte eine Hand aus und musterte Sara Farnese genau. »Lassen Sie sich von dem alten Gauner bloß nicht beschwatzen, ihm Wein zu geben. Oder zu irgendeinem anderen Unsinn. Er ist krank, was aber nicht heißt, dass er keine Dummheiten mehr im Sinn hat. Und hüten Sie sich vor dem Hund. Er ist komisch zu Frauen. Eine Familienangewohnheit.«

Hinter der halb geschlossenen Haustür kratzte es. Eine Pfote schob sie einen Spalt auf, und ein kleiner Hundekörper drängte sich hindurch. Pepe entdeckte Bea und begann sofort leise zu knurren.

»Sehen Sie, was ich meine?«

Sara bückte sich und strich dem Hund über den Kopf. Pepe beäugte sie misstrauisch, reckte die Schnauze und ließ sich herablassend streicheln. Sein Fell hatte die typischen Terrierfarben Weiß, Braun und Schwarz, die mittlerweile vom Grau des Alters durchzogen waren.

»Sie scheinen Gnade gefunden zu haben«, stellte Bea erstaunt fest. »Eine seltene Ehre. Ich kenne das Biest nun mehr als zehn Jahre, aber erst vor ein paar Monaten hat es aufgehört, mich zerfleischen zu wollen.«

Lächelnd streichelte Sara weiter. Hingerissen schloss Pepe die Augen. »Hunde sind unkomplizierter als Menschen«, sagte sie.

»In der Familie Costa ist unkompliziert ein ausgesprochenes Fremdwort«, erklärte Bea. »Stimmt doch, Nic, oder?«

»Ich wage nicht, dir zu widersprechen.« Er küsste sie auf die Wange. »Vielen Dank, Bea. Kannst du morgen wiederkommen? Aber ich möchte dich nicht drängen. Vielleicht hast du etwas vor.«

»Für mich gibt es nichts Wichtigeres.« Aber Sara Farnese bemerkte, dass Bea Nic Costa nicht ansah. »Erspar dir die Mühe. Du kannst mich nicht ausschließen.«

»Daran würde ich nicht einmal im Traum denken. Er braucht dich. Wir alle brauchen dich. Das war schon immer so.«

»Ja, die stets loyale Dienerin«, sagte sie mit einem Hauch von Bitterkeit. »Entschuldige, ich …«

Abrupt drehte sie sich um und ging zu ihrem Auto. Sara sah ihr nach. Sie ist ein sehr gefühlsbetonter Mensch, dachte sie. Dabei braucht Bea die Familie Costa ebenso wie die sie.

Der Hund sah Sara Farnese an, bellte einmal kurz und lief ins Haus. Sie folgte ihm, begab sich direkt zu Marco Costa in seinem Rollstuhl, schüttelte ihm lächelnd die Hand und plauderte so unbefangen mit ihm, dass Nic ganz erstaunt war. Während er ihr Gepäck die Treppe hinauftrug, konnte der Rollstuhl Marco Costa nicht davon abhalten, Sara durch das Erdgeschoss zu führen, getreulich gefolgt von Pepe. Danach zeigte sein Sohn ihr den Rest des Hauses. Sara Farnese sollte in Giulias Zimmer im ersten Stock wohnen. Es verfügte über ein eigenes Bad und war, wie alle anderen Räume auch, absolut sicher. Man kam nur durch das Scheunentor ins Haus. Trotz der damit verbundenen Unbequemlichkeiten hatte Marco Costa darauf bestanden, dem Anwesen seinen authentischen, bukolischen Charakter zu erhalten. Sein Sohn stellte befriedigt fest, dass das Haus eine gute Wahl für ihre Zwecke war, und bemerkte erstaunt, dass er es mit Saras Augen ganz anders sah. Nach dem Besichtigungsrundgang folgte sie ihm wieder die Treppe hinunter und wirkte ruhiger und gelassener als je zuvor. Das Haus war etwas, was sie nicht kannte, wie er aus ihren Erzählungen wusste: ein Zuhause.

Zum Abendessen zog Marco Costa sich um: weißes, makellos gebügeltes Hemd, schwarze Hosen. Ein Seidenschal verbarg die Operationsnarbe an seinem Hals, und er hatte sich seine schütteren Haare sorgsam gekämmt. Das helle Licht in der Küche gab seinem Gesicht etwas Ausgezehrtes, Totenähnliches. Sein ganzes Leben hatte Nic Costa seinen Vater nur kraftvoll und energisch gesehen. Jetzt verloren seine Züge ihre Vitalität. Die Haut fiel in sich zusammen, als würde ihr etwas die Spannkraft entziehen. Aber das waren Äußerlichkeiten. Die Persönlichkeit seines Vaters, seine Liebenswürdigkeit und seine wache Intelligenz waren ungebrochen.

Sie saßen am Tisch, aßen Pasta und Salat, und Nic kam es vor, als wäre er der Einzige, der sich unbehaglich fühlte. Sara und sein Vater schienen einander zu verstehen, als würden sie irgendwelche verborgenen Gemeinsamkeiten entdecken.

»Das Haus ist wunderschön«, sagte sie.

»Wir haben es selbst wieder aufgebaut«, prahlte Marco Costa. »Zumindest zum größten Teil. Alles aus örtlichem Gestein. Es gibt hier Mauerbrocken, die möglicherweise schon Seneca berührt hat. Glauben Sie bloß nichts von dem Unsinn, den die Presse über den Roten Marco und seinen Palast auf dem Lande verbreitet. Als ich das Grundstück kaufte, wollte niemand hier leben, und es kostete mich lächerlich wenig. Der jetzige Wert interessiert mich nicht. Was Sie sehen, haben wir mit unseren Händen geschaffen, aus eigener Kraft und ohne die Hilfe von anderen.«

»O ja«, grinste Nic. »Ich habe fünf Jahre lang in einem Zimmer ohne Heizung geschlafen, neben einem Bad ohne fließendes Wasser. Wir haben eine richtige Proletariererziehung genossen.«

»Und das war auch gut so«, erklärte sein Vater.

»Obwohl du in einer hübschen, behaglichen Gemeindewohnung aufgewachsen bist, wenn ich mich recht erinnere.«

»Daher wusste ich ja, was das Beste für meine Kinder ist. Sieh dir das Haus an, Nic. Dir ist es zu vertraut, um es richtig einschätzen zu können, aber ich kann mich gut erinnern, wie viel Arbeit wir hineingesteckt haben. Ich brauche nur ein Stück Mauer zu sehen, und schon erinnere ich mich, wie deine Mutter den Mörtel angerührt hat. Ich kann Stellen berühren, die du verputzt hast, und das ganz ausgezeichnet, obwohl du erst dreizehn warst. Du hättest Maurer werden können. Stattdessen ist seine Schwester die Handwerkerin in der Familie. Ich zeige Ihnen später ein paar ihrer Bilder. Das hat sie von ihrer Mutter. Er schlägt eher nach mir, schätze ich.«

Sara Farnese hob ihr Glas. »Ich glaube nicht, dass einer von Ihnen Grund zur Klage hat.«

»Nein.« Marco Costa betrachtete seinen Sohn durchaus mit Stolz. »Dazu besteht wahrscheinlich kein Anlass.«

Sie lächelte schweigend.

»Trinken Sie«, ermunterte der alte Mann und betrachtete wehmütig den Rotwein in ihrem Glas. »Diese Freude ist mir versagt.« Er blickte sie direkt an. »Mein Sohn sagte mir, dass Sie nie ein solches Zuhause hatten. Dass Ihre Eltern früh gestorben sind.«

Sara zuckte mit den Schultern. Nic hatte den Eindruck, dass sie Gespräche über ihre Vergangenheit nicht verweigerte. Aber alles blieb allgemein, es gab keine Einzelheiten. Die musste man ihr erst mühsam entlocken. »Ich kann mich kaum an sie erinnern. Sie starben bei einem Unfall. Meine ersten Jahre verbrachte ich in einem Konvent in Paris.«

»Ich kann mir nicht vorstellen, wie das ist«, sagte Marco Costa.

»Die Schwestern waren gut zu mir. Mir fehlte es an nichts. Am wenigsten an Geld.«

»Geld und Glück sind zwei sehr verschiedene Dinge«, erklärte der alte Mann. »In meiner Zeit als Politiker bin ich einigen der reichsten und doch unglücklichsten Männer und Frauen Italiens begegnet. Andererseits kenne ich hier in der Umgebung Menschen, die bettelarm sind, aber ihr Leben um nichts in der Welt eintauschen würden.«

»Geld *und* Glück«, stellte Nic fest. »Danach gilt es zu streben.«

»Wirklich?« Sein Vater wirkte enttäuscht. »Warum? Geld kann man sich erarbeiten, ergaunern oder auch erben. Aber Glück ist nach meiner Erfahrung etwas, das man nur von anderen erhält, wenn sie einem Liebe und Zuneigung schenken. Dazu kann man Menschen nicht zwingen, nicht einmal mit Geld, auch wenn es viele gibt, die das zu glauben scheinen. Es muss im wahren Sinn des Wortes verdient werden, und das macht es so wertvoll.«

Sara trank ihr Glas aus, und Nic füllte es neu. Sie war ungewohnt einfach gekleidet, trug eine exotisch gemusterte blaue Bluse zu dunklen Hosen und sah jung aus, mädchenhaft, fast kindlich. Er dachte über ihr Leben nach, warum es in ihm keinen Mann gab, und fragte sich unwillkürlich, welche Ansprüche, welche Vorbedingungen ein Partner erfüllen müsste. Die Basis jeder Beziehung hieß Aufrichtigkeit. Davon war Nic Costa überzeugt, so fest überzeugt, dass ihr Fehlen etliche seiner Liaisons beendet hatte. Um jemanden wirklich zu lieben, musste man mehr für ihn empfinden, als sich von ihm körperlich angezogen zu fühlen. Dazu bedurfte es weit mehr, einer inneren Verbundenheit, eines unverbrüchlichen Zusammenstehens in den harten, unberechenbaren Wechselfällen des Lebens. Ohne das blieb jede Beziehung ein kurzlebiges Aufflammen von Leidenschaft, etwas, was Sara Farnese offensichtlich genug erfahren hatte.

»Ist das der Sinn von Familie?«, fragte sie. »Einander Liebe zu geben?«

»Im Idealfall«, stimmte Marco Costa zu. »Ich hoffe, es ist uns gelungen. Wir waren vermutlich nicht perfekt, aber das ist auch nicht entscheidend. Wichtig ist, dass man sich bemüht.« Er sah Nic an. »Irgendwelche Einwände?«

»Ich musste mit zehn Marx lesen.«

»Wäre die Bibel besser gewesen?«

Er dachte nach. »Wahrscheinlich nicht. Ich war erst zehn Jahre alt.«

»Na also. Was hat es geschadet? Aber glauben Sie bloß nicht, eine Familie wäre das Patentrezept für Glück. Sie können einen zu einem zufriedenen, in sich ruhenden Menschen machen, aber auch umbringen, wenn etwas schief läuft.« Er bemerkte ihre Reaktion und verzog das Gesicht. »Entschuldigung, das war dumm.«

»Warum?«, wandte Nic ein. »Es stimmt doch. Ich könnte dir erschreckende Beispiele nennen.«

»Aber die Alternative ist auch wenig befriedigend«, sagte Sara Farnese. »Sie kennen die Höhen und Tiefen. Ich nicht. Es ist, als wäre man irgendwie – unvollständig. Sie haben Glück gehabt. Alle beide.«

Die Männer blickten sich verlegen an. Ihr Verhältnis war zeitweise nicht das beste gewesen, und sie trugen gleichermaßen Schuld an den heftigen Auseinandersetzungen der Vergangenheit. Unter den gegebenen Umständen wirkten sie banal, bedeutungslos. Aber es galt Rechenschaft abzulegen, und bestimmte Dinge mussten ausgesprochen werden.

»Sie haben Recht, wir können uns glücklich schätzen«, sagte Marco Costa und warf einen neidischen Blick auf ihr Weinglas. »Ich bin ein sturer alter Mann, der schon immer am besten zu wissen glaubte, wie die Welt zu retten ist. Wahrscheinlich hat das das Zusammenleben mit mir nicht immer leicht gemacht.«

»Das kann man wohl sagen«, stimmte Nic zu. »Aber das war nie das eigentliche Problem. Das bestand vielmehr darin, dass wir in deinem Schatten standen. Wir waren immer die

Kinder des Roten Marco, des Mannes, der Schlagzeilen machte. Nie konnten wir selbstständige, unabhängige Individuen sein. Natürlich lag das nicht in deiner Absicht, aber so war es nun einmal. Und es ist nicht leicht, Eltern zu haben, die man so sehr liebt, dass man sich nicht von ihnen abnabeln kann.«

Der alte Mann lachte. »Jetzt begreife ich! Siehst du, was unser Gast macht? Bringt uns auf Dinge, die wir uns schon vor Jahren hätten sagen sollen. Ich habe euch zu guten, aufrechten Revolutionären erzogen. Was ist aus euch geworden? Ein Polizist, ein Anwalt und eine Malerin. Und warum? Um eure Selbstständigkeit zu beweisen. Alle Achtung, Sohn. Weiterhin viel Erfolg.«

Nic lächelte. Seines Wissens war es das erste Mal, dass sich sein Vater positiv über seine Berufswahl äußerte.

Marco Costa prostete Sara mit seinem Wasserglas zu. »Und Ihnen danke ich, dass Sie uns diese Beichte entlockt haben. Ist das die Christin in Ihnen? Immerhin sind Sie im Kloster aufgewachsen.«

»Sie meinen, ob ich an Gott glaube?« Sie klang so verwundert, als hätte ihr diese Frage noch niemand gestellt.

»So ist es.«

»Ich denke schon«, erwiderte sie. »Hin und wieder gehe ich in die Kirche. Ich bete, und danach fühle ich mich besser, obwohl ich mir nicht ganz sicher bin, ob Gott wirklich existiert. Wenn es ihn gäbe, würde er doch etwas gegen das Elend in der Welt tun. Das alte Argument von der freien Willensentscheidung des Menschen überzeugt mich nicht. Natürlich hat die Religion eine gewisse Berechtigung als Erklärung dafür, warum wir auf der Welt sind, warum wir tun, was wir tun. Und in der Bibel stehen einige ganz wundervolle Geschichten. Zumindest fand ich das immer als Kind, wenn man sie mir im Konvent vorlas. Für das Zusammenleben der Menschen kenne ich nichts Besseres.«

Nachdenklich blickte Marco Costa zum Fenster hinaus in die Dunkelheit. »Vermutlich sollte ich mich jetzt für die Politik ins Zeug legen. Für den Kommunismus oder die Sozialdemokratie streiten. Doch ich fürchte, dazu fehlt mir die Energie.«

In Nics Kopf regte sich eine dunkle Vermutung. »Machst du Scherze?«

»Nein. Oh, ich meine nicht die Krankheit, Nic. Ich bin nur realistisch. Meiner Überzeugung nach ist es wichtig, dass man an etwas glaubt, und zwar an etwas, das einen wirklich beschäftigt, das einen hin und wieder nicht schlafen lässt. Wenn das die Religion ist, nun gut. Ich war mit dir nie in der Kapelle an der Abzweigung der Via Ardeatina, aber du kennst sicher ihre Geschichte? Dort ist Christus Petrus erschienen, als er aus Rom fliehen wollte. ›*Domine quo vadis*?‹ fragte ihn Petrus, wohin gehst du, Herr? Und was antwortete Jesus? ›Nach Rom, um zum zweiten Mal gekreuzigt zu werden.‹ Das ist natürlich eine Legende, aber das nimmt ihr nichts von ihrer Aussagekraft. Die Kirche damals war anders als heute. Petrus wäre entsetzt über das, was in seinem Namen im Vatikan geschieht. Die ersten Christen waren Revolutionäre. Sie versuchten, den römischen Staat zu verändern und danach die gesamte Welt. Sie wurden nicht grundlos verfolgt. Ihre Überzeugungen waren gefährlich, Hochverrat. Bei der Quo-vadis-Geschichte geht es darum, nicht aufzugeben, bei Problemen nicht gleich die Flucht zu ergreifen. Sondern sich daran zu erinnern, dass Menschen Opfer für einen gebracht haben. Manchmal das größte Opfer überhaupt.«

Er schloss kurz die Augen, und Nic fragte sich, ob er Schmerzen empfand. »Ich habe es dir nie gesagt«, fuhr sein Vater fort, »aber die Nähe der Kapelle hat mich zum Kauf dieses Grundstücks bewogen. Ich nahm an, sie könnte mir in schweren Zeiten als Mahnung dienen, als Ansporn, und so war es auch. Und soll ich dir noch etwas sagen? Wenn ich damals gelebt hätte, wäre ich ein Christ geworden. Vielleicht ändern sich die Dinge irgendwann, und Menschen wie ich finden zum christlichen Glauben zurück. Ich weiß es nicht, aber ich bin fest überzeugt, dass wir alle an etwas glauben müssen.«

»Und an was glauben Sie?«, fragte Sara leise. »An das, wovon Sie immer überzeugt waren?«

»Das war ein sterblicher Glaube«, antwortete er. »Er brachte sich selbst um, bevor einer von uns herausfinden konnte, ob er überhaupt die Probleme der Welt lösen kann.«

Er sah seinen Sohn an. »Ich glaube an meine Kinder. Besonders an diesen Sohn da. Eines Tages wird Nic seine wahre Berufung finden. Vielleicht bei der Polizei, indem er alle die korrupten Betrüger dingfest macht, die unser Land in Verruf bringen. Vielleicht auch anderswo. Aber ich bin mir sicher, dass er seinen Weg macht, auch wenn er selbst nicht an sich glaubt.«

Es klopfte an die Tür.

»Nicht schlecht, die Unterbrechung«, sagte Nic und stand auf. »Für meinen Geschmack waren es entschieden zu viele Geständnisse an einem Abend.«

Sie sahen ihm nach, wie er seine Pistole an sich nahm, zur Haustür ging und behutsam den Riegel zurückschob. Er schien sich mit einem Mann zu unterhalten, aber so leise, dass sie nichts verstanden.

Gleich darauf kam er zurück. »Da will jemand mit mir sprechen, aber draußen. Er lehnt es ab, ins Haus zu kommen. In der Nähe der Tür steht ein Posten. Haltet sie gut verschlossen. Ihr braucht nicht auf mich zu warten.«

»Nur keine Angst.« Marco Costa nickte dem Hund zu. »Wir werden beschützt.«

Sara lachte. Nic sah seinen Vater, Sara und Pepe an und fragte sich verwundert, warum die drei so gut miteinander auszukommen schienen. Dann murmelte er eine Entschuldigung und verschwand.

»Habe ich ihn irgendwie in Verlegenheit gebracht?«, erkundigte sich Marco Costa und fütterte Pepe mit dem Rest seiner Pasta.

»Ein wenig schon, glaube ich«, sagte Sara Farnese. »Er meint, Ihnen etwas sagen zu müssen. Und das ist ihm in meiner Anwesenheit nicht möglich.«

Marco Costa hob die Schultern. Ein trockenes Lachen drang aus seiner Kehle. »Ohne Sie hätten wir nie so gesprochen wie eben, Sara. Es war unsere offenste Unterhaltung seit Jahren. Wir sind Ihnen sehr dankbar. Beide.«

Das Kompliment schien ihr zu schmeicheln. »Ich habe nichts getan. Dennoch freut es mich, wenn ich hilfreich sein konnte.«

Er schielte begehrlich auf den Wein. »Und jetzt genehmige ich mir endlich einen Schluck.«

»Nein.« Sie zog die Flasche schnell fort.

»Wer hat hier das Sagen, *ragazza*? Um Himmels willen! Sie können einem sterbenden Mann doch den Wunsch nach einem Glas Wein nicht verwehren.«

»Sagen Sie das Ihrem Sohn, nicht mir.« Sara begann Teller und Gläser vom Tisch zu räumen. »Wenn er nicht will, dass Sie trinken, gibt es dafür gute Gründe.«

»Gehe ich recht in der Annahme, dass Sie mir dann auch eine kleine Zigarette versagen? Obwohl sie therapeutisch sind.«

»Therapeutische Zigaretten?«

»Die schon. Sie kommen aus Marokko. Oder Afghanistan, wenn Ihnen das lieber ist.«

Missbilligend runzelte Sara Farnese die Stirn und begann, den Geschirrspüler zu füllen. »Ist das Ihr Ernst? Ihr Sohn ist Polizist.«

»Sie lindern die Schmerzen. Glauben Sie mir.«

»Nein!«

»Jesusmariaundjoseph«, stöhnte Marco Costa. »Sehen Sie es doch nicht so verkniffen. Es gibt keine therapeutischen Zigaretten. Wissen Sie eigentlich, dass Sie die erste Frau sind, die er nach Hause gebracht hat, die ich nicht um den kleinen Finger wickeln kann? Das entbehrt nicht einer gewissen Ironie.«

Sara kam mit einer Flasche zum Tisch zurück und goss ihnen beiden Mineralwasser ein. »Ich fürchte, das Bild stimmt nicht ganz. Er hat mich Ihnen kaum als seine Freundin vorgestellt, oder?«

Gespielt pikiert verzog der alte Mann das Gesicht. »Stimmt etwas mit meinem Sohn nicht? Ist er der Professorin nicht intellektuell genug? Sie sollten ihn über Malerei reden hören. Über Caravaggio beispielsweise. Das hat er von mir. Er erkennt einen Rebellen auf Anhieb, und er weiß ungemein viel über ihn.«

Sie errötete nicht. »Ich lasse mich nicht ködern, Signor Costa.«

»Ah. Sie glauben, er blicke wegen des ganzen Wirbels auf Sie herab.«

Sie seufzte. »Warum sollte er nicht? Ich dachte, ich würde ein normales Leben führen. Jetzt stellt man mich als Ungeheuer dar.«

»Pah! Die Presse. Wenn man alles glaubt, was die so verbreitet, verliert man noch den Verstand. Sie wissen, wer Sie sind. Und er auch.«

»Dennoch schockiert es ihn. Das sehe ich ihm von Zeit zu Zeit an. Vielleicht hat er Recht.« Sie drehte das leere Glas in den Händen. »Ich bin mir selbst genug und verspüre kein Bedürfnis nach der Nähe eines anderen Menschen. Ich schlafe mit Männern und trenne mich wieder von ihnen. Wie es mir gefällt.«

»Diese Jugend«, knurrte er. »Sie glaubt immer, alles erfunden zu haben. Ich bin in den sechziger Jahren aufgewachsen, liebes Kind. Haben Sie eine Vorstellung davon, wie unser Leben damals verlief? Was wissen Sie schon von Promiskuität? Nichts. Nics Mutter und ich haben sie in den ersten fünf Jahren unserer Ehe praktiziert. Unterhalten Sie sich mit Bea darüber, wenn Sie mögen. Sie war dabei. Es überrascht mich, dass die Kinder sich nicht an die Dinge erinnern, die damals vor sich gingen.«

Sara dachte an Bea, die viel verraten hatte, ohne ein Wort zu sagen. Bea, die den alten Mann nie verlassen würde. »Vielleicht tun sie es, wagen es aber nicht, sich dazu zu äußern.«

»Möglich«, räumte er ein.

»Bea liebt Sie noch immer. Ist Ihnen das bewusst?«

Erstaunt sah er sie an. »Was? Das wollen Sie wissen? Obwohl Sie uns beide heute erst kennen gelernt haben? Und mit ihr höchstens ein paar Minuten sprachen?«

Sein Einwand hatte etwas für sich, aber sie ließ sich nicht beirren. Beas tiefe Zuneigung war mehr als deutlich gewesen. »Ja, das konnte ich sehen. Bea liebt Sie und leidet darunter, dass es nur eine kurzlebige Affäre war. Und da haben Sie den Beweis. Das Vermächtnis Ihrer Untreue. Und das ist nichts?«

»Ihr Argument sticht nicht«, erklärte er. »Bea war dabei, sagte ich, aber nicht, dass wir ein Liebespaar waren. Als mir Beas Gefühle klar wurden – Männer sind in dieser Beziehung reichlich begriffsstutzig, wie Ihnen bekannt sein wird –, hatten Nics Mutter und ich erkannt, dass ein polygames Leben für uns nichts ist. Wir waren Ehepartner, Liebende, Freunde und auch Verbündete, alle anderen flüchtige Abenteuer. Wir wurden aus Überzeugung monogam, nicht aus Gründen der Schicklichkeit. Wer sagt, dass es für Sie irgendwann nicht auch so kommt?«

»Bestimmt nicht«, entgegnete sie voller Überzeugung.

»Das ist eine Frage der Zukunft, Signorina Farnese, und die kann niemand vorhersehen. Nicht einmal eine kluge Professorin. Es war mir Ernst mit dem, was ich über Nic sagte. In ihm steckt etwas, wenn er es doch nur zeigen würde. Er verspürt den gleichen Zorn, den ich empfand, auch wenn er ihn gut verborgen hält.«

»Er hat Angst.«

»Wovor?«

»Sie zu verlieren.«

»Jeder Mann fürchtet sich vor dem Tod seines Vaters. Es ist der Moment, der einem die eigene Sterblichkeit bewusst macht. Wir müssen erkennen, dass etwas von uns mit ihm stirbt.«

Sie ging zum Küchentresen, goss sich Wein ein und ein zweites, sehr kleines Glas für ihn.

»Das allein ist es nicht, Signor Costa.«

»Sie wollen schon wieder alles ganz genau wissen?«, fragte er leicht gereizt. »Ausgerechnet Sie, die Klosterschülerin, die nie eine Familie hatte?«

»Ich kann verstehen, was er empfindet. In gewisser Hinsicht ist er leicht zu durchschauen. Etwas in ihm ist bereits verletzt und wartet nun auf den wirklichen Schmerz.«

Er griff nach seinem Glas, nahm einen winzigen Schluck und schob es von sich. »Dann ist es Zeit, dass er endlich erwachsen wird. Wir versuchen, für unsere Kinder da zu sein, aber doch nicht für immer und ewig. Irgendwann müssen sie zu sich selbst finden.«

Sie hob lauschend den Kopf. In der Ferne waren Stimmen zu vernehmen. Eine gehörte Nic. Er klang verärgert, wütend.

»Wissen Sie, dass ich lange glaubte, er würde sich für einen anderen Beruf entscheiden?«, fragte Marco Costa.

»Für welchen?«

»Ich befürchtete, er könnte Priester werden, obwohl er nie entsprechende Absichten äußerte. Aber etwas in seinem Charakter, seinem Verhalten wies darauf hin. Ich war Politiker. Ich wollte die Welt im Großen und Ganzen verändern, nicht die Not einzelner Menschen lindern. Beides kann man nicht tun. Mir jedenfalls ist es nicht gelungen. Aber Nic hat diese Begabung. Wenn er mit Ihnen spricht, konzentriert er sich ganz auf Sie. Er blickt direkt in einen hinein und erkennt Dinge, die man sich nicht einmal selbst einzugestehen wagt. Und Sie haben dieses Talent auch. Daher glaube ich, dass es keine Frage der Erziehung ist. Vielleicht sind Sie beide medial begabt. Wer weiß.«

Sara Farnese musste ihm Recht geben. Nick besaß diese Begabung. Das hatte sie von Anfang an zu ihm hingezogen. Er schien unter ähnlichen seelischen Verletzungen zu leiden wie sie.

»Sie trinken ja gar keinen Wein«, stellte sie fest.

Seine Augen begannen zu funkeln, und sie sah einen anderen Marco Costa, einen jüngeren, gut aussehenden Mann von scharfem Verstand und mit einer gehörigen Portion Humor. »Der Wein interessiert mich nicht. Ich wollte nur sehen, wie Sie ihn eingießen.«

Ein Geschirrhandtuch flog durch die Luft und landete auf seinem Schoß.

»Bea hat mich gewarnt. Sie sind ein boshafter alter Mann.«

Marco Costa lachte. Sie blickten sich an, verwundert über die Intimität, die an einem einzigen Abend zwischen ihnen gewachsen war. Ein grundsätzliches Vertrauen, das auf einem unausgesprochenen, vielleicht sogar unbewussten gemeinsamen Bedürfnis beruhte.

»Werden Sie länger bei uns wohnen?«, fragte der alte Mann und bemühte sich, nicht flehend zu klingen. Sie gefiel ihm, war ihm sympathisch, nicht zuletzt, weil sie sich benahm, als wäre er nicht todkrank. »Bea ist eine gute Freundin, eine bessere, als ich verdiene. Aber wir Alten brauchen nun einmal junges Volk um uns. Wir sind auf eure Vitalität angewiesen wie Vampire auf frisches Blut.«

»Solange ich Ihnen nicht zur Last falle.« Sie hatte sich abgewandt, sodass er ihr Gesicht nicht erkennen konnte. Der alte Mann betrachtete die einsame junge Frau und dachte an das, was ihm sein Sohn über sie erzählt hatte. Sara Farnese umgab etwas, das sich einem entzog, irgendein Geheimnis. Nic glaubte, dass das die grauenhaften Mordfälle erklären könnte. Marco Costa konnte nicht ergründen, ob das zutraf. Er wusste nur, dass er die jungen Menschen nicht mehr beneidete, weder Nic noch Sara Farnese. Sie hatten noch keine Ahnung von den Verheerungen, die das Leben anrichten konnte. Mussten erst noch erkennen, wie schwer man sich verletzen konnte. Aber nicht Sara Farnese, dachte der alte Mann. Sie hatte sich bereits verbrannt, und das auf eine Weise, die er nicht einmal ansatzweise ahnte.

»Wie wäre es, wenn wir uns ein wenig Musik anhören?«, schlug er vor.

»Sehr gern«, lächelte sie.

Marco Costa fuhr im Rollstuhl zur Stereoanlage und suchte nach der CD. Als Dylan »The Idiot Wind« sang, erinnerte er sich verblüfft, dass er sich 1975, als er den Song zum ersten Mal hörte, fragte, was dieser vehemente Ausbruch von Schmerz und Zorn eigentlich zu bedeuten hatte.

Sechsundzwanzig

Luca Rossis bekümmertes Gesicht schimmerte weiß im Mondlicht. Der Besucher, den er mitgebracht hatte, wollte das Haus nicht betreten. Er bestand darauf, mit Nic zu sprechen, unter den Augen der Polizei, aber außer Hörweite, wie er seinem Partner mitteilte.

»Du solltest dich fragen, was dieser Mann hier will, Nic«, Rossi. »Warum lassen sie uns nicht unsere Arbeit tun?«

Nic Costa kannte die Antwort, wollte sie aber nicht aussprechen. Falcones Vermutungen waren richtig. Hanrahan war in irgendeiner Weise in die Vorfälle verwickelt, möglicherweise im Auftrag dieses dubiosen Kardinal Denney.

»Was kann es schon schaden, mit ihm zu reden?«, fragte Nic.

Rossi verzog das Gesicht, als wollte er sagen: Dir ist nicht zu helfen. Der Schaden besteht darin, dass du nicht weißt, mit wem du dich da einlässt.

Hanrahan stand unter dem Mandelbaum neben der brüchigen Mauer, die einst eine Schafweide umgab, schwach beleuchtet von den Scheinwerfern eines schwarzen Mercedes mit Vatikan-Nummernschild, der etwa zwanzig Meter entfernt parkte. Hinter dem Steuer saß ein Chauffeur, die farbigen Lichter des Autoradios spiegelten sich auf seinem Gesicht. Trotz der Hitze trug Hanrahan einen Mantel. Der stämmige Mann zog an einer Zigarre und starrte die Polizisten an, bis sie langsam davonschlenderten. Rossi folgte ihnen widerwillig.

Costa ging auf den Iren zu und schüttelte seine ausgestreckte Hand.

»Hübsches Anwesen«, sagte Hanrahan. »Gehört eines Tages alles Ihnen, nehme ich an. Tolles Haus für einen Polizisten.«

»Was wollen Sie?«

Hanrahan musterte ihn. »Wie wäre es mit ein wenig Dankbarkeit? Schließlich habe ich Ihnen das Video geschickt. Es gibt Leute, denen gar nicht gefallen würde, was ich getan habe.«

»Danke«, knurrte Nic. »Reicht das? Es war ohnehin zu spät. Inzwischen gab es einen weiteren Toten. Wir wussten, dass es nicht Stefano Rinaldi war.«

Hanrahan zuckte mit den Schultern. »Ich wollte nur behilflich sein. Was in der Zwischenzeit geschah, konnte ich nicht wissen.« Er zog Zigarren heraus und bot Nic eine an. Der schüttelte den Kopf.

»Nur keine Laster, was?«, meinte Hanrahan. »Alle, die Sie kennen, rühmen Ihren einwandfreien Lebenswandel. Und jetzt wohnt diese Frau bei Ihnen. Was soll das? Ich sah sie im Fernsehen. Sie ist ein attraktives Geschöpf. Mit einem beachtlichen Privatleben. Ich habe auch gesehen, wie Sie den Eindruck erwecken wollten, zwischen Ihnen beiden hätte es gefunkt. Glauben Sie wirklich, dass Ihnen das jemand abnimmt?«

»Wer weiß?« Er mochte Hanrahan nicht. Der Mann war aalglatt. Nicht zu fassen.

»Vielleicht haben Sie Gefallen an ihr gefunden. Verständlich wäre es. Obwohl ich mich frage, warum sich eine intelligente, attraktive Frau so verhält. Die jungen Leute von heute. Nichts als Unverbindlichkeit und Leere. Wie kommt es nur dazu?«

Costa wedelte sich Zigarrenrauch aus dem Gesicht. »Ich frage noch einmal, dann gehe ich ins Haus zurück. Was wollen Sie?«

Hanrahan runzelte die Stirn. »Sie halten wohl nicht viel von höflicher Unterhaltung, oder? Bedauerlich. Aus Ihnen wird nie ein Diplomat. Man muss die Menschen genau kennen lernen, mit denen man es zu tun hat. Direkt vorzugehen, führt nicht immer zum erwünschten Ergebnis. Man muss ein Gespür für Nuancen bekommen. Geduld aufbringen.«

Bedeutungsvoll warf Costa einen Blick auf seine Armbanduhr. Hanrahan rührte sich nicht. Er wusste, dass Nic nicht ins Haus gehen würde.

»Ich habe Ihnen etwas zukommen lassen. Es war ein Geschenk. Das nächste gibt es nicht kostenlos.«

»Und was könnte das sein?«

Hanrahan warf die Zigarre auf die Erde und trat sie aus. »Ein Name. Vielleicht der Name desjenigen, nach dem Sie verzweifelt suchen. Ich will noch nicht zu viel verraten.«

Nic Costa kämpfte gegen seine aufsteigende Wut an. »Verzeihen Sie, aber ich möchte mich vergewissern, dass ich das eben richtig verstanden habe. Da hat jemand vier Menschen getötet, und Sie wissen, wer das ist? Sie glauben allen Ernstes, über seine Identität mit uns verhandeln zu können? Ich könnte Sie wegen Verschweigens tatrelevanter Informationen festnehmen lassen und hinter Gitter stecken, bis Sie den Mund aufmachen. Ich könnte den Reportern einen Tipp geben und dafür sorgen, dass sie Ihnen die Hölle heiß machen.«

»Aber warum sollten Sie so etwas tun?«, erkundigte sich Hanrahan. »Ich würde nichts sagen. Weder zu Ihnen noch zur Presse. Was wäre dadurch zu gewinnen? Und abgesehen davon ist es nur ein Name. Keine Ahnung, ob er Ihnen weiterhilft oder nicht. Ich halte es lediglich für – nützlich, wenn Sie mit dem Mann reden.«

»Großer Gott, Hanrahan. Und wenn noch ein Mord geschieht?«

»Es könnte der falsche Mann sein. Wer will das wissen?«

»Wie können Sie um so etwas feilschen? Das begreife ich nicht.«

Hanrahan seufzte. »Wie naiv Sie sind. Ich dachte, es wäre besser, mich an Sie zu wenden und nicht an Falcone. Vielleicht habe ich einen Fehler gemacht …«

»Falcone kann in zehn Minuten hier sein, wenn Sie das wollen.«

Der Ire machte schmale Augen. »Nein. Ich glaube nicht, dass ich das will. Warum auch? Sie haben noch nicht einmal die entscheidende Frage gestellt.«

Nic Costa packte Hanrahan am Mantelrevers und zog ihn dicht an sich heran. »Das war das Erste, was ich getan habe. Was Sie wollen, lautete meine Frage. Erinnern Sie sich?«

Hanrahan entzog sich Costas Griff. »Entschuldigung. War mir entfallen. Kommen wir also zur Sache. Da gibt es einen Mann im Vatikan, der seine Bewegungsfreiheit fordert. Und ich verlange, dass Sie zum gegebenen Zeitpunkt ein Auge zudrücken. Das ist alles.«

»Denney? Das ist ein Scherz. Oder glauben Sie ernsthaft, mit uns handeln zu können?«

Hanrahan tat erstaunt. »Man kann über alles verhandeln.«

»Über einen Kardinal des Vatikan? Dafür brauchen Sie uns nicht. Wenn ich nicht ganz falsch liege, gibt es einen Hubschrauberlandeplatz hinter den Mauern von Sankt Peter. Lassen Sie ihn ausfliegen, und verschwenden Sie nicht meine Zeit mit diesem Unsinn.«

»Wenn das so einfach wäre«, murmelte Hanrahan bekümmert. »Selbst wenn der Kardinal damit einverstanden wäre, was er nicht ist, vermutlich aus guten Gründen, dürfen wir nicht den Eindruck entstehen lassen, dass der Vatikan seine Abreise billigt. Dazu steht zu viel auf dem Spiel. Es geht ihm um eine ungehinderte Fahrt zum Flughafen. Wir können dafür sorgen, dass dort ein Privatflugzeug auf ihn wartet. Sie brauchen lediglich fünfzig Minuten lang wegzuschauen. Mehr nicht.«

»Handeln Sie in seinem Auftrag? Hat er Sie geschickt?«

»Nicht unbedingt. Sein Leben ist im Moment ziemlich durcheinander. Leute, denen er fest vertraute, lassen ihn im Stich. Er ist ein alter Mann. Ein bisschen verwirrt. Verängstigt. Sie dürfen nicht alles glauben, was über ihn verbreitet wird. Er war ein ausgezeichneter Priester. Gerade Sie sollten die Medien kennen. Glauben Sie jedes Wort, das sie über Ihren Vater veröffentlichen?«

Costa sah zum Haus hinüber und fragte sich, was dort gerade vorging. »Mein Vater ist kein Betrüger. Im Gegensatz zu Denney, wie ich hörte.«

»Sie wissen, dass er schuldig ist? Woher? Sind Sie sein Richter?«

»Nein, ich bin Polizist. Ich übergebe ihn den Instanzen, die über ihn zu urteilen haben.«

Hanrahan lachte. »Sie sind doch Italiener. Leben in einem Land, in dem nie etwas ganz schwarz oder ganz weiß ist. Glauben Sie eigentlich selbst, was Sie da sagen?«

»Selbstverständlich. Und noch etwas. Was ist, wenn Denney irgendetwas mit den Morden zu tun hat? Unter Umständen lasse ich einen unentbehrlichen Zeugen entkommen. Oder noch schlimmer: Jemanden, der in die Taten verwickelt ist?«

Hanrahans Großspurigkeit schwand umgehend. »Costa, ich schwöre Ihnen, dass der Kardinal mit den Morden nichts zu tun hat. Er weiß nicht einmal, dass ich hier bin. Ich versuche nur, zur Lösung unserer jeweiligen Probleme beizutragen. Ihnen ebenso zu helfen wie mir selbst.«

Zwei Fliegen mit einer Klappe. Der Ire war Falcone sehr ähnlich. Er glaubte, ein gewisses Unbehagen in Hanrahans Zügen zu entdecken. »Also kennt Denney Sara Farnese nicht?«

»Warum sollte er?« Hanrahan hob die massigen Schultern. »Oh, Sie meinen den Anruf im Vatikan? Dann sollte ich Sie vielleicht aufklären. In der Telefonzentrale arbeiten an die vierzig Leute. Sie verbinden mit den unterschiedlichsten Internanschlüssen. Vermutlich hat sich jemand vertan und mit ›Kardinal Denneys Büro‹ gemeldet. Sie rufen noch einmal an und werden zu mir durchgestellt. Aber das macht ihn nicht verdächtiger als mich oder irgendeinen anderen, der Anrufe über die Zentrale erhält. Aber ich habe ein paar ehemalige Angestellte unter die Lupe genommen. Und vielleicht, nur vielleicht könnte da etwas für Sie von Wichtigkeit sein. Nichts, was Sie Michael Denney anhängen können. Nur ein Name.« Hanrahan blickte ihm direkt in die Augen. »Vielleicht gibt es da eine interessante kleine Geschichte. Die gibt es aber nicht umsonst, mein Junge. Ich brauche für Sie keinen Finger krumm zu machen. Vergessen Sie das nicht.«

Nic Costa entfernte sich ein paar Schritte und blickte zu den Polizisten hinüber, die unter einem Johannisbrotbaum rauchten. Sie wirkten gelangweilt. Es war eine absurde Idee, den Täter anlocken zu wollen. Falcone griff nach Strohhalmen.

Er ging zu Hanrahan zurück. »Tut mir Leid, aber Sie konnten mich nicht überzeugen.«

»Und was jetzt?«

»Vereinbaren Sie ein Gespräch zwischen Denney und mir. Natürlich im Vatikan. Wann immer es ihm passt.«

Hanrahans Augen begannen zu funkeln. »Das ist alles?«

»Für den Augenblick.« Costa machte auf dem Absatz kehrt.

»Moment.«

Eine kräftige Hand griff nach seinem Arm.

»Meinen Sie das ernst?«, fragte Hanrahan. »Sie erwarten, dass ich eine Begegnung zwischen einem Kardinal der Römisch-Katholischen Kirche und einem jungen, ehrgeizigen Polizisten arrangiere? Einem Mann, der kaum abwarten kann, ihn hinter Gitter zu bringen? Wie soll ich ihn dazu überreden?«

»Sagen Sie ihm, dass ich mit ihm über religiöse Dinge sprechen möchte«, erwiderte Costa. »Erzählen Sie ihm, dass ich über eine Konversion nachdenke.«

Dann lief er auf das Haus zu, ohne Hanrahans Antwort abzuwarten.

Siebenundzwanzig

Sara Farnese saß vor dem Kamin neben Marco Costa, der in seinem Rollstuhl eingeschlafen war. Sie legte einen Finger an die Lippen und bedeutete ihm, zur Treppe zu kommen.

»Sie waren lange fort.«

»Tut mir Leid.«

»Hat es sich gelohnt?«

»Vielleicht. Ich kann nicht darüber sprechen, Sara.«

Sie wirkte enttäuscht, sagte aber: »Das sehe ich ein. Ich habe ihm die Tabletten gegeben, um die er mich bat. Er war eine Zeit lang richtig aufgekratzt. Und dann …«

Sie senkte den Blick.

»Vielen Dank, dass Sie sich um ihn gekümmert haben. Er kann mitunter recht strapaziös sein.« Er war ihr wirklich dankbar. Und sie hatte dabei auch einiges über sich verraten.

»Es war mir ein Vergnügen. Nic …« Sie scheint eine ganz andere Frau zu sein, dachte er. Offensichtlich hatte sein Vater ihre Verspannung gelöst, ihr eine Perspektive gegeben. »Er liebt Sie sehr. Er macht sich Sorgen um Sie. Ob Sie damit fertig werden.«

»*Er* um *mich*?«

»Aber natürlich. Warum sollte er sich um sich selbst sorgen? Er weiß, was ihm bevorsteht. Er hat sich damit abgefunden.«

Sie hatte Recht. Manchmal sah er den Wald vor Bäumen nicht.

»›I met a man with seven wives …‹«

»Tut mir Leid.«

Im gelblichen Lampenschein, schlicht gekleidet und so unberührt von den Ereignissen da draußen, als wäre das Haus ein Sanktuarium, sah sie atemberaubend schön aus. Er empfand Dankbarkeit für ihre Anwesenheit. Aber das alles war ein Irrtum. Der Mann würde nie auftauchen. Nicht bei dieser starken Polizeipräsenz. Und sie begann, vielleicht unbewusst, ihn für sich einzunehmen. Er würde heute Nacht nur wenige Schritte von ihr entfernt schlafen. Er fragte sich bereits, wie sie im Bett aussah, wie sich ihre Haut anfühlte.

»Ein Wahnsinn«, sagte Nic Costa, als würde das etwas erklären. »Wohin man auch blickt.«

Verständnislos schüttelte Sara Farnese den Kopf. »Gute Nacht«, sagte sie leise und küsste ihn zart auf die Wange.

Er sah ihr nach, wie sie die Treppe hinauflief. Dann ging er in die Küche, griff nach der angebrochenen Flasche Grappa, die seit Jahren unangetastet auf dem Schrank stand, und goss sich ein Glas ein.

Achtundzwanzig

Gerade einmal dreizehn Journalisten und Kameraleute verbrachten die Nacht in dem von der Polizei abgesperrten Bereich wie Schafe im Pferch. Zigaretten und Bier machten die Runde, da sich bis Tagesanbruch nichts tun würde, vielleicht auch danach nicht viel. Die Bullen wollten die Frau anscheinend für sich behalten. Einer von ihnen nicht unbedingt aus rein dienstlichen Motiven, wie gemunkelt wurde.

Kurz nach Mitternacht kam Bewegung ins Nachtlager an der Via Appia. Ein Neuankömmling stieß zum Haufen der wartenden Journaille. Denis Renard war hellwach. Der Paparazzo einer französischen Klatschpostille hatte beschlossen, der Erste zu sein, der ein anständiges Foto von Sara Farnese schoss. Er musterte die Gestalt, die offenbar zu Fuß aus dem Nichts aufgetaucht war, Fragen stellte und im Übrigen so tat, als wäre sie etwas Besseres.

»Für wen arbeitest du, Freund?«, erkundigte er sich.

Der Mann leuchtete ihm mit einer Taschenlampe ins Gesicht. Er war nicht groß, aber kräftig gebaut, ein Bursche, mit dem man sich besser nicht anlegte.

»*Time Magazine*«, antwortete der Mann.

Denis Renard fluchte unterdrückt. Glaubte dieser Typ etwa, ihn für dumm verkaufen zu können? *Time* … Dass ich nicht lache, dachte er. Als wäre das hier eine Magazin-Story. Der Kerl kommt bestimmt von einem Konkurrenzblatt und glaubt, mir mit einer kleinen Digitalkamera die Schau stehlen zu können. Also sei wachsam, Denis.

Der Paparazzo stellte den Weckruf seiner Armbanduhr auf 6.22: Sonnenaufgang.

Als er Laut gab, war der Mann verschwunden. Denis Renard richtete sich entschlossen auf. *Er* würde die Frau als Erster vor die Linse bekommen. Das konnte niemand verhindern. Nicht einmal irgendein Trickser vom *Time Magazine.*

Neunundzwanzig

Nic Costa erwachte und wusste, dass er laufen würde. Es war wie eine Sucht. Das Laufen gab ihm ein Gefühl des Einsseins von Körper und Geist. Mit der Anstrengung bis an den Rand der Erschöpfung kam Ruhe über ihn, eine Ruhe, die mitunter unerwartete Erkenntnisse produzierte. Einmal hatte er einen erschütternden Fall häuslicher Gewalt aufgeklärt, als er früh morgens um sechs im Schatten der Engelsburg am Ufer des Tiber entlangsprintete. Das Laufen gab ihm Befriedigung, Genugtuung – und Kraft. Auch wenn es Falcone vielleicht nicht gefiel, dass er Sara kurz verließ, er brauchte es mehr denn je.

Im Haus war alles ruhig und still. Im Osten stieg die Sonne über den Horizont, bereitete das Land auf einen weiteren glutheißen Augusttag vor. Er trug Shorts, ein weißes T-Shirt und die Laufschuhe, die auch nach zwei Monaten noch durchhielten, ein Rekord. Leise verließ Nic Costa das Haus und lief zu den Polizeifahrzeugen hinüber. Um Mitternacht hatte die Schicht gewechselt. Möglicherweise kannte er einige der Kollegen nicht, die nun für ihren Schutz verantwortlich waren. Er bereitete sich auf Erklärungen vor, blieb dann aber wie angewurzelt stehen. Luca Rossi saß im ersten Fiat und blickte ihm finster durch das Fenster entgegen. Außer ihm war nur noch ein anderer Polizist wach, und der zeigte wenig Interesse an den Vorgängen.

Steifbeinig stieg sein Partner aus, gähnte ausgiebig und

streckte sich. »Das kann doch nicht dein Ernst sein, Nic. Ausgerechnet heute.«

»Du solltest längst zu Hause sein.«

»Mag sein. Aber was erwartet mich da? Zum Biertrinken ist es zu spät. Es macht mir nichts aus, im Auto zu schlafen. Darin bin ich geübt.«

Aber er konnte Nic Costa nichts vormachen. Er wusste, dass Rossi seinetwegen hier geblieben war. Es rührte ihn, dass sein Partner zu glauben schien, ihn behüten zu müssen.

»Dir ist offenbar nicht zu helfen«, sagte Rossi. »Du willst einfach nicht begreifen.«

»Eine Frage der Alternativen, Onkel Luca. Lauf oder stirb.«

»Lauf *und* stirb, meinst du wohl. Du fungierst hier als eine Art Zielscheibe, Junge. Du solltest es ihm aber nicht zu leicht machen.«

Costa zeigte die Zufahrt hinunter. »Komm schon. Nur eine kleine Strecke. Wer sollte mir hier etwas tun? Die Mücken?«

»Lass es«, drängte Rossi. »Geh wieder hinein. Trink eine Tasse Kaffee. Mach, was du willst, aber renn hier nicht durch die Gegend.«

»Onkel Luca …«

»Ich bin nicht dein verd…« Der ältere Mann schüttelte den Kopf. »Was habe ich nur verbrochen? Warum tust du mir das an?«

»Ich muss einfach laufen. Einen klaren Kopf bekommen.«

Rossi seufzte resigniert. »Wie weit? Wie lange?«

»Nur ein kurzes Stück. Nicht einmal bis zur Hauptstraße. Ich bleibe auf der Zufahrt.«

»Also gut«, murrte Rossi düster. »Aber ich kann niemanden abstellen, der dich im Auge behält. Und wenn du in spätestens zehn Minuten nicht wieder hier bist, löse ich Alarm aus. Verstanden?«

Grinsend breitete Nic Costa die Arme aus.

»Keine Umarmungen, bloß keine Intimitäten«, warnte sein

Partner. »Du musst ja unbedingt deinen Kopf durchsetzen. Also bringen wir es hinter uns.«

Costa lachte und setzte sich in Bewegung. Leichtfüßig lief er die Zufahrt hinunter, zufrieden, die Morgenluft im Gesicht spüren zu können und ein paar Minuten für sich zu haben, um zu versuchen, ein paar seiner – ihrer – Probleme in den Griff zu bekommen. Er dachte an seinen Vater und daran, wie sehr der alte Mann den gestrigen Abend genossen hatte. Er dachte auch an Sara Farnese. Sie hatte das Zusammensein offensichtlich als angenehm empfunden. So etwas schien eine Seltenheit in ihrem Leben zu sein. Er konnte nur Vermutungen darüber anstellen, wie sie sich geben würde, wenn es häufiger geschah.

Er hatte Luca Rossi getäuscht. Die Zufahrt war nicht lang genug. Er musste noch eine gewisse Strecke auf der Via Appia zurücklegen, und das, so schnell ihn seine Beine trugen. Das harte Basaltpflaster der uralten Straße erinnerte ihn an seine Kindheit. Im Alter von dreizehn Jahren und nach einem Streit mit seinem Vater war er hier entlanggerannt. Weiter, immer weiter. Nach fünfzig Kilometern und total erschöpft, hatte er schließlich von einem Dorfgasthaus aus zu Hause angerufen. Sein Vater war gekommen, um ihn abzuholen, und hatte die ganze Sache lachend als wundervolles Abenteuer abgetan. Danach standen sie sich irgendwie näher. Seine Entschlossenheit schien seinem Vater Respekt abgenötigt zu haben. Giulia war viel zu erleichtert, um ihm Vorwürfe zu machen, und Marco, der Älteste, zu klug. Beide hätten nie auf diese drastische Weise die Flucht ergriffen, und Nic erkannte in dem Moment, als sein Vater breit lächelnd aus dem Auto stieg, dass ihre Beziehung zueinander anders geworden war. Nicht einfacher, aber auf eine geheimnisvolle Weise enger, als wären sie sich irgendwie sehr ähnlich.

Er entdeckte den Pressepulk neben der Straße, senkte den Kopf und rannte an ihm vorbei. Sie achteten gar nicht auf ihn. Es war noch sehr früh. Und die Bedingungen stimmten nicht. Sie waren auf eine schöne junge Frau und einen korrekt gekleideten Polizisten aus. Ein Jogger in verschwitztem T-Shirt und derben Laufschuhen sagte ihnen nichts. Mit einem schnellen Blick über die Schulter vergewisserte er sich, dass ihm niemand folgte, und bog von der Straße ab. Ein schmaler Pfad führte hier im großen Bogen zum Haus zurück. Den würde er nehmen und Luca Rossi damit überraschen, dass er aus unvermuteter Richtung auftauchte.

Der Morgen wurde wärmer, heller und klarer. Costa legte Tempo zu, lief geduckt unter knorrigen Olivenbäumen und blieb dann stehen. Die Rückseite des Landhauses war nicht mehr als fünfzig Meter entfernt. Er konnte in die Fenster sehen und in Giulias Zimmer Sara ausmachen. Sie trug nichts als ein dünnes, rotes Hemd. Es bereitete ihm Gewissensbisse, sie zu beobachten, aber er konnte nicht anders. Bei jeder ihrer Begegnungen war ihr Verhalten von der Anwesenheit anderer bestimmt. Jetzt war sie vielleicht ganz sie selbst, die Person unter der harten Schale, die sie der Welt zeigte. Es beunruhigte ihn, wie sehr sie ihn faszinierte, und das nicht nur durch ihre Schönheit. Da war etwas hinter Sara Farneses Fassade, das er sehen, berühren und kennen lernen wollte.

Er atmete tief durch, um wieder zu Kräften zu kommen, beugte sich vor und stützte die Hände auf die Knie. Es war gut, dass er nicht auf Rossis Warnungen gehört hatte.

»Lächeln«, sagte plötzlich eine harte Stimme hinter ihm, eine Stimme mit ausländischem Akzent.

Nic Costas Nackenhaare sträubten sich. Er drehte sich um. Der Mann war klapperdürr und total kahl. Er trug ein schwarzes Hemd, schwarze Hosen und hatte durchdringende, blaue Augen. In den Händen hielt er eine SLR-Kamera, die er nun auf Nics Gesicht richtete.

»Wer zum Teufel sind Sie?«

»Presse.« Er machte ein paar Aufnahmen und trat einen Schritt zur Seite, um einen besseren Winkel zu haben.

»Sie befinden sich auf Privatbesitz. Ich verlange, dass Sie mir unverzüglich den Film aushändigen.«

»Sie können mich mal«, zischte der Reporter.

Costa seufzte. Der alte Trick. Sie versuchen einen wütend zu machen, um bessere Bilder zu bekommen. Eine geballte Faust verkaufte sich gut, eine passive Miene weniger.

»Gut«, sagte er. »Bedienen Sie sich.«

Er stellte sich gerade hin, verschränkte die Arme vor der Brust und grinste breit in die Kamera.

Der Fotograf fluchte unflätig.

»Und wie ist es mit einem kleinen Honorar?«, fragte Costa und stutzte. Ein Mann kam auf sie zu. Jemand vom Team vermutlich, und das wurde auch Zeit. Die Polizisten sollten das gesamte Gelände bewachen. Sie hätten den Fotografen nie so weit kommen lassen dürfen.

Er blickte dem Mann entgegen, der sich ihnen mit schnellen Schritten näherte. Er war etwa dreißig und hatte eine kräftige Figur, ein gut aussehendes Gesicht und dunkle, glatte Haare. Das karierte Hemd und die Jeans schienen ihm nicht recht zu passen. Seine dunkle Sonnenbrille wirkte fehl am Platz. Nic Costa kannte ihn nicht, wohl aber der Reporter.

»Was willst du hier?«, schrie der Paparazzo. »Das ist *mein* Objekt. Schieb ab! Verschwinde zum …«, er ließ die Kamera sinken und deutete mit den Fingern spöttisch Gänsefüßchen an, »… *Time Magazine.*«

Wortlos starrte der Mann im karierten Hemd an ihnen vorbei auf das Haus.

»Sie verlassen jetzt beide das Grundstück«, sagte Nic. »Sonst gibt es Ärger.«

Dann folgte er dem Blick des Mannes. Die Augen des Mannes waren unverwandt auf das Fenster gerichtet, hinter dem Sara Farnese die Szene ebenso konzentriert wie verständnislos beobachtete.

Der Fotograf schrie laut auf. Blitzschnell hatte der Mann im karierten Hemd ihm ein Messer zwischen die Rippen gestoßen. Der Verletzte taumelte zu Boden, drückte beide Hände gegen die Brust, als wolle er verhindern, dass mit seinem Blut sein Leben in der steinigen Erde versickerte.

Nic Costa sah, dass sich die Aufmerksamkeit des Mannes mit der Sonnenbrille vom Paparazzo abwandte, erst kurz auf Sara richtete und schließlich auf ihn.

Manchmal verteidigt man sich, aber manchmal ist es besser, die Flucht zu ergreifen.

»Das Blut der Märtyrer ... «, sagte der Mann und machte einen behänden Schritt auf ihn zu.

Nic Costa rührte sich nicht, »... ist die Saat der Kirche.«

Überrascht blieb der Mann wenige Meter vor ihm stehen. Seine Augen hinter der absurden Brille wurden schmal. Damit hatte er nicht gerechnet.

»Man sollte sich vom Fernsehen nicht täuschen lassen«, sagte Costa. »Ich bin ihr nicht zu nahe gekommen. Es war ein Trick. Um Sie hierher zu locken. Und es hat geklappt.« Er hob die Hände, und es war eine gelassene, abschließende Geste. »Ich denke, Sie sollten aufgeben. Hier wimmelt es von Polizisten.«

Der Mann blickte amüsiert um sich, so als wollte er sagen: *Ach wirklich?* Irgendetwas stimmte aber nicht. Sie müssten längst hier sein. Sie hätten diesen Wahnsinnigen nie so weit vordringen lassen dürfen.

Mit einem Satz sprang der Mann auf ihn zu, das blutige Messer fest in der rechten Faust. Im letzten Moment duckte sich Nic Costa zur Seite, richtete sich wieder auf und begann zu rennen. Jede Verhandlung mit seinem Angreifer wäre sinnlos. Er musste hier weg, so schnell wie möglich, die Hilfe und Unterstützung seiner Kollegen suchen.

Er hastete durch das Gestrüpp, spürte, wie ihm Zweige die Haut aufrissen, dachte an nichts als an die Kraft in seinen Beinen. Er hatte gerade einmal vier oder fünf lange Schritte getan, als sich etwas Scharfes in sein Schulterblatt bohrte.

Nic Costas Fuß stieß gegen etwas Hartes. Er stolperte, stürzte vornüber zu Boden, stieß sich den Kopf an einem Felsbrocken und fasste nach hinten, um sich das Messer aus dem Körper zu ziehen. Es steckte tief in seinem Fleisch. Er packte den Griff und hätte vor Schmerz und Wut am liebsten laut geschrien. Es sollte ihm doch wohl möglich sein, die Klinge herauszuziehen und vor diesem Irren zu flüchten.

Schwankend rappelte er sich hoch und blickte sich benommen um.

In der flirrenden Ferne tauchte eine Gestalt auf und kam schnell näher.

Manchmal verteidigt man sich, aber manchmal ist es besser, die Flucht zu ergreifen.

Und manchmal, dachte Nic Costa, bleibt einem gar keine Wahl.

Die dunkle Silhouette wurde größer. Er fragte sich, welche Waffen der Angreifer noch bei sich trug, fragte sich, wo die Kollegen blieben. Ein Polizist hatte es nicht verdient, wie ein Heiliger zu sterben. Es schien so unpassend zu sein, nahezu blasphemisch.

Hilflos sank Nic Costa auf die Knie und spürte, wie ihn das Bewusstsein verließ.

Er hörte Schreie. Laute Stimmen. Zwei Stimmen, und eine kannte er. Eine – in seinem Zustand fiel es ihm nicht schwer, sich das einzugestehen –, die er liebte.

Nic Costa lag auf der harten, trockenen Erde und hörte Sara Farnese zu. Es klang, als würde sie um sein Leben betteln.

Dreißig

Alicia Vaccarini verbrachte die Nacht auf dem Stuhl in der merkwürdigen achteckigen Kammer, in der Gino Fosse sie zurückgelassen hatte. Die Nacht war totenstill gewesen, nur einmal hatte sie draußen auf der Straße das Grölen eines Betrunkenen gehört. Ein Knebel steckte in ihrem Mund. Sie war gefesselt. Es gab nichts, was sie tun konnte, keine Möglichkeit, sich zu befreien. Bald musste er wiederkommen, und dann würde sie sterben. Ihr Peiniger schien auf wahnhafte Weise überzeugt zu sein, dass er ihr eine Wohltat erwies. Dass er sie vor seinem Aufbruch um »Verzeihung« gebeten hatte, erfüllte sie mit namenloser Furcht. Es gab nicht die geringste Chance, keine Hoffnung auf Gnade. Er war fest entschlossen und irgendetwas – etwas im Fernsehen – hatte seine exakt geplante Folge der Ereignisse unterbrochen.

Irgendwann war sie eingeschlafen und erwacht, als helles Morgenlicht durch die schmalen Fenster in den Raum drang. Es mussten doch Leute in der Nähe sein. Rom war nicht menschenleer. Auch wenn die Hitze die Straßen entvölkerte, befanden sie sich noch immer in einer Millionenstadt. Schon bald würden trotz der Ferien Büros im Parlamentsgebäude geöffnet, Boten Post liefern. Die Kellner in dem kleinen Café, in dem sie morgens einen Macchiato trank, würden sich wundern, wo sie blieb. Alicia Vaccarini war eine Frau mit Gewohnheiten. Irgendwann musste ihre Abwesenheit auffallen. Spätestens gegen Mittag. Um zehn begann ein Empfang für eine

Delegation aus Brüssel, für die sie ihre Teilnahme zugesagt hatte. Höchst ungewöhnlich, wenn sie ein solches Ereignis verpasste. Sie war zuverlässig. Sie hatte nichts anderes zu tun.

Folglich würde spätestens um zwei oder drei jemand in ihr Apartment gehen, dort feststellen, dass sie in der Nacht nicht nach Hause gekommen war, und die Polizei einschalten …

Alicia Vaccarini versuchte, aus diesen Überlegungen Hoffnung zu schöpfen. Es gelang ihr nicht. Gino Fosse würde zurückkommen und tun, was er sich vorgenommen hatte.

Auf dem Fußboden lag noch immer das aufgeschlagene Buch. Die Schutzpatronin der Musik sollte doch eigentlich ein heiteres, munteres Wesen sein, dachte sie. Keine weiße Marmorgestalt im Leichenhemd mit drei deutlichen Kerben am Hals. Alicia Vaccarinis Hals zeigte nur eine Schnittwunde. Sie war nicht tief und hatte bald nach Fosses überstürztem Weggang zu bluten aufgehört. Aber eine Wunde ist mehr als genug, dachte sie, schloss die Augen und fragte sich, ob sie vielleicht nicht doch beten konnte. Es war Zeit für ungewöhnliche Maßnahmen.

Dann Geräusche im unteren Stockwerk. Ihr Herz begann hoffnungsvoll zu klopfen. Schritte kamen die Treppe herauf. Schwere, entschlossene Schritte. Sie schloss wieder die Augen und schluchzte.

Als Alicia Vaccarini sie wieder öffnete, stand Gino Fosse mit wirrem Blick vor ihr. Sein kariertes Hemd war aufgerissen und schmutzig. Mit weit aufgerissenem Mund rang er keuchend nach Luft. Sie wusste nicht, was sie von ihm halten sollte, konnte nicht entscheiden, ob sein sonderbares Verhalten ein gutes oder schlechtes Zeichen war. Dann begann er zu sprechen, stammelte etwas über die Kirche und die Falschheit der Frauen. Das Telefon klingelte. Es befand sich auf einem Sideboard vor dem Fenster ihr gegenüber. Er ging hin und meldete sich. Alicia Vaccarini lauschte angestrengt. Ein Hauch von Unterwürfigkeit lag in seiner Stimme. Das bemerkte sie zum ersten Mal. Bisher hatte er sehr selbstsicher gewirkt, als wäre er der alleinige Herr seiner Entscheidungen und Taten.

Er schwieg. Seine Miene verdüsterte sich. Schlechte Nachrichten. Lautlos flehte sie, dass ihr endlich jemand zu Hilfe kam, dass Polizisten die Türen zu diesem furchtbaren und absonderlichen Kerker einschlugen.

»Nein«, erklärte er bestimmt. »Unmöglich. Das ist eine Zumutung. Und wo bleibe ich?«

Er hörte wieder zu. Seine Schultern sackten herab, und sein Gesicht verzerrte sich vor Wut. Aber er wird tun, was man ihm sagt, dachte sie, und darin lag vielleicht die Rettung.

»Mist!«, schrie er.

Er warf das Telefon auf den Fußboden und schickte es mit einem Fußtritt quer durch den Raum. Alicia Vaccarini sah zu, wie er Obszönitäten brüllend durch die Kammer stürmte, wahllos nach Gegenständen griff und zu Boden schleuderte.

Man wird es hören, dachte sie. Jemand weiß Bescheid. Jemand kommt mir zu Hilfe.

Er trat hinter sie. Zwei kalte Hände schoben sich um ihren Hals und legten sich auf ihre Wangen, zwangen sie, den Kopf zu heben und die erschreckenden Bilder an der Decke zu betrachten, die sie bislang noch gar nicht bemerkt hatte, nicht bemerken wollte. Es waren Schwarzweißfotos. Die Frauen auf ihnen starrten sie mit unbewegten Mienen an, als wäre ihnen alles egal.

»Sehen Sie sich an, was passiert«, flüsterte er ihr ins Ohr. »Sehen Sie sich an, was getan wurde und nicht gutgemacht werden kann.«

Ihre Blase öffnete sich, warmer Urin rann ihre Beine hinab. Die Hände bewegten sich wieder. Der Knebel in ihrem Mund lockerte sich. Er löste den Knoten an ihrem Hinterkopf, und der Knebel rutschte auf ihren Schoß. Erleichtert stöhnte Alicia Vaccarini auf. Endlich konnte sie wieder richtig atmen.

Er kam um sie herum und sah ihr in die Augen. Wieder hatte er sich verändert. Er war wie zuvor: Von sich überzeugt und zu allem entschlossen. Unvermittelt hob er den Arm und schlug ihr mit der flachen Hand brutal ins Gesicht. Sie schrie. Die Hand ballte sich und schlug erneut zu. Knöchel rissen ihr die Lippen auf. Sie schmeckte Blut. Und spürte etwas Neues: einen heftigen, unbändigen Hass auf sie.

»Hure«, zischte er. »Ihr seid alle gleich. Handlanger des Satans. Ist Ihnen das klar?«

»Bitte …«

»Still!« Wieder hob er die Faust, schlug aber nicht zu. Sie verstand. Und sagte nichts mehr.

Er wischte sich mit dem Handrücken über den Mund und dachte nach. Sie beobachtete ihn schweigend. Es hatte keinen Sinn mehr, zu protestieren oder um Gnade zu bitten. Er traf die Entscheidungen, und er war wahnsinnig – gewalttätig in einem Moment, nachgiebig, oder zumindest unsicher, im nächsten.

»Sie kommen«, sagte er. »*Hierher*! In meine Wohnung. Mein Zuhause.«

»Machen Sie es nicht noch schlimmer, als es schon ist«, sagte sie sehr leise, sehr ruhig.

Verwundert sah er sie an. »Schlimmer? Wie könnte es noch schlimmer werden?«

Sie entdeckte etwas in seinen Augen. Verunsicherung, Zweifel. Das musste sie ausnutzen. »Ich kann Ihnen vielleicht nützlich sein«, sagte sie. »Ich habe einflussreiche Freunde. Ich werde der Polizei sagen, dass Sie mich gut behandelt haben. Dass alles nur ein Missverständnis war. Schließlich macht jeder von uns Fehler.«

»Wir werden alle in der Hölle büßen.«

»Nein«, widersprach sie. »Das ist ein Märchen, an das selbst die Kirche nicht mehr glaubt.«

»Dann ist Ihnen nicht mehr zu helfen.« Er seufzte. »Es tut mir Leid. Es tut mir aufrichtig Leid.«

Alicia Vaccarini holte tief Luft. Seine Entschuldigung gab ihr erstmals so etwas wie Hoffnung. Zum ersten Mal, seit sie hier festgehalten wurde.

»Es ist schon gut«, sagte sie. »Es kommt schon alles in Ordnung.«

Er hatte ein sonderbares Gesicht. Unter einer anderen, besseren Beleuchtung wäre es nicht unattraktiv gewesen. Auch jetzt sahen seine Züge nicht gerade abstoßend aus, aber irgendwie übersteigert, wie das einer Gestalt auf einem mittelalterlichen Gemälde.

»Sie verstehen mich offenbar nicht, Alicia. Es tut mir Leid, dass sich meine Pläne nicht verwirklichen lassen. Ihr Tod in der Kirche in Trastevere. Das hätte Sie von Ihren Sünden reinwaschen, Sie vielleicht retten können. Doch das ist nun unmöglich. Man kommt, um mir mein Zuhause zu nehmen. Man glaubt anscheinend, mich austricksen zu können. Aber das ist töricht, sehr unklug.«

»Es wird sich irgendwie klären. Ich könnte vielleicht irgendetwas für Sie tun, Ihnen behilflich sein.«

»Mag sein.« Erneut dachte er nach, wirkte wieder so sachlich und rational wie im Restaurant. Ihm schien ein Gedanke gekommen zu sein. Er ging zu den auf dem Fußboden verstreuten CDs hinüber, wählte sich eine aus und legte sie auf. Eine elektrische Violine erfüllte den Raum mit hohen, schmachtenden Klängen.

»Haben Sie schon einmal gesehen, wie jemand einen Ziegelstein mit der Handkante zertrümmert hat, Alicia? Ich besuche hin und wieder eine Schule für Verteidigungskunst. Dort lernt man, wie das gemacht wird. Sie weihen einen in das Geheimnis ein.«

»Nein, das habe ich noch nicht gesehen.«

»Das Geheimnis besteht darin, dass man sich nicht auf den Ziegelstein konzentriert, sondern auf etwas direkt dahinter, und versucht das zu zerstören. Man ersetzt das reale Ziel durch eins in seiner Phantasie und erreicht so das erwünschte Ergebnis. Verstehen Sie?«

»Ich denke schon. Könnten Sie mich bitte losbinden? Ich bin schon ganz steif. Und ich muss dringend auf die Toilette.«

Unwillig über ihr Desinteresse an seinen Erklärungen, schüttelte er den Kopf. »Was ich Ihnen sage, hat große Bedeutung, Alicia. Unser wahres Ziel befindet sich jenseits der Realität. Wir können es nicht sehen. Was wir auf dem Weg dorthin tun – was wir erlangen, was wir zerstören –, ist bedeutungslos. Was zählt, ist das Endziel. Zu wissen, dass man es erreicht.«

Sie blickte ihn an, und der Ausdruck in seinen Augen gefiel ihr nicht. »Diese Leute, von denen Sie sprachen, werden bald hier sein. Es wäre besser, wenn sie mich nicht gefesselt vorfinden. Das leuchtet Ihnen doch ein, oder?«

»Aber sicher.« Die Welt geriet in Bewegung. Der Stuhl neigte sich nach vorn, bis Alicia Vaccarini kopfüber auf den Knien lag und den fleckigen Teppich anstarrte.

Sie wartete auf seine Berührung, wartete darauf, dass sich seine Hände an ihren Fesseln zu schaffen machten. Vergebens. Gino Fosse kam um den Stuhl herum und stellte sich vor sie. Er hielt das Schwert in der Hand, die silbern blitzende Klinge, mit der er sie bereits einmal verletzt hatte.

»Großer Gott …« Alicia Vaccarini sah das Schwert an und spürte, dass ihr die Kehle eng wurde. »Nein. Nicht«, ächzte sie.

Aber Fosse beachtete sie nicht. Seine Blicke waren auf den Abstand zwischen dem Stuhl und ihrem Hals fixiert.

Er trat neben sie. Nur seine Füße waren zu sehen: schwarze Sportschuhe und weiße Socken. Sie hörte, wie die Klinge die heiße, stickige Luft durchschnitt, und erinnerte sich an eine Geschichtsstunde vor vielen Jahren. Auf besondere Gnade von Heinrich VIII. wurde Anne Boleyn von einem Schwerthenker hingerichtet, um ihr den Tod durch das Beil zu ersparen. Der für seine Geschicklichkeit berühmte Mann war eigens aus Calais geholt worden. Ein Schwert schlägt gründlicher und sauberer zu als die Axt. Er hatte die Klinge auf dem Schafott im Tower im Stroh versteckt, stellte sich dann hinter die Königin, hörte ihre letzten Worte und enthauptete sie mit einem einzigen Hieb.

Sie konnte hören, wie ihr Henker hinter ihrem Rücken einen Probeschlag ausführte. Dann Stille. Sie konnte sich vorstellen, wie er das Schwert auf Höhe seiner Schultern hob, um es in tödlichem Bogen auf ihren Nacken niederfahren zu lassen.

Ohne nachzudenken reckte Alicia Vaccarini das Kinn und schloss die Augen. Sie wollte nichts sehen. Sie wollte sich nicht vorstellen, dass das Schwert ihren Hals verfehlte und ihr stattdessen den Schädel zerschmetterte.

Dann erinnerte sie sich an ein weiteres Detail der längst vergangenen Geschichtsstunde, an Anne Boleyns letzte Worte. »Jesus Christus empfehle ich meine Seele.«

Alicia Vaccarini konnte sie nicht aussprechen, nicht einmal lautlos. Es wäre eine Lästerung, dachte sie.

Die Musik endete, sprang aber wieder auf Anfang. Die Violine begann erneut zu schluchzen.

Einunddreißig

Im vierten Jahrhundert eine Herberge für Pilger, war San Giovanni nun ein modernes Krankenhaus mit zahlreichen Gebäuden, die sich über einen großen Bereich des Caelius-Hügels erstreckten: von der alten engen Straße, die zur Kirche San Clemente führte, bis hinüber zur breiten, modernen Verkehrsader, über die sich Autos, Lastwagen und Busse von Süden her in stetem Strom auf die Piazza ergossen. Nur wenige Minuten entfernt der Clivus Scauri, wo Falcone und seine Leute in einem neuen Mordfall ermittelten und nach dem Verbleib eines Priesters forschten, der – wenn auch nur kurz – in dem Krankenhaus tätig gewesen war, in deren Notaufnahme jetzt Nic Costa lag.

Luca Rossi und Sara Farnese saßen nebeneinander auf einer Bank und sahen zu, wie eine Schwester Costa verband, hörten den Arzt von »Gehirnerschütterung« und davon reden, dass er zur Beobachtung besser noch einen Tag im Krankenhaus bleiben sollte. Die Messerwunde war von den Medizinern als unbedenklich eingestuft worden, während der Sturz einen bösen Bluterguss an seiner rechten Schläfe hinterlassen hatte. Aber Nic Costa lebte, auch wenn er nicht recht wusste, warum. Als der Arzt den Raum verließ, wandte er sich seinem Partner zu.

»Irgendwie gefällt mir dein Gesichtsausdruck nicht, Onkel Luca. Habt ihr ihn euch geschnappt?«

»Ich wünschte, es wäre so«, antwortete Rossi kleinlaut.

Ungläubig riss Costa die Augen auf. »Wie bitte? Was braucht es denn noch?«

Verlegen blickte Sara Farnese zu Boden. Gereizt funkelte Rossi Costa an. »Moment, Junge. Komm mir nicht so.«

»Wie viele Männer waren gleich noch im Einsatz?«

»Genug jedenfalls!« Zornige Röte breitete sich auf Rossis Gesicht aus. »Acht. Zehn vielleicht. Aber vergiss nicht, dass sie den Auftrag hatten, das Grundstück zu bewachen. Auf dem du dich aufhalten solltest. Keiner von ihnen konnte wissen, dass du deine Extratouren drehst. Wenn Falcone erfährt, dass ich einverstanden war, zieht er mir glatt das Fell über die Ohren. Allerdings hatte ich keine Ahnung, dass du dich über unsere Abmachung hinwegsetzen würdest. Solltest du nicht auf der Zufahrt bleiben? In unserer Nähe?«

Costas Schädel schmerzte, in seinem Kopf drehte sich alles. Aber er konnte sich erinnern, und Luca Rossi hatte Recht. Es war seine eigene Schuld. Er erinnerte sich auch an Sara hinter dem Fenster und an das Entsetzen auf ihrem Gesicht.

»Entschuldige, Luca. Ich war ein Idiot.«

»Nun ja …« Sein Partner warf Sara Farnese einen schnellen Blick zu. »Du hast überlebt. Wenn auch nicht durch unsere Hilfe. Und wir haben einen Namen. Sowie einen weiteren Mord. Genug für Falcone, Genugtuung zu empfinden oder uns die Leiche in die Schuhe zu schieben. Je nachdem, wie er aufgelegt ist.«

»Ich verschwinde hier so bald wie möglich. Ich muss unbedingt zum Tatort.«

»Nic, der Arzt …«, begann Sara.

»Der Anblick ist noch mieser als die anderen«, murmelte Rossi, war sich aber klar, dass er Costa nicht von seinen Plänen abhalten konnte. »Und was kannst du schon tun?«

Vorsichtig bewegte Nic seine verletzte Schulter und stellte befriedigt fest, dass sie kaum schmerzte. »Kaum noch zu spüren. Darüber hinaus braucht ihr mich, Luca. Wie du weißt, habe ich diesen Mann gesehen.«

Wieder sah Rossi die Frau neben sich an. Costa konnte sich seinen Blick nicht erklären. Etwas an Sara Farnese schien ihn abzustoßen. So heftig, dass er es offenbar kaum ertragen konnte, mit ihr auf einer Bank zu sitzen.

»Unwichtig, Nic. Hast du nicht zugehört? Wir kennen seinen Namen. Signorina Farnese hat ihn uns genannt, als du im Krankenwagen lagst. Sieht ganz so aus, als hätte sie ihn die ganze Zeit gekannt.«

In Nic Costas Kopf begann es noch heftiger zu hämmern. Reglos starrte sie die weiße Wand an. Ihr Haar war zerzaust. Es ließ sie irgendwie anders aussehen. Vielleicht war ihr nicht genug Zeit geblieben. Sie hatte das Haus ohne die Maske verlassen, mit der sie sich sonst vor der Welt schützte.

»Ich muss telefonieren«, sagte Rossi. »Dein Vater ist zu Hause geblieben, weil ihm die Ambulanzleute versicherten, dass er sich keine Sorgen zu machen brauche. Ich werde ihn trotzdem anrufen und sagen, dass mit dir so weit alles in Ordnung ist. Ich bin draußen, falls du etwas von mir willst. In höchstens zwei Minuten siehst du mich wieder. Man wird sie übrigens woanders unterbringen. Falcone hält das Zeugenschutzprogramm für sie weiter aufrecht. Wir gehen davon aus, dass du sie nicht länger in eurem Haus haben willst, daher sucht man nach einer anderen Unterkunft.«

Er tätschelte die Zigarettenschachtel in seiner Tasche. »Zeit für einen Glimmstengel.« Dann verließ er den Raum und betrat den langen, von kalten Neonröhren beleuchteten Flur.

Nic Costa setzte sich auf. Seine Schulter bereitete ihm kaum Probleme. Und auch seinem Kopf würde es bald besser gehen. Es war alles nur eine Frage der Zeit.

Noch immer sah Sara Farnese ihn nicht an.

»Danke«, sagte er schließlich.

Sara wandte sich ihm zu. Ihre Augen blickten ängstlich, aber auch überrascht. »Wie bitte?«

»Ich weiß nicht genau, was da draußen geschehen ist, Sara. Aber Sie haben ihn aufgehalten. Vielen Dank.«

Ihr Kopf bewegte sich von einer Seite zur anderen, ihre langen, ungekämmten Haare schwangen mit. »Ich habe ihn nur aus dem Fenster gesehen, Nic, und merkte, dass etwas nicht stimmt. Als ich draußen erschien, rannte er davon. Vermutlich bekam er es mit der Angst zu tun. Er wollte keine Zeugen.«

Sie log. Da war er sich sicher. Er hatte gehört, wie sie miteinander sprachen.

»Sie haben mit ihm geredet.«

»Aber natürlich! Ich schrie ihn an, dass er Sie gefälligst in Ruhe lassen soll. Was haben Sie denn erwartet?«

»Nein.« Sein Gedächtnis funktionierte noch immer nicht ganz richtig, aber so viel wusste er zumindest. »Da war mehr. Sie haben ihn angesprochen. Er antwortete. Sie kannten – kennen ihn.«

»Flüchtig. Er tauchte gelegentlich in der Vatikanischen Bibliothek auf, wenn ich dort arbeitete. Wir wechselten dann und wann ein paar Worte miteinander.«

»Haben Sie …« Er verstummte, denn die Frage fiel ihm nicht leicht.

»Was?«, fuhr sie ihn wütend an. »Mit ihm geschlafen? Nein. Es gibt noch ein paar Männer in Rom, mit denen ich kein Verhältnis hatte. Hoffentlich schockiert Sie diese Information nicht allzu sehr.«

»Verzeihung.«

»O Gott.« Sie schloss die Augen und schüttelte kläglich den Kopf. »Ich muss mich entschuldigen. Ich sah ihn und begann zu schreien, bis er davonlief. Dann schrie ich weiter, bis die Polizei kam. Der Fotoreporter wurde schwerer verletzt, wie ich hörte. Er wird einige Zeit stationär behandelt werden müssen.«

Möglich, dass ihre Version stimmte. Vielleicht hatte er sich den Wortwechsel auch nur eingebildet.

»Es gibt also einen weiteren Toten?«

»Offenbar.«

»Kennen Sie ihn?«

Sie griff nach ihrer Handtasche. »Ich glaube, ich sollte jetzt gehen. Man hat vor, mich woanders unterzubringen. Wenn ich es recht verstanden habe, soll ein anderes Polizeiteam meinen Schutz übernehmen.«

Costa rutschte vom Behandlungstisch, durchquerte auf unsicheren Beinen den Raum und setzte sich dicht neben sie auf die Bank. Er wollte ihr deutlich machen, dass sie ihn nicht so einfach abschütteln konnte.

»Kennen Sie ihn?«, fragte er noch einmal.

Die alte Sara sah ihn von der Seite her an. »Das Opfer ist eine Frau.«

Costa dachte über die sonderbare Betonung des letzten Wortes nach.

»Also kannten Sie sie?«

»Ich glaube, ich habe einmal mit ihr geschlafen. Das wollten Sie doch hören, oder?«

»Sie glauben?«

»Nein. Ich habe mit ihr geschlafen. Man hat mir ein Foto gezeigt. Sie war Politikerin. Es passierte vor Monaten. Genauer weiß ich es nicht mehr. Ich führe über so etwas kein Tagebuch. Tut mir Leid. Nur einmal und auf ihre Initiative hin. Ich begeistere mich nicht unbedingt für Affären à la Sappho.«

Er seufzte. Es gelang ihr immer wieder, ihn aus der Fassung zu bringen.

»Ich verstehe das einfach nicht, Sara. Ich begreife nicht, warum Sie uns nicht ihren Namen nannten.«

Sie lachte trocken auf. »Wie naiv und altmodisch Sie doch sind, Nic. Sie und Ihr Vater. Oh, ich mag ihn. Er ist mir sehr sympathisch. Ich habe mich gern mit ihm unterhalten, weil es war wie ein Gespräch mit jemandem aus einer anderen Zeit. Aber die Welt ist nicht so, wie Sie beide sie sich vorstellen. Vielleicht war sie das nie. Sie wollen wissen, warum ich Ihnen nicht ihren Namen gegeben habe? Was bringt Sie auf den Gedanken, dass ich den überhaupt kannte? Es war eine einzige Nacht, ein paar Stunden. Mehr nicht.«

Es ergab keinen Sinn. Das konnte nicht alles sein. »Aber warum?«

»Weil …« Sie schien nach einer Antwort zu suchen. »Sie haben Ihre Vorstellung von Liebe. Ich meine. Wir sind eben verschieden. Jeder sollte auf seine Weise glücklich werden. Und wenn etwas vorbei ist, bleibt nichts zurück. Keine Bitterkeit, kein Bedauern.«

»Und das nennen Sie Liebe?«, fragte er ohne nachzudenken. »Und Sie irren sich. Etwas bleibt. Etwas, das keine Ruhe lässt. Mit gelegentlich verheerenden Folgen.«

Sara Farneses Augen wurden ganz groß. »Also ist alles meine Schuld?«, erkundigte sie sich zornig. »Wollen Sie mich für die Ereignisse verantwortlich machen?«

Sie hatte ihn gründlich missverstanden. »Nein. Überhaupt nicht. Auf gar keinen Fall.«

Er stand auf und redete sich ein, dass es ihm gar nicht so schlecht ging. Das Dröhnen in seinem Kopf ließ langsam nach.

»Mir war klar, dass Sie nicht hier bleiben würden«, sagte sie. »Warum können Sie nicht einmal Ruhe geben?«

Costa beobachtete, wie auch sie sich erhob.

»Dafür werde ich nicht bezahlt.«

»Niemand verlangt von Ihnen, dass Sie Ihr Leben aufs Spiel setzen.«

»Beim nächsten Mal bin ich vorsichtiger.«

Schweigend sah Sara Farnese ihn an. Dann hob sie die Hand und strich ihm mit zwei Fingern über die Wange. Es war eine unmissverständliche Geste.

»Würde man Sie von dem Fall abziehen, wenn Sie darum bitten würden?«

Die Frage verblüffte ihn. »Ich denke schon. Aber warum sollte ich so etwas tun?«

»Vielleicht, weil ich Sie darum bitte? Ich kann nicht bestreiten, dass ich auf irgendeine unerklärliche Weise in die Sache verwickelt zu sein scheine. Sie könnten Dinge herausfinden, die mir zutiefst unangenehm sind. Weil Sie mich dann vielleicht verachten.«

»Ich bin Polizist. Man macht uns mit Drogen immun gegen Schocks.«

»Das ist nicht komisch.«

»Ich weiß. Aber denken Sie nicht weiter darüber nach.«

Nervös blickte sie ihn an. »Sie werden also um einen anderen Fall bitten?«

»Machen Sie Scherze? Es sieht ganz so aus, als würde dieser Fall zum größten meiner bisherigen Laufbahn werden. Warum sollte ich mich freiwillig daraus zurückziehen? So schnell gebe ich nicht auf. Jedenfalls nicht, weil die Ermittlungen schwierig sind, riskant und vielleicht Entscheidungen von mir verlangen, vor denen ich mich lieber drücken würde. Das führt doch zu nichts.«

»Es erleichtert das Leben«, stellte sie fest.

»Es macht das Leben unbedeutend und leer – möglicherweise sogar sinnlos.«

Sie nickte. »Ich dachte mir schon, dass Sie das sagen würden.«

»Danke. Doch jetzt sollten Sie sich entscheiden. Ich muss zum Team zurück. Sie können Falcones Vorschlag annehmen und in eine sichere Wohnung ziehen, allerdings auch weiterhin in unserem Haus wohnen. Dabei geht es mir nicht um mich. Ich denke viel mehr an meinen Vater. Ihm scheint Ihre Gesellschaft zu gefallen. So wie Ihnen seine.«

Es freute ihn, dass sie seinen Vorschlag nicht einfach ablehnte. »Aber wird Ihr Chef damit einverstanden sein? Ich mag ihn nicht sonderlich. Er ist zu – hart.«

»Falcone glaubt, das würde von ihm erwartet. Ich kann mir nicht vorstellen, was er dagegen haben sollte. Offen gestanden halte ich Sie nicht für ernstlich gefährdet. Sie kennen diesen Mann. Bisher hat er Ihnen doch nichts getan. Oder?«

»Nein«, sagte sie leise. »Und wie ist es mit Ihrer Sicherheit?«

Darüber hatte er bereits nachgedacht. »Ich sehe mich künftig besser vor. Abgesehen davon glaube ich nicht, dass er sich mir noch einmal nähert. Meiner Einschätzung nach hat er sehr exakte Pläne für seine Vorgehensweise. In denen ich ursprünglich gar nicht vorkam. Und ich habe ihm offen die Wahrheit gesagt. Dass wir ihn nur anlocken wollten, dass zwischen uns überhaupt nichts ist.«

Aber kann man sicher sein, dass Psychopathen sich derart verhalten, fragte er sich. So überlegt im Hinblick darauf, wen sie töten? Ein beunruhigender Gedanke zuckte Nic Costa durch den Kopf. Einmal hatte der Wahnsinnige ihn verschont. Würde er diese Entscheidung wieder genauso treffen? Oder lässt man Unschuldige nur einmal entkommen, denkt aber beim nächsten Mal: Warum eigentlich?

Auf dem Flur näherten sich Schritte. Luca Rossi steckte seinen Kopf durch die Tür und warf stirnrunzelnd einen Blick auf seine Armbanduhr. Nic Costa bedeutete ihm, sich noch eine oder zwei Minuten zu gedulden. Sara Farnese wartete, bis sich die Tür wieder geschlossen hatte. »Sie werden ihn doch finden? Er ist krank. Er benötigt Hilfe.«

»Wir werden ihn finden. Bestimmt.« Er zögerte einen Moment unschlüssig. »Sara?«

Der Ton seiner Stimme schien ihr nicht zu gefallen. Sie ahnt, was kommt, dachte er.

»Ja?«

»Gibt es noch weitere Namen, die wir kennen sollten? Oder andere Personen wie diese Frau. Die nur Gesichter haben, keine Namen?«

»Ein paar. Wenige. Die Beziehungen liegen längere Zeit zurück. Keine Ahnung, wo sie sich jetzt aufhalten. Ich weiß nicht, wie ich sie erreichen sollte.« Sie äußerte das sehr überzeugt. Er wollte ihr glauben.

»Dieser Mann im Vatikan. Kardinal Denney ...«

»Nic!« Jetzt war sie wieder die echte Sara. Er sah, dass Tränen in ihre Augen traten. »Wer sind Sie jetzt? Nic oder der Polizist Costa? Woher soll ich wissen, mit wem ich es zu tun habe, wenn Sie sich so verhalten?«

»Würde die Antwort dann unterschiedlich ausfallen? Je nachdem, ob ich privat oder beruflich frage?«

»Keineswegs«, versicherte sie. »Ich möchte lediglich wissen, ob Sie als Freund fragen oder weil Sie glauben, es wäre Ihr Job.«

»Als Freund.«

»Ich kenne diesen Kardinal nicht«, beteuerte sie. »Unabhängig davon, wer Sie sind.«

Zweiunddreißig

Seine neue Unterkunft lag im zweiten Obergeschoss eines mehr als schlichten Wohnhauses, das an die Vatikanische Bibliothek grenzte. Es waren Räumlichkeiten, die man selbst einem kleinen Angestellten kaum zugemutet hätte, geschweige denn einem Kardinal. Bezeichnend fand er, dass sie überhaupt frei waren. Wohnraum stand im Vatikan schließlich nicht beliebig zur Verfügung. Es musste sich um eine geplante Disziplinierungsmaßnahme handeln, die schon vor Wochen in die Wege geleitet worden war, wenn nicht gar vor Monaten. Dazu passte Neris und Aitchesons perfides Verhalten. Vielleicht hatte Neri sogar mit jemandem aus der Politik zusammengearbeitet. Es gab keine Möglichkeit für ihn, das in Erfahrung zu bringen. Michael Denney wusste nur eins mit Sicherheit: Ganz fallen lassen konnten sie ihn nicht. Wenn man ihn der italienischen Polizei auslieferte, konnte er zahllose Leute in Europa und den Vereinigten Staaten in erhebliche Schwierigkeiten bringen. Allein drei Minister des italienischen Kabinetts standen tief in seiner Schuld. Wie auch diverse Angehörige der Europäischen Kommission. Er zählte Namen in den Führungsetagen von Lloyd's und Mitglieder der New Yorker Börse zu den dankbaren Empfängern seiner großzügigen Gefälligkeiten, die von der Vermittlung von weiblicher Abendbegleitung bis zu geschickt platzierten Insidertipps reichten. Damit hatte er auch in den letzten Monaten gewinkt, um sich einen würdevollen Abgang aus dem Vatikan zu erkaufen. Es enttäuschte ihn tief, dass ihm in dieser Hinsicht kein Erfolg beschieden war, aber sein Wissen hatte nichts von seiner Macht verloren. Er beglückwünschte sich auch, dass er Neris verstohlene Hinweise abgelehnt hatte, sich vom organisierten Verbrechen helfen zu lassen. Im Nachhinein betrachtet, wäre es die schlechteste aller Optionen gewesen, sich in die Hände von Neris Freunden zu begeben.

Jetzt warteten alle ab und hofften insgeheim darauf, dass er aus Langeweile starb oder sich die Pistole an die Schläfe setzte und abdrückte, um sämtliche Probleme zu beseitigen. Ein schäbiger Lohn für lebenslange Dienste. Aber Denney war ein Pragmatiker. Er konnte ihre Überlegungen nachvollziehen. Eine neue Banca Lombardia wie Phönix aus der Asche aufsteigen zu lassen, wäre eine Verzweiflungstat und überdies eine, die eher auf seine persönliche Freiheit abzielte, als darauf, jenen Vorteile zu verschaffen, die er zum Mitmachen überreden konnte.

Die Risiken und Kosten hatte Denney von Anfang an gekannt. Vor dreißig Jahren war aus einem treuen, fürsorglichen Diener der Kirche ein Angehöriger des Vatikan geworden – halb Diplomat, halb Finanzier. Schon bald begann das Kennzeichen seines Amtes, der runde Kardinalshut, in seinem Schrank Staub anzusammeln. Die Kirche war eine Familie, aber der Vatikan ein Staat. Der verteidigt werden musste, wie er von Anfang an wusste. Aber im Laufe der Jahre gewann er die zusätzliche Erkenntnis, dass der Kirchenstaat seine Interessen wahren, sein Kapital vermehren und notfalls sogar mit dem Teufel Geschäfte machen musste. Er gelangte zur Überzeugung, dass Skrupel oder übertriebene Moralvorstellungen fehl am Platz waren. Kein einziges Mal fragte er sich, ob der junge Michael Denney das vielleicht ein wenig anders gesehen hätte. Die Beschäftigung mit weltlichen Dingen hatte ihn zu einem weltlichen Mann gemacht. Und er war überaus vorsichtig vorgegangen. Als er die Banca Lombardia mit Crespi als Strohmann leitete, hatte er darauf geachtet, dass Gelder nie direkt auf dubiose Konten gelangten. Stets gab es da komplizierte Umwege, die ihm gestatteten, Ahnungslosigkeit über das letzendliche Ziel der Zahlungen vorzutäuschen. Zumindest war das die Absicht gewesen. Inzwischen wusste er es besser.

Er war ein materialistischer Mann geworden. Er hatte sich für den Kommerz entschieden und gelernt, dass die Grenze zwischen dem, was gerade noch erlaubt war und was nicht, gelegentlich verschwamm. Und er hatte zudem entdeckt, dass seine schlanke, asketische Gestalt das Interesse von Frauen erregte und dass sie ihn vom Stress seiner Tätigkeit ablenken konnten.

Sobald eine finanzielle Transaktion erfolgreich verlief, waren alle Sünden vergeben und vergessen. Wenn nicht, begann die Suche nach einem Sündenbock. Hätten drei entscheidende Investitionen, zwei in Lateinamerika und eine mit russischen Partnern in Spanien, die erhofften Profite erbracht, wäre Kardinal Michael Denney jetzt ein gefeiertes Mitglied der Vatikan-Hierarchie, das sich durchaus Hoffnungen auf einen weiteren Aufstieg machen könnte. Aber dass diese Rechnung nicht aufgehen könnte, hatte er bereits an dem Tag geahnt, an dem er geschockt zusah, wie zwei Passagierflugzeuge in das World Trade Center rasten. Die Folgen wirkten sich auf verheerende Weise auf die bereits stagnierende Technologiebranche, ein paar aufstrebende Ökonomien in Osteuropa und die Rückversicherer aus. Die Märkte und die Globalisierung hatten ihn um seine Gewinne betrogen. Der winzige Fisch am Ende der Nahrungskette begann sich zu wehren. Die Banca Lombardia war gezwungen, die Geschäfte auszusetzen. Und dann wurden auch noch die Polizei, schließlich sogar das FBI aufmerksam und fingen an, die komplexen finanziellen Strukturen – Scheinfirmen, obskure Treuhandfonds, fingierte Bankkonten – überall auf der Welt ein bisschen genauer zu untersuchen.

Es wurden Gerüchte über sein Privatleben laut. Zwar hielt ihn niemand mehr für einen zölibatären Priester, aber als Kardinal hatte er ein hohes Kirchenamt inne. In guten Zeiten achtete niemand auf Hinweise über Affären und die Tatsache, dass er als Freund eines guten Tropfens und nobler Restaurants galt. Dann, als man sich von ihm distanzierte, benutzte man sie als Vorwand, um ihn zu stürzen. Früher war er in den exklusivsten Häusern ein gern gesehener Gast, der nicht immer unbedingt sein eigenes Bett aufsuchte. Er nannte die Finanzminister mehrerer europäischer Staaten beim Vornamen. Ein wohlwollendes Kopfnicken von Denney, ein winziges Zeichen von Interesse konnte ein Unternehmen geradezu aufblühen lassen, das ansonsten Probleme mit der Kapitalaufnahme gehabt hätte. Er besaß Macht und Einfluss, er wurde geschätzt. Innerhalb eines einzigen Jahres ging das alles in einem Strom übelster Verleumdungen unter. Jetzt war er ein Gefangener innerhalb des Vatikan, der sehr wohl wusste, dass sein Leben auf dem Spiel stand, sobald er sich aus den schützenden Mauern hervorwagte. Von nun an müsste er um jede Gefälligkeit betteln – dass ihm ein Restaurant eine Mahlzeit lieferte, dass die Medienmeute vor der Tür eines Freundes vertrieben wurde.

Seine neue Wohnung bestand aus einem kleinen Wohnzimmer, einem noch kleineren Schlafraum und einem winzigen Bad mit rostiger Duschkabine. Auf dem Kühlschrank im Wohnzimmer stand ein altertümlicher Gaskocher. Der Blick aus dem Fenster zeigte einen trostlosen Hof voller Abfalltonnen. Die Klimaanlage ächzte und schepperte besorgniserregend, dennoch blieb es erstickend heiß. Ohne ihn vorher zu fragen, hatte man einige seiner Habseligkeiten in die neue Unterkunft gebracht: Kleidung, Bücher, ein paar Bilder. Vielleicht hatte Hanrahan angenommen, das könnte den Schlag irgendwie abmildern. In dieser schäbigen Umgebung wirkten sie wie Fremdkörper. Denney glaubte, sie nie wieder betrachten zu können, obwohl er früher Kunst liebte. Er war zweiundsechzig Jahre alt, körperlich relativ fit, auch wenn er psychisch zunehmend zu Anfällen von Selbstzweifeln und Depression neigte.

Er hätte wissen müssen, was auf ihn zukam. In dieser Woche hatte ihn niemand mit »Eminenz« angesprochen, dem Titel, der ihm aufgrund seines Amtes zustand. Niemand außer Brendan Hanrahan, aber das tröstete ihn wenig.

Denney kannte den stämmigen Iren nur zu gut. Hanrahan gehörte ebenso hinter Gitter wie sie alle. Er hatte die dunklen Wolken, die sich über ihren Köpfen zusammenballten, sehr viel früher erkannt als Denney, hatte es aber versäumt, ihn zu informieren. Hanrahan war ein Überlebenskünstler und in gewisser Hinsicht noch immer loyal – allerdings aus rein egoistischen Motiven vermutlich. Es lag in seinem Interesse, dafür zu sorgen, dass Michael Denney nicht der Polizei in die Hände fiel. Das erklärte vielleicht, warum er um eine private Unterredung gebeten hatte. Denney warf einen Blick auf seine Armbanduhr. Ein paar Minuten später klopfte es an die Tür.

Pünktlich wie immer trat Hanrahan über die Schwelle und verbeugte sich. »Eure Eminenz ...«

»Ich weiß nicht, warum Sie mich noch mit meinem Titel ansprechen, Brendan. Außer Ihnen tut es niemand mehr.«

»Das sagt alles über die aus, die ihn Ihnen verweigern, aber nichts über Sie.«

»Vielleicht.« Denney war ein gertenschlanker Mann. Falten der Sorge und des Alters durchzogen sein früher attraktives Gesicht. Er trug einen grauen Anzug. Die Hoffnung, innerhalb der italienischen Kirche ein neues Amt zu übernehmen, hatte er längst aufgegeben. Er würde die Robe erst wieder anziehen, wenn er Europa hinter sich gelassen hatte und unter neuem Namen irgendwo anders lebte, in der Nähe von Boston vielleicht, wo man für eine Weile untertauchen und versuchen konnte zu verzeihen. Im Vatikan würde ihm keine Vergebung zuteil. Wenn er es wieder zu etwas bringen wollte, dann konnte das nur woanders geschehen, im katholisch geprägten Milieu seiner Jugendjahre.

»Nun, Brendan. Wir leben in einer interessanten Zeit. Gibt es Neuigkeiten?«

Der Besucher setzte sich auf den Sessel gegenüber dem Sofa. Kreischende Bohrgeräusche drangen von draußen herein. Ein Arbeiter hatte ihm die Gründe dafür mitgeteilt. Die schäbigen Unterkünfte wurden nach und nach renoviert. Das konnte noch Monate dauern.

»Die Politikerin, die im Ausschuss gegen Sie stimmte, wurde ermordet. Diese Alicia Vaccarini.«

Entsetzt verzog Denney das Gesicht. »Großer Gott. Ich hoffe, die Polizei ist eingeschaltet?«

»Sie sucht nach dem Täter. Er wollte anscheinend einen Polizisten umbringen. Danach hat er sie getötet. In seiner Wohnung. Die wir ihm überlassen haben, wie Sie sich vielleicht erinnern.«

Der Kardinal wirkte schockiert. »Wer?«

»Ich bitte Sie«, herrschte Hanrahan ihn an. »Wenn ich Ihnen helfen soll, müssen wir absolut offen zueinander sein. Es darf zu keinen weiteren Fehlern mehr kommen. Ich habe Sie gewarnt. Ich sagte Ihnen ...«

»Ich weiß, was Sie gesagt haben!«

Schweigend wartete Hanrahan darauf, dass Denney sich wieder beruhigte.

»Tut mir Leid«, murmelte er nach einer Weile. »Und Sie sind absolut sicher?«

»Es muss so sein. Die Polizei ist vor Ort. Fosse hat das Weite gesucht. Sie wissen nicht, wo er sich aufhält. Ich auch nicht. Sie vielleicht?«

Denney beugte sich vor, faltete die Hände auf dem Schoß und schaukelte langsam hin und her. Eine Gewohnheit des Alters und eine, bei der er sich zunehmend häufiger ertappte. »Natürlich nicht. Wo kann er denn nur sein, um Himmels willen? Schließlich kennt er sich in der Welt doch nicht sonderlich gut aus, oder?«

Hanrahan dachte nach, bevor er antwortete. »Da bin ich mir gar nicht so sicher. Ich habe mich ein wenig über seine Vergangenheit informiert. Bevor er nach Rom kam, hat er einige nicht uninteressante Dinge getan. Er war Leistungssportler und eine Zeit lang Mitglied des italienischen Olympia-Kaders. Er wirkte als Hausgeistlicher am Nationaltheater in Palermo und überzeugte die Verantwortlichen dort, ihn in einem Stück von Pirandello auftreten zu lassen. Nicht schlecht für einen Bauernjungen aus Sizilien.«

»Was heißt das schon?«, brummte Denney.

»Das heißt, dass er auf mich einen ziemlich wendigen Eindruck macht. Er verfügt offenbar über Kenntnisse und Fähigkeiten, die über den Rahmen seines Amtes weit hinausgehen. Und er scheint sehr genau zu wissen, was er will, hat klare, eindeutige Pläne.«

Denney ahnte, worauf Hanrahan hinauswollte. »Die ihn irgendwann zu mir führen? Ist es das, was Sie mir sagen wollen?«

Der Ire blickte sich im Raum um und hob die Brauen, als würde er erst jetzt bemerken, wie schäbig, wie unzumutbar er war. »Ich weiß nicht recht. Ausschließen kann man es nicht.«

»Warum sollte er mich töten wollen, Brendan? Gibt es nicht bereits mehr als genug Leute mit diesen Absichten? Womit begründen Sie Fosses mögliche Vorhaben im Hinblick auf meine Person?«

Hanrahan zog Zigarren aus der Tasche, zündete sich umständlich eine an und schickte eine stinkende Qualmwolke in Denneys Richtung. »Könnte es vielleicht etwas mit dieser Sara Farnese zu tun haben? Ich erwarte nicht von Ihnen, dass Sie mich in alle Details Ihres Privatlebens einweihen, aber ich habe Zugang zu den Daten. Ich weiß, wer kommt und wer geht. Fosse will möglicherweise eine Rechnung begleichen. Er erinnert mich irgendwie an ein Pulverfass. Es bedarf nicht viel, das in Flammen zu setzen, und wenn es erst brennt, nun ...«

Der Ire wartete auf eine Reaktion. Sie blieb aus.

»Eigentlich dürfte Sie das doch nicht allzu sehr überraschen, Eminenz, oder? Es hat bereits jede Menge Probleme gegeben. Was waren eigentlich die Gründe für seine Entlassung aus Ihrem Stab? Ich hielt mich damals gerade nicht in Rom auf, und die Personalunterlagen sind in diesem Punkt sehr vage.«

»Ist das denn so wichtig?«

»Könnte sein.«

»Er zeigte eine zu große Vorliebe für die falschen Frauen, Brendan. Er wurde ermahnt, schlug jedoch alle Warnungen in den Wind. Kein ungewöhnliches Vergehen, wie Sie wissen.«

Hanrahan runzelte die Stirn. »Wir belohnten ihn dafür mit einer Wohnung in bester Lage und einem neuen Job. Obwohl er öffentlich Drohungen gegen Sie äußerte, wenn ich mich nicht irre. Es soll zu einer recht … turbulenten Szene gekommen sein.«

Denney wiegte den Kopf hin und her. »Ich verlor die Beherrschung. Ich hatte Vertrauen in den Jungen gesetzt, aber er missbrauchte es gründlich. Der Verlust seines Postens hat ihn also empört? Sara Farnese hat er mir gegenüber nie erwähnt. Fosse war ein Priester mit gewissen Konflikten, der Mitgefühl verdiente. Ich kann mir beim besten Willen nicht erklären, warum er sich jetzt so aufführt.«

Schweigend betrachtete Hanrahan seine Fingernägel.

»Könnte er möglicherweise hier eindringen? Was meinen Sie?«, fragte Denney. »Was macht der Wachschutz? Bezahlen wir ihn nicht dafür, dass er uns derartige Scherereien erspart?«

»Sicher. Und für Schutz ist auch gesorgt. Aber bei Fosse handelt es sich um einen – Sonderfall. Er ist weder ein normaler Priester noch ein gewöhnlicher Mörder. Ihn treiben offenbar Gründe, Motive, die sich mir entziehen. Oder genauer: Für deren Verständnis mir die nötigen Informationen fehlen.«

Hanrahan machte eine kleine Pause, um seinen nächsten Worten mehr Gewicht zu geben. Selbst ihn schockierten einige Umstände des Mordes, die er gerade von Falcone erfahren hatte. »Er hat Alicia Vaccarini geköpft. Ziemlich ungewöhnlich. Ich weiß mit Gewissheit, dass er über Informationen über alle verfügt, die im Zusammenhang mit Ihren Unternehmungen stehen. Namen, Adressen, Details über Ihre Treffen. Die

Wände seiner Wohnung sind voller Fotos. Äußerst befremdliche Bilder. Man fragt sich, was das soll.«

Denneys Züge wirkten wie aus Granit gemeißelt. »Warum erzählen Sie mir das alles? Meinen Sie etwa, ich wäre so leicht einzuschüchtern?«

»Nein. Aber Sie sollten schon wissen, womit wir es zu tun haben. Worauf wir uns gefasst machen müssen. Sie sind in Ungnade gefallen. Das lässt sich nicht ändern. Es gibt kein Zurück. Eine Wiederholung der Farce von neulich Nachmittag können Sie sich schenken.«

Missmutig funkelte Denney ihn an. »*Sie* wussten natürlich von vornherein, dass es keinen Erfolg haben würde.«

»Ich hoffte wider besseres Wissen, dass es klappt. Unter den gegebenen Umständen macht man sich leicht etwas vor. Ich bemühe mich nur, Ihnen behilflich zu sein, Eminenz.«

»Dann sorgen Sie dafür, dass ich den Vatikan ungefährdet verlassen kann. Sobald mir das garantiert wird, bin ich verschwunden.«

»Sie denken an Amerika? Halten Sie es da für sicher? Das FBI wird hocherfreut sein, Sie auf dem Flughafen in Empfang nehmen zu können.«

»Ich habe Freunde«, knurrte Denney. »Leute in Washington, die diese Gangster in ihre Schranken weisen. Um das FBI mache ich mir keine Sorgen. Vergessen Sie nicht, wer ich bin, Brendan.«

»Wer Sie waren, Eminenz. Die Zeiten haben sich geändert. Ich wünschte, ich könnte mehr für Sie tun. Aber ich habe bereits alles versucht. Glauben Sie mir.«

»Strengen Sie sich ein wenig mehr an.«

Der Ire streckte ihm seine leeren Hände entgegen. »Womit?«

Die Geste kannte Denney. »Was wollen Sie?«

»Etwas, was ich als Druckmittel einsetzen kann.«

»Zum Beispiel?«

»Details über Fosse. Über seine Vergangenheit, über seine Kontakte in Rom. Ich habe schon einiges über ihn zusammengetragen, bin mir aber sicher, dass Sie noch einiges hinzufügen können. Immerhin hat er für Sie gearbeitet. Die Polizei wird wissen wollen, warum Sie ihn entlassen haben. Und was danach geschah.«

Denney verzog das Gesicht. »Und das soll etwas bringen? In den letzten sechs Monaten habe ich zwei Millionen Dollar aus meiner eigenen Tasche für Bestechungen ausgegeben. Ich habe Politiker geschmiert und Dinge getan, die ich nie für möglich gehalten hätte. Mir stehen die Haare zu Berge, wenn ich nur daran denke. Nichts davon brachte den geringsten Erfolg. Und Sie glauben, mit Informationen über Fosse etwas erreichen zu können?«

Hanrahans blaue Augen blitzten verärgert. »Fällt Ihnen etwas Besseres ein? Ich suche nach Lösungen. Offenbar bin ich der Einzige.«

»Schon gut, schon gut.« Denney bemühte sich um Gelassenheit. Viele Freunde waren ihm nicht geblieben. Er brauchte diesen gefühllosen, aalglatten Iren.

»Es scheint im Moment die einzige Chance zu sein«, fuhr Hanrahan fort. »Allerdings warne ich vor übertriebenen Hoffnungen. Geleitschutz werden Sie kaum bekommen. Vermutlich wird man lediglich die Augen zudrücken, während Sie zum Flughafen fahren. Aber mehr ist auch nicht nötig.«

Ungehalten sah Denney ihn an. »Ist das Ihr Ernst? Glauben Sie denn, ich könnte einfach in das nächste Taxi steigen? Sie haben Neri doch selbst gehört. Diesem Psychopathen ist zuzutrauen, dass er den Job selbst erledigt. Sie wissen genau, was das für Leute sind. Verglichen mit denen ist Fosse ein Dilettant. Nein, darauf lasse ich mich nicht ein. Sorgen Sie dafür, dass ich bis zur Landung in den Staaten unauffällig bewacht werde. Ich habe nicht die Absicht, den Vatikan als wandelnde Zielscheibe zu verlassen.«

Hanrahan tat gekränkt. »Wir verfügen über zuverlässige Leute, die Sie zum Flughafen bringen könnten. Wir sind nicht gänzlich unfähig.«

»Es lag nicht in meiner Absicht, Ihnen das zu unterstellen.«

»So? Nun, wie auch immer. Falls Sie mit Polizeischutz rechnen sollten, unterliegen Sie vermutlich einem verhängnisvollen Irrtum.« Erneut blickte sich Hanrahan im Zimmer um und betrachtete leicht amüsiert die Gemälde. »Vergessen Sie Ihre Lage nicht, Eminenz. Für derartige Gefälligkeiten braucht man Freunde. Und die haben Sie nicht mehr.«

»Vielen Dank.« Die Verbitterung in der Stimme des Kardinals war unüberhörbar.

»Ich wollte lediglich verhindern, dass Sie sich falsche Vorstellungen machen. Mehr nicht.«

»Ich habe keine Freunde? Nun, das werden wir sehen. Schalten Sie Falcone ein. Ich möchte mit ihm reden.«

Hanrahan musterte ihn finster. »Nein. Mit Falcone habe ich schon gesprochen. Über ihn geht nichts mehr. Er will nichts mit Ihnen zu tun haben, es sei denn, um Ihnen Handschellen zu verpassen. Jeder distanziert sich von Ihnen, Eminenz. Und das aus guten Gründen.«

Denney richtete seinen Zeigefinger auf ihn. »Versuchen Sie ja nicht, mich zum Sündenbock zu machen, Brendan. Und Sie sollten auch Ihren Herren und Meistern von diesem Trick abraten. Ich bin nicht allein verantwortlich. Ich wäre nicht das einzige Opfer, wenn man mich den Wölfen zum Fraß vorwirft.«

Hanrahan holte tief Atem und ließ die Luft in einem langen Seufzer wieder aus seinen Lungen entweichen. »Derartig törichte Worte, Eure Eminenz, möchte ich von Ihnen nie wieder hören. Denn sie könnten mich auf den Verdacht bringen, dass ich mit Ihnen nur meine Zeit verschwende, Michael. Dass es für mich besser wäre, Sie in diesem Loch hier verrotten zu lassen, bis Sie es nicht mehr ertragen. Und was machen Sie dann? Ziehen Sie sich ein T-Shirt an, auf dem »I love Rome« steht, und hoffen, im Schutz anderer Touristen nach Fiumicino zu gelangen? Glauben Sie wirklich, dass Ihnen das gelingen könnte? Ich weiß es besser. Sie wären tot, bevor Sie auch nur einen Bus besteigen können. Vielleicht befördert Sie einer von denen ins Jenseits, die glauben, Sie würden ihnen gutes Geld schulden. Vielleicht auch Fosse. Ich persönlich würde die erste Variante bevorzugen. Das wäre vermutlich ein schneller Tod. Aber Gino Fosse? Nun, er hat einen Mann gehäutet, einen zweiten ertränkt und die Frau geköpft, von der Sie glaubten, Sie hätten sie in der Tasche. Was hat er für Sie vorgesehen, Eminenz? Wird er Sie kreuzigen? War er vielleicht in der Kirche gegenüber seinem Wohnturm? Sie wissen schon, welche ich meine. Die runde, mit den eindrucksvollen Märtyrer-Darstellungen an den Wänden. Er muss dort gewesen sein. Woher bekäme er sonst seine Ideen?«

»Aus dem Leben«, murmelte Denney. »Aus dem Leiden an unserer albtraumartigen Existenz.«

»Das glaube ich weniger«, entgegnete Hanrahan. »Oder vielleicht ...« Er verstummte nachdenklich. »Vielleicht ist es das, was Gino Fosse uns sagen will. Dass wir im Wissen um unsere Sterblichkeit der uns bemessenen kurzen Frist einen gewissen Sinn geben sollten. Ein interessanter Gesichtspunkt, gebe ich zu, aber ich würde nur ungern als Beweis seiner These dienen. Fosse vertritt sie auf ziemlich drastische Weise. Abgesehen davon ...«, der Ire schien entschlossen, sich ganz unmissverständlich auszudrücken, »... ob die Sonne lacht oder der Himmel weint, gestorben wird immer. Nur Dummköpfe vergessen das. Und für Dummköpfe fehlt mir die Zeit, Eminenz. Ihnen übrigens auch.«

Trotz der drückenden Schwüle im Raum erschauerte Denney. Hanrahan sah, dass er Angst hatte. Aber der Ire wusste nicht, dass sich Denney vor weit größeren Konsequenzen fürchtete. Im Grunde seines Herzens war Denney noch immer Katholik. Ihm stand ein Strafgericht bevor, bei dem er seine Verfehlungen nicht länger leugnen konnte. Flucht war der einzige Ausweg. In Amerika würde er vielleicht den Mut zu einer umfassenden und aufrichtigen Beichte aufbringen. In Amerika könnte er ein anderer, besserer Mensch werden.

»Was verlangen Sie von mir?«

»Treffen Sie sich mit einem Mitarbeiter von Falcone. Einem jungen Kriminalpolizisten, der aus mir unerfindlichen Gründen viel von sich hält. Reden Sie mit ihm, bieten Sie ihm Informationen über Fosse an. Alles Weitere erledige ich. Ich handele die Bedingungen aus, zu denen man Sie unbehelligt lässt. Und dann können Sie nur noch abwarten und beten.«

Denney nickte. »Wenn Sie darauf bestehen. Vermutlich bleibt mir keine andere Wahl.«

»Nicht die geringste.«

»Nur noch eins, Brendan. Wie viele Namen stehen noch auf der Liste?«

Die Frage überraschte Hanrahan. »Noch einige, wie ich hörte. Sara Farnese scheint eine aktive Frau gewesen zu sein. Aber Sie werden sich nicht mit ihr treffen, oder? Das würde mein Leben erheblich erschweren. Gegen Sie selbst kann ich Sie leider nicht beschützen.«

»Nein, das werde ich nicht«, sagte Denney leise.

»Gut. Es ist eine Chance, die wir uns auf keinen Fall entgehen lassen sollten. Ich weiß nicht, ob sich noch einmal eine bietet.«

Fast verzweifelt blickte Denney Hanrahan an. »Sie hat der Polizei die anderen Namen genannt? Man wird sie doch auf die Gefahr aufmerksam machen? Ich möchte mein Gewissen nicht mit weiteren Toten belasten.«

Hanrahan versuchte gar nicht erst, seine Verachtung zu verbergen.

»Ich habe die gewarnt, dir mir zuhören wollten. Ob es etwas nützt, weiß ich natürlich nicht.«

»Es muss etwas nützen, Brendan. Um Himmels willen! Es muss etwas nützen.«

Hanrahan stand auf und streckte sich träge. »Ersparen Sie mir Ihre Krokodilstränen. Ich bitte Sie! Wir wissen beide, dass es hier um Sie geht. Wenn Sie verschwinden, ist sowieso Schluss. Wollen Sie denn nicht begreifen, was er tut? Er schickt Ihnen eine Botschaft, die da heißt, dass er weiterhin töten wird, bis Sie die Flucht ergreifen und ihm die Chance geben, Sie umzubringen. Wenn er Sie irgendwo unterwegs erwischt – gut für ihn. Falls Sie ihm entkommen können, ist die Sache ohnehin erledigt. Dann hat er keinen Grund mehr für neue Morde. Entweder schnappt ihn sich die Polizei oder er spart für ein Flugticket nach Boston oder dorthin, wo Sie sich auch immer verstecken wollen. Ende der Geschichte. Und keine weiteren Leichen in Rom.«

Denney schloss die Augen und wünschte, er wäre taub.

»Kommen Sie mir bloß nicht mit Ihrem Gewissen!« Hanrahans Stimme hallte von den Wänden der miesen, kleinen Wohnung wider. »Hier geht es nicht um Gewissen, sondern um Mut. Dabei wäre es ganz einfach. Wie ist es, Eminenz? Hätten Sie nicht vielleicht Lust auf einen kleinen Spaziergang mit mir? Es ist ein wundervoller Tag, wenn auch ein bisschen heiß, aber einen Augustmorgen wie diesen möchte ich nirgendwo anders verbringen als in Rom. Nur wenige Touristen lassen sich blicken. Vom Tiber her weht ein leichter Wind. Wir könnten diese Mauern hinter uns lassen und im Schatten der Engelsburg am Ufer entlanglaufen. Irgendwo im Freien einen Kaffee trinken. Ich würde Sie in dem kleinen Restaurant in Trastevere zum Lunch einladen, in dem wir früher immer draußen im Garten saßen und wo das Lamm so köstlich schmeckt, dass einem das Wasser im Mund zusammenläuft. Dann könnten wir nach Lust und Laune weiter durch die Straßen schlendern und abwarten, was passiert.«

Er hörte den Iren das Zimmer durchqueren, fühlte eine Hand auf seiner Schulter.

»Nun, Eminenz?«, fragte Hanrahan. »Kommen Sie nun mit oder nicht?«

»Verschwinden Sie«, zischte Denney.

»Ich informiere diesen Polizeiknaben, dass Sie um vier Uhr zu einer Unterhaltung bereit sind.« Gönnerhaft tätschelte er Denneys Schulter. »Sie haben doch keine Termine, die damit kollidieren könnten?«

Denney äußerte kein Wort.

»Gut. Aber ich rufe Sie vorher noch einmal an und teile Ihnen mit, was Sie sagen sollen und was nicht. Sie bereiten mir eine Menge Mühe, Eminenz. Ich will schließlich nicht umsonst gearbeitet haben, nur weil Sie sich nicht an Ihren Text halten.«

Dreiunddreißig

Nic Costa blickte sich um. Auf ihren Knien kroch Teresa Lupo über den Boden und inspizierte die Blutlache, die sich über einen Quadratmeter oder mehr auf dem fleckigen Teppich ausgebreitet hatte. Falcone und ein paar Ermittler, die er flüchtig kannte, stöberten in den Schubladen eines kleinen Schreibtischs und überprüften jeden Fetzen Papier, der ihnen in die Hände fiel.

Zahllose Schwarzweißfotos bedeckten Wände und Decke des achteckigen Raums: laienhaft entwickelt, schlecht geschnitten und mit Klebeband an den rissigen Putz gepappt. Neben seinen vielfältigen anderen Talenten schien Gino Fosse ein aktiver und engagierter Spanner zu sein. Die Fotos hatte er offenbar mit Teleobjektiven durch halb geschlossene Vorhänge aufgenommen. Sie waren körnig, indiskret, intim. Die meisten der abgebildeten Personen kannte er nicht. Aber drei Schnappschüsse zeigten Rinaldi, jeweils mit anderen und Costa fremden Frauen. Die anderen Akteure waren nur undeutlich zu sehen: eine Frau, die sich über die gespreizten Beine eines gelangweilt wirkenden Jünglings mit blonden, wirren Haaren beugte, ein unglaublich fetter Mann, dessen weiße Fleischmassen die Gestalt unter ihm nahezu verdeckten. Die Bilder hätten in Pornomagazine gehören können, wie sie in den Sexshops rund um die Stazione Termini verhökert wurden. Missionarsstellungen waren die Ausnahme. Mehrere Fotos zeigten geknebelte Frauen, mit auf dem Rücken gefesselten Händen und leeren Augen, die diejenigen ausdruckslos anstarrten, die sich auf ihnen zu schaffen machten. Gino Fosse hatte sich Zeit gelassen und seine Objekte aus jedem möglichen Winkel abgelichtet.

Costa bewegte sich an der Wand weiter auf das zu, vor dem er sich insgeheim fürchtete. Sie lag nackt auf dem Rücken, mit weit geöffneten Beinen, und schien auf den Mann zu warten, der über den Fußboden auf sie zukam. Vielleicht war es der fette Mann von dem anderen Foto, aber das konnte Costa nicht mit Sicherheit sagen. Die Örtlichkeit sah irgendwie aus wie ein luxuriöses Apartment. Ein Hotel vielleicht, da das Bett genau den frisch bezogenen Eindruck vermittelte, der an Zimmermädchen und Room Service erinnerte. Es war das erste Foto einer ganzen Serie. Auf einem anderen kauerte sie in einer obszönen Position, und ihr Blick über die Schulter schien den unsichtbaren Beobachter förmlich herauszufordern. Es gab Nahaufnahmen ihrer Brüste und ihres Unterkörpers. Obszöne, intime Fotos, die in ihrer Detailtreue fast klinisch nüchtern waren.

Man muss diese Abbildungen ganz genau studieren, sagte er sich, um zu verstehen, was sie aussagen. Von Laszivität konnte keine Rede sein. Costa betrachtete sie und kam sich vor wie in einem Albtraum, in einer Welt, in der die normalen Regeln menschlichen Verhaltens ihre Geltung verloren hatten. Er studierte die Bilder, auf denen ihre Gesichtszüge zu sehen waren. Sie wirkte irgendwie abwesend, stand möglicherweise sogar unter Drogen. Unter Umständen war Sara freiwillig einer Einladung gefolgt, aber dann nicht bereit, an diesen Spielchen teilzunehmen. Oder war er zu naiv? Er konnte ihr Leben nicht begreifen. Vielleicht war er auch, genau wie sein Vater, einfach nicht mehr zeitgemäß. Vielleicht war es gar nicht mehr anomal, mit jemandem, den man kaum kannte, ins Bett zu gehen und vor einer voyeuristischen Kamera diese höchst intimen Dinge zu treiben. Manchmal gingen Entsetzen und Ekstase Hand in Hand. Nic Costa fühlte sich absolut ratlos.

Er starrte noch immer die Fotos an, als eine Hand seinen Arm berührte. Jedes Mal, wenn er sie sah, kam ihm Teresa Lupo weniger »verrückt« vor. Sie zog ihre Handschuhe aus. Sie schien besorgt zu sein.

»Was sagen Sie dazu, Nic?«

»Nichts. Das übersteigt mein Fassungsvermögen. Ich habe Rinaldi erkannt. Die anderen ...«

Sie deutete auf den Leichensack. »Die Frau ist da drüben. Jedenfalls das, was von ihr übrig ist. Soll ich Ihnen sagen, was ich am interessantesten finde? Es gibt absolut keine Aufnahmen von den Hauptakteuren. Auf die kam es ihm offensichtlich gar nicht an. Er wollte nur ihre Partner festhalten. Die Huren. Oder was sie auch immer gewesen sein mögen.«

Teresa warf die Handschuhe in eine Plastiktüte, rümpfte die Nase, löste ihren mädchenhaften Pferdeschwanz und ließ die schwarzen Haare über ihre Schultern fallen. Die Geste nötigte Luca Rossi begehrliche Blicke ab.

»Er hat jede Menge Andenken aufgehoben.« Sie deutete auf einige Fotos, auf denen Saras Kleidungsstücke neben ihrem nackten Körper auf dem Boden lagen: ein Unterhöschen, ein BH, ein leichtes, dünnes Kleid. »Sehen Sie.«

Jetzt zeigte sie auf einen unordentlichen Haufen Unterwäsche in einer Ecke des Raums. Es waren so viel, dass sie von verschiedenen Besitzerinnen stammen musste. »Er ist ein Sammler. Ich habe zwar noch nicht alles überprüft, aber einige der Sachen sind mit denen auf den Fotos identisch. Das ist ein Mann, dem das Begreifen wichtig ist. Er braucht handfeste Beweise für das, was er getan hat. Vielleicht bricht er ein und stiehlt die Sachen. Vielleicht ist er mit jemand aus der Wäscherei gut befreundet.«

Er konnte seinen Blick nicht von den Fotos abwenden. »Er ist wahnsinnig.«

»Denken Sie lieber an die Frauen. Zumindest eine von ihnen kennen wir. Konzentrieren Sie sich auf die Fakten«, sagte Teresa Lupo und zeigte auf eine Serie von Fotos, auf denen Sara nackt auf dem Boden lag, den Hals reckte und ihr Gesicht der Kamera zuwandte. Der Mann war kaum auszumachen. »Was sehen Sie?«

»Eine nackte Frau in unbequemer Pose. Ich begreife es einfach nicht. Ich verstehe seine Motive nicht.«

»Es geilt ihn auf, könnte ich mir vorstellen. Aber sehen Sie sich die Frau an. Welche Botschaft vermittelt sie uns?«

»Sie wirkt – passiv. Als ginge sie das alles gar nichts an.«

»Und Sie nennen sich Ermittler«, stöhnte Teresa. »Erkennen Sie irgendwelche Hinweise auf sexuelle Erregung? Sind ihre Brustwarzen steif? Macht sie für denjenigen, der sie gleich vögeln wird, die Beine breit?«

Costa betrachtete das Bild genauer. »Nein. Wie gesagt, sie sieht absolut unbeteiligt aus.«

»Brustwarzen eregieren aus den verschiedensten Gründen. Kälte. Angst. Aber diese Frau da empfindet nichts davon. Was sagt uns das?« Sie wartete. Er blieb stumm. »Sie ist nackt, höchstwahrscheinlich in Gegenwart eines Fremden, wirkt aber völlig ungerührt, verspürt anscheinend nicht einmal Unbehagen. Warum? *Weil sie das Spiel kennt.* Es ist nicht neu für sie.«

»Das glaube ich nicht.«

»Sehen Sie hin, Nic. Objektiv.« Sie richtete ihren Blick erneut auf das Foto. »Fast habe ich den Eindruck, dass sie sehr genau weiß, dass da eine Kamera ist. Aber das ginge vermutlich zu weit.«

So war es. So musste es sein. Costa überzeugten ihre Argumente nicht, und das nicht nur, weil er sie nicht glauben wollte.

Teresa Lupos große Hand schlug ihn derb auf die gesunde Schulter. »Anderenfalls lässt sie Fremden gegenüber jede natürliche Distanz vermissen. Eine andere Erklärung gibt es nicht. Und nun entschuldigen Sie mich. Ich muss mir ein paar Notizen machen.«

Luca Rossi kam angeschlendert, strich verstohlen über Teresas Rücken und baute sich dann neben Costa auf. »Wie geht es dir, Junge?«

»Gut.«

»Wie ich höre, wohnt die Frau auch weiterhin bei dir. Findest du das klug?«

»Warum sollte es unklug sein?«, fauchte Costa.

»Immer mit der Ruhe. Du brauchst mir nicht gleich den Kopf abzureißen. Nur falls du es vergessen haben solltest: Heute früh hat jemand versucht, dich ihretwegen umzubringen.«

Costa ärgerte sich über sich selbst. Es war nicht seine Art, seine schlechte Laune an anderen auszulassen. »Tut mir Leid. Aber warum sollte Sara nicht bei uns wohnen? Ihr Jungs wisst jetzt hoffentlich, was allgemein unter Bewachung zu verstehen ist. Und ich verspreche, nicht noch einmal den Lockvogel zu spielen. Darüber hinaus glaube ich noch immer, dass sie uns etwas geben wird. Wenn sie den Zeitpunkt für richtig hält. Wenn sie genug Vertrauen aufbringt.«

»Dein Wort in Gottes Ohr«, knurrte Rossi. Er nickte zum Leichensack hinüber. »Weißt du, wer das ist?«

Nic Costa schüttelte den Kopf.

»Eine nicht ganz unbekannte Dame. Alicia Vaccarini. Eine Parlamentsabgeordnete aus Bologna. Die Presse berichtete ausführlich über sie, als sich herausstellte, dass sie lesbisch ist, und die Parteibonzen sie fallen ließen. Erinnerst du dich?«

»Vage«, log er. Zeitunglesen gehörte nicht zu seinen Lieblingsbeschäftigungen.

Rossi sah zu Falcone hinüber, der in einem Stoß Fotos blätterte. »Er glaubt zu wissen, warum sie auch auf der Liste stand. Komm, leisten wir ihm Gesellschaft.«

Falcone betrachtete Fotos, die jemand in einer winzigen Dunkelkammer im unteren Stockwerk gefunden hatte. Es waren keine Spannerfotos, sondern im Turm aufgenommene und zeigten Frauen, denen Gino Fosse besondere Aufmerksamkeit zuteil werden ließ. Geknebelt und gefesselt boten sie sich der Kamera in unterschiedlichen sexuellen Posen dar. Die meisten machten einen verängstigten Eindruck, und zwei wiesen Spuren von Misshandlungen auf: Prellungen, blutunterlaufene Augen, aufgerissene Lippen. Keine von ihnen schien es wert zu sein, im achteckigen Dachgeschoss zur Schau gestellt zu werden. Das war eigentümlich. Als würde Fosse mehr Inspiration von seinen Spannerbildern beziehen als von jenen, auf denen er sich selbst betätigte.

»Er hat sie vergewaltigt«, stellte Rossi fest.

»Wirklich?« Zweifelnd sah Falcone ihn an. »Und warum hat keine Anzeige erstattet? Bei uns liegt absolut nichts gegen den Mann vor.«

»Wer ist er?«, wollte Costa wissen.

»Ein gewisser Gino Fosse«, antwortete einer der Costa nur flüchtig bekannten Ermittler. »Im letzten Monat hat er als Geistlicher im Krankenhaus hier gleich in der Nähe gearbeitet. Davor im Vatikan. Dieser Turm ist Eigentum der Kirche und wurde Fosse gegen eine absurd geringe Miete überlassen. Wir haben uns mit der Diözese in Verbindung gesetzt, aber dort hieß es, das wäre auf Anweisung von ganz oben geschehen. Man hätte ihnen bedeutet, ihn hier wohnen zu lassen, ihm einen netten, ruhigen Job zu besorgen und sich ansonsten nicht weiter um ihn zu scheren.«

Nachdenklich musterte Falcone die Fotos. »Er hat offenbar ausgesprochen schlechte Gewohnheiten. Vielleicht wollten sie ihn aus irgendeinem Grund aus dem Verkehr ziehen. Vielleicht hat er so etwas früher schon gemacht.«

Der Ermittler zuckte mit den Schultern. »Falls das so ist, dürften wir kaum etwas Handfestes darüber in Erfahrung bringen. Ich habe ein paar Fühler ausgestreckt. Aber niemand ruft zurück. Immerhin wissen wir, dass es sich um einen Jazz-Freak handelt. Die Wohnung ist voller CDs. Eine lag im Abspielgerät, als wir hier auftauchten. Er muss sie gehört haben, als er die Frau ins Jenseits beförderte.«

Der Mann hielt ihnen die CD-Hülle entgegen. Sie zeigte das Bild eines eleganten Geigers auf der Handfläche eines Gorillas und trug den Titel *King Kong. Jean-Luc Ponty Plays the Music of Frank Zappa*.

»Ein Song entbehrt nicht einer gewissen Ironie«, fügte der Mann hinzu. »›How Would You Like to Have a Head Like That?‹« Er machte eine bedeutungsvolle Pause und übersetzte dann für seine des Englischen vielleicht nicht mächtigen Kollegen: »Würde dir so ein Kopf gefallen …«

Teresa Lupos Team erschien, legte den Leichensack auf eine Trage und manövrierte sie die schmale Treppe hinunter.

»Alicia Vaccarini«, meinte Falcone versonnen. »Ich bin ihr einmal begegnet. Sie saß in ein paar Ausschüssen, die sich mit polizeilichen Aufgaben befassten. Ein kaltes Luder.« Er sah Costa an. »Warum sie? Haben Sie eine Ahnung?«

Es ließ sich nicht verheimlichen. »Sara Farnese hat mit ihr geschlafen. Eine einmalige Sache, wie mit diesem Fosse. Deshalb hat sie die beiden uns gegenüber auch nicht erwähnt.«

Luca Rossi ließ einen leisen Pfiff hören. »Meine Güte. Welche Abgründe verbirgt diese Frau denn noch in ihrem Innern?«

»Es hätte noch mehrere von dieser Art gegeben, sagte sie mir. Nannte aber keine Namen. So gut kannte sie sie nicht.«

Falcone strich sich über den silbergrauen Bart und starrte zum schmalen, schießschartenähnlichen Fenster hinaus. »Zumindest wissen wir jetzt, woher Fosse seine Informationen bezog. Indem er ihr nachstellte, sie ausspähte.«

»Nicht nur sie«, wandte Costa ein. »Auf diesen Fotos sind mindestens zehn, zwölf verschiedene Frauen zu sehen.«

»Richtig. Lassen wir die Bilder herumgehen. Vor allem bei der Sitte. Vielleicht kennt sie jemand. Möglicherweise gelingt es uns auch, einige der Männer zu identifizieren. Sie könnten für eine kleine Warnung dankbar sein. Gehen Sie auch einer Verbindung zwischen Fosse und Denney nach. Es muss da etwas geben. Alicia Vaccarini kannte ihn. Das ist sicher.«

Sie wäre in politischen Kreisen nicht ohne Einfluss gewesen, erläuterte Falcone, und hätte vor Monaten dem Ausschuss angehört, der sich mit einer Erweiterung diplomatischer Immunität für Vatikan-Angehörige befasste. Demselben, für den Rinaldi sein Gutachten anfertigte. Interessant, oder? Wenn die Abstimmung anders ausgefallen wäre, hätte Denney unbehelligt von der Polizei das nächstbeste Flugzeug besteigen und verschwinden können. Reiner Zufall? Oder lag hier vielleicht das eigentliche Motiv für die Morde? Und wenn ja, in welcher Weise war Sara Farnese darin verwickelt?

Die Männer sahen einander an. Der Fall schien ihnen aus den Händen zu gleiten. Es gab zu viele Ungereimtheiten, zu viele Wege führten ins Nichts.

»Es sieht nicht gut aus.« Finster funkelte Falcone Rossi an. »Heute früh haben wir unsere Chance vertan. Sie …« Er blickte auf Costa. »Sind Sie überhaupt einsatzfähig?«

»Selbstverständlich.«

»Setzen Sie sich mit Ihrem Freund Hanrahan in Verbindung. Er hat mir gegenüber am Telefon angedeutet, dass Denney bereit sein könnte, Sie zu einem Gespräch zu empfangen. Möglicherweise haben sie uns etwas anzubieten. Und was Sara Farnese anbelangt … Halten Sie es für eine gute Idee, wenn sie im Haus Ihres Vaters bleibt?«

»Wenn es ihr Wunsch ist …«

»Zum Teufel mit ihren Wünschen«, stieß Falcone wütend hervor. »Legen Sie der Frau die Daumenschrauben an. Sie führt uns doch an der Nase herum, Sie ganz besonders. Finden Sie heraus, worin sie ihre zarten Finger hatte, denn hier geht es um mehr als um das hässliche Nebenprodukt allzu leichtsinniger Schäferstündchen. Sie hat mit den falschen Männern gevögelt. Vielleicht sogar mit einem, der eine scharlachrote Robe …«

»Sie bestreitet, Denney zu kennen«, unterbrach Costa.

Rossi verzog verächtlich die Mundwinkel. »Sie hat auch die Existenz weiterer Sexpartner bestritten, bis einer ohne Kopf auftauchte.«

»Reden Sie mit ihr«, sagte Falcone. »Geben Sie keine Ruhe, bis sie endlich etwas sagt. Und jetzt eine Frage an alle: Wo in Rom kann sich ein flüchtiger Priester verstecken?«

»Dort, wo wir nicht an ihn herankommen«, antwortete Rossi. »Genau da.«

»Machen Sie sich doch nicht lächerlich«, schnaubte Falcone. »Diesem Fosse geht es genauso wie Denney. Man hat ihm eine Chance gegeben. Er hat sie vertan. Der Klerus würde sich hüten, ihm auch nur den kleinen Finger zu reichen. Nein, er ist hier. Irgendwo in der Stadt. Jemand muss wissen, wo. Jemand kann uns Auskünfte geben. Vielleicht bringen Presseveröffentlichungen uns weiter. Gibt es ein Foto von ihm?«

»Nein«, sagte einer der Ermittler. »Wir haben seine Fingerabdrücke. Aber das ist auch alles.«

»Costa kann ihn beschreiben. Lassen Sie ein Phantombild anfertigen.«

Rossi kritzelte etwas auf einen Zettel und reichte ihn einem der jüngeren Polizisten.

Teresa Lupo trat zu der Gruppe, lächelte mädchenhaft, klapperte mit den Augenlidern und sagte: »Falls es jemanden interessiert … Ich habe DNA.«

Falcone machte einen Schritt rückwärts. »Was?«

Ein schwarzer Plastiksack war nicht auf der Trage die Treppe hinuntertransportiert worden. Sie öffnete ihn. Die Männer sahen zu, wie sie Alicia Vaccarinis Kopf herauszog, ihre Hände behutsam, aber fest, um den Hals legte und ihnen das Gesicht der toten Politikerin zuwandte. Luca Rossi holte tief und hörbar Luft, rannte zum Fenster und starrte auf den Clivus Scauri hinaus. Ein paar weitere Polizisten folgten seinem Beispiel.

»Tut mir Leid, Jungs«, schmunzelte Teresa. »Aber es ist schließlich in eurem eigenen Interesse.«

Sie griff den Kopf mit einer Hand bei den kurzen Haaren und schob mit der anderen einen Holzspachtel zwischen die Lippen, drückte den Mund auf und blickte hinein. Selbst der nicht gerade zimperliche Costa spürte, dass sich ihm der Magen umdrehte. Dann legte sie den Kopf zurück, rief einen ihrer Mitarbeiter und übergab ihm den Plastiksack.

»Nun?« Sie strahlte die Polizisten an. »Ich habe mich nur noch einmal vergewissert, um nichts Voreiliges zu sagen. Will jemand die genaue Todesursache erfahren? Oder wollen Sie mich nur in den Genuss Ihrer charmanten Gesellschaft kommen lassen?«

Falcone steckte sich eine Zigarette an. Sogar Nic Costa war ihm dankbar dafür. Die Hitze im Raum schien den Geruch nach Blut zu verstärken und zu konservieren. »Wir hören«, sagte Falcone.

»Aber hören Sie gut zu, damit ich danach nicht allzu viele Fragen beantworten muss«, warnte Teresa Lupo. »Ihr Jungs verursacht mir derart viel Mehrarbeit, dass ich echt überlege, ob ich nicht eine Gehaltserhöhung beantragen soll. Mit der Begründung, dass ich Aufgaben übernehme, die eigentlich eure Sache sind.«

Sie trat auf den hölzernen Stützpfeiler in der Mitte des Raums zu und musste lächeln, als die Männer hastig zur Seite sprangen. »Ich schätze, das Schwert ist Ihnen aufgefallen.«

»O ja«, bestätigte Rossi. Er sah noch immer zum Fenster hinaus, ließ sich aber kein Wort entgehen.

»Eine interessante Waffe. Schmale Klinge. Nicht allzu groß. Kein Dolch. Eher die Art, die Reiter benutzen. Nicht unbedingt die Waffe, die den meisten beim Thema Köpfen einfällt, aber was wissen die schon? Der Kopf muss ab, denken die nur, also her mit der Axt. Wie töricht. Eine Axt ist für diese Zwecke denkbar schlecht geeignet. Wissen Sie eigentlich, wie oft es gleich beim ersten Versuch klappt? Nur etwa jedes zehnte Mal. Für gewöhnlich wird herumgehackt, als wollte man ein Huhn fürs Abendessen schlachten.«

Wortlos durchquerte Rossi den Raum, kramte in seinen Taschen nach Zigaretten und marschierte die Treppe hinunter.

»Ein Schwert ist die Waffe des cleveren Henkers«, fuhr Teresa fort. »Der Mann weiß Bescheid. Er kennt sich aus. In der Kathedrale von La Valetta gibt es ein Gemälde, das die Enthauptung Johannes des Täufers zeigt. Caravaggio hat es nach seiner Flucht aus Rom gemalt. Unser junger Joggingfreund hier kennt es vermutlich. Es würde mich überraschen, wenn er es nicht auch gesehen hätte. Johannes liegt tot auf dem Boden. Sein Hals ist fast gänzlich durchtrennt – von einem Schwert, das diesem hier nicht unähnlich ist. Und über ihm steht der Henker und verbirgt im Rücken einen Dolch. Den braucht er für den letzten Schnitt. Die Schwertklinge durchtrennt das Rückenmark, lässt jedoch meistens einen Hautlappen unversehrt, den man dann noch durchschneiden muss, um den Kopf vom Körper zu bekommen. Einen Augenblick …«

Sie zog einen Klarsichtbeutel aus dem Plastiksack mit Beweismitteln, öffnete ihn und holte ein Messer heraus: ein Küchenmesser mit breiter, scharfer Klinge, an der getrocknetes Blut klebte.

»Na bitte«, verkündete Teresa mit unüberhörbarem Triumph in der Stimme.

Selbst Falcone schien es die Sprache zu verschlagen.

»Bleibt nur die Frage, welches Martyrium er hier nachahmen wollte«, fuhr Teresa Lupo fort. »Soweit ich weiß, gab es viele Heilige, die ihren Kopf verloren haben. Ist diese Unbestimmtheit Absicht? Wollte uns unser Mann ein Rätsel aufgeben? Bestimmt nicht. Warum hätte er sich dann diese Mühe in San Clemente gegeben und den armen Kerl auf der Tiber-Insel gehäutet? Irgendwie stört das hier die Kontinuität. Und dann noch etwas …«

Sie macht sich über uns lustig, dachte Costa. Und genießt jede Sekunde.

»Will mich niemand nach der Todeszeit fragen?«

»Und?«, brachte Falcone zwischen zusammengebissenen Zähnen hervor.

»Vor drei oder vier Stunden. Auf keinen Fall früher. Er tötete sie, *nachdem* er versuchte, unserem Hobbysportler das Leben zu nehmen. Und was sagt uns das? Jungs, Jungs! Ihr seid die Ermittler. Ich bin nur eine Fleischertochter mit einem simplen Abschluss in Medizin. Aber mir sagt das, dass ihn jemand angerufen hat. Jemand sagte zu ihm: Los, tu dein Bestes und mach dich davon, bevor die Bullen aufkreuzen.«

Sie sahen ihr nach, wie sie vergnügt die Treppe hinunterschlenderte. Falcones Gesicht trug einen Ausdruck, den Costa kannte. Er war in tiefes Grübeln versunken.

Falcone wandte sich Teresas Assistenten Di Capua zu, einem Mann mit rundlichem Jungengesicht und langen, glatten Haaren. »Wie viele mögliche DNA haben Sie insgesamt?«

»Hier? Wollen Sie, dass ich sie zähle?«

»Was sonst noch?«

»Hautpartikel, Blut, Knochengewebe. Wir könnten das Labor eine Woche lang in Trab halten.«

»Und was machen Sie damit?«

»Im Moment? Halten das Zeug kühl. Wir hatten noch keine Zeit.«

»Machen Sie hin. Und besorgen Sie sich auch eine Probe von allen, auf die wir ein Auge haben. Deren Namen uns diese Farnese genannt hat. Ich möchte wissen, ob einer von ihnen hier war. Ist das klar?«

»Sie sind der Chef«, sagte er.

Dann durchquerte Falcone den Raum und zeigte auf den Haufen mit Kleidungsstücken. »Untersuchen Sie die auch. Vielleicht haben wir Glück. Ich will wissen, wer hier was mit wem angestellt hat.«

Schließlich kam er zurück und zog Costa beiseite. »Hören Sie, wenn Sie zu Denney gehen … Es gibt da etwas, um das ich Sie bitten muss. Es mag Ihnen vielleicht seltsam erscheinen, aber tun Sie trotzdem, was ich Ihnen sage.«

»Selbstverständlich«, versicherte Costa. Und es war in der Tat seltsam. Sehr seltsam.

Vierunddreißig

Die Adresse, die man ihm genannt hatte, lag wenige hundert Meter von der Stazione Termini entfernt, über einem China-Restaurant. Es war die schlimmste Unterkunft, die Gino Fosse jemals gesehen hatte, sogar noch mieser als der Bauernhof, an den er sich aus seiner Kindheit erinnerte, bevor er in Palermo auf die kirchliche Schule ging. Man hatte alles für ihn geregelt. Man sagte ihm, wohin er verschwinden sollte, und das tat er so hastig, dass er nur daran dachte, ein paar CDs zu schnappen, einen Recorder und ein paar andere wichtige Dinge. Man hatte ihm geraten, sich ruhig zu verhalten, einige Zeit in der Wohnung zu bleiben, bis die Polizei nicht mehr so nervös war.

Man hatte für Geld gesorgt. Und für jemanden, der ihm zu Diensten sein würde: eine rothaarige Ausländerin, die nicht älter als neunzehn sein konnte. Sie erzählte ihm, dass sie in den zwielichtigen Straßen rund um den Bahnhof anschaffte und mit ihren Freiern in das Schlafzimmer nebenan ging. Er stellte sich vor, dass sie ihre Kunden so zügig wie möglich bediente und wieder vor die Tür setzte. Sie würde Essen für ihn besorgen. Würde als Vermittlerin zwischen ihm und der Welt da draußen fungieren. Jetzt, um ein Uhr mittags an diesem schwülen Augustsonntag, setzte sie sich auf den einzigen Stuhl im Schlafzimmer und blickte ihn schmachtend an. In gewisser Weise war sie hübsch: große, braune Augen, lebhaftes, anziehendes Gesicht, offenes Lächeln. Aber ihre Haut zeigte rötliche Pusteln und ihre Zähne sahen aus wie Kiesel von einem verteerten Strand: uneben und fleckig. Sie trug ein knappes, rotes Träger-Top und einen glänzenden Kunstfaserrock in leuchtendem Lila. Als sie sich auf den Stuhl setzte, machte sie die Beine breit, um ihm zu zeigen, dass sie unter dem Minirock nichts anhatte. Er dachte an Tertullian und daran, was als Nächstes geschehen könnte. Dann, als sein Kopf einfach zu voll war, um etwas anderes denken zu können, nickte er ihr zu und setzte sich aufs Bett. Er ließ sie an sich heran und wagte kaum, ihren Hinterkopf zu berühren, als sie sich an ihm zu schaffen machte, versuchte die Bilder eines anderen Kopfes aus seinem Gedächtnis zu verdrängen.

Er fragte sich, ob er sie vielleicht kannte. Als er im Auftrag des Kardinals unterwegs war, als er Frauen quer durch Rom chauffierte, hatte er alle möglichen Typen getroffen. Sie könnte eine von ihnen gewesen sein. Es waren Nutten. Es waren Frauen von Klasse. Einige das eine wie das andere. Vermutlich kam es auf den Geschmack der Leute an, denen Denney einen Gefallen erweisen wollte. Aber eine passte in keine dieser Kategorien. Eine war nur schön, so schön, dass Denney sie zu sich kommen ließ, während Gino Fosse wie ein x-beliebiger Taxifahrer vor dem Apartmenthaus wartete und sich vorstellte, was oben gerade vor sich ging.

Sie sagte nie etwas im Auto. Sie sagte nie etwas nach einem Besuch, ob nun bei Denney oder bei einem anderen auf seiner Liste. Sie saß einfach nur schweigend in den Polstern – so schön wie ein Gemälde in einer Kirche.

Dann wendeten sich die Dinge für Denney zum Schlechteren, und Gino Fosse versah nur noch gelegentlich Chauffeurdienste, wenn sich sonst niemand fand oder die Zieladresse höchste Diskretion erforderte.

Vor einem Monat, und für nichts weiter als eine turbulente Szene mit einer Hure, wurde er entlassen und in das Turmhaus verbannt. Von nun an war es sein Job, den Kranken und Sterbenden im Krankenhaus auf dem Caelius geistigen Beistand zu leisten. Eine lächerliche und stumpfsinnige Tätigkeit.

Und er begann sich zu verändern, begann zu begreifen, dass er etwas anderes wurde. Angefangen hatte es vor zwei Wochen im dunklen, hallenden Kirchenschiff von San Giovanni in Laterano, als er sich von seinen ermüdenden Runden im Krankenhaus erholte. Vor ihm war der päpstliche Altar mit seinem Baldachin und darüber das gotische Tabernakel, das den Geschichtsbüchern zufolge die Reliquien der Häupter von Petrus und Paulus enthielt. Er starrte das Tabernakel an und wünschte hineinsehen zu können. Von seiner Kindheit an bis zu seiner jetzigen, verzweifelten Situation in Rom hatte ihn die Kirche mit ihren Armen umfangen, seine Nächte mit ihren Verheißungen erwärmt, ihn getröstet und beruhigt, wenn die Dämone – und das waren stets sehr reale Dämone mit Hörnern und blitzenden Zähnen – ihn tollkühn, böse und gewalttätig machten. Die Unvollkommenheit des Menschen war gottgegeben und unverzichtbar. Ohne sie müsste die Kirche ihre Bedeutung verlieren. Jeder würde geradewegs zu Gott eingehen und auf Erden nichts dazulernen, keine Chancen zur Besserung und Bewährung haben. Auch Petrus und Paulus waren Grausamkeit und Verrat nicht fremd gewesen. Einer hatte den Herrn nicht nur ein-, sondern dreimal verleugnet, der andere war ein Verfolger der Christen, ein unerbittlicher Diener des römischen Staates. Und jetzt wurden sie als Heilige verehrt. Jetzt lagen ihre mumifizierten Häupter in dem silbernen Reliquienschrein da über ihm.

Gino Fosse würde diesen Moment bis zu seinem letzten Atemzug nicht vergessen, denn hier, in der geheimnisvollen Düsternis von San Giovanni, schlich sich etwas in seine Seele ein und flüsterte ihm zu, was er bereits vage vermutet hatte: Dass er ein Narr war, ein offenbar unverbesserlicher Tor. Es wisperte ihm ins Ohr, was er auf seinem schweißnassen Bett im uralten Turm am Clivus Scauri getan hatte. Rief ihm lebhafte, wollüstige Bilder ins Gedächtnis. Erinnerte ihn an die sündigen Ekstasen, die Wärme einer Frau, die sich verlangend an ihn presste und laut aufstöhnte, wenn er keuchend auf ihr zusammenbrach. Fragte: Und dieses wonnevolle Delirium soll Sünde sein? Wo bliebe in diesem unvergleichlichen Rausch Platz für alte, überlebte Mythen, die über die Generationen von Männern weitergegeben wurden, deren vorrangiges Ziel der Eigennutz war?

Da waren keine Häupter im Tabernakel. Und wenn doch, dann von irgendwelchen unglückseligen Toten, deren sich die Kirche zum eigenen Wohl bedient hatte. Petrus und Paulus waren nichts als ferne, leblose Schatten. Wenn sie überhaupt gelebt hatten, waren sie vielleicht nie nach Rom gekommen. Wenn sie den Märtyrertod erlitten hatten, waren ihre sterblichen Überreste jetzt nur noch Staub im Wind, winzige Partikel, die von Schwarzen und Weißen, Jungen und Alten, Christen, Muslimen, Atheisten gleichermaßen ein- und wieder ausgeatmet wurden. Sie verbargen sich nicht in einer riesigen, anmaßenden römischen Basilika.

Man hatte ihn getäuscht. Betrogen. Konnte er ihnen überhaupt noch etwas glauben?

Er begann zu schwitzen. Sein Kopf schmerzte. Seine Augenlider wurden schwer. Als er zu Boden sah, um sich zu vergewissern, dass er noch da war, schien es unter seinen Füßen zu schwanken wie Wasser.

Sie hatten *gelogen.* Alle. Ohne Ausnahme.

Es überraschte ihn, dass er so lange gebraucht hatte, ihren Betrug zu durchschauen. Gino Fosse brannte vor Zorn und Scham, und es gab danach kaum einen wachen Moment, in dem er diese ätzenden, verbitterten Empfindungen nicht verspürte. Später, in einem kleineren, dunkleren Raum, kam ihm die letzte Erkenntnis, als ihm die tabakheisere Stimme des Iren etwas zuflüsterte und sich ihm eine neue und schreckliche Art von Sinn und Ordnung offenbarte.

In San Giovanni begann er den Glauben seiner Kindheit zu verlieren, und das traf ihn schlimmer, als wäre er erblindet oder zum Krüppel geworden. In wenigen Momenten veränderte er sich. Wurde ein Außenseiter, ein Mann jenseits der

Kirche, die ihm so etwas wie eine Mutter gewesen war, solange er zurückdenken konnte. Künftig würde er außerhalb der gängigen menschlichen Normen leben.

Aber ein Glaube blieb und wartete tief ihn ihm verborgen und stumm darauf, dass er bemerkt wurde. Später, als das endlich geschah, wusste Gino Fosse, dass er nicht allein war. In seiner Seele lebte eine profunde, unerklärliche Gewissheit. Es gab einen Gott, einen, den Petrus und Paulus kannten, die moderne Welt aber vergessen hatte. Nicht den Gott der Kleriker und Basiliken. Nicht den Gott der Liebe und Versöhnung, das tröstliche Antlitz von Jesus, das über jedem Kinderbett hing. Sondern den Gott des Alten Testaments, ein furchterregender und göttlicher Rächer, bereit, jeden zu strafen, der sich seinen Geboten widersetzte. Dieser Gott würde einen allgegenwärtigen Platz in seinem Kopf einnehmen, sein einziges Bollwerk gegen eine grausame und oberflächliche Welt. Hin und wieder sprach Er mit ihm und verhieß letztendliche Erlösung. Er begleitete ihn bei seinen neuen Aufgaben, war in der Kirche auf der Tiber-Insel anwesend, am Ufer des toten Flusses, im Dachgeschoss des Turms, als die Sünderin Alicia Vaccarini ihren ersten Schritt auf dem Weg zur Rettung ihrer Seele tat.

Und Er nahm sie auf in seinem Schoß, selbst die schändlichsten. Die blutige Aufgabe hatte ihren Sinn. Trotz ihrer Verstöße wurden diese Frevler der Finsternis entrissen und an Seine Seite geführt.

Über das alles dachte Gino Fosse nach, während sich der rothaarige Kopf unter seiner Hand hob und senkte. Eines Tages wäre die Reihe an ihm, und er konnte diese Welt bereitwillig in dem Wissen verlassen, dass ihm seine Sünden vergeben würden. Die Erde war ein vergänglicher Ort voller stinkender Körper und widerlicher Kopulationen. Ein Teil von ihm gehörte in dieses irdische Jammertal, ein anderer gehörte Ihm. Bald würde beides vereint sein.

Sie bewegte sich schneller. Er spürte es kommen und schob sie von sich. Sie ging zum Waschbecken. Er lauschte auf ihre

Geräusche. Es hörte sich an, als würde sie sich die Zähne putzen. Der Körper dieser Frau war nicht ohne Grund zerrüttet. Überrrascht stellte er fest, dass ihr keine Schuld daran zukam.

»Wie heißt du?«, rief er ihr zu.

Sie drehte sich um und sah ihn erstaunt an. »Du willst meinen Namen wissen?«

»Ist das so verwunderlich?«

»Das kann man wohl sagen.« Ihre Stimme hatte einen irgendwie blechernen Klang, als hätte sie Schwierigkeiten mit den weichen italienischen Vokalen.

»Nun?«

»Irena.«

»Und woher kommst du?«

»Aus dem Kosovo«, antwortete sie, leicht beunruhigt.

»Bist du orthodox? Oder das andere?«

»Keins von beidem«, entgegnete sie scharf. »Weshalb willst du das wissen?«

»Aus Neugierde.«

»Da, wo ich herkomme, fragen anständige Leute das nicht. Nur die, die andere umbringen wollen.«

»Entschuldige.« Hinter ihr lag ein ganzes Leben voller Schmerz und Furcht. Das sah er ihrem Gesicht an.

»Mein Name ist Gino«, sagte er. »Du hast nichts zu befürchten, Irena. Ich möchte nur, dass du etwas für mich tust. Hier …« Er zog ein Bündel aus seiner Jackentasche. Sie starrte die Scheine an. Vermutlich ist es eine Menge Geld für sie, dachte er. Sie waren nicht knickerig gewesen, und darüber hinaus hatte er sich aus Alicia Vaccarinis Handtasche bedient. »Wie viel machst du so am Tag?«

»Hundertfünfzig, vielleicht zweihundert. Manchmal auch mehr.« Sie spielte mit einer Haarsträhne. »Aber ich kann es nicht für mich behalten. Ich bin nicht das, was man erstklassige Ware nennt.«

Irgendwo in diesem halben Kind steckte trotz allem noch etwas Naives, Unverdorbenes. »Äußerlichkeiten sind nicht wichtig. Wichtig ist das hier.« Er schlug sich mit der flachen Hand auf die Brust. »Und du siehst doch gar nicht schlecht aus.«

»Danke.« Die schiefen, schadhaften Zähne schimmerten in der Sonne, die durch die Fenster hereinfiel.

»Hier sind dreihundert. So viel bekommst du jeden Tag, solange du bei mir bist. Aber keine Tricks. Du tust nur, was ich dir sage.«

Zögernd kam sie auf ihn zu und griff nach den Scheinen. Ihr rotfleckiges Gesicht zeigte einen überraschten, leicht törichten Ausdruck.

»Für Tricks bekommen wir mehr Geld.«

Er legte ihr eine Hand auf den Arm. »Keine Tricks, habe ich gesagt.«

Sie lächelte. »Einverstanden.«

»Jetzt bring mir ein Telefonbuch. Und ich möchte Wein. Sizilianischen Rotwein. Brot, ein bisschen Käse. Alles, worauf du Appetit hast.«

»In Ordnung.« Sie grinste kindlich. »Und wenn ich wieder da bin, haben wir ein wenig Spaß miteinander. Ich werde dir ein paar ganz bestimmte Dinge zeigen. Dinge, die man in Italien nicht kennt.«

Seine Miene verfinsterte sich drohend, und das Mädchen trat hastig einen Schritt zurück. »Ist ja schon gut. Ganz wie du willst …«

»Wie ich will«, wiederholte er.

Sie huschte flink aus dem Zimmer. Es dauerte fast zwei Stunden, bis sie mit den Dingen zurückkam, um die er gebeten hatte. Gino Fosse ging nahe an sie heran und schnupperte verstohlen. Er hatte mit einem bestimmten Geruch gerechnet, nach Schweiß und etwas, das er nur zu gut kannte, einem schuldbewussten Ausdruck in ihren Augen. Aber da war nichts. Lächelnd blickte sie ihn an und küsste ihn völlig überraschend auf die Wange.

»Womit habe ich das verdient?«, wollte er wissen.

»Mit deiner Freundlichkeit.«

Auch sie lebte in einer verlorenen Welt, in einer, in der es schon für Freundlichkeit gehalten wurde, wenn man nicht brutal und grausam war. Sie war ein kleines, unbedeutendes Rädchen in einem größeren Mechanismus. In gewisser Hinsicht war sie ihm sehr ähnlich.

Fünfunddreißig

Nic Costa und Luca Rossi standen in der Via di Porta Angelica und sahen zu, wie die Schweizergarde vor dem Privateingang zum Vatikan die Hacken zusammenknallte. Vor drei Tagen erst hatten sie auf dem Petersplatz ganz routinemäßig Ausschau nach Taschendieben gehalten. Es schien Ewigkeiten her zu sein. Seither war ihnen die Stadt fremd geworden, entsetzlich fremd. Und in ihr Verhältnis hatte sich Verdrossenheit eingeschlichen, was nicht allein an seinem neu gefundenen Selbstbewusstsein lag, fand Costa. Sein bulliger Partner wirkte niedergeschlagen, tief deprimiert, und lehnte es offenbar ab, sich über die Gründe zu äußern.

Rossi warf einen giftigen Blick auf die blaugelben Uniformen. »Wenn du nicht mit diesem verdammten Scanner herumgespielt hättest, wäre das alles nicht passiert.«

»Wie bitte?«, erkundigte sich Costa verdutzt. »Glaubst du im Ernst, dann würden die Opfer noch leben? Und die Welt wäre friedlich und gewaltlos? Ich hätte nur den Scanner zu Hause lassen müssen?«

»Vielleicht aber doch«, murrte Luca Rossi. »Wer weiß das schon?«

»Da kann ich dir nur zustimmen.«

»Immerhin hättest du dann kein Loch in der Schulter und würdest nicht aussehen, als wolltest du pausenlos mit dem Kopf durch die Wand. Und bei deinem Vater würde nicht diese Frau leben, die dir irgendwann noch den Rest von Verstand raubt.«

»Das ist doch Mist, Rossi.« Die Schroffheit in seiner Stimme war ihm ebenso bewusst wie die Tatsache, dass er seinen Partner beim Nachnamen nannte.

»Ja, es ist Mist. Und willst du weiteren Mist hören? Heute habe ich mit einigen meiner kriminellen Freunde gesprochen. Wollte wissen, ob ihnen vielleicht der Name Kardinal Michael Denney irgendetwas sagt. Und weißt du was? Ich hatte Recht. Nicht nur wir werden nervös, sobald sein Name fällt. Es gibt da draußen ganze Brigaden von Typen, die gar nicht erwarten können, ihn in die Hände zu bekommen. Allerdings geht es denen weniger um Befragungen und Aussagen. Sie wollen ihm vielmehr das Herz aus der Brust reißen und den Rest liegen lassen, damit die Ratten auch etwas zum Nagen haben. Er hat ein paar wichtigen Leuten böse auf die Füße getreten, und so etwas gefällt denen überhaupt nicht. Hörst du mir eigentlich zu? Auf seinen Kopf ist eine Prämie ausgesetzt, Junge. Du könntest vermutlich fünfzigtausend Dollar oder mehr einsacken, wenn du ihn ein paar Schlägern mit dunklen Sonnenbrillen überlässt.«

Costa zeigte zum Tor hinüber. »Und warum gehen sie nicht einfach rein? Wir bleiben draußen, weil uns anderes untersagt ist. Nur weil der Chef da wohnt, ist es doch keine Festung. Sie könnten hinein, wenn sie nur wollten.«

»Traumtänzer.« Verächtlich schüttelte Rossi den Kopf. »Du willst einfach nicht begreifen, was? Die Leute, die ihm ans Leder wollen, sind ausnahmslos gute Katholiken. Sicher, sie morden. Sie verstümmeln. Sie stehlen. Sie verkaufen den Leuten Stoff, der ihre Seelen zerstört. Aber sie halten sich für ehrenwerte Männer. Sie haben ihre Regeln. Sie töten nicht einmal Polizisten, wenn es nicht unbedingt nötig ist. Bei Richtern sieht die Sache allerdings ein bisschen anders aus. Ihr Kodex besagt, dass das Gemäuer da drüben absolut sicher ist. Was Denney anbelangt, so lebt er in einem luxuriösen und unantastbaren Sanktuarium. Er darf nur nicht vor die Tür treten. Und wenn er das doch tut, sollte er wirklich schnell von hier verschwinden und in einer weit entfernten Ecke dieser Erde wieder auftauchen, möglichst auch mit einem anderen Gesicht.«

Nic Costa war müde. Seine Schulter schmerzte. Die Prellung an seiner Schläfe puckerte. »Also?«

Sein Partner blickte ihn eindringlich an. »Also sehen wir uns vor, Nic. Wir überlegen sehr genau, was wir sagen, was wir tun und wem wir vertrauen können. Wir leben in einer riskanten Welt.«

»Ich werde deine Ratschläge beherzigen.« Costa sah auf seine Armbanduhr. »Aber jetzt habe ich eine Verabredung. Wir sehen uns morgen.«

»Ich könnte mitkommen«, schlug sein Partner überraschend vor. »Kein Problem. Es würde mir nichts ausmachen.«

Costa konnte sich das plötzliche Angebot nicht erklären. »Hast du nicht gehört, was Falcone gesagt hat? Er will, dass ich zu ihm gehe. Allein.«

»Natürlich weiß ich, was Falcone gesagt hat. Bin ja nicht taub. Ich könnte dich trotzdem begleiten. Sind wir nun Partner oder nicht?«

Da war sich Nic Costa nicht mehr so sicher. Irgendetwas hatte einen Abgrund an Misstrauen zwischen ihnen aufgetan.

»Versteh mich nicht falsch, Onkel Luca. Ich weiß dein Angebot wirklich zu schätzen, aber …«

Rossi schnaufte resigniert. »Verstehe. Ein angenehmes Gefühl, geschätzt zu werden. Nun, dann marschier los und tu, was Falcone gesagt hat. Und pass auf, dass du seine Anordnungen peinlich genau befolgst. Dafür sind wir schließlich da.«

»Was hast du, Luca? Was bedrückt dich?«

Das breite, blasse Gesicht verzog sich. Luca Rossi wirkte ratlos, verzweifelt. »Nichts. Alles. Dieser verdammte Fall. Du. Du vor allem, wenn ich ehrlich sein soll.«

Costa schwieg. Er fühlte sich verletzt, aber auch irgendwie schuldig.

»Wenn die Sache vorbei ist, lasse ich mich versetzen, Nic. Vielleicht bekomme ich einen netten, kleinen Schreibtischjob.

Tut mir Leid. Ich habe gelogen. Es geht gar nicht um dich. Es geht um unsere Art von Arbeit. Sie macht mich fertig. Sie lässt mich nicht abschalten. Ich möchte nachts wieder ruhig schlafen. Ich möchte wieder spazieren gehen können, ohne mich zu fragen, ob der Kerl auf der anderen Straßenseite nicht gerade Stoff an Kinder verkauft. Vor allem aber möchte ich mit Frauen ausgehen, die über ihre Kleider und ihr neues Parfum reden und nicht darüber, wen sie am Vormittag aufgeschnitten und was sie in seinen Eingeweiden gefunden haben.«

»Wenn du dich auch mit einer Pathologin triffst …«

Luca Rossi seufzte. »Eins zu null für dich. War blöd von mir. Tut mir Leid. Willst du dir mein Angebot nicht doch noch einmal überlegen?«

»Damit wir uns bei Falcone noch unbeliebter machen?«

»Manchmal muss man seine eigenen Entscheidungen treffen.«

Das hätte auch sein Vater sagen können.

Rossi wartete, bis ihm klar wurde, dass er mit keiner Sinnesänderung rechnen konnte. Dann drehte er sich auf dem Absatz um und schlenderte in Richtung Metro davon, die ihn zu seiner Wohnung am Rand der Stadt bringen würde. Nic Costa sah ihm nach und fragte sich, auf welche Weise er den Bruch kitten könnte. Er wollte Luca Rossi nicht ganz verlieren. Er brauchte ein paar Säulen in seinem Leben. Obwohl sie sich erst kurze Zeit kannten, war er überzeugt, dass der große, schwermütige Mann genau das für ihn sein könnte. Vielleicht konnten sie lernen, sich hin und wieder aneinander anzulehnen.

Er wandte sich dem Vatikan-Eingang zu. Da stand Hanrahan. Er trug einen schwarzen Anzug und blickte zu ihm herüber. Nic Costa erinnerte sich, warum er hier war, suchte sich seinen Weg vorbei an Touristen in Shorts und T-Shirts, überquerte die Straße und fand sich zum dritten Mal in drei Tagen in einem fremden Land wieder.

Sechsunddreißig

Sie gingen eine schmale Straße entlang, die parallel zur Via di Porta Angelica verlief. Hohe Gebäude zu beiden Seiten sorgten für angenehmen Schatten. Die Umgebung wirkte verlassen. Die Touristen waren anderswo, im Dom und auf dem Petersplatz. Dies war der Verwaltungsbereich des Vatikan.

Hanrahan musterte ihn von der Seite. »Waren Sie in der Schlacht?«

»Kein Grund zur Sorge.«

»Das freut mich. So wie es mich freut, dass Sie meinen gestrigen Vorschlag ernst nehmen. Sie werden in mir einen verlässlichen Freund finden. Ich bin nicht ganz ohne Einfluss innerhalb dieser Mauern. Ich kenne Leute, die für gewöhnlich nicht Ihren Weg kreuzen. Es wird Sie vielleicht überraschen, in welcher Weise ich Ihnen behilflich sein kann.«

Costa legte Skepsis in seinen Blick.

»Eine Freundschaft muss allerdings auf Gegenseitigkeit basieren«, fuhr Hanrahan fort. »Sonst ist es keine Freundschaft. Sonst nutzt einer den anderen aus. Ich gebe Ihnen etwas und erhalte im Gegenzug etwas von Ihnen zurück. Die älteste zwischenmenschliche Beziehung der Welt, Nic.«

»Etwas, das Sie mir von Rechts wegen ohnehin schuldig sind, wenn ich mich nicht irre.«

Hanrahan öffnete die Tür zu einem Gebäude mit grauer, nichtssagender Fassade. »Aber Sie irren sich. Ich bin Ihnen gar nichts schuldig. Vergessen Sie das bitte nicht.«

Der Ire ließ ihn vorangehen, und sie betraten ein düsteres Treppenhaus, in dem einfache Steinstufen in die oberen Stockwerke führten. Offenbar konnte Costa sein Erstaunen nicht verbergen.

»Ich weiß, was Ihnen durch den Kopf geht. Sie fragen sich, wie ein Kardinal der Römisch-Katholischen Kirche in einem solchen Haus wohnen kann. Soll ich Ihnen etwas sagen? Er stellt sich die gleiche Frage.«

»Und wie lautet die Antwort?«

Hanrahan hob die Schultern. »Letzten Endes müssen wir alle für unsere Verfehlungen zahlen. Ist es nicht so?«

Sie stiegen ins zweite Stockwerk hinauf, und Hanrahan drückte auf eine Klingel. Costa sah ein Auge hinter dem Spion, hörte Sicherheitsketten rasseln, dann schwang die Tür auf, und vor ihm stand die schlanke Gestalt von Kardinal Michael Denney. Er sah einem alternden Schauspieler ähnlicher als einem Kleriker. Denney hatte ein fein geschnittenes Gesicht, das trotz der Altersfältchen um Augen und Mund attraktiv wirkte. Seine Lippen waren schmal und farblos, die Zähne eben und schneeweiß. Er hatte glatte, silbergraue Haare, die er entgegen der Mode so lang trug, dass sie ihm über Ohren und Kragen hingen. Er war ein hoch gewachsener Mann und hatte eine leicht gebückte Haltung, die davon kam, dass er ständig auf seine Gesprächspartner herabblicken musste.

»Treten Sie ein«, sagte er mit leicht amerikanischem Akzent.

Nic Costa folgte seiner Einladung und fand sich in einer beengten, spärlich möblierten Wohnung wieder – mit Ausnahme von einigen Gemälden, die er für Denneys Privateigentum hielt. Neugierig sah er genauer hin und stellte fest, dass er eins der Bilder kannte. Es war eine Kopie des Werks von Caravaggio, das in San Luigi dei Francesi Luca Rossis Aufmerksamkeit erregt hatte: »Der Tod des Heiligen Matthäus«. Es gab eine abgewetzte Polstergarnitur mit einem niedrigen Tisch vor dem Sofa und einen mit Papieren bedeckten Schreibtisch. Die beiden Fenster waren zu schmal. Selbst an diesem sonnigen

Augusttag brauchte Denney eine zusätzliche Lampe, um am Schreibtisch arbeiten zu können. Die Unterkunft war beengt, noch winziger als Costas Apartment. Denneys Abstieg war in der Tat unübersehbar.

»Mehr braucht ein allein stehender Mann nicht«, sagte Denney, dem Costas Blicke nicht entgingen. »Kann ich Ihnen etwas anbieten? Ein Bier vielleicht?«

»Danke, nein.«

Denney griff nach einem Peroni und trank aus der Flasche. Er trug ein billiges, graues Sweatshirt und Jeans. Es fiel Costa schwer, in ihm den Kirchenmann zu sehen, geschweige denn einen Kardinal. »Sie haben doch nichts dagegen, dass ich etwas trinke? Unerträglich heiß heute. Machen Sie sich keine Gedanken über Hanrahan. Ich habe ihn nie Bier trinken sehen. Angst, dass Sie Ihre Wachsamkeit verlieren könnten, Brendan?«

Der Ire setzte sich auf einen Sessel. »Meiner Erfahrung nach vertragen sich Arbeit und Alkohol schlecht, Eminenz. Und in meiner Jugend habe ich mehr als genug zu mir genommen. Vielen Dank.«

»Sehen Sie?«, schmunzelte Denney. »Der perfekte Diener des Vatikan. Brendan ist ein richtiger Diplomat, mein Sohn. Kein Priester im Nebenberuf, wie ich es war. Er kennt sich hier besser aus als jeder andere.«

Hanrahan warf ihm einen gereizten Blick zu. »Wenn wir jetzt bitte zur Sache kommen könnten?«

»Gewiss doch.« Denney sank auf das Sofa und streckte die langen Beine auf die Weise von sich, die Costa mit Amerikanern assoziierte. »Nun, Signor Costa, was haben Sie mir anzubieten?«

»Was verlangen Sie?«

»Freies Geleit«, erklärte Denney, ohne zu zögern. »Einen Wagen für die Fahrt zum Flughafen, Blaulicht auf dem Dach, aber ausgeschaltet. Ich möchte nicht gestört werden. Und einen netten kleinen Konvoi vorneweg und hinterher, um unwillkommene Gaffer abzuhalten. Meine Amtsbrüder hier möchten, dass ich verschwinde. Ich könnte mir vorstellen, dass es einer Menge Leute jenseits dieser Mauern ähnlich geht. Und wenn ich ganz ehrlich sein soll, habe ich absolut nichts dagegen. Ich sehne mich nach Hause zurück. Dort gibt es ein paar Leute, die mir helfen werden, neu anzufangen, wenn ich sie auf die richtige Weise bitte. Obwohl ich dazu möglicherweise meinen Namen ändern muss.«

Hanrahan beobachtete ihn so intensiv, als wollte er sich kein Wort entgehen lassen. Hin und wieder machte er sich Notizen.

Costa fragte sich, wie er am geschicktesten vorging. »Ich sollte Ihnen vielleicht sagen, dass im Augenblick drei Haftbefehle gegen Sie in Vorbereitung sind. Sobald Sie italienischen Boden betreten, ist eine Reihe von Leuten – nicht nur die Vertreter der Bankenaufsicht, die Steuerbehörden und ich – verpflichtet, Sie festzunehmen. Ich weiß nicht, wo ich ansetzen soll, um Ihren Forderungen zu entsprechen.«

»Warum sind Sie dann eigentlich hier?«, erkundigte sich Hanrahan. »Worüber sollen wir reden, wenn Sie nichts zu bieten haben?«

Nic Costa dachte an Falcones Anweisungen. Sie waren präzise und unmissverständlich. »Wenn Sie im Fall Gino Fosse mit uns kooperieren und uns rückhaltlos alle Informationen zukommen lassen, die Sie besitzen, kann ich Ihnen garantieren, dass Sie an einem sicheren Ort untergebracht werden. Vor und nach dem Gerichtsverfahren, falls es zu einer Freiheitsstrafe kommt. Sie haben Freunde.«

Denney schnaubte abfällig und blickte zum Fenster hinaus.

»Niemand will Sie hinter Gittern sehen«, fuhr Costa fort. »Nicht zuletzt deshalb, weil wir nicht sicher sind, dort Ihre Unversehrtheit gewährleisten zu können. Uns schwebt eine weniger riskante Unterkunft vor. Und Sie hätten ungehinderten Zugang zu allen Leuten, die Sie zu sehen wünschen.«

»Als gäbe es davon noch so viele«, fauchte Denney. »Ich tausche doch nicht eine Zelle gegen eine andere ein. Begreifen

Sie doch endlich! Ich lege keinen Wert auf Ihren Schutz. Ich lehne es ab, vor Ihren Gerichten auszusagen. Ich kenne eine Reihe Regierungsmitglieder, die das ebenso wenig wollen. Ich möchte einfach wieder dorthin zurück, woher ich gekommen bin.«

Costa blieb unbeeindruckt. »Hier geht es um mehr als einen Strafzettel für Falschparken.«

Seufzend klappte Hanrahan sein Notizbuch zu. »Verzeihen Sie, Eminenz. Mit diesem Gespräch verschwenden Sie nur Ihre Zeit, fürchte ich. Ich nahm an, den Leuten wäre es Ernst. Ich habe mich geirrt.«

»Nein«, widersprach Costa. »Es ist unsere ernsthafte Absicht, Sie fair zu behandeln. Und Ihr Leben zu schützen, obwohl das unter Umständen gar nicht so leicht ist. Nach allem, was ich höre, muss ich Sie dringend vor der fatalen Annahme warnen, Sie könnten sich diesen Leuten entziehen, indem Sie sich irgendwo in Boston verstecken. Sie sind hartnäckig. Sie haben Rache geschworen. Sie wollen Sie umbringen.«

Michael Denney betrachtete seine langen Finger. Er hatte Pianistenhände. Noch war er ein Kardinal, aber er sah aus wie ein gebrochener Mann.

»Gino Fosse ist gefährlich, gewalttätig und unberechenbar«, fuhr Costa fort. »Er hat drei Menschen umgebracht und den Tod eines vierten verursacht. Möglicherweise plant er in dieser Minute bereits den nächsten Mord. Wir müssen ihn unbedingt fassen. Aber selbst wenn Ihre Informationen möglicherweise zu seiner Ergreifung führen sollten, können wir Ihnen keine absolute Straffreiheit garantieren. Das müssen Sie einsehen.«

»Was heißt das?« Denney stand auf, ging zum Schreibtisch und holte einen Aktenordner aus der Schublade. Er trug den Namen Gino Fosse und einen offiziellen Stempel des Vatikan. Hanrahan beobachtete ihn beunruhigt.

»Hören Sie«, sagte Denney. »Fosse war ein eher unbedeutender Vatikan-Angestellter, der für mich gearbeitet hat. Aufgrund bestimmter Vorgänge musste ich ihn entlassen. Alles, was über ihn bekannt ist, befindet sich in seiner Personalakte. Von seinem Schulbesuch bis zur letzten Woche, in der er, soweit ich weiß, als Krankenhausseelsorger tätig war. Alles ist in dieser Akte festgehalten. Auch seine persönlichen Probleme. Von denen mir nichts bekannt war, als ich ihn einstellte. Das schwöre ich Ihnen. Doch seither habe ich ein wenig nachgeforscht. Er war wohl nie jemand, auf den man besonders stolz sein konnte. Aber die Kirche sorgt für die Ihren. Ich habe getan, was in meiner Macht stand. Wie alle. Wollen Sie behaupten, diese Unterlagen hier wären nichts wert?«

Costa betrachtete den Aktenordner begierig. »Das sage ich keineswegs. Ich habe Ihnen bevorzugte Behandlung angeboten. Sicherheit. Wären Sie ein einfacher Ganove aus Testaccio, bekämen Sie die nicht. Aber dennoch müssen Sie sich für Ihre Taten verantworten. Das kann ich nicht verhindern.«

»›Das kann ich nicht verhindern?‹«, wiederholte Denney. »Sie maßen sich ein Urteil über mich an? Dann lassen Sie mich etwas klarstellen, mein Sohn. Ich weiß, was ich getan habe. Ich weiß aber auch, was andere getan haben. Irgendwann müssen wir uns alle verantworten, wenn auch nicht vor einem törichten und voreingenommenen Richter.«

Nic Costa erinnerte sich an Falcones Instruktionen. »Wenn ich jetzt vielleicht auf Ihr Bier-Angebot zurückkommen dürfte?«

Denney wirkte verdutzt. Er ging zum Kühlschrank in der Zimmerecke und kehrte mit zwei Flaschen zurück.

»*Salute*«, sagte der Kardinal.

Prostend hob Costa die Flasche. »*Salute.* Obwohl es mir schwer fällt, auf Ihr Wohl zu trinken. Der Mann hat gemordet. Er wird weiter und immer wieder töten, bis wir ihn endlich davon abhalten. Wie können Sie da Gegenleistungen verlangen? Verhalten sich Katholiken neuerdings so? Geht Selbstinteresse mittlerweile vor Gewissen?«

Er war Denneys Ausflüchte und Tricks leid. Empfand Unbehagen über Hanrahans beklemmendes Schweigen.

Wortlos studierte Denney seine Hände.

»Übrigens …« Costa nickte zum Caravaggio an der Wand hinüber. »Hat das Bild da eine besondere Bedeutung?«

Denney hob den Kopf. Er sah das Gemälde an, als hätte er es ganz vergessen und wäre für die Erwähnung dankbar. »Eine Erinnerung an alte Zeiten«, sagte er schließlich.

Costa fragte sich, ob er das Risiko eingehen sollte. Er hatte nichts zu verlieren. Das Bild war eine gute Kopie, etwa ein Drittel so groß wie das Original. Mit dem Schwert in der Hand, halb nackt und von demselben Licht der Gnade umflossen, das den sterbenden Matthäus vor ihm auf dem Boden einhüllte, dominierte der Mörder die Mitte des Gemäldes. Entsetzt vom Geschehen, wandten sich Augenzeugen ab. Nur ein Gesicht blieb neugierig, halb verborgen im Schatten und mit dem schmerzlichen Ausdruck, den Costa kannte, seit sein Vater ihm die Geschichte erzählt hatte.

»Kommen Sie.« Er stand auf und winkte Denney, ihm zu folgen. »Wissen Sie, wer das ist?«

Er zeigte auf die bärtige, halb im Dunkel verborgene Gestalt.

In Denneys Blick funkelte Anerkennung. »Sie überraschen mich, Signor Costa. Ein Cop, der sich mit Kunst auskennt?«

»Ich bin neugierig. Mehr nicht. Also wer ist das?«

»Caravaggio. Ein Selbstporträt. Er hat sich als Betrachter der Ereignisse gemalt.«

»Aus welchem Grund?«

»Aus Mitgefühl. Als Zeuge.«

»Und als Mitwirkender. Sehen Sie sich sein Gesicht an. Scheint er sich nicht zu fragen, warum er gerade diese Szene gemalt hat? Warum nimmt er an Matthäus' Martyrium teil, als wäre es ein Sakrament? Und warum hat er diese Szene überhaupt gemalt, obwohl es keinerlei historische Beweise für sie gibt? Offensichtlich wollte er uns doch etwas sagen. Jeder von uns ist beteiligt. Wir alle sind Mitwirkende an den Geschehnissen, ob wir uns das nun eingestehen oder nicht.«

»Gut gepredigt.« Denney nickte. »Sie haben Ihren Beruf verfehlt.«

Er ging zum Sofa zurück und griff nach seiner Bierflasche. Costa folgte ihm, nicht ganz sicher, ob er sich unmissverständlich genug ausgedrückt hatte.

»Es war mein Ernst«, bemerkte Denney. »Sie sind ein ungewöhnlicher junger Mann. Gehen heutzutage eigentlich viele Polizisten zum Gottesdienst?«

»Ich gehe in Kirchen, weil in ihnen Bilder hängen. Mit Religion hat das wenig zu tun.«

»Mag sein. Zumindest könnte man es denken, schätze ich. Offen gestanden habe ich mir das Bild seit Jahren nicht mehr angesehen. Mitunter verliert man den Blick für das Wesentliche. Man hält es für selbstverständlich. Als ich nach Rom kam, habe ich San Luigi dei Francesi geliebt. Sie schien für mich genau das zu verkörpern, worum es beim Katholizismus wirklich geht. Wesentlich mehr als ...« Er machte eine Handbewegung in Richtung des Petersdoms. »Aber ich sollte aufpassen, was ich sage. Stimmt's nicht, Brendan?«

Unbehaglich rutschte der Ire auf seinem Sessel hin und her.

»Was soll's«, rief Denney unvermittelt. Er warf den Aktenordner auf den Tisch. »Nehmen Sie das Zeug. Ohne Feilscherei. Ohne Gegenleistungen. Aber sagen Sie Falcone, er möge darüber nachdenken, was die Sachen wert sind. Welches Risiko ich eingehe, wenn ich Vatikan-Akten einfach weitergebe. Dann könnte er unter Umständen geneigter sein, mir einen Gefallen zu erweisen.«

Hanrahan sprang auf und wollte nach den Unterlagen greifen. Denneys Hand legte sich auf den Ordner. »Nein, Brendan«, erklärte er nachdrücklich. »Ich habe meine Entscheidung getroffen.«

»Aber Eminenz«, warnte Hanrahan. »Wenn Sie ihm das geben, verlieren wir jeden Verhandlungsspielraum.«

»Das ist mir egal. Ich möchte mein Gewissen nicht mit noch mehr Toten belasten.«

Verärgert setzte sich Hanrahan wieder. »Nun, das beendet unser Zusammensein, nehme ich an. Ich wüsste nicht, was es jetzt noch zu besprechen gäbe.«

Costa sah Denney direkt in die Augen. »Kennen Sie Sara Farnese?«

»Wen?« Er zuckte mit keiner Wimper.

»Die Universitätsdozentin, die die Serie von Todesfällen möglicherweise ausgelöst haben könnte.«

»Ah.« So etwas wie Begreifen zeigte sich auf Denneys Zügen. »Ich habe in der Presse von ihr gelesen.« Er zuckte mit den Schultern.

»Was heißt das? Ja oder nein?«

»Sie sind mir aber ein hartnäckiger kleiner Bastard«, stellte der Kardinal trocken fest.

»Ich bin neugierig. Das ist alles.«

Der Kardinal hob eine Braue. »Nun, es dürfte nicht ganz unbekannt sein, dass ich zu meiner Zeit durchaus ein Faible für Frauen hatte.«

»Ich habe Ihnen eine ganz eindeutige Frage gestellt«, beharrte Costa.

»Können Sie mir vielleicht ein Foto von ihr zeigen? Die Abbildungen in den Zeitungen sagten mir nichts.«

»Nein. Aber ich habe Ihnen ihren Namen genannt. Sie heißt Sara Farnese.«

»Namen?« Er lächelte Hanrahan an. »Er scheint Namen für wichtig zu halten, Brendan. Was für Leute stellt die Polizei denn neuerdings ein? Eine Vorliebe für Kunst kann ich durchaus noch verstehen. Aber diese unglaubliche Naivität …«

Mürrisch starrte Hanrahan auf den Aktenordner. Er äußerte kein Wort.

»Ich will ganz offen zu Ihnen sein, mein Sohn. Wenn es einen Mann wie mich nach einer Frau verlangte, ließ ich mir eine kommen. Affären oder gar langfristige Beziehungen kann ich mir nicht leisten. Dabei kann man nie ausschließen, dass es zu Problemen kommt. Die Konsequenzen wären unüberschaubar. Wenn mir danach war, ließ ich mir meine Wünsche erfüllen. Verstehen Sie, was ich meine?«

»Ist Ihnen noch immer danach?«

Bedenklich wiegte Denney den Kopf. »Jetzt werden Sie ein bisschen zu persönlich. Finden Sie nicht auch?«

»Also haben Sie sich mit ihr getroffen, weil sie käuflich war.«

»Das ist Ihre Formulierung, nicht meine. *Wenn* ich mich mit ihr getroffen habe. Weiter möchte ich mich dazu nicht äußern.«

»Wie Sie meinen. Wenn Sie mich bitte kurz entschuldigen würden?«

Nic Costa ging in das kleine Bad und drehte die Wasserhähne voll auf. Falcone hatte notfalls die Zahnbürste oder einen Kamm vorgeschlagen, obwohl ihr Verschwinden Denney vermutlich misstrauisch machen würde. Erst einmal wühlte Costa im Abfallkorb und wurde unter einer leeren Rasierschaumdose fündig. Er entdeckte ein Zellstofftuch mit einem winzigen Blutfleck. Anscheinend hatte sich der Kardinal beim Rasieren geschnitten. Er schob es in einen Plastikbeutel und steckte ihn in seine Tasche.

Die beiden Männer sahen sich nicht an, als er ins Zimmer zurückkehrte.

Costa griff nach den Unterlagen und winkte Denney damit zu. »Vielen Dank. Ich werde Falcone übermitteln, was Sie gesagt haben.«

Der Kardinal nickte. Dann sahen die beiden zu, wie der junge Polizist die Wohnung verließ.

Als seine Schritte im Treppenhaus verhallten, wandte sich Denney dem Iren zu. »Und?«

»Nicht schlecht, Eminenz«, sagte Hanrahan. »Ich hätte es nicht besser machen können. Jetzt bringe ich Sie sicher fort von hier. Das verspreche ich Ihnen.«

Siebenunddreißig

Am Montagabend beschäftigte der Fall Gino Fosse die römische Kriminalpolizei in beträchtlichem Umfang. Mehr als dreißig Beamte überwachten die Männer, die Sara Farnese als ehemalige Liebhaber genannt hatte. Allen waren DNA-Proben entnommen und zusammen mit Michael Denneys blutigem Zellstofftuch ins Polizeilabor in der Nähe des Tiber gebracht worden. Vier weitere Polizisten studierten intensiv Fosses Personalakte, die Nic Costa aus dem Vatikan mitgebracht hatte.

Den Unterlagen zufolge war Fosse der Sohn sizilianischer Bauern. Mit sechs Jahren kam er auf ein kirchliches Internat. Seine Eltern besuchten ihn nur selten. Die Schulunterlagen wiesen ihn als intelligenten, klugen Jungen aus, dessen Verhalten jedoch beständig Anlass zu Klagen gab. Als Falcone erfuhr, dass Fosse im Alter von neun Jahren eine junge Katze in einem Wäldchen in der Nähe der Schule gequält haben soll, beauftragte er einen der Ermittler damit, den inzwischen im Ruhestand lebenden Lehrer ausfindig zu machen. Was der zu berichten hatte, war durchaus aufschlussreich: Fosse hatte dem Tier das Fell abgezogen und es an einen Baumstamm genagelt. Ein Jahr später ereignete sich ein ähnlicher Vorfall. Ein streunender Hund wurde an einen Zaun gebunden, mit Benzin übergossen und angezündet. Fosse bestritt jede Täterschaft. Keiner glaubte ihm, aber niemand konnte Beweise vorlegen. Nach den Worten des früheren Lehrers zeigte er ein geradezu glühendes Interesse auf einem ganz speziellen Wissensgebiet: Am Leben und Sterben der frühchristlichen Märtyrer.

Er wuchs heran und entwickelte neue Interessen. Im Alter von dreizehn Jahren beschuldigte man ihn des sexuellen Missbrauchs an einer Schülerin. Zwei Jahre später kam es zu einem nahezu identischen Ereignis. Beide Fälle wurden aus nicht näher bezeichneten Gründen nicht weiter untersucht.

Fünf Jahre später trat er in ein Priesterseminar ein. Danach war er in Palermo, Neapel, Turin und Rom in verschiedenen Funktionen tätig, bis er vor fünf Jahren im Verwaltungsdienst des Vatikan angestellt wurde. Falcone ließ Ermittler in den Städten anrufen, in denen Fosse gearbeitet hatte, und bei Polizisten und Geistlichen Erkundigungen einholen. Schon bald ergab sich ein Bild, wenn auch zum größeren Teil aus dem, was die Gesprächspartner nur zögernd andeuteten. Aber offenbar steckte Gino Fosse ständig in Problemen und Schwierigkeiten. Jede seiner Anstellungen hatte er wegen irgendeines Fehlverhaltens verloren. In Neapel beschuldigte man ihn, mit Prostituierten seiner Gemeinde geschlafen zu haben. In Turin kam auf mysteriöse Weise Geld abhanden, und er lieferte sich mit dem Polizisten, der mit der Aufklärung des Falls beauftragt war, eine handfeste Schlägerei. Es gab auch – unbewiesene – Gerüchte über sadistisches Sexualverhalten. Dennoch wurde er nie zur Rechenschaft gezogen, nie angeklagt oder seines Amtes enthoben. Fosse gelangte mühelos von einer Position zur nächsten, um nur wenige Monate später und gelegentlich unter geradezu katastrophalen Begleitumständen zu scheitern. Ungeachtet dessen bewegte er sich weiterhin zielstrebig auf Rom und den Vatikan zu, dem Gipfel klerikaler Bürokratie. Schließlich erhielt er dann den Posten, den er bis vor wenigen Wochen noch innehatte, als Sekretär und Chauffeur von Kardinal Michael Denney.

»Warum ging es mit ihm unablässig bergauf?«, wollte Falcone von Costa wissen.

»Keine Ahnung. Vielleicht wollen sie auch die Strauchelnden im Schoß der Kirche halten.«

»Unsinn. Sehen Sie her ...«

Der Inspektor zeigte auf eine Berichtskopie aus dem Dezernat zur Aufklärung organisierter Verbrechen. Der Bericht war vor sechs Jahren verfasst, und in ihm stand, dass ein junger Theologiestudent namens Gino Fosse während seiner Ausbildung an einem nahen Kolleg drei Monate lang im Haus eines der berüchtigsten Mafiabosse der Stadt gewohnt hatte.

Falcone trommelte mit den Fingerspitzen auf die Seite. »Sehen Sie sich das an. Er kennt diese Typen seit langem. Er wohnte unter dem Dach des übelsten Don von Palermo.«

»Glauben Sie etwa, diese Leute haben ihm den Weg in höchste Kirchenkreise geebnet?« Skeptisch sah Costa seinen Chef an. »Und ihm aus der Patsche geholfen, wenn er Probleme bekam?«

»Sind Sie wirklich so blauäugig, Junge? Seit wann sind Sie Polizist? Diese Leute können problemlos im Quirinal anrufen und fragen, ob der Präsident zu Hause ist. Das ist nicht die Frage. Die lautet vielmehr: warum? Warum bewahrt man einen vor dem Gefängnis? Warum lässt man ihn Stufe für Stufe weiter hinaufklettern? Glaubt man vielleicht, er wäre für Größeres geschaffen?«

Aber das war unvorstellbar. Fosse machte eher den Eindruck eines geborenen Verlierers, eines Menschen, den wegen des von ihm ausgehenden Risikos niemand gern um sich haben wollte.

Falcone knallte den Aktenordner auf den Tisch. »Und von mir wird erwartet, dass ich den Mistkerl im Vatikan dafür laufen lasse? Bildet sich Hanrahan etwa allen Ernstes ein, er könnte Denneys Bewegungsfreiheit mit einem Stapel Personalpapiere erkaufen?«

Seit Costa Denneys Wohnung verlassen hatte, ging ihm der Mann nicht aus dem Kopf. Er wirkte verzweifelt, aber auch resigniert, als hätte er sich mit seinem Schicksal abgefunden. Er wünschte seinem düsteren Gefängnis zu entkommen, aber

Costa bezweifelte, dass er große Hoffnungen auf die Zukunft richtete. Selbst wenn er von Boston sprach, wirkte er niedergeschlagen. Als wüsste er bereits, dass das ein unerfüllbarer Traum war.

»Vielleicht haben sie nichts Besseres. Vielleicht klammern sie sich an Strohhalme.«

»Nun, das glaube ich ganz und gar nicht«, entgegnete Falcone. »Man darf diese Leute niemals beim Wort nehmen. Am wenigsten Hanrahan.«

»Dann sagen Sie ihm, dass aus dem Handel nichts wird.«

»Er wird sich bis morgen gedulden müssen. Dann sehen wir weiter.«

Morgen gibt es unter Umständen eine neue Leiche, hätte Nic Costa um ein Haar gesagt. Und Michael Denney würde noch immer alles daransetzen, seine schäbige Behausung verlassen zu können.

Er versuchte, seine Gedanken zu ordnen, stellte aber fest, dass seine Lider immer schwerer wurden. Die Augen fielen ihm zu. Falcones Hand auf seiner gesunden Schulter brachte ihn wieder zu sich.

»Es war für uns alle ein anstrengender Tag, ganz besonders für Sie. Gehen Sie nach Hause, Nic. Unterhalten Sie sich mit dieser Frau. Versuchen Sie, mehr Sinn in die Dinge zu bringen, als es mir möglich ist. Morgen erzählen Sie mir dann, wie alles zusammenhängt.«

»Sind Sie sicher?« Falcones überraschend gute Stimmung verblüffte ihn. Nic Costa war hundemüde, und doch wollte er nicht gehen. Hatte er etwa Angst, etwas zu versäumen?

Falcone betrachtete ihn fast mitleidig. »Zumindest bin ich mir sicher, dass Sie mir hier im Moment nicht viel helfen können. Und ich möchte Sie heute nicht schon wieder anschreien. Das bereitet mir nur Gewissensbisse. Es war Ihre eigene verdammte Schuld, dass Fosse Sie gestern fast umgebracht hätte. Aber das hindert mich nicht daran, mich unbehaglich zu fühlen. Also keine einsamen Joggingtouren, wenn ich bitten darf.

Ihr Partner macht sich genügend Vorwürfe. Wie ich auch. Und jetzt …«

Er schlug Costa leicht auf die Schulter. »Ab mit Ihnen. Sie haben sich eine Ruhepause verdient.«

Costa warf einen Blick durch die Tür. Hinter der Glaswand saß Luca Rossi vor dem Computer und tippte mit einem Finger auf die Tastatur ein.

»Rossi will aussteigen«, sagte er ohne nachzudenken und hätte sich am liebsten gleich darauf geohrfeigt. Was mischte er sich ein? Konnte Rossi nicht für sich selbst sprechen?

Falcone blieb unbeeindruckt. »Ich weiß. Er hat es mir gesagt. Mitten in einem so üblen und kniffligen Fall kommt so etwas häufiger vor. Denken Sie sich nichts dabei. Nehmen Sie es nicht persönlich.«

»Aber es ist persönlich. Irgendetwas an mir scheint ihm absolut nicht zu passen.«

»Ihr Alter. Oder besser: Ihre Jugend. Sie haben Ihre Karriere noch vor sich. Ganz im Gegensatz zu ihm. Sein Leben ist nicht unbedingt das, was man erfolgreich nennen könnte. Er hat keine Perspektive mehr. Und das lässt er an Ihnen aus.«

Costa war empört. »Sie sind unfair. Luca ist ein guter Polizist. Er würde für Sie, für mich, für jeden in der Truppe alles tun.«

»Ja, mag sein. Aber er ist ausgebrannt, Junge. Und hier ist kein Platz für solche Leute. Wenn diese Sache hinter uns liegt, kann er meinetwegen das Weite suchen, um irgendwo Umschläge zu belecken. Oder sich seine Pension auszahlen lassen und sich in Rimini zu Tode trinken. Wen kümmert's?«

»Mich.«

Falcones Gesicht verzog sich verärgert. »Dann sind Sie ein Idiot. Irgendwann müssen Sie entscheiden, wohin Sie gehören. Zu den Gewinnern oder den Verlierern.«

»Und was sagen Sie, wenn ein junger Spunt eines Tages Sie für ausgebrannt erklärt?«

»Das wird nicht geschehen«, erklärte Falcone im Brustton

der Überzeugung. »Ich weiß, wann ich gehen muss. Sehen Sie ihn doch an. Gerade einmal vier Jahre älter als ich. Ist das zu glauben? Der Mann ist doch völlig heruntergekommen. Er hat keine Kontrolle mehr über sich. Aber ein Mann muss sich im Griff haben, sonst wird er zum Spielball von anderen. Genau das passiert gerade mit Ihrem Freund, und es ist ihm absolut egal, was aus ihm wird.«

Costa wollte kein Wort mehr hören. Er stand auf und verließ das Zimmer. Als er an Rossi vorbeikam, tätschelte er freundlich seine Schulter. »Bis morgen, Onkel Luca.«

Zwei wässrige Augen musterten ihn erstaunt. »Was ist denn in dich gefahren, Partner?«

»Ich bin todmüde. Ich muss unbedingt ins Bett.«

Luca Rossi prustete wie ein Walross. Es freute Costa, dass er seinen Partner noch immer zum Lachen bringen konnte.

Dann wurde Rossi wieder ernst. »Lass dich nicht einwickeln, Nic. Nimm dich in Acht, hörst du?«

Costa lief die zwei Stockwerke hinab und trat in den Abend hinaus. Die Luft war feucht und schwül. Die Straße wirkte wie ausgestorben. Der übliche Streuner saß auf seinem üblichen Platz neben dem Stammcafé der Polizisten. Mit angezogenen Beinen hockte er auf dem Pflaster, den Kopf zwischen den Knien. Er stank zum Himmel.

Als Costa vorbeiging, starrte ihn das schon vertraute bärtige Gesicht an. Er blieb stehen und griff in die Tasche.

»Warum tun Sie das?«, lallte der Mann. »Und warum eigentlich immer Sie?«

»Was macht es schon aus?«, fragte er überrascht. »Es geht schließlich nur um Geld.«

Er hatte ein altersloses Gesicht. Konnte dreißig oder auch doppelt so alt sein. Er war auf direktem Weg in den Untergang. Das Geld konnte daran nichts ändern. Es würde unverzüglich in Alkohol umgesetzt und das Unvermeidliche nur beschleunigen. »Für alle anderen vielleicht. Sie werfen mir eine Münze zu und beachten mich gar nicht. Das gefällt mir. Bei Ihnen muss ich es mir verdienen. Ich muss mit Ihnen reden. Dankbarkeit zeigen. Wissen Sie, was ich glaube?«

Costa war müde. Sein Kopf schmerzte. »Erzählen Sie's mir.«

»Es geht Ihnen gar nicht um mich, sondern um Sie. Sie wollen nur Ihr Gewissen beruhigen, ist es nicht so? Damit Sie nachts ruhiger schlafen können.«

Costa betrachtete die elende Gestalt auf dem Bürgersteig und hielt ihr hundert Euro entgegen. Zehnmal mehr als seine üblichen Zuwendungen. Die Augen des Streuners begannen zu funkeln. »Na? Wollen Sie den Hunderter?«

Der Penner streckte die Hand aus.

»Scheren Sie sich zum Teufel«, sagte Nic Costa, steckte den Schein wieder ein und lief auf den Parkplatz, ohne sich um die obszönen Flüche des Obdachlosen zu scheren.

Es war der erste Tag seit Jahren, an dem er sich die zweite Zuwendung verkniff. Falcones Argument zeigte Wirkung.

Achtunddreißig

Eine halbe Stunde nachdem Nic Costa gegangen war, blickte Falcone vom Schreibtisch auf und bemerkte, dass Arturo Valena auf ihn zukam. Er sah den Mann erst zum zweiten Mal persönlich. Das erste Mal hatte Valena eine Übergabefeier von Polizei-Auszeichnungen moderiert, und das mit einer ebenso launigen wie sachkundigen Professionalität, die das atemberaubende Honoror fast rechtfertigte, das er später, ohne auch nur mit der Wimper zu zucken, einsackte.

Falcone hatte das Auftreten des Mannes faszinierend gefunden. Er war die prominenteste Figur im italienischen Fernsehen und interviewte sie alle: Politiker, Schauspieler, Showstars. Er besaß ein markantes Gesicht und eine tiefe, sonore Stimme mit quasi eingebauter Verwunderung; ganz so, als würde er ständig »tatsächlich?« fragen. Offiziell galt er als neunundvierzig, aber es hieß, dass es sich dabei um einen der vielen Mythen handelte, die den Mann umgaben. Valena war in Neapel geboren, unter ärmlichsten Verhältnissen und vor fünfundfünfzig Jahren oder mehr, und hatte sich über Jobs in der Administration und in PR nach oben gearbeitet, bis er schließlich die Chance erhielt, seine Talente in Funk und Fernsehen zu beweisen. Er hat, ging es Falcone jetzt durch den Kopf, eine ähnlich unaufhaltsame Karriere gemacht wie Gino Fosse, eventuell sogar mit ähnlichen Freunden. Sobald er Chefkommentator eines der erfolgreichsten Privatsender geworden war, ließ er kaum eine Gelegenheit aus, die Regierungspolitik zu kritisieren und sich gelegentlich unüberhörbar zu fragen, ob deren Kampf gegen das Verbrechen nicht die Rechte des Einzelnen bedenklich einschränkten. Er befasste sich auch selbst mit Politik und gehörte diversen Ausschüssen an. An seiner Vorliebe für rechtes Gedankengut ließ er nie einen Zweifel. Der einstige Gossenjunge aus Neapel war in die höheren Ebenen der römischen Gesellschaft aufgestiegen. Zudem hatte er eine reiche Contessa geehelicht, eine Frau, die es allerdings vorzog, den größten Teil ihrer Zeit auf dem Familienanwesen in Perugia zu verbringen.

Arturo Valena zog eine große Schau ab, und zwar eine, die ohne das Fernsehen nicht möglich wäre. Die Kamera zeichnete seine kantigen Gesichtszüge weicher, eine geschickte Beleuchtung kaschierte seinen ausladenden Bauch. Die penible Vorbereitung auf jedes Interview, der allgegenwärtige Teleprompter und seine demonstrative Sensibilität dienten vor allem dazu, der Öffentlichkeit ein schmeichelhaftes Bild von Arturo Valena vorzugaukeln. Das wusste Falcone, seit der Mann nach der Verleihungszeremonie den Fehler beging, sich von einigen Gästen in Unterhaltungen verwickeln zu lassen. Arturo Valena versteckte sich hinter einer Maske und tat alles dafür, sich von niemandem in die Karten blicken zu lassen. Im direkten, spontanen Gespräch entpuppte er sich schnell als Mogelpackung: unartikuliert, nassforsch, unsicher. Und körperlich abstoßend. Der Mann war ein bekannter Gourmand, der sich jahrelang durch die nobelsten römischen Restaurants geschnorrt hatte. Jetzt zahlte er den Preis dafür. Seine Leibesfülle war so enorm, dass ihn die Boulevardpresse seit geraumer Zeit spöttisch »Arturo Balena« – Artur Walfisch – nannte und entsprechende Fotos veröffentlichte. Auf einem saß er an einem Tisch, der sich unter *foie gras* und anderen Delikatessen förmlich bog, und schlang so ungehemmt, als hätte er tagelang nichts mehr gegessen. Es gab auch Schnappschüsse von ihm am Swimmingpool eines Hotels auf Capri, in der Gesellschaft einer unbekannten Blondine. Er lümmelte auf einem Liegestuhl in der

Sonne, während seine Haut langsam die Farbe eines gekochten Hummers annahm. Die Ausgabe des Promi-Blättchens verkaufte sich so gut, dass nachgedruckt werden musste. Törichterweise wollte Valena weitere Übergriffe auf seine »Privatsphäre« per Einstweiliger Verfügung untersagen lassen. Natürlich ging der Schuss prompt nach hinten los. Jetzt stand er auf der Prioritätenliste sämtlicher Paparazzi ganz oben. Sie verfolgten ihn auf Inline-Scaters. Sie überfielen ihn in Restaurants, in denen er allein in einer diskret abgedunkelten Ecke speiste. Arturo Valena war zum Freiwild der Medien geworden, die spürten, dass hier eine Person öffentlichen Interesses möglicherweise kurz vor ihrem spektakulären Sturz stand. Die Einschaltquoten seiner abendlichen Talkshow sanken bedenklich. Gerüchte besagten, dass er schon bald in einen Prozess um die Zweckentfremdung öffentlicher Mittel hineingezogen werden könnte, bei dem Regierungsbeamte beschuldigt wurden, durch Bestechung für eine positive Berichterstattung gesorgt zu haben. Arturo Valena stand vor einem tiefen und grausamen Fall.

Falcone dachte an die Fotos aus Fosses Wohnung. Auf einigen von ihnen war ein massiger, schwammiger Mann zu sehen. Sein Gesicht blieb unsichtbar, aber es konnte sich durchaus um den immer gleichen Mann handeln. Inzwischen war Valena herangeschwankt und sank japsend auf einen Stuhl.

Der TV-Talkmaster sah einfach schrecklich aus. Seine braunen Augen waren blutunterlaufen und trübe. Sein Brustkorb hob und senkte sich unter keuchenden Atemzügen.

»Ich verlange Personenschutz«, ächzte Arturo Valena. »Hören Sie? Ich komme gerade von TV-Aufnahmen aus Genf zurück und habe im Flugzeug gelesen, was dieser Verrückte der armen Lesbe Vaccarini angetan hat. Ich bin der Nächste. Ist Ihnen das klar?«

Falcone reichte ihm ein Glas Wasser und lächelte besänftigend. »Bitte«, sagte er. »Immer mit der Ruhe. Und von Anfang an.«

»Gehen Sie doch zum Teufel«, keuchte Valena. »In vierzig Minuten werde ich in der Brasilianischen Botschaft erwartet. Lässt sich nicht umgehen. Es findet eine Ausstellungseröffnung statt. Meine Anwesenheit ist unverzichtbar. Ich verlange Personenschutz, hören Sie? Oder muss ich weiter oben anrufen, damit?«

Schweigend schob ihm Falcone das Telefon zu.

»Was soll das?«

»Rufen Sie an. Wen Sie wollen. Man lässt mich das ohnehin entscheiden. Für den Fall, dass Sie es noch nicht wissen sollten, Signor Valena, wir haben jeden verfügbaren Mann auf den Fall angesetzt. Die meisten von ihnen kümmern sich um Leute, die uns gute Gründe dafür geliefert haben, unsere Zeit mit ihnen zu verbringen. Sie werden mich schon überzeugen müssen, dass auch Sie in diese Kategorie gehören.«

»Idiot!«, schrie Valena. Er schwitzte ausgiebig. Ein übler Geruch nach Schweiß und Angst breitete sich im Raum aus.

Er griff nach dem Telefon. Falcone musterte ihn. Arturo Valena wusste, dass sein Stern im Sinken begriffen war, musste aber noch begreifen, wie tief er schon stand. Ein Comeback würde es nicht geben. Die Zukunft hielt für ihn nur Bedeutungslosigkeit und möglicherweise auch Schande bereit.

Valena rief sechs Leute an, fünf leitende Polizeiangehörige und, in letzter Verzweiflung, einen Minister. Alle waren »leider unabkömmlich«.

Nach dem letzten erfolglosen Anruf warf er den Hörer auf die Gabel und verbarg seinen Kopf in den Händen. Falcone fragte sich, ob er nun auch noch in Schluchzen ausbrechen würde. Doch das blieb ihm erspart. Der Mann war einfach mit den Nerven am Ende, geradezu außer sich vor Angst.

»Signor Valena«, begann Falcone mit ruhiger, überzeugender Stimme. »Reden Sie mit mir. Ich habe nicht gesagt, dass wir Ihnen nicht helfen können. Aber ein paar gute Gründe müssen Sie mir schon nennen.«

Er hob den Kopf. »Was wollen Sie wissen?«

»Hatten Sie ein Verhältnis mit dieser Sara Farnese?«

»Nein«, antwortete Valena verbittert. »Das würde ich nicht sagen. Ich habe sie gevögelt. Das ist alles. Und es hat nicht einmal Spaß gemacht, falls Sie es genau wissen wollen. Eine echte Hure bemüht sich wenigstens, ein bisschen Leidenschaft vorzutäuschen. Sie nicht. Eine lausige Nutte. Keine Ahnung, warum sie sich überhaupt darauf eingelassen hat.«

Falcone nickte. Das war immerhin etwas. »Sie haben sie engagiert? Von einer Kontaktagentur oder einer ähnlichen Institution?«

»Machen Sie Witze? Muss ich mich von Ihnen beleidigen lassen? Ich bin Arturo Valena. Ich brauche keine Nutten anzuheuern. Das habe ich nicht nötig.«

»Das bringt uns absolut nicht weiter«, erklärte Falcone kalt. »Warum gehen Sie nicht einfach nach Hause, Signor Valena? Sie haben ein großes Haus. Sind nicht unvermögend. Engagieren Sie einen Leibwächter, wenn Sie Angst um Ihr Leben haben.«

Das Gesicht des Mannes wurde kalkweiß. »Einen Leibwächter? Wie soll der mich gegen den Wahnsinnigen schützen, der da sein Unwesen treibt?«

»Ich brauche weitere Informationen. Auf welche Weise haben Sie diese Frau kennen gelernt? Was ist vorgefallen?«

Seufzend schloss Valena die Augen. »Sie war ein Geschenk. Eine Belohnung. Eine Erkenntlichkeit. Ganz wie Sie wollen. Jemand wollte etwas von mir. Sie war das, was man auf dem Tisch zurücklässt, wenn man mit der Bedienung zufrieden ist.«

»Wer wollte was von Ihnen?«

»Das meinen Sie doch nicht ernst«, knurrte Valena. »Da draußen gibt es bereits einen Mann, der mich umbringen will. Glauben Sie etwa, ich möchte zwei Mörder auf meinen Fersen haben?«

Falcone zuckte gleichmütig mit den Schultern. »Man kann nur einmal sterben, oder? Geben Sie mir da nicht Recht? Wenn Sie offen zu mir sind, könnte ich vielleicht zwei Polizisten zu Ihrer Bewachung abstellen. Wenn nicht, sollten Sie jetzt dieses Büro verlassen und selbst für Ihren Schutz sorgen.« Er machte eine kurze Pause und bemerkte so etwas wie Resignation in Arturo Valenas Augen. »So oder so. Es ist mir egal, Valena. Ich verabscheue Ihre Scheiß-Sendung. Sie stinkt zum Himmel. Sie stinken zum Himmel. Sind aber anscheinend dämlich genug, sich einzureden, Sie hätten noch irgendeine Bedeutung, irgendein Gewicht. Ihr einziges Gewicht ist Ihr Bauch. Wann kapieren Sie das endlich?«

»Mistkerl«, murmelte Valena und stützte den Kopf wieder in seine Hände. »Verfluchter Mistkerl.«

»Na prächtig«, verkündete Falcone lächelnd. »Nachdem Sie sich Luft gemacht haben, können wir vielleicht zur Sache kommen? Bitte.«

Neununddreißig

Ein Polizeiauto fuhr Sara Farnese am späten Nachmittag zum Landhaus, wo sie von Bea begrüßt wurde, die sich gleich darauf nach wenigen Worten verabschiedete und ihr kaum in die Augen blickte. Irgendetwas schien vorgefallen zu sein, etwas zwischen Marco Costa und Bea. Sara glaubte nicht, dass die Fernsehberichte über die Morde und ihre Verwicklung in den Fall der Grund dafür waren. Bea wirkte beunruhigt, als würde sie befürchten, dass sich das ruhige, geordnete Leben im Landhaus ändern könnte.

Sara duschte, schlief eine Stunde und zog sich dann an, um mit Marco Costa ein wenig fernzusehen. Als Nachrichten angekündigt wurden, wollte er sofort auf einen anderen Kanal umschalten, aber sie bat ihn, es nicht zu tun. Er saß im Rollstuhl und blickte voller Widerwillen auf den Bildschirm, auf dem Alicia Vaccarinis Tod in allen grauenvollen Details geschildert wurde, gefolgt von Aufnahmen eines offiziellen Ereignisses, an dem die Parlamentsangehörige teilgenommen hatte und unbeschwert in die Kamera lächelte. Auch als die Nachrichten zu Ende waren, sagte er kein einziges Wort.

Sara Farnese ging in die Küche und blickte aus dem Fenster auf das Gelände hinter dem Haus. Nahe der Stelle, wo Gino Fosse Nic fast ermordet hätte, flatterte eine Krähe über das sommergelbe Buschwerk, das sich bis zur Via Appia erstreckte. Sara Farnese verfolgte den Flug des schwarzen Vogels, bis er kaum noch zu sehen war. Am Tor stand eine Hand voll

Polizisten. Marco Costa kam in die Küche, und sie setzten sich an den Tisch und tranken Kaffee. Die Stadt und ihre Schrecken schienen eine ganz andere Welt zu sein.

»Haben Sie sie gekannt?«, fragte Sara schließlich, um das Schweigen zu brechen.

»Wen?«

»Alicia Vaccarini.«

»Oh.« Eine Finte. Selbst wenn er sich müde fühlte, war er stets bei der Sache. »Wir sind uns nur ein- oder zweimal begegnet. Sie schien eine nette Frau zu sein. Alicia Vaccarini kam nach meiner Zeit, müssen Sie wissen. Ich bilde mir gern ein, Freunde in allen politischen Lagern und über Parteigrenzen hinweg gehabt zu haben. Die Lega Nord war allerdings nie mein Geschmack. Diese Kleingeister haben ihr ziemlich übel mitgespielt. Weil sie ein Faible für Frauen hatte? Na und? Wen regt das heutzutage schon noch auf?«

Es war eine Bemerkung, die darauf abzielte, ihr jede Verlegenheit zu nehmen. »Sie brauchen das nicht zu sagen, Signor Costa. Nicht meinetwegen. Es war eine Dummheit. Ein Fehler, den ich nicht noch einmal begehen werde.«

Sein ausgezehrtes, faltiges Gesicht sah sie an. »Sie meinen, das war alles? Neugier?«

»Ja.« Sie wusste, dass er ihr nicht glaubte.

Marco Costa schüttelte den Kopf. »Die Theorie, dass man alles zumindest einmal ausprobieren sollte, habe ich nie verstanden. Wo endet das eigentlich? Gibt es nicht immer wieder irgendetwas, das man noch nicht versucht hat?«

»Ich habe eingeräumt, dass es ein Fehler war.«

»Ich meinte es nicht persönlich, sondern ganz allgemein. Sie sollten nicht alles auf sich beziehen, Sara. Das ist eine kindliche Haltung. Ich war immer davon überzeugt, dass es im Leben um Konzentration und Vertiefung geht. Wie in Ihrer akademischen Welt beispielsweise. Sie halten es doch sicher auch für erstrebenswerter, viel über weniges zu wissen als wenig über vieles, oder?«

Die Universität kam ihr so fern vor wie Rom. Ihre Arbeit auch, die zu einer ganz anderen Person zu gehören schien, einer Person, die sie nicht mehr verstand und vielleicht sogar nicht einmal sonderlich mochte.

»Selbstverständlich.«

»Das ist auch meine Überzeugung«, fuhr Marco Costa fort. »Ich mache lieber wenige Dinge wirklich gut und überlasse den Rest anderen. Mir scheint das nur vernünftig zu sein.«

Sara Farnese sah sich in der Küche um und fragte sich, ob sie das Abendessen vorbereiten sollte. Olivenöl und Balsamico für ein Salatdressing waren da. Marco Costa rollte auf sie zu und legte ihr eine Hand auf den Arm.

»Aber ich habe gut reden. Ich wurde so erzogen. Für Sie jedoch …«

Er brach ab und überlegte, ob er sich noch weiter vorwagen sollte. »Verzeihung, Sara. Es geht mich nichts an, aber ich muss es einfach sagen. Ich verstehe Sie nicht. Nic auch nicht. Das macht es nicht schlimmer. Aber komplizierter. Niemand verurteilt Sie. Niemand denkt schlecht über Sie. Wir sind nur … ratlos. Das ist alles.«

»Und Sie glauben, ich wäre Ihnen eine Erklärung schuldig?«, erkundigte sie sich kühl.

Er spürte, dass er zu weit gegangen war. »Keineswegs. Sie sind niemandem etwas schuldig. Es ist schließlich Ihr Leben.«

»Ich weiß.«

»Es fällt mir nur schwer zu glauben, dass Sie auf diese Weise glücklich werden. Sie sind intelligent, klug, gebildet. Es ist angenehm, mit Ihnen zusammen zu sein.«

Ihre grünen Augen wurden größer. Er sah, dass sie überrascht war.

»Offensichtlich ist Ihnen das nicht einmal bewusst, oder irre ich mich?«

Sara Farnese ging zum Kühlschrank und goss sich ein Glas Verdicchio dei Castelli di Jesi ein. Der Wein schmeckte frisch und fruchtig. Neidisch beobachtete Marco Costa, wie sie ihn kostete.

»Für Sie ist es einfach«, sagte sie schließlich. »Man muss so etwas erfahren. Man kann es nicht lernen.«

»Und warum nicht? Sind Sie der einzige Mensch auf der Welt, der ohne Eltern aufwachsen musste? Ich kann nur ahnen, wie schwer das sein muss. Es ist etwas, was man keinem anderen Menschen wünschen würde. Aber Sie sollten sich nicht für den einzig unveränderlichen Punkt im Universum halten. Das ist keiner von uns. Ich nicht. Nic nicht. Wir verändern uns ständig, manchmal zum Schlechteren, manchmal zum Besseren. Sie sind doch auch nicht mehr das kleine Mädchen, das seine Eltern verlor, oder?«

»Und Sie bilden sich ein, beide Saras zu kennen?«, fragte sie eine Spur zu schroff. Enttäuschung zeigte sich auf Marco Costas Gesicht, und Sara stellte erstaunt fest, dass sie sich schuldig fühlte.

»Ich denke, ich kenne die eine von beiden immerhin besser, als sie vielleicht annimmt«, sagte er leise.

Sie goss ein zweites Glas Wein ein und schob es ihm zu. Marco Costa lachte.

»Jetzt erlauben Sie sich Spielchen mit mir, Sara«, sagte er. »Ich möchte keinen Wein. Wegen der Medikamente, die ich nehmen muss, schmeckt für mich alles gleich. Was ich mir wünsche, wäre der alte Geschmack, an den ich mich so gut erinnere. Aber das ist unmöglich. Der kommt nicht wieder. Also warum sollte ich Wein trinken?«

Sie goss den Verdicchio in die Flasche zurück und füllte das Glas stattdessen mit Wasser.

»Warten Sie nicht, bis es zu spät ist«, sagte Marco Costa. »Reue ist nur ein winziges Wort, kann Ihr Leben aber für lange Jahre verbittern. Haben Sie Bea noch gesehen, als Sie kamen? Wie geht es ihr?«

»Sie kam mir ein wenig bestürzt vor, verwirrt.«

»Das überrascht mich nicht. Ich habe sie gebeten, heute

Abend wiederzukommen und mit uns zu essen. Was Sie gestern sagten, hat mich zum Nachdenken gebracht. Es ist sehr leicht, die Anwesenheit von Menschen für selbstverständlich zu halten, besonders wenn man sie schon lange Zeit kennt. Wir sind nun einmal träge Geschöpfe, die gern in einen gewissen bequemen Trott verfallen.«

»Sie haben sie also nur eingeladen, um ihr einen Gefallen zu tun?«, fragte sie mit kaum wahrnehmbarem Spott.

»Nein«, lächelte Marco Costa. »Ich gestehe es ein. Auch meinetwegen. Sie ist eine sehr schöne Frau. Ich kann kaum glauben, dass ich irgendwann aufgehört habe, das zu bemerken. Ich kann kaum glauben, dass ich vergessen habe, dass zum Leben hin und wieder auch Überraschungen gehören. Und wenn ich es mir recht überlege, gibt es heute dafür sogar einen ganz besonderen Anlass.«

Motorengeräusche und das Knirschen von Autoreifen waren von draußen zu hören. Sara Farnese hörte die Stimmen der Polizisten am Tor. Dann klingelte es an der Haustür. Erwartungsvoll sah der alte Mann sie an. Sara Farnese ging zur Tür, und ihr wurde für einen Moment fast schwindlig vom Duft der Blumen in den Armen von zwei attraktiven Frauen in den besten Jahren, die munter auf sie einredeten und zu allem entschlossen schienen.

Vierzig

Luca Rossis Schichtende war bereits seit drei Stunden verstrichen, als Falcone zuschlug.

»Überstunden«, verkündete Falcone.

»Freiwillig und unbezahlt, nehme ich an?«

»Sie können sich in der Gesellschaft eines Stars sonnen. Dafür sollten Sie eigentlich mir etwas zahlen.«

Rossi hatte gesehen, wie Arturo Valena Falcones Büro betreten hatte. Er konnte den Mann nicht ausstehen. »Allmächtiger«, stöhnte er.

»Ein Kinderspiel. Der Bursche muss zur Brasilianischen Botschaft an der Piazza Navona begleitet werden. Dort bleibt er eine halbe Stunde, nicht länger. Dann bringen Sie ihn nach Hause. Gegen elf schicke ich Ihnen jemanden zur Ablösung.«

»Wie rücksichtsvoll. Ist er ein weiterer auf der Liste? Noch jemand, den sie uns verschwiegen hat?«

»Scheint so.«

Rossi schüttelte den Kopf. »Die Frau hat keinen Geschmack ...«

Mit schmalen Augen musterte Falcone die Schar der Polizisten. »Zu schade, dass Costa nach Hause gegangen ist. Ich könnte ihn zurückholen.«

Rossi durchschaute ihn auf Anhieb. Er wollte den Jungen mit einem weiteren Ex-Liebhaber, den diese Frau zu erwähnen vergessen hatte, auf Touren bringen. Aber das würde er verhindern. »Ist das Ihr Ernst? Der Junge ist fix und fertig.«

»Stimmt. Aber er muss schließlich lernen. Das wissen Sie doch ebenso gut wie ich, oder?«

»Was muss er lernen? Die alten Tricks, die wir alle so gut kennen und lieben? Vielleicht hält er das für keine sonderlich prickelnde Idee. Und vielleicht hat er damit sogar Recht.« Rossi hatte Falcone satt. Er war des Mannes genauso überdrüssig wie seines Jobs.

»Sie passen nicht zu uns, Rossi. Das wird bereits nach drei Tagen mehr als deutlich.«

»Was erwarten Sie nun von mir? Betroffenheit? Vielleicht sogar Gewissensbisse?«

Falcone blickte zum Fenster seines Büros hinaus und dachte nach. Gelassen wie immer in derartigen Situationen. »In Ihrem Alter fällt die Pension nicht gerade üppig aus. Sie hätten länger durchhalten sollen.«

»Es gibt im Leben nicht nur Geld. Darf ich Sie vielleicht um etwas bitten?«

Das silbergraue Bärtchen nickte.

»Ziehen Sie den Jungen von diesem Fall ab. Er überfordert ihn, auch wenn er das selbst vielleicht gar nicht merkt.«

»Ich habe eher den Eindruck, dass er verdammt gut ermittelt. Jedenfalls hat er mehr herausgefunden als Sie.«

»Mag sein.« Rossi fragte sich, wie weit er gehen konnte. »Hat eine Menge Dinge herausgefunden, die offensichtlich nur auf ihn gewartet haben. Ich will nicht, dass der Junge verheizt wird. Machen Sie mit mir, was Sie wollen. Aber das lasse ich nicht zu. Ist das klar?«

»Verschwinden Sie. Nehmen Sie stattdessen Cattaneo mit.«

Rossi seufzte abgrundtief. Seine drei Tage in der Abteilung hatten für die Erkenntnis gereicht, dass der kleine Mann aus Bologna in höchstem Maß unbeliebt war: begriffsstutzig, langweilig, ein unerträglicher Schwätzer.

»Je schneller Sie verschwinden, desto schneller sind Sie die Sache los.«

»Und was ist mit dem Jungen?«

»Ich lasse es mir durch den Kopf gehen.«

Rossi murmelte etwas Unverständliches, drehte sich abrupt um und ging zu Cattaneos Schreibtisch, um ihm die Neuigkeit mitzuteilen.

»Arturo Valena?« Cattaneo war Mitte dreißig, ledig und absolut ohne Laster. Er kaufte seine Anzüge, Hemden und Schuhe bei Standa im Dreierpack, weil er sie auf diese Weise billiger bekam und alle Überlegungen überflüssig machte, ob er nicht doch einmal etwas anderes anziehen sollte. Vor einer Stunde hatte seine Schicht begonnen, und das bedeutete, dass er noch über genügend Energien verfügte, die er mit sinnlosem Geschwätz vergeuden konnte. »*Der* Arturo Valena? Der Mann aus der Glotze?«

»Aber bitten Sie ihn bloß nicht um ein Autogramm«, knurrte Luca Rossi. »Ich befürchte, das könnte ich einfach nicht ertragen.«

»Warum denn nicht?«, fragte Cattaneo. »Es wäre ja nicht für mich, sondern für den Sohn meines Bruders. Er ist ein Fan von dem Burschen.«

»Wie alt ist Ihr Neffe? Zwölf?«

»Elf.«

»Und er sieht sich Valenas Sendungen an?«

»Das tun wir alle.«

»Großer Gott. Das schädigt doch fürs Leben. Eine bescheidene Frage: Können Sie überhaupt noch gleichzeitig laufen und reden?«

Beleidigt griff Cattaneo nach seinem Sakko und folgte Rossi zur Tür, wo Valena bereits auf sie wartete. Der Polizist aus Bologna redete ununterbrochen. Unglaublich, dachte Rossi. Irgendwann muss er doch wenigstens mal Luft holen. Noch bevor sie das Gebäude verließen, sah er an Valenas Blicken, dass der Cattaneo ebenso verabscheute wie er selbst.

Einundvierzig

Sie schlief. Das weckte eigentümliche Gefühle in Gino Fosse. Zwei Stunden lang hatte sie ihn geliebt, immer wieder, und stets gewusst, was er sich gerade wünschte. Jetzt lag Irena eng an ihn geschmiegt auf dem billigen, harten Bett. Mit halb geöffneten Lippen sah sie noch jünger aus, fast wie ein Kind. Das zuckende Neonlicht vor den Fenstern warf rote und blaue Blitze auf ihren Kopf. Mit den Fingerspitzen zeichnete er die farbigen Reflexe nach. Sie hatte samtweiches Haar. Es duftete angenehm.

Noch nie hatte er mit einer Frau geschlafen, nicht so. Bisher waren sie gekommen und gegangen. Er hatte nicht gewusst, wie es ist, wenn man sie nach dem Erwachen noch immer neben sich spürt. Es kam ihm irgendwie unreal vor, wie etwas aus einem Traum, das nicht von Dauer sein konnte. Dann bewegte sie sich, schlug die Augen auf, sah ihn und lächelte.

Irena hob den Kopf und küsste ihn sanft auf die Lippen.

»Du bist ja verrückt«, sagte er.

»Warum?«

»Du benimmst dich, als … wären wir ein Liebespaar.«

Sie strich ihm über die dunklen Haare, fuhr ihm mit den Fingerspitzen über die Wange. »Und was ist daran so falsch?«

»Du bist nur eine Hure. Und ich … nichts.«

Ihre Lippen verzogen sich schmollend, und jetzt war er ganz sicher: Sie konnte nicht älter als siebzehn oder achtzehn sein. »Na und? Darf man deshalb etwa nicht lieben? Wo steht das denn geschrieben?«

Irgendwo, dachte er. In ihren klugen Büchern. Von Gott kam es nicht. Selbst der alte Gott, der grausame und strenge Gott, wusste um die Unvollkommenheit des Lehms, den er einst geformt hatte. Das gehörte ganz unvermeidlich zum Lebensweg jedes Menschen, auch wenn viele Menschen versuchten, diese Tatsache einfach zu leugnen. Irena hatte Recht: Es gab nichts, was ihnen vorschreiben konnte, auf irgendetwas zu verzichten.

»Wie viel Geld hast du?«, fragte sie.

»Warum willst du das wissen?«

»Wir könnten fortgehen. Fort aus diesem Loch. Wir könnten an die Küste fahren, Gino. Dort soll es sehr schön sein, hat mir jemand erzählt. Alles ganz anders als hier. Anständig und ordentlich, ohne den Mist, der uns kaputtmacht.«

Er hörte sich lachen. »Du *bist* verrückt. Und was wollen wir dort machen?«

»Vögeln.«

Die Neonreklame malte wieder rote und blaue Lichter auf ihr Haar. Wieder musste er lachen.

»Und dann?«

Sie hob die schmalen, wohlgeformten Schultern. Jetzt lächelte sie. Ihre schlechten Zähne machten ihm überhaupt nichts mehr aus.

»Was wir wollen. Wir lassen uns treiben, Gino. Wir nehmen es, wie es kommt.«

Er dachte nach. Sie hatten sie zu ihm geschickt. Sie kannte ihre Gesichter. Irgendwann würde ihr die Polizei einen Besuch abstatten. Es war nicht schwer zu erraten, was sie dagegen unternehmen würden.

»Ich bin noch niemals vor etwas davongelaufen. Diese Wahl stellte sich mir nie.«

Überrascht sah sie ihn an. »Du tust, was sie dir sagen? Einfach so?«

»Es sind wichtige Leute, Irena. Ich bin nur ein kleines Glied in der Kette.«

Ihre Hand tastete verstohlen nach seinem Penis. Unter ihren geschickten Fingern reckte er sich, wurde steif. »Das würde ich nicht sagen.« Ihre Finger gaben keine Ruhe. »Lass es uns tun, Gino. Lass uns fortgehen. Irgendwohin.«

Das Atmen wurde ihm schwer. Er fragte sich, wie oft sie sich schon geliebt hatten. Sein Kopf fühlte sich benommen an, seine Gedanken verschwammen.

Das Telefon klingelte. Gino Fosse schob sie von sich und drehte sich nach dem Apparat um. Missmutig verbarg sie den Kopf im Kopfkissen, während er telefonierte. Das Gespräch dauerte gut drei Minuten. Irgendjemand sagte ihm, was er tun solle.

»Ich muss los«, sagte er, als er aufgelegt hatte, stand auf und begann sich anzuziehen. Dann warf er einen Blick in eine seiner Plastiktüten, in die große. Als er im Bad war, hatte sie darin gestöbert. Aber kein Geld, sondern nur wertlosen Plunder entdeckt. Schminkutensilien. Theaterrequisiten. Absurdes Zeug. Und ganz unten etwas Graues, Metallisches, das sie sich nicht näher ansehen, nicht einmal darüber nachdenken wollte.

Gino Fosse hockte sich auf den Holzstuhl vor dem neonbeleuchteten Fenster und überlegte, ohne von ihr die geringste Notiz zu nehmen. Dann sprang er auf, befahl ihr aufzustehen und zerrte das zerdrückte, fleckige Laken von der Matratze. Sie setzte sich auf das nackte Bett und beobachtete ihn.

»Wir könnten den Zug nehmen«, sagte sie fast flehend. »Wir könnten überall hinfahren, vielleicht nach Frankreich oder Spanien.«

Er griff nach einer Schere und begann, auf das Laken einzustechen. Als er fertig war, beugte er sich über sie und strich ihr über das Haar. »Aber wir würden trotzdem bleiben, was wir sind, Irena. Man kann nicht vor sich selbst davonlaufen.«

»Also erwartest du von mir, dass ich anschaffen gehe, während du unterwegs bist?«, erkundigte sie sich gereizt. »Oder soll ich hier herumsitzen, bis du dich endlich wieder an mich erinnerst?«

Ihre Reaktion verblüffte ihn. Sie wollte, dass er bei ihr blieb. Gino Fosse griff in seine Tasche und zog ein paar Geldscheine heraus. »Kauf uns Champagner. Morgen feiern wir ein bisschen, das verspreche ich dir.«

Ihr Gesicht leuchtete auf. Auf eine gewisse Weise war sie attraktiv, sogar schön. Aber auch töricht. Es ging ihr gar nicht um ihn. Sie suchte nur einen Felsen, an den sie sich klammern konnte, nach etwas, was ihre Situation zumindest ein wenig verbesserte.

Sie küsste ihn auf die Wange. Er roch ihre schlechten Zähne.

Mit der Plastiktüte trat Gino Fosse in die stickige Nacht hinaus. Die Luft war voller Abgase. Er schlenderte eine der kleinen, schmierigen Straßen hinunter, die vom Bahnhof abgingen. Nur Betrunkene, Nutten und Drogendealer waren zu sehen.

Und ein kleiner, dunkler Van. Der Mann daneben trug eine Uniform und sah aus, als hätte er sich bereits ein paar Gläser genehmigt. Fosse ging weiter und hörte lautes, wütendes Gebell aus dem Inneren des Fahrzeugs. Der Hundefänger hatte seinen Stock mit der Schlinge in einer Hand und eine Bierflasche in der anderen. Leicht schwankend zeigte er mit der Flasche in Fosses Richtung.

»Was für ein Job«, sagte er mit schwerer Zunge. »Was für ein verdammt elender, mieser Job. Soll ich Ihnen sagen, wie oft ich allein heute schon von diesen verfluchten Kötern gebissen wurde?«

Gino Fosse hatte noch nie einen Unschuldigen getötet. Aber inzwischen wusste er, dass es so etwas nicht gab. Die Sünde und die Schande waren allen Menschen gemein. Alle trugen Schuld. Schonung wäre eine unverzeihliche Schwäche.

»Wie oft denn?«, fragte er.

Der Mann reckte drei Finger in die Luft.

»Tut mir Leid«, sagte Gino Fosse und zog das Messer aus der Tasche. Die Klinge funkelte im Mondlicht, blitzte silbern vor dem Gesicht des Hundefängers auf. Auf Anhieb nüchtern, blickte der Hundefänger kurz in das Gesicht des Mannes vor ihm, drehte sich um und rannte davon wie von Furien gehetzt. Fosse sah ihm nach und überlegte, ob er ihm folgen sollte. Aus dem Fahrzeug drang leises Jaulen an sein Ohr. Er spähte durch das vergitterte scheibenlose Fenster ins Innere. Es stank nach Kot und Pisse. Augenpaare funkelten ihn an. Knurrend zeigten die Tiere ihre Lefzen. Eine Verfolgungsjagd ist zu anstrengend, dachte er. Es gibt bessere, lohnendere Ziele.

Zweiundvierzig

Als Nic Costa die Tür öffnete, glaubte er einen Moment lang, die Zeit hätte sich zurückgedreht. Lebhaftes Stimmengewirr schlug ihm entgegen. Sein Vater und Sara plauderten, und Bea spielte so ausgelassen mit dem Hund, als hätten die beiden unerwartet Frieden geschlossen. In allen Räumen standen Blumen: Rosen, Iris und üppige Nelkensträuße. Sie erfüllten das gesamte Erdgeschoss mit ihrem Duft. Sara und Bea tranken Champagner, Marco Mineralwasser. In der Küche legten zwei Köchinnen letzte Hand an ein exquisites kaltes Buffet, wie es seine Mutter früher so ausgezeichnet vorbereitet hatte. Platten mit Antipasti wurden neben Hummer und Scampi, Bresaola und einer Auswahl an Käse auf den Tisch gestellt. Nic musste unwillkürlich zwinkern, um sich zu vergewissern, dass er nicht träumte. Als er die Augen wieder öffnete, saß sein Vater vor ihm, noch immer im Rollstuhl, noch immer ausgezehrt, aber mit dem strahlendsten Lächeln, das Nic seit langem an ihm erlebt hatte.

»Warum siehst du so verdattert aus, Sohn?«

»Ich … ich …«, stotterte er. »Habe ich etwa einen Geburtstag vergessen?«

Sein Vater winkte ab und bat dann eine der Frauen, Nic ein Glas Champagner einzugießen. »Braucht man denn immer einen Anlass? Ist es nicht vorstellbar, dass ich meinen elenden Alltag einfach satt hatte? Nach einer Weile kann einem das ganz schön auf die Nerven gehen. Und dann dieser ganze andere Mist. Deine Arbeit. Sara ...« Marco Costa warf einen Blick ins Wohnzimmer, wo sich Sara und Bea unterhielten. Der Hund hatte sich neben Beas Füßen zusammengerollt. »Ganz gleich, was die Fakten auch immer zu beweisen scheinen, Nic ... Ich halte sie für keine unmoralische Frau. Sie hat das nur noch nicht erkannt.«

»Ich weiß. Das macht es doch gerade so schwer verständlich.«

»Unsinn!«, behauptete Marco Costa. »Wie kann man jemanden verstehen, bevor man ihn besser kennt? Du bist zu vorsichtig. Du möchtest alles erst haarklein ergründen, bevor du es wagst, dich darauf einzulassen. Entspann dich, Nic. Mach das Beste aus dem Leben, solange du noch jung bist.«

Er griff nach dem Champagnerglas und prostete seinem Vater zu. »*Salute*!«

»Auch auf dein Wohl, Sohn. Da ...« Er legte den Kopf schief. »Hörst du das?«

Frauen unterhielten sich. Der Hund fiepte ungeduldig, um ihre Aufmerksamkeit zu erregen. Stimmen und Lachen hallten von den schlichten Steinwänden wider. Er wusste, was sein Vater meinte. »Ja.«

»Wie lange ist es her, seit wir so etwas gehört haben? Acht Jahre? Ja, seit du ausgezogen bist. Ein Haus braucht Leben in sich, sonst beginnt es zu sterben. Das ist es, was mir die ganze Zeit gefehlt hat. Ich werde euch heimlich aufnehmen und mir das Band vorspielen, wenn ihr fort seid. Dann kann ich mir einreden, ich würde ewig leben.«

Nic Costa konnte seine Blicke nicht von den Frauen im Wohnzimmer abwenden. Wie wunderschön Sara aussah. Und auch Bea schien verwandelt, als wäre Marcos Einladung zum Abendessen das größte Geschenk, das man ihr machen konnte.

»Und Bea?«, fragte er.

»Sie hat es verdient. Ich bin ein alter Narr, Nic. Vielleicht wäre es besser, wenn du das über deinen Vater nicht erfährst, aber ich war nie besonders gut darin, mich in andere Menschen hineinzuversetzen. Deine Mutter konnte es. Sie hatte diese Begabung. Du hast sie von ihr geerbt.«

Paarweise setzten sie sich an den Esszimmertisch und bewunderten die Köstlichkeiten. Die beiden Frauen von der Cateringfirma zündeten die Kerzen in den antiken Leuchtern an, die auf Marco Costas Bitte überall im Erdgeschoss aufgestellt worden waren, und dämpften das elektrische Licht. Dann verabschiedeten sie sich und verließen das Haus. Der Raum machte den Eindruck eines Gemäldes. Mit tiefen Schatten in den Ecken, die der Lichtschimmer nicht erreichte, dem glänzenden Braun des alten Holztisches, dem sanft glühenden Rot der Vorhänge, dem hellen Ocker der Wände und dem flackernden Leuchten der Kerzen.

»Bringen wir einen Toast aus!«, rief Marco Costa aufgeräumt. »Du hattest Recht, Sohn. Es hat tatsächlich jemand Geburtstag. Aber wer?«

Neugierig sah Nic Bea und Sara an. Auch die beiden Frauen schienen es nicht zu wissen. Er zuckte mit den Schultern. »Keine Ahnung.«

Marco Costa hob sein Glas auf den Hund. Schwanzwedelnd und aufgeregt legte Pepe seine Pfoten auf die Knie des alten Mannes und wurde mit einer Scheibe Bresaola belohnt. »Wir haben ihn im Alter von acht Wochen gekauft, drei Monate nach dem Tod deiner Mutter. Nach meiner Berechnung müsste er daher heute auf den Tag genau zehn Jahre alt sein. Und ich möchte jetzt keinen Widerspruch hören. Am allerwenigsten von ihm.«

»Auf Pepe!«, wiederholte Sara Farnese. Auch Nic prostete dem Hund zu und genoss den herben, kalten Geschmack des Weins in seinem Mund.

»Und auf die Klugheit der Hunde«, fügte sein Vater schmunzelnd hinzu. »Die meiner Überzeugung nach die der Menschen übersteigt.«

Bea musterte das Tier skeptisch, das Marco Costa hingebungsvoll anstarrte. »Ich fürchte, das bedarf nun doch einer Erklärung.«

»Tatsächlich? Wir verzehren uns doch förmlich vor Sorgen um Dinge, auf die wir keinen Einfluss haben. Ständig fragen wir uns beunruhigt, was das Morgen bringen wird. Aber ein Hund? Für den zählt lediglich die Gegenwart. Wird er auch ausreichend geliebt? Bekommt er genug zu fressen? Er hat kein Konzept von der Zukunft, keine Ahnung davon, dass alles irgendwann ein Ende hat. Ihn interessiert nur das Hier und Heute, und das ausschließlich und intensiv, intensiver, als wir es uns vorstellen können.«

»Und das ist klug?«, fragte Sara.

»Selbstverständlich«, erklärte Marco Costa. »Es ist nicht unsere Art von Klugheit, aber eine, die dem Hund gute Dienste erweist. Und wir können durchaus etwas daraus lernen. Erinnerst du dich, Nic? An die kleine Begebenheit, als er gerade einmal ein paar Tage bei uns war?«

Nic füllte die Weingläser auf. Auch sein Vater trank ausnahmsweise einen kleinen Schluck. »Bring mich bitte nicht mit Kindheitsgeschichten in Verlegenheit, Vater. Das ist das Schlimmste, das Eltern tun können.«

»Wart ab. Hierbei geht es um eine Lektion. Und man sollte immer aufgeschlossen und bereit sein, etwas zu lernen.«

Nic seufzte. »Und wovon handelte deine Geschichte?«

»Von Leben und Tod«, antwortete sein Vater mit feinem Lächeln. »Was denn sonst?«

Dreiundvierzig

Es war die Hölle. Sämtliche Touristen der Stadt schienen auf der Piazza Navona zusammengeströmt zu sein. Rossi überblickte das Meer gleichgültiger Gesichter und war Valena dankbar, dass der sich schnurstracks in die Botschaft begeben hatte, ohne Autogrammjäger oder die Papparazzi auf sich aufmerksam zu machen. Natürlich fehlten auch die üblichen Taschendiebe und Schmalspurganoven nicht, die hofften, im Gedränge leichte Beute machen zu können. Rossi erkannte auf Anhieb gleich mehrere aus der Branche, sah aber nur zwei Polizisten in Uniform – mehr nicht. Es war eine Schande. Horden von fliegenden Händlern zockten die Rom-Besucher mit ihrem Schund ab: Ansichtskarten, billige Souvenirs, Einladungen in zwielichtige Nachtclubs.

»Ich liebe die Piazza«, verkündete Cattaneo. »Hier schlägt das Herz von Rom.«

Luca Rossi beäugte ihn mürrisch. »Es ist ein schlechter Witz. Das ist Disneyland.«

Das entsprach natürlich nicht der Wahrheit. Am Tag und halb leer war der Platz wunderschön. Die Bebauung entsprach noch immer den Umrissen der römischen Rennbahn, die Domitian hier anlegen ließ. Wenn Rossi die Augen schloss, konnte er sich Römer vorstellen, die, in zweirädrigen Wagen stehend, ihre Pferde um das Oval jagten. Da gab es den Vier-Flüsse-Brunnen von Bernini, der halb Rom erbaut zu haben schien. Die Piazza nervte ihn nicht. Die konnte ihm im Grunde sogar gefallen. Das Problem waren die unüberschaubaren Menschenmassen. Falls Gino Fosse die Absicht haben sollte, den TV-Spinner anzugreifen, indem er ihm beim Verlassen der Botschaft kurzerhand eine Ladung Blei verpasste, könnten Cattaneo und er ihn kaum daran hindern. Allerdings entspräche das nicht gerade Fosses bisherigem Vorgehen, sagte sich Rossi. Es wäre zu simpel, zu – alltäglich. Mit jedem seiner Morde hatte Fosse auch etwas über sich selbst ausgesagt: *Seht ihr? Ich bin anders. Ich bin einfallsreich und kann euch mit Methoden zur Hölle schicken, von denen ihr nicht einmal geträumt habt.*

»Nun sehen Sie sich das an«, schnaufte Cattaneo hingerissen.

Die Statuen-Parodeure hatten offenbar Hochkonjunktur. Auf einen Blick entdeckte Rossi gleich acht oder mehr. Geschminkt und kostümiert standen sie reglos auf umgedrehten Kisten und versuchten, die Touristen um ein paar Cents zu erleichtern. Als er vor Jahren die ersten dieser menschlichen Skulpturen gesehen hatte, fand er ihre Darstellung durchaus originell. Aber dann tauchten sie buchstäblich an jeder Ecke auf, und das nicht gerade sprühend vor Einfällen. Im Moment bemerkte er gleich zwei Freiheitsstatuen, eine Mona Lisa, einen Außerirdischen und diverse klassische Römer, zwei mit Schriftrollen in den Händen. Alle verharrten stocksteif und bemühten sich, nicht zu blinzeln. Knapp drei Meter von Rossi entfernt, hatte sich ein Mann ein Bettlaken wie eine Toga um den Körper geschlungen, Gesicht und Arme weiß gepudert, und machte nun auf Julius Caesar. Nein, dachte Rossi, das stimmt nicht. Er hat den Kopf voller Haare und ein junges, nicht unattraktives Gesicht. Als Caesar müsste er kahl sein und einen Lorbeerkranz tragen. Aber vielleicht mimt er Brutus, obwohl seine Haare dafür ein wenig zu lang sind. Und da gab es noch etwas an dem Mann, das Rossi stutzen ließ. Als menschliche Statue durfte man doch nicht ewig nur einfach stillstehen. Irgendwann musste man der Menge zu verstehen geben, dass sie mit zum Spiel gehörte. Man hatte zu zwinkern oder sogar eine Hand nach den Touristen auszustrecken, weil nur das sie in die Tasche greifen ließ. Wenn man starr und reglos verharrte, liefen sie unbeeindruckt weiter.

Luca Rossi starrte Brutus an. Dieser Schwachkopf schien neu im Geschäft zu sein. Er rührte sich nicht und zuckte mit keiner Wimper. Seine Darstellung war wenig überzeugend. Im besten Fall konnte er auf eine mitleidige Seele hoffen, die ihm irgendwann eine Münze zuwarf.

Cattaneo zog ihn am Ärmel. »Die Mona Lisa ist Klasse. Sie sahnt ganz schön ab.«

Rossi studierte die Gestalt in einem schwarzen Kleid, die wenige Meter von Brutus entfernt ihren Kopf mit einem goldenen Bilderrahmen umgab. »Das ist ein Mann«, sagte er. »Ich habe ihn mal wegen Taschendiebstahls festgenommen.«

»Das ist doch ein Scherz, oder?«, entfuhr es Cattaneo. »Sie meinen, er ist schwul?«

»Nein, meine ich nicht. Sie sollten sich vor voreiligen Schlüssen hüten. Dass er eine Frau darstellt, macht ihn noch längst nicht zum Homo.«

Immer wieder fallen die Leute auf Äußerlichkeiten herein, dachte er. Aber die konnten trügen. Manchmal war das sogar beabsichtigt. Aber er war zu müde, diesen Gedanken weiterzuverfolgen.

Er sah auf seine Uhr. »Verdammt, wo bleibt dieser Kerl? Eine Stunde hat er gesagt. Und das vor …«

Rossi konnte sich nicht erinnern, wann genau Valena die Marmortreppe zur Botschaft hinaufgegangen war. Aber es schien eine Ewigkeit her zu sein.

»Vor genau achtundfünfzig Minuten«, bemerkte Cattaneo. »Noch ist er in der Zeit.«

Rossi fluchte ausgiebig, aber lautlos, und würdigte den miesen, kleinen Erbsenzähler keines Blickes. Dann sah er zur Tür der Botschaft hinüber. Dort tauchte gerade Arturo Valenas massige Gestalt auf und schob rücksichtslos alles zur Seite, was sich ihm in den Weg stellte.

»Sieht ganz so aus, als wäre sein Zeitgefühl genauso schlecht wie meins«, sagte Rossi. »Er hätte noch weitere hundertzwanzig Sekunden im Kreis der Schönen und Reichen verbringen können.«

Cattaneo nickte. Rossi setzte sich in Bewegung und lief auf Valena zu, so schnell es die Menschenmassen erlaubten.

Der dicke Mann stand auf den Treppenstufen und sah sich nervös um. Sein weißes Hemd zeigte Essensflecken, und er roch nach Alkohol. Nach Champagner, mutmaßte Rossi.

»Was ist das eigentlich für ein Personenschutz?«, herrschte Valena ihn an. »Sie sollten jeden meiner Schritte in der Öffentlichkeit bewachen.«

»Verzeihung.« Rossi bemerkte, dass Cattaneo zu ihm aufgeschlossen hatte. »Wir wollten Ihnen nicht im Weg sein.«

»Hirnlose Trottel!«, zischte Valena. Seine Augen glitzerten eine Spur zu intensiv. Rossi fragte sich, ob das nur am Alkohol lag. Vielleicht hatte er mit ein wenig weißem Pulver nachgeholfen.

»Ihr Wagen steht bereit, Signor Valena.« Rossi zeigte zum Ende des Platzes, wo sie ihr Fahrzeug geparkt hatten. Schnaufend trottete Valena los. Die beiden Polizisten folgten. Dann zuckte Rossi sichtlich zusammen, holte den Mann mit zwei Schritten ein und lief Seite an Seite mit ihm weiter. Was war nur mit ihm los? Es musste an der Erschöpfung liegen. Cattaneo folgte seinem Beispiel, schirmte Valena nach links ab. Zügig gingen sie weiter. Plötzlich legte Cattaneo eine Hand auf Valenas Arm. Abrupt blieb der TV-Star stehen. Sein Kopf zuckte erst nach links, dann nach rechts. Total von der Rolle, dachte Rossi. Der Mann ist sternhagelvoll, und das nicht nur vom Alkohol.

»Zeigen wir uns großzügig«, flötete Cattaneo.

»Was?« Eines Tages bringe ich ihn um, zuckte es Rossi durch den Kopf. Er ist einfach zu bescheuert.

»Sehen Sie ihn sich an. Er ist wirklich gut. Geben wir ihm doch ein bisschen Geld. Hier …«

Er warf vor dem verblüfften Arturo Valena ein paar Münzen in die Luft. Die lebende Statue, die aussah wie Brutus mit zu langen Haaren, fing sie lächelnd mit einem billigen, schwarzen Hut ein.

»Um Gottes willen«, knurrte Rossi, ertappte sich aber dabei, gleichfalls in seiner Hosentasche nach Kleingeld zu kramen. Er fragte sich, warum man immer reflexartig reagierte und nie darüber nachdachte, was man da eigentlich machte.

Brutus stand auf seiner Kiste und grinste wie ein Idiot. Er ist sauschlecht, erinnerte sich Rossi. Ihm Geld zu geben, grenzt an Schwachsinn.

Rossi zog ein paar Münzen hervor und ließ sie in den schwarzen Hut fallen. Aber es war irgendwie sonderbar. Die Statue lächelte unentwegt weiter, als ginge es hier überhaupt nicht um Geld.

»Es reicht«, sagte Rossi und sah sich nach der Streife um, stellte aber fest, dass die uniformierten Kollegen wie üblich nicht da waren, wenn man sie brauchte. »Sie bekommen keinen einzigen Cent mehr. Schluss jetzt, oder Sie lernen mich kennen.«

Nach wie vor grinsend, verbeugte sich Brutus. Plötzlich überlief es Luca Rossi eiskalt. Irgendetwas an dem Gesicht da vor ihm kam ihm vertraut vor. Er kannte es, nicht gut, aber gut genug, um stutzig zu werden, wachsam.

Vierundvierzig

»Wie gesagt, haben wir den Hund unter traurigen Umständen gekauft«, fuhr Marco Costa fort. »Ich weiß gar nicht mehr, wer uns den Vorschlag machte. Darüber haben wir kaum jemals gesprochen.«

Unbehaglich rutschte Nic auf seinem Stuhl herum. Das waren Dinge, an die er nicht gern erinnert werden wollte. Die Vergangenheit war schmerzlich, kompliziert. Von Zeit zu Zeit meldete sie sich ungebeten in seinem Gedächtnis, wies ihm den Weg in die Zukunft. Sara Farnese schien zu spüren, was er empfand. Ganz leicht berührten ihre Finger seinen Handrücken.

»Jedenfalls ging ich eines Tages zu einem Mann, der einen Welpen zu verkaufen hatte, und stellte ihm in meiner Unkenntnis die absurdesten Fragen. Er war ein alter Bauer, der die Straße hinunter ein kleines Gehöft hatte, und sah mich an, als hielte er mich für einen kompletten Idioten. Was ich in seinen Augen vermutlich auch war, aber ich hatte nun einmal nicht die geringste Ahnung. ›Es ist ein Hund‹, sagte er immer wieder, als würde das alles erklären.«

Er verstummte kurz und schien zu überlegen, wie er fortfahren sollte. »In meine Jacke gehüllt, trug ich ihn nach Hause. Er war so verängstigt, dass er sie vollpinkelte. In der ersten Nacht jaulte er unablässig. Keiner von uns kam zum Schlafen.«

»Daran kann ich mich erinnern«, warf Nic ein.

»In der zweiten Nacht jaulte er schon weniger. Und in der dritten schlief er durch, in der Küche, die er mittlerweile als neues Zuhause akzeptierte. Damals lebten nur noch Nic und Giulia hier bei mir. Marco befand sich bereits auf der Universität. Wir waren drei tief verletzte Menschen, voller Erbitterung über das, was das Schicksal uns angetan hatte. Voller blindwütigem Zorn über einen Tod, der uns absolut sinnlos erschien. Und jetzt gab es da einen Hund, der von uns verlangte, dass wir ihn fütterten, ihn liebten und uns Tag und Nacht um ihn kümmerten. Und was hast du getan, Nic?«

»Ich habe ihn versorgt«, antwortete er. »Genau wie Giulia. Und du ebenfalls, wenn auch weniger als wir, obwohl er in dir immer den Boss sah. Manche Dinge ändern sich nie.«

Sein Vater schüttelte den Kopf. »Das ist eine Frage des Alters, Nic. Er hat dich geliebt. Wenn er sich erinnern könnte, wenn er noch kräftig genug wäre, um eure alten Spiele zu spielen, würde er dich auch heute noch genauso lieben wie damals.«

Nic musste seinem Vater Recht geben. Er hatte Stunden um Stunden mit dem Hund verbracht, auf langen Spaziergängen durch sommerliche Wiesen voller blühender Blumen. Damals konnte er mit dem Hund sprechen wie mit einem Menschen. Sie waren unzertrennlich gewesen. Dann wurde Nic älter, genau wie der Hund. Die Zeit hatte einmal mehr ihre Unbarmherzigkeit bewiesen.

»Eines Tages kam ich nach Hause«, erzählte Marco Costa. »Kurz bevor Nic mit dem Studium begann, was ihn zu beunruhigen schien. Aber da gab es noch etwas anderes. Weißt du noch?«

Er erinnerte sich und wünschte, er könnte seinen Vater von weiteren Erzählungen abhalten.

»Ja. Aber ist es wirklich nötig …«

»Nic war fast so verzweifelt wie an dem Tag, an dem seine Mutter starb. Er hatte über den Hund nachgedacht, ein Tier mit einer Lebenserwartung von etwa zwölf, vielleicht vierzehn Jahren. Es war ihm klar geworden, dass Pepe eines nicht allzu fernen Tages nicht mehr da sein würde. Und wie lautete seine

Schlussfolgerung? Kommen Sie, Sara. Sie sind doch die Einfühlsame. Sagen Sie uns, was er dachte.«

Sie blickte Nic an und fragte sich, ob ihn ihre Worte möglicherweise kränken würden. Es war ganz eindeutig und – verständlich. »Er hielt es für sinnlos, sich einen Hund anzuschaffen, sich an ihn zu gewöhnen, ihn zu lieben. Und die ganze Zeit zu wissen, dass er eines nicht so fernen Tages sterben wird.«

Marco Costa ließ sie nicht aus den Augen. »Und ist seine Überlegung richtig?«

»Ich glaube nicht, dass man darauf mit ›richtig‹ oder ›falsch‹ antworten kann«, wich sie aus. »Aber ich kann Nic verstehen. Ich sehe ein, warum man zu dieser Einstellung kommen kann.«

»Da hast du es, Bea! Nun sieh dir diese Jugend an. Was haben wir bei ihrer Erziehung nur falsch gemacht?«

Die ältere Frau musterte Nic und Sara überrascht. »Ist das wirklich deine Meinung, Nic? Und Sie stimmen ihm zu, Sara? Ich bin wahrlich keine Hundefreundin, was Pepe anscheinend sehr wohl weiß. Aber man sollte sich doch an dem erfreuen, was man hat. Und sich keine Gedanken über ein Morgen machen, das vielleicht nie kommt.«

»Und genau deshalb sind Hunde klüger als Menschen.« Wie zur Betonung knallte Marco Costa sein Weinglas auf den Tisch.

»Eine ziemlich haltlose These!«, erklärte Sara. »Das ist Ihnen doch klar, oder? Ein Hund hat keinerlei Vorstellung von Zeit. Für einen Hund wird das Leben an- und ausgeknipst. Wie ein Lichtschalter.«

»Ist es denn nicht auch so?«, erkundigte sich Nics Vater scherzend.

»Natürlich nicht.« Hilfesuchend sah Sara Farnese Nic an.

»Ich stimme ihr zu«, sagte er. »Es ist ein absurder Vergleich.«

»Hunde haben eben nie den Prediger Salomo gelesen«, warf Bea ein. »›Ein jegliches hat seine Zeit … geboren werden und sterben, pflanzen und ausrotten, was gepflanzt ist.‹«

»›Lieben und hassen, Streit und Friede hat seine Zeit‹«, fuhr Marco Costa fort. »Sie haben Recht, Sara. Ein Tier weiß nichts von Schicksal und Bestimmung. Aber sind wir so anders? Es war das Wissen um unsere Sterblichkeit, die jene frühen Christen beseelt hat, die da draußen entlang der Via Appia begraben sind. Für uns Heutige ist der Tod ein ungebetener Gast, den wir gar nicht zur Kenntnis nehmen. Wir tun, als gäbe es ihn gar nicht, bis er uns vom Gegenteil überzeugt. Und dann sind wir über sein Auftauchen schockiert – geradezu beleidigt!«

Abwehrend hob Nic eine Hand. »Schon kapiert. Ich verstehe, was du meinst.«

»Ich glaube nicht!«, widersprach Marco Costa. »Das war mehr auf mich gemünzt als auf dich, Sohn. Ich ließ mich von dieser verdammten Sache derart unterkriegen, dass ich mich nur noch von Sterben und Tod umgeben sah. ›Pflanzen und ausrotten, was gepflanzt ist.‹ Das hier war eine Farm, erinnerst du dich? Bis zu dieser verfluchten Krankheit hat sie uns ernährt. Wir haben die Erde umgegraben, gesät, gepflanzt und geerntet. Aber sieh dich jetzt um. Ödes, unfruchtbares Land. Und warum? Weil ich einen unverzeihlichen Fehler beging. Weil ich mich für den Nabel der Welt hielt und wie ein Kind glaubte, ohne mich würde sie aufhören zu existieren. Meines Erachtens ist das die größte Sünde, die ein Mensch überhaupt begehen kann.«

Beklommenes Schweigen breitete sich nach Marco Costas Geständnis aus.

»Wie war es hier früher?«, fragte Sara schließlich.

»Einfach wundervoll«, antwortete Nic lächelnd. »Wir konnten buchstäblich alles anbauen. Ich …« Vor seinem inneren Auge sah er, wie sich Artischockenköpfe im Wind wiegten, endlose Reihen hoch gewachsener Tomatenpflanzen, üppige Zucchini. »Ich kann mich noch gut erinnern, wie grün es hier war.«

»Was meinen Sie, warum er nur noch Grünzeug isst?«,

fragte Marco Costa. »Seit seinem zwölften Lebensjahr lehnt er Fleisch kategorisch ab. Erklärte, alles andere wäre absurd.«

»So ist es doch auch. Und was wir anbauten, gehörte uns. Wir haben es selbst produziert.«

Sein Vater fuhr zur Haustür. Die anderen folgten ihm und sahen zu, wie er den Riegel zur Seite schob, die Tür aufstieß und die Außenbeleuchtung einschaltete. Die Zigaretten der Polizisten am Tor leuchteten wie Glühwürmchen. Dürr und trocken lag die Erde unter dem grellen, harten Flutlicht.

»Und das Beste war das Unvorhersehbare«, erklärte Marco Costa.

Um diese Zeit hätten sie früher immer *cavolo nero* gepflanzt, erklärte er. Sara entging nicht, wie seine Augen blitzten, als er erzählte, dass er den toskanischen Kohl genau aus den Gründen mochte, aus denen andere vermutlich auf seinen Anbau verzichteten: Sein langsames, schleppendes Wachstum vom winzigen Setzling gegen Ende des Sommers, durch die langen, kalten Wintermonate, bis die Sonne im Frühjahr neue Kraft gab. Es war eine Art Wiedergeburt, ein Symbol dafür, dass das Leben in jedem Frühling wiedererwachte, ganz gleich, was auch geschah. Ein im Juli gepflanzter Setzling wusste nichts von der Zukunft und davon, dass gegen Ostern mit der Sonne die Wärme wiederkehrte, die er zum Gedeihen brauchte – falls er den Winter überlebte. Dies war die unerschütterliche Zuversicht des Landmanns, und eine, die Marco Costa zutiefst entsprach, die fundamentale Überzeugung vom steten Wechsel der Jahreszeiten, und dass gute Landwirtschaft belohnt wurde. Es war unvermeidlich, dass diese Kette irgendwann unterbrochen wurde. In einigen Jahren fiel die Ernte aus. In anderen kehrte der Landmann vielleicht nicht zurück. Nichtsdestotrotz blieb die Tätigkeit unverzichtbar: das Vorbereiten des Bodens, das Pflanzen und Pflegen.

In diesem Jahr war kein *cavolo nero* gepflanzt worden. Die Krankheit hatte Marco Costas Zuversicht zerstört.

Sara Farnese sah, wie der alte Mann den trockenen Boden

betrachtete. »Ich möchte hier wieder etwas wachsen sehen«, sagte er. »Morgen ... werde ich ein paar Hilfskräfte anheuern.«

Sara und Bea tauschten Blicke aus. »Und was ist mit uns? Wir können umgraben, säen und pflanzen.«

Marco Costa lachte. »Das ist keine Arbeit für Frauen.«

Sie sahen aus, als wollten sie auf ihn losgehen.

»Frieden, Frieden«, rief Nic. »Bea und Sara können morgen schon mal anfangen. Wenn ich Zeit habe, werde ich helfen. Du kannst dabeisitzen und deine Befehle erteilen.«

»Es muss aber ordentlich gemacht werden«, beharrte sein Vater.

»Das wird es auch«, versicherte Nic. »Das verspreche ich dir.«

Der alte Mann hob schnuppernd die Nase. »Da liegt ein Hauch von Herbst in der Luft. Man riecht, dass es bald September ist. Ich liebe den Herbst. Die Farben. Vor dem Kamin zu sitzen, Maronen zu rösten. Wenn die Blätter fallen, möchte ich nirgendwo anders sein als hier.«

Nic trat hinter ihn und legte eine Hand auf seine Schulter. Sein Vater griff nach ihr. Nic spürte ein leichtes Brennen in den Augen.

»Alte Rote wie ich glauben nicht an die Existenz der Hölle«, sagte Marco Costa. »Aber willst du wissen, wie ich sie mir vorstellen würde, wenn? Als einen Ort, an dem absolut nichts wächst. Einen Ort, an dem man keinen Wechsel der Jahreszeiten kennt. Davor bewahre uns Gott, falls du mir die Bemerkung gestattest.«

Fünfundvierzig

Rossi wollte es kaum glauben. Dabei sprach alles dafür. Sie hatten ein einziges Foto von Gino Fosse gefunden, und hier war dasselbe Gesicht, wenn auch weiß gepudert und einer Statue ähnlich. Er griff in seinen Sakko nach der Waffe, schrie Cattaneo an, schrie Arturo Valena an, weil Brutus gar nicht Brutus war, sondern irgendein wahnsinniger, blutrünstiger Priester, der jedes menschliche Maß verloren hatte. Immerhin schien wenigstens Cattaneo auf Draht zu sein. Er packte Valena am Kragen und zerrte ihn in die Menschenmassen. Rossi sah, wie die beiden rückwärts in die Menge taumelten und in ihr untertauchten.

Seine Hand war schweißnass. Die Kehle wurde ihm trocken. Als seine Finger den Pistolengriff umspannten, hatte sich Brutus auf seiner Kiste nach vorn gebeugt. Der Hut war ihm aus der Hand gefallen. Ein paar Münzen rollten über das Pflaster. Vielleicht ist dieses Klirren und Scheppern das letzte, was ich in diesem Leben höre, dachte Luca Rossi.

Dann wogte die Masse auf ihn zu, und Rossi hatte Schwierigkeiten, einen klaren Kopf zu bewahren. Schultern rempelten ihn an, Menschen brüllten und kreischten. Er hob den Arm, versuchte die Menge durch den Anblick der Waffe zur Zurückhaltung zu bewegen. Ohne zu überlegen, halb unbewusst, gab er einen Schuss in die Luft ab. Eine kleine Bleikugel flog von Berninis Piazza auf den strahlend hellen Mond am samtschwarzen Himmel zu.

Neben ihm stieß jemand einen durchdringenden Schrei aus. Er fuhr herum und starrte in die entsetzten Augen einer Frau.

»Um Himmels willen, Rossi!«, schrie Cattaneo und packte ihn am Arm. Mit der anderen Hand hielt er Valena fest im Griff. Luca Rossi kam sich vor wie ein Trottel. Er konnte Cattaneo nicht ausstehen, hielt ihn für einen Versager. Und jetzt wurden sie hier von einer zunehmend panischen Menge in die Mangel genommen, ohne zu wissen, wie es weiterging, was im nächsten Moment geschehen konnte.

Hastig sprach Cattaneo in sein Funkgerät. Wieder hob Rossi den Arm und drückte noch einmal ab. Es tat gut. Es war wie eine Drohung, die selbst ein durchgedrehter Priester mit Blut an den Händen und einer makabren Vorliebe für körperlose Frauenköpfe verstehen würde. Dann verpasste ihm eine hünenhafte Gestalt im Sternenbanner-T-Shirt einen heftigen Schlag gegen die Brust. Rossi verspürte einen scharfen Schmerz im Brustkorb, riss den Mund auf, bekam aber keine Luft. Die Waffe entglitt seinen kraftlosen Fingern, fiel zwischen die Füße der hin- und herwogenden Menge.

Rossi krümmte sich zusammen und rang keuchend nach Atem. Als er sich mühsam wieder etwas gefasst hatte, richtete er sich auf. Vor ihm, inmitten eines Halbkreises verschreckter Touristen, stand Brutus und lächelte ihn an. Er sah aus wie ein Kleindarsteller, der sich plötzlich in der Publikumsgunst sonnt. Er hielt etwas in der Hand, ein kleines, metallisches Objekt.

Luca Rossi starrte den Gegenstand an, sah aus dem Augenwinkel, wie Cattaneo einen Satz auf ihn zu machte. »Mist«, sagte er tonlos.

Die Pistole ging los, zuckte in Fosses Hand und änderte genau in dem Moment die Richtung, als Rossis Sehvermögen zu schwinden begann und ihn ein maßloser Schmerz überwältigte.

Das letzte Geräusch war ein dumpfes, hallendes Donnern. Luca Rossi wollte etwas Profundes, Abschließendes über das

Leben sagen, über das Sterben und was wichtig war und was nicht. Aber es gelang ihm nicht. Irgendetwas verwirrte seine Gedanken, machte ihn hilflos, raubte ihm die Worte. Jemand legte ihm eine Hand auf die Schulter, und er wusste, dass das Cattaneo war. Der Idiot zog ihn mit sich auf das harte Pflaster der Piazza Navona. Mit unglaublicher, unwiderstehlicher Wucht stürzte er zu Boden, auf die rote Lache zu, die träge über die Kopfsteine rann, immer größer wurde und sich zu einem Strom ausbreitete.

Gino Fosse trat zurück, wischte sich mit dem Handrücken über den Mund und betrachtete die beiden Polizisten, die reglos auf dem Pflaster lagen. Kopflose Panik erfasste die Menge. Laut schreiend, Stöße und Tritte austeilend, entfernten sich die Menschen von der weiß gekleideten Gestalt, deren Laken-Toga mit Luca Rossis Blut bespritzt war.

Nur Arturo Valena ergriff nicht die Flucht. Wie erstarrt blieb der TV-Moderator stehen, eine massige, einsame Person auf dem sich leerenden Platz.

Fosse machte einen letzten Schritt und drückte die Pistole gegen Valenas schweißnasse Schläfe.

»Kommen Sie mit«, sagte er. »Schnell. Halten Sie sich eng an mich. Los.«

Valena nickte.

Eine Minute später bekamen die Hunde Gesellschaft.

Sechsundvierzig

Sara Farnese stand vor dem Haus unter der weinumrankten Pergola und genoss den herrlichen Abend. Die Tageshitze hatte nachgelassen. Glühwürmchen tanzten zwischen den Zweigen der knorrigen Olivenbäume am Horizont. Nach dem Champagner hatten sie erst weißen, dann roten Wein getrunken. Sie waren alle etwas berauscht, sogar Marco Costa. Es war, als hätte das Haus sie mit unbeschwerter Heiterkeit angesteckt, als wären seine kostbaren Erinnerungen aus einem Traum erwacht, um sich ihnen mitzuteilen. Der morgige Tag würde diese guten Geister wieder vertreiben. Davon war sie überzeugt. Dennoch empfand Sara Farnese Dankbarkeit über das flüchtige Geschenk, das ihnen durch Marco Costas Einladung zuteil geworden war. Der Zeitpunkt hätte besser nicht sein können. Der Albtraum war noch nicht vorüber. Vor ihnen lagen weitere Schwierigkeiten und neues Leid, aber das war nicht unüberwindbar. Es bestand Grund zur Hoffnung. Das Leuchten auf ihren Gesichtern heute Abend deutete die Möglichkeit von Aussöhnung und innerem Frieden an.

Bea brachte Marco Costa in sein Schlafzimmer und tauchte nicht wieder auf. Nic unternahm mit dem schläfrigen Pepe einen letzten Spaziergang über das Grundstück. Sara hörte ihn mit den Männern an der Zufahrt sprechen. Es war ein lockeres, gelassenes Geplauder, nicht der spannungsgeladene Wortwechsel, den die Männer führten, wenn die Dinge schief liefen. Sie alle hatten es verdient, eine Weile vor Gino Fosse Ruhe zu haben. Lange würde es nicht dauern. Das war unmöglich. Aber selbst eine kurze Pause kam ihr vor wie ein Wunder. Sie konnte durchatmen und nachdenken. Hier außerhalb der Stadt, in der dunklen Kühle des Landhauses und umgeben von Menschen, die sie nicht verurteilten, die sie nicht ansahen, als wäre sie ein fremdartiges Geschöpf, fühlte sich Sara Farnese auf eine Weise glücklich, die sie nicht näher ergründen wollte.

Nichts bleibt, wie es war, hatte Marco Costa gesagt. Die Welt befand sich in immerwährender Veränderung. Das war ein Geschenk, aber auch eine Last.

Sie scharrte mit der Fußspitze die harte, trockene Erde auf und vermochte kaum zu glauben, dass unter diesen Bedingungen überhaupt irgendetwas wachsen sollte. Sie hatte keine Ahnung von Gartenbau oder Landwirtschaft. Und Bea vermutlich auch nicht. Aber unter Marco Costas ebenso sachkundiger wie fordernder Anleitung würde hier etwas Wurzeln schlagen, wachsen, gedeihen und irgendwann Früchte tragen, obwohl sie wusste, dass sie dann nicht mehr hier sein würde.

Nic tauchte aus der Dunkelheit auf, trat hinter einem altersgebeugten Mandelbaum hervor. Blätter raschelten leise im Wind. Er wirkte ausgeglichen, mit sich und der Welt zufrieden. Sara freute sich für ihn und seinen Vater. Irgendetwas war heute Abend zwischen ihnen vorgegangen, irgendeine unausgesprochene Abmachung getroffen worden. Es gab keine Neuigkeiten von den Polizisten am Tor. Vielleicht war in der fernen Stadt alles ruhig. Vielleicht schlief Gino Fosse, endlich einmal verschont von seinen Dämonen, wenn auch nur für kurze Zeit.

Der Hund hob ein Bein und pinkelte ausgiebig gegen einen Baum. Sie mussten lachen.

»Die Klugheit der Hunde«, lächelte Sara.

Pepe kam zu ihnen und setzte sich neben sie. »Oder ihre Unwissenheit«, antwortete Nic. »Er hat keine Ahnung von kommenden Dingen. Er weiß nicht, wovor er sich hüten muss.«

»Und dass wir das wissen, macht uns klüger?«

»Ich denke schon. Wenn auch nicht glücklicher.«

Die Augen des Hundes verschwanden hinter trockenen, runzligen Lidern. Er sieht alt aus, dachte Sara. Genau wie Marco Costa: alt und hinfällig.

»Es genügt ihnen nicht, am Leben zu sein«, sagte sie und tätschelte den grauen Hundekopf. »Sie müssen leben. Herzliche Glückwünsche zum Geburtstag, Pepe.«

Das Tier schlug die Augen auf, sah sie kurz an und richtete dann seinen Blick fest auf den Hauseingang.

Ein verlegenes Schweigen breitete sich aus. Sara Farnese drehte sich um und öffnete die Tür. Der Hund trottete über die Schwelle, suchte und fand seinen Korb in der Küche und rollte sich zusammen.

Sie beobachtete, wie das Tier es sich behaglich machte, und wusste, dass Nic keinen Blick von ihr wenden konnte.

Siebenundvierzig

Der Wagen des Hundefängers parkte vor San Lorenzo in Lucina auf einer kleinen Piazza nördlich der Gegend um das Parlament, wo Alicia Vaccarini am Tag zuvor mit Gino Fosse zu Mittag gegessen hatte. Seit dem vierten Jahrhundert wird das Gotteshaus mit dem Märtyrer Laurentius in Verbindung gebracht, obwohl lange vorher an dieser Stelle ein vermutlich der Juno geweihter Tempel gestanden hatte, dessen zierliche Säulen den Portikus der Kirche zieren. Eine geschickte Beleuchtung der Piazza hob das schlichte, dreieckige Giebelfeld und den romanischen Glockenturm im Hintergrund hervor. Vielleicht wegen der Nähe zur geschäftigen Via Corso übte San Lorenzo in Lucina mit ihrer bescheidenen Würde eine beeindruckende Faszination aus. Gino Fosse konnte die Kirche allerdings aus gänzlich anderen Gründen nicht vergessen.

Hier war es, wo ihm erstmals leise Zweifel kamen, die sich im düsteren, hallenden Schiff von San Giovanni deutlicher manifestierten und schließlich nach Taten verlangten. Heute vor einer Woche hatte Brendan Hanrahan ihn angerufen, um freundlich und mitfühlend sein Erstaunen über Denneys hartes Vorgehen nach einem doch eher belanglosen Vergehen auszudrücken. Der Ire schlug vor, dass sie gemeinsam eine kleine Fahrt durch die Stadt unternahmen und ein paar Orte besuchten, die Fosse bestimmt interessieren würden.

Eine halbe Stunde später wartete Hanrahan in einem schwarzen Mercedes mit Chauffeur vor Fosses Wohnturm, und sie fuhren los. Unterwegs erzählte ihm Hanrahan von Laurentius' Schicksal. Noch jetzt, mit Arturo Valena hinten im Laderaum, der erfolglos versuchte, das Bellen und Heulen der Hunde zu übertönen, konnte sich Gino Fosse genau erinnern, wie die Saat des Zweifels in ihm keimte. Vielleicht hatte Hanrahan es bemerkt. Dem Iren entging wenig. Vielleicht hatte er es sogar beabsichtigt.

Es war ein glutheißer Tag, kein Lüftchen regte sich. Hanrahan befahl dem Chauffeur, am Park der Villa Celimontana vorbeizufahren.

»Der Mann ist mitunter ein schrecklicher Choleriker«, vertraute er Fosse an. »Denney meine ich. Vermutlich entschuldigt er es mit Stress. Aber leiden wir im Moment nicht alle unter Stress, Gino?«

Er hatte ausdruckslose Augen, ein leeres Gesicht. Gino Fosse wusste, warum man ihn Dinge in Ordnung bringen ließ. Hanrahan schien sich für nichts zu schade zu sein. Er war geduldig, hartnäckig, taktisch gewieft.

»Achten Sie auf den Springbrunnen«, sagte er, als sie am Parkeingang vorbeikamen. Pflichtschuldig bewunderte Gino Fosse das steinerne Schiff und die riesige Fontäne, fragte sich aber nach Hanrahans eigentlichen Absichten.

»Ein alter Priester aus Limerick hat mit mir genau diese Stadtrundfahrt unternommen, als ich zum ersten Mal nach Rom kam. Jetzt möchte ich Ihnen den gleichen Gefallen tun. Um Sie näher mit unserer glorreichen Geschichte vertraut zu machen, Gino«, erklärte Hanrahan. »Aber ich bin weder Theologe noch Kirchenhistoriker. Daher bitte ich Sie, mir etwaige Patzer nachzusehen, obwohl ich glaube, die Geschichte gut genug zu kennen, um keine Fehler zu machen.«

Fosse musterte ihn schweigend.

»Stellen wir uns vor, es wäre heute der sechste August im Jahr des Herrn zweihundertachtundfünfzig. Auf dem Kaiserthron sitzt Valerian, nicht unbedingt ein Freund der Kirche. Da drüben im jetzigen Park steht Laurentius, ein gebürtiger Spanier und einer der sechs Diakone Roms, und verteilt Münzen an die Armen, Geld, das aus dem Verkauf von Kircheneigentum stammt. Valerian hat davon erfahren und verlangt, dass Laurentius ihm den Rest der kirchlichen Schätze aushändigt.«

Fosse schlief in der letzten Zeit nicht gut. Der Zwischenfall, der zu seiner Verbannung aus dem Vatikan geführt hatte, ließ ihm keine Ruhe. Zuvor hatte er sich nichts zuschulden kommen lassen. Er stimmte Hanrahan zu. Die Bestrafung stand in keinem Verhältnis zu seinem Verbrechen.

»Drei Tage lang schart Laurentius die Notleidenden an der Stelle um sich, an der nun der Springbrunnen steht, und teilt mit der Unterstützung von Glaubensbrüdern Almosen aus. Als Valerians Soldaten erscheinen, um die Erfüllung der kaiserlichen Forderung zu verlangen, zeigt Laurentius auf die versammelten Menschen und sagt: ›Seht her! Das sind die wahren Schätze der Kirche.‹«

»Klingt ganz so, als wollte er unbedingt Ärger«, bemerkte Fosse.

Hanrahan nickte. »Und er hat ihn bekommen.«

Der Ire zeigte zum Palatin hinüber. »Mit ein wenig mehr Zeit könnten wir jeden einzelnen Schritt von Laurentius' Martyrium nachvollziehen. Er wurde durch die Cryptoporticus-Passage da oben vor ein Gericht geschleppt, dessen Urteil bereits feststand. Wir könnten San Lorenzo in Fonte an der Via Urbana aufsuchen und die Zelle besichtigen, in der er eingekerkert war, und den Brunnen, in dem er andere Häftlinge taufte. Danach würde uns der Weg zur Kirche San Lorenzo fuori le Mura führen, die über der einfachen Kapelle entstand, die Kaiser Konstantin über dem Grab des Märtyrers errichten ließ. In der nahen Kirche San Lorenzo in Panisperna würden wir an der Stelle seines Todes stehen und ein Fresko bewundern, auf dem er den Lohn für sein Martyrium empfängt, obwohl dieses Kunstwerk für den Geschmack eines jungen Mannes möglicherweise zu realistisch ist.«

Doch hier irrte sich Hanrahan. Gino Fosse fand Darstellungen von Marterqualen faszinierend. Er hatte Stunden in San Stefano Rotondo zugebracht und Restauratoren bei der Wiederherstellung der berühmt-berüchtigten Szenen zugesehen. Diese Bilder sprachen mit ihm, sagten ihm etwas, was er nicht ganz verstand. Auf den Lippen der gepeinigten und gefolterten Märtyrer schien ein ewiges Geheimnis zu liegen, das sich auch Jahrhunderte später noch mitteilte, wenn er es doch nur entschlüsseln könnte.

Als sie sich ihren Weg durch die der Via Corso zustrebenden Menschenmenge auf der Piazza San Lorenzo in Lucina gebahnt hatten und das kleine Gotteshaus betraten, führte ihn Hanrahan vor Renis »Christus am Kreuz« über dem Hochaltar und fragte, was er davon hielt. Fosse war sich unschlüssig. Das Gemälde machte auf ihn einen romantisierenden, irgendwie unrealistischen Eindruck. So sah doch niemand aus, der qualvoll am Kreuz starb. Zufrieden lächelnd zeigte Hanrahan auf das Grabmal des französischen Malers Poussin, den Fosse kaum kannte. »Noch so ein Schwärmer«, meinte der Ire abfällig. »Kennen Sie Caravaggio?«

»Selbstverständlich. Seine Bilder sind wundervoll. Er hat richtige, wahrhafte Menschen gemalt.«

»So ist es.« Hanrahan versetzte Poussins Grabmal einen Fußtritt. »Und dieser Idiot hat ihn wegen seiner ›Vorliebe für Hässlichkeit und Vulgarität‹ verhöhnt. Womit er natürlich Caravaggios erklärte Absicht meinte, die Menschen so zu malen, wie sie sind, und nicht schwärmerisch verklärt. Wir sollten nicht dem Irrtum erliegen, uns für besser zu halten, als wir sind, Gino. Caravaggio wusste um die Zwiespältigkeit des Menschen. Er war ein Totschläger, ein Wahnsinniger, aber auch ein genialer Maler.«

Dem konnte Fosse nur zustimmen, und Hanrahan führte ihn zur Fonseca-Kapelle, in der Berninis Büsten wie Köpfe von Enthaupteten auf ihren Sockeln standen. Sie kehrten ins Mittelschiff zurück und verbrachten ein paar Minuten schweigend auf den harten Kirchenbänken.

Schließlich stellte Gino Fosse die unvermeidliche Frage. »Und was ist mit Laurentius geschehen?«

»Er wurde natürlich getötet«, antwortete Hanrahan mit leisem Spott.

Fosse stand nicht der Sinn nach schwarzem Humor. Er war etwas irritiert. Beim Blick in eine der Seitenkapellen hatte er ein sonderbares, glänzendes Objekt bemerkt. Ein älterer Mann kniete vor dem Lettner, der die Kapelle vom Mittelschiff trennte, und starrte wie gebannt auf den metallischen Gegenstand hinter den Gittern. Dann bewegte sich etwas in der Kapelle. Eine Ratte wahrscheinlich. Und im Schatten stand eine Gestalt in scharlachroter Kardinalrobe, die aussah wie Michael Denney. Ein Mann, der auf eine Weise, die sich Gino Fosse im Moment nicht vorzustellen vermochte, gleichfalls ein Märtyrer sein konnte.

»Selbstverständlich. Aber auf welche Weise musste er sterben?«

Hanrahan stand auf. Gino Fosse folgte ihm zur Seitenkapelle und blieb neben dem betenden Mann stehen. Sein Kopf schmerzte. Er hatte sich nicht geirrt. Unter dem Altar huschte eine Ratte umher. Aber die rot gekleidete Gestalt war verschwunden, und Gino Fosse wusste, das ihm seine Phantasie einen Streich gespielt hatte.

»Als Laurentius den Forderungen des Kaisers nicht nachkam, fühlte der sich verhöhnt und geriet in maßlosen Zorn. Für ein Verbrechen dieses Ausmaßes schienen herkömmliche Bestrafungen nicht ausreichend zu sein. Daher ließ er Laurentius auf einem glühenden Rost zu Tode brennen.«

Fosse sah, wie ihn die Augen der Ratte aus dem Dunkel der Kapelle anfunkelten.

»Was?«

»Sie haben mich schon verstanden«, sagte Hanrahan. »Denken Sie an Tertullian. ›Das Blut der Märtyrer …‹ Laurentius war einer der tapfersten, deshalb wird seiner täglich im Kanon der Messe gedacht. Seine Unerschrockenheit bewegte mehrere

Senatoren dazu, sich zum Christentum zu bekennen, denn sie waren überzeugt, dass Gott ihm das ganze Ausmaß der Qualen erspart hatte, da er während der gesamten Prozedur keine Angst zeigte, sondern lachte und scherzte. ›Der Braten ist schon fertig, dreh ihn um und iss!‹ hat er laut Prudentius zu seinen Peinigern gesagt.«

Der kniende Mann erhob sich und ging kopfschüttelnd davon.

»Der Rost ist erhalten«, erklärte Hanrahan und holte zu einer dramatischen Geste aus. »Da. Sie können ihn bewundern.«

Fosse folgte Hanrahans ausgestreckter Hand und erkannte die Eisenkonstruktion endlich als das, was sie war.

Später informierte sich Gino Fosse in einschlägigen Büchern. Hanrahans Schilderungen entsprachen der Wahrheit, mehr oder weniger. Etliche Kirchenhistoriker hielten den Rost für eine später entstandene, fromme Erfindung. Prudentius kam erst achtzig Jahre nach Laurentius' Tod zur Welt. Wahrscheinlich war Laurentius enthauptet worden, wie die meisten Opfergestalten in der blutigen Frühgeschichte der christlichen Kirche. Vielleicht handelte es sich bei allen Märtyrergeschichten, die er in Rom gehört hatte – vom gehäuteten Bartholomäus, von Lucia, die ihre Christus geopferten Augen in einer Schale vor sich her trug, von dem von Pfeilen durchbohrten Sebastian –, um nichts anderes als Märchen. Es gab jedoch keine Möglichkeit, die Wahrheit jemals in Erfahrung zu bringen. Kein Archäologe hatte Beweise ausgegraben wie etwa in Santi Giovanni e Paolo. Laurentius' Schicksal blieb eine Mutmaßung, eine Frage des Glaubens. Ohne die entsprechende Überzeugung wurde Laurentius zu einer Gestalt aus einem Märchen des vierten Jahrhunderts, das naive, leichtgläubige Menschen in den Schoß der Kirche ziehen sollte.

Dann beugte sich Brendan Hanrahan vor und wisperte ihm etwas ins Ohr, im drängenden, heiseren Flüsterton eines Mannes im Beichtstuhl. Die Worte brannten sich in sein Gedächtnis ein. Vor dem Altar rannte die Ratte hin und her. Vor seinem inneren Auge – und Fosse wusste, dass es Einbildung sein musste – lag da Kardinal Michael Denney auf dem Rost, unter dem ein gleichmäßiges Feuer brannte, lächelte sie beide an und fragte mit verzerrtem Mund: Bin ich jetzt fertig? Wird *sie* bald hier sein? Hat auch *sie* Hunger?

Er dachte darüber nach, wie viele Geschichten es über spontane Bekehrungen gab, angefangen bei Paulus. Die Kirche schwelgte geradezu in ihnen. Und doch musste es Gegenteiliges geben: Ereignisse, Anblicke, Geräusche, vielleicht sogar Gerüche, die einen lebenslangen Glauben von einer Sekunde zur anderen zerstören konnten. Wie viele Katholiken waren im Konzentrationslager zu Atheisten geworden? Wie viele Menschen liefen ahnungslos die Straße entlang, setzten einen Fuß vor den anderen und spürten plötzlich, dass etwas Dunkles ihre Seele erfasste und ihre bisherigen Überzeugungen zunichte machte? Dass sie den ersten Teil ihres Lebens in Unwissenheit verbracht hatten und den Rest nun in der einsamen Verzweiflung verlebten, dass es keine Erlösung gab, nie gegeben hatte?

Gino Fosse blickte wieder in die Kapelle. Da lag kein Kardinal. Nur die Ratte huschte über den Rost, ihre Augen funkelten ihn aus dem Halbdunkel an.

Eine Ratte konnte einem die letzten Reste des Glaubens rauben, sie einem aus dem Mund reißen, um sie in irgendeinem dunklen, verborgenen Winkel mit ihren scharfen Zähnen zu zernagen. Es waren immer die kleinen Dinge, die unerwarteten Dinge, die einen umbrachten.

Gino Fosse schüttelte den Kopf und wünschte sich, seine Erinnerungen würden für immer verschwinden. Sie trübten sein Urteilsvermögen und beeinträchtigten seine Entschlossenheit. Jetzt war keine Zeit zum Nachdenken, sondern zum Handeln. Er hatte zwei Polizisten getötet, und das war etwas, was er nie in Erwägung gezogen hatte, als das alles begann. Das ist ein Hinweis auf das Ende, dachte er. Innerhalb der nächsten vierundzwanzig Stunden konnte bestimmt alles erledigt werden. Das beruhigte ihn. Er wurde des Spiels langsam überdrüssig, sehnte sich nach dem unausweichlichen Ende.

Wie schnell es dazu kam, hing davon ab, was er als Nächstes tat. Denney hatte sich als halsstarriger Mann erwiesen, der den Vatikan einfach nicht verlassen wollte, der selbst angesichts finsterster Provokationen zu keinem Risiko bereit war. Eine letzte, finale Tat war notwendig, von einer Brutalität, mit der niemand rechnete.

Gino Fosse hatte sich die weiße Farbe vom Gesicht gewischt, so gut er konnte. Er trug wieder seine übliche Kleidung: Jeans und ein schwarzes T-Shirt. Schweiß lief ihm in Strömen den Körper hinunter. Die Nacht war unerträglich schwül. Rom glich einem Backofen. Er fühlte sich verfolgt und belauert, als hätte die Dunkelheit tausend Augen, Nagetieraugen, menschliche Augen, die ihn unverwandt anstarrten. Er steckte den Kopf aus dem Autofenster. Die Piazza war leer. Ein paar Nachtbummler schlenderten die Via Corso hinunter, vorbei an den geschlossenen Geschäften und der Neonreklame in den Schaufenstern.

Gino Fosse zog den Beutel mit Schlüsseln hervor, den er sechs Tage zuvor aus der Vatikanverwaltung gestohlen hatte, als er seine Habseligkeiten abholte. Er stöberte in dem Beutel, bis er die zur Kirche passenden Schlüssel gefunden hatte. Der Van parkte so, dass die Hintertür nur einen Meter vom Kirchenportal entfernt war. Niemand würde bemerken, wie er Arturo Valena ins Innere des Gotteshauses zerrte. Niemand würde hören, was sich dann hinter den schweren Holztüren abspielte.

Achtundvierzig

Schweigend standen sie sich auf dem Treppenabsatz gegenüber. Das Haus war ganz still und von einer sonderbaren inneren Ruhe erfüllt, eine den Blicken der harten, aggressiven Welt verborgene Oase der Harmonie. Sara dachte daran, wie sie sich früher hatte benutzen lassen, wie sie ihre eigenen Wünsche und Sehnsüchte stets anderen untergeordnet hatte.

Vorsichtig ging sie auf ihn zu und sah ihm in die Augen. War da Furcht in ihnen zu entdecken? Vielleicht, aber keine Skepsis, kein Zweifel. Das war überwunden. Irgendetwas hatte sie heute Abend ergriffen und ihnen allen Flügel verliehen. Bea in ihrem Verlangen nach Liebe, bevor es zu spät war. Marco Costa in seinem Bemühen, der ihm verbleibenden, schnell verrinnenden Spanne Zeit einen Sinn zu geben. Und auch sie fühlte sich durch ihre Nähe verändert, ihre offenen Fragen und Antworten. Das war so ganz anders als die Welt, in der sie bisher gelebt hatte. Hier erwartete außer ihrer Anwesenheit und ihrem Verständnis niemand etwas von ihr. Sie konnte in diesem kleinen, abgeschotteten Universum alles tun, was sie wünschte – auch mit Nic Costa.

Sara Farnese streckte die Hand aus, berührte sein Haar und wartete auf seinen Kuss. Er rührte sich nicht. Sanft drückte sie ihre Lippen auf seinen Mund und spürte, wie er sich fast zögernd öffnete. Sie erkundete ihn mit ihrer Zunge, fühlte die feuchte Wärme, die glatte Härte seiner Zähne. Fest und entschlossen glitten seine Hände über ihren Rücken, legten sich auf ihre Hüften. Mit einem einzigen Griff hob er sie hoch. Ihre Beine umschlangen seine Taille. Sie küsste ihn leidenschaftlich und verlangend.

Er trug sie ins Schlafzimmer und ließ sie auf den Boden gleiten. Langsam, nervös und voller Erstaunen über sich selbst zogen sie einander aus und standen schließlich nackt und atemlos neben dem Bett.

Wieder schien er zu zaudern.

»Nic«, flüsterte sie.

Seine dunklen Augen versuchten in sie hineinzusehen, sie zu ergründen. »Und morgen?«

»Morgen arbeite ich als Gärtnerhilfe für deinen Vater«, antwortete Sara ohne Zögern.

Sie blickte durch die geöffnete Badtür.

»Komm.« Sie griff nach seiner Hand.

Er folgte ihr in die Duschkabine. Sara drehte das Wasser auf. Erst eiskalt, dann lauwarm lief es ihnen über die Köpfe.

Er lachte.

Sie drückte Duschgel auf ihre Handfläche und rieb seine blasse, weiße Haut sanft damit ein. Sein Kopf senkte sich, seine Lippen schlossen sich um eine Brustwarze. Sie spürte seinen Penis, streckte die Hand aus und strich über das harte Glied. Sie lehnte sich an die kalten, nassen Fliesen und spreizte die Beine.

Er drang in sie ein, vorsichtig tastend zunächst, dann entschlossener, tiefer, bis sie sich voller Verlangen an ihn drängte.

Als er sich ihr entzog, seufzte sie enttäuscht. Nic führte sie zum Bett und sah zu, wie sie sich auf der weißen Tagesdecke ausstreckte. Er ließ sich Zeit. Irgendwann beugte er sich über sie, seine Lippen liebkosten ihre Brüste, wanderten dann weiter zu ihrem Nabel. Ihr Atem stockte, wurde zu kleinen, hastigen Stößen. Das kannte sie nicht. In der Vergangenheit war immer sie es gewesen, die Verlangen stillte, Befriedigung brachte. Nic schien entschlossen, das zu ändern. Seine Zunge glitt tiefer, schob sich durch ihr Haar, fand die warme, sich weitende Höhlung und drang voll in sie ein. Sie legte beide Hände auf seinen Hinterkopf, drückte ihn tiefer in sich hinein und wünschte, sie könnte sich weit genug öffnen, um ihn ganz in sich aufzunehmen. Dann spielte seine Zunge ein Spiel, das sie in Flammen setzte, bis sie nicht mehr denken, sondern nur noch fühlen konnte und sich ebenso leidenschaftlich wie schamlos ihrer Wollust ergab.

Als ihre kleinen Schreie in keuchendes Stöhnen übergingen, hielt er inne und stützte sich auf die Ellbogen, um den nackten, schönen Körper auf dem Laken zu betrachten, ebenso überrascht über sich selbst wie über sie. Lachend wischte sie sich mit dem Handrücken den Schweiß von der Stirn, nahm sein Gesicht in beide Hände. Seine Finger glitten über ihre Wange, und sie umfasste seine Fingerspitzen mit den Lippen, sog an ihnen, schmeckte sich selbst. Wieder ließ er sich auf sie sinken. Sie hob die Beine, verschränkte die Füße hinter seinem Rücken, griff fordernd nach ihm, verlangte mehr, wollte ihn mit zitternden Fingern in sich ziehen.

Wieder zögerte er und wartete wie ein Gast, der nicht recht weiß, ob er willkommen ist. Dann zog sie ihn enger an sich, und das Spiel endete. In dem kleinen Schlafzimmer des Landhauses an der Via Appia, in dem Nic Costa vom Mann wieder zum Jungen geworden war, in dem sich durch Glück und Leid seine Persönlichkeit geformt hatte, wurde die älteste Zeremonie der Welt inszeniert, wieder und wieder, bis die Erschöpfung der Erfüllung sie in einen tiefen, traumlosen Schlaf sinken ließ, unbelastet von Erinnerungen an eine verkommene Welt jenseits des offenen Fensters und der weinumrankten Veranda.

Neunundvierzig

Unbeholfen stolperte Arturo Valena aus dem Van, erleichtert, die Hunde los zu sein. Gierig atmete er den abgasgesättigten Luftzug von der Via Corso ein und schrie entsetzt auf, als Fosse ihm mit dem Pistolengriff einen harten Schlag gegen den Kopf versetzte.

Ein Fehler. Fosse verfluchte seine Gedankenlosigkeit. Er hatte gehofft, der Mann würde bewusstlos zu Boden sinken und alles Weitere leichter machen. Eine Torheit. Das hätte er vorher wissen müssen. Valena war zu schwer, um ihn nur wenige Meter von einer Straße entfernt, auf der selbst nach Mitternacht Passanten unterwegs waren, unbemerkt über eine Piazza zu schleifen.

Fosse sah, wie der dicke Mann vor Schmerzen schwankte, sich vermutlich fragte, wohin er flüchten sollte, und zwang sich zum Nachdenken. Dann schlug er noch einmal zu, aber diesmal weniger kräftig, und fuchtelte Valena mit der Waffe vor dem Gesicht herum und zischte ihm zu, sich gefälligst zu bewegen. Die Schlüssel befanden sich in dem kleinen Schulterbeutel, den er aus dem Wagen mitgebracht hatte. Er kannte die Kirche, wusste, wo die Lichtschalter waren. Und die Werkzeuge für den letzten Akt.

Valena gehorchte und wankte die paar Meter zum Eingang. Fosse nestelte am Schloss, öffnete die Zaunpforte und stieß den Mann ins Halbdunkel des Säulengangs. Innerhalb einer Minute hatte er das Kirchenportal geöffnet, schob Valena hinein und knipste ein paar schummrige Lampen an.

Sie standen im Mittelschiff. Fosse konnte den Blick nicht von der kleinen Seitenkapelle losreißen, die Brendan Hanrahan ihm gezeigt hatte. Irgendwo hinter dem metallisch glänzenden Rost quiekte es leise. Gino Fosse wünschte, er könnte sie sehen und nicht nur hören, wie sie auf winzigen Füßen durch die Finsternis huschten, ohne zu wissen wohin – genau wie er. Er stellte sich ihre gelben Nagezähne vor und wusste, dass sie die in sein Herz schlagen würden, sobald er zauderte. Er konnte sich das Glitzern ihrer jettschwarzen Augen vorstellen. In ihren Pupillen lag ein anderes Universum, ein dunkler, endloser Raum, der eine ganze Welt verschlingen konnte und doch noch Platz für eine Million anderer hatte.

Zitternd hielt sich Valena an einer Kirchenbank fest. Sein Gesicht schimmerte wächsern gelb im Schein der Beleuchtung. Es zeigte wahrnehmbare Anzeichen von Hoffnung. Sein Entführer zögerte. Irgendetwas hatte ihn verunsichert. Vielleicht lag darin eine Chance für ihn.

»Was wollen Sie?«, fragte er heiser. »Geld?«

»Nur Sie«, antwortete Fosse.

Flehend richtete Valena seine tränenfeuchten Augen auf ihn. »Aber ich habe Ihnen nie etwas getan. Ich habe mir nichts zuschulden kommen lassen.«

»Nicht nur Taten zählen«, erklärte Fosse. »Sie können auch für das in die Hölle kommen, was Sie nicht getan haben. Hat man Ihnen das nicht gesagt? Haben Sie davon noch nie gehört?«

Valena sank auf die Knie und rang die Hände. »Ich bin nur ein unwissender, alter Mann. Was wollen Sie von mir?«

»Ihr Leben.«

»Bitte …« Seine Stimme hob sich. Sie klang wie das Quieken einer Ratte. Es klang wie das Ende jeder Hoffnung.

»Bitten Sie nicht mich. Beten Sie zu Gott. Und beten Sie um Ihr Seelenheil.«

Der dicke Mann begann zu schluchzen. Er verkrampfte die Hände und schloss seine Augen. Sein Mund bewegte sich hilflos, fleischige, wulstige Lippen, die einmal Sara Farnese liebkost hatten. Das wusste Gino Fosse. Er war an diesem Abend der Chauffeur gewesen. Er hatte die Fotos gemacht. Es war ein weiterer Makel, den es zu tilgen galt, eine weitere Station auf dem langen Leidensweg.

Er griff in den Schulterbeutel und holte die Packung heraus, die er aus dem Krankenhaus entwendet hatte. Die Spritze war aufgezogen, die Flüssigkeit in der Kanüle schimmerte. Er trat hinter den betenden Valena und stieß ihm die Nadel heftig in den Oberarm.

»Verdammt, was machen Sie da?«, schrie der dicke Mann und griff sich schmerzgepeinigt an den Arm. Seine Augen waren wie brennende Kohlen, glühten vor Schmerz und Hass. »Um Himmels willen ...«

»Sie sollten mir dankbar sein«, sagte Fosse. »Und hoffen, dass sie wirkt.«

Sie tanzten eine Weile umeinander herum. Fosse verhinderte, dass Valena in Richtung Tür entkam. Schließlich trübten sich seine Augen.

»Was ist ...« Er taumelte. Er verdrehte die Augen. Sein schwerer, massiger Körper sackte so plötzlich in sich zusammen wie ein Haus, dem unvermittelt die Fundamente entzogen wurden. Gino Fosse betrachtete das erbärmliche Häufchen Mensch, das nicht mehr als zehn Meter von Laurentius' Altar entfernt auf dem Boden lag.

Die Betäubung war der erste und einfachste Schritt. Es gab noch viel zu tun, um die erwünschte Wirkung zu erzielen. Aber es würde die letzte Tat vor dem endgültigen Schlusspunkt sein. Das wusste er irgendwie.

Er beugte sich über den bewusstlosen Valena und begann an seiner Kleidung zu zerren. Fünf Minuten später lag der korpulente Fernsehmann nackt auf den Kirchenfliesen. Irgendwann hatte sich seine Blase geöffnet, stellte Fosse angewidert, aber nicht überrascht fest. Gewöhnliche, normale Menschen fürchteten sich vor dem Tod, weil sie die Notwendigkeit für Transformation nicht begreifen konnten oder wollten. Ihnen fehlte einfach das Verständnis und der Mut, sich gefasst und lächelnd in das Unvermeidliche zu fügen.

Er drehte Valena so, dass sein Gesicht zum kleinen Altar in der Seitenkapelle zeigte. Es kostete ihn beträchtliche Anstrengung, den schweren, unhandlichen Rost ins Mittelschiff zu zerren. Er fühlte sich kalt und eben an, durch die Berührungen über Jahrhunderte glatt poliert, aufgrund seiner Vergangenheit ein perfektes Werkzeug. Vielleicht war die Geschichte von Laurentius' Tod ein Märchen. Doch das fand Gino Fosse irrelevant. Unzählige Menschen hatten so fest daran geglaubt, dass diese Konstruktion aus Eisen mit ihren Schnörkeln und Stangen zu dem geworden war, was sie sich in ihrer Phantasie darunter vorstellten: die Pforte zum Paradies, die letztendliche Erlösung. Selbst Arturo Valena war sie nicht zu verwehren.

Gino Fosse holte Feueranzünder, Holzkohlen und Benzin aus ihrem Versteck und sagte sich plötzlich, dass er sich nichts vormachen dürfte. Er hatte lange genug im Krankenhaus gearbeitet, um zu wissen, wie lange die Spritze Valena in gnädiger Ohnmacht halten würde. Fünfzehn Minuten, vielleicht zwanzig, aber nicht mehr. Arturo Valena würde die Reise vor seinen Richter nicht verschlafen.

Fünfzig

Ein Geräusch weckte Sara Farnese, das ferne Bellen eines Hundes. Mit dem Rücken zu ihr stand er am Fenster und sah in die Nacht hinaus. Sie blickte zum Wecker auf dem Nachttisch. Es war kurz vor zwei.

»Was ist?«, fragte sie leise.

Er drehte sich nicht einmal um.

»Nic? Sieh mich an.«

Seufzend kam er zu ihr und setzte sich auf das Bett. Im kalten Licht des Mondes zeigte sein Gesicht den gleichen harten Ausdruck, den sie bei ihrem ersten Zusammentreffen bemerkt hatte. Das war der gewissenhafte Nic, der ernste Nic, ein Mann, dem die Pflicht über leidenschaftliche Gefühle ging. Ein Mann, der alles fürchtete, das eine geordnete, logische Welt durcheinander bringen konnte.

»Entschuldige«, sagte sie. »Es kam zu schnell. Ich hätte mich beherrschen müssen.«

Schweigend starrte er die weiße Bettwäsche an.

Sie legte eine Hand um sein Kinn und zwang ihn, sie anzusehen. »Mach mir keine Vorwürfe, bitte.«

Er kniff finster die Augen zusammen. Es war kein angenehmer Anblick. »Es geht nicht um dich, sondern um mich. Ich wollte nicht, dass das passiert. Ich hatte mir fest vorgenommen, es nicht dazu kommen zu lassen.«

»Und ich habe das vereitelt. Ist es das?«

»Nein. Natürlich nicht.« Er meinte, was er sagte, aber seine

Aufrichtigkeit ließ seine Bedenken nicht verstummen. »Aber es war einfach nicht richtig.«

»Meine Gefühle sagen mir etwas anderes«, entgegnete sie kühl.

Sie war verletzt, gekränkt. Er griff nach ihrer Hand. »Meine doch auch, Sara. Aber ...« Er verstummte.

Sein Zaudern und Zögern ärgerte sie. »Was?«

»Ich kenne dich nicht. Nicht wirklich. Nur eine Seite von dir. Da gibt es noch etwas Wichtiges in deinem Leben, in das du mir keinen Einblick gewährst.«

Sie entzog ihm ihre Hand. »Hast du denn nicht genug gesehen?«

»Nein. Denn was ich weiß, ergibt für mich einfach keinen Sinn, und das macht alles nur noch schlimmer. Ich glaube nicht, dass das dein wahres Ich ist. Da gibt es noch etwas, das du nicht preisgeben willst, und diesen Gedanken kann ich nicht ertragen, weil ich dadurch glaube, dich überhaupt nicht zu kennen. Das lässt mir keine Ruhe, es ... quält mich.«

»Hört, hört, da spricht der Polizist. Erwartest du offenherzigere Informationen von mir, nachdem du mich gebumst hast?«

»Nein!«, rief er heiser, den Tränen nahe. Sara schämte sich für ihren Sarkasmus. Nic war ehrlich, zu ehrlich vielleicht.

Sie legte ihm eine Hand an die Wange und blickte ihm fest in die Augen. »Es tut mir Leid. Ich fürchte, es war meine Angst, die mich das sagen ließ. Es ist auch für mich nicht leicht.«

Er musterte sie zweifelnd. »Wirklich? Du hast ein Talent dafür, Dinge in dir zu verschließen. Ich habe das niemals gelernt.«

»Ich habe dich gefragt, ob du dich von den Ermittlungen in diesem Fall entbinden lassen kannst. Ich habe dich förmlich angefleht, es zu tun. Es ist immer noch möglich.«

»Das kann ich nicht. Es ist mein Job.«

»Vielleicht ist es für mich ähnlich. Vielleicht bin ich eine

Frau, die Beziehungen ganz locker nimmt, die ihre Partner nach Belieben wechselt, weil es ihr so gefällt. Was wäre daran auszusetzen? Ist es eine Sünde, nur weil du es dafür hältst?«

Er schüttelte den Kopf. »Nein, es ist eine Sünde, weil du nicht so bist. Die Frau, die du mir vorgaukeln willst, hast du selbst erfunden, und ich muss wissen, warum.«

»Das ist nicht nötig, glaub mir.«

Er legte einen Arm um ihre Schultern, küsste sie auf die Lippen und strich ihr über das Haar. »Ich bin mit dem Gedanken an dich aufgewacht. Ich kann dich tief in mir fühlen, riechen, schmecken. Nimm es nicht leicht. Das geschieht mir nicht oft.«

Eine Träne erschien in ihrem Augenwinkel. Er tupfte sie behutsam mit der Fingerspitze fort und kostete dann die salzige Flüssigkeit, als wäre es eine Kostbarkeit.

Sie schloss die Augen. Tränen liefen über ihre Wangen, und er empfand akutes Unbehagen über seine Neugierde.

»Erzähl es mir«, flüsterte er.

Sie wischte sich mit dem Arm über das Gesicht, raffte die Bettdecke um sich und machte Anstalten, das Bett und den Raum zu verlassen.

»Ich soll es dir erzählen, Nic? Das wird geschehen. Ich verspreche es dir. Wenn Michael Denney den Vatikan und Italien verlassen hat. Dann. Ist es das, was du hören wolltest?«

Es war etwas, womit er am wenigsten gerechnet hätte. Er fand keine Worte, nur Bilder von Sara in eindeutigen Posen mit dem alten, grauhaarigen Mann.

»Nein«, sagte er endlich und mit einer Bitterkeit, die ihn überraschte.

Sie stand auf und zog die Decke fest um sich. »Dann tut es mir Leid. Und du wirst von mir kein weiteres Wort erfahren, bis das geschehen ist.«

Nic Costa packte ihren Arm, um sie zurückzuhalten, aber sie riss sich los. In seinem Kopf überschlugen sich die Gedanken.

»Mehr bin ich für dich also nicht?«, brach es aus ihm heraus. »Nur ein Gelegenheitsfick wie alle anderen?«

Der kalte Glanz trat wieder in ihre grünen Augen. Nic Costa wusste, dass er das allein seiner eigenen Torheit zu verdanken hatte.

»Du hörst dich an, als wärst du wieder im Dienst«, flüsterte sie.

Er war so wütend, dass er am liebsten zugeschlagen hätte. »Vielleicht bin ich das. Vielleicht hätte ich nie anders sein dürfen.« Er griff nach ihren Armen und drückte sie grob auf den Sessel neben dem Bett. »Also reden wir miteinander. Hast du mit Rinaldi geschlafen, damit er ein für Denney günstiges Gutachten abgibt? Hat dich Denney dazu aufgefordert?«

Ihre Augen waren fest auf die Bodenfliesen gerichtet.

»Gut, gut. Du brauchst nichts zu sagen. Auch dein Schweigen erklärt einiges. Und was ist mit diesem Gallo, diesem Amerikaner? Er hat Denney gar nicht gekannt. Jedenfalls fanden wir keine Hinweise auf eine Verbindung zwischen den beiden. Was ist da vorgefallen?«

Während Sara schwieg, dachte er fieberhaft laut nach. »Du hast ihn benutzt. Denney brauchte jemanden. Einen Boten möglicherweise, der hier und da ein Päckchen oder Geld überbrachte. Du hast mit Gallo geschlafen, um ihn zu diesen Diensten zu überreden. Denney hat dir nicht einmal seinen Namen genannt. Er forderte dich lediglich auf, den Richtigen ausfindig zu machen. War das mit dem Engländer ähnlich? Er hatte immerhin einen hohen Posten bei der EU. Machte ihn das für Denney interessant?«

»Hugh Fairchild war mein Geliebter«, zischte sie. »Er fühlte sich zu mir hingezogen wie ich mich zu ihm. Verschone mich mit deinen absurden Vermutungen.«

»Er war ein verheirateter Mann, der in einer fremden Stadt ein warmes Bett suchte. Ich stelle keine Vermutungen an. Ich zähle nur eins und eins zusammen, um zu logischen Erklärungen zu kommen. Und ich glaube …«

»Glaube doch, was du willst.«

Sie stand auf und schob ihn zur Seite. Mit widerstrebenden Gefühlen sah er ihr nach, wie sie das Zimmer verließ. Er wollte alles wissen, und er wollte nichts wissen. Aber sie hatte Recht. Es waren alles Vermutungen. Noch immer gab es auf zu viele Fragen keine Antworten.

Nic Costa streckte sich auf dem zerdrückten Laken aus, schloss die Augen und fragte sich, ob er überhaupt einschlafen konnte. Sein Kopf war voll von Bildern, die er nicht mochte. Draußen vor den Fenstern schrie eine Eule. Von fern hörte er die Stimmen der Männer am Tor, das leise Knacken ihrer Funkgeräte, die Nachrichten aus der Welt jenseits dieses kleinen, geschützten und sicheren Refugiums überbrachten. Er kam sich vor wie ein Idiot. Er hatte sich von der Atmosphäre des heutigen Abends, von Saras unerwartetem Geschenk leidenschaftlichen Verlangens einlullen lassen. Gino Fosse würde nicht schlafen. Außerhalb des Refugiums, das sein Vater geschaffen hatte, war etwas in Bewegung, das seine Triebkraft noch nicht verloren hatte.

Wieder musste er an Michael Denney denken, verdrängte aber entschlossen die abstoßenden, widerwärtigen Vorstellungen, die sich in seinem Kopf breit machen wollten.

Irgendwann fiel er in einen unruhigen Schlaf, bis ihn das Telefon wieder hochfahren ließ. Er sah auf die Uhr. Es war kurz vor sechs. Er hatte fast drei Stunden in einem halbwachen Albtraum verbracht.

Er lauschte Falcones kühler, monotoner Stimme, die ihn sofort aus seinen quälenden Phantasien in die Wirklichkeit zurückbrachte.

Einundfünfzig

Der erste Schein des neuen Morgens dämmerte über Rom, als Nic Costa auf die Porta San Sebastiano zufuhr. Auf den Straßen war kaum eine Menschenseele zu sehen. Die Stadt schien in der trockenen Augusthitze gestorben zu sein. Es war schwer vorstellbar, dass sie je wieder zum Leben erwachte.

Er bog auf die Hauptverkehrsstraße ein, die zur Via San Gionani in Laterano führte. Wenig später meldete sich das Telefon.

»Wo sind Sie?«, fragte Falcone barsch.

»Auf dem Weg zur Piazza Navona.«

»Ersparen Sie es sich. Er hat wieder zugeschlagen. Wir treffen uns in der Via Corso. Kennen Sie die Kirche an der kleinen Piazza? San Lorenzo in Lucina?«

»Ja.«

Falcone schwieg einen Moment. »Konnten Sie irgendetwas in Erfahrung bringen? Etwas, das uns weiterbringen könnte?«

»Was meinen Sie?«

»Die Frau. Diese Sara Farnese. Hat sie ausgepackt?«

»Nein.« Nic Costa fragte sich, ob Falcone seiner Stimme etwas entnehmen konnte. »Nichts.«

Er hörte das bekannte, verbitterte Seufzen.

»Nun ja«, fuhr Falcone fort. »Und ich habe zwei tote Polizisten zu beklagen. Aber dafür wird mir dieser Mistkerl bezahlen. Niemand bringt in dieser Stadt Polizisten um. Nicht meine Männer.«

War das zu fassen? Falcone schien Rossis und Cattaneos Tod als persönlichen Affront zu empfinden.

»Er war mein Freund«, sagte Costa. »Er …« Ihm versagte die Stimme, und er musste dagegen ankämpfen, an den Straßenrand zu fahren und in hilflose Tränen auszubrechen.

»Ich weiß. Im Grunde war er trotz allem ein guter Kerl.«

Offenbar konnte Falcone nicht anders. Selbst jetzt musste er noch eine kleine Gehässigkeit unterbringen. Costa fragte sich, warum er überhaupt für den Mann arbeitete.

»Noch etwas«, knurrte Falcone. »Ich hoffe, Sie haben noch nicht gefrühstückt. Selbst Crazy Teresa ist ihr Lächeln vergangen.«

Nic Costa erinnerte sich an den Abend, den sie zu dritt in dem Restaurant in Testaccio verbracht hatten. Es gab noch andere Gründe, von denen Falcone keine Ahnung hatte.

»Ehe ich es vergesse«, fuhr Falcone fort. »Sie sind doch quasi auf dem Land aufgewachsen. Haben Sie eigentlich Geschwister?«

»Einen Bruder und eine Schwester.«

»Kennen Sie eine bäuerliche Familie, die weniger Kinder hat?«

»Mir fällt keine ein«, antwortete Costa verdutzt.

»Denken Sie mal darüber nach. Bei Landwirten und Bauern gibt es Kinder wie die Orgelpfeifen. Sie brauchen sie als Hilfskräfte für den Hof.«

»So?«

»Und nun frage ich Sie: Wo sind Gino Fosses Geschwister?«

Costa rief sich die Personalakte in Erinnerung. »Fosse hat keine. Er ist ein Einzelkind. Vielleicht hatte seine Mutter gesundheitliche Probleme?«

Falcone lachte trocken auf. »Können Sie hellsehen? Einer unserer Männer hat auf Sizilien mit ihrem Arzt gesprochen. Seinen Worten zufolge konnte die Frau keine Kinder bekommen. Also was ist da passiert? Ein Wunder?«

Costa bewegte sich auf die Piazza San Giovanni in Laterano

zu. Der Verkehr wurde dichter, Busse und Lastkraftwagen stauten sich vor der Ampel. Er musste sich konzentrieren.

»Wohl kaum«, sagte Nic Costa und schaltete das Telefon aus. Er wollte Falcones Stimme nicht mehr hören, wollte nicht über Gino Fosses Herkunft nachdenken. Ein Bild tauchte in seinem Kopf auf: Sara nackt unter ihm, ein leiser Seufzer kommt über ihre halb geöffneten Lippen. Irgendwie, und das beschämte ihn, verdrängte es das Bild von Luca Rossi, der kalt und starr im Leichenschauhaus lag.

Zweiundfünfzig

Er parkte ein paar Meter von der Kirche entfernt und beobachtete das Getümmel auf der Piazza. Die Medienmeute war in voller Stärke angerückt. Er konnte es ihnen nicht verargen. Valena war ein Star, dessen Niedergang die Dinge auf gewisse Weise noch spannender machte. Mittlerweile kannte er einige der Reporter. Eine Journalistin, die Vertreterin eines Boulevardblättchens, entdeckte ihn und kam auf ihn zu. Sie war etwa dreißig, ganz hübsch, mit hennagefärbten Haaren und entschlossener Miene.

»Wie geht es Ihrem Rücken?«, fragte sie. »Wie ich hörte, hat man Ihnen übel mitgespielt.«

»Sie haben sich verhört«, beschied er sie knapp.

Seine Unhöflichkeit schreckte sie nicht ab. »Hören Sie, ich mache hier nur meinen Job. Sie haben Ihre Arbeit. Ich meine.«

»Die wir Sie, im Gegensatz zu Ihnen, in Ruhe machen lassen.«

»So? Gegen wie viele Journalisten wurden in letzter Zeit Anzeigen wegen korrupter Methoden erstattet? Nichts Persönliches, wir suchen nur nach ein paar gesellschaftlich akzeptalen Gründen, um das Fällen einiger Bäume zu rechtfertigen. Wir neigen dazu, als Meute aufzutreten, und das ist kein besonders schöner Anblick. Offen gestanden ähneln wir meistens einer Zusammenrottung von Unholden und Monstern. Aber wir sind keine Ganoven. Sie auch nicht, nach allem, was ich höre, aber Sie sind wohl eher die Ausnahme.«

Zu ihrer Überraschung nahm er nicht übel.

»Greta Ricci«, stellte sie sich vor und streckte ihm ihre Hand entgegen. Er schüttelte sie schnell. »Tut mir Leid. Morgens bin ich noch nicht ganz bei mir. Eine unglaubliche Sache, was? Arturo Valena. Was für ein grauenhaftes Ende. Und dann gestern Abend diese beiden armen Polizisten.«

»Es hat keinen Sinn, mich zu fragen. Sie wissen ohnehin wahrscheinlich mehr als ich.«

Sie steckte sich eine Zigarette an. Costa hob eine Hand und wedelte den Qualm beiseite. »Kein Problem. Ich wollte Sie nicht ausquetschen. Wahrscheinlich läuft die Story ohnehin völlig an mir vorbei. Einer der Fernsehtypen hat offenbar ein As im Ärmel. Das sagt mir sein selbstgefälliges Grinsen. Noch eine Pleite, und sie entziehen mir die Polizeiberichterstattung und lassen mich Schminktips schreiben. Ich vertrete hartnäckig die offenbar absurde Idee, dass es beim Journalismus um das Aufdecken von kriminellen Machenschaften und Skandalen geht. Während man in der Realität vor irgendwelchen Größen katzbuckeln und emsig mitschreiben muss, was sie von sich geben. Wäre ich auf einen Sekretärinnenjob aus, würde ich mir knappere Röcke kaufen und ordentlich tippen lernen.«

»Wissen Sie, was er herausgefunden haben könnte?«

»Keine Ahnung. So wie sich dieser Fall entwickelt, könnte es buchstäblich alles sein. Aber eins sage ich Ihnen. Es hat irgendwie mit dem Vatikan zu tun. Ich habe mitbekommen, wie er die Medienabteilung des Heiligen Stuhls anrief und so leise sprach, dass niemand von uns ihn belauschen konnte. Er wollte irgendwas von ihnen. Der Himmel mag wissen, was. Schön und gut, dieser Fosse war einmal Priester. Dennoch kann man den Vatikan doch nicht wirklich für seine Taten verantwortlich machen, oder?«

Nic Costa zuckte mit den Schultern. »Ich kann mir nicht vorstellen, dass es da irgendeine Verbindung gibt.«

Sie zog an ihrer Zigarette und sah ihn skeptisch an. Dann griff sie in ihre Tasche und zog ihre Karte heraus. »Falls Sie irgendwann einmal etwas an die Öffentlichkeit lancieren wollen …«

Costa steckte die Karte ein. »Ich dachte, dagegen hätten Sie etwas.«

Die Frau musterte ihn von Kopf bis Fuß. »Bei Ihnen wäre es etwas anderes.«

Er nickte. »Ich muss los. *Ciao.*«

Dann überquerte er die Piazza, drängte sich durch den Pressepulk, ohne auf Fragen zu reagieren, zeigte den Kollegen an der Absperrung seinen Ausweis und betrat die Kirche.

Ein sonderbarer Geruch lag in der Luft, nach verbranntem Holz und Fleisch. Die Rechtsmediziner standen um einen metallischen Gegenstand herum, der neben einem Aschehaufen lag, von dem noch immer eine dünne Rauchfahne in die Höhe stieg. Eine Leiche war nicht zu sehen. Er dachte an Falcones Warnung und verspürte unwillkürlich Dankbarkeit. In einer Ecke der Kirche beschäftigten sich Forensiker mit einigen Hunden, die von zwei uniformierten Polizisten an kurzer Leine gehalten wurden.

Teresa Lupo saß auf einer Bank, mit dem Rücken zu ihm und in sich zusammengefallen, in der Nähe des Metallgitters. Nic Costa setzte sich neben sie. Sie hatte geweint.

Er umfasste ihre Hand. »Tut mir Leid, Teresa. Ich hätte ihn begleiten sollen.«

Sie sah ihn mit tieftraurigen, tränenerfüllten Augen an. »Warum? Damit er Sie auch noch umbringt?«

»Vielleicht … Ach, ich weiß auch nicht.«

Ihre Trauer schlug blitzschnell in Zorn um. »Meinen Sie etwa, Sie hätten es verhindern können? Machen Sie sich nichts vor. Ich habe mit Augenzeugen gesprochen. Dieses … Ungeheuer hat sie abgeknallt wie Tiere. Er hätte auch Sie erschossen. Er hätte jeden getötet, der sich ihm in den Weg stellt. So kaltblütig ist er eben. Es macht ihm nicht das Geringste aus. Es ist, als wäre für ihn alles ein Spiel. Oder als wäre er bereits in der Hölle und glaubt, alle bestrafen zu müssen, die Strafe verdient haben.«

»Luca hat es nicht verdient. Er war ein guter Mensch. Er war …« In Costas Augen begann es zu brennen. »Ich hätte eine Menge von ihm lernen können.«

Sie betupfte sich die Nase mit einem Taschentuch und drückte dann seine Hand. »Er ist jetzt im Leichenschauhaus. Wenn wir hier fertig sind, muss ich zurück, um ihn zu obduzieren.«

Ihre plötzliche Sachlichkeit schockierte Costa. »Aber das müssen Sie sich doch nicht antun. Lassen Sie es jemand anders machen.«

»Was?« Erstaunt sah sie ihn an. »Aber das ist nun einmal mein Job, Nic. Abgesehen davon ist das, was auf dem Seziertisch liegt, nicht Luca Rossi. Nicht mehr. Ich habe im Lauf der Jahre genügend Leichen seziert, um das zu wissen. Wenn sie gestorben sind, gibt es für sie nur noch einen Platz. Hier …«

Sie tippte sich an den Kopf. »Und da wird er noch lange bleiben. Ich habe den sturen, alten Kerl sehr gemocht.«

»Genau wie er Sie.«

»Ja«, sagte sie mit einem kaum wahrnehmbaren Anflug von Lächeln. »Ja, ich glaube, er mochte mich. Immerhin hat er mich nie hinter meinem Rücken Crazy Teresa genannt.«

»Niemals.«

»Lügner.«

Costa verzog das Gesicht. Es war nicht leicht, ihr etwas vorzumachen.

»Es ist nur so, dass er vielleicht mitunter Angst vor Ihnen hatte. Nicht Ihretwegen, seinetwegen. Weil er …« Er verstummte.

»Was?«

»Er hatte etwas gegen große Gefühle. Sie verunsicherten ihn.«

»Scheint zum Job zu gehören«, stellte sie fest. »Mal ehrlich, Nic. Tun Sie das alles nur, weil es Ihnen die Entschuldigung liefert, die Sie brauchen?«

»Ich fürchte, ich kann Ihnen nicht ganz folgen.«

»Oh, ich denke schon. Ihr redet euch ein, aufgrund eurer Tätigkeit das zu sein, was ihr seid. Aber könnte es nicht vielleicht ganz anders sein? Dass ihr diesen Beruf ergriffen habt, weil er euch gestattet, ihr selbst zu sein, ohne euch jemals Vorwürfe machen zu müssen?«

»Ja«, knurrte er und dachte, dass sie genauso gut von sich sprechen könnte. Teresa war die geborene Polizistin. Das hatte er in den letzten paar Tagen mehr als deutlich erkannt. Sie funkten auf der gleichen Wellenlänge. »Das stimmt. Sie haben mich durchschaut. Uns alle.«

Ihre Hand legte sich auf sein Knie. Tränen standen in ihren Augen. »Entschuldigung, Nic. Es tut mir Leid. Ich schlage wild um mich, weil ich glaube, es würde mir gut tun. Aber so ist es nicht. Ich habe es nicht so gemeint.«

Er legte seine Arme um sie, zog sie eng an sich.

»Sie brauchen sich nicht zu entschuldigen«, sagte er leise. »Außerdem haben Sie doch Recht.«

Sie wischte sich mit dem Ärmel über das Gesicht. »Im Hinblick auf Luca vielleicht. Sie ... bei Ihnen bin ich mir nicht unbedingt sicher. Sie wollen etwas bewirken, verbessern, stimmt's nicht?«

»Will ich das?«, fragte er bedrückt und wollte keine Antwort. Er nickte zu den geschäftigen Forensikern hinüber. »Was ist hier passiert?«

»Jemand hat gegrillt. Und den Rest den Hunden überlassen.«

»Großer Gott.«

»Das Opfer ist dieser TV-Fiesling Valena. Fragen Sie Ihren Boss. Falcone ist außer sich vor Wut. Möglicherweise soll mich das beeindrucken, aber dazu ist es zu verrückt. Man könnte fast glauben, dass es um ihn geht und nicht um zwei tote Polizisten und einen vermutlich wahnsinnigen Serienmörder. Scheint zu glauben, er sei schlauer als der Rest der Welt. Wenn es vorüber ist, lege ich eine Pause ein, Nic. Vielleicht gehe ich an die Universität zurück und unterrichte ein bisschen. Meine Arbeit macht mir nichts aus. Sie ist sogar noch das Beste von allem. Aber die Leute. Besonders Falcone. Er ist … Luca hat ihn gehasst, und ich vertraue seinem Urteil. Belassen wir es dabei.«

Costa schwieg. Das war klüger.

»Wie geht es ihr?«, fragte Teresa.

»Wem?«

»Sara Farnese. Sie wohnt doch noch in Ihrem Landhaus?«

»Es geht ihr gut«, sagte er automatisch.

»Gut?«

Er zuckte unter ihrem entsetzten Blick förmlich zusammen.

»Manchmal machen Sie mich fassungslos, Nic. Sehen Sie sich an, was hier geschehen ist. Überlegen Sie, was jemand ihretwegen tut.«

»Sie hören sich an wie Falcone. Das heißt doch noch längst nicht, dass sie dafür verantwortlich ist.«

Teresa Lupo seufzte ungeduldig. »Das habe ich nicht gesagt. Nicht einmal angedeutet. Ich meinte, dass ihr bewusst ist, dass diese Morde etwas mit ihr zu tun haben. Sie fühlt sich bis zu einem gewissen Punkt dafür verantwortlich, auch wenn sie sich das nicht anmerken lässt. Es geht ihr ganz und gar nicht gut. Und dann noch etwas. Sie hat anscheinend mit Valena geschlafen. Darüber haben wir von ihr kein Wort erfahren.«

»Sie hat gesagt, dass es da noch einige andere gab. Sie kannte nur die Namen nicht.«

Ihr Gesichtsausdruck grenzte an offene Verachtung. »Sie kannte Arturo Valena nicht? Der Trottel war jeden Abend im Fernsehen. Die Presse schrieb ständig über ihn. Wo lebt diese Frau denn? In einem Kloster? Mit Ausnahme der Zeiten, in denen sie es verlässt, um zu vögeln?«

Teresa Lupo wartete auf eine Antwort. Es kam keine. Sie blickte zu ihrem Team hinüber, das den eisernen Rost examinierte, zu den Männern, die die Hunde nach Spuren von Arturo Valenas sterblichen Überresten untersuchten. Es war alles überflüssig und sinnlos. Jeder wusste, was sich ereignet hatte. Ein Wahnsinniger war aus dem Dunkel getreten, um Tod und Schrecken zu verbreiten. Nein, das reichte nicht. Es gab ein Motiv, einen Grund für die Untaten. Es musste ihn geben.

»Ich habe zu arbeiten«, murmelte sie, stand auf und ging zu den Hunden hinüber.

Nic Costa glaubte, sein Schädel würde zerplatzen. Er war todmüde, erschöpft und verwirrt. Er hörte die Tür zufallen und drehte sich um. Falcone betrat die Kirche in Begleitung einiger Ermittler, die Costa vom Sehen kannte. Er machte sich bewusst, dass ihm der Fall entglitt. Nach Luca Rossis Tod wurde er wahrscheinlich auf die Rolle von Saras Leibwächter reduziert. Falcone hatte ein größeres, erfahreneres Team hinzugezogen. Er fragte sich, was für ihn zu tun blieb.

Falcone fing Costas Blick ein und winkte ihn zu sich. Er trug eine Aktentasche bei sich. Teresa hatte Recht. Er war nicht er selbst. Anfangs vermied er es, Nic Costa in die Augen zu sehen. Er wirkte hilflos, verzweifelt und wütend.

»Wie geht es Crazy Teresa?«, fragte er. »Wie ich hörte, waren sie ein Paar.«

»Es nimmt sie ziemlich mit.«

»Willkommen im Club. In drei Teufels Namen, wie kann dieses Arschloch es wagen, sich an meinen Männern zu vergreifen? Maßt er sich etwa an, sie mit einem Mistkerl wie Valena auf eine Stufe zu stellen? Wenn ich könnte, würde ich das Dreckschwein mit meinen eigenen Händen umbringen.«

»Würde nicht viel bringen.«

Falcone funkelte ihn an, als wollte er fragen: Wirklich nicht? Er zog Costa auf die Seite. »Sehen Sie fern?«

»Nicht oft.«

»Sollten Sie aber. Es ist mitunter nicht schlecht. Und jetzt, da dieser fette Trottel uns nicht mehr allabendlich die Laune vermiest, kann es nur noch besser werden.«

Scharf forderte Falcone die Ermittler auf, sich über die Erkenntnisse der Rechtsmediziner zu informieren und dann jede Menschenseele im Umkreis von einem Kilometer zu befragen.

Dann verließen sie die Kirche, traten in den schnell heiß und drückend werdenden Morgen hinaus. Falcone zog die Beifahrertür des Polizei-Mercedes auf, bedeutete Costa einzusteigen und setzte sich hinter das Steuer.

»Wohin fahren wir?«, erkundigte sich Costa. »Wissen Sie, wo Fosse sich aufhält?«

»Keine Ahnung. Geduld.«

Costa nickte zur Kirchentür hinüber. »Dafür ist keine Zeit, fürchte ich.«

Sein Boss zuckte mit den Schultern. »Warum so verzagt, Junge? Wir haben es fast geschafft. Erinnern Sie sich an unser kleines Gespräch über Gino Fosses Familie?«

»Natürlich.«

Falcone sah auf seine Armbanduhr. Es war kurz vor sechs. Er klappte den kleinen LCD-Bildschirm am Armaturenbrett auf, schaltete das Navigationssystem aus und einen TV-Kanal ein. »Sehen Sie sich das an. Danach können Sie Rossis Schwester einen Besuch abstatten. Der Frau Ihr – unser – Beileid ausdrücken.«

»Seine Schwester?« Costa schluckte trocken. Es war ihm absolut unbekannt, dass Luca Rossi Verwandte in Rom hatte.

Falcone las seine Gedanken. »Hat er Ihnen das nie erzählt? Sie haben zusammen gewohnt, in irgendeinem Apartment in der Nähe von Fiumicino. Versuchen Sie, die Frau ein wenig zu trösten. Ich garantiere persönlich dafür, dass dieser Mistkerl für den Rest seines Lebens weggeschlossen wird. Sagen Sie ihr das. Und danach … nehmen Sie sich einen Tag frei. Verbringen Sie ihn mit Ihrem Vater. Gehen Sie angeln. Was immer Sie wollen. Sie werden jedenfalls nicht dabei sein, wenn Denney die Flucht nach vorn antritt. Dafür brauche ich Männer mit ein bisschen mehr Erfahrung.«

Costa wunderte sich, wie ruhig er blieb. Dann begannen die Nachrichten. Der grauenhafte Mord an Arturo Valena war die Spitzenmeldung. Aufmerksam hörte Costa zu.

»Entspricht das den Tatsachen?«, erkundigte er sich.

»Sollte man annehmen. Sie haben ihre Infos schließlich von mir«, antwortete Falcone.

»Sie haben nichts zurückgehalten?«

Mürrisch starrte Falcone durch die Windschutzscheibe. »Wozu? Wir wissen, wer unser Mann ist. Wir haben genügend Beweise, ihn unverzüglich hinter Gitter zu bringen.«

»Aber keine Ahnung über die Motive.«

Falcone legte einen Finger an die Lippen und deutete dann zum TV-Schirm. Dort war jetzt ein Archivfoto von Michael Denney und eins von Gino Fosse zu sehen. Costa lauschte dem Nachrichtensprecher und wandte sich dann fassungslos zu Falcone um.

»Die DNA? Sollte ich deshalb etwas aus seiner Wohnung mitbringen? Um das zu beweisen?«

»Die DNA-Analyse lag erst heute früh vor. Ursprünglich versprach ich mir einiges von ihr, ja, aber inzwischen brauchte ich sie nicht mehr. Ein kleiner Vogel hinter den Vatikanmauern hatte zu zwitschern begonnen. Ich habe Dokumente erhalten. Papiere, die ebenso beweiskräftig sind wie ein Labortest.«

Falcone grinste. »Gino Fosse ist Denneys Sohn. Den Namen der Mutter kennen wir noch nicht. Er wurde ihr nach seiner Geburt fortgenommen und von dem Ehepaar auf Sizilien aufgezogen. Denney ist es gelungen, das jahrelang zu vertuschen.«

In Costas Kopf rasten die Gedanken, nicht einer passte zum anderen. Sie ergaben einfach keinen Sinn. »Warum teilen wir das den Medien mit? Was soll das bringen?«

»Ich will diesen Gauner und Betrüger in die Hände bekommen. Ich will ihn aus seinem Schlupfloch herausholen, wo er gemütlich aus dem Fenster schaut und glaubt, nichts und niemand könnte ihm etwas anhaben. Wenn wir ihn laufen lassen, kann alles Mögliche passieren. Wenn es zu einer Absprache kommt, werde ich mich daran halten. Solange die Regeln nicht geändert werden. Aber wenn der Sohn ins Spiel kommt, sieht es anders aus. Wir können ihn schnappen und den Vater in Schutzhaft nehmen. Denn darum geht es schließlich. Das will Gino Fosse uns sagen. Dass er weiter töten wird, bis er bekommt, was er will. Seinen Vater.«

Das war doch unsinnig, unmöglich. »Aber weshalb? Weil der ihn gefeuert hat?«

»Machen Sie Witze? Sara Farnese war die Geliebte des alten Mannes. Sie hat mit Vaccarini, Valena und anderen geschlafen, weil Denney es so wollte. Es war ihr Versuch, ihn aus seinem Gefängnis zu befreien. Sie ist mit Rinaldi ins Bett gegangen. Er fertigte ein für Denney günstiges Gutachten an. Sie hat mit Valena geschlafen. Vor vier Monaten plädierte er in seiner Talkshow für eine Ausweitung der Immunität für Vatikan-Vertreter. Mit dem Argument – ausgerechnet –, dass die Kirche in einer gottlosen Welt dringend mehr Schutz benötigt. Da liegt es doch fast auf der Hand, dass Sara Farnese dem Dreckskerl danach ein paar Gefälligkeiten erwies, oder? Und der Engländer? Nun, ich weiß nicht recht. Vielleicht wollte er für Denney irgendetwas Positives bei der EU bewirken.«

Nic Costa dachte an die heftige Auseinandersetzung mit Sara. Hugh Fairchild war ihr Geliebter gewesen. Ein Ehebrecher und Lügner, aber mit den anderen nicht zu vergleichen. In diesem Punkt hatte sie die Wahrheit gesagt. Davon war Costa inzwischen überzeugt.

»Vielleicht war er einfach nur zur falschen Zeit am falschen Ort«, sagte er.

Falcone nickte. Ein wenig überrascht, dass Costa ihm nicht widersprach. »Doch das ist unerheblich. Wenn Denney den Vatikan verlässt, müssen sie beide mit unserem Zugriff rechnen. Vielleicht lasse ich den Kardinal ein Flugzeug besteigen, vielleicht auch nicht. Falls er in die Vereinigten Staaten entkommt, werden wir eben seine Auslieferung beantragen.«

Er nickte befriedigt, als wäre das Spiel bereits gewonnen. »Und Gino Fosse bleibt hier. Wir schnappen ihn uns, sobald er sich zeigt, und wenn er auch nur einen Mucks macht, erschieße ich diesen Mistkerl höchstpersönlich.«

Erwartungsvoll sah Falcone Costa an. »Nun, was ist? Wollen Sie mir denn nicht erklären, dass ich mich in puncto Sara Farnese irre? Dass sie Michael Denney überhaupt nicht kennt? Dass meine Rückfolgerungen absoluter Schwachsinn sind?«

»Im Moment weiß ich gar nichts mehr.«

Das sonnengebräunte Gesicht des Inspektors verzog sich schmerzlich. »Was Sie nicht sagen. Sie sollten sich die Acht-Uhr-Nachrichten nicht entgehen lassen. Gönnen Sie sich bis dahin eine kleine Atempause. Trinken Sie irgendwo einen Kaffee. Der Umgang mit den Medien will inszeniert sein. Man muss ihnen Informationen bröckchenweise zukommen lassen, sonst verschleudern sie alles auf einmal. Gegen acht können sie der Öffentlichkeit weitere Details über Seine Eminenz Kardinal Michael Denney mitteilen.«

Der Triumph in seiner Stimme hielt sich in Grenzen. Die Verbitterung war nicht zu überhören. Der Tod von Rossi und Cattaneo traf Leo Falcone tiefer, als Costa vermutet hätte. »Gibt es sonst noch etwas?«

Der Inspektor drehte sich um und zog aus seiner auf dem Rücksitz liegenden Aktentasche einen Umschlag. Er warf Costa den Inhalt auf die Knie: ein grobkörniges Schwarzweißfoto von zweifelhafter Qualität. Es war durch ein Fenster aufgenommen, offenbar mit einem Teleobjektiv, und zeigte Denney in einem elegant eingerichteten Raum des Apartments, das Denney vermutlich bewohnt hatte, bevor man ihn in sein jetziges Rattenloch umquartiert hatte.

Denney stand mit dem Rücken halb zur Kamera. Er trug ein weißes Hemd und dunkle Hosen. Sein graues Haar war sorgfältig frisiert. Sara Farnese hatte das Gesicht dem Objektiv zugewandt und lächelte offen und zärtlich. Sie hatte ihre Arme um Denney geschlungen und beugte sich vor, als wolle sie ihn auf die Wange küssen. Sara und Denney waren eindeutig ein Liebespaar. Sie umarmte ihn auf eine Weise, die keinerlei Missverständnis aufkommen ließ. Das konnte nicht vorgetäuscht sein. Nic Costa sah noch genauer hin. Denneys Hand streckte sich nach den Fenstervorhängen aus. Wenige Sekunden später würden beide allen Blicken entzogen sein.

Der Schnappschuss ähnelte den in Gino Fosses Wohnung gefundenen Fotos. Seine Herkunft war nicht schwer zu erraten.

»Wo sind die anderen Fotos?«, fragte er.

»Mehr habe ich nicht«, antwortete Falcone. »Überzeugen Sie sich selbst. Er ist um Diskretion bemüht. Schließlich handelt es sich um den Vatikan. Was wollen Sie denn noch? Ein Foto von beiden im Bett?«

Irgendetwas ließ Costa keine Ruhe, nervte ihn. »Woher haben Sie das Bild?«

Stirnrunzelnd blickte Falcone auf seine Uhr. »Ich bitte Sie. Diese Frage können Sie sich doch wohl selbst beantworten, oder?«

Er konnte, wollte es aber nicht eingestehen. »Fosse hat es aufgenommen wie alle anderen auch. Die Bilder von Sara und den anderen Frauen hat er für seine eigenen Zwecke zurückbehalten. Eigentlich sollte er eindeutige Aufnahmen machen, um dafür zu sorgen, dass die Leute Denneys Wünschen gefügig blieben. Damit man sie notfalls ein wenig erpressen konnte.«

»Genau.« Falcone schien zufrieden mit Costas Folgerungen. »Fosse war im Auftrag von Denney Chauffeur bei diesen kleinen nächtlichen Eskapaden. Er fuhr Sara Farnese. Wie auch die anderen, gewerbsmäßigeren Huren, die Denney einsetzte. Fosse blieb vor Ort und fotografierte durchs Fenster, wenn es zur Sache ging.« Er legte eine effektvolle Pause ein. »Sie wussten alle Bescheid. Sara Farnese auch.«

Nic Costa dachte an ihren Gesichtsausdruck auf den Fotos im Dachgeschoss des Wohnturms, wie sie in die Kamera blickte. Falcone hatte Recht, aber Teresa Lupo war als erste dahintergekommen, dass Sara mit zu diesen Spielchen gehörte.

»Sie wusste es«, stimmte er zu. »Und Denney nahm an, alles fest im Griff zu haben. Ihm ist nie der Verdacht gekommen, dass Fosse nebenbei auch noch für einen anderen arbeiten könnte. Und auch Denney ausspionieren würde.«

Er blickte Falcone direkt in die Augen. »Um wen handelt es sich? Wer war der zweite Auftraggeber? Hanrahan?«

»Hanrahan ist nur ein kleiner Angestellter. Wie ich auch. Und was soll's? Wir haben, was wir brauchen. Um acht wird die Öffentlichkeit unterrichtet. Im Zusammenhang mit Fosses neuestem Verbrechen kann ich beim besten Willen nicht erkennen, wie der Vatikan ihn weiterhin beschützen will. Er bringt den Heiligen Stuhl in höchste Bedrängnis. Er ist ein Ärgernis, das sie so schnell wie möglich loswerden wollen.«

Costa schob das Foto in den Umschlag zurück.

Sein Chef nahm ihm das Kuvert ab. »Und wenn Sie auch nur ein Sterbenswörtchen verlauten lassen, bekommen Sie es mit mir zu tun. Vor allem nicht dieser Farnese gegenüber. Sie haben mit der Sache nichts mehr zu tun. Ich möchte keine weiteren Unglücksfälle, haben Sie mich verstanden? Fahren Sie zu Rossis Schwester, reden Sie mit ihr, und dann erholen Sie sich ein bisschen. Sie sehen ganz so aus, als könnten Sie es brauchen.«

»Unglücksfälle?«, wiederholte Costa und spürte, wie ihm Zornesröte ins Gesicht stieg. »Dieser Wahnsinnige hat meinen Partner umgebracht. Ich will dabei sein, wenn er gefasst wird.«

Falcone sah gekränkt aus. »Moment mal, mein Junge. Ich habe bereits zwei tote Polizisten auf dem Gewissen. Ich möchte nicht, dass Sie der dritte sind.«

Jetzt reichte es. Endgültig. Nic Costa griff in seine Tasche und zog seinen Dienstausweis heraus.

»Gehen Sie zur Hölle«, sagte er, warf den Ausweis auf Falcones Schoß und entschwand in die schon brütende Hitze des Morgens.

Dreiundfünfzig

Gegen sieben Uhr lief Sara Farnese zum Tor und verwickelte einen der Polizisten in ein Gespräch. Mit einem Lächeln ließ sich eine Menge erreichen. Der Mann blickte leicht überrascht, nahm Geld von ihr entgegen und setzte sich in seinen Wagen, um zur nahe gelegenen Gärtnerei zu fahren. Noch hätte sie nicht geöffnet, aber er war schließlich Polizist. Er würde mit der Faust an die Tür hämmern, bis jemand öffnete.

Dann wartete sie geduldig und stumm beobachtet von den anderen Männern auf seine Rückkehr und versuchte, nicht nachzudenken, sich nicht zu viel von dem beginnenden Tag zu erhoffen. Eine halbe Stunde später tauchte er wieder auf und hob einen Pappkarton voller Pflanzen aus dem Kofferraum. Sie betrachtete die in feuchtes Zeitungspapier gehüllten *Cavolo-nero*-Setzlinge und konnte kaum glauben, dass die gerade einmal fingergroßen Pflanzen während der kommenden, kalten Wintermonate weiter wachsen und mit jedem Tag kräftiger werden würden, bis sie im Frühjahr geerntet werden konnten.

Sara ging zum Haus zurück und traf auf der Veranda Marco Costa und Bea beim Kaffeetrinken an. Aufgeräumt, fast heiter saß er in seinem Rollstuhl, neben ihm Bea. Sara musterte ihn überrascht. Nics Vater schien endlich seinen Frieden gefunden zu haben. Er hatte seine innere Rastlosigkeit verloren, diese nervöse Energie, die ihr aufgefallen war, seit sie über die Schwelle des Landhauses trat. Das offenbar dringende Bedürfnis, irgendwelche Rechnungen begleichen zu müssen, schien zumindest für den Moment verschwunden zu sein. Es war eine Schuld zu begleichen gewesen, dachte sie, und zwar eine, die er vergessen hatte, was die Sache nur schlimmer machte. In gewisser Hinsicht wirkte er jetzt älter, erschöpfter, resignierter. Das war der Luxus – und die Qual – eines langen Sterbens. Es gab einem Zeit zum Nachdenken, Zeit für Entscheidungen. Es gewährte zudem genügend Raum für Bedauern, aber auch, mit ein bisschen Glück, für Aussöhnung.

Bea stand auf, nahm Sara den Karton ab und betrachtete lächelnd die zarten Setzlinge.

»Sie haben daran gedacht?«, fragte Marco Costa erstaunt.

»Selbstverständlich.«

Er lachte. »Das lag am Wein. Ich wollte Ihnen das nicht zumuten. Sie können unmöglich auf Knien und Händen über den Boden rutschen, um diese Pflanzen zu setzen. Warum auch?«

Bea strich ihm über den Kopf. »Weil hier etwas wachsen könnte. Wie früher. Ich dachte, darüber wären wir uns einig.«

Er warf einen skeptischen Blick auf die ausgetrocknete Erde. »Ich bin ein unverbesserlicher alter Narr, was?«

»Du bist ein Mann«, stellte Bea fest.

»Nun, wenigstens brauche ich mir den Rücken nicht krumm zu machen, um etwas zu pflanzen, um das sich nach dem Winter niemand mehr kümmert.«

»Es wird für die Pflanzen gesorgt«, versicherte Bea. »Das verspreche ich dir.«

Er murrte etwas Unverständliches, aber der Ausdruck amüsierter Befriedigung auf seinen Zügen war nicht zu übersehen. »Haben Sie etwas von Nic gehört?« Er schoss Sara einen neugierigen Blick zu.

»Er ist früh aufgebrochen«, antwortete sie, ohne zu zögern. Sie ging davon aus, dass die beiden wussten, wo sie die Nacht verbracht hatte. Vielleicht hatten Marco und Bea sie gehört.

Ihre zärtlichen, leidenschaftlichen Stunden mit Nic kamen ihr jetzt vor wie ein Traum. Sie hatten sich im Streit getrennt. Durch ihre Schuld. Sie bedauerte, ihn verletzt zu haben, dennoch hatten gewisse Grenzen gezogen werden müssen. Sie fragte sich, ob sie Nic Costa jemals wiedersehen würde. Ob *er* sie wiedersehen wollte. Die Zukunft schien überaus vage zu sein, verschwommen, voller undefinierbarer Möglichkeiten.

»Wir sollten uns vielleicht die Nachrichten ansehen«, schlug sie vor.

Marco und Bea tauschten einen Blick aus. Irgendetwas war geschehen. Etwas Schlimmes.

»Ich habe sie schon gesehen«, erwiderte er. »Als Sie am Tor waren.«

»Was ist passiert? Ich muss es wissen …«

»Nein, das müssen Sie nicht. Jedenfalls nicht sofort. Denn dann müssten wir wieder mit ansehen, wie Sie sich schuldig fühlen, Sara. Das alles geht Sie nichts an. Sie sind nicht dafür verantwortlich.«

»Wer oder was sagt Ihnen das?«, fragte sie kalt.

»Wir wissen genug«, entgegnete Marco Costa.

»Bitte sagen Sie mir, was geschehen ist.«

Wieder tauschten sie Blicke aus. Bea nickte.

»Er hat letzte Nacht zwei Polizisten erschossen«, sagte Marco Costa. »Einer von ihnen war Luca Rossi, Nics Partner.«

Sara Farnese schloss die Augen.

»Und dann hat er einen weiteren Menschen getötet«, fuhr Nics Vater fort. »Arturo Valena, den TV-Moderator. Es heisst …« Er verstummte kurz. »Es heisst, dass der Priester, der als Tatverdächtiger gesucht wird, ein Sohn des Kardinals ist, über den ständig in der Presse berichtet wird.«

»Ich muss unbedingt die Nachrichten sehen …«

Seine Finger schlossen sich um ihr Handgelenk, als sie an ihm vorbei ins Haus gehen wollte. Es überraschte sie, wie kräftig Marco Costa noch immer war.

»Nein«, erklärte er bestimmt. »Es würde Sie nur aufregen.

Es gibt nichts, was Sie tun könnten. Hören Sie? Überlassen Sie alles Nic und seinen Kollegen. Es ist die Aufgabe der Polizei. Nicht Ihre.«

»Aber ich muss Genaueres erfahren.«

Seine Augen studierten ihr Gesicht. Er war ein kluger Mann. Nic musste schon als kleiner Junge herausgefunden haben, was sie jetzt erkannte: Dass es unmöglich war, vor diesen durchdringenden, intelligenten Augen ein Geheimnis zu bewahren.

»Nein«, beschied sie Marco Costa noch einmal, sagte aber nichts weiter. Sara wusste, was er nicht aussprach: *Genaueres brauchen Sie nicht zu hören, weil Sie es bereits wissen* … Aber sie wollte wissen, wie viel bereits bekannt war, um diese Informationen für sich zu nutzen.

Marco Costa hob einen Setzling aus dem Karton und betrachtete ihn prüfend, berührte die zarten Blätter sanft mit den Fingerspitzen.

»Kräftige, gesunde Setzlinge«, stellte er fest. »Es ist schon ein bisschen spät, aber das macht nichts. Mit genügend Pflege werden sie schon durch den Winter kommen. Pflanzen Sie sie nicht zu eng. Und Sie müssen die Setzlinge ausreichend wässern, Sara …«

Sie würde tun, was er wollte. Sie sah ihn an.

»Die notwendigen Geräte befinden sich drüben im Schuppen. Aber Sie sollten sich einfachere Sachen anziehen, alle beide. Und ich möchte, dass die Arbeit sorgfältig erledigt wird. Wenn alles getan ist, können wir uns meinetwegen wieder um den Rest der Welt kümmern. Aber nicht vorher. Bitte.«

Er wusste alles, oder glaubte, es zu wissen. Das sah sie seinem Gesicht an.

»Und wenn Nic anruft? Oder nach Hause kommt?«, fragte sie und überlegte bereits, wann und wo sie mit ihm telefonieren konnte.

»Offen gestanden glaube ich, dass Nic heute ziemlich beschäftigt ist.«

»Und wenn nicht?«

Marco Costa würde dafür sorgen, dass sie nicht im Haus war, wenn er anrief oder persönlich erschien.

»Die Erde muss gründlich vorbereitet werden. Ich werde Ihnen zeigen, wie man das macht.«

Vierundfünfzig

Michael Denney saß Hanrahan gegenüber am Couchtisch in seiner kleinen, schäbigen Behausung und versuchte, nicht auf das Fernsehgerät zu starren. Saras Bild füllte den Bildschirm. Sie schlang ihre nackten Arme um ihn, drängte sich an ihn. Für den Sender schien das einen größeren Nachrichtenwert zu haben als der Abtransport von Arturo Valenas Leiche aus der Kirche an der Via Corso. Am meisten aber ärgerte Denney, dass er sich nicht erinnern konnte, bei welcher Gelegenheit das Foto entstanden war. Er hatte sie in letzter Zeit nur selten gesehen, und ihre Treffen fehlten ihm. Es erboste ihn maßlos, dass jemand ihnen nachspioniert hatte.

»Wer zum Teufel hat das aufgenommen, Brendan? Sie?«

Der Ire erwiderte seinen wütenden Blick mit kummervoller Miene. »Die Katze lässt das Mausen nicht, Kardinal. Sie haben Fosse den Auftrag erteilt, eindeutige Fotos zu schießen. Machen Sie mich nicht verantwortlich, wenn er mehr aufnahm, als er sollte.«

»Ich dachte, Fosse würde für mich arbeiten, nicht gegen mich.«

Hanrahan seufzte, sagte aber kein Wort. Denney dachte angestrengt nach. Er hatte sie seit mehr als einem Monat nicht mehr gesehen. Und das hieß, dass sie seit langem entschlossen waren, ihn den Wölfen vorzuwerfen. Lange bevor er seinen – bedauerlicherweise gescheiterten – Versuch zur Rettung der Bank unternahm.

»Sie sind undankbar, Kardinal«, erklärte Hanrahan. »Ich habe Ihnen stets loyal den Rücken freigehalten. Ich habe für Sie meinen Ruf aufs Spiel gesetzt, vielleicht sogar mehr. Und was ist Ihr Dank? Ungerechtfertigte Zornesausbrüche und Misstrauen.«

»Tut mir Leid.« Er konnte nicht ganz ausschließen, dass er Hanrahan Unrecht tat. Oder vielleicht war das alles nur Teil einer größeren Intrige, als Denney sich im Moment ausmalen konnte. »Ich bin offenbar etwas durcheinander. Allein die Vorstellung, dass Fosse uns nachspioniert hat. Glaubt man denn wirklich, ich habe das verdient?«

Der Ire deutete auf den Fernseher. »*Verdient*? Wie oft habe ich Ihnen nicht schon gesagt, dass diese Frau noch einmal Ihr Verhängnis sein wird? Und jetzt ist es so weit. Meinen Sie denn, die Medien würden sich das entgehen lassen? Ein Kardinal der Heiligen Römischen Kirche, und eine Frau, die seit geraumer Zeit in der Öffentlichkeit als lockeres Flittchen bekannt ist. Was haben Sie denn erwartet?«

»Ein bisschen mehr Verständnis«, murmelte Denney. Es hätte wenig Sinn, dem eiskalten Iren etwas vom Verlangen, von der Sehnsucht nach Liebe zu erzählen. Hanrahan glaubte nicht an Mysterien. Für ihn galten nur harte, eindeutige Fakten. Er wusste nicht von den Abgründen, die diese unbarmherzigen, unmenschlichen Gewissheiten im Leben eines Menschen aufreißen konnten.

»Hüten Sie sich davor, jetzt anderen Schuld zuzuweisen«, warnte Hanrahan. »Niemand hat Sie zu Treffen mit der Frau gezwungen. Niemand hat Sie genötigt, Gino Fosse als Handlanger und Vertrauten einzusetzen. Das waren allein Ihre Entscheidungen. Wenn Sie schon Zuflucht zu hässlichen kleinen Vergehen nehmen mussten – immerhin Bestechung und Erpressung –, dann schieben Sie gefälligst nicht anderen die Schuld in die Schuhe, wenn sie ans Tageslicht kommen.«

»Meinen Sie, ich wüsste das nicht selbst?«

Hanrahan zog eine Grimasse. Denney sah in das graue, ausdruckslose Gesicht und wusste, dass da noch mehr kommen würde.

»Vielleicht. Vielleicht auch nicht. Sie neigen zu Phantastereien, Kardinal. Erstaunlich angesichts Ihres früheren Jobs. Ich hätte mit mehr praktischem Verstand gerechnet.«

»Wie Sie ihn besitzen?«, entfuhr es Denney.

»Ich halte mich für einen Mann mit gesundem Menschenverstand. Für einen, der die Räder am Rollen hält.«

Einmal waren sie gemeinsam zu einer Konferenz nach Dubai geflogen. Ein Finanzier hatte für weibliche Gesellschaft gesorgt, als eine Art Gastgeschenk, dessen Zurückweisung unhöflich gewesen wäre. Bei Hanrahans Tischdame handelte es sich eine attraktive Zypriotin mit perfekten englischen Sprachkenntnissen und einem bezaubernden Lächeln. Es war die einzige Gelegenheit gewesen, bei der Denney erlebt hatte, dass sich der Ire unbehaglich fühlte und nicht in der Lage war, seine Umgebung zu beherrschen. Er war gegangen, bevor der Kaffee nach dem Diner serviert wurde.

»Und der nie etwas an sich heranlässt, was, Brendan? Und kein anderes Interesse kennt, als das Leben anderer Menschen zu kontrollieren. Sie sind anders als ich. Sie könnten heiraten. Tun, wonach Ihnen der Sinn steht. Stattdessen manipulieren und intrigieren Sie. Für mich. Für jeden, der zahlt.«

Hanrahans dichte Brauen hoben sich.

»Ich habe Sie gut bezahlt, damit Sie die Dinge für mich regeln, Brendan. Sie sollten mir helfen, die Banca Lombardia wieder flott zu bekommen.«

»Tote kann selbst ich nicht wieder zum Leben erwecken«, knurrte Hanrahan. »Diese Hoffnung war für mich von vornherein zum Scheitern verurteilt.«

»Und doch hielten Sie es für unnötig, mir diese Meinung mitzuteilen.«

»Ich bin Ihr Untergebener. Haben Sie das vergessen?«

»Der offenbar nicht mehr weiß, wer sein Herr ist.«

»Oh, das habe ich nie vergessen. Sie sind derjenige, dem

einiges entfallen zu sein scheint. Sie haben die Grenze überschritten, weil Sie einfach nicht widerstehen konnten. Es schmeichelte Ihrem Ego ungeheuer, mit diesen Politikern zu speisen und zu feiern. Nur mit dem Finger schnippen zu brauchen, damit die schönsten Frauen Ihnen das Bett wärmten. Sie haben in Selbstüberschätzung geschwelgt, sich von Ihrer Hybris überwältigen lassen. Machen Sie nicht andere für Ihr Fehlverhalten verantwortlich.«

Denney nickte. Es lag eine gewisse Wahrheit in Hanrahans Worten.

»Aber wenigstens habe ich gelebt, Brendan. Ich fürchte, dass Sie das nicht sagen können. Halten Sie sich eigentlich für den Nabel der Welt? Oder haben Sie einfach nur Angst? Befürchten Sie vielleicht, dass menschliche Empfindungen wie Liebe Ihnen die Macht raubt? Dass Sie eines Morgens aufwachen und wie Samson Ihre abgeschnittenen Haare auf dem Kopfkissen vorfinden? Und plötzlich genauso sind wie wir alle: schwach und auf andere angewiesen. Ist es das, was Ihnen Angst einjagt? Dass Sie Ihre Macht, Ihre Stärke verlieren könnten und jemand auftaucht, um sich an Ihnen zu rächen? Nun, dann muss ich Ihnen sagen, dass Sie ein emotionaler Feigling sind. Ein Mann, der Angst vor seinen Gefühlen hat und diese Furcht an der Welt auslässt.«

So etwas wie Hass trat in Hanrahans Augen. Denney wusste, dass er einen wunden Punkt getroffen hatte. Aber es bereitete ihm keine Genugtuung.

»Offen gestanden kommt es darauf überhaupt nicht mehr an, Kardinal.«

»Doch, Brendan. Glauben Sie, dass wir eines Tages alle vor unserem Richter stehen? Oder ist auch das nur eine Phantasterei?«

»Ich glaube, dass im Moment nicht wenige mit Ihnen abrechnen wollen.«

»Na und? Wer sind sie schon? Ich habe schon zu viel Zeit mit der Furcht vor ihnen verschwendet. Auch mit Angst vor

Ihnen. Was können sie mir schon tun, außer mir das zu nehmen, was von meinem elenden Leben noch übrig ist?«

Nervös rutschte Hanrahan auf seinem Sessel hin und her. »Das würde ich nicht so leicht nehmen, Kardinal. Denken Sie daran, was mit Arturo Valena und den anderen geschehen ist.«

Michael Denney blickte sich um. Seine Umgebung kam ihm armseliger und schäbiger vor denn je. Er vermochte nicht zu begreifen, wie er sich zu dieser Existenz eines freiwilligen Gefangenen überreden lassen konnte.

»Ein schreckliches Ende«, räumte er ein. »Aber wissen Sie, was geschieht, wenn man seine Tage mit der Furcht vor dem Tod verbringt? Schließlich fürchtet man sich sogar vor dem Leben. Man beginnt zu hoffen, dass niemand an die Tür klopft, niemand einem zu nahe kommt. Sterben muss man ohnehin, aber auf diese Weise geschieht es lange vor seinem allerletzten Atemzug.«

Hanrahan schloß die Augen, als würde er nicht mehr zuhören.

»Sagen Sie mir eins, Brendan. Glauben Sie eigentlich an etwas? Haben Sie irgendeine Überzeugung?«

»Meine Überzeugung besteht darin, unsere kleine Welt hier in Ordnung halten zu wollen. Sie vor jenen zu bewahren, die sie zerstören wollen.«

»Wollte das nicht auch Pontius Pilatus?«

»Sie reden wie ein Mann der Kirche. Aber das sind Sie nicht. Nicht mehr.«

»Dann sagen Sie endlich, warum Sie gekommen sind«, fauchte Denney. »Doch bestimmt nicht zum Zeitvertreib.«

»Sie können nicht bleiben«, antwortete Hanrahan ausdruckslos. »Bis heute Mittag müssen Sie ausgezogen sein, sonst setzt man Sie kurzerhand auf die Straße. Ich habe protestiert, gefleht und gebettelt, aber ohne Erfolg. Denn da sind die Fotos. Die Beweise, dass Gino Fosse Ihr Sohn ist. Die Frau. Man fürchtet, dass da noch mehr kommt. Und sehen Sie der Wahrheit ins Gesicht, Kardinal …«

Hanrahan musterte ihn kalt. »Da ist auch noch mehr.«

Denney fühlte sich in dem kleinen, stickigen Raum wie in einer Falle. »Was heißt das?«

»Das heißt, dass ich seit langem eine Menge über Sie weiß, Kardinal. Sie waren zwar immer bemüht, alles im Dunkeln zu lassen, aber Sie sind und bleiben ein Dilettant. Wenn man mich jetzt fragen sollte, ob es noch mehr gibt, werde ich nicht mehr für Sie lügen. Das ist vorbei.«

Denney verschränkte die Arme, lehnte sich im Sessel zurück und dachte nach. »Wer wirft da den ersten Stein? Das würde mich interessieren. Ich möchte Namen hören. Ich würde gern wissen, wie viele Menschen hier im Vatikan eine weiße Weste behalten können, wenn man sie Tag und Nacht bespitzelt.«

Der Ire zog eine halb gerauchte Zigarre aus der Sakkotasche und zündete sie sich an. Der intensive Geruch breitete sich im Zimmer aus.

»Namen! Was sind schon Namen?«, meinte Hanrahan abfällig. »Machen Sie sich nichts vor. Sie sind zu einer Belastung geworden. Jetzt geht es darum, den Schaden zu begrenzen. Wir müssen uns von Ihnen distanzieren, bevor Ihre Vergehen auf uns alle zurückfallen. Man wird Sie mit einer Privatmaschine nach Boston fliegen. Dort kann Ihnen jemand helfen, wenn Sie das wollen. Sie können einen neuen Namen erhalten, eine neue Identität. Möglicherweise und mit ein wenig Glück sogar eine Wohnung, in der Sie niemand findet. Aber ...«, er machte eine umfassende Geste, die über das winzige Apartment weit hinausging, »... diese Phase Ihres Lebens gehört der Vergangenheit an. Sie können nicht nach Rom zurückkehren. Den Kardinal Michael Denney wird es nicht mehr geben. Wenn Sie in Italien bleiben, selbst unter falschem Namen, wird irgendjemand Sie aufspüren. Vielleicht die Polizei. Vielleicht Leute mit radikaleren Absichten. Beides kann weder in Ihrem noch in unserem Interesse liegen.«

Er hatte so etwas erwartet, dennoch verbitterte es ihn. »Also werde ich neu geboren. Ich werde Joe Polack und arbeite in Detroit an irgendeinem Fließband. Ist das die Vorstellung für meine Zukunft?«

Hanrahan zuckte mit den Schultern. »Ich sehe keine andere Möglichkeit …«

Denneys bleiches Gesicht wurde zornrot. Er wünschte, sich besser beherrschen zu können. »Verdammt, Brendan. *Ich will das, was man mir schuldig ist.*«

Der Ire lachte. Es machte Denney bewusst, wie isoliert er inzwischen war. »Das will jeder, Kardinal. Das ist doch gerade das Problem. Dass alle Schulden beglichen werden, und viele bei Menschen, die keiner von uns näher kennen möchte.«

»Sie werden mich zum Flughafen fahren.« Er wollte es wie eine Anordnung klingen lassen, aber irgendwie kamen die Worte heraus wie eine Frage.

Hanrahan kniff finster die Augen zusammen und schüttelte dann den Kopf. »Nein. Das würde zu viel Aufsehen erregen. Das können wir uns nicht leisten. In Amerika können wir anders vorgehen. Aber im Moment und hier sind eindeutige Stellungnahmen gefragt. Um elf Uhr veröffentlicht die Kommunikationsabteilung eine Erklärung. Ich kann Ihnen eine Kopie zeigen, wenn Sie mögen. Darin wird betont, dass Sie Ihr Amt aus persönlichen Gründen aufgeben, um ein neues Leben außerhalb der Kirche zu beginnen, außerhalb von Italien. Nicht mehr und nicht weniger. Natürlich werden wir den Medien auf diskrete Weise zu verstehen geben, wie die Dinge zwischen dem Vatikan und Ihnen wirklich stehen. Das muss sein. Sie sind ein Paria. Wir werden erklären, dass uns Ihr Verhalten und die nicht verstummenden Gerüchte über Ihr Privatleben seit Jahren große Sorgen gemacht haben, aber die neuesten Enthüllungen, die für uns selbstverständlich absolut neu sind, das Fass zum Überlaufen brachten. Sie sind der missratene Sohn, der in die Welt hinausgeschickt wird, um für seine Sünden zu büßen. Aber natürlich können Sie nie zurückkehren. Wir beide werden uns nicht wiedersehen. Von nun an gehen Sie Ihren weiteren Weg allein.«

Denney konnte nicht glauben, was er da hörte, konnte nicht begreifen, warum Hanrahan ein so offensichtliches Vergnügen daran zu finden schien, ihn zu quälen. »Und was soll ich tun? Mir ein Taxi rufen und darauf warten, dass an der nächsten Ampel einer von diesen Schlägertypen zusteigt? Sehe ich aus wie ein Selbstmörder, Brendan? Dann gehe ich doch lieber zum nächsten Polizeirevier und bitte darum, mich festzunehmen.«

Wieder lachte Hanrahan schallend. »Und was glauben Sie, wie lange Sie hinter Gittern überleben? Wenn Sie das Gefängnis überhaupt erreichen. Die Polizei kann Sie nicht retten. Vielleicht können nicht einmal wir das. Sie sind zu weit gegangen. Sie haben sich zu viele Menschen zu Feinden gemacht …«

Er sah sich um und rümpfte die Nase. »Packen Sie nicht zu viel zusammen, Michael. Stellen Sie fest, was Ihr Besitz ist, und ich sorge dafür, dass Ihnen die Gegenstände nachgeschickt werden. Vergessen Sie aber nicht, dass die meisten Dinge zum Amt gehören, das Sie bisher innehatten, und damit Eigentum des Vatikan bleiben. Machen Sie einfach das kenntlich, was Ihnen persönlich gehört, und ich lasse es Ihnen zukommen.«

Denney sah zur Caravaggio-Kopie hinüber. »Die Bilder sind mein Eigentum.«

»Das bezweifle ich. Aber Sie sind ein fähiger Dieb. Ich sorge dafür, dass Sie die Bilder erhalten, vielleicht.«

Michael Denney hörte gar nicht mehr zu. Er betrachtete die beiden, vom Licht der Gnade umflossenen Gestalten im Mittelpunkt des Gemäldes: den sterbenden Matthäus und seinen Mörder.

»Betrachten Sie sich etwa als Märtyrer?«, erkundigte sich Hanrahan leichthin. »Ich hoffe doch nicht, denn das wäre nun wirklich der Gipfel.«

Denney senkte den Kopf. »Zeigen Sie Ihre Genugtuung nicht ganz so deutlich, Brendan, Ihr offensichtliches Vergnügen.«

»Sie verwechseln Vergnügen mit Pflichtgefühl, Kardinal. Aber das haben Sie schon immer getan. Das ist der Kern Ihres

Problems. Sie sollten nicht allzu schlecht von mir denken, Mann. Um der alten Zeiten willen erweise ich Ihnen einen letzten Gefallen. Um zwölf Uhr werden vor dem Tor zwei Männer auf Sie warten. Römische Polizisten. Sie begleiten Sie zum Flughafen. Allerdings ohne dienstlichen Auftrag.«

»Zwei Männer?«, wiederholte Denney. »Wollen Sie, dass ich umgebracht werde?«

»Hätte ich mir dann Ihretwegen diese Mühe gemacht? Nicht dass wir darüber nicht gesprochen hätten. Es gibt Leute, die das für die sauberste Lösung halten.«

Michael Denney schloss die Augen. Er stellte sich vor, wie sie sich in einem verschwiegenen Raum dieses Mini-Staates trafen, der sich im Verlauf von dreißig Jahren von einer Art Paradies in ein Gefängnis verwandelt hatte. Vielleicht kamen sie regelmäßig zusammen. Vielleicht verfügten sie über weitere Informationen, Bilder, Tonbänder. Und seit wann trafen sie sich eigentlich schon, um darüber zu diskutieren, wie sie ihn möglichst bequem und ohne großen Aufwand loswerden konnten? Die Zeit und das Schicksal hatten ihnen schließlich in die Hände gespielt, aber es war kein Zufall.

Er hob die Hand und zeigte mit dem Finger auf Hanrahan. »Sie haben es ihm gesagt, Sie Mistkerl.«

Der Ire schwieg. Seine Brauen hoben sich ein paar Millimeter.

»Sie haben Fosse von uns erzählt. Ihn gegen mich aufgebracht, weil Sie sich davon ein schnelles Ende erhofften. Aber Sie konnten nicht ahnen, was er stattdessen tun würde. All diese armen Opfer, Brendan. Alicia Vaccarini, Rinaldi, dieser Gallo. Die beiden Polizisten, die Valena in Falcones Auftrag bewachen sollten. Haben Sie denn gar keine Schuldgefühle?«

Hanrahan machte Anstalten aufzustehen. »Sie schweifen ab, Kardinal. In einem Krieg sind Opfer nun einmal nicht zu vermeiden. Man muss nur dafür sorgen, dass man selbst verschont bleibt. Es wäre nur zu Ihrem Besten, sich darauf zu konzentrieren.«

Denney sprang auf, durchquerte den Raum und umklammerte mit beiden Händen Hanrahans Hals. Aber er hatte sich überschätzt. Im Nu war Hanrahan auf den Füßen, riss die Hände vom Hals und nahm eine Kämpferpose ein. Er hatte kräftige Fäuste, und jetzt zeigte er sie. Denney versuchte sich zu erinnern, wer er noch immer war, zumindest in seiner Vorstellung und unabhängig davon, was man ihm auch antat.

»Wut ist reine Energieverschwendung«, stellte Hanrahan fest. »Sie hätten mehr Zeit mit Ihresgleichen verbringen sollen und weniger im Bett.«

»Verschwinden Sie«, zischte Denney. »Auf der Stelle.«

»Zwölf Uhr. Ich komme vorbei, um mich von Ihrem Auszug zu überzeugen. Keine Angst. Die Presse wird nicht da sein. Sie können den Vatikan unbehelligt verlassen.«

Er streckte die Hand aus, wartete eine Weile und ließ sie dann wieder sinken. »Sie scheinen Ihr Leben sehr gering zu schätzen, Kardinal.«

»Warum sagen Sie das?«

»Weil ich es Ihnen schon oft gerettet habe. Jetzt schon wieder. Aber Sie finden offenbar kein einziges Wort des Dankes.«

Michael Denney sah auf seine Armbanduhr. Sie hatten eine Verabredung, aber er war sich nicht sicher, ob er sich darauf verlassen konnte. Er schloss die Augen und betete um den Anruf.

Es klingelte. Zwei Minuten zu spät, aber es klingelte.

Fünfundfünfzig

Nic Costa drückte auf die Klingel. Die Wohnung befand sich im zweiten Stockwerk eines modernen Wohnblocks abseits der vielspurigen Zufahrtsstraße zum Flughafen Leonardo da Vinci. Der Verkehr dröhnte als beständiges Rauschen in den Ohren, aber ansonsten war die Umgebung angenehmer, als von Costa befürchtet. In der kurzen Zeit als Luca Rossis Partner hatte er sich ein vages Bild vom Privatleben des Mannes gemacht – ohne große Bindungen, einsam, irgendwie unordentlich – und ihn in einem der heruntergekommenen Sozialsilos der römischen Randbezirke vermutet. Aber hier standen Pelargonientöpfe auf den Treppenstufen, und aus den Fenstern des Nachbarhauses roch es angenehm nach Essen. Er wünschte, mehr über Rossi in Erfahrung gebracht zu haben. Teresa Lupo schien da weit sensiblere Antennen zu haben. Er war zu sehr mit sich selbst beschäftigt gewesen, um Luca Rossis Fassade zu durchschauen, allerdings fragte er sich, ob sein Partner das überhaupt gewollt hätte.

Eine schlanke Frau in mittleren Jahren öffnete die Tür. Sie trug eine einfache blaue Bluse zu einem schwarzen Rock. Ihr Haar war von grauen Strähnen durchzogen und raspelkurz geschnitten. Sie musterte ihn durch eine schwarzgerandete Brille. Costa hatte das Gefühl, nicht willkommen zu sein.

»Nic Costa«, stellte er sich vor. »Ich war Lucas Partner.«

»Ja?«

»Ich bin gekommen, um Ihnen unser Beileid auszudrücken …« Sie sah nicht aus, als hätte sie geweint. Vielmehr wirkte sie aufgebracht, wütend. »Sein Tod hat uns alle sehr betroffen gemacht. Wir werden helfen, wo wir können.«

»Das macht ihn auch nicht wieder lebendig, oder? Aber ich bin nicht seine Schwester. Kommen Sie herein.«

Er folgte ihr über eine Diele mit Blumenbildern an den Wänden in ein Wohnzimmer. In der Ecke saß eine mollige Frau Anfang dreißig auf einem Holzstuhl. Sie trug einen Nylonkittel. Ihr blasses, leicht schwammiges Gesicht erinnerte ihn an Rossi. Ihre langen, schwarzen Haare hingen ihr über Schultern und Rücken wie einem Schulmädchen.

Als er den Raum betrat, stieß die Frau kleine, unverständliche Schreie aus. Sie hörte sich an wie ein verletztes Tier.

»Nic Costa«, sagte er und streckte seine Hand aus. »Luca war mein Partner.«

Wieder diese lallenden Schreie, aber länger diesmal, gequälter.

»Maria ist taubstumm«, erklärte die ältere Frau. »Ich bin ihre Fürsorgerin. Wenn Luca zur Arbeit musste, habe ich mich um sie gekümmert.«

Sie wandte sich Maria Rossi zu und verständigte sich mit ihr in der Zeichensprache.

»Davon hatte ich keine Ahnung«, sagte Costa fast tonlos. »Ich wusste nicht einmal, dass er eine Schwester hat. Ich kann einfach nicht fassen, dass wir niemals darüber gesprochen haben.«

»Machen Sie sich keine Vorwürfe«, erwiderte sie und machte wieder behände ihre Gesten. Maria Rossi nickte und lächelte Costa an. »So war Luca nun einmal. Ich habe ihr übrigens Ihr Beileid übermittelt.«

»Danke.« Er war so bestürzt, dass er nicht recht wusste, was er sagen sollte. »Wie geht es ihr denn?«

»Wie geht es einem Menschen, der taubstumm ist?«, entfuhr es der Frau heftig. Sie ging zum Fenster und blickte hinaus. »Entschuldigung. Nehmen Sie es nicht persönlich. Ich kenne Maria, seit er sie vor fünf Jahren aus dem Heim holte, um selbst für sie zu sorgen. Es dauerte nicht lange, bis ich begriff, dass ich nicht nur für einen Menschen zu sorgen hatte, sondern für zwei. Und in letzter Zeit hauptsächlich für ihn. Er war ein komplizierter Mann. Ein guter Mensch. Aber tief unglücklich.«

»Warum hat er mir nur nichts davon gesagt? Ich hätte ihm doch Arbeit abnehmen, ihn entlasten können. Gestern Abend zum Beispiel ...« Nein, Rossis Anwesenheit auf der Piazza Navona war reiner Zufall gewesen. Falcone hätte jeden mit Valenas Überwachung betrauen können. Für seinen Tod war nur einer verantwortlich: sein Mörder.

»Hat er sich ihretwegen vielleicht geschämt? Was meinen Sie?«, fragte die Frau.

»Auf keinen Fall.« Davon war Costa überzeugt. »Eher schämte er sich gewissermaßen über sich selbst. Über sein Unvermögen, die Welt nicht verbessern zu können. Ich habe ihn erst vor kurzem kennen gelernt. Aber Luca fühlte sich eindeutig in seiner eigenen Haut nicht wohl. Vielleicht hing das mit seinem Job zusammen.«

Sie sah ihn an und nickte, setzte sich neben Marie und legte ihr einen Arm um die Schultern. »Ich denke, Sie haben Recht. Einmal erzählte er mir, dass er nachts mitunter aus dem Schlaf hochfährt und nicht wieder einschlafen kann. Vor Zorn auf sich selbst, weil es ihm nicht gelingt, ihr das Leben ein bisschen leichter zu machen. Ich glaube nicht, dass er sich das ausgedacht hat.«

Ein paar flinke Gesten brachten Rossis Schwester zu einem flüchtigen Lächeln, gefolgt von einem unterdrückten Schluchzen.

»Sie kann nicht Lippenlesen. Hat es nie gelernt, weil sie es zu schwer fand. Das erleichtert mir kleine Notlügen, um sie nicht aufzuregen.«

Nic Costa schrieb seine Privatnummer auf einen Zettel. »Rufen Sie mich an, falls sie etwas benötigt. Wir können sie mit Geld unterstützen. Es gibt einen Pensionsfonds. Ich weiß, dass es kein Trost sein kann, aber teilen Sie mir einfach mit, was sie braucht, und ich werde dafür sorgen, dass sie es erhält.«

Die Frau nahm den Zettel entgegen und seufzte. »Was sie braucht, ist ihr Bruder.«

Costa schaute deprimiert. Verlegen schloss die Frau ihre Augen.

»Tut mir Leid. Aber Sie können nichts für Maria tun. Sie muss ins Heim zurück. Sie kann sich nicht selbst versorgen. Nur dort bekommt sie die nötige Zuwendung rund um die Uhr.

Er glaubte, Luca Rossis Sorgen nachempfinden zu können.

»Es ist nicht die schlechteste Lösung«, fuhr die Frau fort. »Sie hat Freunde dort, die sie ohnehin gelegentlich besuchte. Aber …« Sie verstummte und musste erst einmal tief Luft holen, bevor sie fortfahren konnte. »Er wird ihr fehlen. Wir werden ihn alle vermissen.«

»Ich weiß.«

Nic Costa sah sich in dem bescheiden, aber behaglich eingerichteten Zimmer um. Überall an den Wänden hingen Bilder von Blumen.

»Die hat Maria gemalt«, sagte die Fürsorgerin. »Sie ist vielleicht taubstumm, besitzt aber andere Talente.«

Er betrachtete ein kleines Ölbild genauer: eine blaue Hyazinthe vor gelbem Hintergrund. Eine Farbwahl wie bei van Gogh. Das Bild strahlte Heiterkeit und Lebensfreude aus. Sie hatte etwas gefunden, was ihrem Bruder versagt geblieben war, und sich vielleicht bemüht, es ihm mitzuteilen.

»Wollen Sie einen Blick in sein Zimmer werfen?«, fragte die Frau. »Vielleicht finden Sie dort etwas, was Sie sich zur Erinnerung an ihn mitnehmen möchten. Ein Foto möglicherweise?«

»So gut kannte ich ihn eigentlich nicht. Aber ich weiß jemanden, der sich über ein Andenken freuen würde.«

Sie führte Nic Costa über den Korridor. Rossis Schlafzimmer war klein, und das Fenster zeigte nach hinten auf einen Parkplatz hinaus. Kalter Zigarettenrauch hing in der Luft. Das schmale Bett war ordentlich gemacht, auf dem Schreibtisch bemerkte Costa einen Stapel Papiere, einen Terminkalender und eine Schwanenhalslampe. An einer Korkpinnwand klebten gelbe Zettel und Fotos: Termine für Ausflüge nach Ostia ans Meer, Besuche im Heim, Busfahrten aufs Land. Auf allen Fotos war eine lächelnde Maria Rossi zu sehen, am Strand, auf einem Maskenball, beim Essen in einem Ausflugslokal. Luca hatte seiner Schwester Vergnügen und Freude am Leben geschenkt.

Nur auf einem Bild war er selbst zu sehen. Die beiden saßen in einem oben offenen Bugatti 57 in irgendeinem Automuseum. Rossis Hände umklammerten das Steuerrad. Er wirkte wie ein ganz anderer Mann, wie jemand, der mit sich und der Welt zufrieden war.

»Das wurde vor seinem Zusammenbruch aufgenommen«, erklärte die Fürsorgerin.

»War er damals immer so unbeschwert, so gelassen?«

Sie lachte bitter. »O nein. Er machte eigentlich immer den Eindruck, als würde er jeden Augenblick zusammenbrechen. Seit ich ihn kenne.«

Costa strich mit der Fingerspitze über das Foto. »Das kann ich nicht mitnehmen. Es gehört seiner Schwester. Es ist zu kostbar.«

»Das Foto habe ich aufgenommen, denn ich war bei dem Ausflug dabei. Ich kann jederzeit einen neuen Abzug machen lassen. Nehmen Sie es ruhig.« Sie blickte sich im Zimmer um. »Er wollte nicht, dass ich hier hereinkomme. Es war für ihn so etwas wie ein Versteck, glaube ich, eine Art geheimer Zufluchtsort. Aber hin und wieder musste hier geputzt werden. Ich lasse Sie jetzt ein paar Minuten allein.«

Sie verließ den Raum und zog die Tür hinter sich ins Schloss. Nic Costa setzte sich an den kleinen, aufgeräumten

Schreibtisch und blickte auf die geparkten Autos und die Wohnblocks gegenüber hinaus. Das war ein Leben, das er nie mit Luca Rossi in Verbindung gebracht hätte: eine geordnete Existenz mit Problemen, von denen keiner seiner Kollegen etwas wusste.

Mit Gewissensbissen kämpfend, schlug er den Terminkalender auf. Auf den ersten Blick wurde deutlich, dass es sich um eine Art Tagebuch handelte, dem Rossi die andere Seite seines Ichs anvertraute, die düstere Schwermut, die ihn an den Rand der Verzweiflung getrieben hatte. Die Schriftzüge waren unausgeglichen, holprig und winzig klein. Es gab Strichmännchen, kleine Kritzeleien, die aussahen wie Dämonenfratzen. Und ein Versrätsel, das Costa auswendig kannte …

As I was going to St. Ives
I met a man with seven wifes.

Wie gebannt las er weiter. Das Buch war das Ventil, über das Luca Rossi seinen inneren Ängsten freien Lauf ließ, und sie wurden alle erwähnt: Falcone, Teresa Lupo, Sara Farnese. Niemand blieb verschont, kein noch so kleines Detail ausgespart. Es überraschte ihn nicht, dass Rossi die Sozialarbeiterin aus dem Zimmer fernhalten wollte.

Costa las noch zwei Seiten, steckte das Tagebuch unter seinen Sakko, ging ins Wohnzimmer, verabschiedete sich höflich und verließ die Wohnung.

Sechsundfünfzig

»Du hast geschrien. Als ich …« Verlegen verstummte er.

Sie musste lachen. Es war heller Vormittag. Draußen vor den Fenstern dröhnte der Verkehr. Gegen acht war Gino Fosse nach Hause gekommen, hatte geduscht, sich ins Bett gelegt, ohne sie zu stören, und war eingeschlafen. Dann hatte sie ihn behutsam geweckt, ihm mit flinken, kundigen Fingern über den nackten Körper gestrichen, sich über ihn gebeugt und lockend ihre Brüste geschwenkt, bis sich seine Lippen um eine Brustwarze schlossen und sie spürte, wie sich sein Glied regte, größer und kräftiger wurde.

»Als du was?« wollte sie wissen. Sie lagen noch immer eng umschlungen, und sie fühlte, wie seine Erregung nachließ.

»Das weißt du genau.« Seine Augen verdüsterten sich flüchtig. Es gab so vieles, was sie nicht über ihn wusste, was er ihr nicht sagte. Wo er seine Nächte verbrachte. Womit er sein Geld verdiente. Mit Einbrüchen und Diebstählen, nahm sie an. Das würde sie nicht stören. Von irgendwas mussten sie schließlich leben. Aber warum musste sie ihn so genau überwachen, wenn er nur ein kleiner Dieb war? Warum bestanden sie so energisch darauf, dass sie sie sofort anrief, sobald er die Wohnung verließ, und ihnen haargenau berichtete, worüber sie gesprochen hatten?

»Sag es. Sprich es aus«, forderte sie.

Die Röte auf seinen Wangen vertiefte sich. »Als ich kam. Du hast es gespürt.«

»Aber natürlich«, lachte sie. »Was hast du denn geglaubt?«

Sie warf die Haare in den Nacken. Ihre Zähne schimmerten in der Morgensonne. Ein feiner Schweißfilm lag auf ihrer jungen Haut. »Die anderen müssen sich immer was überstreifen. Aber bei dir ist es anders, Gino. Bei dir möchte ich fühlen, wenn es passiert. Natürlich würde ich es auch so wissen. Ich bin gut. Oder nicht?«

»Ja, du bist gut. Aber warum? Warum bin ich anders?«

Sie blickte ihm direkt in die Augen. »Weil du nichts für selbstverständlich hältst. Weil du zärtlich und liebevoll bist.«

Ihr Verhältnis war ein Rätsel für ihn, das er nicht lösen konnte. Er hatte kein Verlangen nach Irena empfunden, jedenfalls nicht am Anfang. Aber dann war etwas anders geworden. Er, nicht sie.

»Was fühlst du, wenn es passiert?«

Sie dachte nach. Das hatte sie noch niemand gefragt. Er sah es ihrem Gesicht an, und verspürte fast so etwas wie Stolz, der Erste zu sein. »Dass da etwas von dir in mir ist. Und bleibt, wenn ich es will. Bleibt und wächst. Vielleicht ein Kind wird.«

Sein Gesicht wurde kalkweiß. Abrupt löste er sich von ihr und kroch unter die Bettdecke. Sein plötzliches Entsetzen erschreckte sie, dieser sonderbare, innere Schmerz, der sich als verärgerte Abscheu zu tarnen schien.

Sie strich ihm über das schweißnasse Haar. »Die anderen müssen bei mir immer ein Kondom tragen, habe ich vorhin gesagt.«

Er hatte die Augen geschlossen. Sie fragte sich wieder, wo er in der Nacht gewesen war und warum er beim Nachhausekommen so komisch gerochen hatte. Irgendwie nach verbranntem Fleisch.

»Aber es kann nichts passieren, Gino. Das ist unmöglich.«

Er sah ihr ins blasse, junge Gesicht, vergewisserte sich, ob sie die Wahrheit sagte. »Ich bin zu Hause einmal schwanger geworden. Es gibt Mittel und Wege, so etwas zu beseitigen, bevor es zum Problem wird. Sie haben gepfuscht. Ich kann keine Kinder mehr bekommen. Nie mehr. Ich lasse sie die Dinger nur überziehen, um mir keine Krankheit einzufangen. Aber ich kann träumen. Wir beide können träumen, wenn wir es wollen.«

Er ließ zu, dass ihre Fingerspitzen über seine Wange wanderten, einen hastigen kleinen Rhythmus auf seine Lippen klopften. Sie senkte den Kopf und küsste ihn.

»Familien bringen einen um«, sagte Gino Fosse. »Sie schädigen einen fürs Leben.«

»Manchmal schon. Aber weißt du etwas Besseres?«

Ihm fiel keine Antwort ein.

Sie brachte ihre Lippen an sein Ohr. »Wenn du in mir kommst«, flüsterte sie heiser, »spüre ich etwas Warmes, Lebendiges in mir, als würdest du mir dein Leben schenken. Es ist wie ein Wunder. Es macht mich atemlos glücklich.«

Niemals war ihm bei seinen flüchtigen sexuellen Abenteuern in der Vergangenheit der Gedanke gekommen, es könnte sich bei der körperlichen Vereinigung um beiderseitige Empfindungen handeln. Der Akt hatte stets nur seiner eigenen, flüchtigen Befriedigung gedient. Er hatte Tertullians Aussage – »Ihr seid die Schwelle zur Hölle« – immer wörtlich genommen und geglaubt, dass eine Frau ein stets bereites, gefühlloses, teilnahmsloses Objekt war, an dem er seine Lust stillen konnte.

Er sah sich um. Das Zimmer war schmuddelig und unaufgeräumt. Ihre Kleidungsstücke lagen auf dem Fußboden verstreut. Seine inzwischen fast leere Tasche stand auf dem fleckigen Teppich. Er hatte nur noch die Pistole und ein wenig Munition. Das musste reichen.

»Erzähl mir von dir«, sagte sie. »Von deiner Familie.«

Mit kalten, leeren Augen sah er sie an, und sie wünschte, sie hätte ihren Mund gehalten.

»Warum? Was willst du von ihnen?«

»Nichts.« Warum reagierte er derart ungehalten? Es war schließlich eine ganz normale Frage. »Ich würde gern mehr über dich erfahren. Ich möchte wissen, was dich zu dem gemacht hast, was du bist.«

»Ich bin ich. Meine Familie hat damit nichts zu tun«, sagte Gino Fosse. Es wäre töricht und unredlich, anderen die Schuld zuzuschieben. Keine Familie, keine Folge von Ereignissen hatten ihn zu dem gemacht, was er war. Er dachte an den TV-Moderator auf dem Rost, an das Entsetzen in seinen Augen. Dafür war er verantwortlich, er allein. Es war eine bewusste, vorsätzliche Tat mit eindeutiger Absicht gewesen. So wie er vor zwanzig Jahren oder mehr einer lebenden Katze das Fell abgezogen hatte. Die Veranlagung, der Keim war schon immer in ihm gewesen. Es bedurfte nur eines Funkens, einer Anregung, ihn wachsen und aufbrechen zu lassen.

Bevor das alles begann, hatte er stundenlang die Bilder von Märtyrern in den Kirchen betrachtet, die Heiligen in ihrer Qual angestarrt und sich gewünscht, ihre letzten Worte hören zu können. *Sie* waren anders. Arturo Valena hatte obszön geflucht und geschrien. Alicia Vaccarini starb schluchzend und uneinsichtig. Er erinnerte sich an den Engländer und sein ersticktes Röcheln, als er auf der Tiber-Insel seine Haut und sein Leben verlor. Und an Rinaldis törichte, begriffsstutzige Frau. Das alles waren inzwischen ferne Erinnerungen. Die Ereignisse der letzten Nacht kamen nicht allein auf sein Schuldkonto. Hanrahan trug eine gewisse Verantwortung. Der Ire hatte sein Netz weit gespannt und anhand abgehörter Telefonate, Fosses heimlicher Fotos und gestohlener Gegenstände eine Unmenge Informationen gesammelt. Er kannte Namen und Daten. Flüsterte sie Fosse unablässig ins Ohr. Dennoch klebte kein Blut an Hanrahans Händen. Er mochte die Mittel und Wege ersonnen haben, aber die Tat hatte Gino Fosse verübt.

Und dann waren da die Polizisten. Das hätte Hanrahan nie gebilligt. Selbst er kannte Grenzen.

»Was machst du?«, fragte sie. »Wohin gehst du, wenn du diese Wohnung verlässt? Wer bist du, Gino?«

Er musterte sie finster. Sie sollte es eigentlich besser wissen. Sie war ohnehin schon gefährdet genug. »Frag mich nicht.«

»Aber ich möchte es wissen!«, bettelte sie.

Er schloss die Augen und wünschte sie weit fort. Das Ende war nahe. Diese Unterhaltung verunsicherte ihn. Genau wie die Erklärung, dass sie ihn in sich fühlen konnte, dass zwei Menschen auf eine so seltsame und intime Weise eins werden konnten. Es war wie eine plötzliche, aber flüchtige Erleuchtung und genauso schockierend wie die glitzernden Augen hinter dem Altar in San Lorenzo in Lucina. Sie brachte seine Entschlossenheit ins Wanken. Zeigte die Welt in einem anderen Licht.

Gino Fosse stand auf, holte die Pistole aus seiner Tasche und legte sie in ihre Hand. »Ich bringe Erlösung«, sagte er. »Den Menschen, die es nicht anders verdient haben.«

Ihr Gesicht verfiel. Ihre Finger blieben gestreckt, weigerten sich, den Griff zu umfassen. Plötzlich wirkte sie wieder unglaublich jung. Jung und verängstigt. Sie weiß, was man mit einer Pistole macht, dachte Gino Fosse. Er rief sich in Erinnerung, woher sie kam. Vielleicht hatte sie persönliche Erfahrungen.

»Warum?«, fragte sie und gab ihm die Waffe zurück.

»Das habe ich doch schon gesagt. Weil sie es verdient haben. Weil ihre Sünden nach Rache schreien.«

Aber nicht die Polizisten. Sie hatten es nicht *verdient.*

Sie wischte sich mit dem Arm über die Augen wie ein Kind.

»Komm mit«, sagte sie. »Wir könnten fortlaufen, fliehen.«

»Wohin?«

»An die Küste vielleicht. Rimini. Da soll es sehr schön sein.«

Er dachte an das Meer, das endlose Meer, und wie die blaue Flut alles mit sich nahm.

»Das könnte mir gefallen«, sagte er.

Gino Fosse ging zu seiner Tasche und zog einen dicken Umschlag heraus. Er zählte ein paar Geldscheine ab und streckte ihr den Rest entgegen. Sie starrte das Geld an. Es war mehr, als sie je gesehen hatte.

»Ich bin noch nicht ganz fertig. Ich habe noch eine Arbeit zu erledigen. Irena ...« Er beugte sich vor und küsste sie auf die Stirn. Seine Zärtlichkeit überraschte ihn. »Aber du musst fort. Jetzt gleich. Fahr nach Rimini. In zwei Tagen treffen wir uns dort am Strand.«

Sie ließ das Kinn auf die nackte Brust sinken. Er wollte glauben, dass auch sie gelogen hatte, als sie behauptete, sie könne ihn warm und lebendig in sich spüren. »Ihr seid die Schwelle zur Hölle.« Tertullian hatte Recht. Daran musste er glauben. Wenn er das nicht tat, könnte er nicht der Gino Fosse sein, den er kannte, den er verstand. Dieser Gino hatte in San Lorenzo die Ratten tuscheln gehört, hatte die uralten, anonymen Köpfe im Lateran herausgefordert, ihre wahren Namen preiszugeben.

Es gab keine andere Wahl. Er griff nach ihrer Hand, schloss ihre Finger um die Banknoten.

»Geh«, befahl er und reichte ihr die Flasche billigen Sekt. »Nimm sie mit. Wir werden sie gemeinsam austrinken.«

Tränen standen in ihren Augen. Sie wagte es nicht, ihn einen Lügner zu nennen.

Gino Fosse sah zu, wie sie ihre wenigen Habseligkeiten zusammenpackte und zur Tür ging, ohne sich noch einmal umzudrehen. Bald würde das Telefon klingeln. Schon bald würde eine weitere Erlösung stattfinden.

Siebenundfünfzig

Bis auf ein paar Polizisten, die in einiger Entfernung Papierkram sortierten, war der große Dienstraum leer. Falcone organisierte die Schutzmaßnahmen für Denneys Abflug. Er hatte Teams überall in der Stadt stationiert und weitere am Flughafen. Fast jeder in der Abteilung war mit dem Fall befasst. Nur Nic Costa saß an Luca Rossis altem Schreibtisch, trank einen Becher bitteren Kaffees aus der Maschine und versuchte, einen klaren Kopf zu bekommen. Es war eine Wohltat gewesen, Falcone seinen Dienstausweis zuzuwerfen. Auf der Polizeistation fragte ohnehin niemand danach. Jetzt betrachtete er sich wieder als Bürger in Zivil und stellte überrascht fest, dass seine Gedanken jetzt Wege einschlugen, die ihm in der Vergangenheit irgendein innerer Widerstand verwehrt hatte.

Schritte hallten durch das große, leere Büro. Mit einem Aktenordner in der Hand kam Teresa Lupo auf ihn zu. Sie sah einfach schrecklich aus, um Jahre gealtert. Costa fragte sich, ob man sie jemals wieder Crazy Teresa nennen würde.

»Danke, dass Sie gekommen sind«, sagte er.

»Als Sie anriefen, wollte ich gerade gehen. Ich muss Falcone ein paar Unterlagen bringen. Worum geht's?«

»Ich möchte nur ein wenig mit Ihnen reden.«

Sie musterte ihn prüfend. »Heute Nachmittag muss ich Luca sezieren. Wenn Sie ihn noch einmal sehen wollen, wäre jetzt der geeignete Zeitpunkt.«

»Offen gestanden habe ich in den letzten Tagen genug Tote gesehen.«

Sie setzte sich und und legte den Ordner auf den Schreibtisch. »Ich auch. Und ich hätte nie gedacht, dass ich das einmal sagen würde.« Sie betrachtete ihn überrascht. »Was machen Sie eigentlich hier, Nic? Falcone scheucht doch jeden verfügbaren Mann auf die Straße.«

»Vermutlich will er mich nicht dabei haben. Ich soll Lucas letzte Angelegenheiten regeln. Mit den Leuten vom Pensionsfonds sprechen. Die Dinge erledigen, die nun einmal nötig sind, wenn ein Polizist getötet wird.«

Sie schüttelte den Kopf. »Es gibt doch genügend Angestellte, die auf diese Weise ihr Geld verdienen. Damit braucht er doch nicht Lucas Partner zu belasten.«

»Es macht mir nichts aus. Er hat eine Schwester. Wussten Sie das? Luca hat sie aus dem Heim geholt und sich zu Hause um sie gekümmert.«

Nic Costa zog das Foto aus der Tasche und streckte es ihr entgegen.

»Was?« Sie seufzte. »Davon hat er nie ein Wort erwähnt.« Versonnen und zärtlich fuhr sie mit den Fingern über das Foto.

»Luca hat offenbar auch eine Art Tagebuch geführt.« Er schob ihr den Terminkalender zu.

Teresa Lupo schlug ihn auf. Eine Minute später hob sie den Kopf und sah ihn an. »Wer hätte gedacht, dass dieser Riese so schreibt? Das sieht ja aus wie die Handschrift eines kleinen Mädchens. Was für ein wirrer, armer Kerl. Und dann diese verrückten Kritzeleien ...«

Die Einträge trugen Daten, Zeiten und flüchtig notierte Überschriften. Es war ein Journal, aber eins, das von Rossis Überlegungen und Eindrücken bestimmt wurde, nicht von tatsächlichen Ereignissen.

»Er hat seine Gedanken aufgeschrieben«, sagte Costa. »Ich habe gerade eine Stunde in seinem Kopf verbracht und will verdammt sein, wenn ich da wieder herausfinde. Die Aufzeichnungen beginnen am Tag nach dem Unfall auf der Autobahn, als er dachte, er würde durchdrehen. Es ist …«, er brach ab und suchte nach den richtigen Worten, »… ein bisschen verrückt, zumindest am Anfang. Und manches verstehe ich überhaupt nicht. Rossi hat allen Ernstes befürchtet, den Verstand zu verlieren. Später schreibt er über Sie. Dann über Falcone. Und mich.« Er machte eine winzige Pause und sah sie an. »Das alles war nicht für die Öffentlichkeit bestimmt. Sie brauchen sich nicht gekränkt zu fühlen.«

Teresa Lupo blätterte, hielt inne und las. »Er fand mich also süß? So hat mich noch niemand bezeichnet. Niemals.« Dann drehte sie die Seite um und verstummte.

»Das geht schon in Ordnung«, sagte er. »Ich bin nicht beleidigt. Lesen Sie es laut vor. Vielleicht macht es dann mehr Sinn.«

»›Das Jüngelchen Costa.‹« Teresa Lupo dämpfte die Stimme, obwohl der Raum nahezu leer war. »›Sehr schlau. Unglaublich naiv. Warum ausgerechnet ich, zum Teufel?‹ Was meint er damit?«

»Weiter«, sagte Costa. »Da kommt noch mehr.«

Ein paar Seiten später äußerte sich Luca Rossi erneut über Costa und nahm wahrlich kein Blatt vor den Mund. Die unverblümte Gehässigkeit des Toten überraschte Teresa Lupo. Sie hatte nicht gewusst, wie sehr er es verabscheute, Costas Partner zu sein. Costas Arglosigkeit schien ihn maßlos gereizt zu haben, besonders aber seine Einstellung zum Vatikan.

»Ich will mir das nicht länger antun«, sagte sie, klappte das Buch zu und legte es auf den Schreibtisch. »Das hilft keinem weiter. Luca hat sich einfach Luft gemacht. Das hat gar nichts zu bedeuten.«

»Glauben Sie, dass er wütend auf mich war?«

»Möglicherweise. Oder auf sich selbst. Keine Ahnung.«

»Sie haben noch nicht genug gelesen«, stellte Costa fest. »Er war auf Falcone sauer. Er konnte einfach nicht verstehen, warum der Mann mir vertraute. Luca glaubte, dass ich mir vorschnelle Urteile anmaßte und nicht genügend Fragen stellte. Vielleicht hatte er Recht.«

»Empfinden Sie keinen Zorn auf einen Toten, Nic. Luca hat Sie gemocht. Das hat er mir selbst gesagt, und das ist schließlich wichtiger als irgendwelcher Mist in einem Tagebuch.«

»Moment! Ich bin überhaupt nicht zornig auf ihn. Ich könnte mich ohrfeigen, im Gegensatz zu ihm so blind gewesen zu sein. Luca konnte nicht begreifen, warum Falcone mich ständig in den Vordergrund schob. Sara Farnese so bereitwillig im Landhaus wohnen ließ. Mir vorschlug, so zu tun, als hätten wir eine Liebesbeziehung. Als ob ...«

Es konnte ein Fehler sein, jetzt auch nur ein Wort mehr zu äußern. Er war sich ihrer gespannten Aufmerksamkeit ebenso bewusst wie seines Unbehagens, sie mit seinem Problem zu belasten.

»Was ich da höre, gefällt mir nicht, Nic.«

»Dann vergessen Sie, dass ich etwas gesagt habe. Aber ich muss mir ein paar Fragen stellen. Warum ich? Warum nicht jemand mit mehr Erfahrung?«

»Sie haben gute Arbeit geleistet.«

»Darum geht es nicht. Ich habe nur getan, was mir aufgetragen wurde. Wie immer und ohne zu fragen. Und ich hätte mehr Fragen stellen sollen. Ich hätte Luca Gelegenheit geben müssen, mir das alles direkt zu sagen, anstatt es in irgendein Buch zu schreiben, von dem er annahm, niemand würde es lesen.«

Er griff nach dem Terminkalender und schlug ihn ziemlich weit hinten auf. Hier wirkten die Kritzeleien noch ausgeprägter, als hätte Rossi seine Notizen in größter Eile zu Papier gebracht. Costa zeigte mit dem Finger auf die Stelle, die er meinte. Teresa Lupo nahm ihm das Buch ab und und runzelte die Stirn.

»›Rinaldi: Drogen im Bad. Und man hat sie übersehen! Mitteilung im Rechner. Verabredung mit dem Mörder. Und auch das hat man übersehen! Sind wir Glückspilze oder was? Und dann hat an diesem Morgen auch noch jemand aus dem Vatikan angerufen, um einen Termin zu vereinbaren. Fosse? Nein. Er war verbannt. Also wer?‹«

Sie sah ihn an, und er war sich ganz sicher: Teresa Lupo hatte Angst.

»Das war die entscheidende Frage, und es ist mir unbegreiflich, dass ich sie nie gestellt habe. Gino Fosse kann die Verabredung mit Rinaldi nicht getroffen haben. Er war mehr als eine Woche früher aus Denneys Büro entlassen worden. Rinaldis Verhalten in der Bibliothek, die Art und Weise, wie er sich nach Kameras umsah, wies eindeutig darauf hin, dass es einen Komplizen gab. Jemand mit Zugang zu Denneys Büro. Aber wir ließen uns von den Ereignissen überrollen, ohne auch nur einmal innezuhalten und uns zu fragen, was da eigentlich wirklich vor sich ging.«

»Sie hatten es mit einem Serienmörder zu tun. Sie wussten, um wen es sich handelte. Nic? Was vermuten Sie noch?«

Er ignorierte ihre Frage. »Und dann noch eins. Ich habe mich vergewissert. Bevor uns Falcone in Rinaldis Wohnung schickte, hatten sechs in der Beweissicherung erfahrene Männer die Räume durchsucht. Sie haben gelesen, was Rossi hier schreibt? Er fragte sich, wie sie zwei derart offensichtliche und entscheidende Hinweise übersehen konnten.«

»Menschen machen Fehler. Leider kommt das immer wieder vor.«

»Nein. Nicht auf diese eklatante Weise. Rossi hat es von Anfang an stutzig gemacht.«

»Und warum hat er mit niemandem darüber gesprochen?«

»Mit wem denn? Mit mir? Das hat er versucht, davon bin ich überzeugt. Aber ich wollte ihm nicht zuhören, und sehen Sie sich an, was er dazu in seinem Tagebuch schreibt. Er traute mir nicht zu, die Sache so vorsichtig und diskret zu behandeln, wie sie es seiner Meinung nach verdiente. Er ging davon aus, dass ich Zeter und Mordio schreien würde, sobald ich die Wahrheit ahnte. Er wollte mich schützen. Und sollte er etwa mit Falcone darüber sprechen? Wenn Luca richtig vermutete, gab es in Rinaldis Apartment nichts zu finden. Irgendjemand – vielleicht Hanrahan – hat die Beweise später dort deponiert. Und dann schickte uns Falcone los, damit wir sie entdecken. Was meinen Sie, welche Rückschlüsse Luca daraus gezogen hat?«

Misstrauisch blickte Teresa sich um, ob sie jemand belauschte. »Zu verwegene vielleicht. Sie müssen nach einfachen Antworten suchen. Bringt man Ihnen das nicht schon in der Ausbildung bei?«

»Man muss nach den Antworten suchen, die Sinn machen. Glauben Sie etwa, dass Gino Fosse all diese Taten ganz allein verübt hat? Dass er Sara Farneses Ex-Liebhaber zur Hölle schickte, als würde er eine Liste mit Todeskandidaten abhaken? Dass er nicht irgendwo irgendwelche Helfershelfer hat?«

Teresa Lupo blieb stumm. Das war kaum glaubhaft. Es musste Mittäter, Auftraggeber geben.

»Ich werte Ihr Schweigen als Nein«, fuhr Nic Costa fort. »Dann können wir vielleicht zum nächsten Punkt übergehen. Sind Sie wirklich der Meinung, es geht hier um Sara Farnese? Warum hat er sie nicht einfach umgebracht, wenn ihn ihr Lebenswandel so empörte? Die beiden haben miteinander gesprochen, als ich halb bewusstlos am Boden lag. Sie konnte diesen Wahnsinnigen irgendwie dazu überreden, uns beide zu verschonen. Und wissen Sie warum?«

»Nein.« Ihr Gesicht sagte alles. Es schien unerklärlich, geradezu absurd zu sein, dass sie beide mit dem Leben davongekommen waren.

»Darauf gibt es nur eine Antwort. Weil ich nicht wichtig war. Und sie ebenso wenig, auch wenn sie ein Auslöser für seine Taten zu sein scheint. Ein Auslöser, den jemand sehr geschickt bedient hat. Und wie?«

»Keine Ahnung. Er ist ein Psychopath, Nic. Sie haben die Fotos doch selbst gesehen. Er ist sexuell von ihr besessen.«

»Und das reicht Ihnen? Nein. Jemand hat ihn manipuliert.

Absichtlich. Und dann hetzte man uns auf seine Fährte, wohl wissend, welche Richtung wir einschlagen würden, weil die längst vorgezeichnet war.«

Es schien die einzige logische Erklärung zu sein, auch wenn es noch einige Lücken gab. »Und das Ziel hieß von Anfang an Michael Denney«, fuhr Costa fort und dachte an den Mann mit der Caravaggio-Kopie an der Wand seiner kärglichen Behausung, den Mann, der sich verzweifelt nach einem Leben jenseits der Vatikanmauern sehnte.

»Ich fiel auf die simulierte Verabredung herein. Wie beabsichtigt, brachte ich Denney prompt mit dem Fall in Verbindung. Luca wollte mir die ganze Zeit zu verstehen geben, dass da etwas nicht stimmen kann. Jetzt zappelt der Mann an Falcones Haken. Er hat die Beweise erhalten, die den Vatikan gezwungen haben, den Mann vor die Tür zu setzen.«

In seinem Kopf überschlugen sich die Gedanken. »Und der Mann im Hintergrund kann nicht Falcone sein.«

Sie legte ihm eine Hand auf den Arm. »Sie gehen zu weit, Nic. Die Welt ist nun einmal nicht nur schwarz und weiß. Manchmal muss man auch mal ein Auge zudrücken. Lassen Sie die Sache auf sich beruhen.«

Er blickte sie direkt an. »Ich will aber kein Auge zudrücken. Dafür bin ich nicht Polizist geworden. Denken Sie an die Menschen, die Denney am liebsten tot sähen. Ein paar Politiker. Ein paar Mafiosi. Ein paar Leute, die im Vatikan mit ihm zusammengearbeitet haben. Man kennt sich untereinander. Luca hat das gewusst. Ich war so dumm, nicht auf ihn zu hören. Fosse treibt sein Unwesen in Rom, ein durchgeknallter Priester, der, soweit uns bekannt ist, an keinem Tag seines Lebens für sich selbst sorgen musste. Jemand unterstützt ihn. Jemand stattet ihn wahrscheinlich mit Waffen und Geld aus. Falcone kann das nicht. Das Risiko wäre zu groß. Ich bezweifle auch, dass es jemand aus dem Vatikan ist. Aber es gibt jede Menge Kriminelle, die jederzeit zu allen möglichen Dienstleistungen bereit sind. Wir haben uns leichtfertig zu der Annahme verleiten lassen, da wäre ein Wahnsinniger am Werk. Aber so ist es nicht. Hier geht es um eine gezielte, organisierte Kampagne. Drei unterschiedliche Gruppierungen, jede mit ihrer eigenen Agenda, arbeiten zusammen, um Michael Denney aus dem Vatikan zu locken, weil es ihnen allen in den Kram passt. Ich bin da mitten hineingestolpert und habe genau das getan, was sie wollten. Jetzt sind Luca und ein weiterer Kollege tot, und Falcone läuft mit einer Miene herum, die man fast für schuldbewusst halten könnte.«

Teresa Lupo kniff die Augen zusammen. »Verurteilen Sie niemanden, ohne die Fakten zu kennen. Sich selbst nicht, und auch nicht Falcone. Es war Gino Fosse, der diese Menschen getötet hat. Wer oder was ihn auch immer dazu gebracht haben mag. Was ich von Ihnen gehört habe, sind Vermutungen. Luca hatte einen Verdacht, mehr nicht. Es gibt keine schlüssigen Beweise. Lediglich eine Reihe von Widersprüchlichkeiten.«

»Widersprüchlichkeiten«, wiederholte er. »So kann man es auch nennen. Warum hat Gino Fosse überhaupt angefangen zu töten? Er war offenbar schon immer ein übler Zeitgenosse, aber nichts weist darauf hin, dass er früher schon jemanden umgebracht hat. Also was hat ihn zum Mörder gemacht?«

Er erinnerte sich an das Foto im Fernsehen, das Sara in enger Umarmung mit dem alten Mann zeigte. »Ich schätze, sie waren ein Liebespaar«, fuhr er fort. »Sara und Denney. Sie hat das zwar bestritten, aber in diesem Punkt glaube ich ihr nicht. Gino Fosse kannte sie von seiner Tätigkeit im Vatikan. Er wusste von irgendwoher, dass sie mit allen möglichen Männern schlief, aber zunächst nicht, dass auch Denney dazugehörte. Als er das herausfand …«

Er wartete vergebens, dass Teresa Lupo einen Einwand machte. »Was dann? Ist er einfach durchgedreht? Es sieht aus, als wäre das die einzige Erklärung, aber sie reicht mir nicht. Gino Fosse ist nicht bei Sinnen. Daran hege ich nicht den geringsten Zweifel. Das zeigt schon die Art und Weise, wie er seine Opfer umbrachte. Aber das erklärt noch lange nicht, warum er zu morden begann.«

Nic Costa dachte an Sara. Sie war eine außergewöhnliche Frau. Und nicht allein wegen ihrer Schönheit. Sie strahlte etwas aus, das ihn unwiderstehlich anzog und ihm das Gefühl gab, mit ihr könnte sein Leben erfüllter sein, vollkommener. Gino Fosse könnte ähnlich empfunden haben. Warum nicht? Aber das war doch keine Erklärung für eine Mordserie.

»Es macht einfach keinen Sinn«, dacht er laut nach. »Dass Fosses Taten eine Reaktion auf ihren lockeren Lebenswandel sein sollen.« Costa erinnerte sich an den Glockenturm auf der Tiber-Insel mit seinem Geruch nach Blut und Tod. Und die geheimnisvollen Worte an den Wänden.

»Ich bin ein kompletter Idiot«, sagte er fast erstaunt. »Gino Fosse selbst hat uns geraten, nicht dem Augenschein zu vertrauen. Deshalb hat er diesen Vers an die Wand geschrieben. Er wusste, dass wir in der falschen Richtung suchen würden. Er hat sich über uns lustig gemacht.«

Teresa Lupo musterte ihn prüfend. Ihr gefiel nicht, was sie in seinen Augen sah. »Darf ich Ihnen einen guten Rat geben? Gehen Sie nach Hause. Nehmen Sie einen Drink. Lesen Sie ein Buch, was auch immer. Falcone hat Sie nicht ohne Grund von diesem Fall abgezogen. Sie können nichts mehr tun.«

Nic Costa griff in seinen Sakko, zog die Dienstpistole heraus und legte sie auf den Schreibtisch. Es war eine Beretta 92FS Halbautomatik, die Standardwaffe der römischen Polizei. Das Magazin war voll. Er hatte die zusätzliche Visiereinrichtung am Lauf befestigt, um die Pistole treffsicherer zu machen. Viel würde das nicht bringen. Nic Costa war ein lausiger Schütze.

»Und damit wollen Sie die Welt in die Schranken weisen?«, erkundigte sie sich.

»Ich bin nicht ohne Grund Polizist geworden.«

»Das sagen alle, Nic! Vermutlich auch Luca, als er seinen Amtseid ablegte. Falcone ebenfalls. Doch irgendwann findet man sich mit den Realitäten ab. Man geht Zugeständnisse ein, bevor man zerbricht.«

Er fuhr mit den Fingern über das schwarze Metall. »Zählt zu diesen Zugeständnissen auch das stillschweigende Einverständnis mit einem behördlich sanktionierten Mord? Denn genau darum geht es hier doch, wenn ich mich nicht sehr irre. Falcone will Michael Denney nicht festnehmen. Er will nur einen Schritt zur Seite treten, damit irgendein Verbrecher aus dem Schatten treten und die Tat ausführen kann. Was gilt die Wette, dass auch Fosse nicht mit dem Leben davonkommt? Und was bringt es Falcone ein? Eine weitere Auszeichnung. Er kann den Fall zur Zufriedenheit aller abschließen, ein paar Leichen in die Leichenhalle bringen lassen, die seiner Meinung nach ohnehin dorthin gehören, und vermutlich nebenbei ein paar Scheinchen kassieren. Ist es das erste Mal? Hat Luca davon gewusst? Bin ich der Idiot hier? Der Einzige, der nicht weiß, was hier gespielt wird?«

Sie schwieg. Das war ihm Antwort genug. Möglicherweise hatte Luca Rossi sogar mit ihr darüber gesprochen.

»Die Waffe hilft Ihnen nicht weiter«, sagte Teresa Lupo.

»Ich weiß. Ich wollte sie ohnehin abgeben. Ich quittiere den Dienst. Heute früh habe ich Falcone meinen Dienstausweis hingeschleudert. Genug ist genug.«

»Na prächtig«, stöhnte sie. »Ich könnte mir vorstellen, dass ihn das ungemein beeindruckt hat. Was meinen Sie, wie oft ihm das in der Woche passiert? Er genießt es förmlich. Sie können alles wieder zurücknehmen, Nic. Betrachten Sie es als Teil der Einarbeitung.«

»Einarbeitung in was? Eine Welt der Kompromisse? Eine Welt, in der man bereit ist, allen möglichen Ganoven und Verbrechern Zugeständnisse zu machen, weil das der einfachste Weg zur Erreichung seiner Ziele ist?«

»Es gibt Leute, die das als pragmatisch bezeichnen würden.«

»Ich weiß«, sagte er. »Falcone. Unser Mann im Vatikan. Leute, denen es nützt. Ich nicht.«

»Was wollen Sie erreichen?«

»Etwas. Hoffentlich.« Die Worte klangen selbst in seinen Ohren hohl. »Einen Versuch unternehmen, dafür zu sorgen, dass so etwas sich nicht wiederholt.«

»Und wenn Sie sich irren?«

»Dann habe ich mich zum Trottel gemacht. Was wäre daran neu?«

Sie schloss die Augen. »Gibt es irgendetwas, womit ich Sie von diesem Irrsinn abbringen kann?«

Er zuckte mit den Schultern. »Das bezweifle ich.«

»Sie sind ein trotziges Kind.«

»Ich bin siebenundzwanzig Jahre alt. Also kein Kind. Nicht mehr.«

Teresa Lupo zog eine Zigarettenschachtel heraus und steckte sich eine an. Der Rauch kräuselte sich auf das offen stehende Fenster zu, trieb in den heißen Morgen hinaus. »Nein«, sagte sie schließlich. »Wissen Sie, was Luca an Ihnen am meisten beunruhigte? Ihre Hartnäckigkeit. Dass Sie sich auch dann noch in Dinge verbeißen wie ein Terrier, wenn jeder normale Mensch längst aufgeben würde. Luca wusste über Falcone Bescheid. Wie wir alle. Und jetzt hören Sie mir gut zu, Nic. Das macht ihn noch nicht zu einem schlechten Polizisten. Natürlich lässt sich eine Menge gegen sein Verhalten einwenden, aber Sie glauben doch nicht etwa, dass er einverstanden gewesen wäre, wenn er gewusst hätte, dass es seine eigenen Männer das Leben kosten würde, oder?«

»Ich bin mir nicht sicher.«

»Aber ich«, erklärte sie bestimmt. »Und er ist auch nicht bestechlich. Er ist lediglich davon überzeugt, dass der Zweck die Mittel rechtfertigt. Und das ist eine Einstellung, die mitunter furchtbare Konsequenzen hat.«

Nic Costa überlegte. Vermutlich lag sie gar nicht so falsch. Er dachte an Falcones verbitterten Gesichtsausdruck. »Selbst wenn Sie Recht haben sollten. Na und? Das macht weder Luca wieder lebendig noch mich zu Falcones Verbündetem.

Lasten Sie es meinem alten Herrn an. Es muss in den Genen liegen.«

»O Gott.« Teresa Lupo betrachtete ihn prüfend und griff dann nach ihrem Aktenordner. »Was soll's. Irgendwann muss man auch mal ein Risiko eingehen. Hier …«

Sie entnahm dem Ordner zwei einseitige Berichte und schob sie ihm zu.

»Was ist das?«

»Sie wollten doch wissen, warum Fosse zu morden begann. Das Motiv erfahren. Da haben Sie es, und es handelt sich um Fakten, die niemand von uns auch nur ahnen konnte. Selbst Falcone nicht, obwohl irgendjemand mit Sicherheit Bescheid gewusst haben muss.«

Costa vertiefte sich in die beiden Berichte. Es waren DNA-Analysen von Beweisspuren, die man in Fosses Wohnturm entdeckt hatte. Er brauchte eine Weile, bis er begriff. Aber dann war es irgendwie auch eine Erleichterung: Das letzte und entscheidende Puzzleteil war gefunden.

Er blickte auf seine Armbanduhr. In anderthalb Stunden würde Denney ein Auto besteigen, um in ihm mit Sicherheit in den Tod zu fahren. Er erinnerte sich an den Tag, an dem er mit Sara vor San Clemente stand und sie ihm von der Päpstin Johanna erzählte, die von der wütenden Menge umgebracht wurde, als die ihre wahre Natur erkannte.

Teresa Lupo blickte ihn erwartungsvoll an. »Wir haben immer nur das angenommen, was wir annehmen sollten«, sagte Nic Costa. »Dass sie Denneys Geliebte war und mit den anderen Männern schlief, um ihm Vorteile zu verschaffen. Nie ist uns der Gedanke gekommen, dass es auch eine andere Erklärung geben könnte.«

»Nein«, murmelte sie bedauernd. »Zumindest nicht die.«

Er fuhr mit den Fingern über die Seite. Die dürren wissenschaftlichen Angaben beantworteten viele Fragen. Sie machten Sara gewissermaßen auch zum Opfer. »Ein Irrtum ist nicht möglich, Teresa?«

»Ausgeschlossen. Sara Farnese ist Denneys Tochter, Gino Fosses Schwester. Sie sind zweieiige Zwillinge. Ich habe mich in den Unterlagen der Führerscheinbehörde informiert. Sie kamen am selben Tag zur Welt. Er angeblich in Palermo, sie in Paris. Der Himmel mag wissen, wo sie tatsächlich geboren wurden, aber sie sind Zwillinge. Eine andere Erklärung gibt es nicht.«

Costa erinnerte sich an das, was sie ihm über ihre Kindheit in einem Pariser Konvent erzählt hatte. Während sie sich in der Obhut von Ordensschwestern befand, wurde er auf einem sizilianischen Bauernhof aufgezogen und auf eine kirchliche Schule gegeben, sobald er alt genug war. Und während der ganzen Zeit hatte Michael Denney nie den Kontakt zu ihnen verloren und es später geschafft, sie in seine Nähe zu holen, ohne sie übereinander aufzuklären. Vielleicht glaubte er, Gino Fosse würde die Wahrheit nicht verkraften. Vielleicht gefiel ihm die Geheimnistuerei. Jedenfalls wollte er seine Kinder um sich haben. Über die Gründe konnte Nic Costa nur Vermutungen anstellen.

»Sie macht das alles, weil er ihr Vater ist«, überlegte Costa laut. »Sie kennt seine Probleme und weiß, wie verzweifelt er nach einem Ausweg sucht. Also schläft sie mit jedem, den er ihr nennt, und lässt Fosse Fotos aufnehmen, um ihm ein bisschen Hoffnung zu geben, vielleicht sogar eine Chance. Aber es funktioniert nicht. Es macht sogar alles noch schlimmer, weil jemand von den miesen Spielchen weiß, die Gino Fosse spielt. Jemand, der seine Gründe hat, Denney aus dem Vatikan zu entfernen. Und so steckt er Gino Fosse, wer Sara Farnese wirklich ist. Fosse macht sich klar, dass Denney seine eigene Schwester gebumst hat, ihn dafür auch noch als Chauffeur und Paparazzo benutzte. O Gott …«

»Das würde mich auch wütend machen«, stellte sie fest. »Und ich bin halbwegs normal. Nic?«

Sie betrachtete ihn besorgt. Costa wirkte abwesend, wie erstarrt vor Schock.

»Nic?«

»Ich kann mich nicht zurücklehnen und zusehen, was da geschieht.«

Er zog sich das Telefon heran und wählte die Nummer des Landhauses. Marco meldete sich. Er hörte sich unbeschwert an, fast wieder jung.

»Kann ich kurz Sara sprechen?«

»Was meinst du damit?«, erkundigte sich Marco nach kurzem Schweigen. »Sie sagte, sie hätte dich angerufen, und du hättest nichts dagegen.«

»Wogegen?«

»Sie wollte ein paar Sachen aus ihrer Wohnung holen. Vor einer halben Stunde ist Bea mit ihr losgefahren.«

Fluchend griff Nic Costa nach der Pistole und steckte sie ein.

Achtundfünfzig

Es war elf Uhr vormittags, und das Wetter schien umzuschlagen. Der Himmel wirkte bedrohlich, und wie von elektrischer Aufladung festgehalten, hingen Wolken winziger Fliegen in der stickig-feuchten Luft. Der Luftdruck stieg. Teresa Lupo spürte, dass sie Kopfschmerzen bekam. Ein Blick in die verspannten Gesichter der Passanten sagte ihr, dass es ihr nicht allein so ging. Sie hatte eine Zivilstreife angesprochen und von den Männern erfahren, dass kurz vor zwölf ein neutrales Fahrzeug mit zwei Kriminalpolizisten an einem kleinen Hintereingang des Vatikan vorfahren würde, um Michael Denney abzuholen. Die Medien waren durch eine gezielte Fehlinformation auf eine falsche Fährte gelockt worden und hatten in der Via di Porta Angelica Stellung bezogen. Teresa Lupo war an dem Massenaufgebot an Reportern, Fotografen und Kameramännern vorbeigekommen, als sie zu Falcones Kommandozentrale fuhr, einem unauffälligen khakifarbenen Van, der jetzt in der Nähe der Bushaltestellen an der Piazza del Risorgimento parkte. Sie nahm an, dass er im passenden Moment in ein Auto springen würde, um Denney zum Flugplatz Ciampino zu folgen. Immer auf der Hut, dass Fosse jederzeit auftauchen konnte, um das zu tun, was von ihm erwartet wurde.

Sie fragte sich, wo man den Wahnsinnigen zuschlagen lassen würde. Mit Sicherheit nicht vor den Toren des Vatikan. Wenn Denney dort getötet würde, wäre die öffentliche Empörung über den mangelhaften polizeilichen Schutz größer als der Nutzen durch seinen Tod. Auch der Flugplatz kam nicht in Frage. Man konnte einem Mann, der einst mit Präsidenten diniert hatte, kaum zumuten, allein, mit einer Reisetasche in der Hand, über das Flugfeld auf eine Privatmaschine zuzulaufen. Nein, es musste woanders geschehen, und Teresa Lupo war fest entschlossen, das herauszufinden.

»Was wollen Sie denn hier?«, fragte Falcone missmutig, als sie den Wagen betrat. »Wir haben keine Leichen für Sie.«

Sie streckte ihm die Berichte entgegen. »Ich habe hier die DNA-Analysen. Ich dachte, sie würden Sie interessieren.«

Er starrte auf einen Bildschirm mit einem digitalen Stadtplan. In einer Nebenstraße der Piazza blinkte es rot. Teresa vermutete, dass das Denneys Fahrzeug war.

»Wir wissen alles, was wir wissen müssen.«

»Das glaube ich nicht.«

Er musterte sie verärgert. »Bilden Sie sich ein, mir auf die Sprünge helfen zu müssen?«

»Ich bin nur ein Bote. Ich überbringe Nachrichten.«

Er betrachtete die Papiere, rührte sie aber nicht an. »Nun?«

»Gino Fosse ist Denneys Sohn. Aber Sara Farnese nicht seine Geliebte, sondern seine Tochter. Sie und Fosse sind Zwillinge.«

Er war erstaunt. »Unmöglich!«

»Das ergibt sich aus der DNA-Analyse der Beweisspuren, die wir in Fosses Wohnung gesichert haben. Die Unterwäsche wies menstruelle Spuren auf. Sie stammen eindeutig von ihr. Wir konnten die Wäsche anhand der Fotos zweifelsfrei identifizieren.«

Das gebräunte Gesicht verzog sich ungläubig. »Sind Sie sicher?«

»Sehen Sie sich die Berichte an. Überprüfen Sie die Geburtsdaten. Eine andere Möglichkeit ist nicht denkbar.«

»Allmächtiger Himmel.« Er wirkte aufrichtig schockiert. »Das hätte Hanrahan mir sagen müssen. Wir werden ein Wörtchen miteinander zu reden haben. Über das und andere

Dinge.« Sein Gesicht wirkte verfallen, die Augen leer. Falcone sah furchtbar aus, mitgenommen von den Ereignissen.

»Ändert das irgendetwas?«, fragte Teresa Lupo.

Er zuckte mit den Schultern. »Im Moment kann ich das nicht erkennen. Aber Denney ist noch mieser, als wir dachten. Seine Tochter zur Hure zu machen, um seine eigene Haut zu retten. Was muss man nur für ein Mann sein, um sein eigen Fleisch und Blut mit diesem fetten Schwein Valena ins Bett zu schicken? Und all den anderen ...«

»Was muss man nur für eine Frau sein, um dazu bereit zu sein.«

»Familienbande«, murmelte er. »Diese emotionalen Bindungen entziehen sich manchmal jedem logischen Verständnis.«

Falcone dachte einen Moment lang nach. Teresa Lupo hatte das Gefühl, nachhaken zu müssen. »Oder versetzen Sie sich in Gino Fosses Situation, als er erfahren musste, dass die Frau, die er zu den Treffen fuhr, die er in eindeutigen Posen fotografierte, seine Schwester ist. Wer hat ihm das gesagt? Wer hat auf den Auslöser gedrückt?«

Die leeren Augen starrten sie an. Falcone wusste es wirklich nicht. Dessen war sie sich sicher. Jemand hatte ihn ebenso getäuscht wie alle anderen. »Keine Ahnung. Aber das interessiert mich nicht. Es ist irrelevant.«

»Irrelevant?«, wiederholte sie empört. »Wer ihm das verraten hat, ist genauso schuldig wie Fosse selbst.«

»Bleiben Sie bei Ihrer Forensik. Was veranlasst Sie dazu, außerhalb Ihres Fachgebiets Vermutungen anzustellen?«

»Wissensdurst. Neugierde.«

»Dafür bin ich zuständig. Nicht Sie. Und was das hier anbelangt ...« Er griff nach den Berichten und wedelte ihr damit vor dem Gesicht herum. »Kein Wort darüber zu den Medien. Das behalten wir zunächst für uns. Ich möchte nicht, dass irgendwelches Mitgefühl aufkommt. Sie sind alle miese Typen. Haben Sie mich verstanden? Es bleibt dabei, dass diese Farnese seine Geliebte ist.«

»Aber das entspricht nicht der Wahrheit. Es macht sie zu etwas, das sie nicht ist.«

»Was heißt das? Sie hat mit ein paar einflussreichen Typen herumgevögelt, die ihrem Vater gefällig sein könnten. Finden Sie diese Lesart etwa sympathischer? Sehen Sie her …«

Er nahm den Bericht, zerriss ihn vor ihren Augen, ging zum Fenster und warf die Fetzen auf die Straße.

Teresa Lupo verschränkte die Arme vor der Brust und schüttelte den Kopf. »Meine Güte. Ich bin ungemein beeindruckt.«

»Es reicht. Ich möchte nichts mehr davon hören. Und Sie nicht mehr sehen.«

»Ich würde aber gern bleiben. Die Vorgänge verfolgen. Ich ersuche Sie offiziell um Ihr Einverständnis.«

»Abgelehnt.« Er wandte sich einem Polizisten in Zivil zu, der den Funkverkehr überwachte. »Begleiten Sie Crazy Teresa zur Tür hinaus.«

Sie war ein bisschen kleiner als Falcone, aber kräftiger gebaut. Teresa Lupo machte einen Schritt auf ihn zu, schob ihr Gesicht ganz nahe an seins heran und merkte, dass er zurückwich. Dann drückte sie ihm den Zeigefinger gegen die Brust.

»Sie sollten sich niemals mit einer Pathologin anlegen«, sagte sie nachdrücklich. »Wissen Sie, warum?«

Er schwieg.

»Weil es aufgrund Ihrer Arbeit, Ihres verletzenden Benehmens, Ihrer zweifelhaften Integrität und Ihrer zwielichtigen Freunde nicht ausgeschlossen ist, dass ich Sie eines Tages auf meinem Seziertisch vorfinde. Und dann …«, sie fuhr ihm mit dem Finger über die Wange und drückte zu wie mit einem Skalpell, »… werde ich mir sehr viel Zeit für Sie nehmen und das ungeheuer genießen.«

Sein dunkles Gesicht erblasste sichtlich.

»Raus!«, zischte er.

Sie drehte sich um und verließ den Van. Draußen tauschte sie mit einem uniformierten Polizisten Blicke aus. Er kam ihr vage bekannt vor. Aber das überraschte sie nicht. Im Laufe der

Jahre musste sie buchstäblich jedem römischen Gesetzeshüter wenigstens einmal begegnet sein. Sie bot ihm eine Zigarette an, aber er schüttelte den Kopf. Er machte einen gelangweilten Eindruck. Er ist vermutlich genauso wie alle Uniformierten, dachte sie. Eine Bande von harmlosen Schwachköpfen, die nur auf ihren Feierabend warteten und dann gewissenhaft überprüften, ob ihre Schuhe auch auf Hochglanz poliert waren.

»Fahren Sie auch nach Ciampino?« fragte sie.

»So ist es. Auf Umwegen.«

»Wie bitte?«

»Hören Sie schwer? Der große Herr hat den Wunsch, unterwegs eine kleine Zwischenstation einzulegen. Aus sentimentalen Gründen. Danach bringen wir ihn zum Flugzeug.«

»Aus sentimentalen Gründen«, wiederholte Teresa Lupo und verwickelte den Mann in ein längeres Gespräch.

Drei Minuten später lief sie zügig auf den Tiber zu, auf die wuchtige Steinmasse des Castel Sant' Angelo, drückte hastig auf die Tasten ihres Handys und fragte sich, ob sie rechtzeitig dort sein würde, bevor das Gewitter losbrach und mit ihm der eigentliche Sturm.

Neunundfünfzig

Michael Denney packte seine Habseligkeiten in einen kleinen, eleganten Kabinenkoffer: drei Hemden, drei Hosen, zwei Sakkos und Unterwäsche. Dazu in bar 50 000 US-Dollar, 30 000 Pfund Sterling und fünftausend Euro, die die Finanzverwaltung des Vatikan von seinem Bankkonto freigegeben hatte. Eigentlich verblüffend, wie bereitwillig sie sich zeigten, wenn man nur die richtigen Punkte ansprach, dachte er. Denney verfügte noch immer über ein beträchtliches Vermögen. Gut die Hälfte davon hatte er von seiner Familie in New England geerbt, der Rest stammte aus anderen Quellen: Geschenken, Provisionen, Honoraren – Bestechungssummen, genauer gesagt. Das wussten die Leute mit der Hand am Geldhahn genauso gut wie er selbst. Aber als er die Probleme andeutete, zu denen es kommen könnte, wenn sein Geld weiterhin im Vatikan verblieb – peinliche Fragen nach versteckten Konten, Forderungen der Linken nach einer Beschlagnahme der Guthaben –, zeigten sie sich sehr schnell bereit, die Anweisung zu unterzeichnen. Der Löwenanteil seines Vermögens, annähernd zwölf Millionen US-Dollar, war bei verschiedenen Institutionen deponiert und würde seinen Aufträgen entsprechend auf Konten jenseits des Atlantik überwiesen werden. Sühne und Luxus müssen keine Gegensätze sein, dachte er. Er verlangte nur, was ihm rechtmäßig zustand, und er fühlte sich wohler, der ungewissen Zukunft mit einem kleinen Geldpolster entgegensehen zu können.

Im Koffer befanden sich auch zwei Pässe. Ein vom Vatikan ausgestellter, der nach der Ankunft in Boston eingezogen würde. Der zweite Pass trug ein Foto aus der Zeit, in der sein Haar noch schwarz und voll war und auf dem er aussah wie ein ganz anderer Mann. Die dunkelblaue Jacke zierte ein Silberadler. Es war lange her, seit sich Michael Denney als US-Bürger betrachtet hatte. Der Pass war längst abgelaufen, aber in weiser Voraussicht hatte Denney vor ein paar Monaten von einem Fachmann ein paar Veränderungen auf dem Dokument vornehmen lassen. Jetzt brauchte er nicht bei den Konsularbehörden um Gnade zu winseln wie irgendein illegaler Einwanderer. Er würde eine gewisse Zeit brauchen, um sich an seine Existenz als Amerikaner zu gewöhnen. Die kommenden Monate und Jahre versprachen nicht leicht zu werden. Aber mit Geld und einem US-Pass ließ sich einiges bewerkstelligen.

Er sah sich in der Wohnung um, prägte ihr Bild in sein Gedächtnis ein. Das Wissen, dass die größten Demütigungen hinter ihm lagen, würde ihn die kommende dunkle Zeit besser ertragen lassen. Er warf einen Blick auf seine Uhr. In fünfunddreißig Minuten erwartete man ihn am Hinterausgang. Bis dorthin war es ein Fußweg von gut zehn Minuten durch die vatikanischen Gärten, und er konnte nur hoffen, dass die Aussagen über die getroffenen Schutzmaßnahmen der Wahrheit entsprachen. Denney war geneigt, ihnen zu glauben. Ein Zwischenfall auf dem Territorium des Heiligen Stuhls wäre über die Maßen peinlich. Die wirklichen Gefahren lauerten außerhalb der Vatikanmauern.

Denney betrachtete das Gemälde an der Wand des Wohnraums. Es war der einzige Gegenstand, von dem er sich unter keinen Umständen trennen wollte. Mit ihm verbanden sich Erinnerungen, die nicht verblassen durften. Einen Augenblick lang starrte er wie gebannt auf den Mörder, der sein Schwert hob, um dem am Boden liegenden Heiligen, der die Hand nach dem Palmwedel reckte, den ihm der Engel entgegenstreckte, den tödlichen Schlag zu versetzen. Und im Hintergrund Caravaggios bestürztes Gesicht. Auch Denney hatte sich immer als Beobachter betrachtet, mitfühlend und doch distanziert, aber seiner Verantwortung stets bewusst. Auf Caravaggios Gemälde sind Mörder und Märtyrer gleichermaßen Opfer, dachte Denney, und er verspürte kein großes Verlangen, eine der beiden Rollen für sich zu übernehmen. Matthäus war auserwählt worden und hatte sich bereitwillig geopfert. Und sein Mörder? Er erinnerte sich an das Gespräch, mit dem vor dreißig Jahren alles begonnen hatte, an die Unterhaltung mit der jungen, hübschen Ordensschwester vor dem Gemälde in der Kirche. Sie war über die Grausamkeit des Mannes empört, über den hasserfüllten Zorn auf seinen Zügen, und wollte wissen, was einen Menschen dazu bringen konnte, eine so furchtbare Tat zu begehen. Daraufhin hatte er ihr eine Gegenfrage gestellt, die ihm förmlich aus dem Nichts in den Sinn kam: Was wäre Matthäus ohne seinen Henker? Verdiente nicht auch der Mörder eine gewisse Anerkennung dafür, das Schicksal des Apostels erfüllt zu haben? War er nicht ebenso ein Werkzeug Gottes wie Matthäus? Und hatte sich Caravaggio nicht vielleicht als entsetzten Beobachter in die Szene hineingemalt, um uns allen unsere Mitschuld vor Augen zu führen? Genau wie der junge Polizist gesagt hatte …

Es war eine grausame Welt, eine, in der man jeden Augenblick sein Leben verlieren konnte.

Auch in der Erinnerung vermochte Michael Denney nicht zu erkennen, was diese Überlegung in ihm ausgelöst hatte. Aber die Konsequenzen waren überwältigend. Alles, was danach kam, beruhte auf diesem Moment. Es war der Augenblick, an dem der junge Michael Denney mit der Welt jenseits des Vatikan in Berührung kam. Ein Wendepunkt, ein erster Schritt auf dem langen Weg zur irdischen Sündhaftigkeit.

Er machte sich bewusst, dass es für ihn kein Zurück gab. Aber er wusste auch, dass er Rom nicht verlassen konnte, ohne ein letztes Mal das Original zu betrachten, das ihm so viel bedeutete.

Es klingelte. Gereizt stellte Denney fest, dass er verschreckt zusammenzuckte. Er ging zur Tür und spähte durch den Spion. Draußen stand Hanrahan. Allein.

»Sind Sie gekommen, um mir Lebewohl zu sagen?«, erkundigte sich Denney, als er den Iren einließ.

»Wenn Sie es so sehen wollen, Kardinal. Aber offen gestanden will ich mich überzeugen, dass Sie den Vatikan verlassen.«

Denney nickte zu dem Gemälde hinüber. »Sobald ich mich drüben etwas eingelebt habe, rufe ich Sie an, Brendan. Das Bild da ist mein Eigentum. Ich werde Ihnen mitteilen, wohin Sie es schicken können. Den Transport zahle ich. Geben Sie inzwischen gut darauf Acht.«

Hanrahan rümpfte die Nase. »Glauben Sie, es ist den Aufwand wert?«

»Ja.«

»Hängt das Original nicht in Ihrer Kirche?«

»In der ersten Kirche, in der ich nach meiner Ankunft in Rom tätig war. Mit ihr verbinden mich viele Erinnerungen.«

»Und jetzt erwarten Sie, dass wir Sie auf dem Weg zum Flughafen für ein paar Minuten dort absetzen?«

Denney sah in Hanrahans graues Gesicht. Er würde sich von dem Mann nicht einschüchtern lassen. »Ich will nicht fliehen, Brendan. Das würden Sie ohnehin verhindern.«

»Gewiss. Aber warum?«

Ein Leuchten, wie es Hanrahan lange nicht mehr gesehen hatte, trat in Denneys Augen. »Um meinetwillen.«

»Ich schätze, es geht um diese Frau. Die Nonne aus Paris. Schwester Annette. Ich habe die Akten gelesen. Sie sind ihr nach Frankreich gefolgt. Einer Nonne?«

Denney zögerte mit der Antwort. Die Erinnerung an sie ließ tausend Bilder in seinem Kopf entstehen. »Sie war die schönste Frau, der ich jemals begegnet bin. Wir haben einander die Augen geöffnet. Das Leben verlangt nach ein paar Mysterien. Wozu brauchten wir sonst Gott?«

Der Ire hob die Brauen. »Abelard und Héloïse. Eine nette Geschichte, aber welchen Preis mussten sie zahlen.«

»Dennoch haben sie gelebt, Brendan. Empfanden etwas füreinander, was Sie nie verstehen können. Sie tun mir Leid. Sie sind ein armer Mensch.«

Denney schloss die Augen. Die Erinnerungen waren so lebendig, dass er glaubte, sie berühren zu können. »In einem kleinen Nebenraum des Kirchenschiffes haben wir uns geliebt. Zum ersten Mal liebte ich eine Frau. Ich war ein Spätzünder. Wir konnten die Tür verschließen und tun, was uns gefiel. Niemand hat etwas bemerkt. Fünf- oder sechsmal in der Woche haben wir uns dort getroffen und wurden zu anderen Menschen, sobald wir Soutane und Habit ausgezogen hatten. Wir glaubten, füreinander bestimmt zu sein.«

Hanrahans kalter Blick sagte alles.

»Sehen Sie mich nicht so an, Brendan. Hier geht es um etwas, das Sie nicht verstehen können, weil Sie es nie erfahren haben. Wenn wir uns dort in den Armen hielten, glaubte ich, im Paradies zu sein. Ich fühlte mich Gott näher als jemals zuvor. Und das meine ich bei Gott nicht blasphemisch. Ich wünschte, dass es niemals enden würde. Aber dann …«

»Dann folgten Sie ihr nach Paris, und sie wurde schwanger. Sie hätten den Kirchendienst verlassen können, um mit ihr zusammen zu leben, Michael. Aber der Feigling in Ihnen setzte sich schon damals durch.«

»Ich war ein Feigling, wenn auch in anderer Hinsicht, als Sie offenbar annehmen. Ich wollte, dass wir uns offiziell zueinander bekannten, aber sie glaubte, die Konseqenzen nicht ertragen zu können. Die Enttäuschung unserer Familien, die Tatsache, künftig als Sünder verachtet zu werden. Ich wurde zum Feigling, weil ich mich der Kirche bereitwillig fügte, als sie es schließlich herausfanden. Ich ließ es zu, dass sie über unser Leben bestimmten.« Er sah Annette vor sich, wie sie nackt auf dem schmalen Sofa des Nebenraums lag und sich die Kette mit dem Kruzifix vom Hals nahm. Ein Lichtstrahl fiel durch das Buntglasfenster auf ihr wunderschönes, erwartungsvolles Gesicht. »Was wir getan haben, war keine Sünde, Brendan. Es war etwas Heiliges. Es sollte geschehen. Wenn Sie das doch nur verstehen könnten.«

Die Erinnerung wurde von einer anderen abgelöst. Denneys graues Gesicht verzog sich schmerzlich. »Sie durfte einen Zwilling unter der Voraussetzung behalten, dass sie ihn aufzog wie ein fremdes Kind. Versetzen Sie sich in ihre Lage. Für wen sollte sie sich entscheiden? Für das Mädchen? Den Jungen? Und ich war nicht bei ihr. Mich hatte man verbannt. So grausam verhält sich die Kirche mitunter. Im Vergleich dazu nehmen sich meine Sünden wie lässliche Vergehen aus. Und dann …«

Er dachte an seinen letzten Besuch bei Annette und ihrer Tochter, an ihre stumme Verzweiflung.

»Meine Familie besaß einigen Einfluss. Man beschloss, meine weltlichen Neigungen für andere Ziele zu nutzen.« Er sah sich noch einmal in dem kleinen Raum um. »In den vergangenen Tagen habe ich mich oft gefragt, wie viel im Leben eines Menschen angeboren ist und wie viel durch die Umstände bestimmt wird. Was wäre aus uns geworden, wenn wir uns der Kirche widersetzt und geheiratet hätten? Wäre ich ein treuer Ehemann geworden? Ein guter Vater? Oder genau das, was ich jetzt bin? Ein verschlagener, alter Gauner, der nur seine Haut retten will? Dass ich die erstere Möglichkeit nicht ausschließen kann, beunruhigt mich zutiefst. Wie Sie sehen, brauchen Sie mich nicht zu verurteilen, Brendan. Das kann ich selbst. Mit Ausnahme des Herrn sogar besser als jedermann sonst.«

Die offensichtliche Verlegenheit des Iren amüsierte Denney. »Und jetzt habe ich Ihnen sogar noch gebeichtet. Wie unangenehm für Sie.«

Hanrahan hüstelte. »Uns bleiben noch zwanzig Minuten. Wenn es so weit ist, brauchen Sie mir nur zu folgen. Ich werde Ihren Koffer tragen.«

»Und was ist mit dem Gemälde?«, erkundigte sich Denney.

»Das bewahre ich auf, bis ich von Ihnen höre.«

Sechzig

Er wartete vor dem Pantheon und beobachtete, wie die Touristen in den gewaltigen Rundbau strömten, um ein wenig Schutz vor der Hitze zu finden. Es hatte den Anschein, als lodere ein Feuer unter der Erde. Die drückende Schwüle trieb auf eine Katharsis zu. Der Himmel verdunkelte sich, nahm eine bleigraue Färbung an. Irgendwo im Osten hörte er leises Donnergrollen. Ein Regentropfen streifte so leicht seine Wange, als wäre er ein Partikel der feuchten Luft.

Gino Fosse trug die fast bodenlange Alba, in der er auf Sizilien seine erste Messe gelesen hatte. Ein Gürtel hielt sie in der Taille zusammen. In einer Tasche befanden sich ein CD-Player und Kopfhörer. In der anderen die Pistole.

Ein hübsches Mädchen mit langen, blonden Haaren fragte ihn nach dem Weg zum Colosseum.

»Kaufen Sie sich einen Stadtplan«, fuhr er sie an. Verblüfft und ein bisschen verschreckt lief die junge Touristin weiter.

Er blickte zum düsteren Himmel auf. Ein schweres Gewitter zog heran. Regenströme würden die Straßen knöchelhoch unter Wasser setzen und die Menschen hastig in Cafés und Bars Zuflucht suchen. Aber selbst die heftigen Fluten nach dem plötzlichen Höhepunkt sommerlicher Hitze konnten die Stadt nicht reinigen.

Der Mensch wurde sündig geboren und wartete auf läuternde, erlösende Ereignisse. Das war und blieb die Wahrheit.

Er setzte die Kopfhörer auf und schaltete den CD-Player

ein. Cannonball Adderley spielte »Mercy, Mercy, Mercy«, mit Joe Zawinul am Klavier. Es hörte sich an wie ein Spiritual, wie das Flehen eines Sünders um Vergebung.

Während er weiterging, sang Gino Fosse den Refrain laut mit: *»Da-da-deedle- deedle-deedle-dee.«*

Als er an der Kirche ankam, war der Himmel pechschwarz. Er ging hinein, setzte sich in der Dunkelheit auf eine Bank und wartete darauf, dass die vertraute Gestalt durch die Tür trat.

Einundsechzig

Greta Ricci stand inmitten der Reportermeute vor dem Hauptportal des Vatikan, beobachtete die Schweizergarde und wurde sich von Minute zu Minute sicherer, dass man sie zum Narren hielt. Die beiden Männer in ihren blaugelben Uniformen wirkten halb gelangweilt, halb amüsiert. Sie vermochte nicht mehr zu glauben, dass sich das, worauf sie warteten – ein Ereignis, das rund um die Welt Aufmerksamkeit erregen würde –, unter den Augen von zwei Pseudo-Polizisten zutragen sollte. Der Vatikan hatte mit Sicherheit andere Pläne. Vielleicht ließen sie ihn auf dem Hubschrauberlandeplatz in einen Helikopter steigen. Vielleicht benutzte er einen der Hinterausgänge in der Mauer, die auf die Viale Vaticano führten, oder sie setzten ihn auf dem kleinen Bahnhof hinter dem Petersdom einfach in einen Zug.

Neben ihr stand Toni, der einfältige Halbwüchsige aus Neapel, der auf Wunsch der Redaktion für die Berichterstattung in diesem Fall als ihr Partner fungierte. Er hatte sich noch nie durch einen angenehmen Geruch ausgezeichnet. Aber inzwischen ließen ihn die stundenlangen Belagerungen zu jeder Tages- und Nachtzeit riechen wie einen Penner. Doch das hätte Greta Ricci möglicherweise noch ertragen, wäre da nicht seine eklatante fachliche Inkompetenz gewesen. Toni war gut einsachtzig groß und außerordentlich kräftig gebaut. Um das beste Bild zu schießen, bestand seine Strategie schlicht darin, auf den geeigneten Moment zu warten und sich dann mit Schultern und Fäusten nach vorn zu boxen. Das gab seinen Fotos zwar nahezu immer die unmittelbare Lebendigkeit einer Rauferei, aber journalistisch war er ein Versager. Er interessierte sich für nichts anderes als für den richtigen Augenblick. Ihm fehlte jede Kreativität, er hatte kein Gespür dafür, dass Fotos manchmal komponiert werden müssen und nicht nur geschossen werden können. Er war ein hirnloser Affe mit einer Schnellfeuer-Nikon, der schlicht glaubte, dass es die Menge machte, dass sich unter den unzähligen Bildern, die er schoss, schon die Aufnahme finden würde, die überzeugte und Aufsehen erregte.

Greta Riccis Handy klingelte. Sie musterte Toni gereizt, der wie gebannt die Schweizergardisten anstarrte.

Sie stupste ihm mit dem Finger in den Rücken. »Dass Sie bloß keinen Blick von ihnen wenden. Keine Sekunde lang. Ist das klar?«

Er nickte. Er hatte auch keinen Humor.

»Ricci«, meldete sie sich und entfernte sich einige Schritte von dem Reporterpulk, um besser verstehen zu können. Als sie hörte, wer da anrief, ging sie noch ein wenig schneller und weiter.

»Nic Costa? Wo sind Sie?«

»Tut nichts zur Sache. Und Sie?«

»Am Haupteingang. Man hat uns gesagt, dass es hier am günstigsten wäre. Aber natürlich glaube ich davon kein Wort.«

»Nein.« Er äußerte sich sehr knapp, sehr direkt und diktierte ihr zunächst seine Bedingungen. Nur sie und ein Fotograf. Keine weiteren Medienvertreter. Das Risiko könne er nicht eingehen.

»Glauben Sie denn, ich lasse mir das vermasseln?«, fragte sie, notierte hastig ein paar Angaben, die er ihr machte, und sah sich nach dem nächsten Taxihalteplatz um.

Als Costa das Gespräch beendet hatte, ging Greta Ricci zurück und zerrte Toni trotz seiner lauten Proteste aus der Menge.

»Still«, zischte sie ihm zu, als sie ein wenig außerhalb der Meute standen.

»Aber warum? Was ist denn los?«

Greta Ricci betrachtete die Gesichter der Kollegen. Argwöhnische Gesichter. Sie hatten die gleichen Instinkte wie sie selbst. Sie wussten, wenn man sie hinters Licht führen wollte.

Sie zog ihn in den Schatten der hohen Vatikanmauer.

»Ich habe einen Tip bekommen. Jemand hat mir gesagt, wo wir ein Foto von Denney machen können. Exklusiv.«

»Wo denn?«, erkundigte er sich misstrauisch.

Kameraleute und Fotoreporter jagten gern in Rudeln. Das versprach augenfälligere Erfolge. Sie wusste, dass er es nicht unterlassen könnte, vor ihnen zu prahlen, dass er die Beute als Erster stellen würde.

»Egal. Wir schnappen uns jetzt so schnell wie möglich ein Taxi und verschwinden.«

»Was? Ich soll diesen Mistkerlen das Feld überlassen? Wollen Sie etwa, dass ich gefeuert werde?«

»Ich will die Exklusivstory«, fauchte Greta Ricci.

»Nun, dann tun Sie, was Sie nicht lassen können. Wenn alle hier warten, bleibe auch ich vor Ort. Wenn Ihnen das nicht passt, rufen Sie doch in der Redaktion an. Anweisungen nehme ich nur von ihr entgegen.«

»Idiot«, murmelte sie. »Geben Sie mir Ihre Ersatzkamera.«

»Nein. Die gehört der Zeitung.«

Wütend starrte sie ihn an. »Geben Sie mir jetzt die Kamera, Sie Blödmann, oder ich rufe tatsächlich in der Redaktion an. Wenn man dort erkennt, welchen Bock Sie geschossen haben, werde ich tun, was ich kann, damit Sie Ihren Job behalten.«

Schweigend und etwas verunsichert dachte er nach.

»Sie ist idiotensicher«, murmelte er schließlich und reichte ihr die Kompaktkamera. »Also dürften Sie keine großen Probleme mit ihr haben.«

Greta Ricci würdigte ihn keines weiteren Wortes. Zügig lief sie auf der Suche nach einem Taxi auf die Piazza del Risorgimento zu und bemerkte in der Nähe der Bushaltestellen einen khakifarbenen Van mit Antennen. Sie fragte sich, warum er ihr nicht schon zuvor aufgefallen war.

Zweiundsechzig

Es war ein schwarzer Mercedes mit getönten Fenstern. Michael Denney spähte durch die Windschutzscheibe. Auf den Vordersitzen saßen zwei Männer in dunklen Anzügen, die Augen hinter Sonnenbrillen verborgen.

»Sollte ich ihnen eigentlich ein Trinkgeld geben, Brendan?«, erkundigte er sich.

Der Ire trug den kleinen Koffer nach hinten. Dann blickte er sich prüfend um. Die Straße war menschenleer. Wie passend, dachte er.

»Ich kann mein Gepäck auch sehr gut mit in den Wagen nehmen«, schlug Denney vor, als Hanrahan den Kofferraum öffnen wollte.

»Wie Sie wünschen.«

Beide Männer blickten auf den Koffer. Er wirkte so klein, so unbedeutend.

»Guten Flug, Kardinal. Rufen Sie mich an, wenn Sie sich eingelebt haben.«

»Selbstverständlich.« Er streckte eine Hand aus. Hanrahan zögerte.

»Nun kommen Sie schon«, lachte Denney. »Ich bin nicht ansteckend. Und Sie haben doch alles erreicht, was Sie wollten, oder? Keine peinlichen Enthüllungen mehr. Keine weiteren Skandale.«

Hanrahan ergriff Michael Denneys Hand und schüttelte sie. »Melden Sie sich.«

»Ja.« Mit dem Koffer in der Hand setzte sich Denney auf den Rücksitz. »Das heißt, wenn ich mich nicht in Luft auflöse.«

Dreiundsechzig

Er ließ das Auto am Straßenrand stehen, rannte durch den heftiger werdenden Regen und blickte sich suchend nach ihr um. Nic Costa wusste nicht, was Michael Denney in die Kirche trieb, aber er war sicher, dass seine Tochter sich dort mit ihm treffen würde. Teresa Lupos Informationen hatten ihm die Augen geöffnet. Er konnte erkennen, welche Motive hinter ihrem Verhalten standen. Wenn er die Zeit hätte, sich hinzusetzen und zu überlegen, würde er noch klarer durchblicken. Doch daran war jetzt noch nicht zu denken. Ihre Absicht lag auf der Hand. Sie wollte ihren Vater auf seinem Flug begleiten, ohne zu ahnen, welches Schicksal Falcone für ihn vorgesehen hatte.

In den kleinen Straßen und Gassen rund um das Pantheon herrschte dichtes Gedränge, Touristen und Einheimische versuchten in geradezu panischer Eile, dem Regen zu entkommen. Rücksichtslos bahnte er sich seinen Weg durch die Massen, achtete weder auf böse Blicke noch empörte Rufe, sondern betete darum, dass sie nicht bereits in der Kirche war. Dann, eine Minute von der Kirche entfernt, entdeckte er sie endlich. Sie hatte sich ein Tuch um den Kopf gebunden und den Kragen ihres leichten Regenmantels hochgeschlagen. Sie stand unschlüssig in einem Hauseingang. Fürchtete sie sich vor dem Regen oder vor einer Entscheidung?

Mit ausgestreckten Armen, um sich von Passanten nicht den Weg blockieren zu lassen, lief Costa auf sie zu. Ihre grünen Augen waren unverwandt auf das Pflaster gerichtet.

»Sara«, sagte er und legte seine Hände auf ihre Schultern. »Ich weiß es.«

»Was weißt du?« Sie wollte sich ihm entziehen.

»Du brauchst mir nichts mehr vorzutäuschen. Ich verstehe, warum du was getan hast.«

Sie lehnte sich gegen die feuchte Hausmauer. »Still, Nic. Ich möchte lieber nichts mehr hören.«

Nic Costa zögerte. Es war so vieles zu sagen, aber so wenig Zeit. »Das Labor hat Beweisspuren analysiert. Deine. Gino Fosses. Du bist Denneys Tochter, nicht seine Geliebte.« Er sah sie direkt an, damit ihm ihre Reaktion auf seine nächsten Worte nicht entging. »Gino ist dein Bruder. War dir das bekannt?«

Sie stöhnte leise. »Kannst du denn nie locker lassen?«

»Aber es wurden Menschen umgebracht, Sara! Und es ist noch nicht vorüber. Wusstest du, das Fosse dein Bruder ist?«

»Ja«, seufzte sie. »Michael … mein Vater hat es mir vor ein paar Wochen erzählt, fand es aber unklug, auch Gino etwas zu sagen. Er glaubte, er würde die Wahrheit nicht verkraften. Er hat mir erst vor rund einem Jahr gesagt, dass er mein Vater ist. Davor dachte ich, er wäre ein Freund aus dem Konvent in Paris, der das Vermögen der Leute verwaltete, die ich für meine Eltern hielt.«

Sie drehte sich zur Hauswand um und kämpfte mit den Tränen. »Du kannst dir mein Glück nicht vorstellen, als er es mir erzählte. Ich war nicht mehr ganz allein auf der Welt. Ich hatte plötzlich einen Vater!«

»Vor einem Jahr? Das war genau der Zeitpunkt, an dem er erkannte, dass er Unterstützung braucht, um den Vatikan verlassen zu können.«

Ihre grauen Augen sahen ihn an, und er versuchte ihren Ausdruck zu enträtseln: Liebe, Mitleid, Hass? Oder eine Mischung von allem. »Du glaubst zu wissen, Nic, was passiert ist, aber du weißt es nicht. Lass mich in Ruhe.«

»Nein. Da ist noch mehr. Es wusste noch jemand, was da vor sich ging. Und als der von Gino Fosse erfuhr, hatte er die Waffe, die er brauchte.«

»Was für eine Waffe? Gino ist … was er ist.«

»Mag sein. Aber er wurde manipuliert. Davon bin ich fest überzeugt. Und vermutlich kann ich das auch schon bald beweisen.«

»Was?« Verwirrt schüttelte sie den Kopf. »Wovon redest du eigentlich?«

»Es ging von Anfang an nur um eins. Um den Tod deines Vaters. Gino war nur das Werkzeug, das ihn aus dem Vatikan locken sollte. Ich weiß, dass er dich in Denneys Auftrag zu diesen Männern gefahren und dann die Fotos machte, die dein Vater notfalls zu Erpressungsversuchen nutzen konnte. Aber Denney ahnte nicht, dass er die ganze Zeit selbst ausspioniert wurde. Von jemandem, der Gino schließlich sagte, wer du wirklich bist. Er begriff, was Denney seiner Schwester antat, und drehte völlig durch.«

Er konnte nicht einmal vermuten, was sie dachte. »Aber warum? Wer würde ihm so etwas erzählen?«

»Denneys frühere Freunde. Kriminelle. Ein paar Politiker möglicherweise. Vielleicht alle zusammen. Und warum? Denk nach. Er könnte sie alle hinter Gitter bringen. Davor wollen sie sich schützen. Er hat sie betrogen und bestohlen. Vielleicht wollen sie ihr Geld wiederhaben.«

Sie holte tief und verzweifelt Luft. »Mach es nicht noch schlimmer, als es schon ist, Nic. Er verlässt Italien. Das habe ich selbst in den Nachrichten gehört. Schon bald wird er aus aller Leben verschwunden sein.« Sie machte eine kurze Pause. »Auch aus meinem. Ich möchte ihn ein letztes Mal sehen. Mehr nicht. Er hat diese Vereinbarung getroffen, damit wir uns voneinander verabschieden können.«

Sie sah ihn wieder an wie bei ihrem ersten Treffen, voller Argwohn und Misstrauen. Als wäre er nichts weiter als ein Polizist. »Ich nehme an, das ist dir nicht neu.«

Stumm griff Nic Costa nach ihren Händen. Er wusste zwar nicht, was er sagen sollte, wohl aber, dass er ihr glauben wollte.

»Du weißt also, was ich für ihn getan habe?«, fragte sie.

»Ja.«

»Er ist mein *Vater*, Nic. Ich dachte, ich könnte ihm helfen. Ich bin es nicht, die … hinter allem steckt.«

»Das weiß ich. Ich wusste es wahrscheinlich schon immer. Habe es mir nur nicht klar gemacht.«

Sie wich seinem Blick aus. »Hätte ich mich weigern sollen? Würdest du nicht auch alles tun, um deinem Vater zu helfen?«

Er schwieg. Sie las seine Gedanken.

»Du meinst, dein Vater hätte so etwas nie von dir verlangt? Du hast Recht. Das Problem ist nur, dass die meisten von uns nicht so nach Vollkommenheit streben wie dein Vater und du. Wir finden uns mit unseren Fehlern ab. Und versuchen, so gut es geht, damit fertig zu werden.«

Er strich ihr mit den Fingerspitzen zart über das Gesicht. »Was geschehen ist, ist geschehen. Mich interessiert nur noch die Zukunft.«

»Ich muss zu ihm, Nic. Misch dich nicht ein. Du brauchst mich nicht zu beschützen.«

»Wenn ich mich zurückhalte, wird er sterben. Und es geht nicht nur um dich. Vergiss nicht, dass ich einen Partner verloren habe. So etwas kann ich nicht einfach abschütteln und zur Tagesordnung übergehen.«

Sara Farnese blickte die Gasse entlang. Der Regen fiel immer heftiger. Die Menschen verschwanden in Hauseingängen. »Lass mich mit ihm allein. Nur für eine Minute. Dann …«

»Das kann ich nicht. Es ist zu gefährlich.«

»Warum? Es ist die Kirche, in der er meine Mutter kennenlernte, Nic. *Unsere* Mutter.« Sie wartete auf irgendeine Reaktion von ihm. Vergebens. »Das hat eine Bedeutung, die du nicht verstehen kannst, die sich dir entzieht.«

Ungehalten wandte er sich von ihr ab.

»Bist du etwa eifersüchtig auf ihn?«, fragte sie. »Weil wir einander trotz allem so nahe sind?«

Damit traf sie einen wunden Punkt. »Vielleicht. Und ratlos. Ich begreife nicht, wie er dir das antun konnte.«

»Er wusste nicht weiter. Er brauchte meine Hilfe. Er ist hinter diesen Mauern langsam gestorben. Du hast es nicht miterlebt.«

»Es ging also um Hilfe?«, erkundigte er sich bitter. »Er hat sein Geheimnis jahrelang für sich behalten. Um erst damit herauszurücken, als er dich brauchte. Ist das etwa väterliche Liebe?«

»Nein, Verzweiflung. Aber manchmal wird aus Verzweiflung Liebe. Er war nicht der einzige, dem es so ging. Ich war einsam. Mein ganzes Leben lang. Ich habe es dir doch schon gesagt, Nic. Wir sind keine vollkommenen Menschen. Werden es nie sein. Ich bin nicht in einer Familie aufgewachsen wie du. Als er mir von meiner Mutter erzählte, von der Entscheidung, zu der sie gezwungen wurden, wusste ich, dass ich alles für ihn tun würde. Wirklich alles.«

»Und das würdest du immer noch tun?«

Sie sah ihm direkt in die Augen. »Glaubst du etwa, es wäre mir leicht gefallen? Mit diesen Männern zu schlafen? Und zu wissen, dass ich dabei beobachtet … benutzt wurde?«

»Warum hast du es dann überhaupt getan?« Es gelang ihm nicht, den Vorwurf aus seiner Stimme herauszuhalten.

»Du wirst mich wohl nie verstehen können. Wir sind zu verschieden. Mein Vater ist ein ängstlicher, verletzlicher Mann. Er hat Leuten Unrecht getan. Mir Unrecht getan. Auf eine mir unerklärliche Weise macht es das alles leichter. Ich konnte mich weigern oder … das tun, was er verlangte, und darauf hoffen, dass er eines Tages frei sein würde. Was ich tat, habe ich für uns beide getan. Um meinem Leben das wiederzugeben, was mir genommen worden war. Noch einmal vor die Wahl gestellt, würde ich mich wieder so entscheiden. Was sind schon ein paar Stunden im Bett mit einem Fremden, wenn sie einem den Vater von den Toten wiederbringen?«

»Du hast Recht«, räumte er ein. »Ich verstehe es nicht.«

»Du hast doch ebenso viel Angst vor der Einsamkeit wie ich auch. Das ist das Einzige, was uns verbindet.«

Er widersprach ihr nicht.

»Ich möchte, dass ihm nichts geschieht«, fuhr sie fort. »Und Gino auch nicht, ganz gleich, was er getan hat. Den Tod hat er nicht verdient.« Sie blickte die Straße hinunter. »Glaubst du, dass sie in der Kirche versuchen werden ...« Sie verstummte.

Nic Costa ließ seine Blicke schweifen, sah aber nur Touristen, die sich unter Dächern und Vorsprüngen vor dem Regen schützten. »Falcone hat dem Besuch der Kirche zugestimmt. Unter den gegebenen Umständen ist das der reine Wahnsinn. Er muss seine Gründe haben.«

»Kannst du irgendetwas unternehmen?«

»Ich bin mir nicht sicher.« Einfach würde es nicht werden. Er war allein auf sich gestellt. Hatte keine Ahnung, ob seine Anrufe irgendwelchen Erfolg haben würden. »Ich weiß nicht recht, Sara. Wenn Falcone dahintersteckt und Feinde, die sich dein Vater unter seinen eigenen Leuten gemacht hat, und dann noch irgendwelche Schlägertypen, Kriminelle ...«

Sie schwieg.

»Ich habe mit ein paar Leuten geredet, denen ich vertrauen kann. Auch mein Vater hat einige seiner alten Kontakte aktiviert. Aber eine Garantie gibt es nicht. Ich weiß nur, dass ich nicht tatenlos zusehen kann. Luca musste ihretwegen sterben. Wenn es ihnen gelingt, deinen Vater umzubringen, kommen sie mit allem straflos davon.«

Sie sah, dass er sich entschlossen hatte. »Du brauchst es nicht zu tun.«

»Mir bleibt keine Wahl.«

Es kam völlig unerwartet. Sie streckte die Hände aus, umfing sein Gesicht und küsste ihn. Er schmeckte ihre Lippen, ihren Mund und verlor sich in der Erinnerung an die Seligkeit der vergangenen Nacht.

»Eins musst du unbedingt wissen«, flüsterte sie. »Ich habe mich gehasst, nicht mutig genug gewesen zu sein. Verachte mich nicht dafür. Bitte …«

Wenn sie ihn so ansah, wusste Nic Costa, dass er verloren war.

»Wenn wir zur Kirche kommen, möchte ich eine Minute mit ihm allein sein, Nic. Darum bitte ich dich. Du musst mir einfach vertrauen.«

Seine Finger schoben ihr Tuch vom Kopf, spielten mit ihrem Haar. »Ich könnte dich niemals verachten.«

»Er ist mein Vater. Alles, was ich habe.«

Sie küsste ihn wieder, leidenschaftlicher diesmal. Er wünschte, sie so eng an sich gedrückt halten zu können. Für immer, oder zumindest bis die Welt eine bessere geworden war.

»Ich gehöre dir«, sagte er leise.

Vierundsechzig

Die Kirche liegt an einer mittelalterlichen Gasse, die vom Corso del Rinascimento zur Piazza di Minerva vor dem Pantheon verläuft. Vor Jahrzehnten hatten die Behörden hier durch einen Straßendurchbruch eine Art dunklen Tunnel geschaffen, in dem sich die Fußgänger im Schatten hoher Renaissancebauten bewegten.

Der schwarze Mercedes überquerte den Tiber und fädelte sich auf den dichten Verkehr auf dem Corso Vittorio Emanuele ein. Die Fahrer diskutierten darüber, wo sie parken sollten. Mit geschlossenen Augen saß Michael Denney auf dem Rücksitz und hörte ihnen zu. Dann schlug er die Augen auf und sah sich um. Irgendwo da draußen mussten die anderen sein, seine Feinde. Einen Moment lang glaubte er auf dem Rücksitz eines Fiat Falcones gebräuntes Gesicht zu erkennen, doch dann zog die Limousine schnell an ihnen vorbei.

Die beiden Polizisten in Zivil schienen sich einfach nicht einigen zu können. »Setzen Sie mich einfach am Rinascimento ab. Von dort ist es nicht weit. Ich bleibe nicht lange. Einen Strafzettel brauchen Sie als Polizisten doch wohl nicht zu befürchten.«

Die beiden Sonnenbrillen sahen sich an. Der Mann auf dem Beifahrersitz drehte sich zu ihm um. »Wollen Sie denn wirklich dorthin? Wir können Sie auch direkt zum Flughafen bringen.«

Der Fahrer fluchte unterdrückt und zischte seinem Kollegen etwas Unverständliches zu. Dumpfes Donnergrollen ließ das Dach des klimatisierten Wagens erbeben.

»Es ist meine Kirche. Ich kenne mich dort besser aus als jedermann sonst«, antwortete Denney. »Und schließlich ist mein kurzer Besuch abgesprochen. Ich möchte nicht, dass Sie irgendwelche Probleme bekommen.«

Schweigen breitete sich aus. Als sie am Oratorio dei Filippini vorbeikamen, verdunkelte sich plötzlich der Himmel und dicke Regentropfen begannen zu fallen, zögernd zunächst, als wären sie sich nicht ganz sicher, dann ergossen sie sich in Strömen, die vom Pflaster hochspritzten. Die Stadt sah aus wie ein phantastischer, von einem trunkenen Bernini geschaffener Brunnen. Der Fahrer schaltete die Scheinwerfer ein. Draußen herrschte ägyptische Finsternis. Er kniff die Augen zusammen und suchte nach der Querstraße. Denney tippte ihm auf die Schulter, wies ihm den Weg. Der schwarze Mercedes bog in die enge Straße und hielt. Denney blickte die dunkle Schlucht entlang, die zur Kirche führte, und sah nichts – nur ein paar Leute, die vor der Sintflut flüchteten.

Er knöpfte sich den Sakko zu, griff verstohlen nach dem Koffer und sagte: »Zehn Minuten. Allerhöchstens. Kommen Sie mit?«

»Wir begleiten Sie bis zum Portal«, antwortete der Fahrer. »Man sagte uns, dass Sie drinnen ungestört sein möchten. Die Kirche hat keinen Hinterausgang. Also nehme ich an, wir können Ihnen vertrauen.« Die schwarzen Augengläser richteten sich auf ihn. »Wohin sollten Sie auch flüchten?« Schweigend blickte sein Kollege in den strömenden Regen. Keiner von ihnen schien auch nur auf den Gedanken zu kommen, die Sonnenbrille abzunehmen.

»Das frage ich mich auch«, gab Denney zurück. Er schlug dem Fahrer leicht auf die Schulter, bevor er die Tür aufstieß, in den Regen hinaustrat und den Koffer, so gut es ging, mit seinem Körper vor den beiden verbarg. Die Polizisten folgten, patschten durch Pfützen und suchten eilig unter einem Gebäudevorsprung Schutz.

Michael Denney blieb kurz stehen. Innerhalb von Sekunden

verwandelten sich seine grauen Haare in triefende Strähnen. Es machte ihm nichts aus. Zum ersten Mal seit mehr als einem Jahr befand er sich in Freiheit. Das gab ihm ein unbeschwertes, fast heiteres Gefühl. Er sah sich um. Er schien der einzige Mensch zu sein, der sich nicht vor dem Wolkenbruch in Sicherheit bringen wollte. Es wäre nicht schwer, jetzt einfach davonzulaufen. Aber die beiden jungen Polizisten hätten ihn bald eingeholt. Und sie hatten Recht. Wohin sollte er flüchten?

Mitten auf der Straße ging er weiter und scherte sich nicht darum, wie nass er wurde. Die beiden Männer folgten ihm in einigem Abstand. Schließlich erreichte er das Kirchenportal. Michael Denney schloss die Augen. Er dachte an damals, an sie und versuchte, auch sich selbst in Erinnerung zu rufen. Damals hatte er gewusst, was das Wort Liebe bedeutete. Vieles davon war in den seither verflossenen Jahren verloren gegangen.

Er warf den kleinen Koffer in eine Ecke und war froh, dass sie es nicht bemerkt hatten. »Zehn Minuten«, rief er den Polizisten durch den Regen zu. »Sind Sie sicher, dass Sie nicht doch mit hineinkommen wollen?«

»Absolut sicher«, schrie der Beifahrer zurück. Sein Kollege kämpfte darum, sich eine Zigarette anzustecken. Die Flamme des Feuerzeugs wirkte wie ein winziger Leuchtturm in der Dunkelheit. Zwei aufeinander folgende Donnerschläge krachten über ihren Köpfen, und der Regen stürzte mit aller Macht herab. Sie schlugen ihre Jackenkragen hoch, drückten sich an die Hauswand und starrten mit nassen Gesichtern vor sich hin.

Michael Denney lächelte sie an und betrat dann die Kirche, wandte sich scharf nach links und öffnete die Tür zum kleinen Nebenraum. Wie gehofft, war er leer. Nichts hatte sich geändert. Sogar das Sofa, auf dem sie sich vor so vielen Jahren geliebt hatten, stand an seiner alten Stelle. Er ging darauf zu, berührte versonnen den verstaubten Bezug und erinnerte sich.

»Ich war ein Narr«, murmelte er. Aber sie war todkrank,

flüsterte ihm eine innere Stimme zu. Als sie sich damals so leidenschaftlich auf dem Sofa liebten, war die Krankheit bereits in ihr. Auch nach einer Heirat hätte sie ihn und die zwei kleinen Kinder zurückgelassen – ohne Beruf und verstoßen von seiner Familie.

Es wäre es wert gewesen, dachte Michael Denney. Selbst für ein paar kurze Jahre. Dennoch ist es besser, wie alles gekommen ist, sagte eine Stimme in ihm. In dieser Kirche hatte sein Lebensweg in zwei Richtungen gewiesen, und in beiden lag Bitterkeit. Immerhin gehörte jetzt ein Teil von ihr zu seinem Leben, wenn auch nicht unversehrt, woran allein er die Schuld trug.

»Ich bin noch immer ein Narr«, sagte er. Michael Denney legte den Koffer auf einen Stuhl und öffnete ihn. Er zog seinen Sakko aus, holte seine schwarze Soutane aus dem Koffer und streifte sie sich über den Kopf. Dann rieb er sich sorgfältig schwarze Farbe in die Haare und wischte sich die Hände an einem Tuch ab. Er betrachtete sich im Spiegel. Seine Haare hatten einen unnatürlichen Glanz. Doch abgesehen davon und von den feinen Runzeln in seinem Gesicht, wirkte er wie der Priester, der er vor mehr als dreißig Jahren war, als er den armen und benachteiligten Iren in Boston seinen Beistand gewährte. Ein anonymer Mann. Einer, dem man kaum einen zweiten Blick schenkte.

Er lächelte sich im Spiegel zu. Dann betrachtete er die Schaltkästen an der Wand und hoffte, dass sie noch immer so funkionierten wie vor drei Jahrzehnten. Ohne Zeit zu verlieren, begann er die Lampen in der Kirche zu löschen. Zum Schluss knipste er auch das Licht im Nebenraum aus, und San Luigi dei Francesi versank in völliger Dunkelheit. Jenseits der Tür hörte Michael Denney Rufe und Schreie, vor Überraschung oder möglicherweise auch Angst, und einen lauten Knall wie das Bersten einer Glühbirne. Oder auch den Schuss aus einer Pistole. Ein paar Leute schienen hastig auf die Tür zuzurennen. Mittlerweile musste das Gewitter direkt über der

Stadt stehen. Draußen würde es stockdunkel sein. Eine Szene, die Caravaggio wohl vertraut gewesen wäre.

Er betrat das nur von den Kerzen in den Seitenkapellen erhellte Kirchenschiff. Irgendetwas ging da vor sich. Furcht lag in der Luft. Dann erkannte Denney, dass er einen Schalter vergessen hatte, den für die münzbetriebenen Strahler, die die Gemälde beleuchteten. Eins von ihnen, »Die Berufung des heiligen Matthäus«, hing in strahlender Helligkeit, die einen gelblichen, wächsernen Schein auf die verdutzten Gesichter der Betrachter warf, die sich in einer Reihe versammelt hatten, um das Kunstwerk zu bewundern.

Dann lief die Zeit des uralten Mechanismus ab. Dunkelheit breitete sich in der Kirche aus, nur in den Kapellen flackerten einige Votivkerzen.

Von irgendwoher hörte er einen Schrei. Hastig lief er weiter und hoffte, dass sie sich an seine knappen, aber präzisen Anweisungen hielt.

Fünfundsechzig

Gino Fosse hörte sich die CD von Cannonball Adderley gleich zweimal hintereinander an, während er die Leute beobachtete, die die Kirche betraten und wieder verließen. Es waren mehr als sonst. Das Gotteshaus gehörte nicht unbedingt zu den Touristenattraktionen. Sie mussten Männer hergeschickt haben. Männer, die vorgaben, die Bilder an den Wänden zu betrachten oder zu beten. Michael Denney konnte er nirgendwo entdecken. Er kannte ihn gut, würde seinen scharfgeschnittenen, grauhaarigen Kopf sofort überall erkennen. Rund um die Uhr beherrschte er all seine Gedanken. Er blickte auf seine Armbanduhr. Es war zehn Minuten nach zwölf. Sintflutartiger Regen rauschte auf das Kirchendach. Das Tageslicht hinter den Fenstern war ein düsteres, bedrohliches Grau. Er glaubte, keinen weiteren Ton mehr hören zu können und schaltete die Musik aus. Unterdrückt fluchend riss er sich die Kopfhörer ab und stopfte sie zum CD-Player in seine Tasche. Er machte sich bewusst, was er da tat, und hätte fast laut aufgelacht. Er zog sie wieder heraus und legte sie neben sich auf die Bank. Sie wurden nicht mehr gebraucht.

Er zog die Pistole aus dem Gürtel seiner Alba und hielt sie im Sichtschutz der Banklehne vor ihm. In seinem Griff wurde das Metall bald warm und schweißfeucht. »Mercy, Mercy, Mercy.« Die Melodie spukte ihm noch immer im Kopf herum und löste Bilder aus: Von einem toten Michael Denney. Von der nackten Sara, die ihn stumm anstarrte, während er, Arme und Beine gespreizt wie die Balken eines Andreaskreuzes, auf sie eindrosch. In ihren scharfen, grünen Augen stand nur eine Frage: *Warum?*

»Weil ich annahm, du wärst wie alle anderen«, wisperte er und sah, wie sie auf dem Fußboden des Mauerturms lag, erinnerte sich daran, dass sie sich kaum wehrte, an den schockierten Ausdruck auf ihrem Gesicht. »Ich wusste es nicht.«

Bis Hanrahan ihm im Halbdunkel von San Lorenzo in Lucina die Wahrheit ins Ohr flüsterte, während ihn die Rattenaugen aus der Finsternis anfunkelten. Von dem Moment an kam ihm alles vor wie ein strudelnder, unwirklicher Traum.

Er dachte an sein Ende: Eine zusammengesackte Gestalt in weißer, blutbefleckter Alba, die Pistole noch immer auf seine Schläfe gerichtet. Das wäre seine letzte Errettungstat. Er würde nicht darauf warten, dass andere ihn erlösten.

»Wo bleibst du?«, fragte er leise und mit vor Anspannung heiserer Stimme.

Der Regen trieb weitere Menschen herein. Sie drängten sich durch die Tür, die meisten ohne jede Ahnung, wo sie sich befanden oder was sie hier vorfinden würden. Für sie war die Kirche eine Zuflucht. Er dachte daran, dass er sich stets gewünscht hatte, die Kirche könnte das auch für ihn sein. Aber um diese Erfahrung hatte ihn sein Vater betrogen, aber auch seine eigene Natur.

»Wo bleibst du denn nur?«

Gino Fosse blickte zur Tür und hielt den Atem an. Sie kam herein, gefolgt von dem jungen Polizisten, den er vor zwei Tagen fast getötet hätte. Völlig furchtlos und ohne jede Vorsicht betraten die beiden die Kirche. Das war doch nicht möglich. Er zwinkerte, um sich zu vergewissern, dass er nicht träumte. Jetzt gingen sie auf das Gemälde zu, vor dem sich eine kleine Gruppe von Betrachtern versammelt hatte. Suchten sie nach ihm? Nach Michael Denney? Verzeifelt zermarterte er sich das Hirn nach einer Antwort.

Er fand nur eine mögliche Erklärung. Gino Fosse stand auf,

die Pistole fest im Griff. Seine Lippen öffneten sich zu einem Schrei. »Sara!«

Ihre Blicke trafen sich. Der Polizist ließ ihn nicht aus den Augen. Er griff nicht einmal in seine Jacke. Sie sollten nicht hier sein, dachte er, keiner von beiden.

Dann wurde es dunkel. Das elektrische Licht erlosch. Er hatte sie unverwandt angestarrt, wie sie im Lichtschein eines Gemäldes standen, auf dem der halbnackte Wahnsinnige zu sehen war, der den auf dem Boden kauernden Matthäus ermordete, seine Hand mit dem Schwert hob, um den letzten, tödlichen Schlag auszuführen

»Bring dich in Sicherheit!«, brüllte er, hob die Waffe und gab einen Schuss in die Finsternis ab.

Noch schimmerte ein wenig Licht, beleuchtete ein Bild in einer angrenzenden Seitenkapelle. Dort drängten sich Menschen ängstlich zusammen. Er stolperte auf sie zu, aber bevor er sie erreichte, wurde es völlig finster. Das Bild, auf dem Matthäus in mittelalterlicher Kleidung fragend zu Christus aufblickte, versank in schwarze Nacht.

Fosse gab zwei weitere Schüsse in die Luft ab. In der Nähe begann eine Frau hysterisch zu kreischen. Als sich seine Augen an die samtene Dunkelheit gewöhnten und an die vielen kleinen Kerzenflammen, die noch für ein wenig Licht sorgten, drängte sich jemand hastig an ihm vorbei, ein Mann in langem, schwarzem Gewand, der kein Wort über die Lippen brachte.

Fluchend streckte Gino Fosse den Arm aus, um die fliehende Gestalt zu packen. Aber da war nichts mehr. Wieder stolperte er vorwärts, stieß mit Menschen zusammen, rief unflätige Beschimpfungen, schrie den Namen seines Vaters, flehte die Finsternis an, seine Gestalt preiszugeben, damit er sich rächen konnte.

Er stieß mit dem Kopf gegen eine Steinsäule. Seine Nase begann zu laufen. Er schmeckte Blut.

»Mistkerl!«, schrie er und gab wieder einen Schuss ab.

Wieder prallte er gegen ein Hindernis, so heftig, dass es ihm den Atem raubte, ihn fast auf die Knie sinken ließ. Er erkannte, was es war: das Eisengeländer vor dem Altar, ein ähnliches gusseisernes Gitter wie der Rost, auf dem Arturo Valena gestorben war. Am Gitter entlang tastete er sich auf die Kerzen zu. Ihr Flackern spiegelte sich in Augen wider, menschlichen Augen, die vor ihm zurückzuweichen schienen.

»Mistkerl!«

Eine Hand legte sich auf seine Schulter. Gino Fosse schlug mit dem Pistolengriff zu, verfehlte aber sein Ziel und spürte, dass seine Hand zur Seite gestoßen wurde.

Die flackernden Kerzen beschienen ein Gesicht. Es gehörte dem jungen Polizisten. Er hielt Gino Fosses Hand mit der Pistole gepackt und streckte sie hoch in die Luft. Es kann nicht allzu schwer sein, ihn zu überwältigen, dachte Fosse. Er wirkte wie eine Fehlbesetzung der Rolle, die er hier spielen wollte. Aber vielleicht waren sie das alle.

»Ihretwegen bin ich nicht hier«, zischte Fosse. »Verschwinden Sie. Und nehmen Sie sie mit.«

Ein Gesicht tauchte aus der Dunkelheit auf. Kühl, beherrscht und ohne jede Angst sah sie ihn an.

»Du musst dich in Sicherheit bringen«, sagte er. »Sie werden auch dich töten.«

»Gino …« Eine schmale Hand berührte sein Gesicht. Er zuckte zurück, konnte nicht begreifen, was geschah. »Komm mit uns«, sagte sie leise. »Tu es nicht.«

Er wollte, dass sie verschwand. Er konnte sie hier nicht brauchen. Ihre Finger wanderten über seine Wange.

»Es ist nicht deine Schuld. Du wusstest nicht, wer ich bin. Ich hätte es dir sagen müssen.«

»Dafür ist es jetzt zu spät.« Gino Fosse schüttelte den Kopf, wollte das Bild aus seinem Gedächtnis verdrängen. »Zu spät!«

»Ich verzeihe dir«, sagte sie. Sie wirkte ganz ruhig. Er wünschte sich, ihr glauben zu können.

Der Griff des jungen Polizisten lockerte sich ein wenig. In

der Nähe bewegten sich Leute. Er musste ihre Gesichter sehen, wollte wissen, ob sich der große, grauhaarige Mann unter ihnen befand.

»Das alles war genau geplant«, sagte der Polizist. »Man hat Sie zum Werkzeug gemacht, Fosse. Wer hat Ihnen die Namen genannt? Wer sagte Ihnen, wohin Sie gehen sollen und wann?«

Er dachte an Hanrahans Lächeln in der Dunkelheit von San Lorenzo in Lucina. »Was macht das jetzt noch aus?«

»Man benutzt Sie, Fosse«, wiederholte der Polizist.

Er lachte. »Glauben Sie, das weiß ich nicht?«

Sara sah ihn voller Mitgefühl an. »Warum willst du es dann tun?«

»Weil er es verdient hat.«

»Er ist unser Vater. Er hat unser Mitleid verdient, nicht unseren Hass. Wenn ich dir verzeihen kann …«

Der junge Polizist wirkte leicht verwirrt. Gino Fosse betrachtete ihr Gesicht. Es sah aus wie ein Gemälde. Wie ruhig sie wirkte, wie gefasst. »Bitte«, sagte sie. »Wir können noch immer zueinander finden. Uns versöhnen. Lass es nicht zu, dass sie deinen Zorn für ihre Zwecke missbrauchen. Diese Genugtuung darfst du ihnen nicht geben. Oder sie werden gewinnen.«

Er lauschte in die Dunkelheit. Irgendwo mussten sie sein, die Ratten, die darauf aus waren, sich über das herzumachen, was von seiner Seele noch übrig war. Aber er hörte nur Cannonball Adderly, dessen »Mercy, Mercy, Mercy« klang wie das Flehen eines Gospelsängers um Absolution.

»Wenn Sie sich uns endlich anvertrauen«, sagte der junge Polizist, »können alle zur Rechenschaft gezogen werden. Ihr Vater. Und auch die Leute, die Sie zu Ihrem Vorgehen überredet haben.« Der Polizist zögerte kurz. Seine Hand hielt die Waffe kaum noch. »Wollen Sie das denn nicht?«

Wieder dachte Fosse an den Iren, an dessen heißen Atem an seinem Ohr, an die schrecklichen Worte, die er ihm in San Lorenzo in Lucina zuflüsterte. Dass alles wieder gut werden könnte, wenn Michael Denney nur dazu gebracht wurde, die schützenden Mauern des Vatikan zu verlassen. Wenn er es sich recht überlegte, wollte Gino Fosse, dass Hanrahan bestraft wurde. Es gab da einiges, was er ihnen erzählen konnte.

Die Hand des Polizisten legte sich wieder fest um die Pistole. Gino Fosse ließ sie los.

Nic Costas Blicke richteten sich auf Sara. »Versuch deinen Vater zu finden. Er muss hier irgendwo sein. Sorge für seine Sicherheit. Ich habe keine Ahnung, wer sich hier alles in der Dunkelheit verbirgt.«

In einer anderen Situation hätte sie mich jetzt auf die Wange geküsst, dachte Nic Costa. Aber Gino Fosse musste noch immer mit äußerster Vorsicht behandelt werden. Sie konnten kein Risiko eingehen. Sara Farnese drückte flüchtig seine Hand und verschwand in der Finsternis der Kirche.

Fosse sah ihr nach. Sein Blick war der eines wilden Tieres: halb Angst, halb Wut. »Wohin will sie?«, fragte er. »Kommt sie wieder?«

»Sie kommt zurück. Ganz bestimmt«, antwortete Costa.

»Ich wusste es nicht«, sagte Fosse. »Die anderen waren Huren, deshalb habe ich es getan. Dafür sind sie schließlich da. Ich wusste nicht, dass …« Fosses schwarze Augen starrten ihn an. »Das lässt mir keine Ruhe. Ich will das aus meinem Kopf bekommen.«

So verrückt ist er gar nicht, dachte Costa, verdrängte dann aber hastig alles, was ihm nach Fosses Worten durch den Kopf schoss. Es war keine Zeit zu verlieren. In der Finsternis bewegte sich etwas – große, dunkle Gestalten, Männer in Anzügen, Männer mit eindeutigen Absichten. Costa fragte sich, wer schon da war und wer noch kommen würde.

Jemand bewegte sich an ihm vorbei. Ein Arm streckte sich nach dem Gitter aus, ein paar Münzen klapperten durch den Schlitz. Urplötzlich tauchten Strahler das Gemälde in der Seitenkapelle in gleißendes Licht.

Zwinkernd blickte er zu dem Bild auf. Es wirkte wie lebendig. Er glaubte fast das Atmen des Mörders hören, das warme

Licht der Gnade spüren zu können, das von der Leinwand ausströmte und sie alle zu erlösen schien.

Dann schob sich ein bekanntes Gesicht zwischen ihn und das Bild.

»Wo ist er, verdammt noch mal?«, fragte Falcone und entriss ihm die Pistole. »Ich meine Denney. Was haben Sie mit dem Mistkerl gemacht?«

Die Leute, die er angefordert hatte, sollten längst hier sein. Er hörte, wie sich in der Nähe jemand bewegte, konnte aber nichts erkennen. Dafür reichte das Licht in einer Seitenkapelle einfach nicht aus.

»Ich habe ihn nirgendwo gesehen«, antwortete Costa.

»Der einzige Zugang wird überwacht«, zischte Falcone. »Aber er kennt die Kirche wie seine Westentasche. Er ist fort. Er muss fort sein.«

Nic Costa schwieg, versuchte nachzudenken. Eine Minute, hatte sie gesagt. Nur einen kurzen Moment, um mit ihm zu reden, ihn zu beruhigen. Aber sie mussten heute bereits miteinander gesprochen haben. Was gab es da noch zu bereden?

»Und Sie …« Falcones Finger bohrte sich in seine Schulter. »Sie müssen sich wohl immer und überall einmischen, was?«

»Ich glaube, Sie sollten Ihre Position überdenken.« Er sah Falcone ins kühle, ausdruckslose Gesicht. »Sie können Ihre Pläne nicht mehr durchführen. Es würde alles herauskommen.«

Falcone schüttelte den Kopf. »Zum Teufel mit meiner Position. Und jetzt …«

Unversehens zerrte er Handschellen aus seiner Tasche, schloss eine um Fosses Handgelenk, die andere um das eiserne Gitter. Costa blickte in Falcones Augen. Er hatte Angst.

Falcone packte Costas Arm. »Der Bastard hat Ihren Partner umgebracht. Wir verschwinden, mein Junge. Der Fall ist erledigt, dieser Mist geht uns nichts mehr an.«

Das Gemälde drängte sich ihm förmlich auf. Costa konnte den Blick nicht von der Gestalt im Hintergrund abwenden.

Von Caravaggio, der die Bluttat beobachtete, das Opfer bedauerte, aber auch den Mörder, den das Schicksal zum Werkzeug seines Todes ausersehen hatte.

Falcone wollte Costa mit Gewalt fortzerren, aber der wehrte sich.

»Verdammt noch mal!« Falcone stieß ihn heftig gegen eine Säule. »Ich will verhindern, dass Ihnen etwas zustößt, Nic. Ich möchte mein Gewissen nicht mit weiteren Toten belasten.«

»Nein«, sagte Nic Costa leise. »Ich kann es nicht zulassen.«

Um sie herum war Bewegung. Vielleicht waren es die Leute, die Falcone erwartete. Er glaubte, Teresa Lupos Stimme zu hören. Irgendwo blitzte eine Kamera. Menschen begannen zu schreien. In einer Ecke der Kirche flammte plötzlich Licht auf, gefolgt von den Glühlampen an der Decke, die sich nacheinander erhellten. Irgendjemand hatte offensichtlich die Schalter gefunden.

Costa sah Falcone an. Verdutzt blickte sich der Inspektor in der Kirche um.

»Es muss ein Ende finden«, erklärte Costa. Er befreite sich aus Falcones Griff und lief die paar Meter zu Gino Fosse hinüber. Er sah sie. Zwei Männer. Er drängte sich vor sie, als die mit erhobenen Händen auf Fosse zugingen. Zwei Pistolenläufe schimmerten im schwachen Licht. Costa zwang sich, die Augen von den Gestalten an der Wand abzuwenden: dem Mann in seinem weißen, blutbefleckten Gewand und seinem halbnackten Angreifer.

Er hörte Lärm, der auch ein Donnerschlag gewesen sein könnte, sah einen hellen Blitz, der so intensiv war, dass er irgendwo hinter seinen Augen einen scharfen Schmerz auslöste. Nic Costa starrte das Gemälde an: Den bärtigen, jungen Mann, der entsetzt und wie gequält die Szene betrachtete, die er selbst geschaffen hatte. Dann erlosch das Gesicht und mit ihm das helle, lebensspendende Licht.

Sechsundsechzig

In Leo Falcones Kalender waren für diesen kühlen Oktobertag zwei Termine eingetragen. Bei dem ersten war sein Erscheinen Pflicht. Bei dem zweiten wäre er ein ungeladener, unwillkommener Gast.

Disziplinarverfahren hatten ihn schon immer kalt gelassen. In seinen fünfundzwanzig Jahren bei der Polizei war es sein dritter Auftritt vor dem Gremium. Er wusste, was von ihm erwartet wurde: das Eingeständnis einer gewissen Schuld, eine zerknirschte Miene, die widerspruchslose Hinnahme eines offiziellen Verweises. Vielleicht würde man ihm das Gehalt kürzen oder zur Teilnahme an einem »Weiterbildungs«-Lehrgang verdonnern. Auch eine Degradierung war denkbar, doch das hielt er eher für unwahrscheinlich. Die Questura wimmelte nicht gerade von Leuten mit Erfahrung und Führungsqualitäten, die seinen Posten übernehmen könnten.

Falcones Sicht der Dinge konnte klarer nicht sein. Gino Fosse war tot und die Stadt einen bösartigen, wahnsinnigen Mörder los. Zwei seiner Männer waren dem Mann zum Opfer gefallen. Sein Team hatte rund um die Uhr gearbeitet, um den Verbrecher zur Strecke zu bringen. Nun gut, Denney hatte das Weite gesucht, zusammen mit seiner Tochter. Es war mehr Blut geflossen, als jemand wünschen konnte, selbst jene nicht, die Fosses Taten initiiert und dann offiziellen Kreisen bekannt gemacht hatten, als es ihnen in den Kram passte.

Aber nichts davon konnte man ihm so einfach in die Schuhe schieben. Die Untersuchungskommission hatte keine Beweise für eine Absprache zwischen ihm, dem Vatikan und den Kriminellen gefunden, die sich in San Luigi dei Francesi versammelt hatten, um den Kardinal und seinen unberechenbaren Sohn zu töten. In der Boulevardpresse wurde über Vertuschung spekuliert. Die Fotos, die die von Nic Costa informierte Journalistin von der Schießerei in der Kirche geschossen hatte, machten noch immer die Runde. Die Schützen waren entkommen. Und würden nie gefasst werden, wie Falcone wusste. Na und? Es war nicht das erste Mal, dass die Behörden klein beigaben, um größeren Schaden zu vermeiden. Aufgrund der Zustände in der römischen Politik bezweifelte Falcone, dass es das letzte Mal sein würde. Und die Medien hatten ein kurzes Gedächtnis. Schon bald würde ein neuer Skandal ihre Aufmerksamkeit in Anspruch nehmen und Auflage machen.

Die Anhörung dauerte neunzig Minuten. Falcone kam mit einer Rüge davon. Er überzeugte sie mit dem Argument, dass eine Verschwörung, falls es die überhaupt gegeben hatte, was er persönlich für unwahrscheinlich hielt, nur über ihn hinweg angezettelt worden sein konnte. Man zeigte sich bewegt von seiner offenkundigen Trauer um seine toten Männer. Man war bereit, im Zweifel zu seinen Gunsten zu entscheiden. Dieses Mal zumindest.

Nach dem Ende der Verhandlung, deren Ergebnis feststand, bevor er den Raum betreten hatte, begleitete ihn der Leiter des Gremiums zur Tür. »Keiner von uns ist mehr unantastbar, Leo«, sagte er. »Die Zeiten haben sich geändert. Sehen Sie sich vor. Noch einmal kann ich Sie nicht retten.«

Falcone vermied es, den Mann anzusehen. Er hätte das verbitterte Glänzen in seinen Augen bemerken können. Hätte Falcone seinen Posten verloren, wäre der Sturz des Kommissionsvorsitzenden nur eine Frage der Zeit.

»Das ist mir bewusst«, antwortete er und schlenderte über den Korridor davon.

Um keinerlei Zweifel daran aufkommen zu lassen, dass seine Macht ungebrochen war, verbrachte er eine Stunde in seinem Büro und befasste sich mit dem Fall eines Touristen, den man niedergestochen hatte, weil er unvorsichtigerweise an der Stazione Termini um den Preis für Dope feilschte. Gegen Mittag zog Falcone seinen Mantel an und verließ das Gebäude. Was jetzt kam, ließ sich beim besten Willen nicht vermeiden.

Das Krematorium lag an der Via Appia Antica, nicht weit vom Landhaus der Familie Costa entfernt. Er parkte, blieb sitzen und sah zum Fenster hinaus. Etwa zwanzig Trauergäste waren erschienen, hauptsächlich Männer in dunklen Anzügen. Eine hoch gewachsene Frau in eleganter, schwarzer Kleidung schob den Rollstuhl. Eine gute halbe Stunde saß Falcone in seinem Auto, lauschte dem Polizeifunk und dachte über die Vorgänge im Innern des Gebäudes nach. Die Zeremonie war ein Mythos, ein Ritual. Als junger Polizist hatte man ihn zu einem tödlichen Unfall in einem Krematorium gerufen, und er wusste, wie man da arbeitete. Es war ein rein mechanischer Prozess. Schlampig, ohne die nötige Sorgfalt. Niemand konnte wissen, wessen Asche da eigentlich in die Urne kam. Aber im Grunde war das auch egal, darauf kam es nicht an. Hier ging es vor allem darum, die Trauer jener zu lindern, die noch am Leben waren. Einzelheiten zählten da nicht.

Die Türen öffneten sich, die Trauergäste kamen wieder heraus, und ein langer Konvoi schwarzer Autos setzte sich langsam in Bewegung. Er folgte ihnen zum Landhaus und parkte gegenüber der Einfahrt. Drei Stunden später war auch der letzte Wagen wieder davongefahren. Falcone stieg aus und blickte zum Haus. Nur die Frau war zu sehen. Sie und die Gestalt im Rollstuhl.

Er schluckte schwer und wünschte, es sich irgendwie ersparen zu können. Dann lief er die Einfahrt hinauf. Die Frau kam ihm auf halbem Weg entgegen.

»Er möchte Sie nicht sehen.« Auf eine altmodische Art war

sie sehr attraktiv. Ihre Augen wirkten wach und intelligent. Sie hatte geweint.

»Ihm bleibt keine Wahl«, sagte Falcone und ging weiter.

Neben dem Rollstuhl stand ein Tisch. Und auf ihm eine halbleere Flasche Barolo sowie einige Gläser. Und eine weiße Alabasterurne, ein kleines Ding, so hell und glänzend, dass sie auch aus Kunststoff sein konnte.

Falcone goss sich Wein in ein Glas, sah den Mann im Rollstuhl an und sagte: »Für einen Invaliden haben Sie einen recht kostspieligen Geschmack, Nic. Mit der mageren Pension, die Sie von uns bekommen, werden Sie sich nicht viele Kisten von diesem Roten leisten können.«

Costa sah schrecklich aus. Die Zeit im Rollstuhl hatte ihn etliche Kilo zunehmen lassen. Sein Gesicht war aufgeschwemmt. Fleckige Röte lag auf seinen Wangen. Falcone wusste, wie Männer aussahen, die zu tief ins Glas blickten. Dieser Gefahr erlagen viele Polizisten. Für manche gehörte es zum Job. Aber nie hätte er gedacht, dass Nic Costa zu ihnen gehören würde.

»Was wollen Sie?«, fragte Costa. Sein Blick war trübe, seine Stimme heiser.

Falcone zog den Umschlag aus seiner Tasche. »Ich bringe Ihnen Post. Sie wurde geöffnet, wie Sie sehen. Aber nicht von mir. Ich habe die letzten Wochen auf Sardinien verbracht. Zwangsurlaub, wenn Sie verstehen, was ich meine.«

Costa betrachtete den langen, weißen Luftpostumschlag. Er trug seinen Namen und die Adresse des Landhauses, geschrieben mit schwungvoller, weiblicher Handschrift, und war am oberen Rand aufgeschlitzt.

»Sie wissen, wo sie sich aufhalten?«

Falcone betrachtete den Poststempel. »Offensichtlich wurde der Brief auf den Florida Keys aufgegeben. Aber ich schätze, dass sie dort längst nicht mehr sind. Irgendwo in den Staaten, nehme ich an. Wie Denney und diese Frau einfach so entkommen konnten, übersteigt noch immer mein Fassungsvermögen. Er hatte eine Menge Geld bei sich, aber das erklärt noch längst nicht alles. Vielleicht hat er mehr Freunde, als wir dachten. Die Amerikaner haben auf unsere Anfrage hin zugesagt, nach ihnen zu suchen. Verlogenes Pack. Sie halten sich irgendwo versteckt, unter neuen Namen, mit einer neuen Identität, und haben versprochen, ihren Mund zu halten. Wenn Sie mich fragen, sehen wir die beiden nicht wieder. Allerdings könnte ich mich irren. Das kommt hin und wieder vor.«

Nachdenklich musterte Costa den Umschlag. Etwas Wichtiges konnte er nicht enthalten. Dann wäre er nie zu ihm gelangt.

»Nehmen Sie ihn ruhig«, sagte Falcone und schob ihm das Kuvert über den Tisch zu. »Er ist schließlich für Sie bestimmt. Wie gesagt, ich habe ihn nicht öffnen lassen. Aber sie mussten es tun.«

Der Umschlag enthielt nur ein Blatt. Auf ihm standen lediglich fünf Worte: »Ich dachte, du wärst tot.«

Falcone ließ ihn nicht aus den Augen, versuchte seine Reaktion einzuschätzen. »Sie können es ihr nicht übel nehmen«, sagte er. »Das dachten wir alle. Wir hatten vergessen, was für ein zäher kleiner Hund Sie sind.«

»Tut mir Leid, Sie enttäuscht zu haben.«

»Was soll das?«, fauchte Falcone. »Wenn ich Ihnen einen Rat geben darf … im Rollstuhl sollte man auf Selbstmitleid besser verzichten. Es macht alles noch schlimmer.«

Costa griff nach der Flasche und füllte sein Glas.

Falcone holte tief Luft und setzte sich an den Tisch. »Eine ganze Reihe von Leuten war froh, dass Sie mit dem Leben davongekommen sind, Nic. Und jetzt … das. Irgendwie ist es fast so, als wären Sie doch gestorben.«

»Wer sagt das? Sie? Ihre Freunde? Oder Hanrahan?«

»Nur ich. Niemand weiß, dass ich hier bin. Hanrahan schmollt irgendwo in Irland. Natürlich nicht für immer. Dafür ist er ihnen viel zu nützlich. Nur unter uns beiden: Er war nie mein Freund. Und wird es nie werden.«

Costa betrachtete den gepflegten Garten mit den ordentlichen Reihen Gemüsepflanzen. Falcone fragte sich, ob er ihm überhaupt zugehört hatte. »Ich habe es vorhin im Radio gehört«, sagte Costa. »Sie sind mit einem Verweis davongekommen. Also muss niemand dafür zahlen. Nur Gino Fosse.«

»Vermutlich kann man es so sehen.«

»Vermutlich? Kann man es denn auch anders betrachten?«

Falcone zuckte nur mit den Schultern.

»Warum sind Sie hier?«, wollte Costa erneut wissen.

»Ich möchte nicht, dass es weitere Opfer gibt. Ich habe schon jetzt genug auf dem Gewissen. Nic ...« Er starrte wieder in das Weinglas, als wären in ihm alle Antworten enthalten. »Es tut mir Leid, dass Ihr Vater gestorben ist. Ich bin ihm leider nie begegnet. Leute, die ihn kannten, halten ihn für einen guten, aufrechten Mann. Davon könnten wir mehr brauchen. Aber glauben Sie nur nicht, dass Sie seinen Platz einnehmen können. Sie gehören nicht in den Rollstuhl, Nic. Das haben Sie noch nicht verdient.«

Schweigend leerte Nic Costa sein Glas.

Falcone rückte mit seinem Stuhl näher an ihn heran. »Ich habe mit den Ärzten gesprochen. Sie sagen, dass es keine dauerhafte Behinderung ist. In drei Monaten, vielleicht sogar früher könnten Sie aus dem Stuhl heraus sein. In sechs wieder ganz der Alte sein. Wenn Sie sich der Physiotherapie unterziehen. Wenn Sie nur wollen.«

»Verschwinden Sie«, zischte Costa. »Lassen Sie mich in Frieden.«

Die Frau kam aus dem Haus. Sie hatte gelauscht. Sie trug ein Tablett mit Mineralwasser und Gläsern. Sie stellte das Tablett auf den Tisch und griff nach der Weinflasche. Costa vermied es, sie anzusehen.

»Höre auf ihn, Nic«, sagte sie. »Bitte.«

»Du weißt doch nicht, wer dieser Mann ist, Bea.«

Sie musterte Falcone kühl. »O doch, das weiß ich. Ich lese Zeitung. Dennoch glaube ich, dass du auf ihn hören solltest.«

Costa verzog mürrisch das Gesicht, goss sich aber ein Glas

Wasser ein. Falcone sah die Frau dankbar an. Dann nickte er, und sie zog sich wieder ins Haus zurück.

»Hier.« Er griff in die Innentasche seines Sakkos, zog etwas heraus und legte es neben Costas Hand auf den Tisch. Es war sein alter Dienstausweis, den er vor einer Ewigkeit Falcone zugeworfen hatte.

»Am Montag nehme ich meinen Dienst wieder auf. Ich habe einen Schreibtisch mit Ihrem Namen vorbereiten lassen. Es gibt Arbeit für Sie.«

»Arbeit?«

»Ja, Arbeit! Was wollen Sie sonst tun? Sich um den Rest Ihres Verstandes trinken und jedes Mal das Hausmädchen rufen, wenn Sie pissen müssen?«

»Ich bin ein gottverdammter Krüppel!«, schrie Costa.

»Dann lernen Sie endlich wieder, Ihre Beine zu gebrauchen!«, brüllte Falcone zurück. »Verdammt noch mal …«

Der Inspektor stand auf. »Hören Sie mir gut zu, denn ich sage es nur einmal. Ich brauche Sie, Nic. Sie sind ein fähiger, intelligenter Polizist. Wir können es uns nicht leisten, Sie zu verlieren. Und dann noch eins.« Falcone kniff die Augen zusammen und betrachtete mürrisch den Horizont. »Sie erinnern mich an das, was geschehen ist. An meine Fehler. Vielleicht bringt mich das in der Zukunft dazu, gründlicher nachzudenken.«

Costas Interesse regte sich. Das spürte Falcone. »Glauben Sie bloß nicht, ich würde das aus Mitleid tun. Ich werde Sie so hart rannehmen wie immer. Und noch mehr, wenn Sie endlich aus diesem verdammten Stuhl heraus sind.«

»Scheren Sie sich zum Teufel«, zischte Costa.

Falcone lächelte. Er wusste, dass er gewonnen hatte. »Vielen Dank. Dort bin ich in den vergangenen Wochen übrigens schon gewesen. Ich wäre zu früh gekommen, hieß es da, und man schickte mich kurzerhand wieder zurück.«

Etwas ganz Neues zeigte sich in Falcones Augen. Selbstzweifel vielleicht. Trostlose Einsamkeit. Aber möglicherweise handelte sich auch nur um die Maske eines sehr guten Schauspielers.

»Bis Montag«, wiederholte Falcone. »Ich verlange nicht, dass Sie mich mögen. Aber ich erwarte Ihre Anwesenheit. Und halten Sie sich am Wochenende von der Flasche fern. Sie müssen etwas von dem Mistzeug aus Ihrem Körper bekommen. Und wenn Sie noch irgendwelche Fragen haben …« Er nickte zur Urne auf dem Tisch hinüber. »Dann stellen Sie die ihm, nicht mir.«

Er drehte sich um und lief zum Tor, ein hoch gewachsener Mann in einem eleganten dunklen Anzug, der irgendwie steif wirkte, auf irgendeine Weise unbehaglich mit sich selbst. Für Costa etwas völlig Ungewohntes.

Ein leichter Wind aus dem Norden zerrte an den letzten Blättern des alten Mandelbaums an der Einfahrt. Sie wehten auf Falcone herab. Durch die kahlen Äste konnte Nic Costa das Dach der schmucklosen, alten Kirche an der Via Appia sehen. *Domine, quo vadis*? Herr, wohin gehst du? Grund genug für seinen Vater, das alte Bauernhaus zu restaurieren und es zum Wohnsitz seiner Familie zu machen.

Er fröstelte in seinem dünnen Sakko. Der Wein reichte nicht aus, ihn zu wärmen. Er blickte sich nach ihr um. Bea war vor dem Tod seines Vaters zu ihnen gezogen, um sie beide zu versorgen. Er wusste, dass er ihre Anwesenheit für etwas Selbstverständliches hielt. Es schien keine andere Lösung zu geben.

»Bea!«, schrie er. »*Bea*!«

Sie kam nicht heraus. Vielleicht beobachtete sie ihn durch ein Fenster und dachte über Falcones Worte nach. Vielleicht fragte sie sich, warum eine Frau von Mitte fünfzig für einen fast dreißig Jahre jüngeren Mann sorgen sollte, einen Krüppel, der seine Chance auf Gesundung nicht sehen wollte. Vielleicht dachte sie, dass Falcone Recht hatte.

»Bea!«, rief er ein letztes Mal. Er erhielt keine Antwort.

Es war kalt geworden, und es fing an zu dämmern. Er wusste, was geschehen würde, wenn er noch ein Glas Wein trank, wohin seine Gedanken wandern würden. In das Zimmer im oberen Stockwerk, in dem er seine einzige Nacht mit Sara Farnese verbracht hatte.

Costa hoffte, dass sie ihn beobachtete, denn es war wichtig.

Er packte die Alabasterurne mit der rechten Hand und griff mit der anderen nach den knorrigen alten Weinreben, die sich am Verandapfosten emporrankten. Mühsam nach Atem ringend, vage ein kaum wahrnehmbares Gefühl in seinen halb toten Beinen spürend, zog er sich keuchend in die Höhe und betrachtete die Gemüsebeete.

Sie befanden sich in tadellosem Zustand. Bea hatte Hilfskräfte engagiert. Trotz der kalten Witterung, trotz des bald beginnenden Winters reckten sich die kleinen grünen Schöpfe des *cavolo nero* dem Himmel entgegen.

Seine Hand zitterte, als er mit dem Daumen entschlossen den Deckel der Urne hochdrückte. Dann drehte er sie um. Graue Asche und Staub rieselten heraus, wurden sofort vom Wind erfasst, der sie zu einer grauen Wolke zusammenballte, die sich aber schnell wieder zerfaserte und davontrieb. Die Einnerungen eines Lebens, ein Meer an Liebe und geteiltem Leid – verweht in einem ungläubigen Augenblick.

Nic Costa klammerte sich an den Wein und sah zu, wie sich der sterbliche Staub auflöste. Er war nichts und doch alles. Er war fort. Und würde ihm doch immer bleiben.

Dann frischte der Wind auf. Schob sich unter den Brief auf dem Tisch, unter das Blatt mit den fünf Worten, hob es an und ließ es durch die Luft tanzen. Flatternd und wirbelnd flog es über den Boden, weiter und weiter, bis zu dem Strauchwerk an der Straße.

Er sah es verschwinden und wünschte, er könnte wieder laufen.

Nic Costa war nicht klüger. Nur etwas stärker vielleicht, entschlossener, und unter den gegebenen Umständen war es genau das, was er brauchte.

»Äußerst spannend, man wartet immer auf den nächsten Donnerschlag.«
Los Angeles Times

Merci Rayborn hat ganz schön zu knabbern: Eine junge Frau wird ermordet. Ihr Mann, der Polizist Archie Wildcraft, hat einen Schuss in den Kopf überlebt und erinnert sich an nichts. Der Fall scheint klar: Mord mit anschließendem Suizidversuch. Aber Merci ist das zu einfach – und sie soll Recht behalten …

»Ein Musterbeispiel für Atmosphäre und Tempo.«
Publishers Weekly

T. Jefferson Parker
Schwarze Wasser
Roman
Deutsche Erstausgabe

ULLSTEIN TASCHENBUCH

UB209